一八八八 切り裂きジャック

服部まゆみ

角川文庫
19359

一八八八　切り裂きジャック

目次

切り裂きジャックの時代のロンドン（イースト・エンド周辺）

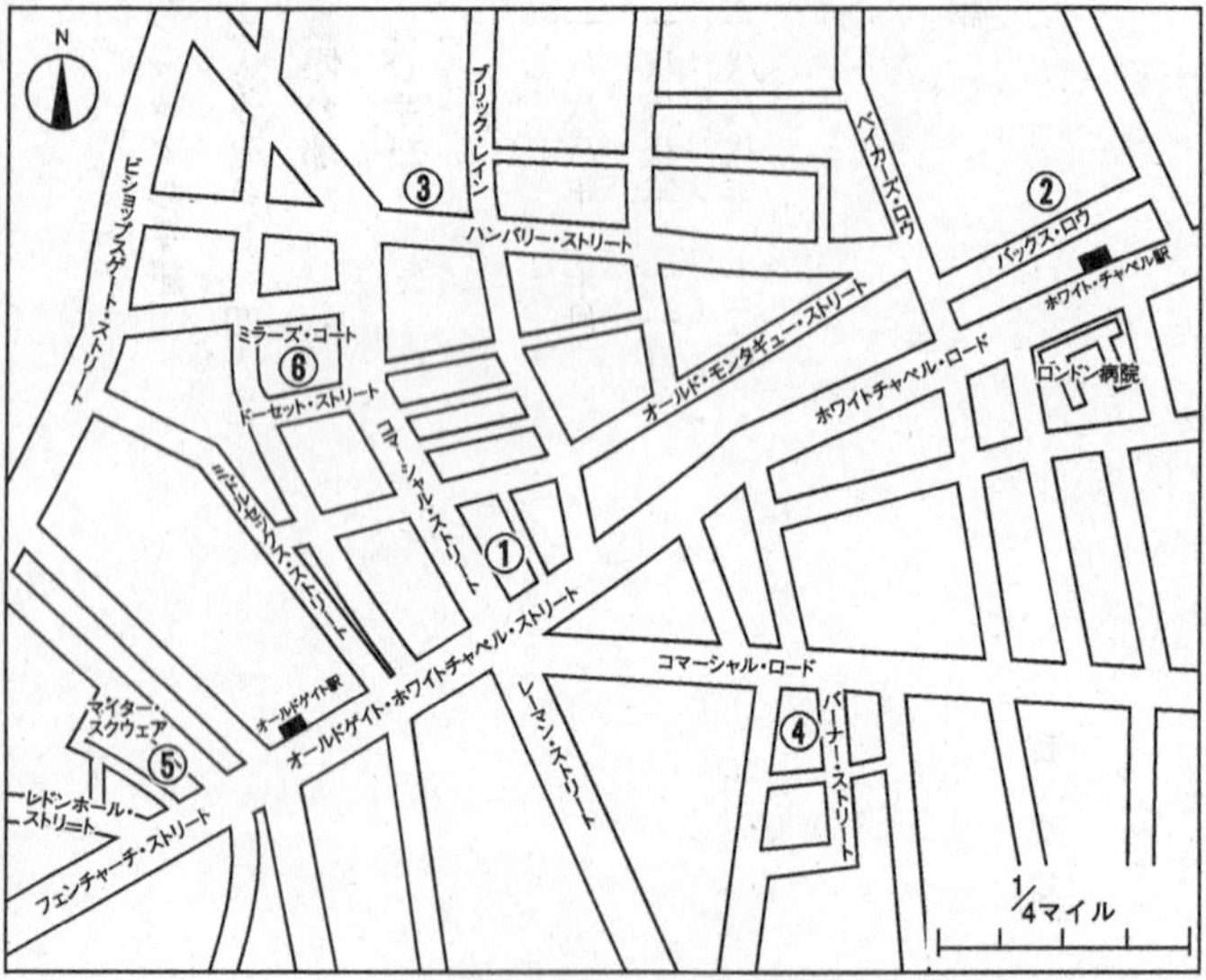

被害者の発見現場

①.マーサ・タブラム
②.メアリ・アン・ニコルズ
③.アニー・チャプマン
④.エリザベス・ストライド
⑤.キャサリン・エドウズ
⑥.メアリ・ジェイン・ケリー

プロローグ

貸す約束をしていた、トマス・ド・クィンシーの『芸術の一種として見たる殺人論』を蔵から出して、部屋に戻ったときだった。
微《かす》かな揺れを感じ、開けた襖《ふすま》に手をかけた途端「わっ」と云う谷崎《たにざき》の大声に驚いた。見ると、目の前の畳に蛙のように這《は》い蹲《つくば》って目を閉じていた。

揺れはそれきりだった。梅の花弁、ひとひら落ちたわけでもない。庭では大正十二年、一番乗りの鶯《うぐいす》がケキョ……ケキョと情けなく啼《な》いていた。長閑《のどか》な午後である。

「君……」と私は声をかけた。

「やあ」――見上げた顔は蒼白《そうはく》で、ぎこちなく笑ったものの、未《いま》だ這い蹲ったままだ。どう見ても、さきほどまでクィンシーならぬ、谷崎的「芸術としての殺人論」を得々と講じていた男とは思われない。

それでも、眼前を横切り、座って本を差し出すと、「もう来ないでしょうねぇ」と云いながら、やっと姿勢を戻した。

「僕は地震が苦手で……」との呟《つぶや》き声に、「そういえば『病蓐《びょうじょく》の幻想』というのがありましたね」と応《こた》えると厭《いや》な顔をする。

「別に、僕をそのまま書いたわけではありませんよ。厭だな。ほれ、涼しい顔をして。還暦ともなると、些細《ささい》な天変地異くらいでは驚かないといったお顔だ」

「いや、弱みに乗じて追い打ちをかけようなどという気はありませんよ」と私はあわてて云う。「素直にあの作品が好きですよ。歯痛から地震の幻影に至る筆致は実に見事。おまけに主人公の（彼）たるや毒舌の彼に、はぐらかされる前に、私はあの素晴らしい作品の感想を述べたかったのだ。ボードレールやランボーのサンボリズムを薬籠《やくろう》中の物と小説に仕立てています。

『さかしま』のデ・ゼッサントそのもの……」

私の熱弁は廊下からの婆やの声で遮られた。蜜柑《みかん》と手紙を持ってきたのだ。

「ヴァージニア・ウルフ？　リッチモンド？」――名前にも住所にも全く憶《おぼ》えはなかった。

封を切る手を止めたのは「ヴァージニア・ウルフ？」と、彼が驚いたように云ったからだ。

「知っているのかい？」

「知るも何も……いや、僕もまだ読んではいないけれど、英国では有名な……新進の女流作家ですよ」

「ほう？」とは云ったが、それ以上の言葉が続かないところをみると、情報通の彼も小耳に挟んだ程度の名前らしい。しかし、やはり憶えはなかった。

戸惑いながら、封を切る私の手許《てもと》を興味津々で見つめていた彼は、それでも私が手紙を取り出そうとすると、流石に「失礼」と目を逸《そ》らして起《た》ち上がった。「これ、お借りします」と、クィンシーの本を懐に入れる。

「まだいいじゃないか」

「いや、これからまだ回るところがあります。東京に出ると用事が溜《た》まってて……これ、暫《しばら》くお借りしていいですか？」

「構わんけど……資料にでも使うのかね？」

「いや、気晴らしに翻訳でもしてみようかと思いましてね。じゃ、また」

先程の蒼《あお》い顔が嘘のように、生気溢《あふ》れる青年が立っていた。

一人になった部屋で、封書から薄いカードを引き出す。庭では我関せずとまた鶯が啼いた。

たった一行だった。


――アーサー・ウェイリー氏より貴方《あなた》のお名前を伺いました――


ウェイリー氏とは『源氏物語』を英訳しようと、ロンドンで孤軍奮闘している男である。友人の矢代《やしろ》の紹介で……それも「国文学者より、英語にも日本語にも堪能《たんのう》な先生を思い浮かべて……」という変な依頼で、二、三、問い合わせに答えただけだ。手紙だけで面識はなかった。

何だろう？　と狐につままれたような感じだった。ふと見ると封書にはまだ一枚、カードが残っている。かなり悪戯《いたずら》好きの女性のようだ。

だが、そのカードにも一行。


――貴方はロミオでしょうか？――

それきりだった。

ローミオ？　『ローミオとジュリエット』のローミオのことか？　まさか、六十の爺《じい》に向かって、異国の女性がローミオとは？

封書にはもう何も入ってはいない。

封書を引っ繰り返す。ヴァージニア・ウルフ……リッチモンド……はて……リッチモンドなど行ったこともなし。英国といえばあの頃の……ヴァージニア……ローミオ……ヴァージニア……ローミオ……そうだ！　ヴァージニア！　ヴァージニア！　ジュリエット！　不思議の国のアリス！　あのヴァージニアだ！

梅の枝から鶯が飛び去った。そして私の想いも、瞬くうちにロンドンに！　遥《はる》かな昔……一八八八年のロンドンに飛んでいた。あのヴァージニア・スティーヴンだ！

「お客様のお茶をお下げします」と、婆やが入ってきて我に返る。

私は再び、蔵の書庫へと足を運んだ。

思えば『芸術の一種として見たる殺人論』などという——あの当時に手にいれた——本を取りに来た後で、このような手紙を貰《もら》うのも、六十にして未だに解けぬこの世の神秘のひとつかもしれない。

淡い春の日は暮れようとしていた。

薄日の射す蔵の隅で、私は三十五年間、手を触れないままに置いた包みを繙《ひもと》いた。

フールスキャップ判の紙を二つ折りにして書いた小説と、大学ノートの日記。一頁目……

——一八八八年三月九日、王の崩御……そして何かが僕をつかもうとしている。

日常の覚書なぞ不要と思ってきたが、今日は何か特別の日に思われる。心のままに書いてみよう——

拙《つたな》い字で埋められた、小説とも呼べない覚書……近いうちに処分しようとだけ思い、二度と開こうとは思わなかった包み……

それは三十五年前の……やはり春から始まっていた。

第一部

一　雪のベルリン

「石の要塞《ようさい》」に閉じ込められたような、このところ遠のいていた不安を覚えたのは、教授の家で時を忘れ、石造りの家から石畳の広い道路に出たときだった。

人気のない道、そして舞い落ちる雪に伴奏をつけるかのように、ふいに鳴り響く鐘の音……

街中の鐘が鳴っていた。

石の要塞に鐘が響く——雪の中から突然現れた馬車は、冥界《めいかい》へと向かうように黒塗りの車体、黒い馬、黒いマントの馭者《ぎょしゃ》である。

耳を覆う鐘のことを聞いても「知らない」とただ一言。そして……


「ヴィルヘルム一世皇帝陛下が崩御されました」

定刻より一時間遅れてフォス街の公使館に着き、『大和会』の会場で僕を迎えたのは、全権公使西園寺《さいおんじ》公の沈鬱《ちんうつ》な言葉だった。

ベルリン在留の日本人たちが集まる公使館内である。

低い公使の声が『松の間』に入ったばかりの、遠く離れた僕の耳にまで届いたのは、辺りが水を打ったような静けさで包まれていたからだ。未《いま》だ鳴り止まぬ鐘の中で、公使は哀悼の辞をやはり沈んだ声で述べると、いたたまれぬようにそそくさと退出した。

途端に部屋は波のようなざわめきに覆われた。うねりは広がり、官人、またその夫人たちがこれもあたふたと公使の後を追う。

扉の前で僕は啞然《あぜん》と立ったまま、出てゆく人波に揉《も》まれていた。興奮し、押し殺した、その口々の囁《ささや》きも耳に入らず、脳裏に浮かんだのは皇太子妃ヴィクトリア王女の憂いに沈むお顔だった。


誰かに呼ばれているような気がして顔を上げた。

部屋は打って変わってがらんとしていた。政府とは縁遠い僕ら医学生や、他の勉学の留学生たちが僅《わず》かに残され、それでもまださざ波があちこちに固まった輪の上を流れている。

もう一度、名を呼ばれ、窓辺に目を向けると、桃太郎と犬と猿……いや、鷹原《たかはら》と北里《きたさと》さんと森《もり》がいた。

鷹原惟光《これみつ》――その美貌《びぼう》からどこへ行ってもいつのまにか「光」とだけ呼ばれるようになる男――と云っても、絵巻に見る源氏の君のような顔というわけではない。並外れた美貌を名に事寄せてそう呼ばれるだけである。

全く何て奴だと思いつつ、窓辺に向かう。

――英国回りでそちらに行く――という手紙が届いたのはまだ一昨日だった。

屋外の降りしきる雪の輝きを後光のようにして、男のくせに、相変わらず見とれるような美しさである。細面、切れ長の涼しげな眸《ひとみ》に日本人離れした高く細い鼻……微笑めば花のよう、だが怒れば能面のように冷たくなり、すませば他者をたじろがせるほどの高潔な面立ちとなる。

おまけにプロイセン騎兵の間に入ってもすこしの引けもとらない均整のとれた長身、厚い胸、そのくせ優雅な身ごなしで、いつだって——そう、今も——恐らくはパリ仕立てだろう、心憎いまでの燕尾服《えんびふく》姿だ。シルクの襟にはこの雪空に、どこで求めたものやら赤いカーネーションまで挿していた。

古い高貴な家柄、見事な容貌《ようぼう》に加えて東大解剖学教室でなみいる教授連を瞠目《どうもく》させた鋭い知性——些《いささ》かの気まぐれと毒舌という点を差し引いたとしても、「天は二物を与えず」どころかこの男に関しては三物も四物も与えたようだと認めざるを得ない。同じ歳という以外、すべてに正反対、しかもここまで歴然たる差をつけられると、もう嫉妬《しっと》も羨望《せんぼう》もおきない。

「いつ着いたの?」と聞くと、すまして「二時間前」と手を差しのべてきた。

鷹原は宮内次官鷹原伯爵の長男で、二十五歳。東大医学部以来の友である。

普通なら貴族院議員か軍人、あるいは宮中に入るものと思っていた華族の令息が、何で医者にと当初思ったものだが、案の定「医者になるつもりはない。すこし人体に興味を持っただけだ」と二年で退学、なぜか司法省に入り、そして二年前、僕がベルリンに来てからは、呆《あき》れたことに警視庁に入ったという手紙をよこし、その半年後には何と今度はパリからの手紙だった。

二年とはいえ、医学を学んだ実績が買われたのか、あるいは本人が望んで押し通したのか、フランス警察のアルフォンス・ベルティオンという男が編み出した『司法人体測定法』というもの——これによって累犯の者や死体の身元確認など実に容易になったと近年評価の高い方式と、後は遺体の損傷などを分析する法医学についての視察、研究ということだった。

後はときおり変な場所から手紙がきていたが、会うのは昨年一月に突然ベルリンに来て以来――ほぼ一年ぶりである。


「変わらないね」と鷹原はにっこり笑った。相変わらず洗練されていないと思ったのだろう。僕はうなずき、ようやく傍らの猿と犬――申し訳ない例えだが、森や北里さんにも挨拶《あいさつ》をする。

鷹原は東大では森や北里さんとは年代がずれていたので、昨年来たときに紹介したにすぎないが、今まで一緒にいたところをみると、このベルリン留学生中きっての俊才たちにも印象深かったのだろう。


「パリはどうだい？　ベルティオンは」

「ああ偏屈な小男だ」と、鷹原は素っ気なくかわすと「それより英国が面白いよ」と見てきたばかりの国について話し始めた。

「まさに聞きしに勝る国だ。ヴィクトリア人のグロテスク趣味といったら病的だよ。『物見高いは江戸の常』どころではないね。どこの見せ物小屋も満員御礼、しかも人間だけじゃない。世界中の植民地から集めた珍奇な植物、動物、物で溢《あふ》れている。華美で俗悪この上ない玩具箱《おもちゃ》を引っ繰り返したようなホール、あるいは薄汚い小屋というのが見せ物の相場だが、こうした中で、シルクハットにステッキをかかえた立派な紳士から素足の労働者階級までが群がって、押し合い、騒ぎ、目を皿のようにして観てまわるところを想像してみたまえ。いつだったか、君の手紙にあったオーストリアのフロイトとかって医者の話……男にもヒステリーがあるって新説だがね、僕も真面目に考えることにしたよ」

森が冷然と「貴方《あなた》の声は低いけれど通ります」と、猿の長老のような気難しい顔をして云った。「些か内容がね。今、この部屋での話題としてはですが」

「ほぅなるほど。これは失敬」

鷹原は意に介する風もなく、同性ですら魅了するような笑みを浮かべたが、森のほうでは毅《き》然《ぜん》とした顔を仮面のように保ったまま、鷹原を見上げていた。武士の面持ちそのままだ。

小柄だが、常に毅然とした森林太郎《りんたろう》は陸軍省派遣の留学生で二十七歳、衛生学を修めていた。文部省派遣の僕ら、ただの学生とは違い、既に陸軍二等軍医という地位にある。つい先日、東大での僕の恩師、小金井良精《こがねいりょうせい》先生について問われた以外、あまり言葉を交わしたこともない。常に、ドイツのすべてを明治新政府に持ち帰ろうと云わんばかりの気迫に漲《みなぎ》り——これは他の留学生にも多かれ少なかれ共通してはいたが——加えてドイツの威容いかなるものぞという自信、そしてまた常時威風堂々とした物に動ぜぬ態度、毅然とした云いようが未だすべてに生半可な僕を萎縮《いしゅく》させ、異国での少ない医学仲間とはいえ、自然敬して遠ざけるという状態になっていた。

どうやら鷹原にいわれのない対抗心を持ち出したようだ。それとも武士の魂から見ると洒落《しゃれ》者の鷹原が腹に据えかねたというところか？

森のぴしゃりとした言葉で、僕らはしばし声を呑《の》んだ。と云っても、鷹原の方では窓際の熱帯植物に気をそそられたようで、何やらモノクルまで取り出して子細に覗《のぞ》き始めた。

鷹原の話は、先月僕が手紙で——畸形児《きけいじ》の解剖レポートに追われている——と書いたからだろう。——久しぶりに充実した時を送っている——と。だが、森に云い訳をする気にはなれなかった。

こちらでは沈黙が落ちることを「頭上を天使が横切る」とか云うらしいが、僕らの頭上を天使が旋回する間、「たしか九十近い御高齢だった筈《はず》……」「いや、九十一歳と伺いました」など、囁きが耳に入った。周囲では皇帝崩御のことでまだ騒然としていたのだ。

僕は戸外に目を移した。鐘は鳴りやんでいたが白衣に包まれたベルリン市内をなおも埋め尽くさんとばかりに、天の涙のような粉吹雪が舞っている。太陽に包まれたサン・レモから、この雪のベルリンに王女はお帰りになられる……それから……僕に何が出来よう？

頭上の天使は耳障りな「やあ、柏木《かしわぎ》、来ていたのか」の声で消えた。振り向くまでもなく、ばたばたとやって来たのは江口《えぐち》である。「それに秀才御方々と光大将までお揃いとは……凄《すご》いメンバーですね」

やれやれ、雉《きじ》までお揃いだ——僕はやはり昨年、江口にまで鷹原を紹介したことを悔やんだ。だがこの目立つ友を江口が放って置く筈もなかった。

「どうやらサイクロピデスの蛹《さなぎ》のようですね」と鷹原がようやく熱帯植物から顔を上げた。「可哀相に、こんな北国に連れてこられて」

「は？」と気勢を削《そ》がれた江口は、一瞬ぼうっと鷹原の手で持ち上げられた葉に視線を向けたが、「ははあ、希代の美男子はこんなときでも昆虫観察ですか。これはまた優雅な」とへらへらと笑い、次いで彼の視線に竦《すく》んだらしく、突然、森に向きを変え、話しかけた。「フリードリッヒ三世の即位となるのだろうか」——同じ医学仲間だが、利ありと見ればどこへでも顔を出す軽薄な輩《やから》だ。

「だが皇太子も御病気と伺いましたよ」と北里さん。

「ああ、北里さんは俗事、政情にはあまりご関心がないでしょう」と江口は皮肉っぽく云った。「ただいまドイツ帝国皇太子御夫妻はサン・レモにて御静養中。ドイツの名医を退けて……麗しの英国……これは皇太子妃の口癖だそうな。麗しの母国……英国の医者を侍《はべ》らせてね」そこで江口の口調が変わった。「そういえば光大将は英国に寄っていらしたとか。王族方とお親しい貴方ならヴィクトリア女王が娘婿のために喉頭《こうとう》専門医を遣わしたということは聞いているでしょう？　ロンドンではどうでした？　何か耳にしませんでしたか？」

「高踏派詩人となら会いましたがね」

森が「ヴィクトリア女王の指示だったのか」と云い、北里さんが「喉頭専門医を？」と聞く。

鷹原の揶揄《やゆ》に気を削がれることもなく、江口は「ああ、モレル・マッケンジーというイングランド随一の名医だそうだ」と得意気に北里さんに応《こた》え、「ここだけの話だがね」と声を潜めた。「新聞ではいろいろと書き立てているが、先月サン・レモに行ったベルグマン教授の筋からの情報だがね」と、なおも勿体《もったい》ぶって一同を見回す。「皇太子はたしかに喉頭癌だそうだ。それも末期のね」

昨年十一月に新聞の無記名欄で『悪性の腫瘍《しゆよう》』と発表されていたことだ。だが風説は様々である。僕は「まさか」と云った。

「外科医の第一人者の説だよ、柏木」と江口が小馬鹿にしたように僕を見る。「大学のゲルハルト博士から君は何も聞いてないのか？　いや、教授の覚え愛《め》でたき君が、僕より知らないとはね」

江口は僕ら三人を相手にしても始まらないと思ったらしい。いまや森一人に向かって話していた。「ビスマルク宰相は皇太子即位を快く思ってはいないという噂だ」と、またしても殊更に声を潜める。「これいじょう王女を通して英国の介入はごめんこうむるってわけでね。そして皇太子は重病――となれば皇太子を飛び越してギョオム王子の即位ということになるのではなかろうか？」

「もしくはビスマルクの摂政制……」と森が呟《つぶや》く。「その方があり得るな」

「なるほど」と目を丸くして江口。「さすが炯眼《けいがん》だな、君は。皇太子は危篤、王子は生まれついての左腕麻痺《まひ》……ドイツ皇室は闇……そうか、ビスマルクか……たしかに今だってドイツ帝国を切り回しているのはビスマルクだ。有名な熱血宰相だし……」

「君」と鋭い鷹原の声で、江口は飛び上がったが、「僕は柏木と話があるのでここで失礼する」と聞くと、あわてて僕の方へ顔を向けた。

「いや、いずれにしろ、僕ら日本帝国の留学生としても哀悼の意を示すべきじゃなかろうか。特に柏木、君は男爵の御令息だ。まず、ドイツ皇帝への弔問状として、留学中の日本の華族の一員たる君の名前を筆頭にすべきではなかろうか――いや、鷹原さん」と今度は鷹原に目を向ける。「立ち寄られただけとしても、鷹原伯爵御令息の名も入れていただけると一段と格が上がりますね」

「格を下げることならお手伝いしたいのですがね」と鷹原。

「僕は……」顔が熱くなった。怒りか羞恥《しゅうち》か判然としないままに「差し上げるとしても留学生一同でいいのじゃないか」と云う。

北里さんが頼もしくうなずいてくれた。

「なぜ！」不満そうに顔を歪《ゆが》めた江口の前で、鷹原がついと近寄り僕の肩に手を回した。「後は森さんたちとよろしく話し合っていただけませんか。じゃ、森さん、北里さん、またお会いしましょう」

傍らを過ぎるとき、森が囁《ささや》いた。「妹が小金井氏と結婚する」

「先生と？　いつ？」

「いや、手紙が来てね。昨日縁談を進めるよう日本に返電した。家では僕が了承すれば事は決まるのだ。小金井氏は存じあげないが君の言葉を信用したよ」

皇帝の死と恩師の結婚……悲喜こもごものニュースに公使館の外に出ると、鷹原が「江口って奴は医者よりも政治家になったほうがいいな」と云った。「尤《もっと》も開業しても繁盛するかもしれん」

「彼の未来など興味はないよ。どれくらい居られるの？」

「二週間の休暇を取ったが英国で五日潰《つぶ》した。あと一週間だな」

「とにかく会えて嬉《うれ》しいよ」

鷹原は朗らかに笑うと外套《がいとう》を着た僕の肩に、また手をかけた。

部屋を取ったという『ウンター・デン・リンデン（菩提樹《ぼだいじゅ》の下）ホテル』のバーに落ちつくと、周りではやはり皇帝崩御の話で騒然としていた。

「九十一歳の御老体だ。騒ぐことでもなかろう」と鷹原が平然と云う。次いで顔を曇らせた僕に、「そうか、君は皇太子妃の崇拝者だったね」

「素敵な方だよ」と気色《けしき》ばんで応えた僕は、面白そうに見つめる鷹原の目と合って下を向いた。彼のこの眼差《まなざ》しは時々癇《かん》にさわる。「それに、云うなれば君が会わせたんじゃないか」と云ってやった。

英国のヴィクトリア女王の長女であられる皇太子妃はお名前も女王と同じ、ヴィクトリア。ドイツ皇太子妃になられて既に三十年経っていたが、結婚当初から英国風を吹かすと世評悪く、未だに何かと批判されていた。が、新聞紙上でかまびすしく取り上げられる王女の記事にさほど関心を払っていたわけでもない。自由主義的御発言に好感を持っていたにすぎない。

それが、昨年ふらりと下宿先に現れた鷹原によって、無縁と思われていた世界に誘われた。

突然現れた鷹原は、「男爵のご令息になったのだから」と、無理やり皇室の夏の別荘、ベルリン西方にあるシャルロッテンブルグ宮に、僕を連れていった。

そして今、鷹原が揶揄するように、僕は一時《いっとき》で王女に心を奪われたのだ。

日本では天皇陛下のお顔を拝するだけでもありがたく、お言葉を賜ることなど考えたこともなかったので、この立派なドイツ帝国の皇太子妃が、気安く僕にまでお話しをされるのにひどく驚き、その温かいお人柄、聡明《そうめい》さ、優しさに感銘した。以来、世間で何と云おうと彼女を崇拝し、その困難なお立場に陰ながら同情していた。

だが、茶会とはいえ、そのようなところへ行ったのは、それが最後である。

父が男爵になったのは一昨年のこと。それも姉が伯爵――それすら数年前になったばかりの新政府の役人に嫁いだからだ。爵位は義兄の体面のため、そして父としては恐らくは僕のためだろう。

瓦解《がかい》後、生き残ってしまった我が身を呪い、成す術《すべ》もなく呆然《ぼうぜん》と日を送っていた父――貧乏旗本だった父が、軽蔑《けいべつ》しきっていた薩摩《さつま》の田舎侍に姉を嫁がせ、男爵になった。父の苦虫を嚙《か》み潰したような顔がそのまま浮かんでくるような知らせを日本から受けたとき、僕は大笑いしたものだ。男爵だって⁉

ベルリンに来て半年というときだった。

勉学に励む先輩たちの温かい持てなし、行き届いた世話にも拘らず、そしてすんなりとそこに溶け込んでいく同輩たちからも一人遅れ、僕はこの予想を上回る大都市にすっかり萎縮し、自分自身に絶望していた。

何たる文化、何たる威容……東京にいたとき、目を見張った鹿鳴館《ろくめいかん》ですら、来てみれば安普請の掘っ建て小屋にすぎなかったと気づく。そして、優等生として持て囃《はや》され、天狗《てんぐ》になっていた自分が、ここでは余りにもちっぽけで見すぼらしい、その存在すら知る人も少ない遥《はる》か東の島国から来た不器用な小男に過ぎないと解り、あらゆることに劣等感を持った。

そんなとき、おもむろに成り立ての伯爵の義兄から、これも出来立ての男爵の知らせを受け取った。滑稽《こっけい》でしかなかった。まるで道化である。

それでも、名称だけで判断したものか、男爵の御令息とかに成ったお蔭《かげ》で、下宿と大学とカフェと玉突き場という僕の生活に、時折社交界の招待状が舞い込んで来るようになったが、足を踏み入れる気など毛頭なかった。まして男爵という位は世襲ではない。

ただ一度の茶会で王女からお言葉を賜ったのも、鷹原が傍にいたからだと思っている。


シェリー酒のグラスが前に置かれ、想いから醒《さ》めて僕は顔を上げた。

「素敵な方だ」ともう一度云ってしまう。「一般に流布されているような傲慢《ごうまん》さなど微塵《みじん》もない……今のお立場を思うとお労《いたわ》しいと思うだけだ」

「おやおや、ぼんやりしていると思ったら、まだ皇太子妃のことを考えていたのか」

「君はフランスに居るから、あの方がこの一年、どれほど辛いお立場か知らないのさ。昨年のあの茶会からいくらも経たない頃、皇太子が病に倒れたことくらいはフランスにも伝わっているだろう？　新聞では連日書き立て、巷《ちまた》でももっぱらこの話だ。ひどい云い方だよ。『ドイツ臨床医学を信用せず、病の夫を引きずり、海外をさまよっている。すべてがヴィクトリア王女のわがままであり、夫の帰国を邪魔し……』」

「『英国の医者と皇太子妃の過誤のために皇太子はだめにされる』か？　だが、モレル・マッケンジー卿《きょう》は確かに名医だよ」

僕は呆気《あっけ》にとられて鷹原を見た。「モレル・マッケンジーを知っているのか？　さっき江口には……」

「昨年六月に英国でヴィクトリア女王の即位五十周年記念というのがあってね。こちらの皇太子夫妻と共に会った」と、すまして応えた。「ワイト島から手紙を出したろう？」

僕は美しい島の絵葉書を思い出した。広がる海に白い断崖《だんがい》……「――ワイト島にいる。泳いだが早すぎたようだ――って一行だった」

「あれで風邪を引いてね。後はおとなしく歓談くらいしか出来やしまい。『卑劣なビスマルク宰相、頑固な取り巻き連、わがままで横柄な王子』……あれでけっこう愚痴っぽい女《ひと》だよ、皇太子妃は。尤も僕の母も愚痴っぽいが」

「何と大それたことを！　恐れ多くも……」

「よせよ。王女の自由主義を絶賛しておきながら、君の頭はときどき維新前の武士に戻ってしまう。皇族だって人間だ。考えることにそう違いはないよ。まぁそれだけお父上のご教育が行き届いていたのかもしれんが、矛盾してるぞ。僕だって彼女に好意を持っているよ。皇太子を心から愛し、モレル卿を信じきっているのは解るしね。可愛く、愚かな女性だよ。ほら、またそんな顔をして……僕は、君みたいに王女などという仮面に幻惑されないだけだ。だが、無理だな」

「何が」

「病の方が強い。先月もサン・レモに行ったとき、偶然あのさまよえるユダヤ人一行に出会ったが、皇太子の声は日によってはまるで出ない。今や骨と皮だ」

僕はあわてて周囲を見回したが、しばしの間、日本語で話していることも忘れていた。

鷹原は平然と話し続けた。「二月九日についに気管切開の手術をした」（皇太子が亡くなられたと風評が立ったときだ）「その後、モレル卿は喉《のど》に入れた銀管を通してガッタパーチャー……ドイツ語ではグッタペルカ……南洋諸島に産するゴム質の樹液の一種だがね、そいつを皇太子に飲ませようと悪戦苦闘している。ただ……さっきの江口と云ったかな？　あの男の云うとおり、末期だな。回復は無理だろう」

「随分と冷たい云い方だね」と僕はいつになく強く云った。ドイツに居る僕より、そしてドイツ国民より、鷹原の方がよほど皇太子夫妻の近況を知っていたという驚きと、あとは恨めしいような、嫉妬《しっと》のような、よく解らない感情が入り交じっていた。

「僕に何が出来る。異邦人の……貧しい国から来た風来坊だ。何の力もない」

「それはそうだが」

「僕らは僕らに出来ることをするしかなかろう。差し当たって出来ることは、シェリーをもう一杯飲み、話題を変えること」

「そうだね」と僕も応じる。そう云うしかなかった。実際何が出来よう。たしかに……「一年振りに会ったんだし……」と僕は云う。「君に聞くまで僕はワイト島が英国の島だということも知らなかった。サン・レモがイタリアだってことは王女関連の新聞で知っているけれど、何だかあちこち行っているんだね。ベルティオンのこと……さっき『偏屈な』って云っていたけど、厭《いや》な思いをしているのかい？」

「僕が？」と目をみはった鷹原は、突然両手で綺麗《きれい》にカールした口髭《くちひげ》を真横にひっぱり、頭の先から突き抜けたような声を上げた。「きみ、人間は二百二十二の骨で出来ている。この骨格は成人になれば絶対に変わらないのじゃ。二人の人間をこの不変の尺度で測ってみたまえ。十一ヵ所が同じ値などというのは正に四百万分の一なんじゃよ。解るかね」

「なるほど」僕は腹をかかえて笑う。

「奴《やっこ》さんの頭の中は計測と分類しかない。統計に取りつかれた子供みたいだ」声はようやく元に戻った。「ベルティオンは一月ほど前、犯罪者識別局局長に就任した。前より広い部屋も貰《もら》い、ますます世界の注目を集めてはいるがね。そうだ、半月前には写真局というのまで出来た。写真というのはたしかに凄《すご》いね。奴は写真家とも大喧嘩《おおげんか》をして、今までみたいな写真家の下らない美意識……つまり囚人にすらダンサーのような馬鹿げたポーズをつけさせる今までの芸術写真じゃない——正にベルティオン式の——真横の顔に真正面の顔という規則正しい写真を撮らせ始めた。これには僕も感心したよ。たしかに識別しやすい。だが計測に関しての現状と云えば悲惨だよ。裁判所の屋根裏部屋が世界に冠たる『犯罪者識別局』なんだが、広いだけが取り柄で天井もなく梁《はり》は剝《む》き出し、床も剝き出しというお粗末さ、おまけに氷柱《つらら》まで下がりそうな寒い部屋だ。そんなところでシャツ一枚の囚人の頭から爪先まで偏執狂みたいに調べ回る、次いで新所帯の切り回しもおぼつかず、一人で癇癪《かんしゃく》を起こして囚人にまで八つ当たりだ。測る対象が四角四面の物体なら簡単だが、でこぼこの肉体に感情を持った人間だからね。しかも一筋縄じゃいかない犯罪者が多い。いつだって大騒ぎさ。奴さんには上手《うま》く宥《なだ》める裁量もなし、頭の中はミリ、センチ、デシメートル、メートルしか詰まってない。見ているとむしろ囚人のほうに同情するね」

「それで……ぶつかった？」

「いや、どうも僕は苦手なタイプのようで、奴の方で避けているよ。それに時期も悪かったようだ。今ベルティオン氏はこの誉れあるベルティオン方式を世界に認めさせようと躍起になっている。そこに視察などという名目で東洋の大男が居座り、手伝いもしないで横槍《よこやり》ばかり入れているが、警視長官の命令で追い出すわけにもいかない。そこでしょっちゅう休暇をいただけるということだ」

鷹原はにこっと笑い、僕も「ありがたい」と笑い返した。

「それより君に土産があった」と、鷹原はウエイターを呼び、外套《がいとう》を持って来させた。ポケットから取り出されたのは『ブリティッシュ・メディカル・ジャーナル』――一八八五年刊行――三年前のロンドン病理学会の雑誌と、数葉の新聞の切り抜きだった。

「――畸形児《きけいじ》の解剖レポート作成中――と、手紙にあったからね。栞《しおり》のところを読んでみたまえ」――云うと、新しいグラスを口に運んだ。

栞のところを開いてみる。

『先天性畸形の一症例』――フレデリック・トリーヴス

そして息を呑《の》む石版画――

これが人だろうか？　腰布一枚の人間……横向きと後ろ姿の絵はまだ少年のように見えるが、その身体はまるで巨人によって曲げられ、踏みつけられ、引き伸ばされたという風に変形していた。からだは左にかしぎ、頭は通常の三、四倍はありそうだ。僅《わず》かに左腕と右足だけが華奢《きゃしゃ》なほっそりとした原型を保つのみ、おまけに巨大な指で火に炙《あぶ》られでもしたかのように皮膚はケロイド状に見えた。

「実際には、その石版画以上だそうだ。福沢諭吉《ふくざわゆきち》が『天は人の上に人を……』などと云っているが、その外形だけで充分不公平と云えるじゃないか」

「君と較べたらもっとね」――それだけ云うと、僕はトリーヴスの論文に吸い込まれた。

――頭周りは三六インチ（九一・五センチ）、右の手首は一二インチ（三〇・五センチ）、右手の一番太い指周りが五インチ（一二・七センチ）、身長は五フィート二インチ（一五七センチ）――皮膚組織に起こった異常から、柔らかい皮下層がおびただしく増殖、表皮を押し広げている――皮膚はだぶつき、たるんで流動するような感じになり、あるいは襞《ひだ》になって深部の組織から離れ――この異常が特に顕著なところは――右の胸と肩の辺りから始まって、右腋窩《えきか》の前に約六インチ（一五センチ）ほどの襞、また臀部《でんぶ》はこのプロセスが最も甚だしく、ひときわ分厚く、大きくひろがった皮膚の垂れ幕が、臀部全体を覆い、殆《ほとん》ど大腿《だいたい》の半ばあたりまで達しており――第二の異常は皮膚表面に認められる無数のいぼ状増殖、あるいは乳頭腫《しゅ》である――頭蓋骨《とうがいこつ》は途方もない大きさである。形はひどく歪《ゆが》み……


一見ケロイド状に見えた皮膚の様相はもっと悲惨な皮膚病のようである。確かに論文に書かれた男の状態は、石版画以上のものだった。

まるで聖女リドヴィナではないか。

十二世紀にオランダで生まれたこの聖女は、十五歳まで普通の少女と変わらない健康体であったが、ふとした病気から床に就き、以来三十八年もの間、全身腐爛《ふらん》の傷ましい姿で呻吟《しんぎん》し続けたと聞く。耶蘇《やそ》の神父が尤《もっと》もらしく云うには、神の子であるキリストが、人類の罪を背負って十字架上に死んで以来、神は折々俗世の人間の中から適当な者を選び出し、キリストに代わって人類の罪を贖《あがな》わせるため、致死の苦悩に喘《あえ》がせるのだという。

それを聞いたとき、何たる横暴と僕は思ったものだ。適当に選ばれた者こそいい迷惑ではないか。だが、所詮《しょせん》は耶蘇の……僕には理解しがたい理屈からでっち上げた空想の産物にすぎないと思っていた。しかし今、手にした文献には……紛れもなくリドヴィナ以上の難病に見舞われた男がいた。

そして傷ましい文献から顔を上げた僕の目の前には、今さらながらに目を奪う、優美な貴公子が、悠然と葉巻を燻《くゆ》らしていた。

「彼は今も見せ物に出ていたときのまま、エレファント・マンと呼ばれている」と、貴公子は呟《つぶや》いた。「病院に収容されたが……新聞の切り抜きを見てみたまえ。連日人が押し寄せて人気者だ」

「じゃ、今も見せ物じゃないか」――僕は切り抜きを文献の間に挟み、窓に顔を向けて云った。

「不公平だね。たしかに」後は言葉にならなかった。

貴公子が白絹の手袋で窓を拭《ぬぐ》う。扇状に浮かんだ戸外では、雪の女王が死の息を吐きながら、市中を走っていた。

♠

三月十一日、森や江口の予想に反して、無事帝位に就かれたフリードリッヒ三世とヴィクトリア皇后が、ベルリンにお帰りになられたと新聞で知った。

鷹原はどこをうろついているのか、顔を見せない。次に彼に会ったのは十六日、前皇帝の埋葬に、公使らと出席したときである。

♠

雪に埋もれた真っ白のベルリン市内を黒い行列が進む。

「トリュフ狂いの豚！」という憎々しげな市民の言葉が耳に入った。

遠く、馬車から出られた皇后の側に、恰幅《かっぷく》の良い中年の男が付き添っている。

「プリンス・オブ・ウェールズだ」と鷹原が囁《ささや》く。「ヴィクトリア女王代理として英国から見えた。フランス贔屓《びいき》の気の良い殿下だ。が、ここでの人気は今ひとつというところだね。後ろに居るひょろひょろしたのが皇后の侍従で、ゲッツ・フォン・ゼッケンドルフ」

熊のような大柄のビスマルク宰相と、肩をいからせ傲然《ごうぜん》としたギヨオム王子は僕にも解った。

「新皇帝のお姿が見えないけれど、やはり具合が悪いのだろうか？」

「『夫と英国とゼッケンドルフだけが私の味方です』――ワイト島での王女の……いや、もう皇后だったね……口癖だった。英国のアルバート殿下にゼッケンドルフが付いている。大丈夫、少なくとも今日の皇后は優しく守られている」

些《いささ》か肥満気味の英国皇太子と、対照的にひょろりとした侍従長は、遠目にもたしかに細やかな気配りを皇后になされていたが、雪の降る暗く凍りつくような日で、葬儀も重々しく冷やかと云えるほどに荘厳――重い悲しみだけが後に残った。

同道した西園寺公から、日本の宮中でも二十一日間の喪に服することになったと伺う。

葬儀の帰途、鷹原は、また突然に「さて、フランスに戻らねば」と、馬車をそのまま駅に走らせた。

「荷物は？」

「駅に届けさせてある」と懐中時計に顔を向け、「時間もぴったりだ」と気楽な笑みを見せる。世界も僕も、彼中心に回っているかのような笑みだった。

車室まで送った僕は、せめてもの厭味として「少しは真面目にベルティオンの部屋にも居たほうがいいよ」と云ってやる。

「ははぁ、君だったのか。僕が遊び回っていると、日本に告げたのは」

「冗談じゃない！　そんなこと」

「それこそ冗談さ」と鷹原は笑い、「だが、つまらぬ輩《やから》も多くてね。このところ『帰れ、帰れ』とうるさいんだ。――送金を差し止める――と脅してきた」と楽しげに宣《のたま》った。

「だって君は公費の他に、家からの送金もあるだろう？」

「うるさいのはその送金元の父だ。公費だけでやっていけるわけもないだろう？」

「僕はやっているけどね」と、彼の服を見て無理だなとも思う。

「口実を設けて、もうすこし止まらせてもらう。僕は英国に行くよ」

「英国に？」

「ああ、ベルティオン方式より興味を惹《ひ》かれるものがあってね」

鷹原はまたにこっと笑うと、突然手袋を外し、形の良い手を大きく開いて車窓に押し当てた。白く曇った面に五つの大きな指跡が点々とアーチを作る。

狐につままれたような僕の耳に、汽笛の音が聞こえた。

「まぁ、いいよ」

別れ際に聞いたのはそれだけだった。

♠

四月二十日──英国のヴィクトリア女王が四日後に見えるということで、各新聞ではまたしても喧々囂々《けんけんごうごう》『女王の権勢が皇后を通してドイツ帝室の操縦となるのでは……』と、被害妄想的に煽《あお》っていた。

重病の婿をお見舞いし、悲嘆にくれた娘を慰めにいらっしゃるだけではないか、ごく普通の親子であればもっと早くお見舞いもされただろうにと、苦々しくなる。

午後、大学から戻ると鷹原から手紙が来ていた。何と本当に英国からである。

──フランスに帰るやいなや、日本の司法省や警視庁に請願文書（殊勝な請願文書とはとても思われないが）を送り、ベルティオン方式は一応マスターしたので、英国はロンドンの首都警察本部──スコットランド・ヤードにあるCID──犯罪捜査部の視察をしたいと願い出、さっさと来てしまったとある。受理の通知は図々《ずうずう》しくも、英国で受け取ったそうだ。

あとは英国到着の四月三日、早々に殺人事件——売春婦エマ・エリザベス・スミスとかいう女が暴行を受け、翌日その傷が元で死亡するという事件が起こったとか。もっかその捜査の手助けをしているという意気揚々としたものだった。——大英帝国は上は政治から下は犯罪に於《お》いてまで活気に漲《みなぎ》っているよ——という結びの文に続いて、新しいホテルの住所が記されていた。

犯罪捜査部《CID》の設立はまだ近年、しかもパリ警視庁の強力な捜査体制を下敷きにしたものと聞いている。どのような詭弁《きべん》で日本政府の承諾を得たのか知らないが、こと犯罪捜査に関する限り、パリ警視庁からスコットランド・ヤードに行く必要はない。

「ベルティオン方式より興味を惹かれるものがあってね」——車室での言葉が蘇《よみがえ》った。活き活きとした精気溢《あふ》れる手紙を読んで、僕は鷹原を羨《うらや》ましく思った。新政府のためなどという大義名分ではなく、彼は自分自身で興味を惹かれたものに、いとも気軽に突進している——

そして夜、フリードリッヒ街のレストランで久しぶりに会った北里さんに、僕は鷹原の手紙を見せた。

衝立《ついたて》で仕切られた落ちついた席……動くものといえば煉瓦《れんが》造りの粗野な暖炉の火だけで、からだも温《ぬく》もり、腹もくちくなり、ゆったりと寛《くつろ》いだときである。

北里さんは名を柴三郎《しばさぶろう》。内務省からの留学で、僕より十一歳上、同じ留学仲間とはいえ、歳の離れた兄のような存在である。日本での面識はなかったが、一緒に渡航した縁で、ベルリン到着前から親しくなっていた。

彼は破傷風菌の発見で、初めて細菌の存在を世に知らしめた偉大な医師、ローベルト・コッホに付いていたが、勉強熱心、地道な努力家で、研究室でもめきめきと頭角を現していると聞く。レフレル、ガフキー、ブリューゲルと共に、今やコッホ門下の四天王とまで称されていたが、他の留学生たちのように肩肘《かたひじ》張ったところもなく、唯《ただ》ただ研究一筋という真摯《しんし》な態度に僕はいつも畏敬《いけい》の念を覚え、こだわりのない純粋な人柄にも好感を持っていた。いつ会っても穏やかな落ちつきを持していたが、昨年の夏、ウィーンで開かれた『万国衛生会議』に出席した内務省での彼の上官、そして陸軍省の医務局長でもある石黒忠悳《いしぐろただなお》がベルリンに立ち寄り「細菌学はそれくらいにして衛生学を」と命令したとき、毅然《きぜん》と撥《は》ねつけたという気骨の持ち主でもある。鷹原のような気安さはなかったが、ドイツ留学生の中では一番信頼出来る友だった。

「英国にねぇ」と云うと、北里さんは読み終えた手紙を丁寧に封筒に戻し、「自由で羨ましいね」と返してくれた。誠実そうな顔に、小さいが優しい眸《ひとみ》……口許《くちもと》の八の字髭を除けば、ころころとした日本犬を思わせる。

手紙をしまっても黙っている僕に、北里さんは穏やかに続けた。「顔もからだも精神も日本人離れしているね、彼は。恵まれすぎていると云うか……だが、あれだけの知性を、ただ浪費しているようで、勿体《もったい》ない気もするね。尤もどこへ行っても、持て囃《はや》される人だからかもしれないが」

「ベルティオンのところでは、かなり煙たがられていたようですよ」と、僕はビールジョッキをテーブルに置きながら云う。

食事の後のビールで、酔いがゆるやかに快く体内を巡っていたが、恐らくは愚痴になりそうなことを云いだしそうな予感で、すこし緊張もしていた。

「いい加減に見えるけれど、あれで根は真面目です。ベルティオンの許で彼はあまり満足はしていなかった。そして英国で何か見つけたようなんです」

「ほう？」とだけ北里さんは云って、あとは面白そうに僕を見つめた。

「この手紙では犯罪捜査部のことしか書いてないけれど、これは政府への口実にすぎません。何か知らないけれど、彼は英国で見つけたんですよ」

「それで？」

「羨ましいと思って……打ち込めるものを見つけて。鷹原にしろ、貴方《あなた》にしろ……」

「君は仲間内では一番真面目だと思っていたけれど……君にとって解剖学はそうじゃないのかい？」

「大事な学問だというのは解りますよ。医学の基礎。病理学も手術もその上に存在している……」

「教義はいいよ。たしかに最も古い学問で、その大部分は明らかになっている。大きな異説も対立もない。だがまだ発見はあるだろう？」

「それはね」と云いながら、思わず吐息が出、羞恥《しゅうち》とともに酔いを自覚する。「レンズの発見で、昔のように肉眼で見ていたときよりは細かく見えるようになった。そして新たな発見。拡大鏡から顕微鏡へ……顕微鏡の発展により……またよりミクロの世界が開ける。そしてまた新たなる発見。たとえ僕が新たな組織を発見したとしても、それは僕の手柄というより、顕微鏡の手柄ですよ。レオナルド・ダ・ヴィンチが今のような顕微鏡を持っていたら、彼の時代で今のすべては解っていた筈《はず》です。そしてこれからも、より高性能の顕微鏡が出る度に、新たな発見があるでしょう。でも、それが何だというのかと……ミクロからよりミクロへ。ただ……そこに在るものが見えるようになり、働きと繋《つな》がりが解るようになるというだけではありませんか。からだから細胞を発見し、細胞から核を発見し、核から染色体を発見しと、恐らくこれから染色体の中にも何かを発見するでしょう。でも細胞も核も染色体も太古から在ったんです。単により精密に見える機械によって見えるようになっただけで……」

「結構じゃないか」と、北里さんがいつになく強く云ったとき、僕はほっとした。自分でも何を云っているのか、何を云いたいのか……だんだん混乱してきたからだ。

壁に吊られた真鍮《しんちゅう》の鈴を鳴らして、新たなビールを頼むと、北里さんはもう一度「結構じゃないか」と云った。「それが顕微鏡という、君の云う単なる機械の勝利だろうと、それを覗《のぞ》く一個人の勝利だろうと、結構じゃないか。より深く生物を形作るものの内容が解れば、病気も解るようになり、治療も進み、人類の役に立つわけだ」

些か憮然《ぶぜん》とした北里さんの云いように、僕は感情にまかせて僕自身よく整理もされていないことを口走り、僕以上に顕微鏡を覗き込む日々である北里さんの研究まで揶揄《やゆ》していたことに気づいた。

「空理空論より実学実績だよ」北里さんの声が続く。「不眠不休で学んでも追いつかないほど、僕らは無知だ。日本では蘭学と呼ばれた西洋医学が日の目を見たのだって、ついこの間じゃないか。日本はまだ産声をあげたばかりなんだよ。そして僕の研究で云えば、結核、脚気《かっけ》、ペスト、赤痢と、数知れぬ病気が蔓延《まんえん》し、撲滅するには調べ、解明しなければならない。自己の在り方に疑問を持つ暇などないよ」

うつむき、返す言葉もない僕の耳に、隣の席から衝立越しに疳高《かんだか》い声が届いた。

「イタリア旅行の帰りにちょっと立ち寄るだけか？」

「ちょっと立ち寄り、ドイツを抱き込む！」

どうやら英国のヴィクトリア女王のことらしい。

「新皇帝は昔から皇后の云うなりだ」――聞き憶《おぼ》えのある声だった。「殿下が常々何ておっしゃっていられると思う？」

強く鼻にかかったベルリン訛《なま》りの声は、たしか――皇后の長男、ギョオム皇太子の親友と称したオイレンブルグ。鷹原と出席した昨年の茶会で、向かいに坐《すわ》ったフィリップ・オイレンブルグである。僕に絡み「傲慢《ごうまん》な阿呆《あほう》」と、鷹原が評した男だ。

声は得々と続いた。

「殿下はおっしゃる。『偉大なる祖母、ヴィクトリア女王はヒンドスタン（インド）の女帝、母親と姉妹はイングランド植民地』そして『父親の医者連中ときたら、ユダヤの田舎者で悪魔のはしくれだ』そうだ。つまり殿下が即位されない限り、ここ、ドイツ宮廷は既に偉大なる女帝国、イングランドの植民地と化しているよ」

皇太子を真似たオイレンブルグの声の後に、どっと哄笑《こうしょう》が起きた。

「出ようか」と、北里さんが起《た》ち上がる。

衝立を出ると、ドイツ陸軍の制服に身を包んだ、赤ら顔の男たちに混じって、やはりきざに葉巻をくわえたオイレンブルグがいた。

僕は大きな声で「暫《しばら》くです。殿下のご親友」と云ってやる。


店を出ると「エレファント・マンってご存じですか？」と聞いてみた。

「エレファント？……象人間って意味？」——北里さんは呆気《あっけ》にとられて僕を見る。

「いえ、いいんです、別に。何でもありません」

「君……」と、北里さんは暫く僕を見ていた。「もし……ベルリン大学で飽き足らないと思うようになったのなら……変わってみたらどうだい？　いや、僕は解剖学のほうは疎いけれど、ストラスブルグのワイダイエル教授というのが凄《すご》いそうじゃないか？」

「神経組織の研究では第一人者ですよ」と僕。

「コッホ先生のお話では、人柄も温厚、しかも学問に於いては実に鋭い洞察力をお持ちだと伺ったよ」

「そうですね」と、云うしかなかった。研究一途《いちず》、生真面目な北里さんに、こんな——自分でも持て余すような愚痴を云うべきではなかった。「考えてみます。ありがとう」

路上で僕らは別れた。

シュプレー川を渡った冷たい風が頬を撫《な》でる。水の匂い、若葉の匂い、春の到来も近いことを知らせてくれる。

皇后のお立場を考えられてか、ヴィクトリア女王が僅か三日でお帰りになられると、じきに五月となり、菩提樹《ぼだいじゅ》大通りは爽《さわ》やかな緑に包まれた。長かった冬がようやく明けたのだ。この二十四日には第二皇子の結婚式も執り行われる。しかし、皇帝の御容体は思わしくないようで、厭《いや》な噂ばかり耳に入ってくる。

♠

五月半ば、大学からの帰り、菩提樹と栗の葉がさやさやと揺れる芳しい通りで、江口に出会った。

顔を見るなり「御注進、御注進」と眼を輝かせて云う。

どうせろくなことではない。足も止めずに「もうすぐ栗の花が咲くね」と、はぐらかした。

「栗の花？　それは君、官能の香りだよ」と江口は得意気に云う。「そして官能の噂だ。森が踊り子とつき合っているぞ」

「え⁉」と、思わず足を止めた。帝国近衛《このえ》歩兵第二連隊の隊付き医官になったという森林太郎とは、前皇帝が崩御されたと聞いた、あの『大和会』以来、会っていない。

「画家の原田《はらだ》が二度も見ている。それも只事《ただごと》ではない様子だったという」

「構わないじゃないか。青木《あおき》子爵夫人だってドイツ人だ」

「何を云う」江口は大袈裟《おおげさ》に驚いたふりをした。「夫人はフォン・ラーデ伯爵家の出身だぜ。

踊り子とはわけが違う。森は七月には帰国だ。どうする気だろう？」

「失敬、大学に忘れ物をした。急ぐんだ」——僕は踵《きびす》を返すと、足早に今来た道を戻り始めた。

どこに行くというわけでもない。だが、江口に会った後、濃厚な花の香りは忌まわしいものとなり、一直線の広い通りは、どこまで行っても変わらず、黄昏《たそがれ》の闇に溶けはじめた木立、石造りの堂々とした建築群、アスファルトの車道を行き交う馬車、そして石畳の歩道を行く立派な人々……紳士、淑女、士官……まるでベルリンに来たばかりのときに戻ったかのような圧迫感を覚えた。すべてが巨大ですべてが荘重……石の要塞《ようさい》……押しつぶされそうだ。ようやく大学を通り過ぎ、あとは闇雲に路地を歩いた。

気がつくと、冷たい石の壁ではなく、赤褐色の古い煉瓦《れんが》沿いに歩いていた。鋭い尖塔《せんとう》を夜空に突き刺すようにして聳《そび》える教会『マリーエンキルヘ』の前だった。


中に入ると、ひんやりとした冷気に包まれ、逆上《のぼ》せた頭を冷やしてくれる。

七月に森は帰国する……再来月《さらいげつ》か……だが、僕の留学期間も今年一杯だ。あと七ヵ月……七ヵ月後に日本に帰り「立派に解剖学を勉強してきました」と胸を張って云えるだろうか？堂々と云うことが出来るだろうか？　江口の話がどうあれ、森は凱旋《がいせん》将軍のように帰るだろう。だが……僕は……

玄関ホールの『死者の踊り』という壁画の前で、僕は暫く佇《たたず》んでいた。

内壁を十間以上も飾る帯状の壁画は、蠟燭《ろうそく》の揺れる燈火《とうか》にぼんやりと、腰布一枚の死体の群れや聖職者や貴族、騎士、市民に至るあらゆる階層の人物を浮き上がらせ、僕を取り囲んでいた。中心には十字架のキリストが描かれている。

死を前にしては誰もが同じ身分になる……十五世紀の壁画で、こんな立派なことを提示した耶蘇《やそ》……そして堂々と文化を築き上げ、今、僕らはその文化を取り入れることに必死になっている。だが壁画から三世紀経った今も、世界は階層で分かれ、そして……なぜ……耶蘇の神はキリストと同じ生贄《いけにえ》を、今も人々に求めるのだ。聖女リドヴィナ……エレファント・マン……教室のホルマリン漬けにされた多くの畸形児《きけいじ》たち……

既に陽はとっぷりと暮れ、暗い夜空からは雨が降り始めていたが、大学の解剖学教室には、林立する標本同然に、当たり前のようにライヘルト教授が坐っていた。

「静かな宵だね」と、教授は僕の顔を見て云う。

「はい」と応《こた》えながら、僕は瓦斯燈《ガスとう》を一杯に灯《とも》した。薄闇の中で、教授は一人、ただ外を眺めていたのか、ぼんやりと窓際に坐っていた。

「暗い日だね」と教授は云った。「暗い風景だ」

雨は静かに降り続けていた。

僕は鷹原から貰《もら》った雑誌と切り抜きを鞄《かばん》から出した。あの日以来、ずっと持ち続けていたものだ。

切り抜きの見出しを一瞥《いちべつ》した教授は「エレファント・マンか」と呟《つぶや》いたきり、また外に視線を向ける。

「ご存じなんですか？」

「ああ、今や名士だからね、彼は。そこにもそう書いてあるでしょう……興味を持ったのかね？」

「はい、とても。会ってみたいのです。もし、出来ましたらロンドン病院へ行って」――この二ヵ月、ずっと考えていたことだった。「このトリーヴス教授に紹介状を書いてはいただけないでしょうか？」

「畸形児の解剖レポートを作成するよう勧めたのは私だ」と、教授は雨を見つめたまま云う。

「だがこうした変則的なものに向かわせるつもりはなかったよ」

「解っています」と僕は声を落とした。

解剖学以外に目を向け始めた僕の心を、教授は敏感に察知され、畸形という視点から新たに解剖学の意義深さを教えようとされていたのは解っていた。

「計測的なものならトリーヴス教授の論文で足りるし、詳しく見たいのなら写真も私の許《もと》に数葉ある。会うまでもないのではないかね？」

「会って……話してみたいのです」僕は『ブリティッシュ・メディカル・ジャーナル』を開いて見せた。「この論文では……三年前のもので……この時点ではトリーヴス教授はまだ彼に会ったばかり。体形は詳しく調べていますが、精神に関しては白痴ではないかと述べています。しかし、二年前にロンドン病院に保護されて以来、彼の許には多くの来客があり、彼は立派に応えているとあります」と、新聞の切り抜きを見せた。それには、先日の葬儀にも列席された英国の皇太子やその妃……、アレグザンドラ王女の来臨を始め、上流社会の紳士淑女たちの来訪が沢山載っていたが、そのどれもにエレファント・マンと呼ばれる男、ジョーゼフ・ケアリー・メリックの感謝の言葉が溢《あふ》れるように出ていた。「彼は決して白痴ではありません。しかしトリーヴス教授の云うように、先天性の、生まれながらの畸形……ここまで酷い容姿を持って生きてきた以上、世界の捉《とら》え方も常人とは異なるのではないかと思われます。どのような思いでこの世を見、人々を見ているのか……僕はそれを知りたいのです」

「君が求めているのは精神の解剖学だね。それも時間を要する」と、教授は初めて僕を見た。「昨夏、君がライプチヒ大学のヴント教授に会いに行ったのは知っている。いや、構わないよ。その前から彼の『生理学的心理学綱要』を貪《むさぼ》るように読んでいたのは知っていたしね。何も肉体を計測し、切り刻むだけが人生ではない。知識はすべてに繋《つな》がっている。知の世界には貪欲《どんよく》であるべきだ。だがすべてを知ることは出来ない。それは神の領域でわれわれ人間には不可能なことだ。僅《わず》かにすこしのことを深く知ろうとすることさえ難しい。そこで選択しなければならない。解るね？」

「はい」――指摘されるまでもなく、自分が道を逸《そ》れ始めていることは解っていた。

「冷えてきたね。珈琲《コーヒー》を淹《い》れようか」

教授が珈琲を淹れている間に、僕はストーブに石炭を足した。窓硝子《ガラス》は曇り、本降りとなったらしい雨も見えなかったが、時折表通りを走る馬車の音がした。部屋の中は珈琲の滴り落ちる音と、シュウシュウと瓦斯燈の音だけである。ホルムアルデヒドの水溶液に漬けられた胎児や内臓の間を縫って、香ばしい香りが漂い始めた。人一倍熱心に勉学に励む仲間たち――日本を背負い、日本を信じ、我が道を邁進《まいしん》する仲間たちの顔が浮かび、ストーブの前で恥の炎に頬を火照らせたとき、湯気の上がるカップが目の前に差し出された。

「行ってきたまえ」——湯気の向こうで教授が微笑んでいた。「トリーヴス教授に面識はないが、手紙を貰ったことはある。私ので良ければ紹介状を書こう」

カップを手に言葉もなく起《た》ち上がった僕を教授は差し招いて向かいの椅子に坐らせた。

「選択出来る歳というのは良いものだ。羨《うらや》ましいとすら云える。君の留学期間は今年一杯だったね」

「はい」

「まだ七ヵ月ある。ゆっくりと選びなさい。もしまたここへ戻るつもりがあれば、それも良し。私はいつでも歓迎するよ」

「ありがとうございます」

頭を下げた僕の目に、小さなカップの中で暗い波間に揺れる僕の顔が映った。この選択は正しかったのだろうか？　僕が望み、温かい了承を得たにも拘《かかわ》らず、なぜか喜びはなかった。

♠

それからの一月余り、僕の心を占めたのはライヘルト教授の「選択」という言葉だった。新しい生活への準備に忙殺され、仲間から呆《あき》れられたり、非難されるまでもなく、医学から遠ざかってゆくように思われた。

近衛連隊の隊付き医官となって、ますます武人らしくなった森は、「僕も解剖は嫌いだが、だからと云って衛生学が取り立てて好きというわけでもない。だが、途中で投げるようなことはしない」と、あからさまに侮蔑《ぶべつ》の色を見せた。

江口は僕を避けるようになり、「男爵の御令息ともなれば、何でも許されると思っているらしい。甘すぎる」と、あちこちで云っているらしい。

北里さんだけが「鷹原君に感化されたんじゃないか？」と、ちょっと眉を顰《ひそ》めたが、あとは「君の選んだ道だ。進むしかあるまい」と皆を宥《なだ》めてくれた。

鷹原には伝えていない。鷹原によって「エレファント・マン」を知ったわけだが、だが鷹原の影響を受けたとは思わない。

選んだ道――選択――

医学を選んだのは、義兄の言葉、「先の見えている義父と違い、君はこれからだ。薩長系《さつちょう》でなければ官界での出世もおぼつかなかろう」との意見を聞いたまでだ。

僕はまだ何も選択してはいない。今回のことすらもだ。選択ではなく、決定づけられるのが怖いだけだ。

情けないことに何を選択して良いのかすら、未《いま》だ解らなかった。友たちの言葉に動揺はしない。何より動揺しているのは自分自身の心にだった。自身、何を求めているのか解らないのだ。ただ、このまま解剖学に励み、日本に帰るということが耐えられなくなっていた。

日本に居たときから感じていた違和感、この世への違和感、疎外感がまたも頭を擡《もた》げてきていた。日本に居たときは、皆が馬鹿だと思っていた。僅かに頭が切れると認めた少数の者ですら、こんどこそと思って深く話すと嚙《か》み合わなくなる。そしてこちらへ来てからは逆に、自分一人が馬鹿のように思われた。誰と話をしてみても、最後には話の通じないもどかしさ、解りあえないという孤独感が残る。解っていることは「違う」ということだけだ。

そして今、日本から逃げたように、ドイツからも逃げようとしている？　エレファント・マンは、ただの口実ではないのか――逃避への？　実際、なぜ、彼に惹《ひ》きつけられるのか、なぜ会いたいのかすら――よくは解らなかった。

真摯《しんし》に勉学に励んでいる日本からの仲間を、羨ましいと思う反面、一層距離は遠くなった。

僕は何を求めているのだろう？　英国でそれが見つかるという確証はない。

二　霧のロンドン

ハーメルンの街道で、僕はおにぎりを食べようとしていた。

母が握り、送ってくれたおにぎりは、まだほんのりと温かく、海苔《のり》もぱりっと香ばしい磯の香りがした。

口に入れようとしたとき、笛の音が聞こえ、見上げると目の前を赤と緑の派手な縦縞《たてじま》の服を着た笛吹き男が行く。その後ろにはぞろぞろと鼠の一群が付いていていた。

呆気《あっけ》にとられた拍子に、おにぎりが手から落ち、ころころと坂道を転がっていった。たった今までいた笛吹き男も、鼠たちも嘘のように掻《か》き消え、おにぎりは坂下のぽっかりと地表に開いた穴に落ちてしまった。

何とか下りられそうな穴である。

下って行くと、米粒を髭《ひげ》に付けた鼠に出会った。鼠は云う。

「美味《おい》しいおにぎりをありがとう。お礼にロンドンへの近道をお教えしましょう。この穴をまっすぐ行かれるとロンドンですよ」

洞窟《どうくつ》はなおも下っていた。海底トンネルだろうか？　と思った途端、岩肌がぬらぬらと苔《こけ》に覆われた。足許にはムカデやヤスデ、ゲジゲジのような多足類の虫たちがうようよしていた。厭《いや》な予感がした。

引き返そうかと思ったとき、道が上り坂になっているのに気づき、仄《ほの》かな明かりも見えた。出口が近い。そして足許に影――

エレファント・マン？　いや、違う。出口を塞《ふさ》ぐようにして坐《すわ》っていたのは、頭は象、からだは人間という、奇怪な怪物だった。

怪物は云う。

「私はガネーシャ、知恵と学問の神」割れ鐘のような声だった。「おまえを通すわけにはいかぬ。おまえは学問を捨てようとしている」

江戸の画家、若冲《じゃくちゅう》の描く象のような、気味の悪い、勾玉《まがたま》の形をした目がきらりと光った。

「ガネーシャ……インドの神」と僕は呟《つぶや》き、「捨てたとは思いません！」と思わず叫んでいた。「方向を変えただけです」

「私はガネーシャ、知恵と学問の神」と再び声が洞窟に轟《とどろ》く。「そして同時に障害を取り除く神でもある」

勾玉の眸《ひとみ》は笑顔に――気持ちの悪い波形の線と化した。そして象の顔は縮まり、絵でしか知らない英国の女王、ヴィクトリア女王に変わった。

「私はヒンドスタンの女帝」と女王はふんぞり返って云った。

ガネーシャ……ガネーシャ……ヴィクトリア……

「そうよ、ヴィクトリア駅に着くのよ」

目の前で褐色の髪の少女がくすくすと笑っていた。ガネーシャ……ガネーシャ……いや、車輪の音だ。

ロンドンへの車中――寝入って何か寝言を云ったのだろうか？　僕はあわてて身を起こす。この車室には誰も居なかった筈だ。

向かいの座席の少女は、隣の母親らしき女性の膝《ひざ》に顔を埋《うず》めて笑い、本を手にしたその婦人も、笑いを噛み殺していた。その横の、乳母らしきお婆さんが、一人、いまいましげな顔で、目が合うとついと逸らした。僕の傍らにも子供が三人、だが幸いなことに眠っていた。何とはなしに「失礼」と詫《わ》びて、窓の外に目をやる。

蒸気とも霧とも知れぬ白い世界に、夥《おびただ》しい影が踊っていた。まだ夢を見ているのか――混乱したまま上を仰ぐと、白く煙った中、巨大な鯨の肋骨《ろっこつ》のような鉄骨が、朧《おぼろ》な半円を描いて、ゆっくりと動いていた。

汽車は正に鯨の体内を……ヴィクトリア駅の構内を……ゆっくりと進んでいた。

ロンドンに着いたのだ。着いてしまったのだ。

ホームに立つ。何という場所だろう。あらゆる毛色、あらゆる年齢、あらゆる服装の人々で、ホームはごったがえしていた。鳥の羽やリボン、花をあしらった派手な帽子の合間にボンネットや麦わら帽、シルクハットに山高帽にハンチング……そしてターバンを巻いたインド人からヴェールを被《かぶ》ったアラビア人、弁髪の支那人《しなじん》までいた。漂う霧の間に浮かび、また消える、犇《ひしめ》く人波に揉《も》まれながら、未だ夢を見ているような心地がする。この喧騒《けんそう》、この人波、あまりにも雑多な混乱……カオス……

これが世界に冠たる大英帝国の首都……ロンドンなのだ。

気を取り直して、トランクをホームに置き、見回してみたが、日本人らしき人影はなかった。公使館から迎えにきてくれる筈《はず》だったが……暫《しばら》く立っていてもそれらしき人は見つからない。

半時間後、諦《あきら》めて駅を出た僕は、またしても立ちすくんだ。

本当に目醒《めざ》めたのだろうか？　まだ夢の世界なのではないか？　構内に漂っていた霧は、駅を一歩出た途端、世界を呑《の》み込み、すっぽりと覆いつくしていた。

あれほど大勢居た人まで、どこに消えたのか？　ただ白い……黄味がかった乳白色の世界だった。

その夢幻の白い世界に、瓦斯《ガス》灯の明かりだけがぼうっと浮かび、霧の波に揺れている。蹄《ひづめ》の音とともに、馬車が近寄り、声をかけられ、乗り込んだあとも、夢の続きのようだった。

「この時期には珍しい濃霧でございます」と、ホテルのポーターは云ったが、部屋に落ちつき、抜け出してきた窓硝子の向こうの白い世界を眺めていると、ようやく人心地がついてきた。だが、夢から目醒め、再び夢の世界に入ったような感じは拭《ぬぐ》いきれない。霧の都、そして夢の都だと思う。何という美しく優しい、柔らかい世界だろう。

一寸先も見えなかった霧は、今は僅《わず》かに薄くなり、建物の影が浮かんできていた。青白い瓦斯灯の明かりや黄味がかったホテルの電気、それに濡《ぬ》れた路地や道行く人の身に付けた宝石や金属片が反射して、霧は青や黄色、淡いピンクや紫にまで見えた。

疲れてはいたが、この柔らかな霧に身を任せてみたいという魅力的な思いは抗しがたく、トランクを開ける間も惜しんで外に出る。

表に飛び出すと、初めてどこへ行こうかと考えた。公使館……明日でも良いだろう。ホテルも些《いささ》か贅沢《ぜいたく》すぎたところを予約してしまったようだ。だが着いたそうそう、安ホテル探しもしたくはない。ましてこの素晴らしい気分で。鷹原のところ……『ホテルから下宿に替えた』と四、五日前に伝えてきた。彼もいくらかは倹約精神が出てきたのだろうか？　住所も胸ポケットに入っている。だが、まだ夕方だ。夜でも構わないだろう。突然行って驚かしてやる。驚かす番は今度は僕だ。そう……ロンドン病院の……場所だけでも確かめておこう。そこへ行くために英国に来たのだから。トリーヴス医師には明後日伺いたいと手紙を出しておいた。場所だけでも確かめておいたほうが良いだろう。ヴィクトリア駅から、ホテルまでの時間を思い出す。病院も、このホテルからそう遠くはない筈だ。ピカデリーからストランド、フリート・ストリートからシティを抜け、リーデンホール・ストリートからホワイトチャペル・ロードをまっすぐに行けばいい……歩くのは慣れている。ホテルが決まってからドイツで何度も眺め、往復していたロンドン市内の地図を頭に蘇《よみがえ》らせた。

再び霧に身を任せると、何とも云えぬ喜びを感じた。ステッキ一本で身も軽く、心も軽く、初めての街……夢の街を歩きだす。

石畳の路面は光を反射し、鏡の上を歩いているようだ。そして霧は光を通してゆっくりと渦を巻き、優しく柔らかな生き物のように僕を包んだ。夢の世界、夢の国、妖精《ようせい》の国だ。建物は眠る恐竜のように仄暗《ほのぐら》い背中を浮かび上がらせ、瓦斯灯の明かりに辿《たど》り着くと次の明かりが導くように霧に浮かぶ。そして蹄の響き、ガラガラと喧《やかま》しい車輪の音と共に馬車が、靴音と共に人々が、突然ふわっと浮かび上がり、傍らを通り過ぎるとまた消えていく。また、この濃霧の中ですら、何を売ろうというのか、早口で値段しか聞き取れない物売りの声……大きな蛍のように飛び交う馬車の油灯《ランプ》、そして角灯《カンテラ》……僕自身、妖精のように背中から羽が生え、浮遊しているようだった。

一時間ほど夢見心地で歩いただろうか。

異臭に気づいた頃からいろいろなものが変わり始めた。神殿のように円柱が林立した立派なイングランド銀行を過ぎてからまだ二十分も経ってはいない。だが、あの前で物乞《ものご》いに袖《そで》を捕まれ、夢中で歩いたときに方向を間違えたのかもしれない。

道を聞こうと浮かび上がった人影に声をかけると、馴《な》れ馴れしく腕に手を回してきた。ボンネットの下には魔女のような老婆の顔……どぎつい化粧、胸の悪くなるような匂い、薄汚れた派手な服、わけの解らない早口の言葉……振り払って、駆けだす。角を曲がり、人にぶつかり、罵《ののし》られ、突き飛ばされ、壁にぶつかる。壁は汚物で塗《まみ》れていた。異臭はもはやはっきりとした悪臭となり、霧と混じって辺り一面に漂っていた。血や塵《ちり》や腐敗物、汚物や獣の匂い……先程までの鏡のように見えた道も濁った霧の中で、土か汚物か……ねばねばと靴にまとわりつく。とんでもないところに迷いこんだようだ。まるで腐った豆スープに投げ込まれたようだった。

そして突然、魔女が衣を翻して逃げ去ったように、足許《あしもと》から黄色い霧が晴れていった。いや、魔女の嘲《あざけ》りが聞こえてくる。馬糞《ばふん》を踏んだ僕の足……糸を引く野菜屑《くず》や板切れ、泥と血とあらゆる汚物に塗れた街路の先に萎《しな》びた足……今や視界はうっすらと蘇りつつ、おぞましい世界を露《あらわ》にしていった。

　僕は薄汚れた路地にたたずみ、ボロを纏《まと》ったミイラと向き合っていた。歩道に寝そべったまま、ミイラがゆるゆると手を差し出す。

「旦那《だんな》……小銭を持ってるかい？」

　呆気にとられた僕の耳に魔女の哄笑《こうしょう》……老婆が僕の外套《がいとう》のポケットを探っていた。飛びすさり、角で身を返す。哄笑は続いている……哄笑……違う……罵声《ばせい》だ。

　あらくれ男たちが口々に何かわめいていた。早口の上に発音ははっきりとせず、荒っぽさだけが耳に押し寄せてくる。三人のハンチングを被った男たちが女性を取り囲んでいた。

　僕を追いかけてきた最前の老婆がこそこそと逃げ帰っていく。男たちの向こうでもたゆたう霧の彼方《かなた》に何人か消えて行った。汚い街路に居るのは男たちに囲まれて身を竦《すく》めている女性と僕だけだ。

　中でも最も醜い男が、ジャックナイフをきらめかせたと思った途端、悲鳴が上がり、女性が左腕を押さえた。赤紫の手袋の下が、同色に染まったと見るや、僕は男を突き飛ばし、気がつくと女性を背に男たちと向き合っていた。誰もまだ若い。ほぼ同い年くらいだが、その形相たるや凄《すさ》まじかった。相変わらず、何を云っているのか解らなかったが、罵声には変わりない。

「ゆっくりと話して下さい」と云い終わる前に、中の一人が突っ込んできた。女性を庇《かば》いながら身をかわしたところへまた一人……最初の一人は遠慮したが、二人目を咄嗟《とっさ》に打っていた。のけ反る男を突き飛ばして三人目が突進してくる。これも打つ。ナイフが宙を飛び、ステッキを構えた僕の前を、最初の男がへっぴり腰で後ずさっていた。

「畜生！」という言葉は理解出来た。呻《うめ》きながらのたうっていた男たちがようやく起《た》つと、三人でこそこそと逃げて行く。

「ありがとうございます」と小さな掠《かす》れた声が耳許でした途端、胸許に女性が頽《くずお》れてきた。あわてて抱きかかえると仄《ほの》かな香りとともに、ボンネットの羽飾りが頰をくすぐる。

「しっかり」とか云って肩を揺すったように思う。羽飾りが再び頰をくすぐり、女性が僕を見上げた。その黒い眸《ひとみ》！　こんな間近に女性の顔を見たことはない。鼻に触れんばかりの黒レースのヴェールを透かして、潤んだ鳶《とび》色の眸があった。頰がかっと熱くなったとき、その眸は閉じられ、ヴェールから僅かに現れた唇だけが微《かす》かに動き、もう一度「ありがとう」と聞こえた。

何とかしなければ……見回すと三々五々、人が近づいてくる。危険が去ったのを知り、今や好奇心に溢《あふ》れた人々。そして誰もが酷《ひど》い風体だった。すぐ横のアーチに目を向けると、路地の奥に狭い中庭と家が建ち並び、一番近い家のドアから女性が一人、覗《のぞ》いていた。

「すみません。ご婦人が怪我を」と僕は叫び、「大丈夫です」の声に、また顔を戻した。

気丈にも、腕を押さえたまま、女性《ひと》は僕から身を離すと起ち上がり、アーチの汚い煉瓦に寄りかかった。すらりとした背の高い女だ。つられて僕も起ち上がりながら、もう一度、その家に向かって「すみません」と云ってみる。今度はすぐに飛んできてくれた。黒髪に碧《あお》い眸の美女である。彼女も僕らと同じくらいの背丈だった。彼女と両側から支えて、部屋に入れてもらった。

椅子に腰掛けさせ、「近くに病院は？」と聞いてみる。

彼女が何か云ったが、聞き取れなかった。聞き返し、ようやく「ロンドン病院へ」と解った彼女の声を遮るように、女性は「いいえ」と云った。「家に帰ります。ありがとう。大丈夫です」だが、疲れ切ったように目を閉じたまま、腕を押さえていた。

その頃には腕の怪我に気づいた彼女がそわそわと辺りを見回していた。「手当てをしないと。困ったわ。何もなくって」

気が転倒したまま突っ立っていた僕も、ようやく周囲を見回した。啞然《あぜん》とするほどむさくるしい小部屋だった。ベッドとベッドサイド・テーブル、それに幾らかましなテーブルが一卓に椅子は女性が坐っている一脚だけだ。作り付けの食器棚、小さな暖炉、それでもう一杯の一間っきりの部屋。応急処置としての包帯どころか、清潔な布自体ありそうもなかった。

ハンカチーフを差し出しながら、もう一度、「病院へ行かれたほうが」と云ってみた。

眸が開かれ、低いが決然とした声で「いいえ」と云う。「馬車を呼んでいただけます？」

「はん」と傍らで笑い声。「この辺りで馬車など見つかるものですか」だが、思わず目をやると、彼女は些《いささ》かたじろいだように、「ホワイトチャペル・ロードまで行けば、多分あるわ」と云う。

「行きます。どこですか？」と云ってから、云い添える。「ロンドンは来たばかりで」

道を教わって飛び出した僕に、彼女の声が追う。「ここはミラーズ・コート。ドーセット・ストリートのミラーズ・コートよ」

教わった通り、角を右に曲がり、直進。程なくびっくりするほど広い、だが殺伐とした通りに出た。ホワイトチャペル・ロードだろう。この通りにロンドン病院も在る筈だが、今はそれどころではない。馬車は何台か通ったが、空き馬車はなく、ようやく見つけても止まってはくれなかった。焦る僕の外套の袖を引いたのは、五歳くらいのボロを纏った悪臭ふんぷんたる子供で、何度目かにようやく「馬車かい？」と云っているのが聞き取れた。

僕がうなずくやいなや、彼は車道に飛び出し、汚い指を銜《くわ》えるとびっくりするほど鋭い口笛を吹いた。するとと空き馬車が魔法のように現れ、得意顔をした子供が手を差し出す。

僕はポケットを探り、三ペンス銀貨を見つけて彼に渡した。——呆気《あっけ》に取られた彼の顔。少なすぎたのだろうかと、あわてて二ペンス銅貨を加え、すぐにも馬車に乗る。ようやくのことで捕まえたものの、ミラーズ・コートに戻るまで、随分と時を費やしたように思われ、気が気ではなかった。

馭者《ぎょしゃ》をせき立て、杞憂《きゆう》を胸に、再び帰り、ノックして開けようとするとドアが開かない。二、三度、声をかけ、ようやく開いたドアの向こうで、この家の主は「不用心だから鍵《かぎ》を掛けてたの」と、はにかんだように云った。「ご婦人は？」と聞くと「大丈夫よ」と振り返る。

僕が出たときと同じ、椅子に坐っていたが、乱れていた褐色の髪も整い、随分と落ちついた様子にほっとする。それでも腕に巻かれた僕のハンカチーフには、すこし血が滲《にじ》んでいた。「馬車を連れて来ました」との僕の言葉に、女性は起ち上がったが、見交わしたこの家の主人の顔も明るく、僕のいない間に温かい時が流れたようだった。

もう一度「大丈夫ですか？」と聞くと、「ええ」と短く答え、一緒に起ち上がった彼女に会釈をすると、毅然《きぜん》とした足取りで部屋を出る。あわてて後を追った僕は、ドアのところでようやく振り返り、黒髪の彼女にかろうじて云った。「ありがとう、助かりました」

彼女はにっこりと微笑んだ。この人助けに幾分上気した頬が薔薇《ばら》色に染まり、魅力的な笑顔だった。赤みがかった黒髪に縁取られた細面の整った顔だち、人懐っこい碧い眸、些か蓮葉《はすっぱ》な感もあるが、美人だ。

「お名前を教えていただけますか？」

「ケリー……メアリ・ジェイン・ケリー。貴方は？」

「柏木薫です」

「カ……ワ……？」聞き慣れない発音に、おぼつかなげに繰り返し、首を傾げて云った。「チノ……支那人？」

「か、お、る・か、し、わ、ぎ。日本人です。ありがとう」

彼女の驚いたような顔を後に、家を出た。すぐ前に、馬車にも乗らず、羽飾りの帽子の女性は立っていた。

「お送りします。どちらですか？」と僕は云う。

行く先を「インナー・テンプル」とだけ応《こた》えた彼女は寡黙だった。ケープの襟、黒い光沢のある毛皮の立ち襟に顔を埋めるようにしてうつむいたままだ。

あんな事件の後、見知らぬ異邦人と二人で馬車に揺られているせいか……肩も触れ合うほどに並んでいるというのに、間には目に見えない壁があるようで、僕も言葉が浮かばない。外はもうとっぷりと暮れ、「インナー・テンプル」という場所がどこかも解らぬまま、それでもあの陰惨な地域を抜けたらしく、人が行き交い、瓦斯灯の瞬く華やかな通りに出られたことではっとしていた。

来たときに目にしたイングランド銀行を通り過ぎ、暫く行くと川沿いの道になった。テムズ川だろう。ようやく彼女が云う。

「ありがとうございました。助けていただいて」

耳をそばだてないと聞きとれないほど、低い小さな声だったが、自分でも戸惑うほどに、僕の胸は騒いだ。狭い馬車の中は彼女の上品な香水の香りに充ちていた。「いいえ、大事に至らず幸いでした」と応えた自分の声が遠く聞こえる。

「改めてお礼に伺います。お住まいは?」

「礼など……」と云って、相手の沈黙に耐えきれず「今日ロンドンに着いたばかりで……ドーヴァー・ストリートのブラウン・ホテルに滞在しています」と応えたとき、馬車が止まった。

するりと彼女が下りて云う。「ブラウン・ホテルのかおるかしわぎさん。ありがとう」

びっくりするほど綺麗《きれい》な発音、そしてあの眸がようやく僕を捕らえ、そして瞬く間に闇に消えた。僕はあわてて馬車を下り、馭者に待つように云うのが精一杯、振り返ったときには彼女の姿は闇に吸い込まれそうになっていた。後を追う。

ついさっきまでの華やかな通りが嘘のように思われるほど、しんとした通りだった。自分の靴音に気づき、立ち止まると、二つほど先の瓦斯灯に彼女の姿が浮かび、ゲートをくぐって消えた。なぜ追うのか、追って何を云うのか、解らぬままに、それでも前よりはゆっくりと歩を進める。彼女は振り返りもせずに左に曲がった。たまたま暴漢から救っただけの異邦人が未練がましく後を追って来ると思えば、僕からも逃げようとするのは当然かもしれない。だが、そのときの僕は追わずにはおれなかった。名前も知らない。家も知らない。いや、そんなことではない。ただあの眸を……潤んだ大きな鳶色の眸をもう一度見たかった。

だが、そうしてゲートをくぐった僕だったが、遥《はる》か先の家に吸い込まれてゆく緑の裾《すそ》を目にしてすごすごと引き返すしかなかった。

♠

翌朝、空は曇ってはいたが、霧もなく、ロンドンは初めてその生の姿を露にしていた。窓から見えるのはびっしりと連なる屋根、屋根、屋根……どっちを向いているのかも解らなかったから、昨日の女性の家の方も解らなかった。

あんな酷い通りを、なぜ……供も連れずに歩いていたのか、なぜあんな目にあったのか、怪我はどうだったのか……何も聞いてはいなかった。交わしたともいえない僅かな言葉……だが、何という眸だろう。夢見るような柔らかな、驚くほど大きな鳶色の輝き……あの眸だけが頭に焼きついていた。

到着そうそう、何を考えているのだと、頭を振り、地図を広げる。だが、最初に捜したのはインナー・テンプル……単にテンプルという表示だったが、そう、昨夜の馬車の時間でも想像していたとおり、このホテルからそう離れてはいない。歩いても二、三十分……何を考えているのだ。僕はハイド・パーク・ゲイトを捜す。鷹原の下宿先だ。

それはハイド・パークというより、それに隣接した公園、ケンジントン・ガーデンズの下に見つかった。

彼女の家とは逆方向、西に歩いて三、四十分というところか……いや、昨日の今日だ。慣れるまでは遠路歩くのは控えよう。地下鉄道でも行くことが出来る。だが、地中を走るという地下鉄道の乗り方も知らないし、ましてモグラのようにこの家々の下を走るなど、考えただけでぞっとした。やはり馬車で行くことにする。

広い公園を左手に見て、通り過ぎたと思ったら、今度は右手に呆《あき》れるほど広い公園が延々と続いた。揺れる馬車の中だったが、地図で確認する。最初のがグリーン・パーク、そして次がハイド・パークにケンジントン・ガーデンズ……平日の早朝だというのに、目の醒めるようなエメラルド・グリーンの芝の上をゆったりと歩む騎乗の人、紳士淑女が散策し、犬が跳ね、水鳥も見える。長閑《のどか》な美しい風景はいつまで見ていても飽きなかった。ベルリンのティーアガルテン……『獣の庭』と呼ばれる自然公園も美しかったが、曇天の下ですら、ロンドンの公園はより明るく、のびやかに見えた。

やがて公園の中に、教会の尖塔《せんとう》のようなアルバート・メモリアルが見え、左には巨大なデコレーション・ケーキのようなアルバート・ホールが見えてきた。ともにヴィクトリア女王の亡き夫、アルバート公を偲《しの》んで建てられたものだ。そしてホールを通り過ぎると、馬車は公園を背に、左に折れる。細い道を進んだ先は行き止まりの広場となり、小さな緑地を囲んでロンドンで初めて目にする一戸建ての家々……瀟洒《しょうしゃ》なジョージ王朝風の家が建ち並び……何と、鷹原が居た！　婦人と五、六歳の少女に何やら話している。

家を捜す手間が省けてほっとしたのも手伝い、僕は彼の前で馬車を止めると、得意満面で降り立った。

「柏木！」

やっと彼を驚かすことが出来た。だが、そう思ったのはほんの一瞬、最前まで話していた少女に「失礼」と会釈をして、こちらを向いた彼の顔ときたら、もういつもの取りすました顔だ。だが言葉だけは「これは驚いた」と白々しく云う。「いつ着いたの？」

「昨日よ」と可愛い声。僕はびっくりして少女を見た。

「ガネーシャ、ガネーシャ、ヴィクトリア」と少女は歌うように云い、婦人の大きなスカートの陰に隠れた。汽車で向かいに居た少女！　そして婦人も！

「驚いたなぁ」と今度こそ心底驚いたような鷹原の声。「ヴァージニアと知り合いなのか？」

「昨日、汽車で同じ車室だった」と、僕も啞然《あぜん》と応える。

「それは奇縁だなぁ」と鷹原は目を丸くし、「ガネーシャって？」と聞いた。

少女は昨日のようにくすくすと笑い崩れた。

「いや、何でもないよ」と、憮然《ぶぜん》と応え、婦人のスカートの裾から顔を覗《のぞ》かせた少女に目配せをした。婦人はまたもや笑いを嚙《か》み殺していた。

「鷹原さんのお友達でしたの？」

「ええ、ドイツで勉強中の医者の卵です」と鷹原。

「これからはロンドンで勉強します」と僕が云うと、彼はほうっという顔で見たが、知らぬ顔をして「柏木薫です」と手を差し出す。と、婦人より早く、小さなヴァージニアが手を差しのべた。

鷹原が云う。「お隣のレィディ。ヴァージニア・スティーヴン嬢。こちらは家庭教師のハリエット・ペイター嬢」

母親と思った婦人は家庭教師だった。よく見れば髪の色も顔だちも違う。僕は悪戯《いたずら》そうに眸を輝かせたヴァージニアの手を取って、尤《もっと》もらしく会釈をすると、続いてペイター嬢にも挨拶《あいさつ》をした。

「では後ほど」と鷹原がヴァージニアに云う。

「鷹原さんのお友達なら」とヴァージニアが早口で云った。「柏木さんもご招待したいわ。もし……ご都合がよろしければ……ですけれど」

「今日のお茶の時間は空《あ》いている？」と鷹原が聞いた。咄嗟にうなずきながら「君の仕事は……」と云ったが、鷹原の方でも知らぬ顔をして「彼も伺います。お父様によろしく」と、うやうやしく少女に応える。

妙齢のペイター嬢より、五、六歳の少女が主役だった。

鷹原同様、取りすましてうなずいたヴァージニアは、くるっと向きを変えると、ペイター嬢を従えて昂然《こうぜん》と立ち去った。

「汽車の中で何を話したんだい？　こんなことは初めてだ。あの気難しいヴァージニアに気に入られるとは、君も隅にはおけないね」――家への階段を昇りながら、鷹原が云う。

「何も……何も話など……」と後を追った僕は、家に入った途端、女性のお尻《しり》を見て言葉を呑《の》んだ。

「ただいま」と陽気に鷹原が云う。

「あら！」と振り返った女性……は、たったいままで拭《ふ》いていた階段から起ち上がり、次いで僕を見下ろした。

「家主のボーモント夫人だ。こちらは友人の柏木。珈琲《コーヒー》をお願いします。濃いのをね。それから食事は二人分」階段の幅一杯に立つ夫人の脇を器用に擦り抜けながら、鷹原が云った。僕も会釈をしながら、何とか擦り抜ける。

　二階の居間は豪華だった。贅沢《ぜいたく》すぎると思った僕のホテルの部屋よりゆったりとして、調度も立派だ。

　薔薇模様のソファーに坐《すわ》った鷹原は、僕にも向かいの椅子を示すと「『ロンドンで勉強』と云ったね」と快活に云う。「手紙では何も云わず、しかもこんな早朝に突然現れた。放校にでもなったのかい？」――矢継ぎ早だ。

　愚直に「まさか」と応え、「その服は？」と聞いてみる。早朝だというのに、彼ときたら豪《ごう》奢《しゃ》な夜会服だった。

「パーティーでね、今帰ったんだ」とすましている。

「君のせいだよ」と云うと、「放校がか？」と聞きながら生欠伸《なまあくび》をした。

　享楽的で、シニカルに物事を眺める鷹原にどこまで通じるか解ったものではないが、僕はそれでもライヘルト教授に話したようなことを繰り返した。

「エレファント・マンか」と、鷹原も教授と同じような顔で云う。「ふん、たしかに僕のせいだな」——恐らく無意識だろうが、形の良い指が神経質にソファーの背を小刻みに叩《たた》いていた。面白くも何ともないといった顔だ。

「それで、もう会ったのかい？」

「いや、明日行くことになっている。今日ここへ来たのはね」と、僕は気を取り直して云った。

「どこかロンドン病院に近い場所で恰好《かっこう》な下宿先を一緒に捜して貰《もら》えないかと思ったんだ。勿《もち》論《ろん》、君の仕事を終えてからだけど。昨日はホテルに泊まったが、そんな身分じゃないし……今朝、新聞の下宿欄を見てはみたんだが、一々地図と参照するのも面倒だし、第一、場所が解ってもどんなところか見当もつかない。少なくとも君の方がロンドンには詳しいし……」

むっつりとしていた彼の顔が輝いた。

「ここに来ればいい」

「まさか！」とあわてて云う。「無理だよ、とても」——改めて見るまでもなく、この部屋は立派すぎる。ベッドもないし、寝室も別誂《あつら》えだ。場所や家の感じからしても到底僕の住めそうな下宿ではない。「一部屋あればいいんだ。ベッドと机がある程度の小部屋がね」

「君は知らないだろうが、近くにと希望するロンドン病院は貧民街の真ん中だよ。君じゃ、通りもまともに歩けないさ」

昨日のケリー嬢の部屋を思い出した。大きさは許せるとしても、あまりにも見すぼらしい。

それにたしかに……あんな場所には住みたくない。

「一部屋で良いと云うのなら、僕も無理せずにすむ。全く使ってない部屋が一部屋あるんだ。……ここは地下と一階がボーモント夫妻の住居、そして二、三階を貸しに出したところを、僕が全部借り切ったんだ」

「全部！」

「全部と云ったって、二階はこの居間と寝室、それにあと一部屋あるきりだ。使ってないのはその一部屋だけどね。三階は屋根裏部屋で二部屋……」

「その屋根裏部屋を一室借りるとしたら、どれくらいかな？」

「それは困るな。静かだから書斎と研究室にしている」

「研究室？」

「まあ、来たまえ」

鷹原が敏捷《びんしょう》に起ち上がり、僕の手を取った。わけも解らぬままに引きずられて部屋を出る。廊下に出ると、右側には昇ってきた階段、そして左側にドアが三つ並んであった。

「ここが僕の寝室だ。居間にも通じている」と最初のドアを通り過ぎる。次のドアも過ぎて一番奥のドアを開くと「どうだい？」と云った。

僕の思い描いていたとおりの部屋……さっぱりとした真鍮《しんちゅう》のベッドとライティング・デスク、クローゼットとチェスト、それに暖炉の前には小さなテーブルと椅子。暖炉を囲む壁紙は縞《しま》に花柄。モスリンのカーテンが揺れる窓の外は、さっきヴァージニアに会った、あの小さな広場に面していた。こぢんまりとした感じの良い部屋だ。

「ボーモント夫妻は二階に二組み、三階に一組みか二組みの下宿人を考えていたようだったが、煩《わずら》わしいんでね、僕が全部借りたんだ。だが一人では荷物もそうないし、ここはご覧のとおり使ってない。そうだ、もう一つ！」

再び鷹原に引っ張られ、廊下を戻り、さっき通り過ぎたドアの前に連れてこられた。

「ここがバス・ルームだ」

開けられたドアの向こうを見て、僕は呆気に取られた。タイル張りの部屋にゆったりとした浴槽、そして浴槽の端には何やら大きな機械が付いていた。

「瓦斯湯だよ」

「瓦斯湯？」

「ああ、瓦斯の炎で湯を沸かす。従って栓をひねればいつでも湯が出る。日本の湯殿のようにゆったりとして気持ちがいいぞ。しかも日本の湯殿のように沸かす手間もいらない。湯は使い放題だ」

実に驚いた。こちらにきて一番閉口したのが湯だった。竈《かまど》で沸かした湯をバケツで何度も運び、小さな浴槽に入れ、やっと浸かる。顔もからだも存分には洗えないし、第一ただ浴槽という名の容器に入れただけの湯など、冬はどんどん冷めていく。こんな……栓をひねって湯が出る浴槽など見たこともなかった。

「ここは君と僕の共同使用となる。部屋代は……週一ポンド、勿論食事付きだが」

「借りる。だが……」と云った僕の声は、階段を上がってきたボーモント夫人の声で遮られた。

「珈琲は……居間にお持ちしてよろしいのでしょうか？」

「ああ、勿論」と鷹原。「今、バス・ルームを彼に見せていたのですがね」と夫人とともに居間に入りながら云う。「広場に面したあの部屋、彼に貸していただけないかと思いましてね」

「あら」と茶器の載った銀盆をテーブルに置きながら、夫人は心持ち目を丸くした。「それはもう、鷹原さんに全部お貸ししているのですから……でも」

「彼の分として、下宿料は週一ポンド追加します」

「一ポン……」——茶器がカタカタと音を立てた。「鷹原さんのお友達なら大歓迎ですわ。もともとすべてお貸ししてある階ですし」

それから改めてボーモント夫人と挨拶を交わし、今夜にも引き移ることを伝えたが、終始夫人の笑顔は崩れることなく、やがてまた二人になった。

僕は、急展開した様相に流されながらも、感じた疑問をまずぶつける。

「僕が君に一ポンド、君が夫人に一ポンドじゃ、君は一部屋失っただけじゃないか」

「僕は使ってない部屋を君に提供しただけだ。夫人は一人分の僅《わず》かな茶と食事が増えただけで、週一ポンドの増収になる。大喜びさ。そうだ……たまにとはいえ、僕は一人だけの味気ない食事からも解放される。後は君が満足かどうか、それだけだね」

「僕は……満足だ。ありがたく思うよ」と、顔を見ると、鷹原が笑いだし、僕も笑ってしまった。実際、鷹原の好意に寄りかかったことになるのかもしれない。だが、部屋も夫人も気に入った。いや、何よりもあの栓をひねっただけで湯が出るという浴槽……それに身近に鷹原が居るという心強さ……言葉通り、本当にありがたいと思ったものだ。

二人で笑っているところへノックの音。鷹原の声に、夫人とは対照的な痩身《そうしん》の老人がドアを開き、老人とは思われぬ機敏かつ優雅な足取りで部屋に入った。

「今夜からこちらにお住まいになられるという柏木様にご挨拶に伺いました」

「やあ」と鷹原が起ち上がり、「ジョージ・ボーモント氏だ」と僕に告げる。

そして、ボーモント氏が引き下がった後、僕らはまた笑い転げた。

鷹原は云った。「ボーモント氏はもと執事、夫人はもと女中頭だ。完璧《かんぺき》な家主じゃないか?」

昼食後、ハイド・パークの向こうと聞いた公使館に行き、河瀬《かわせ》公使に挨拶をする。

終始、むっつりと僕の挨拶を聞き流していた公使は、それでも帰り際、とってつけたように
「昨日は書記官を駅に行かせたのですが、会えなかったようで、心配していたのですよ」と、
洩《も》らした。「まあ、無事で良かった。一階の久米《くめ》書記官が手頃な下宿なり、ご相談にのるでしょう」

ところが、それで打ち切りとばかりに背を向けた公使は、僕が鷹原と住むことになったと云った途端、相好《そうごう》を崩して近寄り、僕の肩を親しげに抱いた。

「鷹原伯爵のご子息と? それはまた。あの方のご父君とは侍従長時代、懇意におつき合いいただきましてね。光さんにももっと晩餐会《ばんさんかい》に出ていただけるよう、お伝え下さい。いや、お二人でぜひ」

公使館と云った途端に、「今日は一日、休みだ」と云った筈《はず》の鷹原が「僕は遠慮するよ、一眠りする。不案内だろうが、一人で行ってきたまえ」と、さっさと寝室に引き上げてしまったわけが解るような気がした。

公使は肩を抱いたまま、玄関まで僕を送ってくれた。

「ヴィクトリア女王からアルバート殿下、それにエドワード王子と、王家三代と親しく御交際されているようで社交界の花形だそうですよ。まぁ彼ならうなずけますがね……私より、彼の方が公使のようですな。いや、公使どころか……昨年……女王即位五十周年の祝典に際し、小《こ》松宮《まつのみや》殿下がアルバート殿下に菊花大綬章《だいじゅしょう》までお持ちになったというのに、アルバート殿下においかれては小松宮殿下御滞在中、答礼訪問もなされませんでした。それが、彼とは始終会われているような噂が耳に入ります。いや、何とも……大したお方ですな。光氏は、正に光の君ですな」――厭味《いやみ》とも皮肉ともつかない公使の言葉を背に、忙しくホテルへと戻った。

鷹原はどこに居ても目立つ。悪気はないが反感も買いやすい。すこし注意しておいた方が良いかもしれない――

　精算する由、フロントに伝え、部屋に戻る。そしてドアを開けた途端、柔らかな花の香りに包まれた。

テーブルの上に見事な薔薇《ばら》が飾られていた。添えられたカードには美しい文字で――昨夜はありがとう。ヴィットリア・クレーマーズ――とある。あの女《ひと》だ！　公使も鷹原も吹っ飛んでしまった。

フロントに戻り、聞いてみると、午前中に花屋から届けられたと云う。僕は走りだしていた。あの道、あの路地、あのゲート、そして女性が入ったと思われる家……何をしようとしているのかも考えてはいなかった。

家の前で、肩で息をしながら、ようやくのこと、どうしようと思っているところへ、中から男が出てきた。

「失礼……」と云ってしまい、考えも纏《まと》まらぬうちに「こちらにヴィットリア嬢はお住まいですか？」と聞いてみる。

「いいえ」と素っ気なく男は云った。

「失礼しました。夫人かもしれません。ヴィットリア・クレーマーズ夫人」

「いいえ、おりません」

男がゲートを出、見えなくなっても、僕は暫《しばら》くそこに佇《たたず》んでいた。

見間違いではない。夜目とはいえ、門灯の明かりに、緑のスカートと共にこの階段の天馬……翼のある馬……ペガサスの飾りをたしかに見た。

家は集合住宅のようだった。実に美しい庭園の中に、壮麗な建物が点在する……市内とはとても思われぬ閑静な場所だ。改めて見回してみると、なだらかに傾斜する緑地を囲んで、壮麗な建物群、下方の鉄柵《てっさく》の向こうにはテムズ川がゆったりと流れている。そして建物と鉄柵で、ここはまるで中世の城塞《じょうさい》都市のように、街とは隔離された不思議な空間になっていた。ひょっとしたらとんでもないところに入ってしまったのだろうか？「インナー・テンプル」と彼女は云っていた。寺なのだろうか？いや、ベルリンの教会しか知らないにしても、寺という雰囲気ではない。現にあの男自体、ここに住んでいるようだが、普通の紳士の恰好である。

あの男は単に知らないだけなのだ。彼女を。――そう思ってはみたものの、他に誰一人居ない。この空間への入口、ゲートをくぐっただけで、この昼日中、不気味なほど誰も居なかった。

しんとした家並みからは人の気配すら感じられない。いや、ゲートの陰には門衛がいた！ うかつなことに初めて気づいたが、門衛の方では、前から僕を見ていた筈だ。しかし、見てもいない風を装っている。とすれば、入ってもべつにとがめられない場所なのか？ さっぱり解らない。思いきって門衛に聞いてみようか？ だが、最前までの勢いは失《う》せていた。実際、彼女がミスなのかミセスなのかも解らないのだ。どう聞けば良いのか？ 僕はまたもやすごすごと引き返すしかなかった。門衛は無言で僕を見送った。

下宿に戻ると、入口で、これもまたもや鷹原に出会った。昨日から今日にかけ、似たようなことばかりしている。

「遅かったじゃないか」と、彼は顔を見るなり云う。

「遅れるよ。おや、君らしくもない。気がまわることもあるんだね」しかめっ面が笑顔になると、僕のトランクをさっさとボーモント夫人に預け、そのまま花束を奪うと、左手に僕の腕をつかんだまま、広場を歩きだした。

「遅れるって？」

「スティーヴン氏は、お茶といえども時間には厳格なんだ」

すっかり忘れていた。ようやく事態が呑《の》み込めたときには、もう隣のスティーヴン家の玄関で、出迎えたメイドに鷹原はあの女《ひと》からの花束を手渡してしまっていた。

居間で僕らは温かく迎えられた。

ステイーヴン夫妻にヴァージニア、それに汽車で見たヴァージニアの兄弟たち、ヴァネッサ、トゥビー、エイドリアン、その他にもすこし大きいローラ、ずっと年上の二十歳くらいのステラというお嬢さん、そしてまだパブリック・スクールに行っている二人の男の子までいると聞き、驚いた。長椅子にはまだまだ家庭教師のペイター嬢から絵の先生まで居た。

レズリー・スティーヴン氏は、僕が全く知らないので恐縮するしかなかったが、著名な作家であり、また『国民伝記辞典』という大著の編集者でもあり、はたまた『コーンヒル・マガジン』という雑誌の編集もされているという知識の固まりのような文人だった。だが、このお茶の時間を支配していたのは、終始にこやか、また多弁なジューリア・プリンセップ・スティーヴン夫人で、あのおしゃまなヴァージニアもここでは影が薄かった。

夫人は新米の僕をすぐに質問攻めにしたが、最初に「なぜロンドンへ？」という問いに対して「エレ……」と応《こた》えそうになった僕の言葉に被《かぶ》せるように鷹原が「電気……治療の可能性を研究にです」と云ったのには呆《あき》れた。「ベルリン大学で解剖学を勉強していたのですがね、飽き足らなくなったようで」と、殊更に夫人を煙《けむ》に巻くような専門用語を並べ始めた。お蔭《かげ》で夫人の質問は明らかに興味もない東方の日本という国に関することになったが、昨夜の女性のことで頭を占められていた僕にとっては、おざなりな質問におざなりな応えという無意味で楽な時を過ごすことになった。

やがて「不可知論」なるものを鷹原と論議していたスティーヴン氏が「そろそろ仕事を」と書斎に引き上げると、夫人の矛先は如才ない鷹原へと向けられ、僕は子供たちと話し始める。気取ったステラと寡黙なローラを除いて、幼く歳の近い四人の子たちは誰も利発で、話していて楽しかった。が、家族の中では、ヴァージニアも寡黙になることに気づく。

　ふと昨日、馬車を止めてくれた少年を思い出した。エイドリアンと同じくらいの歳だ。だが、生を受けて四、五年にして何という違いだろう……

　二時間ほどでスティーヴン家を辞去すると、すぐにも鷹原に聞いてみる。「なぜ、僕が電気治療の探究者になるんだい？」

「エレファント・マンなどと、一言でも洩《も》らしてみたまえ。これからの毎日を、君はあの夫人に付きまとわれるよ」

「なぜ？」

「今やエレファント・マンに会うということは、上流階級の美徳……紳士淑女の必須《ひっす》条件だからね。中流の上に辛うじて属していると意識過剰の夫人にとっては最高のプレゼントだ。断言するが、間違いなく『連れていって欲しい』と付きまとわれることになる。まあ良い。君も追々解るさ」

　なぜか無愛想に応えた鷹原は、それ以上云わず、さっさと歩き始めた。僕も疲れていた。下宿に戻れば荷物の整理もしなければならない。

　初めての家で初めての夕食を済ますと、ワインの酔いも手伝って一遍に気だるくなった。

　鷹原はまたもクーツ男爵夫人とかの晩餐会で、着飾って出かけている。思えばロンドン二日目、そして今日は随分といろいろあった。明日はいよいよロンドン病院に行く。瓦斯《ガス》湯の使用方法を夫人に聞き、久しぶりにゆったりと湯につかると、僕はまたたくうちに眠ってしまった。

夢で見たのはまたしてもガネーシャ……ただにたにたと笑い続けるガネーシャの眸《ひとみ》だけが、あの女性……ヴィットリア・クレーマーズの鳶《とび》色の眸に変わっている。それは何ともいえず薄気味悪かった。

三　エレファント・マン

翌朝「地下鉄道で行くのが一番」と主張して譲らない鷹原は、厭《いや》がる僕を無理やりハイ・ストリート駅に連れていった。しかも自転車に乗ってである。

ふくれっ面をした僕の周りを、軽業師のように三輪自転車で旋回しながら「君も買いたまえ。実に愉快なものだよ」と得意気に云う。

駅の側のホテルに自転車を預けると、彼は世話焼きの婆やのように、くどくどとあれこれ説明しながら、洞窟《どうくつ》に下りる。やがて、もくもくと煙を吹き出しながら、蒸気機関車が地中の穴からやって来た。こうなればもう観念するしかない。客車に乗った。

だが、一等という客車は思ったより快適で、第一、乗っている紳士たちときたら平然と新聞など読みふけったまま、僕のようにそわそわした者などいない。時々真っ暗になって、僕を縮み上がらせた以外、汽車はごうごうと地中を走り、そして地上に出、びっくりするような速さでホワイトチャペル駅に着いてしまった。

駅を出ると、真向かいに鉄柵に囲まれたジョージ王朝様式の実に堂々たる薄茶色の建物が在った。鷹原が「ロンドン病院だ」と云う。時計を見ると約束より一時間も早く着いていた。

「驚いたな」と云いながら、広い通りを見回すと、通りのかなり先だったが、一昨日馬車を捜した折り、目にしたビルディングも見えた。そしてすぐ側には青果店があった。

一時間もあれば充分だと思いつつ「つき添ってくれてありがとう」と鷹原に云う。「もう一人で大丈夫だ」——次いで青果店を点検した。

病院の見舞客目当てにしては粗末な店だ。が、他に適当な店も見当たらなかった。——埃《ほこり》に塗《まみ》れた缶詰や瓶詰、萎《しな》びかけたジャガイモやキャベツと並んで、やはり余り上等とは云えない傷のあるオレンジが、それでもつやつやと美しく輝いていた。

店に入り、籠《かご》に一杯盛ってもらった。

「エレファント・マンへの見舞いのつもりか？　行き過ぎじゃないのか？」

駅に戻ったと思っていた鷹原の声である。

「違うよ」と僕は振り返った。

「じゃあ、何だい。トリーヴス医師へのご挨拶《あいさつ》か？」

「違う」と応える。「時間があるし、近くにちょっと立ち寄るつもりだ」

にやにやしていた鷹原の顔が変わった。「一昨日ロンドンに来た君が、この貧民街に知り合いだって？　しかも、そんな果物をかかえて」

「世話になった。知らぬ顔は出来ない」

何と鷹原はそのまま、どこまでも付いてきた。

結局、病院に背を向けて広い通りを歩きながら、僕は一昨日の冒険を話す。ただし、昨日、再びインナー・テンプルに立ち寄ったことは伏せた。

目印のビルディングを確認し、ホワイトチャペル・ロードから右に折れようとしたときだった。突然、大柄のチェックのスーツ姿にブロンドの髭《ひげ》という男が、鷹原に向かって直立不動の姿勢をとり、敬礼をした。

「やぁ」と微笑んだ鷹原が、「ホワイトチャペル署のシック部長刑事」と紹介してくれる。一昨日は気がつかなかったが、警察署の前だった。「友人の医者で柏木薫。ロンドン病院に通うことになったのでよろしく」と気安く云い、別れる。——「『気一本のジョニー』ってあだ名だ。ロンドンに来てすぐ、この地区の売春婦が殺されてね、この分署では彼が一番まともだよ」

鷹原の言葉より、僕は朝の光に見る街路の様子に目を奪われていた。

悲惨などという言葉では追いつかなかった。汚れた街並み、吐き気を催す悪臭、力なく佇む人々、しかも、誰も彼もが僕のかかえたオレンジに餓鬼のような異様な視線を向けている。ここでは鷹原の美貌《びぼう》より、普通の青果商ではじくようなオレンジが視線を集めていた。

「行くのは賛成しないな。その二人……君が救ったと云う女性も、ミラーズ・コートの女性も恐らくは売春婦だろう。休ませて貰《もら》ったとはいえ、君が世話になったわけではない」

路地に佇む裸同然の子供と目が合う。「チノ」と子供は呟《つぶや》いた。

「僕らを支那人《しなじん》と思っている」と鷹原。「わざわざ礼に行くという家ではないと思うがね」

「冗談じゃない」と僕は振り返った。あの子供が付いてきていた。そして他にも……「いくら僕が世間を知らないと云ったって、売春婦とレディーの違いくらいは解る」——思わず怒鳴って早足になる。後に付く人の群れが増えていた。後はむっとしたまま付け足した。「第一、君はお節介すぎる。ロンドン三日目だからといって、僕だって子供じゃない。一人で好きなところへ行かれる。君は昨日も休んだ。そろそろ真面目にスコットランド・ヤードに出勤したらどうだい？」

「僕がここで別れたらどうなると思う？　たちまちのうちに、今僕らを囲んでいる飢えた連中に君は襲われるよ。君の両手はその籠で塞《ふさ》がっている。放り出して戦えば直心影流《じきしんかげりゅう》、榊原　健《さかきばらけん》吉《きち》直伝の君の腕だ。まあ怪我もしないだろうが、だが放り出したオレンジはものの見事になくなるだろう。両手の塞がった君が今も無事なのは、僕の殺気を連中が感じているからさ。そういうことには敏感だからね」

　念入りに蠟《ろう》で固めた髭を撫《な》でつけながら、しゃあしゃあと云う鷹原の物云いには腹が立ったが、一蹴《いっしゅう》するわけにもいかない殺気が僕らの周りに漂っていた。人々の殺気と鷹原の殺気……それらが実に危ういバランスを保って、歩を進めていることが、今では僕にも解っていたからだ。

「殿下……ベルリンで前皇帝葬儀のとき、君もお姿は拝見しただろう？　この国のふとっちょの皇太子だ」と、鷹原が凄《すご》い云い方で話し始めた。「その殿下が四年ほど前、初めて貧民街を視察された。労働者の服を着て、二名のお付きと一名の護衛を伴ってね。殿下はそこで悲惨な母子をご覧になり、ポケットから一握りの金貨を出そうとされた。その時、一緒だった友人のキャリントン卿《きょう》が『そのように裕福なことを示すと、すぐにも襲われます』と警告し、殿下も思い止まられた。宮殿に帰られたときには誰もが安堵《あんど》したそうだ」

「それはお説教か、忠告なのか？」

「仏頂面のほうが歩いていて安全だが、まだ解らないようだな。レディー・カロライン……総理も務めたメルボーン卿の夫人だったが、昔、詩人のバイロンに狂い、追い回したことで有名だ。その夫人が恋に浮かれ、バイロン卿と散策しているとき、やはり乞食《こじき》の少年たちに出会った。今まで目にしても気にもしなかったそういう人々に、恋情から感じやすくなっていたのか……」

「もう結構だ」と僕は云った。そして昨日の公使の話を思い出した。「王族方と親しいことは、もう充分に知っている。そう吹聴《ふいちょう》することもなかろう」――傷んだオレンジを持っているだけで、なぜこうもしたり顔で講釈されねばならないのだ。

「吹聴というつもりはない。いや、結果を聞きたまえ。夫人は軽率にも宝石を鏤《ちりば》めたブレスレットを少年たちの中に投げ与えた。『可哀相に』と云ってね。そして少年たちは奪い合い、中の一人が死んだ」

「これは金貨でも宝石を鏤めたブレスレットでもないよ」――遠巻きにぞろぞろと付いてくる、ぞっとするような人々を横目に、僕が精一杯の抗議を試みたとき、ようやくあのアーチの前に辿《たど》り着いた。

ノックに応えて現れたのは貧相な男だった。

だが僕の言葉に、あの黒髪のメアリが男を押し退けて歓待の声を上げてくれた。

ところが、その後がひどかった。僕が一昨日の礼を述べながら、オレンジを彼女に渡した途端、今度は僕を押し退けた鷹原が「ありがとう」と一言。さっさとドアを閉め、僕の腕をつかんだまま、引き返し始めたのだ。

「失礼じゃないか」と、僕は怒鳴った。「まだ、云い終えていない」

「ご婦人連のように、くどくどと同じ言葉を繰り返しても仕方なかろう。礼は云った。ここまで来て礼も尽くした。充分さ。それより今の君は感情を高ぶらせて隙だらけだ。財布に気をつけることだな」

「君は傲慢《ごうまん》だ。レディーに対して失礼だ」

「レディー？　情夫……いや、酷《ひど》い言葉だが、君が云わせるのだから云おう。ひもと住んでいる売春婦だよ。美人ではあるがね」

ずるずると手を引かれたまま、既にホワイトチャペル・ロードが見える通りまで帰っていた。一人でまた来ようと諦《あきら》めつつ、それでも「あんな場所に住んでは居るが、ちゃんとした夫人だ。言葉もそう……酷くはなかった」と云う。

鷹原は「コックニーだよ。下層階級の言葉だ」と吐き捨てるように云うと、ただ一刻も早くこの貧民街を抜け去りたいと云わんばかりに「こっちの方が近道だ」と、僕の腕を凄い力で握ったまま、早足でずんずんと進んで行った。

「君は階級意識に凝り固まったスノッブだ」と云ってやる。無性に腹が立っていた。「この路上の人たちを見て、何とも思わないのか？　日本は貧しいと今日まで思ってきたけれど、ここの有り様といったら……日本でだってこんな酷いところは見たことがない。君の、その上着一枚で、少なくとも、今目に入る人たちのボロすべてを……少なくとも、そう、少なくとも……服と呼べるものに変えてあげることは出来る」

「だったら、君の今持っている有り金をここでばら撒《ま》けばいい」――鷹原は振り返りもせず応えた。「彼らは競って拾い、すぐにも酒場に向かい、思わぬ幸運に酔いつぶれるだけだ。拾い損ねた連中は、お人好しの君に群がり、襲い、身ぐるみ剝《は》いで古着屋に走る。その後はやはり酒場だ。殊勝に君の僅《わず》かな有り金を惨めな生活の糧にしようなどと思う者は十人に一人というところか。僕一人なら彼らも付いてはこない。ここいらでは二歳過ぎれば鴨を見分ける力を持つからね。君が田舎者丸出しに、鴨が葱《ねぎ》を背負ったように宝の山をかかえて、きょときょとしながら歩いたせいだ。君はありもしないおこぼれを期待した連中の……飢えた老人や子供の……それこそ……ろくにない体力を徒《いたずら》に消費させただけだ。本当に酷いのはどっちだね」――口調は恐ろしく冷たく、僕の口を塞ぎ、相変わらずぞろぞろと後に続く人々をたじろがせた。

「殿下やカロライン夫人同様、その場限りの博愛主義になったのなら、君は一億万ポンドの現金を用意すべきだ。今、君が目にしている……君の目にはとてつもなく悲惨と映る人々の数たるや、このロンドンでは天文学的数字になる。このイースト・エンド地区だけでも十万人はいるだろう。ついでに云えば、日本だって芝《しば》の新網《しんあみ》町や四谷《よつや》鮫《さめが》ヶ橋《ばし》、それに下谷万年町《したやまんねんちょう》とか君が行ったこともない、ここ同様の町は沢山ある。君が皇太子同様の見聞しかないってことさ」

　ホワイトチャペル・ロードに出、通りを横切ると、流石に後を追う人々はいなくなった。

「昨夜、クーッ男爵夫人のところでケンブリッジ公爵と会ってね」と、鷹原が話しだした。

「君のことを話したら、ぜひ会いたいとおっしゃる」

「公爵なんぞに興味はないよ。それより病院だ」――ロンドン一番の威容を誇る、城のように聳《そび》え立ったロンドン病院の傍に来ていた。この中にエレファント・マンが居る……胸が高鳴った。だが、鉄柵がようやく途切れ、門衛の立つ詰所を通り過ぎても鷹原は僕の腕を離さなかった。

「ご丁寧にトリーヴス医師の部屋にまで連れて行って下さるのかい？」

鷹原は応えない。そのまま病院に入り、患者で溢《あふ》れるホールを抜け、受付も無視して僕を引っ張ったまま、どんどん中に入って行ってしまう。厭味《いやみ》も通じず、僕はあわてて云う。「待てよ。もう一人で大丈夫だ」

「直接トリーヴス医師のところへ行くのも良いが、その前に病院長に会っておいた方が良くはないか？」

「病院長？　まさか……ただの研修医として来たんだよ」と応えたとき、鷹原はドアの前で立ち止まった。

「ウィリアム病院長……即ちケンブリッジ公爵だ。陸軍最高司令官でもある。ここの院長など肩書だけで、ろくに来もしないが、今日はたまたまお出でだ」と、ドアをノックする。

「待てよ」と僕が云ったのと、部屋の中から「どうぞ」と声が返ったのは同時だった。

部屋には真っ白な見事な髭を蓄えた老人と、痩身《そうしん》の額のはげ上がった男が居た。

老人がジョージ・ウィリアム病院長、痩身の男はカー・ゴム理事長と紹介される。

取り留めもない社交辞令を交わすうち、トリーヴス医師が呼ばれた。

勝手に初老の男を想像していた僕は、三十半ばの黒髪の男……入ってきただけで圧倒されるような生気と活力を漲《みなぎ》らせたボクサーのような医師に驚いた。

改めて、病院長から紹介を受けると、トリーヴス医師も驚いたようだったが、緊張していた顔はすぐ皆と同じにほぐれ、僕は王族の行幸のような大歓迎……大袈裟《おおげさ》な歓待の言葉で迎えられた。「よろしければメリック氏にお会いしたいのですが」と、僕が云わなければ、意味もない言葉の行列はいつまでも続いたことだろう。

「また、ここへ」と云う理事長の言葉を背に、鷹原を残してトリーヴス医師と部屋を出る。

長い廊下を歩きながら、僕はようやくライヘルト教授からの紹介状を医師に渡した。

「いや、お手紙をいただき、部屋で待ってはいたのですがね」と、医師は手紙を引っ繰り返して、教授の名前を確かめたものの、無造作に白衣のポケットに押し込んだ。

「病院長、それに理事長直々のご紹介とあれば、このようなものはご不要でしたのに。いや、男爵のご子息が、ジョンにご興味を持たれたとなれば、彼も光栄に思うでしょう」

「ジョン？」と僕は聞き返す。

「ええ、ジョン・ケアリー・メリック。エレファント・マンです」

「ジョン・ケアリー・メリックというお名前ですか？」

医師は呆《あき》れたような顔で僕を見て、一語一語区切るように云った。「ジョン・ケアリー・メリック。それがエレファント・マンの名前です」――まるで僕が名前も知らずにここへ来た……ろくに調べもしないでここへ来たとでも思ったようだ。

「失礼」と僕はあわてて誤魔化す。「今し方、この近くにお住まいの知人を訪ねたところで。メアリ・ジェイン・ケリーとおっしゃるご婦人で……何となく似ていると思いませんか？　ロンドンに来たばかりで英語の名前に馴染《なじ》んでいないからでしょうね」

「なるほど……メアリ・ジェイン・ケリー、ジョン・ケアリー・メリック……たしかにね。だが、彼の母親の方がもっと似ています。彼の母親の名はメアリ・ジェイン・メリックと云います。言葉と云えば……」と医師は機嫌を直して云った。「私のレポートをご覧になられたということですから、彼の外形に対して大体の予想はおつきと思いますが、言葉が今一つね、はっきりしないのですよ」

——廊下は果てしなく延々と続いた。医師はことさらに陽気なと思われる、いささかぎくしゃくした口調で、そして気を使って話していた。「しばらくは私の通訳が必要と思います。レポートでご存じと思いますが、障害はからだの右が主です。右口蓋《こうがい》と歯肉にも腫瘍《しゅよう》があり、上《うわ》顎《あご》が捩《ね》じれていて、発音が不明瞭《ふめいりょう》です。訓練で大分ましにはなりましたが、初めての方には聞き取り辛《づら》いと思います」

擦れ違う医者、看護婦たちの様子、そして対応する彼の態度から見ても、彼のこの病院での地位は大したもののように思われた。僕より頭一つ大きい堂々たるからだ、Uの字型に禿《は》げ上がった広い額、笑みに隠れた鋭い眼光、軍人のように太く黒々とした髭……彼自身、自信と威容に輝いた大ロンドン病院の顧問外科医であり、付属医科大学の解剖学教授でもある。

元々は寡黙な人なのだろう。言葉は途切れがちだったが、無理をして快活に話している風だった。下の者に向けた尊大な顔、そして下らぬ誤解に基づいた僕への諂《へつら》いとも取れる笑顔……恐らく、予《あらかじ》め手紙を出しておいたとはいえ、ライヘルト教授の手紙だけを持って、僕が彼の部屋へ行ったなら鼻先であしらわれたかもしれない。

それでもなお、彼の笑顔と言葉の渦に巻き込まれながら、こういうお膳《ぜん》立てをしていた鷹原に何か腹が立った。心を込めて書いてくれたであろう、ライヘルト教授の分厚い紹介状は、多分封も切られずに終わるだろう。

やがて、右手の窓越しに中庭が見えた。修理のためか、古びた鉄のベッドが並び、あるいは積み上げられた殺風景な庭である。

「この地下が彼の部屋です」と、医師はずんずんと階段を下りていく。途中で洗い物をかかえた看護婦二人と行き合った。

「ご紹介しましょう。婦長のイーヴァ・リュークス嬢と看護のアイアランド嬢。彼の世話をして貰っています」

婦長はミスと聞いたが、他の看護婦のように白衣ではなく、寡婦のような黒衣だった。そのせいか僕より十は上に見える。医師が僕を紹介する間、ねめつけるような視線は、決して好意的なものではなく、化粧気もないぽってりとした赤ら顔は意地悪そうで、太った魔女といった面持ちである。

「日本の男爵」と、無愛想に云う。

「いえ、男爵は父です」と、赤面しながら応えたが、冷たい視線は変わらなかった。

トリーヴス医師が「お茶を」と云ったが、「彼も本当に有名になったこと」と、会釈もなしに、階段を昇って行ってしまった。控えていた可愛らしい顔だちのアイアランド嬢が補うような笑顔の会釈をし、あわてて後を追う。

「少々、偏屈な女《ひと》ですがね、でも看護婦も指揮して、よく面倒をみてくれますよ。貴方《あなた》もここに通われるとなれば、度々顔を合わせることになるでしょう。まあ、いつもああですから、お気になさらぬように」

そうは云われても余りにもつっけんどんだ。些《いささ》か憂鬱《ゆううつ》な思いで階段を下り、僕はエレファント・マンの部屋の前に立った。

エレファント・マン——

トリーヴス医師の紹介で、彼と向き合ったとき、僕は情けなく声も失って、まじまじと見つめてしまった。

図版も見、レポートも読んでいたというのに、現実に見る彼の姿に僕は戸惑い、ただ立ち竦《すく》んでいた。彼が握手のために左手を差し出していたのに気づいたのは、随分とたってからだったような気がする。

ベッドの横にある丸テーブルを挟んで、彼と向き合い、先程のアイアランド嬢が銀盆に載せられたお茶を持ってきても、僕の動揺は納まらなかった。

動揺した自分を恥じ、更に動揺するという悪循環の中で、一番落ちついていたのはこの部屋の主、エレファント・マンだった。いや、きちんと名で云うべきだろう。ジョン……それすらも解らない……新聞にはジョーゼフと書かれ、病院長も理事長もジョーゼフと呼んだ。ただし、トリーヴス医師はジョンと呼ぶ……メリック氏……ただ口籠《くちご》もる僕の脇で、トリーヴス医師は僕のかつての手紙から拾い上げ、そして最前鷹原から聞いた僅かな情報を、経歴を、彼に伝え、彼の感嘆や彼の感謝の言葉をまた僕に伝えた。僕の混乱した耳に入ったのは、ただ彼の笛のような、楽の音《ね》のような……美しい声の響きだけだった。

「日本のことを伺いたいと云っていますよ」と、二度云われ、それでも更に聞き返した挙げ句、やっと「アジアの東にある小さな国です」と応えたときだった。

ノックの音とともに、理事長と鷹原が入ってきた。二人ともシルクハットにコート、ステッキを持った外出の出《い》で立ちだ。

起《た》ち上がった僕らの中で、トリーヴス医師が救われたように鷹原をメリック氏に紹介する。そして僕は最前の僕のように呆気《あっけ》に取られたメリック氏と……いとも優雅、そして快活に挨拶する鷹原を目にした。ただし、それは最前の僕とメリック氏の出会いを全く裏返しにしたものだったが……

メリック氏と気安く握手を交わした鷹原は、そのまま僕を見て云う。「遅いんでここまで来てしまった。理事長がご一緒に昼食をとおっしゃっているのでね」――次いでトリーヴス医師にも最上の笑顔を向けた。「貴方もご一緒にいかがですか？」

瞬時、頬を紅潮させたトリーヴス医師は、「ああ、なるほど」と、わざとらしく時計を見る。

「もう、そんな時間ですね」

「元気かね？」と、メリック氏に声をかけた理事長は、踵《きびす》を返して部屋を出、トリーヴス医師も鷹原も、素っ気ない暇乞《いとまご》いを残して部屋を出てしまった。

一瞬にして僕はメリック氏と部屋に取り残された。メリック氏はといえば、高貴な異星人のように荘重な面持ちで僕を眺めている。鷹原の僕を呼ぶ陽気な声――

「また伺います」と云うのが精一杯だった。

　これが待ち望んでいた「時」だったのか？

「シティのクラブに新進の作家を招待しています」との理事長の言葉に、僕らは馬車に乗る。流されたままだ——今朝、ホワイトチャペルに着いてから、ずっと……自分の足で歩いているつもりが、知らぬ間に回転木馬に乗ってしまったような気分だった。気を取り直して「クラブって？」と、鷹原にそっと日本語で聞いてみる。

「会員制の社交クラブだ。日本の『交詢社《こうじゅんしゃ》』のようなものだ。英国の紳士はだいたい幾つかのクラブに所属している」と英語で応えてきた。無言の非難だ。

「日本の『交詢社』は存じあげませんが」と理事長は笑った。「皆さんには申し訳ないが酷《ひど》い食事です」

　クラブ……外見は地味だが立派なビルディングだった。そして中も、外見からは想像もつかぬ豪華な作りである。慇懃《いんぎん》無礼な案内人に導かれ、貴族の邸宅のような趣の、二階の喫煙室で、僕らはその作家に紹介された。

　ヘンリー・ライダー・ハガード。

　鷹原とトリーヴス医師の顔が輝いたところを見ると、有名な作家らしい。

　中肉中背、黒い髪をきちんと横分けにし、鉤鼻《かぎばな》の、鼻から下は髭で覆われた男だ。

　ハガード氏の顔も鷹原を見て輝いた。

「金髪ではないが、レオ・ヴィンシィを想わせませんか？」と、歩きながら理事長が云う。

うなずくハガード氏に、「ご冗談を」と鷹原。

一人、話題から取り残された僕に、理事長が「彼の傑作『彼女』の主人公ですよ」と説明してくれた。院長室で見た威厳と気品はそのままに、尊大さだけが失せ、子供のように目を輝かせた好々爺《こうこうや》となっていた。「『ライオン』と呼ばれる毅然《きぜん》とした美青年です」

「はぁ」と僕。

喫煙室とは対照的な、意外と質素な食堂に入っていた。案内に従ってテーブルに向かいながら「なるほど」とうなずく。ライオンは絵でしか知らなかったが、上機嫌の理事長に逆らうこともない。

だが、一瞬にして理事長もライオンも吹き飛んだ。

「ヴィットリア」と云う言葉が耳に入ったからだ。「ヴィットリア・クレーマーズ男爵夫人」と。

思わず足を止めた傍らのテーブルには二人の紳士が坐《すわ》っていた。

壁際に坐っていた紳士が「君はどう思う?」と云い、問われた紳士の後ろで足を止めた僕を見上げる。それこそライオン……いや、狼のような眸だった。

問われた紳士も、僕の気配に気づいて振り向いた。間近に見るその顔……その眸はあの女《ひと》……あの女《ひと》とそっくりの眸だった。

たじろいだ僕の後ろから、ハガード氏が「ジョン！　しばらくだね」とその青年に云う。

理事長は、壁際の紳士に「これはスティーヴン君」と声をかけた。「お父上はお元気ですか?」そして、曖昧《あいまい》に応えた紳士に、「君たちの食事はもう終わったようですね」と云う。食卓には紅茶があるだけだった。

「久しぶりだ」とハガード氏がまたも人懐っこい笑顔で云う。「お茶の間だけでも同席して構わないかい？」

僕らの前にも食前酒が並ぶと、理事長がさっそく「スティーヴン君」と呼びかけた紳士を紹介した。

ジェイムズ・ケネス・スティーヴン氏。弁護士で、父親は判事のジェイムズ・フィッツジェイムズ・スティーヴン卿《きょう》とか。

続いてハガード氏も鳶《とび》色の眸《ひとみ》の青年を紹介してくれる。

モンタギュー・ジョン・ドルイット氏。やはり弁護士で、ハガード氏とは法学院の事務所で隣室だったと云う。

理事長、ハガード氏、それぞれの知り合いのようである。代わって理事長が僕らを紹介すると、鷹原がさっそくハガード氏に聞いた。「ハガードさんは文筆業だけではなく弁護士もなさっているのですか？」——そして思い出したように、「そう云えば理事長も弁護士もなさっておいでてでしたね？　ここは法学関係者のクラブですか？」

隣席のトリーヴス医師が「ジェイムズ・ケネス……」と、向かいの青年を見ながら呟《つぶや》いた。

「そうだ！　G・E・ムア氏のお宅で、貴方の詩を拝見しましたよ！」

「おや、君は詩人でもあるのかね」と理事長が驚いたようにスティーヴン氏を見る。

「印象的な詩でした」と医師。

スティーヴン氏は「光栄です」と医師に会釈をしただけだった。

鋭い眸にがっしりとした鼻と顎……どこか荒々しい容貌《ようぼう》に長髪のスティーヴン氏は医師の言葉がなくても、弁護士と云うより詩人……アナーキーな芸術家に見えた。そして……残念なことに、ドルイット氏の方は、トリーヴス医師を挟んで、並んで坐ってしまったのでよく見えない。が、優しく繊細な顔だち……ちょび髭と割れた顎を除けば、兄妹か親族と思われるほど、あの女《ひと》に似ていた。

理事長は機嫌よく「私も含めて、我が国の男たちは兼業が好きでしてね」と鷹原に応えている。「尤《もっと》も弁護士業だけで食べていけるのは少ないということかな」と笑いだした。

「そうですね」とスティーヴン氏。「こちらのドルイット氏も弁護士業に加えて、男子校の教師などという柄に合わないことをしていられる」――理事長とは違って、苦笑いといった態《てい》の陰気な口調だった。

皆の視線がドルイット氏に移り、僕も気兼ねなく彼の方に視線を向けたとき、酷《ひど》いと云われた食事が運ばれて来た。

途端に「ご一緒出来て楽しかった」と、スティーヴン氏とドルイット氏は短い挨拶《あいさつ》とともに席を立ってしまう。たしかにお茶の間だけの同席である。

二人が行ってしまうと、あっさりと話題はまたもやハガード氏の本、『彼女』へと移ってしまった。

理事長、トリーヴス医師、そして鷹原と、随分とお気に入りの小説のようだ。

僕は想いを巡らせる――喉《のど》まで出かかり聞きそびれてしまった。だが初対面の青年に、しかもトリーヴス医師を間に挟み、どう切り出せばよいのかも解らなかった。ヴィットリア・クレーマーズ男爵夫人……男爵夫人なのかと、何か気落ちもした。だが、あの二人はあの女《ひと》を知っている。

「柏木」と、テーブルの下で足を踏み、僕の注意を喚起してから、鷹原が云う。「君も読んでみれば、僕らと意見を同じくするだろう」

「そうですね」とあわてて云う。いつの間にか、ナイフとフォークを持っていたが、何を食べているのかも解らなかった。

食後、ハガード氏の「明日からアイスランドに行きます」との言葉に、「ほう、取材ですか？」と、目を輝かせて理事長。「『彼女』の北国版だと嬉《うれ》しいですね」

クラブの玄関で別れるまで、四人の間には『彼女』が君臨し続け、僕の頭にも彼女が居続けた。

下宿に帰る馬車の中で、鷹原と僕は不穏な「時」を過ごした。

「食事中の君の態度は感心しないな」と不意に云い出したのは鷹原である。

「僕も今朝からの君の態度は感心しない」と云ってやった。「何から何までお節介だ。初日だというのに……僕のことだというのに……すべて君に引っ掻《か》き回された。なるほど、飢えた人たちの前にオレンジの山を見せびらかして歩いたのは軽率だった。だが、ミラーズ・コートの女《ひと》に対してあんな失礼な態度を見せ、その上、ロンドン病院まで付いてきて、僕を病院長や理事長に会わせる。昨夜の晩餐会《ばんさんかい》とやらで、即座に今日のお膳《ぜん》立てを考えたのだろうが、そういう権威主義は嫌いだ」

「僕も君と同意見だ。だが、権威主義の人間相手にはこういう出方が一番効くということも知っておいた方がいい」

「トリーヴス医師が権威主義だと云うのか？　君は……トリーヴス医師も既に知っているのか？」

「いいや。だが、ベルリンで君にトリーヴス氏のレポートを渡す前に、一応目を通したからね。そう思ったし、会ってさらに確信したね」

「そしてケリー嬢には『ありがとう』の一言で鼻先でドアを閉め、権威主義者たちとは『ご婦人連のようにくどくどと同じ言葉を繰り返す』のが君のやり方か」

「おやおや、ベルリンで苦労したのか、君もひねくれてきたね。だが、ケリー嬢とやらと君がこれ以上つき合うことはないだろうし、権威主義者たちとはこれからもずっとつき合わなければならない。と、なれば、お偉方を通してトリーヴス医師と会っておいた方が、これからの君のエレファント・マン研究に於《お》いては、ずっとやりやすいんじゃないか？」

――馬車が止まる。

馬車を下り、下宿のドアを開き、階段を駆け上がりながら、僕は云った。「そんな呼び方はやめて貰《もら》いたいね。彼は……」と云って言葉に詰まる。名前がはっきりしなかったからだ。二階の廊下で窓硝子《ガラス》を拭《ふ》いていたボーモント夫人が驚いて振り向く。「メリック氏という立派な名前を持っている」

自室のドアを閉じるやいなや、僕の頬に涙が流れた。何たる日だ。

午後の時間はのろのろと過ぎた。

鷹原には「メリック氏」と云いながら、彼の事を想うと「エレファント・マン」という言葉が蘇《よみがえ》る。

最悪の出会いだった。なぜあんなにもうろたえてしまったのか？　何もかもが鷹原のお節介のせいだ。ケリー嬢への不遜《ふそん》な態度、僕をトリーヴス医師に会わせる下らぬ膳立て……それらが僕の精神を苛立《いらだ》て、当に承知していた筈《はず》のエレファント・マン……いや、メリック氏の異様な姿に声を失わせ、動揺させたのだ……いや、違う……僕は単に驚き……そして情けなく言葉を失ったのだ。あんな怪異な人間を見たのは初めてだった。レポートで承知はしていたものの、実際に人間とはほど遠い、カリフラワーのように膨れた頭や櫂《かい》のような大きな右手を目にし、ただ動揺してしまったのだ。その外見に、すっかり動転してしまったのだ。

メリック氏から見れば、酷い侮辱と映ったろう。だが、彼は立派に尊厳を保ち、歓待してくれた。明日、行ったら、真先に謝らねばならない。いや、謝ることは却って傷つけることになるだろうか？　だが、初日にして全くの失態だ。何ともやりきれなかった。

机に向かい、ノートを出す。メリック氏に会う毎に記録しようと用意しておいたものだ。扉に『エレファント・マン』とだけ書いておいた。それを消して『メリック氏』と書き換える。

だが、何を書けばよいのか？「一八八八年六月十三日」……後が続かない。「初会見、失態」とだけ書き入れる。

インキ壺《つぼ》の横に薔薇《ばら》が一輪、ボーモント夫人が置いてくれたものだ。何ともいえぬ芳しい香りを放っていた。

あの女《ひと》の香りに似ていた。ヴィットリア・クレーマーズ男爵夫人……ハガードとか云った、あの作家に聞けばドルイット氏のことは解るだろう。アイスランドからはいつ帰るのだろう？

ノックの音とともに、鷹原の陽気な声。「お茶が入ったよ」

反射的に「欲しくない」と応《こた》え「放っておいてくれ」とも云ってしまった。

「解った。気が向いたら来たまえ」――声は変わらず陽気だった。遠ざかる足音。

一緒に住んだのは間違いだった？　とも思う。鷹原に引き回されて、貴重な日々を削ることになる？　いや、貴重な日々とは何か？　ベルリンでの一年半を既に僕は捨てて来た。あの一年半を無為と思ったからロンドンに来たのではないか？　そして残された半年という期限付きの日々だからこそ、貴重と感じるが、僕が何もつかまなかったら、それも無為となる。鷹原ではなく、僕自身が問題なのだ。そう、彼がいなければ、今頃僕はまだ下宿を捜し歩き、トリーヴス医師から軽くあしらわれ、ひょっとしたらホワイトチャペルの人々から襲われていたかもしれない。鬱陶《うっとう》しいと思いつつ、彼は彼なりに正しかったのかもしれない。それに……彼は……僕同様、初めてメリック氏に会ったにも拘《かかわ》らず、顔色一つ変えずに挨拶をした。まるでそこいらの人に紹介されたように、平然と。「喜怒色に現さず」――今さらながらに自分を情けなく思った。すべては自分のせい。そしてすべては自分に撥《は》ね返ってくる。そして一人で拗《す》ねて……実に幼稚だ。
いつの間にか、部屋も、外の広場も薄闇に包まれ、隣のスティーヴン家には燈火《とうか》が灯《とも》ってい
た。まだ三日目だと起《た》ち上がる。

「さっきは悪かった」と、精一杯の明るい声で居間に入った。が、誰もいない。
瓦斯《ガス》燈を灯してみると、テーブルの上には冷めた茶器のセット。そして一冊の本の上に置き
手紙があった。

――出かける。帰りは遅くなるので、悪いがまた一人で夕食を。本はデザート代わりだ――


本はハガード氏の『彼女』だった。

僕より二ヵ月ちょっとロンドンに早く来ただけで、彼はもうこんなゆとりを持っているのか。

そう思うと、またもや暗澹《あんたん》としてきた。こちらに来てから学術書以外の本は読んでいない。ま
して小説など……女子供の暇潰《つぶ》しと思われた。

冷めた紅茶を飲んでいると、ボーモント夫人が「お夕食は？」と聞いてきた。次いで本に目
を止め「まあ『彼女』ですね！」と感嘆の声を上げる。

「お読みになられたのですか？」

「ええ、もう夢中になりましたわ」

ひとしきり、その読後感を聞いた後で夕食にありつく。どうやら、ハガード氏はロンドン市民の多くを熱狂させているようだ。

鷹原は帰ってこない。今夜も晩餐会か？　読む気はなかったが、それでも本を部屋に持ち帰った。

♠

翌日、再び、ロンドン病院へ。

トリーヴス医師に、昨日と同じ笑顔で迎えられ、白衣まで貰い、さっそくメリック氏と会う。昨日よりはまともに向かい会えた。だが、話は殆《ほとん》ど進まぬまま、三十分ほどで引き揚げる。せかせかとしたトリーヴス医師に聞いてみると、医師の日常は正に殺人的スケジュールだった。解剖学の講義に加え、ひっきりなしに担ぎ込まれる患者相手の外科手術、そして研修医の指導、そして、僕のようにメリック氏を訪れる人々の仲立ち。

「この病院内で、私は医師と教授、それにジョンの執事にもなっていますよ」――自嘲《じちよう》的な言葉にはかなりの疲労の色があった。おまけに夕方からは自宅で開業医をしていると云う。「この顧問外科医というのは無給の名誉職でね、開業しなければやっていけません」

理事長直々の紹介というのが頭にあるのか、終始笑顔で気を使って話し続けてはいたが、負担になっているようで申し訳ない気がした。隣接した付属大学へ、講義の時間を気にしながら早足で歩く医師に、僕は「明日からは一人でメリック氏に会ってみたい」と伝えた。三十分そこそこの通訳付きの会話では、毎回天気の話で終わってしまう。トリーヴス医師に解るのなら、注意深く聞いてみれば、僕にもメリック氏の言葉が聞き取れる筈と思われたからだ。トリーヴス医師は正直、ほっとしたようだった。「貴方以外にも、最近は『執事役』に時間を取られることが多くてね」と、彼は云った。

次いで、好きな時にメリック氏を訪問出来ること。また彼への疑問点にはいつでも解る範囲で応えること、そしてトリーヴス医師の講義、並びに他の教授の講義も興味があれば自由に聴講出来るように致しましょうと、考えうる限りの親切な便宜を図ってくれた。

下の者への尊大さと上への諂《へつら》いと映った昨日の印象、そして僕への儀礼的なよそよそしさも薄れ、初めて生の好意と誠意を感じた。教授と生徒の間、そして学友同士の間にある、学問を通しての開放された心である。病院の建物から大学へと行く間に、沈黙と饒舌《じょうぜつ》という一風変わった医師の話し方にも慣れた。僕同様、気楽な日常会話というのは苦手なようだ。だが、こと医学に関しては、一旦《いったん》口を開くと、てきぱきと話を進めていく明晰《めいせき》さで改めて名医、名教授という風評を確認する。

そして朝の最後の時間、僕はトリーヴス医師の講義に耳を傾け、確信に満ちた物云いで、生徒をぐいぐい引きつけてゆく魅力的な講義に、忘れようとしていた解剖学すら面白く拝聴した。

♠

翌日、一人でメリック氏を訪ねる。

トリーヴス医師の姿がないのに、彼の顔は一瞬強張《こわば》ったが、それでも親切に椅子を勧めてくれた。

向かい会うと、やはりすぐには言葉が出ない。

彼の顔には殆ど表情というものがない。人間の顔と素直に呼べる部分は左目とその下の頬だけで、後は巨大なカリフラワーのように膨れ上がった塊で覆われていた。骨質の瘤《こぶ》が頭から顔三分の二まで占めているのだ。右目もその塊で頭蓋の中に埋没し、唇もその中から無理やり這《は》いだしたように襞《ひだ》になって左頬につり上がっている。頭と呼ぶべき部分からは淡い金髪が僅《わず》かにふわふわと漂っていた。トリーヴス医師の言葉によれば笑顔も作れないという。ただし泣くことは出来ると……

やがて左目が緊張と不安を込め、遠慮がちに僕を見つめているのに気づいた。馴染《なじ》みの医者や看護婦でもなく、上流階級の単なる訪問者でもない、東洋の未知の男を見つめる眸《ひとみ》だ。些《いささ》かなりと、感情的なものを認め、僕はようやく安堵《あんど》する。

「この国の言葉は、僕にとって異国の言葉です」と僕は話し始めた。「ですから僕の言葉も聞き取り辛《づら》いかもしれませんが、貴方《あなた》も言葉に不慣れな僕のために、出来るだけゆっくりと、出来るだけ明瞭《めいりよう》に話していただけるとありがたいのですが。僕は貴方と二人で話をしたい。お邪魔にならなければ、これから毎日伺いたいと思います。よろしいでしょうか?」

眸が笑っているように思われた。美しい音楽のような声が、捩《ね》じれた唇から洩《も》れてくる。

必死で耳を傾ける。「嬉《うれ》しいです」と聞こえた。「訪問して下さって嬉しいです」と。彼は何度か繰り返した。「私のような者のところへ」

「僕の名前は、トリーヴス医師の紹介でご存じと思いますが、カオル・カシワギ。貴方のお名前はジョンとも、ジョーゼフとも伺っています。僕が不慣れで聞き取れないのかと思いますが、どちらでしょう?」

「ジョーゼフ・ケアリー・メリック。ジョーゼフです」

僕もゆっくりと話し、彼はもっとゆっくりと話した。しかも、僕は何度か聞き返してようやく彼の言葉が解る。時間はかかったが、それでもやっと直《じか》に話しているという喜びを味わう。恐らくトリーヴス医師ももはや撤回しているだろうが、彼は白痴でも何でもない。きちんと意思疎通の出来る人間だ。

僕はようやく彼の部屋を見回すゆとりも持てた。

僕の下宿を一回り小さくしたほどの、そして同じような備品を備えた部屋——ベッドとベッドサイド・テーブル、机と椅子、小さな丸テーブルを囲んだ応接セット、暖炉——違うことと云えば、僕の部屋が二階で、ハイド・パーク・ゲイトの広場を見下ろす窓があるのに対して、ここは地下室、そして窓は、あの古びたベッドの並んだベッドステッド・スクエアと呼ばれる、寒々とした中庭を見上げていることだけだった。しかし、殺風景な僕の部屋に対して、この部屋にある細々とした物の多さ……暖炉の上からベッドサイド・テーブルの上まで占領した数えきれぬほどの写真立て、机を占領した紙屑《かみくず》や絵の具、おまけに蓄音機から銀の小箱の類《たぐい》まで、庶民には手の出ぬ高級品も所持していた。

「美しい御婦人たちのお写真が随分とありますね」と云ってみる。

「ええ、ここにいらして下さった御婦人方のプレゼントです。皆様、とても御親切で……温かく……私のような者に……感謝しています」

「音楽がお好きですか? 蓄音機があるけれど」

「女優の……お芝居……私はまだ観たことはありませんが……お芝居というものをされているマッジ・ケンドル夫人からいただいたものです。ああ、これがケンドル夫人のお写真です」――メリック氏は、数分を要して起ち上がる――実際、使い物にならない右手と、それとは対照的な少女のような華奢《きゃしゃ》な左手だけで（その時、初めて僕は、彼の左手が、彼のほぼ全身を覆う畸形《きけい》から救われた唯一美しい……普通の男の手と較べても数倍美しいと思われる手を持っていることに気づいた）起ち上がるということだけでも大変なことを知り、次いで大袈裟《おおげさ》な銀のフレームに納まった、ケンドル夫人の写真を手渡された。

四十くらいだろうか？　若い女優にはない貫禄《かんろく》と威厳、そして艶《つや》やかさも備えた堂々たる写真だった。

「この小箱や、レター・セット、シェイクスピアの像……その他沢山ケンドル夫人からいただきました。お会いしたことはありませんが、本当に御親切で、温かく、感謝しています」

彼は必死で僕を接待していた。痛いほどにそれが解る。だが何か……違和感を感じたとき……短いノックの音とともに、返事も待たず、あの魔女……イーヴァ・リュークス婦長が盆を手に入ってきた。

「あら、またいらしてたのですか」と、僕に無愛想な一瞥《いちべつ》を投げる。「お昼の時間です。食事くらいゆっくりと摂《と》らせて下さいな」

「ではまた明日」と、退散した僕は、トリーヴス医師の部屋へ行ってみた。

応答はなく、通りすがりの医師に聞いても、婦長同様「さあ」と、無愛想に行ってしまう。

事務室で問い合わせてみると、緊急患者の手術執刀中と云う。

病院のロビーは口々に不調を訴える、ホワイトチャペルの住民と思われる貧しい身なりの人々で溢《あふ》れ、その間を縫って板に乗せられて担ぎ込まれる怪我人、背負われて入る人、よろよろと入って呻《うめ》く人と、神田明神《かんだみようじん》の祭を上回る喧騒《けんそう》と目まぐるしさだった。ぼうっと立っているのは僕ぐらいのものだ。

取り敢えず直に話せたのだという思いで、外に出る。

通りに出て、白衣のままだったことに気づいたが、昼時のせいか、やはりロンドン病院の医者と思われる白衣の人々が何人か広い通りを歩いているのを目にした。

僕もそのまま歩いてみる。

通りを横切り路地に入っても、昨日オレンジの山をかかえて歩いたような殺気は感じられない。それればかりか行き交う人たちから笑顔の会釈を初めとし、有形無形の善意を感じた。ロンドン病院はこの地域の人々の拠り処となっているのだという思いがする。そしてこの地域の人々も、酷《ひど》い身なりとは云え、そしてすべてがとは云えなくとも、貧しいなりに必死で生きている普通の人々だと感じた。

比較的清潔そうなパブを見つけて昼食を摂り、午後は白衣を脱いでロンドン動物園に行ってみた。

初夏の動物園は花で溢れ、美しかった。そして初めて目にした象はちっともエレファント・

マンと呼ばれるメリック氏に似ていなかった。だが百獣の王と呼ばれるライオンは、確かに鷹原に準《なぞら》えても可笑《おか》しくはない。駒鳥が餌をついばむ芝生に腰を下ろし、僕はいったい何に似ているだろうと考える。

夕方、下宿に戻った僕は、また——晩餐会《ばんさんかい》で遅くなる——という鷹原のメモを見た。唖然《あぜん》としたのは、晩餐会ではなく、後に続く簡単な語句——本日、午前十一時にフリードリッヒ三世崩御との知らせあり——だった。

瞬時に、寡婦となられ悲哀に満ちたヴィクトリア皇后のお顔が目に浮かぶ。だが、自分でも驚くほど平静だった。

ロンドンに来てまだ五日というのに、ベルリンのすべてが遠い日のように思われる。新皇帝の御容体を新聞記事で目にする度に、はらはらと気に留めていた自分が他人のように思われる。王女のことで鷹原に抗弁したあの夜のことを思い出し、彼が今ここに居なくて良かったと思った。思えばあの夜からエレファント・マン、いやジョーゼフ・ケアリー・メリックの存在が頭を占めていた。この日記もあの日からだ。だが何を書いているのか？　どうして書いているのか？　今の僕……今は何なのだろう？　薄情で移ろいやすい自己……まだ……よく解らない……

四　カオス

日毎、ロンドン病院に通いながら、僕は新しい下宿に、そしてロンドンという不思議な都市にすこしずつ馴染《なじ》んでいった。

実に不思議なところだ。東京ともベルリンとも違う……ロンドン到着時に目にしたヴィクトリア駅の光景こそ、ロンドンだと思うようになった。あらゆる人種、あらゆる階級が犇《ひしめ》き合うカオス……そして貧しい者は東京の……鷹原は僕が東京の貧民を知らないと云うが、僕だってそれほど無知ではない……そう、貧しい者はここロンドンでは十倍は貧しく、人の尊厳すら忘れられた生活をしている。そして富める者は百倍も富み、東京でなら成り上がり者と蔑《さげす》まれるような、いや、その千倍もの使いっぷり、千倍もの豪奢《ごうしゃ》な生活をしている。そして所持品といえば救貧院で貰《もら》った衣服に、ポケットには石鹸《せっけん》の断片と、二、三シリングの小銭しかなく、その夜のベッドすら見当もつかない売春婦が、イースト・エンドの貧民なら十年は暮らせるというほどのアストラカンの外套《がいとう》を身に纏《まと》った郷士と腕を組んで歩いていたりする。東京では違う階級が接するのは主従関係においてのみ、居住空間から職種に至るまで、各々の身分を弁《わきま》えて、立ち入ろうとはしないのに、ここでは……例えばパブと呼ぶ酒場一つをとっても……一つの空間に仕切り一つを隔てただけで、労働者と紳士が集っている。流石に労働者階級の者が紳士の邸宅に招かれるようなことはめったにないが、紳士階級の者は平気で貧民街をうろつき、美術館や博物館では立ち交わって同じものを眺めている。鷹原に云わせれば「自由なんだよ。この国は」と云うことだったが、僕は戸惑うばかりだった。

それでも、それなりの日常というものが出来てゆく。

下宿生活は快適だった。些《いささ》か物々しすぎるボーモント氏には閉口することもあったが、気さくな夫人の方は、甘やかした子供に接する母親のように、会う度に「お茶は？」「お洗濯は？」と気軽に尋ねられ、生まれ育った我が家より気兼ねのない毎日だった。その気配りたるや完璧《かんぺき》に近く、留守の間に部屋は魔法のように綺麗《きれい》になり、居間のサイドテーブルに載った銀の丸蓋《まるぶた》の下には、食事が不規則な鷹原のために、冷肉やらパイやらが常時盛られており、窓辺には花が絶えない。外が雨でも風でも曇りでも、一歩家に入れば途端に春の女神のような夫人の笑顔に迎えられ、周りには春風が舞っていた。

「武士たるもの質実を宗《むね》とし、日々文武にのみ励むのみ」という父の口癖の言葉まで、うっかりすると、夫人の送るそよ風に乗って飛んでいってしまうような気楽な日常だった。家の造りの相違ではなく、家内の空気が全く違うのだ。

そして鷹原の方でも、最初のお節介は忘れたかのように彼の日常に戻っていた。起きるのは午後、気が向けばスコットランド・ヤードに行っているらしいが、正確なところはよく解らない。夜は日本から持ってきた笛を吹いたり「書斎」と称する三階に上がった切りのこともあるが、大概は飽きもせず観劇だとか音楽会、晩餐会と出かけ、帰るのは真夜中から夜明けだった。

「今は社交シーズンなんだ」と彼は僕をも誘い、僕は二度ほど観劇につき合ったが、後は断っていた。

『不思議の国のアリス』という不思議で、幻想的な芝居と、『ジーキル博士とハイド氏』という実に恐ろしい芝居だった。

ともに目を奪う素晴らしさ、そして魔力のような魅惑に充ちた世界だった。だが、これ以上劇場に通えばその魔力にのめり込んでしまう。贅沢《ぜいたく》な桟敷《さじき》は二度とも鷹原が「僕の招待なんだから」ということで、料金も云わず、金を受け取らなかったが、他の桟敷を見渡せば着飾った貴族たちばかり、留学生の分際で入るところではない。ベルリンに居たときも、二、三度音楽会に行ったことはあったが、こうした快楽に慣れてしまう、溺《おぼ》れてしまうことが怖かった。

観劇は街に出れば、そのまま芝居のようだったし、音楽は鷹原の笛で充分である。

実際、笛の音に廊下に出ると、よく階段の上段に坐《すわ》ったまま耳を傾けているボーモント氏と出会った。

氏は、耳は居間の方へ向けたまま、僕を見つめて唇に人差し指を持っていく。五分で止むか、一時間続くか、気まぐれな音楽会だったが、僕らは共にそれをこっそりと楽しんだ。終わればまたこっそりと僕は自室へ、氏は一階へと引き揚げる。

♠

僕は午前中から夕方まで毎日ロンドン病院で過ごすようになっていた。休日は病院や大学も休みなので、メリック氏に会うだけだったが、それでも毎日通っていた。

メリック氏と一、二時間話し、そして解剖学だけでなく、他の講義にも出席し、この病院の医者や研修医とも徐々に馴染んでいった。ときにはトリーヴス医師の助手や、看護婦たちの手助けまでしてしまう。貧民街とドックに挟まれたこの病院は毎日が戦争だった。喧嘩《けんか》で怪我をした船員や湾岸労働者、ぎりぎりまで放置された貧民街の病人たち……次から次へと目まぐるしく担ぎ込まれるこれらの人々に、トリーヴス医師の手術着たるや、脱いだあとも、血糊《ちのり》で直立していたりする有り様だ。そして正に八面六臂《ろっぴ》の活躍と云えるトリーヴス氏が、病院内では毀誉褒貶《きよほうへん》の人でもあることを知った。が、それは、トリーヴス医師本人や、他の医師たちからすこしずつ漏れ聞いたメリック氏との関係に起因していることが多かった。

そしてメリック氏がここに居るわけも解ってきた。

そもそもトリーヴス医師が最初にメリック氏に会ったのは四年前、彼が病院の向かいで見せ物として出ていたときだという。

『エレファント・マン』という見せ物で、畸形《きけい》の彼を目にし、その異様すぎる姿を病院に呼び、観察、計測した後、病理学会でレポートを発表……僕がベルリンで目にしたものだ。

そしてメリック氏は再び見せ物小屋へ戻ったが、余りに奇怪な姿形は見せ物としても公衆道徳に反すると警察の取締りにあい、ロンドンを追い出され、地方へと……そして遂に大陸へと渡ることを余儀なくされた。その挙げ句、興行主に有り金を盗まれて見捨てられたのが二年前、やっとの思いでロンドンのリバプール駅に帰った彼は、その姿によって人々に追われ、力尽きたところで辛うじてトリーヴス医師の名刺を駆けつけた警察官に差し出したという。それは彼の所持していた唯一の物ともいえたが、間もなく連絡を受けたトリーヴス医師が到着。取り敢えずロンドン病院に保護したのが、始まりだそうだ。

とてつもない畸形とはいえ、治療可能な病人ともいえない彼の存在は、病院内でも問題になり、思い余った病院の理事長、F・C・カー・ゴム氏の『タイムズ』――ロンドンで最も格式高い新聞――への投書となった。

『病院で養うほどの財力はなし、かと云って、労働も不可能なほどの男を社会に抛《ほう》り出すのも忍びなく……』といった、哀訴とも云える記事は大きな波紋を投げ、多くの寄付が集まってロンドン病院に永住すべく一室を与えられたという。

メリック氏はようやく長い迫害の日々を終え、病院の一室という妙だが自分自身の部屋を持てる身になれた。だが、今のような名士となったのは、『医大新館、看護婦寮の落成式に臨席された皇太子ご夫妻がメリック氏の部屋にも訪問された』との記事が新聞に出てからである。以来著名人士の殺到するところとなり、現在に至っているそうだ。

「かくて私はジョンの執事となったわけですよ」と、トリーヴス医師は呟《つぶや》いた。

八月初めの日曜日、明日からようやく休暇を取れるという、病院内、彼の部屋でのお茶のときだった。

「貴方のように、一人で会いたい。言葉も理解したいなどという訪問者はおりませんしね。その都度私が通訳として立ち会うわけです」

「はあ」と、僕は相槌《あいづち》を打ったものの、後の言葉が続かなかった。

その日の午後、僕がメリック氏の部屋に居たときに、トリーヴス医師が「執事」となってどこその侯爵夫妻を伴って来たのだ。――山ほどのプレゼントをかかえた夫妻は、メリック氏を相手に慰めと労《いたわ》りの言葉をやはり山ほど羅列し、トリーヴス医師はメリック氏の感謝に震えた言葉を通訳し続けた。――僕がこの部屋に通うようになってからでも、既に何回か目にしたことである。

そして嬉々《きき》として起《た》ち上がった侯爵夫妻を医師と共に見送り、この部屋に戻ろうとしたときだ。婦長に出会った。

「彼のところへの訪問時間を制限していただきたいですね」と婦長はのっけから云った。「彼らは売名行為で来ているにすぎませんわ。ここに来たという行為を吹聴《ふいちょう》するためだけです。哀れなジョーゼフを見舞った高徳の民という紋章を手に入れたいだけです」――婦長は真っ直ぐにトリーヴス医師を見つめ、次いで僕をもじろりと睨《にら》んだ。「彼はまた見せ物に成り下がっています」

呆気《あっけ》に取られた僕の前で、トリーヴス医師は傲然《ごうぜん》とこう応《こた》えた。「彼は喜んでいるよ」

部屋の中をまたも天使が舞っていた。

三階にある医師の部屋の窓からは周囲の貧民街も見えず、聖フィリップス寺院の尖塔《せんとう》を透かしてロンドン塔や遥《はる》か彼方《かなた》に聖ポール寺院の丸屋根が見える。病院内の喧騒《けんそう》もここまでは届かなかった。

「婦長はね」と医師。「誉れあるロンドン病院の一角が見せ物小屋になってしまったと余所《よそ》でも嘆いているそうですよ。私は紳士の仮面を被《かぶ》った興行主だそうです」

「そんな……日曜日までこうしてメリック氏を気にされていらしている。婦長さんもそうですが、皆、メリック氏を気遣っていらっしゃる」

僕の言葉を軽く手で制して「まあ執事役もそう長いことはないでしょうが……」と、医師は呟いた。

「どういうことですか？」

「ジョンと初めて会ってから四年……その間に彼のからだは二十も年老いていますからね」

僕はまたしても言葉を呑《の》む。そう云われてみれば、最初目にした石版画では彼は少年のように見えた。

「残念ながら、今の医学の力では彼の治療は出来ません。そして彼はどんどん衰えていく。加速度的にね。それを止めることも出来ません」

「何も打つ手はないのですか？」

「何も……ただ、すこしでも快適に過ごせるようにするだけです。彼は来客を喜んでいる。ここへ来るまでの彼はあらゆる人々から疎んじられ、追い払われてきた。笑顔を向けられるということすらただの一度もなかったのです。だが、婦長は見せ物にしていると私を非難する。彼をこき使っていた見せ物小屋の興行主と同じだとね。貴方はどう思われます？」

今までに見たこともない暗い眸《ひとみ》だった。

「先生はご立派です」そう云いながらも婦長の言葉がやはり耳に残っていた。

まだ僅かな期間ながら、僕の見たトリーヴス医師は、メリック氏に対しての医師の云う「執事」という役柄、そして医師本来の仕事に加え、大学での講義という病院内での激務をも見事にこなす……その手腕、実力から云えば尊敬に値する人物である。ただ一つ、気になることと云えば、その「執事」という役柄をも余りにも忠実に実行する……云うなれば押し寄せる著名人士たちへの必要以上の気の配り方……ともすれば権威追従主義に映りかねない態度だった。が……打ち消すように僕は続ける。

「彼を救ったのは先生です。この世に身の置き処もない彼に、安心して休める部屋を提供したのは先生です」

「ありがとう」と医師は起ち上がった。曇らせていたと思った影は光線の具合だったのか？多少メランコリックとはいえ、いつもの自信に溢《あふ》れた威厳ある顔だった。

「さて、あと一仕事終えれば僅かな休暇だ。貴方は夏はどちらへ？」

「別に……留学中の身ですから。夏もここに……メリック氏の許《もと》に通います」

「そう……私の休暇も上流紳士のようなわけにはまいりませんがね」――聖ポール寺院が消え、ロンドン塔が消え、側の聖フィリップス寺院すら消えていった。「また霧だ」と、トリーヴス医師が窓を閉める。「ま、この煤煙《ばいえん》混じりの汚い霧から僅かとはいえ、逃れられるだけでもありがたいですね」

何も見えなくなった窓から目を背けると「出ましょう」と医師は戸口に向かった。

婦長の言葉がよほど気になっているのか、沈鬱《ちんうつ》な面持ちだった。が、廊下に出た医師は颯爽《さっそう》と変貌《へんぼう》していた。

舞台に出た役者のようだ。事実、自室から一歩出れば、彼は注目を浴びる役者なのだ。今やロンドン一の名士、ジョーゼフ・ケアリー・メリック氏を発見し、救い出した……有徳の誉れ高い、こちらも名士なのだ。

夏の夕方……ホワイトチャペルから抜け出し、ヴィクトリア・エンバンクメントに行くと、夢のように美しかった。

ホワイトチャペルの殺伐とした通りを抜け、シティの雑踏を抜け、喧騒《けんそう》から離れると、ゆったりとしたテムズ川には大小様々な船が行き交い、鷗《かもめ》が群れている。ほっとしながらも、僕の心は晴れない。

メリック氏の衰え、婦長の言葉、いや、そんなことではない。毎日、メリック氏と会いながら、僕は未《いま》だ何も話していないのと同じだった。

ありがとうございます……感謝しています……恐縮です……私のような者に……皆様、御親切で……

何を云っても同じだった。まだるっこしい会話とはいえ、僕の言葉は通じている筈《はず》だ。だが、何を聞いても応《こた》えは同じ。順番が来て、やっとメリック氏に会える……そう、たしかに売名行為と映るような虚礼だけの訪問者なら、それでいいだろう。だが、僕はもう一月半も通っているのだ。ひょっとしたら彼はやはり痴呆《ちほう》なのだろうか？　トリーヴス医師の指示でやっと憶《おぼ》えた返礼を繰り返しているにすぎないのだろうか？　それとも僕を馬鹿にしている？

彼はトリーヴス医師の研修医の一人と僕を思っているようだった。トリーヴス医師の指示で、研修医は日に一度はメリック氏を訪ねるよう義務づけられていた。気楽に通う者もいれば、厭々《いやいや》行く者もいた。ここの研修期間は六ヵ月、僕の猶予期間とさして変わらない。そして僕も白衣を着て、毎日通っている。回らぬ舌で、じりじりと時間をかけ、ようやく聞き取る言葉はいつも同じ……「先生、お忙しいのにお出でいただき恐縮です。皆様、毎日御親切で……見せ物のとき?……ノーマン氏は親切でした。今でも感謝しています。救貧院のとき?……良くしていただいてありがたいと思っています。家族?……皆親切でした。私のような者に……」——親切! 感謝! ありがたい! 沢山だ! 敢えて話すに足る人間ではないと見て、心を閉ざしているのだろうか? 哀れな男だ! と、僕は心の裡《うち》で毒づいた。孤独な男! 人々の哀れみで生きているだけの情けない男!

ブラックフライアーズ橋で鷗に餌を与えていた人が、僕の掌にも分けてくれる。夕暮れの街を包み始めた霧の中で、僕は餌を投げながら、テムズ川に沿って堤を歩いた。

船が霧の波に現れては消え、鷗が跡をついてきた。やがて余所では珍しい電灯が霧の色を暖かな黄色に変える頃、僕の掌も空になり、右手には鉄柵《てっさく》越しにインナー・テンプルの木立と荘厳な建物が見えてくる。

インナー・テンプル……今ではここが高等法学院の敷地であり、そしてそこを出た人々の弁護士事務所や住居にもなっていることを知っている。立派なエリザベス朝風の講堂、ゴシック風の図書館、緑陰の噴水、石畳の古風な日時計……あの女《ひと》の消えたとき、目にした天馬……ペガサス……は法学院の紋章だとも知った。そして寺とも取れる奇異な名前は、その昔『テンプル騎士団』という異端の宗派の人々が居た場所からきているとも聞いた。だが、何度か足を運んでもあの女《ひと》を見かけたことはなかった。

ヴィットリア……ヴィットリア・クレーマーズ男爵夫人……夫は法学関係の人なのだろうか？　それともクラブで会ったあのちょび髭《ひげ》の青年……ヴィットリアと似たあの青年も弁護士と聞いた。あの青年がここに住んでいるということは充分考えられる。あの日……兄弟か親類と思われる青年の許へ、取り敢えず避難したのだろうか？

インナー・テンプルの中には霧を染めるように薔薇《ばら》が咲き乱れていた。甘やかな芳しい香り……あの女《ひと》の香り……だがこの華やかさはあの女《ひと》とは違う。

霧の中から羽飾りのボンネットが現れる度に、僕の胸はつまり、そして落胆する。会ってどうなるというものでもなし、こんなところをうろつくこと自体、馬鹿げていた。

トリーヴス医師はさっさと窓を閉め、霧を締め出したが、僕は霧が好きだ。初めて来たあの夕暮れの霧に魅了されて以来、霧は常に心を躍らせた。このごった返したカオスの都、ロンドンすら、霧がかかると柔らかで単調な夢の都に変容してしまう。

霧に浮かぶ建物は、立派なバッキンガム宮殿も、ホワイトチャペルの薄汚れたビルディングも、同じように朧《おぼろ》な夢の建造物になり、人も動物も浮かんでは消えるあやかしの精霊になってしまう。この世のすべてを夢、幻にしてしまう。

胸を騒がせたインナー・テンプルの茂みも見えなくなった。連なる月のようにぼうっと浮かぶ堤沿いの電灯を頼りに、ぶらぶらと歩きながら、僕はまたしても独りという想いに憑《つ》かれ、それを嘆き、また楽しんでもいた。

僕は独り、そう、ロンドンに来ても相変わらず独りだ。川面《かわも》に光が躍り、汽笛が鳴ったとき、僕は霧の中で立ち止まった。

何ということだ……メリック氏をののしり、そして僕は更に独りという思いに憂鬱《ゆううつ》になっている。なぜ、メリック氏に会いにきた？　なぜ彼と話をしたいと思った？　僕は僕の疎外感を彼の上にも、いや、彼の上にならば確実に見いだせる……自分以上に孤独な男を見いだせると思ったからではないのか？　類をみない畸形《きけい》の男、就労さえおぼつかず、ロンドン病院に収容されてやっと生きている男なら、僕以上に独りなわけで……それを見て、それを感じて、優越感に浸りたい、安堵《あんど》したいと思ったのではないか？　そしてそんな彼からすら拒絶されたことで、心を重くしているのではないか？


下宿に戻ると、ガウン姿の鷹原が、しどけなくソファーに横たわっていた。

「具合でも悪いのかい？」

「いや、今起きたんだ。うん、具合も良いとは云えないな。珍しく二日酔いのようだ」

「連日連夜のお出かけだもの。あたりまえだよ」と、ちくりと云って、テーブルにあったブランデーを貰《もら》った。時計を見ると七時、何て男だと思う。

「おや、夕食前の酒とは君らしくないね」

「たまには僕だって飲むさ」と云い、また飲む。むっつりとした僕に、彼も黙って飲んでいた。八時……赤い顔をした僕らのところへ、ちょっと呆《あき》れ顔のボーモント夫人が夕食を運んでくる。

苦手なラムの腎臓《キドニー》パイを口に運んでいるとき、鷹原が聞いてきた。「その後どうだい？　エレファント閣下は何か面白いことを云うかい？」

「いや、大して……」と云いながら、彼を見て思い出した。決まり文句以外に唯一、彼の方で口にしたことを。最初の頃だ。「君のことを聞いてきたよ。僕の友だちかってね」

「それで？」

「そうだと応えると、感嘆してた。君はまるで本に出てくる王子様みたいだとさ。尤《もっと》も君にとってそんな賛辞は珍しくもないだろうが」

「それで？」

「それきりさ。いい加減に聞き流して、他のことを尋ねるとまた決まり文句だ」

「決まり文句？」

「ああ『感謝しています』『皆様、お優しく』うんざりだよ」——僕は彼の白痴ぶりを洩《も》らした。

この一月、聞き飽きた決まり文句——鬱積《うっせき》した思いが酔いと飽食で堤防から溢《あふ》れたようになり、馬鹿なメリックについて、仏頂面の婦長について、大車輪で働くトリーヴス医師について、彼に追従する医師、反発する医師について……食後のカナッペを口にしながら、ブランデーに手を出した頃には、今日の婦長とトリーヴス医師のやり取りまで話が進み、下女中のお喋《しゃべ》りのように、何から何まで話している自分自身に内心目を丸くしながら、実際にも目が回っていた。

「……と、云うわけで、あの地下の部屋には連日……侯爵から男爵に至る貴族連、郷士や役者や文士といった著名人、新聞記者や雑誌記者といったジャーナリストが押しかけ、メリック氏は猿回しの猿同様、同じ愛想を繰り返すということだ」

「月並みな愛想を云われれば、エレファント・マンだって月並みな愛想しか述べないだろうさ」と、鷹原はブランデー・グラスを手に起ち上がり、またソファーに大儀そうに横になった。「君も押し寄せる連中と同様の愛想しか云ってないのじゃないのか？　あの奇怪な容姿に対するわざとらしい殊更の無関心、月並みな挨拶《あいさつ》、白々しい労り、例えば彼の唯一、積極的に聞いてきたという僕のことを……まあ、君にしてみれば興味も関心もないだろうが、それでも切っかけとして、聞き流すことなく、話してみれば違った反応を得られたのじゃないか？」

僕もグラスを手に、お気に入りの肘《ひじ》掛け椅子に移る。

低い珈琲《コーヒー》テーブルを挟んで、鷹原は婉然《えんぜん》と微笑んでいた。唐草の絹のガウンの下は、恐らく裸だろう。乱れた裾《すそ》から女のように白く滑らかな素足が片方は無造作に床に伸び、片方は肘掛けに乗っていた。広がった緑のへちま襟からは酔いで薔薇色に染まった厚い胸もとが見え、すっと伸びたなまめかしいほどの項《うなじ》には西洋人のようにカールした艶《つや》やかな黒髪が乱れ、その顔と云ったら……たしかにメリック氏が興味をそそられるのもうなずける……神々《こうごう》しいほどの美《び》貌《ぼう》だ。

「お愛想なんて彼も聞き飽きているだろうさ」と、美神は大儀そうに呟《つぶや》いた。「君が聞きたいと思うことを単刀直入に聞けばいい……たとえば……」

あわただしいノックの音に僕は振り返る。

ボーモント夫人ではないと思った矢先、鷹原が「どうぞ」と云った。

入ってきたのは前にホワイトチャペル警察署の前で出会ったシック部長刑事だった。すぐに解ったのは、顔よりも、その目立つチェックのスーツ姿でだ。

「やぁ」と云った切り、部長刑事は食べ散らかしたままの食卓、鷹原の様子に戸惑ったように立ち竦《すく》んだ。

鷹原が寝そべったまま云う。「ウィリアム・シック部長刑事。こちらは僕の友人で同宿の……そうだ、前に紹介しましたね」

僕が起ち上がると、シック部長刑事はほっとしたように僕に会釈をした。「ちょうど良かった」と微笑み、また鷹原に目を向ける。「オールド・ニコル・ギャング団の主要メンバーを傷害現行犯で逮捕しました。折よく私の前で喧嘩《けんか》を始めましてね。尤《もっと》も一晩、留め置く程度ですが。御友人の柏木さんにも見て貰えればと思って伺ったのです」

「ほう」と身を起こしかけた鷹原は、またソファーの背に寄りかかった。「頑張りましたね、ありがとう。だが……今夜は辛《つら》いな。明日一番に彼を連れて行くということでも良いですか？」

「結構です。じゃ、明日」——踵《きびす》を返した部長刑事を鷹原が呼び止める。

「部長刑事御自ら、こんな郊外までご足労をかけました。ブランデーでもいかがです？」

「いや、まだ勤務中ですから」

直立したまま、カチリと軍人のように踵《かかと》を合わせた部長刑事は、爽《さわ》やかな笑みを残してドアを閉めた。

「どういうことだい？」と僕は云う。

「オールド・ニコル・ギャング団とはね」と物憂げに鷹原は云った。「ホワイトチャペル一帯を根城とする不良少年たちだ。君がロンドン到着初日に襲われたという奴らじゃないかと思ってね、シック部長刑事に機会があったら留置してくれと頼んでおいた。君、明日病院に行く前にホワイトチャペル署に立ち寄るくらいはどうということもないだろう？」

「勿論《もちろん》だ。済まないね。僕の方では忘れていたのに……気にかけていてくれたのか」

「君のことだけじゃない」と鷹原はようやくまともに坐りなおした。「僕がロンドンに来て早々、エマ・エリザベス・スミスという売春婦が襲われ、その怪我が元で亡くなったと、以前手紙に書いたのは憶《おぼ》えているかい？　君の話を聞いて、手口も同じ……同じ奴らじゃないかと思ったんだ。君が確認して一人でも同じ顔があれば、エマの件も追及できる」

「だが、僕の方……彼女は売春婦じゃないよ」と、激昂《げっこう》して云い「男爵夫人だ」と、あのクラブで耳にしたことを伝える。

「ほう？　あの二人がね……何という名前だった？　ヴィットリア……ヴィットリア・クレーマーズ……ヴィットリア・クレーマーズ男爵夫人か……晩餐《ばんさん》の席で耳にしたことはないな。それにしても……それほどの麗人だったのかい？　随分と御執心のようだが」

「そんなことはない」と起ち上がる。部屋が回った。「怪我をしたまま、別れたので気になっているだけだよ」そして薄ら笑いを浮かべた鷹原を見下ろして僕は云った。

「君も取り敢えずは真面目に働いているようで、すこし安心した」――憎まれ口を叩《たた》きながら、ふらふらと自室に向かう。

鷹原とメリック氏の顔が目の前でぐるぐると回っていた。

僕は美神とミノタウロスの間を行き来しているだけのちっぽけで凡庸な人間……異界の神の心を覗《のぞ》くことなど出来やしない。

♠

翌朝、子供たちの声で目を醒《さ》ました。

隣のスティーヴン家から子供たちを満載した馬車が出て行くところだった。

今日はバンク・ホリディという年に八回ある銀行法定休日だとボーモント夫人に聞いた。よくは解らないが、とにかく休日だ。そしてすこしは青空も見える――鷹原を叩き起こす。

「馬車で行こう」と呟いた鷹原は、珍しくおもねるような口調で「申し訳ないが、ホワイトチャペル署に行く前に、ヤードにも寄って貰えないか？　貸したものを持って行きたいんだ」と云った。

「構わないよ」と僕。

休日で病院も大学も休み、トリーヴス医師も居ない。一、二時間、メリック氏に会う以外、今日の予定もない。この際、鷹原の勤務場所とやらを拝見しておくことも結構だ。

スコットランド・ヤード……

ウエストミンスターの官庁街、ホワイトホール・プレイス四番地……「スコットランド王の離宮跡にあることから、このように呼ばれているが、正式には首都警察本部と云うんだよ」と馬車の中で鷹原から聞いた。

北のハムステッドから南のサウスウォーク、西のホワイトチャペルから東のケンジントンまでと、中心にある自治区、シティを除いた大都市ロンドンの二十もの区を管轄下に納めている法の番人だ。

物々しい建物ばかりが並ぶ官庁街、そして中でも古く厳《いか》めしいヤードに一歩入った途端、その余りにも雑然とした様相に、僕は呆気《あっけ》に取られた。人と物でごった返した内部は外の整然とした環境と余りにも違っていた。

現在、ニュー・スコットランド・ヤードを建設中ということだったが、廊下から階段の一段、一段にまで部屋から溢れた家具や書類、その他ありとあらゆるがらくたが置かれ、積み重なり、狭くなった通路を男たちが器用に擦れ違って歩いている。

ぎしぎしと軋《きし》む階段の端にまで、所狭しと本やら書類が積み上げられていた。崩さないように身を反らし、腹の突き出た警官と擦れ違いながら、鷹原に云う。「まるでバザーの会場だね」

「この階段を昇る毎に注意力が養われるよ」と応えた鷹原は、何か口論しながら、下りてきた二人の男に、極上の挨拶を送る。

二人も云い合いを止め、愛想の良い返事を返す。端正な顔だちに立派な口髭《くちひげ》、モノクルをかけた四十半ばの軍服の男と、ずんぐりとした体格に似合わぬ鋭い眸《ひとみ》の三十過ぎの男だ。

「警視総監のチャールズ・ウォーレン卿《きょう》と、副総監兼犯罪捜査部《CID》部長のジェイムズ・モンロウ卿」

鷹原の紹介に、二人は僕にも愛想の良い挨拶をしてくれたが、僕らと別れるや否や、またもや口論を始めた。警視総監、副総監ともなれば、ここは我が家のようなものだろうが、周囲など頓着《とんちゃく》せぬといった凡《およ》そ紳士らしからぬ険悪ぶりだ。

「犬猿の仲なのさ」と快活に云って、鷹原の導く部屋に続いて入った僕は、またもや啞然《あぜん》と立ち尽くした。

もうもうたる紫煙の中でいぎたなく涎《よだれ》を垂らした大男がソファーに服のまま眠っていた。消火用水か、水の張ったバケツには、吸殻が浮かび、それに足をかけた男の手にはウィスキーの小瓶、捜査本部というよりは個人の居間のような雰囲気だ。薬問屋に有るような幾つもの小引出しのファイル・キャビネットや、書類の山に埋もれた机などで、仕事の場であるのは解るが、ゆったりとした肘掛け椅子に坐り、丸テーブルを囲んでマグ・カップの茶を飲んでいる刑事たちは、パブで酒を飲み交わしている客のように見えた。皆、私服のせいだろうか？

「ジョージ・ゴドリー巡査部長、アーサー・ネイル警視、ジョン・スタイル警部……」次々と紹介されて誰が誰やら解らなくなった頃、やはり片隅のソファーで毛布を被っていた男がもぞもぞと起き上がる。朝だというのに、とろんとした男の顔は赤く「やぁ鷹原」とアルコール漬けの声が洩れた。

「良かった、居てくれて」と鷹原。「一昨日貸したもの、持っているかな？」

「ああ、これか……」と男はポケットから何やら摘まみ出した。――掌でつかめるほどのものと認識しただけで、それは鷹原のポケットに移された。

どうやらそれが鷹原の目的のものだったらしく「良かった」と云うや、すぐに戸口に向かう。あわてて後を追った僕が、出しなに振り返って見ると、男は既に毛布を被ってまた寝ていた。

再び馬車に乗り、ホワイトチャペルの分署へ。

入ると待ちかねていたようにシック部長刑事が椅子から起ち上がった。

「やあ、ご苦労さまです」——溌剌《はつらつ》とした声だったが、昨夜と同じ服装で、ブロンドの美しい髪も些《いささ》か乱れていた。

「お泊まりだったのですか」と鷹原。

「ええ、帰りそびれてね。恐喝、強盗、追剝《おいはぎ》と、大盛況です。どうぞ、こちらです」

見るからに実直そうな刑事は、首を振りふり、僕らを地下へと案内してくれた。

だが、小さな監房に二、三人ずつ押し込まれた子供たちはまだ十七、八歳、一番小さな子は、凄《すご》んではいるものの十五歳くらいのあどけない顔である。

僕の言葉に部長刑事も鷹原も落胆し、僕は「あれでギャングですか？」と呆《あき》れた。

部長刑事は「いっぱしのギャングですよ。ナイフを持たせれば怖いものなし」苦々しげに呟いた。鷹原がヤードで受け取ったものを部長刑事に渡し、何やら云っていた。

二階の犯罪捜査部に行き、カービ巡査部長に珈琲を御馳走《ごちそう》になる。やがてシック部長刑事が現れ、鷹原に紙片と小さな陶器を渡した。

赤い点々を透かせた紙片を嬉《うれ》しそうに受け取った鷹原は礼を云い、僕と一緒に分署を出た。

「何だい、その紙は？」

「あの子たちの入所記念さ。ところで君は病院だろう？　僕も暫《しばら》くぶりにエレファント閣下に拝謁しに行こうかな」

「何だ、ヤードに戻らないのか？」

「今日は休日だ」

げんきんなもので、鷹原を目にした途端、メリック氏の眸が輝いた。しかし口を出るのはいつもの遜《へりくだ》りと感謝の言葉だ。

だが、まだるっこしい彼の言葉を遮るように、鷹原は挨拶も抜きで「何の本です？」と聞いた。

今まで読んでいたのだろう。咄嗟《とっさ》に引っ込めようとしていた手を止めて、彼は恥ずかしげに、「ディケンズです」と応《こた》える。

「ディケンズ？　僕も好きですよ」と云った鷹原は「失礼」と、その本を借り受ける。「『大いなる遺産』ですか。もう終わりの方ですね」と栞《しおり》のところを開く。「やあ、テムズ川の手に汗握る追跡のくだりだ。これは面白いところをお邪魔してしまったようですね」

「とんでもない。貴方《あなた》のような方にいらしていただいてとても嬉しいです。実は、もう二度目で……ですから、邪魔など……とんでもない」

しきりに恐縮する彼を制して、鷹原は恐らく本の登場人物だろう、次々と名前を出し、その人物評や彼の感想など聞き始めた。するとどうだろう。彼の方からも言葉が奔流のように迸《ほとばし》ってきた。主人公らしいピップという少年、ハビシャム夫人、エステラ、ジョー……「ジョーは私の叔父《おじ》にそっくりです」と聞くに及んで、僕は呆れた。まるで魔法を見ているようだった。封印を解かれたかのように、メリック氏の口から今まで聞いたこともない……優しい叔父の話が流れ出た。

僕がようやく慣れてきた聞き取り辛いメリック氏の言葉を、鷹原も一心に聞き、楽しげに相《あい》槌《づち》を打つ。

もどかしげに話すメリック氏の言葉は今までと全く異なっていた。ありきたりの言葉は消え、懸命に言葉を探し、鷹原に自己の思いを伝えようとやっきになっていた。そして繰り広げられる氏の話は本の登場人物も実在しているかのような口ぶりだった。「……ロンドンのピップを訪ねたジョーはとても可哀相でした。だからピップがジョーの許《もと》に帰ったときにはほっとしました」

トリーヴス氏がいないせいか、休日のせいか、訪問客もなく、研修医も来なかった。ヤードや、ホワイトチャペル分署に寄ったせいで、いつもより遅い午後の時間、メリック氏と鷹原の間で『大いなる遺産』が限りなく開けてゆく。

茶を持って入ってきた婦長の言葉で、初めて僕らは茶の時間になっていることを知った。婦長は「ジョーゼフは大の読書家ですわ」と、息子のように誇らしげに云う。僕はにこやかな顔の婦長を初めて見た。

メリック氏は、またもや恥ずかしげにおずおずと起ち上がり、テーブルの脇に隠れた、小さな本箱を披露してくれる。粗末な木箱だったが、二十冊以上の本が入っていた。

「聖書にシェイクスピア、オースティンもありますね」と鷹原。

「ジョーゼフ、聞かせて下さいな」と云った婦長は「彼の声で聞くと、牧師さんの言葉より感動しますの」と、僕らに云い、続いて「まあ、大それたことを」とあわてて十字を切った。が、その後の笑顔には娘のような華やぎが見えた。

「我が身の丈……」とメリック氏の声。椅子の背に変形のない綺麗《きれい》な左手をかけ、立ったままで彼は朗誦《ろうしょう》を続けた。「我が身の丈……極地にまで届き……掌で大海をつかめるとしても……私の大きさを測るものは……私の魂……心こそは……人の基準なり……」

実に美しい声……言葉だった。

後は風に揺れるカーテンの微《かす》かな音と、時を刻む音だけが部屋を充《み》たしていた。

鷹原が「ありがとう」と云うと、彼は慇懃《いんぎん》にその巨大な頭を下げた。今までにない荘重な眸で鷹原を見る。

続いて礼を述べた婦長が「まあ、お茶が冷めてしまいますわ。私ときたら時間も忘れて」と会釈をし、そそくさと部屋を出て行く。

「アイザック・ワッツの詩ですね」とカップを口に運びながら鷹原。

「賛美歌集で憶えたのです。昔……」とメリック氏。

「母は熱心なバプテストの信者でした。そうだ！　母を見て下さい」

懐から大事そうに取り出され、差し出されたのは小さな楕円《だえん》形の額に入った肖像画だった。円《つぶ》らな眸に卵型の顔、慎ましやかな美人……その眸はあのヴィットリアにも似た夢見るような不思議な眸……ヴィットリア同様、今まで見たこともない、不思議な輝きを宿した妖精《ようせい》のような眸だった。

「美しい方ですね」と鷹原。僕も同意する。

メリック氏は見るからに誇らしげに顔を上げた。このような仕草も初めて目にした。

「私の母です。美しく、優しい母でした」

「貴方にもお母様の面影がありますよ」と云う鷹原の言葉に僕はびっくりした。メリック氏も驚いたように声を呑《の》んだが、この奇怪な顔、容姿のメリック氏のどこが、この美しい肖像画に似ているというのか？

「貴方の病気が及ばない、左の目はこの美しい眸と良く似ていらっしゃる。それに左の頬の線も同じ、それに貴方の左手はとても美しい。小さく、品が良く……多分ご病気になられなかったら、お母様に似た美男子だったでしょうね」

「私が美男子？……」そう云った途端、メリック氏は茶器にぶつかるほどの勢いでうつ伏し、凄《すご》い勢いでおいおい泣き始めた。

「残酷だよ。鷹原」と僕はおろおろする。「ずけずけ云いすぎるよ」

何事かと婦長が看護婦まで引き連れて飛び込んできた。

ところが、泣きぬれた顔を上げて、メリック氏がようよう呟いたのは「ありがとう」だった。

「ありがとう。そんなことをおっしゃって下さったのは貴方が初めてです」

テーブルから落ちそうになっていた茶器のセットを婦長に渡した鷹原は「御馳走さまでした。またお邪魔しますよ。今度は貴女もご一緒にお茶をつき合っていただければ嬉しいですね」と、僕の手を引き、部屋を出た。後には子供のように泣いているメリック氏と、目を白黒させた婦長と看護婦を残して。

鷹原が出口で朗らかに云う。「近いうちに柏木にワッツの詩集『ホーライ・リリカイ』を持たせましょう。お好きなようだから」そして、廊下に出ると、「云い回しが違っていたからね」と僕に片目を瞑《つぶ》ってみせた。後は朗々と鷹原自身の朗誦が続いた。

わが身の丈　極致に届き
手をもて大洋をつかむとも
我を測るは　我が魂
心は人の基準なりせば

六時を過ぎていたが、夏のロンドンはまだ明るい。

「たまにはこの辺りで飲むかい？」と云う彼のいつもの気まぐれに、比較的綺麗なパブに落ちつく。と云っても、周りは胡散《うさん》臭い連中ばかりだ。

けばけばしい衣装で一目で売春婦と解る女性たち、ロンドン・ドックの労務者らしい薄汚い男たち、外国船の様々な肌をした水夫たち、ロンドン・タワーの駐屯所から来たらしい非番の兵士たち、まだ宵の口というのに、休日のせいか、飲めや歌えの大騒ぎである。だが、そんな喧騒《けんそう》も気にならないほど、僕は鷹原のメリック氏訪問にショックを受けていた。

しなだれかかってきた女を無愛想に振り払い、隅のテーブルに落ちつくや、「驚いたね」と僕は正直に云う。「僕が一月以上通っても聞き飽きた感謝の言葉しか得られなかったのに、君はほんの数時間で彼の生の言葉を山ほど引き出してしまった。彼は白痴でも何でもない。むしろ人並み以上に感情が豊かだ。今までのあれは仮面だったのか？　君は彼をどう思っているの？」

「エレファント・マンはエレファント・マンさ」と彼は素っ気なく云った。「たしかにあれほどの畸形《きけい》というのは世界唯一と云っていいだろう。だが、だからといって彼に対してどうしようもないじゃないか？　親が望んであういう男を世に送りだしたわけでもなし、彼が望んであいう姿になったのでもない。誰のせいでもないさ。そして財産のない者は休むところを得るために働かなければならないというのも道理だが、働くことも不可能な彼の体型では、その体型を見せるという手段によってしか生活出来なかった。しかし、その手段さえ奪われ、社会の善意とかで養われるという道しか、もはやないとなれば、その善意に向かって感謝の言葉を述べることしか出来やしないだろう。今日、話したところでは、この店に居る人間たちよりは頭も良さそうだ。自分がどう振る舞えば良いか承知もしているね。人々の機嫌を損ね、あそこを追い出されたらもう行くところはない。感謝を述べることが唯一生きてゆく道だ。君は厭《いや》になればどこへでも行くことが出来る。どこへ行っても自分一人を養う生活くらいは出来るだろう。だがエレファント・マンはあそこしかない。だからひたすら感謝の言葉を述べ続け、来客たちの慈悲の心を満足させようと努める。それだけさ」

「エレファント・マンのところへ行かれたんですかい？」――だみ声とともに、小柄な男が一人、テーブルの傍らに来ていた。品はないが、小綺麗な服を着、口髭も蓄えた、一端の事業主のような風体である。「奴はどうでした？　綺麗な服を着て、贅沢《ぜいたく》に暮らしてましたか？」

「君は？」と鷹原。

「これは失礼。トム・ノーマンと申します。ジョーゼフのかつての相棒でね」

「と、おっしゃると？」

「彼をスターにした者ですよ。救貧院から彼を救い出し、ノッティンガムのホールからね、ここロンドンまで……」

「興行主！」と云った僕の声は多分怒りを含んでいた。

だが、彼は平然と「さようで」と、チョッキから出ている懐中時計の銀鎖をじゃらじゃらと弄《いじ》りながら、お辞儀をした。「こちらいいですか？」と、返事も待たずに坐《すわ》ってしまう。

呆れたことに、鷹原は男の前にビールを差し向けた。

「これはこれは」と男の機嫌の良い声。「旦那《だんな》方は異国の貴族で？　奴も有名になったもので」

「大陸でエレファント・マンから金を奪って逃げたというのが貴方ですか？」と鷹原。

「とんでもない」と、ノーマンは大袈裟《おおげさ》に手を振った。白い手袋の指には、幾つもの安物の指輪が光っていた。

「それは大陸への興行にジョーゼフを任せた男です。あいつは興行主の風上にもおけねぇ。ジョーゼフが大陸に渡ったのは、警察の追い立てを喰《く》ったからですよ。私は英語しか出来ないし、ジョーゼフと泣く泣く別れたんだ。だが、あんなやつにジョーゼフを任せたのが間違いでしたがね。警察が悪いんですよ。でなきゃジョーゼフと私はずっとコンビを組んでロンドンで幸せに暮らせたんだ」

「幸せに？」と僕は嚙《か》みついた。「見せ物にして幸せだというんですか」

「見せ物になりたいと云ったのはジョーゼフだ」とノーマン。「救貧院から私らに手紙を寄越してね、頼み込んできたんですよ。私は彼を救ったんだ」

僕はびっくりした。自分から進んで見せ物になる？

鷹原が、またしてもビールを差し出しながら、愛想よく云う。「救貧院よりはましでしょうからね」

「その通りでっさぁ。旦那は顔も良いが話もよくお解りだ。救貧院がどんなにみじめなところか……」

「見せ物よりはましでしょう」と僕。

「冗談じゃない」とノーマン。「豚だって喰わないような酷《ひど》い食事、虫だらけの寝床、お情けを笠《かさ》に着て獣以下の扱いだ。五体満足だってあんなところに居たい者なぞいやしませんよ。どうにも暮らせないから致し方なく入るだけで、どんな酷い生活だって外の方がましだ。尤《もっと》も、そういう仕打ちで社会復帰を促すのだって云い訳もしてますがね。いや、奴の場合は待遇だけじゃない。あの容貌《ようぼう》で中でだって職員や同輩からどんな屈辱を受けたかしれやしない」

「そこで唯一と思われる働き口を見つけたわけですね」と鷹原。

「そうです、その通り！　奴は喜んでいた。何しろ……やっと自分で働いて金を稼げるんだ。稼いだ金で好きな物を食べ、ゆくゆくは好きなところに暮らし、好きな生活が出来る。親類や地域社会の重荷になり、厭な顔をされて施しを受けるより、よっぽどましでしょうに。世間じゃ偽善の仮面を被《かぶ》って、奴に微笑む。だが決して自分と奴が対等だなんて思っちゃいない。何をしても『施し』なんですよ。だが、俺と奴は相棒として対等だった。分け前だってきちんと払い……でなければコンビだって長く続けられやしません」

「『生きている骸骨《がいこつ》』と呼ばれたクロード・アンボワーズ・サーラの記事を読みましたよ」と鷹原。「かつてペル・メル街の『チャイニーズ・サルーン』という店に見せ物として出ていた骨に皮を被せたような体型の男だったそうだ」と僕に云い、また彼に顔を向けた。「『彼を見せ物にするのは道徳的に許されることではない』という意見に、彼自身が新聞社に投稿した記事です。『これまでの人生を通じて最も幸福であり、完全に自分の望みに叶《かな》う生活だ』と彼は反論し、稼いだ金でフランスに帰り、余生を楽に暮らすという希望も持っていたようですね。が、惜しむらくはその前に亡くなり、彼の骸骨は未《いま》だロンドンです。英国外科医師会のハンテリアン博物館にアイルランドの大男、チャールズ・バーンやシシリアの矮人《わいじん》、キャロライン・クラッチャーミらと一緒に居るそうですよ。そのうちぜひ見に行きたいと思っていますがね。ま、とにかく、生前の彼の記事を読む限り、惨めさや卑屈なところなど微塵《みじん》もない、堂々たる説でしたよ」

ノーマンが我が意を得たりとばかりに身を乗り出した。

「そうですよ、旦那。誰だって同情やお情けで養われるより、どんな手段でだって自活出来る方が嬉しいでしょうに。まして馬鹿にして自分を眺めている奴ら……つまらん優越感を抱くためになけなしの金を払う奴らを前に、本人はただ特異な自分を見せているだけだ。そんな下らない優越感なぞ痛くも痒《かゆ》くもねぇ。そんな奴らの何百倍もの金を稼いでいるんだしね。逆に哀れな奴らだと思って、こっちも見ていりゃ済むことだ」

「外観だけですからね。見せているのは」と鷹原。

「その通り。いやぁ、旦那は実によくお解りだ。それで、どうです？　ジョーゼフは今、元気ですかい？　いや、元気な筈《はず》はない。お情けの囚人生活だ。おまけに見せ物はいけないってぇお沙汰《さた》を出した国自体が、今や彼を見せ物にしてるじゃありませんか。囚人にして、見せ物にして、ひどいもんだ。俺の良き相棒を奪っちまった」

酔いも回ったノーマンは上機嫌で鷹原相手にまくし立てた。僕の耳にメリック氏の声が蘇《よみがえ》る。「ノーマン氏はとても親切でした。今でも感謝しています」——だが、トリーヴス医師から聞いた言葉は全く逆だった筈だ。

「病院の真向かいでしたがね、ひどい店でしたよ。穴蔵のような暗い、不衛生な部屋で、獣のように命令されて私の前でそのからだを見せたのです」——獣を扱うように命令した男——だが、目の前に居る男は、相変わらず銀鎖をじゃらじゃら弄《もてあそ》びながら、人の良さそうな笑顔で鷹原と話している。メリック氏のあの美しい声……「我が身の丈……極致にまで届き……掌で大海をつかめるとしても……私の大きさを測るものは……私の魂……心こそは……人の基準なり」……鷹原の言葉……「外観だけですからね。見せているのは」……ノーマンの言葉「下らない優越感」……何が何やら解らなくなってきていた。

常套句《じょうとうく》と取っていたメリック氏の言葉は真実だったのだろうか？　彼は本当にこのノーマンに感謝し、見せ物になることを喜んでいたのか？　救貧院やロンドン病院よりはましと思っていたのか？　そして僕も優越感に浸り、彼を外観からしか見ていなかったのではないか？　見せ物小屋の客のように彼を見、それでいながら見せ物はいけないと道徳を振り回し……

突然テーブルに脂ぎった料理の山が載せられ、我に返る。

「いやいや、御馳走《ごちそう》にまでなって済みませんねぇ」と、ノーマンが喜色満面で小皿に取っている。

「もうすぐ八時だ。君も腹が空いたろう？」と鷹原が云い、肉片を取り分けてくれ、自分でもすまして食べ始めた。

そういえば病院に行く前に、軽い昼食を摂《と》った切りだ。だが、酔いのせいか空腹かどうかも解らなかった。それでも食べてみる。酷い味だ。肉は敬遠して、煮崩れたトマトを口にする。

「結構なお味で」とノーマンが云う。店内の喧騒《けんそう》は一層酷くなっていた。歌う者、踊る者、嬌《きょう》声《せい》、怒号、音楽……カオスの中のカオス、そして僕の内部も混沌《こんとん》としている。「まっま、旦那も一杯」と上機嫌のノーマンが僕のグラスに酒を注いだ。

「見せ物も囚人も僕は反対だ」と僕はノーマンに云う。呂律《ろれつ》が回らなくなっていた。「だいたい外観で人を見るのが間違っている」

「そりゃ旦那、理想論に過ぎませんよ」――彼がじゃらじゃらと鳴らす銀鎖の先に、異国の硬貨が二つ、きらきらと踊っていた。「現にお二方だって、見れば高貴な紳士と一目で解る。貴方方が心中どんな考えをお持ちか解らなくたって、取り敢えず礼を持って接せられるでしょうが。特にこちらの旦那なんて人形みたいに綺麗《きれい》だ。そして貴方だって凜々《りり》しく整ったお顔だ。どこへ行かれてもちやほやされるでしょう。人なんてまず外見で態度を変えるものじゃありませんか?」

僕が反駁《はんばく》しようと顔を上げたとき、「こんばんは」と太い声が落ちた。

鷹原の「やぁ」という声と、ノーマンの「これは旦那!」という声を同時に聞きながら、僕は振り返る。朝、ヤードの犯罪捜査部《CID》の部屋で、いぎたなく寝ていた大男……鷹原に小さな陶器を手渡した大男だった。

「鷹原さんが、こんなところにおいでとは意外ですな」と、男はノーマン同様、断りもなしに椅子に坐った。「掃き溜《だ》めに鶴というか、目立ちすぎて売春婦どもも遠巻きにしていますよ。

近寄り難いというところですな」

「ヤードの旦那とお知り合いですか」と腰を浮かせたノーマンは、「同僚ですよ」と云う男の声に血相を変え「いや、失礼致しました」と、後はわけの解らない言葉を呟《つぶや》きながらこそこそと人込みに紛れてしまった。

「どこでも面白いですよ。僕にとってロンドンは」と、鷹原は消えたノーマンも忘れたように陽気に応え、次いで「フレデリック・ジョージ・アバーライン警部」と紹介される。

朝、僕が居たことも気づかなかったらしい警部は「お噂はかねがね……」と愛想良く話しだし、あの寝姿など嘘のようだった。

太く落ちついた声、穏やかな話し振り、恰幅《かっぷく》の良いからだにきちんとした身なり、一見して銀行の頭取か弁護士である。だが、おおらかな笑顔に垣間《かいま》見せる鋭い眼差《まなざ》しはやはり警察の人間のものだった。それでも世馴《な》れた紳士らしく、一通りの愛想を僕に尽くした上、鷹原の方に彼が向き直ると、僕は正直云ってほっとした。

「今日、また収穫がありましたか?」との言葉に、「ええ、着々と」と鷹原が応える。「一昨日もフランシス卿のところへ参りましてね……」

フランシス卿? 聞いたこともない……というのが最後の記憶……いや、店の出口で……たしかゴドリーとか……犯罪捜査部《CID》で紹介された男に会ったのを微かに記憶している。鷹原とアバーライン警部に両脇を支えられ……

そして目醒《めざ》めたのは僕の部屋……

執拗《しつよう》なノックの後に再びゴドリー氏の顔を見たのは朝方の薄闇の中でだった。ゴドリー巡査部長……

寝ぼけた僕の耳に、三階から下りてくる足音が響き、「そちらでしたか!」と救われたような巡査部長の声。廊下からの声は続いた。「殺人です。ホワイトチャペルで」

僕は飛び起きた。

三階から下りてきたのはアバーライン警部で、廊下の巡査部長の足許《あしもと》には、階段の途中から首だけ出したボーモント氏の顔……ナイトキャップにガウン姿の、ボーモント氏の目を丸くした顔があった。

五　売春婦が一人……

「いやぁ、昨夜行く先を聞いておいて良かった」と、ゴドリー巡査部長が馬車に乗った途端、口調を変えて嬉《うれ》しそうに云う。

「僕にとっては幸いかどうかねぇ」とアバーライン警部が欠伸《あくび》を噛《か》み殺しながら云った。「ジョージ、一睡もしてないんだ」

「電報にしようとも思ったが……」と、巡査部長。「鷹原の下宿先と思い返して止めました。家主が早起きかどうかまだ聞いてなかったし、叩《たた》き起こしては可哀相……」——アバーライン警部と鷹原の申し合わせたように大っぴらな欠伸を目にして、そのまま言葉は消えてしまった。

ようやく白んできた人気のない通りを、これ幸いと全速力で飛ばす馬車の中、アバーライン警部の数年来の相棒というジョージ・ゴドリー巡査部長を明らかに二人はからかっていた。

いつ帰宅したのか憶《おぼ》えてもいなかったが、その後二人はずっと起きていたようだ。遺体がロンドン病院に収容されたということもあり、成り行きで同道したが、ゴドリー巡査部長をからかいながら、疲労も大して感じさせず、毅《き》然《ぜん》としたアバーライン警部、涼しげな顔の鷹原を見ると、僕の頭痛など口に出すのも恥ずかしかった。

病院までの道のり、以後、僕にもそう呼んで欲しいと云った巡査部長、ジョージが、事件のあらましを伝えてくれる。

「殺されたのは中年の売春婦らしき女——と云うより売春婦でしょう」とジョージ。「凶行場所は大胆にもホワイトチャペル分署のすぐ裏、ジョージ・ヤード・ビルディングです。発見者はジョン・サンダース・リーヴス、このビルディングに住む野菜市場の運搬人です。午前五時、勤めに出ようと部屋を出、一階と二階の間の踊り場で被害者を発見、あわててホワイトチャペルの分署に飛んできたというわけで……現場での検死にはティモシー・ケイリーン医師が行ったそうです。酷《ひど》い傷だそうで……遺体をロンドン病院に送らせ、目下ビルディング内の住人の尋問を行っていると分署から連絡が入りました。そこで僕がお二人をお迎えに上がったわけだが……返礼は二人組んでのわざとらしい欠伸の連発。報われませんね」と、ジョージも大きな欠伸をした。

馬車はホワイトチャペル・ロードに入っていた。

七時——真夏だというのに早朝の空はどんよりと暗く、ロンドン病院も不気味な黒雲を背に、化け物屋敷のように見える。

人気のない廊下を解剖学教室に向かう。

がらんとした部屋には巡査が一人、そして宿直だったのか、呼び出されたのか、顔見知りのロバート・クリーン医師が一人で検死解剖を行っていた。

解剖台上の遺体はジョージの言葉通り、酷い損傷だったが、何より驚いたのはその女の顔だった。

「あの女だよ」と、鷹原に云うと、全員が僕を見た。多分に変わってはいたが、あの女だ。

「ほら、パブに入った時、僕に絡んできた……」

鷹原がすかさず「貴方《あなた》と会ったウェルクローズ・スクエアの酒亭、『プロシアの鷲《わし》』です。昨夜の六時頃でした」とアバーライン警部に云う。ジョージが部屋を出て行った。

瓦斯燈《ガスとう》の揺れる火影《ほかげ》の下、鷹原も僕も着替えてクリーン医師を手伝う。解剖台上の死体なぞ、見飽きるほど目にしていたが、こんな陰惨な死体は初めてだった。

四十位だろうか、若くも美しくもない女性だったが、理不尽な暴力に蹂躙《じゅうりん》されたからだは傷ましく、哀れだ。まして嫌悪を覚えたとは云え、数時間前に元気すぎる彼女を目にしているのだ。安香水と死臭と血の匂いが入り交じって胸をむかつかせ、哀れさを伴う怒りがそれを抑えた。

刃物でめった突きにされた傷は、咽喉部《いんこうぶ》に九ヵ所、胸部に十七ヵ所、腹部に十三ヵ所もあった。僕らの所見では凶器は長刃のナイフと、あろうことか外科用のメスではないかと思われる……しかもかなり手慣れた者の仕業だ。傷は左右両方から流れており、二人から襲われたか、もしくは共に鮮やかな切り口から見て、両手利きの男というのも考えられた。そして死亡推定時刻は午前二時から四時……

ゴム手袋を外しながら、鷹原が「ノーマンよりも、彼女を僕らのテーブルに同席させておけば良かったな」と軽口を叩く。

曇天とはいえ、窓からはようやく薄日が射し込んできていた。僕は口を利くのも億劫《おっくう》だった。

「僕は警部とジョージ・ヤード・ビルディングに行ってみるが、君も行くかい？」と聞かれ、僕は首を振る。異星人め！という憤りしかなかった。まるでたっぷりと寝た子供がハイキングに出かけるような、意気揚々とした面持ちだ。「じゃあ、地下でエレファント・マンと日向《ひなた》ぼっこでもしていたまえ」——云うが早いか、鷹原は颯爽《さっそう》と出ていった。

朝方の頭痛など、疾《と》うにどこかに吹っ飛んでいたが、とてもメリック氏に会う気など起こらない。だが、階段を三つ下りれば彼は居るのだ。挨拶《あいさつ》だけでもして帰ろうと地下へと向かう。

部屋に行くと誰も居ない。水音に廊下に出ると、衣類をかかえた婦長と鉢合わせをした。「あら、今、入浴中ですよ」と婦長。「部屋のチェストにバスタオルが入ってます。持ってきて下さいな」と、云うや、階段の下の小机に衣類を置き、腕まくりをしながら引き返して行った。ゴムのエプロンを掛けている。

バスタオルはすぐに見つかった。再び廊下に出、左に折れると、すぐ浴室のドアである。湯気で煙った擦り硝子を通して、婦長の服の濃紺色と、メリック氏の裸体だろう、肌色が微かに見える。

「坐《すわ》って！　膝《ひざ》をつかないと、お湯をかけられませんよ！」奮闘中の婦長の声が響いて聞こえてきた。

所在なく立ち、床を見ると、ドアの前には水滴に混じって血痕《けっこん》……メリック氏のからだを覆う潰瘍《かいよう》から落ちたものだろうか。中の様子を想い、ぞっとした。

ドアが開き「タオルを！」と婦長のぽってりとした手が突き出される。

やがて出てきた婦長の顔は湯気で真っ赤に上気していた。

「ありがとう。着替えは一人で出来ますからね。お部屋でお待ちになったら」

「いえ、今日は挨拶だけして帰るつもりでした。失礼しますよ」と、婦長の後に続く。

婦長は階段の下に置いた汚れ物を再びかかえると、「クリーン先生のお手伝いをされたそうですね。本当に何て酷い事件でしょう」と階段を上がり始めた。

同じ病院内だ。すぐに伝わるのだろう。根掘り葉掘り聞かれるかと思ったが、そのまますたと上がって行く。思わず「貴女お一人で入浴の手伝いを?」と、聞いてしまった。

「若い看護婦では可哀相だし、彼も厭《いや》がるでしょう」と相変わらず無愛想な返事だ。「でも彼一人では無理ですからね」

「でも、ご婦人の貴女が……ご立派です」

婦長の足が止まり、振り返った。「当然の職務です。看護者としての」

「誰にでも出来ることではありません。特に彼のようなからだを……僕が云われたらたじろぐかもしれません」

「正直な方ですね」──婦長は一瞬だったがにこっと笑うと、また足早に上がっていった。

おっかない魔女の珍しい笑顔だったが、笑うと意外と可愛い顔になる。二十年前は可愛い娘だったのかもしれないと思いながら外へ出た。

外光が眩《まぶ》しい。街は目醒《めざ》めていたが、僕は寝直すためにそそくさと下宿に帰る。

ガネーシャが小狡《こずる》そうに目を細め、差し招く夢にうなされ、目醒めたのは馬の嘶《いなな》きと蹄《ひづめ》の音、それにガラガラと喧《やかま》しい車輪の音でだった。

何事かと寝ぼけ眼《まなこ》で外の広場を見下ろすと、夕闇の中、二頭立ての辻《つじ》馬車が凄《すご》い勢いで家の前を通り過ぎ、スティーヴン家の前で止まった。

男が一人、馬車から飛び下りるや、ずかずかと、ベルも押さずにドアを開け、家に入って行く。ふと見ると、スティーヴン家でも斜《はす》向かいの窓が開けられ、ヴァージニアが下を覗《のぞ》いていた。と、その背後でドアが開き、男の影。ヴァージニアが振り向く。

ウォールランプに照らされた男の顔は……あのスティーヴン！　クラブで紹介されたあのスティーヴン氏に似ていた！

咄嗟《とっさ》に僕は以前観劇をしたときに鷹原から借りたままだったオペラグラスをつかんでいた。間違いなくあのスティーヴン氏だった。ヴァージニアの姉、ヴァネッサが彼に近づき、彼の後を追ってきたらしい家政婦も部屋に入ってきた。

覗き見と知りつつ、オペラグラスを離せなかったのは、彼の常軌を逸した形相、そして家政婦の、子供たちのおろおろとした様子からである――何かがきらりと明かりを反射し、見ると彼の手には剣があった。左にはステッキ……いや、仕込み杖だ。ヴァネッサが退き、彼が前進する。そして剣が振り上げられ、声を上げる間もなく降り下ろされた！

スティーヴンの狂ったような笑い声……そして再び持ち上げられた剣の先には何か大きな丸いもの……丸いパンが刺さっていた。

突き刺されたパンは空中で二度ほど回り、次の大きな旋回で剣から外れて空を飛び、テーブルにあった茶碗《ちゃわん》ともども床に落ちたようだ。そしてレンズの視界にはもはや彼の姿はなかった。乱入したときと同様の素早さで、彼は再び玄関に現れ、馬車に飛び乗り「行け！」と、声。

馬車はこれも来たときと同じく狂ったように広場を出ていった。

ほんの二、三分……だが、悪夢のような光景である。僕はまたオペラグラスで向かいの部屋を見てみる。怪我をした子はいないだろうか？　だが、これも夢のように……穏やかだった。盆に拾ったパンやら食器やらを載せた家政婦が部屋を出て行き、後には暗い顔だったが、何事もなかったかのようにヴァネッサがお茶を飲んでいた。傍らでは弟のトゥビーがやはり最前の事など忘れたようにクッキーを食べている。そして窓辺では……ヴァージニアが、じっとこちらを見ていた！

身を引き、ベッドに伏せる。部屋は暗い。

あの娘は気づかなかった筈《はず》だと云い聞かせる。だが、顔を上げる勇気はなかった。


闇の中で、時を刻む音だけが聞こえていた。

スティーヴン……そうだ、なぜ今まで気づかなかったのだろう。あの青年と隣の家は同姓ではないか。お茶に招かれたときには居なかったスティーヴン氏の子供？……いや、上の男の子はまだパブリック・スクールと聞いた。第一、レズリー・スティーヴン氏は五十五、六……あの男は少なくとも三十五歳以上に思われる……親類だろうか？　それとも歳の離れた弟？　そうだ、たしか判事の息子と紹介された筈。多分スティーヴン氏の甥《おい》だろう。親類でもなければあんな狼藉《ろうぜき》は許されない。いや、親類だろうが何だろうが行き過ぎだ。家に飛び込み、仕込み杖を抜いて子供たちの目の前でパンを突き刺す！　だが、あの後の平然とした子供たちの様子……その場に居た幼い子供たちが平然としていたのに、成す術《すべ》もなく見ていただけの僕がこんなにも興奮しているのが、何だか馬鹿らしくなってきた。所詮《しょせん》は余所《よそ》の家の内輪の事だ。だが……どう考えても常軌を逸している……そして……あの異様な男は……ヴィットリアの知り合いでもあるのだ……

ノックに続いて鷹原の声がした。

入って来た彼は「やあ、起こしてしまったのかな？」と、僕を見る。

「いや、起きてた」と僕は身を起こした。

「だって君、ここは真っ暗じゃないか」

「そうだね……今、帰ったの？」

「ああ、ボーモント夫人の夕食に惹《ひ》き寄せられてね。一緒に食べよう。今日は何も食べてないだろう？」

鷹原は霞《かすみ》でも食べているような顔に似合わず、普段から健啖家《けんたんか》である。

今夜は特に凄かった。徹夜明けで、あんな陰惨な死体の解剖をし、その後どこをうろついていたのか知らないが、口は食べるためだけに在るかのように、瞬く間に前菜のカナッペからデザートの菓子まで、僕の方にまで手を伸ばして平らげ、珈琲《コーヒー》に至って、ようやく満足そうな声を上げた。

けろりとした顔の鷹原に、僕は半分取られたステーキにまだナイフを入れながら聞く。「あれから動き回って、何も食べなかったのかい？」

「ああ、忘れてたんだ。目処《めど》が立ったら、はたと空腹に気づいて、もう居たってしょうがないし、帰ってきた」

「じゃあ……もう犯人が？」

「ああ、多分もう捕まっているだろう」

「凄いね」

「あれからジョージ・ヤード・ビルディングに行き、凶行現場を見て、集めた証言を調べてたんだ。そこにジョージが来て話してくれた。僕らの行ったパブ、『プロシアの鷲』の親父に女を見せたら、直ちに身元判明……やはり売春婦で名はマーサ・タブラム、三十五歳と解った。マーサは君に絡んだ後、店に来ていた兵士と意気投合して出て行ったそうだ。ビルディングの住人の証言から、殺されたのは二時二十分から三時半の間と解った。あの傷は銃剣とも取れる。犯人はマーサとともに店を出たロンドン・タワーの兵士だろう。疲れ知らずのジョージ・ゴドリー巡査部長殿が分署の面々と飛んで行ったよ。昨夜非番の駐屯所の兵士を調べればすぐに解るだろう」

「だが、あの傷は銃剣だけとは思われないよ」

「凶器など、幾らでも持っていただろうさ。兵士だもの」と、鷹原は大きな欠伸をした。「満腹になって、後は眠りだけだ」と起ち上がる。「君は象さんと会ったのかい？」

「まさか、そんな気力はなかったよ。帰ってすぐ寝てしまった」

「どうりで元気な顔をしている。じゃあ夜はまだ長いね……そうそう、君のために昨夜出しておいたんだ」

　鷹原は机の上にあった立派な本を手に取ると、僕の珈琲茶碗の横にどんと置いた。立派な装丁になっているが、合本である。「今、何か本を読んでいるかい？」

「『セルフヘルプ』……サミュエル・スマイルズの『西国立志篇』の原書だ。古本屋で見つけたんだ」

「つまらないもので時間を潰《つぶ》しているね。立身出世が夢なのかい？　象さんと楽しい会話をするためにも、これでも読んでみたら……」

『大いなる遺産』――チャールズ・ディケンズ――メリック氏が目を輝かせて鷹原と話し合った小説だった。

「おやすみ」と鷹原が浴室に行った後も、僕はぐずぐずと珈琲を飲んでいた。

とりとめもなく、頭にはあの女の生前の笑顔、そして解剖台に載った酷い死体、剣を振り上げたスティーヴン氏の様子や窓からこちらを見ていた幼いヴァージニアの顔、そして鷹原と夢中で話すメリック氏の顔などが浮かんでは消えていった。

充分寝た筈なのに、からだは気だるく腰を上げるのも億劫《おっくう》だ。そのくせ頭だけが奇妙に冴《さ》えていた。

殺人事件もスティーヴン家の内情も僕には関係のないことだ。メリック氏と会い、話すこと……それが本道である。だが……ドイツに居たときの、急《せ》くような熱意は失《う》せており、五里霧中というような心許《こころもと》なさしかなかった。だが、それしか残されてない。

『大いなる遺産』――分厚い本をぱらぱらと捲《めく》ると、びっしりと文字で埋まっている。小説――学生の頃読んだ馬琴《ばきん》や京伝《きょうでん》を思い出す……あの頃は随分と夢中で小説を読み漁《あさ》ったものだ。だが、女子供が現《うつつ》を抜かすものに浸るのが恥ずかしくなった。所詮は現実とは遠い絵草紙の類《たぐい》……こんなもので時間を潰している暇はない。まして留学が決まってからは生半可な語学を完《かん》璧《ぺき》にしなければと、習得に夢中だった。そして留学してからも……

本を手に部屋を出る。

浴室からは鷹原の唄《うた》う長唄なのか、浄瑠璃《じょうるり》なのか、艶《つや》っぽく長閑《のどか》な唄が流れていた。

♠

翌日、部屋に入って来た鷹原が「また暗いね」と云いつつ瓦斯燈を灯《とも》し、初めて僕は薄闇の中に居たことに気づいた。

鮮明に浮き上がった活字から目を離し、鷹原を見、時計を見る。五時過ぎだった。病院に行かなければと思ったのは昼過ぎだったろうか？

「ボーモント夫人が心配しているよ。閉じこもったままだと。食事もしてないだろう？」

「居間でつまんだよ」と云いつつ、目を頁に戻し、また鷹原を見る。彼には珍しく浮かない顔をしていたからだ。

「どうだったの？」

「ああ……非番の兵士は全員が午前一時半までには宿舎に帰っていたよ。剣や服も綺麗《きれい》、不審な点もなし、容疑該当者なし……だ」

肩を竦《すく》めて踵《きびす》を返した鷹原を追い、居間へ行く。

鷹原はウィスキーのソーダ割りを作っていた。「君も飲むかい？」

「一緒に店を出たという兵士は？」と聞いてみる。

「自分から進んで名乗り出たそうだが、一時にはマーサと別れ宿舎に戻っている。ヤードでは狂人の仕業と云っているよ」

「まあ、まともではないだろうが……」軽い応《こた》えは鷹原の激しい口調で打ち消された。

「まともさ！　奴は冷静だよ。あの傷が狂人の仕業かい？　冷静に、冷酷に突き刺したんだ。君も見たじゃないか。右肺に二ヵ所、左肺に五ヵ所、心臓に達する傷が一ヵ所、胃に六ヵ所、肝臓に五ヵ所、脾《ひ》臓《ぞう》に二ヵ所……手足など致命傷にならないところは一つの傷もない。実に冷静だ。ハイドさ」

グラスを手に、彼は暖炉の上にあった本を昨夜のように、どんとテーブルに投げ置くと、ソファーに坐《すわ》った。

『ジーキル博士とハイド氏の怪事件』――鷹原とライシーアム劇場で観た芝居の原作だ。薬によって善人から悪人へと変わる男……二つの人格を持つ男の話。だが、こんな男が現実に存在するのだろうか？

僕の心を見透かしたように、鷹原が云う。「京伝の『心学早染草』は君も知っているだろう？　エドガー・アラン・ポオというアメリカの作家も『ウィリアム・ウィルソン』という小説……二つの精神を持つ男の小説を五十年も前に書いている。実際、善良な市民を装った殺人鬼など、どこの国にもごろごろ居るんだ」

「だが、それも狂っているとは云えないかい？」

「そう、狂人だ。だが、明らかな狂人とは異なるだろう。善良な仮面を被《かぶ》り、紳士あるいは淑女として過ごしているときに、どうやってその狂気の部分を嗅《か》ぎ当てられる？　マーサ・タブラムを虐殺した男は、今このときにも、僕らの間で知らぬ顔をして過ごしているんだよ」

ジーキル博士とハイド氏……本のおぞましい題を目にしながら、ぞっとする。解剖台に載ったあの陰惨な死体が蘇《よみがえ》った。あんなにも酷《ひど》い行為の後で、常人として振る舞える人間が居るのだ……そうだ……「スティーヴン……」「スティーヴン……」――声に出していた。

「スティーヴンソンだよ」と鷹原が苛立《いらだ》たしげに云う。

「『ジーキル博士とハイド氏』の作者はロバート・ルイス・スティーヴンソン」――鷹原は勝手に思い違いをしていた。と、云うより心ここに在らず、手の裡《うち》の揺れる酒を眺めながら、彼には珍しく暗い顔である。

ブランデーをグラスに満たし、僕もいつもの肘掛《ひじか》け椅子に坐った。

昨日……正に僕は……ついこの間、公の場で相席した紳士の、とんでもない一面を目にしたではないか……スティーヴン……テロリストのような暗く、荒々しい顔が浮かぶ。あの突き刺されたパンが、女性だったとしても、何ら不自然ではない気がした。

鷹原の顔は相変わらず暗い。「ヤードで狂人と断定したのは、何か根拠があるのかい？」と聞いてみる。

「いや、余りにも残酷な殺し方なので狂人と片づけただけさ。ヤードはもともとこんな事件には気乗り薄だ。分署に任せておけばよいと思っている。僕とアバーライン警部が、四月の売春婦殺しにこだわっていなければ、ジョージもわざわざ知らせには来なかっただろう。取り敢えず明後日……十日の金曜日には検死審問《インクエスト》が開かれるがね。恐らく新聞にもろくに載らずに忘れ去られるだろう。貧民街の売春婦が一人、殺されただけだもの」

「売春婦だって何だって殺人じゃないか」

「ロンドンでは殺人など日常茶飯事だ。君だって、たまたま検死解剖につき合ったから気にはするが、新聞でこんな記事を読んだって、すぐに忘れてしまうだろう？」

「そうだね……」

「現場を徹底的に調べてみたが、何もなかった……」と鷹原が呟く。「被害者の衣服、所持品を調べ、もう一度、遺体も調べてみた。何もない……あるのは貧困と暴力の傷痕《きずあと》だけだ。集めた証言を検討してみた……何もない。大勢の人の住む、集合住宅の中で殺されたっていうのに、物音ひとつ聞いた者すらいやしない。みな惰眠を貪《むさぼ》り……いや、イースト・エンドだ……過酷な生活に疲れ果て、死人のように寝ていたのだろう。あんな酷い殺し方をして、犯人は霧のように消えてしまったんだ……」

「随分と熱心なんだねぇ、君は……」

初めて僕に気づいたような顔で、鷹原が僕を見た。

「僕にもそれくらい打ち込めるものがあれば良いのだが……」——鷹原は珍奇な物を見るように僕を見ている……間の抜けたことを云っているような気がして、あわてて云い終えた。「羨《うらや》ましいよ」

鷹原はこちらを見たままだった。

「つまり、その……」と、僕はなおもあわてて云う。

「僕は今まで、君のことを享楽的で権威主義のスノッブだと思っていた。いや、君の家柄、君の才知、君の……美貌《びぼう》だったら無理からぬこととは思ってもいたがね、だから君が……スコットランド・ヤードも、新聞も相手にすらしない……若くもなく、美しくもない、貧しい売春婦の殺害に怒りを持って熱心に捜査に当たっていたというのに驚いたんだ。見直したよ。いや、別に、今までだって……」

「解ったよ」と鷹原が遮り、笑った。「君はあわてればあわてるほど本心が出て、面白いね。君のお説通り、僕は享楽的な権威主義者の上品ぶった俗物だ」

やっといつもの鷹原に戻ったことにほっとしながら、僕はますますあわてた。「違うよ、僕が云いたかったことは、君が思っていた以上に真面目で仕事熱心だということだ」

「解った、解った」と鷹原は軽く応え、牡鹿《おじか》のようにしなやかに、機敏に起《た》ち上がった。「そろそろ夕食にしないか？　ボーモント夫人が下でやきもきしているだろう」


待ちかねたように持ってこられた料理を前にして、鷹原は打って変わった快活な口調で、最近観たというギルバート&サリヴァンのオペレッタや、サラサーテのヴァイオリン・コンサートの話など始めた。思い悩んでいた事件のことなど忘れたかのような闊達《かったつ》な話し振りに、僕はただ相槌《あいづち》を打ちながら、再び「喜怒色に現さず」という教えを思い出していた。武士も紳士も似たような嗜《たしな》みを唱えるものだと思いつつ、これも一種の『ジーキル博士とハイド氏』ではないかと感じる。

途端に「何だか気もそぞろという風だね」と云われてしまう。なぜこうも僕ときたら、感情を引きずり続け、しかも顔に出してしまうのか……

「別に」と応えると、鷹原の方では追及もせず、今度は機嫌よくボーモント夫人の料理を褒め始めた。

だが、実際のところ、たしかに気もそぞろだった。鷹原の浮かぬ顔に居間に来てしまい、空腹のままに夕食になってしまったが、今、鴨のローストを口に運びながら思うことは、一刻も早く自室に戻り、本の続きを読むことだった。紙に印刷された単なる文字、架空の物語にすぎないと知りつつ、『大いなる遺産』の主人公、ピップのことが頭から離れない。こんなことは初めての体験だった。文字で書かれただけの「ピップ」という人間が、まるで生きて実在しているかのように身近に感じられる。

久しぶりの温かい料理に舌鼓《したつづみ》を打ちながらも、腹がくちくなると同時に、僕は珈琲《コーヒー》もそこそこに起ち上がる。

鷹原が云う。「何かまた、気分でも害することを僕が云ったのかな?」

「いや、ごめん。勝手で。本を読みたいんだ。『大いなる遺産』をね」

呆気《あっけ》にとられた顔を残して部屋を出る。

♠

翌日もとうとう病院に行かなかった。

この章を読み終えたら行こう……そう思っては、章が終わると、目はもう次の章の冒頭に走っているという有り様で、吸いついたように頁から目が離せない。

ベッドの上で終日、言葉というめくるめく魅惑の渦に巻き込まれ、笑い、泣き、動転し、もはや昼夜のうつろいも知らず、「時」も失せていた。

時々、居間に行って、サイドテーブルの上から食べ物をいただいた。一度は様子を伺っていたようなボーモント夫人と廊下で出会い、「珈琲をポットで」と頼んだ。夫人は大きなポットに山ほどのサンドウィッチも添えてくれた。そして廊下にあった花瓶が床に下ろされ、そこに僕用の食事が規則的に置かれるようになった。食べて、読み、眠り、そしてまた読む……

♠

そうして読了したのは何時か？　外は暗かった。時計を見ると十時過ぎである。

一人では抑えきれない高揚感に包まれ、本をかかえて居間に行ってみる。

鷹原はいつものソファーに半ば横たわるようにして笛を吹いていた。明かりも細く、部屋はほんのりとした月光に照らされていた。見上げた顔はまたも憂いに満ちた貴公子という風情である。

「読み終えたんだ」と云うと、彼は手にした笛をカタンとテーブルに置き、身を起こした。

「それで？」と聞く。

「面白かった。いや、そんな云い方では追いつかない。今までにこんな喜びを感じたことはないよ！」と僕は叫んだ。

「本当に？」と彼が云う。何時にない真面目な顔だ。

「ああ、本当に」と僕は繰り返す。どのように云えばいいのか……この高揚感をそのままそっくり彼に伝えられないのが歯がゆかった。

「ピップは僕だ」と云いながら椅子に坐り、本をテーブルに置いた。愛《いと》しい世界……

「初めてドイツに……外国に来たときの僕……東洋の貧しい国からめくるめく大都会へと来た、小心な田舎者の僕なんだ！　虚勢を張り、見栄を張り、背伸びをして、何とか紳士になろうとする……哀れな男はこの僕なんだ」

「哀れな男と自覚し、それが喜びなのかい？」

「いや、そうじゃない。そりゃ自分が哀れな小心者だなんて自覚し、嬉《うれ》しいわけはないよ。でもね、僕は今までそれすら解らなかったんだ。自分自身はおろか、この世の何もかもが解らなかった。ただ違和感ばかりを感じ……何も見ても、何をしても、心から喜びを感じたこともなければ、楽しいと思ったこともない。いつもどこかで夢中になれない自分、事物から遠く離れたもう一人の自分というものを感じていた。そしてこういうのは自分だけだと思っていた。ところがこれを読んで、僕は初めて我を忘れ……それこそ夢中になってのめり込んでしまった。本の中に自分の分身を見いだし、また理解できなかった他人を見、その心理や行動を客観的に見る……今までの疎外感を伴った遠く離れた自分という視点からではなく、もうすこし……まだ充分ではないけれどね……でも、もうすこし歩み寄った状態で推し量ることが出来ると感じたんだ。いや、現実などということではない……僕が感じた喜びは本、つまり本の存在、物語という存在そのものへの喜びだよ。この本は僕自身を見せ、人も世界も見せてくれる。つまり僕にとって世界への架け橋となってくれたんだ。こんな本に接したのは初めてだ」

言葉を切った僕の前で、鷹原は薄闇の中でにやりと笑った。

「それも一種の現実からの逃避……恐らくエレファント・マンと同じ世界……いや、云うまい。救いようのない彼と、君とでは明らかに違うが……」——言葉を濁して起ち上がるとグラスを持ってきてくれた。「いずれにせよ、君がそれほど夢中になり、また楽しげに話したのは初めてだ。何しろこの三日間、ただその本にのめり込んでいたのだからね」

「三日？　今日は何日だ……」

「一八八八年八月十日の金曜日だ……」

まるで浦島太郎《うらしまたろう》のような気分だった。「病院に三日も行ってないんだな」

「休暇だったと思えばいいじゃないか。トリーヴス医師も休暇中だろう、君も夏休みだと皆思うさ」

自責の念が僕の高ぶった神経を幾らか醒《さ》ました。だが、その反面、三日間、メリック氏と話した以上の、精神的収穫を得たのだという思いが胸を膨らませる。何なのだろう？　目から鱗《うろこ》が落ちたように、僕は小説というものを改めて認識し、そして何だか世界を見る目も変わったような気がした。幾分冷静になりながら、それでも何がどう変わったのか解らないままに言葉だけが出る。「こんな本を読んだのは初めてだったんだ。英国の小説というのは凄《すご》いね。まるで生きている人間を目の当たりに見ているようだ」

「作者は神の立場に立って登場人物を動かし、読者はその目を借りて、その世界を追体験出来るからね。雲の上からこの世を眺めているようなものだ」

「だが、人間の裡まで……心理状態まで、この小説では書かれている。現実ではそこまで見えないよ。いや、だから神の立場なんだね。話す言葉も、立ち居振る舞いも、そして内面まで、実に現実のように自然に書かれている。驚いたよ。こんな書き方があるとは知らなかった。西洋の文化というのはつくづく凄いものだね。何もかもが実に凄い」

「君は西洋にひれ伏したような云い方をよくするが、日本だってそう捨てたものではないよ。最近は言文一致と云って、日本でもディケンズのような小説が書かれているよ。待っていたまえ。友人が送ってくれた本がある」

部屋を出て行った鷹原を目で送り、僕はグラスに口をつけた。

彼の言葉から頭に浮かぶのは、京伝や馬琴《ばきん》のびっしりと漢字で埋まった頁だった。ディケンズのような小説だって？　まさかと思う。傷つきやすく、繊細で純朴な子供の頃のピップ……希望に燃え、些か《いささか》傲慢《ごうまん》になった青年のピップ……長大な物語の様々な場面が回り燈籠《とうろう》のように脳裏を横切り、僕は再び……本の中から僕の裡へと移動した小宇宙に酔いしれた。日本語であんな世界を構築することなど出来やしない……

二杯目のブランデーに口をつけたとき、鷹原が意気揚々と戻ってきた。

「友人から送ってきたんだが、なかなかどうして、大したものだよ」

受け取った本の余りの軽さにまず失望した。これが『大いなる遺産』と比較される本なのか？　疑問を口にしながらも、やはり綺麗に合本され、装丁された本を開いてみる。二葉亭《ふたばてい》四迷《めい》著『浮雲』……懐かしい日本の活字……そして「フロックコート」とか「チョッキ」などという片仮名が目に入った。たしかに新しい書き方ではあるようだが……

「そりゃディケンズの壮大な世界から比べれば、ちまちまと可愛いものだがね」と鷹原も酒を注ぎながら云う。「だが、まだ未完だ。この後どのように発展するか解らない。だが君、これで日本の小説は変わるよ。書き方そのものが大いに変わるよ」

「ふむ、拝借させて貰《もら》うよ。久しぶりに日本語を目にするのも良いかもしれない。でもね、今は……そう……ディケンズの物を読みたい。彼は他にも書いているのかな？『大いなる遺産』のようなものを」

「山ほど有るよ。まあ、来たまえ」

鷹原はグラスを持ったまま起ち上がった。そのまま彼に従い、三階へと上がる。

「ディケンズの魅力に取り憑《つ》かれたのはいいがね」と鷹原。「今年中、かかっても読み切れるかどうか解らないよ」


初めて上った三階は屋根裏になっていた。だが、小さな踊り場のドアを潜った僕は、灯された明かりに浮いた膨大な本の山に目を見張り、立ち竦《すく》んでしまった。

仮住まいの英国で、しかも遊び回っていたとしか思われぬ鷹原が、いつの間にこれほどの本を集め、読んでいたのか……六畳ほどの小部屋の壁は本で埋まっていた。おおよそ千冊くらいも有るだろうか。医学、自然、歴史、評論、それに小説のようなものからフランスの本まで……「まあ、坐りたまえ」と云われて見ると、小さなテーブルを挟んで、坐り心地の良さそうな寝椅子と肘掛《ひじか》け椅子まである。

鷹原はテーブルの上にどんどん本を積み上げていった。『マーティン・チャズルウィット』『ピクウィック・クラブ』『オリヴァー・トゥイスト』『二都物語』『骨董屋』『エドウィン・ドルードの謎』……小さなテーブルの上に積み上げられた本の山がぐらぐらしてきて、あわてて「もういいよ」と云う。大半が辞書ほどの厚さである。

「これが全部ディケンズの本なのかい？」

「まだまだ有るよ」と鷹原は胸を弾ませながら寝椅子に坐る。「『リトル・ドリット』に『クリスマス・キャロル』に『ブレイク・ハウス』……」

「一人の人間が書いたとは思われない量だね」——書棚を眺めながら楽しげに云う。「『デイヴィッド・コパフィールド』に『ブレイク・ハウス』……」

「病院通いは止めて、ここに通うかい?」

「いや、これだけ目にすると、勢い込んでいた気持ちが失せてしまった。たしかに読破するだけで、何ヵ月もかかりそうだ。明日からはちゃんと病院に行くよ。本はゆっくりと読ませてもらう」

「ここは僕の読書室だからね。占領されてはかなわないが、持ち出しはOKだ。いつでも来て好きな本を持っていっていいよ。さて、今日のところはどれにするかい?」

「じゃ、これを」と題も見ないで僕は一冊手に取った。それだけでもずっしりとした重さである。装丁は『大いなる遺産』と同じく、どれも綺麗《きれい》な赤い革に金で縁取りされていた。「この装丁は?」

「仕入れから装丁まで、何でもしてくれる男が居るんだよ。トマス・ジェイムズ・ワイズ氏というんだが、頼めば日本へだって飛んでいき、『源氏物語』の原本まで捜してきそうな愛書家……と云うより、愛書狂と云ったほうがよさそうな男だ」

「愛書狂か。ロンドンにはいろんな人が居るものだね」

そう云いながら、赤革の本をかかえると、また胸がわくわくしてきた。こんな手でかかえられるほどの紙の束に、大いなる未知の宇宙が閉じ込められているのだ。頁を繰る毎に、今度はどのような世界に誘《いざな》ってくれるのか……

「酒が切れた。下りよう」と鷹原が起《た》ち上がる。

階段の途中で、僕は気づき、聞いてみた。「今日は検死審問《インクエスト》じゃなかったのかい？」

「そうさ」

素っ気ない応《こた》えに、実りのなかったことを知ったが、居間に戻ると鷹原はサイドテーブルにあった新聞を寄越した。「それでも『タイムズ』だけが取り上げたよ」

新聞にはミドルセックス東南署の副検死官が立ち会ったこと、それに医師の証言などが出ている。『……これこそまさに人間の考えうる最もいまわしい殺人事件であり、かように無防備な婦人に対し、無数の傷を負わせるというやり口からみても、犯人は残忍きわまりない男と思われる』と締めくくられていた。

鷹原はそっぽを向いて酒を飲んでいる。たしかに陰惨な事件だが、なぜ彼がこんなに真剣なのか解らなかった。

「じゃ、本は貸していただくよ」と、新聞を置く。

「忘れ物」と、鷹原は僕のかかえた本の上に新たに本を載せた。日本の小説『浮雲』である。

♠

翌日、メリック氏に会った僕は、三日間無沙汰《ぶさた》をした非礼を詫《わ》びると、すぐにも『大いなる遺産』を読んでいたことを告げた。

またもや呪文《じゅもん》でも唱えたようだった。メリック氏の目がたちまち輝き、先日鷹原と話していたように、物語の話になった。

同じ至福を味わった者同士、共鳴しあう話は楽しい。僕らは次々と波瀾《はらん》に満ちた主人公への想いを語り合い、同じ箇所で腹を立て、あるいは打ちひしがれ、笑い、泣き、喜んだ。「時」はあっという間に過ぎ、再び昼食を持った婦長とアイアランド嬢が来てしまった。

決して愛想が良いわけではないが、婦長の顔からは当初のような険が消えている。追い立てるように、てきぱきとテーブルに食事を置く彼女に、尊敬の念を覚えながら辞去した。

トリーヴス医師はまだ休暇のようだった。ロンドンには珍しい青空で、しかもそう暑くもない。爽《さわ》やかな陽気に誘われて、外に出る。

ようやくメリック氏とも弾んだ会話をすることが出来た。それに彼を囲む人々……彼を見せ物小屋から救い出したトリーヴス医師、病院に住めるよう尽力した理事長、親身な世話をする婦長……改めて病院の人々の暖かさを感じ、気持ちも晴々とする。ノーマンは「自活の道を奪われた上、新たな見せ物になっただけだ」と云い、鷹原も同調していたようだが、やはり彼にとっては病院こそ最高の場所なのだ。外であそこまで行き届いた世話を受けられるわけもないと思う。

それに彼の知性……スキップでもしたいような気分で僕は歩いていた。トリーヴス医師は懐疑的だったが、『大いなる遺産』を読破し、共感も出来る知性の持ち主だ。これを手がかりに話し合っていけば、もっと彼の内面も解るだろう……鬱々《うつうつ》と沈んでいた心が嘘のように晴れ、すべてに肯定的な目を向けている自分に気づき、また嬉しくなる。厭《いと》わしかったロンドンの人込みも気にならない。それどころか行き交う人々すべてが、『大いなる遺産』の登場人物の誰かに類型化出来そうで、可笑《おか》しくさえあった。

この開けた感情は何なのだろう？　僕はメリック氏と孤独を分かち合おうとロンドンへ来たのではなかったか？　言語を絶する畸形《きけい》の男の悲哀を見るために来たのではなかったか？　だが、彼に接して得たのは溢《あふ》れんばかりの感謝の言葉と善意のみ……それが彼なりの処世術であったにしろ、どれほど思い返してみても、彼の口から憎悪や嫌悪の言葉を聞いたことはなかった。見せ物になることでしか生きられなかったほどの姿形……小さいときからどれほど苛《いじ》められ、疎んじられ、傷つけられてきたことか……それなのに、社会への呪詛《じゅそ》の念など全くなく、物語の世界にあそこまで没入できる感性を持ち続けている純粋さ！

浮かれて歩いていた僕は、はたと足を止め、そして今度はゆっくりとまた歩き始めた。

物語を媒体として人と話したのは初めてだ。

だが囚人のように隔離された男と、本の話をしただけで、何を喜ぶのか？　彼はあの地下室から余所《よそ》に行くことは出来ないのだ。勝手に押しかけて来る僕に対して、単に話を合わせたにすぎないのではないか？　あれもいつもの「ありがとう」「感謝しています」と同じ、単なる礼儀としての返答ではないのか？　いや、違う。共感出来たということは同じような感性を持っているということだ。少なくとも同じように白いものは白いと認め、黒いものは黒いと認めたからこそ、同じ箇所で泣き、また笑うのではないか？　だが……と、僕はまた戸惑う。いつしか大通りを逸《そ》れて、ロンドン・タワーの方に向かっていた。地下鉄道のマーク・レーン駅の前に出ると、虫のように地中に入りたくなった。

地下鉄道に揺られ、僕は人々を見回してみる。様々な髪の色、肌の色、目の色、そして考え方も多分様々だ。だが、『大いなる遺産』に魅せられたのは僕とメリック氏だけではあるまい。本というのは万人に向けて書かれている筈《はず》だ。ということは、この中の何人かもあの本を読み、同じように共感したのかもしれない。だが、考えは違う。そう、現に鷹原だって、あれほどディケンズの本を集め、個人的な装丁まで施すほど気に入っているのに、僕とはまるで考えも生き方も違うではないか？　白を白と見、黒を黒と見るのに、なぜこうも違うのか？

再び地上に出、眩《まぶ》しいばかりの陽光を浴びると、鬱々と考えるのが厭《いや》になった。

下宿に戻って、ディケンズの新しい本を読むつもりだったが、頭の中はまだ『大いなる遺産』で占められていた。活き活きと頭の中を駆け回る登場人物……そういえばメリック氏の話し方も、まるで彼らが本当に実在するかのような口ぶりだった。

揚げたてのフィッシュ・フライを新聞紙に包んでもらい、ケンジントン・ガーデンズに行ってみる。

夏のきらめく陽射しに、公園は眩《まばゆ》いばかりの緑に溢れていた。美しい馬に乗った紳士、淑女、陽傘をさしゆっくりと散歩を楽しむ婦人たち、犬と遊ぶ子供たち……誰も彼もが楽しそうだ。土曜の午後をゆっくりと楽しんでいる。僕のようにぐずぐずとつまらぬ想いを引きずった者など居ないだろう。晴れやかな土曜の午後……異星人たちめ！　むしゃむしゃと紙包みのフライを食べながら、僕はまた人々が、世界が、僕から遠ざかっているのを感じていた。どこもかしこも充ち足りた笑顔で溢れている。

そして……ハイド・パークとの間にあるサーペンタイン湖の手前まで来た僕は、鷹原……夕べ憂愁の貴公子だった鷹原が、耶蘇《やそ》の天使のような輝くばかりの笑顔で、のんびりと芝に坐っているのを見た！

傍らに居るのは、隣のスティーヴン夫人と家庭教師のペイター嬢、それに子供たち……ヴァネッサ、トゥビー、エイドリアン……籐《とう》のバスケットにはサンドウィッチやら果物が色とりどりに溢れ、敷かれた白布の上にはティーカップやらグラスが陽射しにきらきらと光っている。

咄嗟《とっさ》に踵《きびす》を返した僕の前には、生真面目な顔のヴァージニアが立っていた。

声を上げようとした瞬間、ヴァージニアが唇に人差し指を当て、手招きしたまま茂みの方へ走りだした。ちらっと振り返ると、誰も鷹原の話に夢中で、こちらを見ている者はいない。僕はそのままヴァージニアの後を追う。

「この間、見ていたでしょう？」

茂みの陰に入った途端、彼女はこう云って振り向いた。「眼鏡が光ってたわ」

眼鏡？　そうか……オペラグラスだ……僕は観念してうなずいた。「見るつもりはなかったけど……つい」

「お母様には黙っていてね。他の誰にも」女王のように高飛車な口調だった。

「誰にも云ってないよ。云うつもりもないし」

「良かった」と、彼女はやっと微笑んだ。六歳の少女の笑みに戻ったようだが、次にはまた大人のようなしかめっ面になった。「家政婦にも口止めしたのよ。ヴァネッサたちと」

「秘密なの？」

「秘密ってわけでもないけど……でも、大人って、ああいうことを云うと心配するでしょう？」

「そりゃ、物騒だからね」

「でも、彼は特別なのよ。ジェムは詩人なの。詩人って奇行をするものなのよね？」

「必ずってわけじゃないだろうけど……」

「でも、彼は天才詩人なのよ。だから時々変になっても仕方がないの」

「誰が云ったの」と、僕は意地悪く聞いてみた。

「両親がそう話していたのよ」と、おしゃまな少女は渋々応えた。だが、意気込んで「彼はお化けだって飼っているわ」と、得意気に云う。

「どんなお化け？」

「馬鹿ね。見えないからお化けなんじゃないの」

「じゃあ、どうして解ったの？　お化けだって」

「お母様とね、リンカーンズ・インの彼の事務所に行ったのよ。彼は弁護士でもあるのよ」と、また得意気に云う。「事務所に入ったら誰もいないの。どこにも、誰もいないのよ。でも、事務所に入る前には中から声がしていたのよ。お化けだわ」

「風で何かが落ちたとか、水道管の音とかじゃないの？」

「違うわよ。声って云ったでしょ！」——苛立《いらだ》たしげに云った途端、少女を呼ぶペイター嬢の声、それに鷹原の声まで聞こえてきた。

「じゃあね」とヴァージニアは云うと、「ここよ！」と叫んで茂みから出る。

「彼は親戚《しんせき》？」

「知らなかったの？　従兄《いとこ》よ」と少女は応え、駆けだして行った。

合流する気はなかった。そのまま芝に寝ころがる。

傍らではあるかなしかの風に、真っ赤な雛罌粟《ひなげし》が揺れ、根元には慎ましげな菫《すみれ》がお辞儀をしている。見上げると七竈《ななかまど》の実が赤くなり始め、ブラックベリーも実り始めていた。木々の間を栗鼠《りす》がちょろちょろと動き回り、虚空では蜜蜂《みつばち》が唸《うな》り、ちらちらと陽を掠《かす》めるように蜆蝶《しじみちょう》が飛んでいく。

目を閉じると世界はオレンジ色一色になった。


いつの間にか眠ってしまったらしい。空に青みは残っていたが、陽は傾いていた。横に鷹原が坐り、パイプを吹かしていた。

「やあ」と云うと、彼も「やあ」と云う。

「皆は？」と、気もなく聞いてみた。

「帰ったよ。大丈夫。君に気づいたのは、あの目敏《めざと》いヴァージニアだけだ。しかもあのおしゃまさんは戻ってきても素知らぬ顔ときた。彼女と何を密談していたんだい？」

「べつに……君こそやけに楽しそうに寛《くつろ》いでいたじゃないか。捜査に夢中になっていると思っていたが」

「調べることは調べたさ。だが五里霧中だ。当てもないのに動き回る気にはならん」

「僕も五里霧中だ。それでも君はいいよ。表面だけでも楽しげに振る舞うことが出来るんだから」

「笑顔は礼儀さ。個人的な想いで徒《いたずら》に相手を不愉快にさせることもないだろう。僕から云わせれば、甘えであり、わがままだ。ほら、またそんな顔をする。メリック氏はどうだった。行ったんだろう?」

「ああ、楽しく会話をした。彼も紳士だからね。君同様礼儀というものを心得ている」

厭味《いやみ》を込めて云った言葉に、さすがの鷹原もむっとしたように応《こた》えなかった。

草原に寝そべったまま、ただ景色を眺める。人影もまばらになった公園で、サーペンタイン湖はきらきらと最後の陽を反射して穏やかに輝いていた。黄色い水蓮《すいれん》の花の上をカワセミが飛んで行く。視界の隅に芋虫が顔を出し、消えた。仕草が婦長に似ている……「そうだ。あの婦長……」

傍らで鷹原が「婦長? 病院の婦長かい?」と聞く。

僕は空に目を移しながら先日のことを簡単に話した。「……冷酷なオールドミスだと思っていたが、彼の入浴を一人で介護していた。感心したよ。『職務です』とつっけんどんに云ってはいたが、誰にも出来ることじゃない。正にナイチンゲールだよ」

「ナイチンゲール!?」と鷹原が笑う。「君はナイチンゲールをどこまで知っているんだ? とんでもない女だよ」と、そこまで云うと、突然、鷹原が覆い被《かぶ》さるように僕を覗《のぞ》き込んだ。

「そうだ! 浴室だ! あそこを使える!」

呆気《あっけ》に取られた僕に、鷹原は「犯人だよ、犯人」と勢い込んで云う。「あれはエレファント・マン専用の浴室だよ。彼を病院に収容すると決まったとき、使用されていなかった二部屋を住居と浴室に改造したんだ。あの地下はあそこだけで独立した小世界になっているじゃないか！　通路は東棟からの階段が一つ、そして中庭へと上がる階段が一つ、それだけだ。そう……中庭からあの浴室に行くことが出来るんだ！」――ばねのように鷹原は起ち上がり、云った。

「病院に行ってみよう」

馬車の中で、鷹原の声は上擦っていた。「あれほどの凶行だ。犯人だって相当の返り血を浴びている筈だ。そんな恰好《かっこう》でどこへ逃げたのか不思議だった。だが、殺害現場と病院は目と鼻の先だ。あの浴室を知っていれば、犯人はあそこで身支度を整えられた筈だ」

「だって夜中だよ。どうやって中に入るんだ」

「エレファント・マンがあの部屋に落ちついた当初、病院のボイラー・マンが彼を見世物にしていたそうだ。イースト・エンドのパブに居た酔客たちを、夜中にあの部屋へと導いていたんだよ。一晩に十人ほど、興行主そこのけの口上で毎週、彼を観せては見料を取っていた。間もなく発覚し……エレファント・マンが訴えたのではなく、目撃者の証言でね……そのボイラー・マンは首になったと聞いた。つまり、夜中に中庭経由であの地下へ行くことなど、いともたやすい事なんだ。気兼ねの塊みたいなエレファント・マンを脅して、彼の口さえ封じれば良い。後はあの地下に夜中に下りて来る者などいない。犯人は悠々と身なりを整えられる」

鷹原の言葉に、僕は違う角度で驚いていた。保護された筈のメリック氏にそんな酷《ひど》いことが行われていたとは……だが、なぜ彼は訴えなかったのだろう？　目撃者が云わなければ、いつまでもそんな蛮行に甘んじていたのだろうか？

鷹原がはずんだチップのせいか、馬車は瞬くうちにロンドン病院に到着した。


だが、夕食中のメリック氏の対応は実に穏やかだった。

「ボイラー・マンの事をご存じだったのですか。でもあれ以来、中庭へのドアの鍵《かぎ》は私がいただきました。中庭には、夜中……私自身が出るために必要なのです」

鷹原らしくもない、挨拶《あいさつ》も省いた質問だったが、それに応えるメリック氏の言葉は、鷹原の急《せ》く心とは裏腹に、ゆっくりとした解り辛《づら》い言葉で、まず中庭のドアの鍵についての返答から始まった。

「昼間に私がうろついたりしたら、中庭とは云っても人目につき、大騒ぎになりますからね。でも夜中なら……人のいない夜中なら私も中庭に出ることが出来ます。外の空気を吸うことが出来ます。樹や草や土に触れ、夜空を見上げ、月や星の瞬きを目にし、思う存分夜気を味わい、壊れたベッドの間を歩き回り、またこの部屋に戻って来ます。そして戻ったときには鍵を掛けます。ですから翌朝までは誰も外からは入れません」

これだけ聞くのに、一時間はかかった。相変わらずの回りくどい挨拶や、感謝の言葉や謝罪の言葉の合間に、聞き出した事はこれだけだった。

「誰かを庇《かば》っているのではありませんか？」と鷹原は聞いた。

「庇うような人はいません」と控えめだが、断固たる言葉が返ってきた。

数日、表向きは穏やかな日常が返ってきた。

鷹原は相変わらず居たり居なかったり、勝手気ままに過ごしていたし、僕は病院に通い、帰れば貪《むさぼ》るようにディケンズの本を読んだ。

トリーヴス医師も休暇を終えて、出てきていたし、メリック氏とも前より順調に話せるようになっていた。

本を間に置くと、メリック氏は容易に心を開いてくれる。間もなく僕はメリック氏の生い立ちからこの病院に収容されるようになった経緯を殆《ほとん》ど知ることが出来た。

ジョーゼフ・ケアリー・メリック。一八六二年八月五日、レスター生まれ。

五歳の頃までは普通の身体だったと云う。そして何より優しい母親のこと……十歳のときに逝ってしまった母親のことを、彼は殆ど女神のように話した。また、後妻を迎えて気兼ねするようになるまでは父も優しかったと……それでも、ぽつぽつと語る彼の言葉に義母への悪口や父への恨みは聞き取れなかった。単に「家を出て」という表現だったが、居たたまれなくなって家出をしたらしい彼は浮浪者となった。そしてその彼を捜して引き取ってくれた優しい叔父《おじ》、チャールズ……彼を語ったのは、『大いなる遺産』の善良この上ない登場人物ジョー、主人公の義兄の話になったときである……「チャールズはまるでジョーのようでした。行く当てのない私に、温かな家庭を提供してくれたのです」

それでも就労さえおぼつかないほど、彼の畸《き》形《けい》は進み、貧しい叔父一家にただの居候の身で居られるわけもなく、十七歳のときに救貧院に入ったという。

救貧院……貧民救済法に基づき、作られたこの施設で過ごした数年の事を彼は言葉を濁して語ろうとはしなかった。

僕は救貧院について調べてみた。

実際に世話になった人の話を聞き、思い切って僕自身、古着屋でボロを買って着替え、夜も明けないうちから行き場のない人の行列に連なって、一晩世話になってもみた……地獄だった。

「本当に自活出来ない者以外の入所を阻むために、そこでの生活は、この世の最低の生活よりさらに惨めなものだ」――メリック氏のかつての相棒、ノーマンが話していた通りである。僅《わず》かにたった一晩ですら地獄だと僕は思った。食べ物とは思われぬ食事、眠ることすらおぼつかない虫だらけの連動式ハンモック、そしてそれらの恩恵への感謝の印として「まいはだ作り」という作業を課せられた。古いロープやぼろを叩《たた》いてほぐし、再利用出来る麻くずにする作業である。

一晩で悲鳴を上げた僕に比べ、彼は四年もの時をこのような環境で過ごしたのだ。一晩でよれよれになった僕は、下宿の温かい湯と清潔なシーツのベッドが天国のように感じられた。まして彼のようなからだでは、環境の過酷さに加えて、どれほどの言葉の傷を受けたことか……僕にはようやく……彼が進んで見せ物になってまで、自活の道を選んだのかその理由《わけ》が解ってきた。

彼は自らは決して過去を語らない。直接問いかけようものなら「憶《おぼ》えていません」「忘れました」で、打ち切られてしまう。ただ、小説を語り合う徒然《つれづれ》に「そういえば」とか「私もこうでした」とか、ぽつぽつと昔を垣間《かいま》見せてくれた。小説こそが、彼から生の言葉を引き出す唯一の鍵だった。年代も無視した思い出話を、前述のように辛うじて整理出来たのはもう夏も終わりの頃である。

その間、トリーヴス医師とも結構彼のことを話し合った。

医師は忙しい時間を縫い、ウィンポール・ストリート六番地にある自宅にも僕を招いてくれた。

下宿と余り変わらぬ、思いの外質素な家だったが、アン・エリザベス・トリーヴス夫人に温かく迎えられる。隣のヴァネッサとヴァージニアを思わせる八歳のエニッドと四歳のヘティという娘がおり、きちんと挨拶をし、すぐに家政婦に連れられて退いた。

茶を御馳走《ごちそう》になりながら「ジョンもここに招待したことがあるのです」と医師から聞く。「普通の家庭というのをジョンは本でしか知りませんからね。『紳士の家というのはどんなでしょう』と余り聞くので、冒険でしたが、ある夜馬車で連れてきました。尤《もっと》も彼は大邸宅を思い描いていたらしく、がっかりした様子でしたがね」

「でも」と夫人が、自家製というショートブレッドを差し出しながら云った。「とても礼儀正しい、優しい方でしたわ」

「夫人もお会いになられたのですか？　お嬢さんたちも？」と僕は驚いて聞いた。

「いや、娘たちは余所《よそ》に預けました。まだ小さいし……」と医師は言葉を濁したが、「家内が茶を差し出すと『このように余所のお宅で歓待されたのは初めてです』と泣き出してしまいましてね、些《いささ》か困りましたよ」と苦笑いを浮かべた。「物心ついてこのかた、病院に来るまでは彼に優しくした者など一人としていなかったでしょうしね」

「でも、十歳までは幸せだったと聞きましたよ」と僕は何気なく云った。「まだ、からだもそれほど異様ではなかったし、何より母親が優しかったと……それに彼の叔父という人もとても優しかったそうですね」

「とんでもない！」と医師は驚くほどの強さで否定した。

「あの後生大事に持っている写真を見せられたのですね」と苦々しげに茶碗《ちゃわん》を置いた。「あんな写真は、どこで手に入れたものか……母親などではありませんよ。女神のような母親なぞ、全くの嘘です」

このようにむきになって話す医師は見たことがない。夫人は目を伏せて茶を飲んでいるし、僕は戸惑い、ただ「そうですか」とだけ応えた。

「彼の母親など……」と医師は憤怒を抑えた声で続けた。「化け物のような幼い我が子を見捨て、救貧院へと追いやった、何の取り柄もない、情の薄い女です。叔父にしたところで同じ。まともな人間など彼の周りには居なかった。居た筈《はず》がありません」

余りにも強い否定に、僕は『大いなる遺産』に絡めて聞き出した彼の叔父のことを話した。教養もなく、貧しいが、優しさと思いやりだけは溢《あふ》れるほどに注いでくれたという叔父……そして本の登場人物ジョー……ところが、医師の声は前より強くなった。

「本の話をしたのなら、貴方も彼が現実と物語を混同しているのをご存じでしょう？　彼にとっては小説の登場人物は実在しているし、物語で在ったことはすべてこの世に在ったことなのです。彼には現実と物語の区別がつきません。そして母親も彼の空想から生まれた……理想の母……貴方《あなた》に語った過去も……こうあって欲しかったという……理想の過去ですよ」

きっぱりと断言する医師に、ただでさえ曖昧模糊《あいまいもこ》としたメリック氏の話をこれ以上弁護する気にはなれなかった。また「そうですか」とだけ応えた僕に、医師もようやく声を和らげ「話を変えましょう」と菓子を勧めてくれる。

後は無難な話題に終始し、二時間ほどで辞去すると、僕はぶらぶらと賑《にぎ》やかなオックスフォード・ストリートへと歩いた。

メリック氏とも、僕とも無縁な豪奢《ごうしゃ》な店が軒を連ね、着飾った男女がそぞろ歩き、点灯夫が瓦斯《ガス》灯に火を灯《とも》している。僕は小綺麗《こぎれい》な書店を見つけて入り、ようやく人心地がつく。

たしかにメリック氏は物語と現実とを混同しているところがある――と僕も思う。だが、肌身離さず持っている、あの小さな母親の肖像、母親を語るとき、常に取り出し、うっとりと見つめるあの視線がすべて作り物とも思われなかった。

だが、僕は、さほど両者の差異を埋めようという気にもならなかった。実のところ、病院通いより、メリック氏より、ディケンズに……そしてあらゆる小説というものに、僕の興味、情熱が移っていたからだ。

物語と現実を混同しているメリック氏を笑うわけにはいかない。僕自身、現実よりも架空の

僕を夢中にさせる、唯一待ち望む時だった。

病院通いは今やたてまえ……メリック氏の話も、トリーヴス医師との会話も、「たてまえ」の中での義務として頭の中を通り過ぎていた。下宿に帰り、本の頁を開くこと……それだけが僕を夢中にさせる、唯一待ち望む時だった。

初めて知った読書の快楽……だがそこには常に自責の念がつきまとう……幼い頃、女中部屋で絵草紙に浸ったときにも、その後、医学書の下に隠した馬琴に浸ったときにも、後ろめたさはあった。だが、ロンドンで接した「小説」なるものは、それ以上の快楽であり、それ以上の後ろめたさだった。こんなことに溺れていて良いのか……留学中だ……国では、そして両親も知人も、立派な医師として修養した自分が帰るのを待っている……

ベルリンの北里さんからは時折手紙が届いた。ろくに返事も書かない僕を気遣い、終わりはいつも、――ロンドンで充実した日々を送っているなら良いが、戻る気になったら、ライヘルト教授はいつでも快く迎えるとおっしゃっているよ――と結ばれている。僕のいい加減な返事に、危惧《きぐ》しているのがありありと解る手紙だった。

誠実な友まで裏切っている……だが、手紙を手にして思う気持ちは、もう机の上に置かれた本に移っている。

アヘンに引き寄せられる男のように、僕は本に惹《ひ》き寄せられていた。

たまたま、メリック氏とトリーヴス医師との差異を鷹原に聞かせたのも、シェリー夫人の

『フランケンシュタイン』を読み終えた直後だったからにすぎなかった。

フランケンシュタイン博士の作り上げた怪物をメリック氏に例えて「いつかメリック氏の興行主だったトム・ノーマンが云っていたように、やはり人は中身よりも外観で見てしまうのだろうか……」と云ったときである。空想的なメリック氏の話を、全面的に受け入れるわけではないが、余りにもトリーヴス医師の決めつけ方が強すぎるとも思ったからだ。

普段、メリック氏には大した興味も持たない鷹原が、このときには変に面白がった。二人の違いというより、むしろトリーヴス医師の態度にだったが……

「可笑《おか》しなものだね。この数年、殆ど毎日顔を突き合わせ、彼の執事とまで自認する男が、たった一月で君が聞き出した、簡単な経歴をそこまで否認するとは……」

「ああ、頭から取り合わないという感じだね。そのくせ、メリック氏への気遣いたるや実に細やかなんだ。それなのに、どうして彼の話をちゃんと聞こうとしないのだろう？」

「聞きたくない話というものは聞こえないものだよ。だが、そこまで否定するというのも面白いね。トリーヴス医師か……いや、エレファント・マンは君にお任せするよ。病院も心楽しく行くという場所ではないしね。そうだ、ハンテリアン博物館をトリーヴス氏に案内して貰《もら》おうよ」

「ハンテリアン博物館？」

「ほら、トム・ノーマンに話しただろう。面白い標本が山ほど有るという、英国外科医師会の博物館だよ。前から観たいと思っていたんだ。トリーヴス氏は外科医師会の主催するエラスムス・ウィルソン・レクチュアの講師で、今までにも大学の標本の提示と講演を何度もしている。

腸の手術に関する論文では同学会の賞も受賞しているし、エレファント・マン救出以後の名声も加わって、いまや外科医師会のホープだ。融通も利くだろうし、恰好《かっこう》の案内人じゃないか」

「何でそんなにトリーヴス医師のことを知っているんだい？」

「会った人間は調べておくというのが僕の奇癖でね」

「だが……失礼だよ。そんな見方で博物館に行くというのも。それにトリーヴス医師の忙しさときたら……」

「まあ、聞いてみるさ」

♠

鷹原の要望と云うのは、大抵通ってしまう。これもノーマンの云う外観のお蔭《かげ》なのだろうか？　話から僅か二日後の火曜日、僕らはトリーヴス医師の案内でリンカーンズ・イン・フィールドに在るというハンテリアン博物館に連れていってもらうことになった。

――二十八日の午後なら空いております。午後一時半に病院までご足労願えますか？――というう手紙を目にした鷹原は「一時半……少々忙しいな」と呟《つぶや》いた。「だが、単なる昼食だ」と云いながら、さらさらと礼と承諾の返事を書くと、メッセンジャー・ボーイに手渡した。

少年が去ると「昼食の約束をしているのかい？」と僕は聞いた。

「正午にセント・ジェイムズ・ストリートのクラブでね。だがあそこの食事は不味《まず》いんで有名なんだ。前に君と行った、カー・ゴム理事長に招待されたクラブより酷《ひど》い。早々と切り上げたほうが良いという神のお告げだろう。君は明後日も朝から病院かい？」

「いや、まだ決めてない」

「じゃ、つき合えよ。前から紹介しようと思っていたんだ」

「誰だい？」

「『カラーとカフス』だ」

「何だって？」

「単なるあだ名だよ。君は新聞も社交欄や宮廷回報なぞは読まないだろうから……」と後はにやにやしているだけだ。

「貴族か……宮廷回報と云ったね。王族なのか？……余り気が進まないな。社交の会話は苦手なんだ」

「なに、僕らと同じ、二十五歳の青年だ。気楽な食事だよ」

病院の医師にも同年の者はいたが、ロンドンに来て、他に同い年の青年に会ったことはなかった。メリック氏もトリーヴス医師は二十五歳と教えてくれたが、本人は二十七歳と云う。異国の同い年の者……それだけで僕は『カラーとカフス』という奇妙なあだ名の主に興味を覚えた。彼はどのように世界を見ているのだろう？　自信に溢れ、確固たる確信を持ち……あるいは僕のように不安に充《み》ち……「解った、つき合うよ」

「決まりだ！」と鷹原がなおもにやにやと笑いながら云う。

六　スッシーニのヴィーナス

『ブルックス・クラブ』というプレートを横目に、変則古代切り妻様式の玄関を潜った途端(来るのではなかった)という想いに囚《とら》われた。

出掛けに、鷹原が僕の服装を細々と点検したときから厭《いや》な予感はしていたのだが、宮殿のような玄関ホールを通り、慇懃《いんぎん》な案内人の後に続いて足の埋まるような緋色《ひいろ》の絨毯《じゅうたん》の階段を昇るにつれ「場違い」という思いばかりが募ってきた。おまけに案内された部屋は「前に行ったクラブより食事は酷い」などと云った鷹原の言葉など消し飛ぶような、そのクラブでも特別の個室とおぼしき、バロック様式で内装された「貴賓室」である。

「ここで……昼食かい？」——光沢を放つ純白のテーブルクロスの上の目も眩《くら》むような銀の燭台《しょくだい》、調味料入れ、見事な花々、そしてその向こうの空席を見ながら、僕は聞いた。

「カラーとカフスって誰なんだ？」

鷹原は給仕に「一時十五分になったら教えてくれ」と云い、振り向くと「エドワード王子だ」とこともなげに応《こた》えた。「この国の皇太子……ドイツでヴィルヘルム一世の葬儀のときに君も遠目だが、目にしたろう？　あの皇太子の長男、アルバート・ヴィクター・クリスチャン・エドワード王子だよ。首が長いんで、そんなあだ名を付けられたのさ。耳が少々遠い。話すときにはすこし大きめの声にした方がいいよ」

冗談ではない。何が『カラーとカフス』だ。仮にも末は大英帝国君主と成られるだろう御方ではないか。

唖然《あぜん》とした僕の前で扉が開き、「殿下のお着きです」と声が聞こえる。

細面の青年が僕を見ていた。水色とでも形容したらよいのか……淡い碧《あお》の眸《ひとみ》と目が合う。淡さのせいか、死んだ魚のようにとろんとした生気のない眸だった。それが僕から逸《そ》れて、鷹原を見た途端、生き返った。

「殿下」と鷹原が起《た》ち上がり、頭を下げる。僕もあわてて起った。

「光！　久しぶりだね」と少女のような声。「君がやっとロンドンに来たっていうのに、なかなか会えやしない。マルヴォアジーを」——最後の言葉は尊大で、給仕に向けたもののようだった。

「殿下もお忙しいし、私もそれなりに多忙な日々です」と腰を下ろした鷹原。僕もへなへなと腰を下ろした。

「エディーでいい」と王子。「そうなんだ。明日からはバルモラル……スコットランドの別荘まで行かなければならない。女王陛下のお供でね。父は相変わらず逃げまわっているし、陛下のお相手というと僕になるのだ」

「大勢の孫の中でも、殿下がお気に入りとのこと。お優しいからでしょう」

「あそこはこの世から隔離された精神病棟、もしくは修道院だ。鹿狩りくらいしか楽しみもない。ああ、こんなことを云うつもりはなかった。実は今日、呼び出したのは、君を誘うためなんだ。女王陛下も君ならお喜びになられるし、僕を助けると思って秋だけバルモラルで過ごさないか？　いや、飽きたら専用列車でいつでもロンドンに来れる。バルモラルに幽閉というわけではないよ」

懇願にも似た悲鳴は、僕の存在も忘れたかのように、痛切だった。栗色の柔らかなウェーヴの髪、細面の整った顔だち、蠟《ろう》で脇をぴんと跳ねさせた騎兵風の口髭《くちひげ》、『カラーとカフス』というあだ名のごとく、首は異様に細長い。どこか仔鹿《こじか》のような頼りなさ、いとおしさを感じさせる……同じ歳とも、未来の君主とも、到底思われぬ青年である。そして運ばれてきた白ワインのラベルを見て、僕は「マルヴォアジー」の正体を知った。

グラスにワインが注がれたのを機に、鷹原が僕を紹介してくれる。

トルコ煙草を手にされた王子の眸は再びとろんとなったが、「解剖学を……」とぼんやりと呟かれた後で、にっこりと微笑まれた。「失礼。光に久しぶりで会ったので、嬉《うれ》しくて挨拶も遅れました」と、勿体《もったい》ないようなお気遣いである。「光には、日本に居たときにも、随分と楽しませてもらったのですよ」——煙草の強い香りがテーブル上に流れた。

「日本に居らしたことがおありなのですか？」と僕は驚いて尋ねる。

「え？」と聞き返された王子に、僕が繰り返そうとすると、「君は……」と鷹原が苦笑する。王子の前なので英語である。「これだから元旗本の箱入り息子は困る。七年前の秋、女王陛下名代《みょうだい》として弟君のジョージ殿下と来日されたんだ。連日、新聞では大騒ぎだったのにね。僕は同い歳と云うこともあって、一週間の宮中行事の間、お相手役を仕《つかまつ》ったんだよ」

「新聞で大騒ぎというのは、僕らの刺青《いれずみ》でのことでしょう」と王子が面白そうにおっしゃり、僕はまたしても驚いた。

「彫千代《ほりちよ》という人に龍を彫ってもらったのです」と王子は、グラスを持ったままの右手で、モーニングの上から二の腕の辺りを示された。そのままお口に運ばれたグラスは一気に空となり、テーブルに置かれるや見事なタイミングで満たされる。気配すら感じさせない給仕人ではあるが、話は耳に入っている筈だ。このような話を朗々とされてよいのだろうかと僕は一人気を揉《も》んだが、鷹原も意に介する風もなく、機嫌良く殿下の前でも無造作にワインを楽しんでいる。

「光が実に上手《うま》く取り計らってくれ、滞在した館……何と云ったかな、光」

鷹原が「延遼館《えんりょうかん》」と一言。

「そう、その延遼館に、こっそりと彫千代を導いてくれました。だが、こういうことは弾よりも早く伝わるようで、僕らがここに帰る前に、もう新聞で報じられましてね。それも『二人の王子は鼻に大きな矢が貫いている図を顔に彫った』と出たのです」

鷹原は笑いだしたが、僕は笑うどころではなかった。空気の精のような給仕人は増えて、料理も並び始めたが、辛うじて甘ったるいワインを喉《のど》に流し込む。

既に何杯目かのグラスを飲み干された王子は、上機嫌で話を続けられた。

「真面目な国民は大いに憂慮して、下院で政府委員に質問まで出る騒ぎになったそうだが、そのうちに僕らの写真が届いた。取り敢えず、顔は元のままらしいので、やっと安心したというわけです」

「さあ」と促されて、御自らスープのスプーンに手を伸ばされたが、僕は口も利けなかった。安心どころではない。日本の皇太子殿下、明宮殿下は御尊顔を拝したこともないし、御年九歳というご幼少の身ということしか知らないが、万が一にも儒教の色濃い宮廷で、殿下が刺青をされたなどということになったら、関係者一同切腹のおさたが出ても不思議ではないほどの大事件だろう。

「思い出したよ」と、手引きをしたという鷹原は平気な顔で可笑《おか》しそうに云う。「日本でも暮れ頃には東京日日新聞に出てね。『英国両王孫が刺青遊ばされ、大阪では刺青大流行で彫師多忙――』とか大きな見出しだった。君は本当に何も知らないのかい？」

「ああ、知らなかった……」

七年前の秋といえば、まだ鷹原とも知り合わず、英語とドイツ語、それに医学の勉強に不眠不休の勢いで取り組んでいた頃である。また、新聞を読むという習慣もなかったし、世情の話も家内ではしなかった。

「だが、刺青はご法度……禁令じゃないか」と辛うじて云ってみる。

「たしか『文明国の王族様がなさることだ』と新聞では意気込んで出ていたよ」と鷹原はすまして応えた。

「『身体髪膚《しんたいはつぷ》を毀傷《きしよう》せぬなどと、近い国の唐人の寝言は聞くに及ばぬ……開明の真似なら悪くはあるまい』――などと理屈をこねていたが、愉快だった」

七年前の新聞記事をすらすらと陳べる鷹原の記憶力にも呆《あき》れたが、すぐに続いた王子のお言葉にも驚いた。

「日本の刺青は素晴らしいですよ。芸術です。弟のジョージと、あの旅行での一番の楽しみでした」――天皇陛下のお耳にでも入られたら、卒倒されるようなことを平気でおっしゃり、王子はまたグラスを干された。

食事は鳥がついばむほどしか召し上がらないが、煙草は立て続け、ワインもずっとマルヴォアジー一辺倒で、しかも水代わりだ。鷹原は「酷い食事」との言葉を忘れたかのような、いつも通りの健啖《けんたん》ぶり、僕はといえば、思いもよらぬ相手、そして会話に味も解らなかった。

それからも来日中の呆れるような様々な話を天気の話でもされるように和やかに話され、食事は和気藹々《あいあい》と進んだが、本来社交家ではないようで、敢えて僕に話しかけるということもない。だが、尊大に無視されているというのでもなく、ただ鷹原と会って嬉しいという……まことに失礼な例えながら、傍も忘れて飼い主にじゃれる仔犬のようで、好感を持てた。そしてそれは却って僕に未来の君主と共に食事をしているという堅苦しさを忘れさせ、如才なく時折僕に話しかけ、話に引き入れようとする鷹原にも素直に応えられた。そして食事の終わる頃には、宮殿の一室のような素晴らしい部屋、眩《まぶ》しいほどの銀器に盛られた食事だが、たしかにボーモント夫人の料理の方が美味《うま》いということも解ってきた。王子、クラブ、そしてこの食事……まことに不思議な国である。

スープから肉まで綺麗《きれい》に平らげ、デザートのチェリーと黒スグリのプディングの最後の一匙《ひとさじ》を口に入れた鷹原に給仕長が近寄った。「もう良い」とデザートはお口も付けずに下げさせた王子がいそいそとまたトルコ煙草を手にされたときである。

「殿下、あわただしく失礼と存じますが、一時半に約束がございます」

「何だって、それは酷い。今日の晩餐《ばんさん》までは君と居るつもりだった」

「私も二日前まではそのつもりでおりましたが、常々、ハンテリアン博物館に行きたいと思っておりました。それが今日実現されることになり、案内を頼んだロンドン病院のトリーヴス医師は殿下ほどではございませんが多忙な人物、他日にすると、いつになるか解りません」

「ハンテリアンか、あそこはいい。見事なコレクションだ。私もあのコレクションを観て私の……いや、まあ良い。ロンドン病院のトリーヴス医師と申したな。名を聞いたことがある……」

「エレファント・マンを救った医師ですよ」

「ああ、そうだ。母上から聞いている」と途端に気のなさそうな声で王子が応えられた。「母上は何度か彼を見舞っている。トリーヴスのことも褒めていたように思う」

「美談ですからね」と、鷹原は王子が着席されたままなのに、勝手に起《た》ち上がった。

「まあ、待て。私も行こう」と、はらはらしていた僕の前で、王子がおっとりと起たれる。

「明日からはスコットランドだ。光と骸骨《がいこつ》を観て歩くのも結構なことだ」

王室の馬車に揺られてロンドン病院へ。

贅《ぜい》を凝らした車内に、王子と同道していると改めて緊張したが、王子の方では給仕人も居ない本当の密室となって、ますますリラックスされたようだった。

「光、明日は一緒に行ってくれるだろうね？」と甘えるようにおっしゃる。

「無理です、殿下」と鷹原はにべもない。「私も一応は研修の身、ヤードに通っております」

「ヤードの総監はチャールズ・ウォーレン卿《きょう》だったね。僕からウォーレンに云って、休暇にさせるよ」

「いえ、私自身が今はロンドンから離れたくありません。興味深い事件に係わっておりまして。

片づいたら喜んで伺わせていただきます。殿下がバルモラルにいらっしゃる間に」

「そうか、残念だ」と王子は子供のように顔をしかめられた。「どんな事件か知らぬが、ウォーレンにさっさと片づけるよう云っておこう」

「さほど手間取るまいと存じます」と、鷹原がにっこりと笑ったとき、馬車が止まる。

二人の従者を後ろに立たせた王室の馬車に、病院の門衛が、驚きも露《あらわ》に駆け寄ってくるのが見えた。

約束した一時半にすこし遅れて、医師の部屋を訪れた僕らは、部屋の前で見たこともない険しい顔で学生に接している医師と会った。

学生が「先生のおっしゃるとおり、骨折とも思われるのですが……」と、白い額に神経質そうな青筋を浮かべておずおずと云う。「でも捻挫《ねんざ》しているだけかもしれないので……」

「患者はね」と医師はきつい口調で学生の話を遮った。「麻疹《ましん》かもしれない、歯痛かもしれない、などという世迷《よま》い言を聞きに来ているのではないよ。いったいどうなっているのかを知りたがっているのだ。そして、それを告げてやるのが君の仕事だ。さもなければ口先だけでも、きっぱりと診断を下してくれる、もぐりの医者のところへ行くだろう」

ボクサーのような医師の前で、小娘のような学生の顔はみるまに青くなった。「解りました。済みません」

逃げるように、去っていく学生に向かって、医師が云う。「明快な声で、自信を持って告げるんだ。解ったね」

「はい」という学生の返事の前に、医師は打って変わったにこやかな顔で、鷹原に握手を求めていた。

「どうも……自信のない学生が多くて……」

「医学にもはったりが必要ということですね」と握手しながら朗らかに鷹原が云う。

「はったり……」——医師の額に瞬間、最前の学生のような青筋が浮かんだ。僕はひやりとする。だが、筋はそのままに、笑顔が戻っていた。「そう、たしかにはったりです。だが、患者が聞きたいのはそのはったり……医師の不安は患者に感染しますからね。何より明快な診断です」

「間違った場合はどうされるのです？」と、鷹原は気軽に追及する。

「なに、また明快に、自信を持って、病名を変更するだけですよ」

「神託のごとくにですか？」と、急に鋭く鷹原が云う。

「神託のごとくです」と医師も強く断言した。「患者にとっては医者は神ですからね。神が迷いを持つことなどあり得ますか？」

「神ならないでしょうね」

はらはらと見守る僕の前で、緊張は一気に崩れた。鷹原があっけらかんと笑いだしたからだ。

「流石は名医と評判の先生ですね」と彼は無邪気に云った。「さ、行きましょうか。ところでもう一人、見学希望の飛び入りがいます」

病院の門の外で、王室の馬車を見たトリーヴス医師の顔は、先程の学生のように青くなり、中で王子に紹介されると学生に戻ったようにしゃちほこばった。

案内された博物館は外観は普通の家のようなのに、想像以上の規模だった。解剖標本の数たるや、一万三千六百八十七体。迷路のように入り組んだ部屋から廊下、階段と、あらゆるところ、ただ骨で埋まっていた。

鷹原が話していたシシリア出身の矮人《わいじん》、キャロライン・クラッチャーミから、アイルランドの巨人、チャールズ・バーンまで、ありとあらゆる奇妙な標本で溢《あふ》れていた。人間も犬のように、これほどの差異が出来るものかと舌を巻く。だが、外見上だけの……これら、ここに有るような骨格の差異には……僕の興味は既に失われていた。僕が知りたいのは、小さなマルチーズと大きなグレートハウンドが、共に何を語るかだ。

鷹原が「エレファント・マンの死後は、やはりここに収容されるのですか？」と、巨大なバーンの骸骨の前で、医師に聞いた。

「いや……」と些《いささ》かあわてたように医師。「多分、ロンドン病院に保存されることになるでしょう」

館内に入ってから一時間ほど、食事中の王子と鷹原の気安さから何と自由な国と唖然《あぜん》としていた僕だったが、トリーヴス医師が加わってからは王子もむっつりとされてしまい、巨大なからだを萎縮《いしゅく》させたように固くなって案内するトリーヴス医師によって、やはりこの国でも階級性は厳然とあると確認したときだった。

「ほう……どうせならここの方が面白いでしょうにね」と鷹原はしゃあしゃあと云う。「実に見事なコレクションです。彼が加われば一層充実したものになるでしょうに」

「いや、エレファント・マンに会ったことはないが、どうせなら私が欲しい」と王子がぽつんと呟《つぶや》かれる。「聞くところによれば、随分と奇怪なからだというではないか。骨も変わっていることだろう。生きている間に会いたいとは思わないがね」――館内に入ってから、初めてのお言葉とはいえ、無神経なご発言だ。二人ともに！

「ここは前世紀の著名な外科医、ジョン・ハンターの設立したものです」と、医師は僕が怒る前に話題を逸《そ》らした。「彼の遺言執行人から当時の政府が一万五千ポンドで買い取ったそうです。たしかにこれほどのコレクションは他にはないでしょう」

「個人でこれほど集めるとは……大した執念ですね」と鷹原。

「そうですね。たとえばこの骸骨ですが」と、医師はバーンの骸骨を示した。「生前、彼は七フィート九インチまで成長しました。ところが二十二歳で肺結核にかかり、余命幾許《いくばく》もないと世間に知れると、解剖学者の間では彼の生前から、その遺体を手に入れようと、かなりの競争があったようです。バーン自身はこういうところに晒《さら》されるのを恐れ、鉛の内張りをした棺に入れて、海中に葬ってもらうよう密《ひそ》かに手配をしました。ところが、これを知った解剖学者たちも、一斉に球形潜水箱を借り出そうとしたのです。結局はここの設立者、策士のジョン・ハンターが役人たちに賄賂《わいろ》を使っただけで決着。棺には石ころを詰めさせ、遺体を五百ポンドで手に入れたのです」

僕は思わず、「チャールズ・バーン……本人の意思を無視してまで……ですか」と聞く。

「それは故人の意思、また尊厳というものもあるでしょうがね」と、僕の剣幕に驚いて、医師がたじたじと云う。「だが、亡くなれば感情も消えます。私は死後の魂などというものは信じませんせん。恐らくハンターもそうだったでしょう。そして人間の内面は内面、外見は外見と区別しなければ、医業は成り立ちませんよ。現にこれほどの骨格です。触手を伸ばしたくなるのは医者なら当然と思います」

そそくさと出口に向かった医師に鷹原が話しかけた。

「死後の魂を公言する霊媒や、宗教活動の盛んな時世、ワグナー博士やクルックス博士を初めとする世界的名声を誇る学者たちも霊媒や降霊術師を認めているのに、随分と明晰《めいせき》なご発言、それに信念をお持ちですね。するとエレファント・マンの外見と内面も、貴方はしっかりと区別して接していられるわけですね？」

「初めて彼を見たとき、私は打ちのめされました」と出口への階段を下りながら、医師は暗い声で呟くように云った。「あれほど、おぞましい変態をきたした人類の様相を見たことはありません。最も嫌悪すべき人間の標本でしょう。初めて会ったとき、あのとてつもないからだを計測するため、病院に招きましたが、彼は殆《ほとん》ど口も利けず、こちらの云っていることも解らないようでした……今から思えば単に怖がっていたのですが、私は全くの白痴だと思いました。そしてその方が彼にとっては幸せだとも思いました。高度な知性であのからだを維持するとなれば、それは地獄でしょう」

外に出る。

先を歩かれていた王子は待っていた馬車に、手を振っただけで、ぼんやりと道を進まれている。片側はリンカーンズ・イン・フィールドと呼ばれる鬱蒼《うつそう》とした木立である。後《あと》から続く鷹原とトリーヴス医師の熱心な話にも無関心で、夢遊病者のような心許《こころもと》ない歩かれ方だ。

僕は一国の王子が、無防備に徒歩で一般の歩道を……ということにも驚いた。

医師と並びながら、「だが、結構な知性の持ち主ではありませんか。では彼は現在地獄に居ると?」と王子を気にするでもなく、屈託なく云う鷹原の後に僕が続き、その後ろからぐずぐずと馬車が付いてきた。

「いや、それが奇跡です」と医師。「そう……意外なことに、ジョンは字も読めるし、知能もまあまあでした。そして人柄は実に穏やか……原始的で純朴です。高貴な野蛮人とでも申しますか。過酷な運命を辿《たど》り、精神をいたぶられながら過ごしてきた筈《はず》なのに歪《ゆが》みはみられない。まさに奇跡です」

「エレファント・マンが純朴かどうか、まだつき合いが浅いので解りませんが……」と云った鷹原は、足を止めてしまった王子の後ろで立ち止まった。

同時に足を止めたトリーヴス医師が、王子の視線を追って「ジェム!」と云う。

木立の向こうに沸き起こった黒雲を背に、黒い書き割りと化した門の前に居たのは、正に「高貴な野蛮人」のごとく、荒々しい容貌《ようぼう》のジェイムズ・ケネス・スティーヴン……そして、遠く歩み去って行くのは……あのヴィットリアに似た青年、モンタギュー・ジョン・ドルイットではないか?

こちらを向いたスティーヴン氏に、トリーヴス医師は「やあ、そういえば君の事務所はここでしたね」と声をかけた。

たしか……理事長に招待されたクラブで、トリーヴス医師も初めてスティーヴン氏に会った筈だ。だがその親しげな口調は、その後交遊を重ねた者のものだった。

戸惑ったように突っ立っていたスティーヴン氏は、トリーヴス医師の声も聞こえぬかのように王子を見つめたまま、そしてようやく鷹原と僕を見ると曖昧《あいまい》な笑みを浮かべたが、なおも足を止められたままの王子に近寄り、うやうやしく頭を下げた。

「殿下、御無沙汰《ごぶさた》しております。お変わりなく、おすこやかなご様子、嬉《うれ》しく存じます」

王子とスティーヴン氏が知り合い⁉　そこに無視された恰好《かっこう》のトリーヴス医師が近寄って云った。「殿下とお二人に、ハンテリアン博物館をご案内していたのですよ」

取り繕うようなトリーヴス医師の笑顔とは一線を画す、不敵ともいえる笑みが頭を上げたスティーヴン氏の顔に広がる。

王子のお顔は見えなかったが、追いついた僕の耳に困惑されたようなお声が聞こえた。「あ……そう……久しぶり……そう、紹介しよう。友人のコレミツ・タカハラとカオル・カシワギだ」

「たしか……クラブでお会いしましたね」と、スティーヴン氏は僕らにも微《かす》かな笑みを向けてきた。鷹原を見つめ、次いで僕を見る。夕暮れ近い淡い光のせいだろうか？　握手を交わしながら僕は、ただ荒々しいだけと思っていた鋭いスティーヴン氏の眸《ひとみ》が、陰鬱《いんうつ》な影を宿した不思議な魅力を持っていることに気づいた。美しいというのではない……ただ……何かしら気になる眸である。だが、その態度から、ヴァージニアの部屋での彼の奇行を、僕が窓から見ていたことには気づいていないとも思った。

「この中の一室が私の事務所ですが……」と、スティーヴン氏は門の内側を示した。「よろしかったらお茶でもいかがですか？」

間髪を容れず「喜んで」と鷹原が嬉しそうに応えた。「広い館内を歩き回って、一息入れたいと思っていたところです。殿下もお疲れでしょう？」

王子がお応えになる前に、スティーヴン氏は踵《きびす》を返して門をくぐり、鷹原も後に続いた。

王子の意向を無視した、些《いささ》か礼を欠いた強引な招待にも思われたが、王子はおとなしく後に続かれた。そして天も鷹原に加勢するように小雨を降らせてきた。

インナー・テンプルにも似た広々とした庭を進む。

二人の行く手、堂々とした白い石造りの建物の、真鍮《しんちゅう》のプレートには「ストーン・ビルディング」という文字が、薄闇の中で鈍く光っている。

玄関を入ってすぐ、二つ目のドアの前でスティーヴン氏は「ここです」と無造作に云った。

薄暗い廊下には他にもほぼ等間隔で幾つものドアが並んである。

「弁護士をされているとか……」と鷹原。

「まあ……と申して良いのかどうか、仕事などろくにありません」とスティーヴン氏は苦笑した。「ここはリンカーンズ・イン法学院の敷地、そしてこのビルディングもリンカーンズ・イン出身の者たちが使用しています。つまり周りのドアはだいたい同業……弁護士たちの事務所ですよ」

ドアの向こうはそのまま応接間になっていた。

ソファーに収まりながら、「お化けが出るのよ」と云っていたヴァージニアの言葉を思い出す。応接間の左右には二つのドア。恐らく廊下のドアの間隔から考えても、内部はこの部屋が一番広く、後は寝室か台所、洗面所程度だろうと思う。小さな窓がひとつしかないせいか、たしかに化け物でも出そうな暗く寒々とした部屋である。法律関係の本がぎっしりと並ぶ多くの書架は、一応弁護士事務所という態《てい》だったが、乱雑に散らかった様子は、気儘《きまま》な私室という感じだった。繁盛しているとは思われない。

鷹原は一番立派な肘《ひじ》掛《かけ》椅子を、取り敢えず王子にお勧めすると「居心地の良さそうな部屋ですね」と白々しく云う。尤《もっと》も彼も相当だらしがなかったが。「こちらにお住まいで？」

「普段はケンブリッジか、デ・ヴァ・ガーデンズの自宅です」と、ワインの栓を抜きながら、スティーヴン氏が応《こた》える。「失礼。殿下までお招きして『お茶でも』と申し上げながら、ここには酒しか置いてないもので」

「彼はケンブリッジのフェローでもあります」とトリーヴス医師が云う。

知らない言葉だった。「フェロー？」と鷹原を見る。

「日本にはまだない存在だがね、特別研究生というか……いや教師と云った方が良いのかな。フェローから選ばれている教授や講師も居るからね。だいたいは学生と共に暮らし、個人指導を行うのだよ」

ワインに口を付けられた王子が、ようやく気力を取り戻されたように「そして私のケンブリッジ時代の個人教師でもあった」と呟かれ、僕はびっくりした。何たる奇縁……人と人とはどこで結びついているか解らないものだ！

元教師の招待とあって、黙って付いてこられたのかとも思ったが、それきり黙ってしまわれたところをみると、それほど師弟愛に溢《あふ》れた仲でもなかったようだ。

沈黙を破るように、スティーヴン氏が鷹原に云った。

「ここは仕事場というより、息抜きの場と申し上げた方がよいでしょう。デ・ヴァ・ガーデンズの家は、親や使用人が居て、気が散ります。まあ、三ヵ所をふらふらと行き来している風来坊のような者ですよ」

「芸術家ですよ、彼は」とトリーヴス医師。「古今に類をみない素晴らしい詩人です」——凄《すご》い褒め方だったが、口調は暗く、そこで初めて僕はスティーヴン氏とトリーヴス医師の共通点に気づいた。

細いしなやかなからだに、野獣のような荒々しさを漂わせたスティーヴン氏、そしてボクサーのような堂々としたからだに、名医という風格を備えたトリーヴス医師……外見は全く違うが、二人ともどこかぶっきらぼうな話し方で、笑みも微かなものしか見せない。そして陰鬱《いんうつ》な雰囲気を持っていた。それにしても二人とは全く違う王子も、昼食のときの饒舌《じょうぜつ》さ、明るさが嘘のように、押し黙ってワインばかり召されている。この部屋のせいだろうか？　お化けが出るというこの部屋の……だが、病院での講義のとき、そしてメリック氏に接するときなど、トリーヴス医師は陽気に振る舞い、温厚な紳士という風だったが、どこか違和感があった。それが今は実に自然である。本来は内向的な人なのだろうかと、僕は改めて医師を見る。

「詩人として生きるべきです」と医師は呟くように云った。

「僕もそう望んでいますがね」と、捨て鉢にスティーヴン氏が応える。「だが詩のミューズは、そう仲良くしてくれないし、生活もありますからね」

「こちらで創作を？」と鷹原が、これはまた天性の明朗な口調で云う。「よろしければ拝見させていただきたいな」

スティーヴン氏は鷹原を見、にやっと笑っただけで、ワインに手を伸ばした。そこに鷹原が何やら差し出す。

「失礼、目尻《めじり》に青い物が付いています」――手鏡だった。

怪訝《けげん》そうに顔をしかめてスティーヴン氏は鏡を受け取ったが、「ああ、インキを付けた指で擦《こす》ったようです」と、ポケットから丸めたハンカチーフを出し、無造作に拭《ぬぐ》う。意外にも、女性が持つような、レースで縁取られた淡紅色の美しいハンカチーフだった。

「僕はこの国の現代詩人ではスウィンバーンが好きなんですよ」と無頓着《むとんちゃく》に鷹原。「世間でどう非難されようと面白い。魅力があります。現に、彼の詩はケンブリッジやオックスフォードの学生の間で愛唱され、その存在ときたら、まだ存命しているのに半ば伝説化していますからね。良識派は眉《まゆ》を顰《ひそ》めるだろうが、大した詩人だと思いますよ。生前賛否両論だったバイロン同様、歴史に残ると思いますね」

鏡を返しながら「スウィンバーンをお好きですか」と云ったスティーヴン氏は、のろのろと起《た》ち上がった。「ヤードにお勤めの紳士としては、変わった方だ。だが、詩への見識はお高いようですね」と、机の上から、紙片を一枚持って来る。「僕の稚拙な詩をお見せしても大丈夫なようだ」

「新作ですか」と、トリーヴス医師が身を乗り出す。

スティーヴン氏の詩……

鷹原は面白がり、トリーヴス医師は変に感嘆した言葉を陳《の》べ続けていたが、僕はどうも感心しなかった。それどころか、嫌悪感すら覚えたと云って良い。そして王子は全くの無反応……

鷹原から回ってきた詩篇……礼儀上だけでも、最後まで目は走らせなければならない。その世界は女性に対する冒瀆《ぼうとく》的な言葉で満たされ、その呪詛《じゅそ》、攻撃性たるや、些《いささ》か病的……常軌を逸したものとしか思われなかった。スウィンバーンという詩人も知らないが、似たようなものなのだろうか？　と、すれば、僕には小説と違って、この国の詩というものは解らない。トリーヴス医師の感極まる言葉すら、聞いていて苛立《いらだ》った。テーブルに置くとほっとしたが、それでも文字はちらちらと目に飛び込んでくる。

…………

バックスをぶらついていると
好きになれぬ女に会った。
歩き方が気に食わなかった。
角張った太い骨はばらばらで尻は垂れている……
……こんな女は二度と見たくない。
好きになれなかった。こんな女は
殺されて切り刻まれても構わない

…………

彼がヴァージニアたちの部屋に躍り込み、剣でパンを突き刺した光景が蘇《よみがえ》った。

これを芸術作品と云い、そして芸術と現実とは違うものとはいえ、妻と二人の娘まで居るトリーヴス医師が、なぜこれほどの女性への煮えたぎる憎悪の言葉に感嘆するのか解らない。いや、医師の言葉は単なる社交的賛辞ではなかろうか？　王子もご一緒している場で、何とか雰囲気を盛り上げようと、生来の権威追従主義で、病院とは些か違うこの場でも懸命に努力しているのだ。この陰惨な詩篇の前で、必至に陽気に振る舞おうと……暗く、重たく賛辞を述べ続けているのだ……紳士の礼儀として……だが……

何だか解らなくなったとき、スティーヴン氏がようやく詩篇をテーブルから取り上げてくれ、ほっとした。

「僕がケンブリッジのトリニティーカレッジに居たときにも、随分と書いていたね」と王子が陰気におっしゃった。「『カフーゼラム』というのを憶《おぼ》えている……ハイホー……カフーゼラム……イスラエルの十人の売春婦……」——酔われたのか、抑揚もない呟《つぶや》きの後、王子は乱暴にグラスをテーブルに置かれた。

鷹原が、そのグラスにまたなみなみと注ぎながら「お疲れですか？」と聞く。

「ハンテリアンを一時間も歩かれたのですからね」と気遣うようにトリーヴス医師。

スティーヴン氏が突然、僕をじっと見つめて云う。「たしか、解剖学をご専攻と伺いましたが」——野獣の眸《ひとみ》である。

「え、ええ……まあ」その視線を鷹原に移そうと……鷹原なら大丈夫と……僕はあわてて云う。「鷹原も日本では専攻していました」

「ほう」と云った切り僕への視線は外れない。「では皆さん、解剖学の権威であられる……殿下」と、ようやくいたぶるような視線が逸《そ》れた。「殿下の博物館はお観せになられたのですか？　ヴィーナスは」

「そうだ」と、これも突然、王子が起ち上がられた。「三人に観せてあげよう。来たまえ」

――呆気《あつけ》に取られた僕らの前で「スティーヴン、久しぶりに会えて楽しかった。ではまた」とすたすたとドアに向かわれた。

敏捷《びんしよう》に王子の先を越した鷹原がドアを開ける。トリーヴス医師と僕が起ち上がったのは、王子のお姿が廊下に消えてからだった。

「要らぬことを申し上げてしまったようだ」スティーヴン氏が薄笑いを浮かべながら云う。

「殿下が素早くお逃げになられる口実を与えてしまった」

把手《とつて》を握ったまま鷹原が「殿下の気まぐれでしょう。突然だが、御馳走《ごちそう》様。またお会いしましょう」と、これも如才なく消えた。

逃げる？　なぜ？　と思う間もなく、トリーヴス医師が「何ですか、ヴィーナスとは」と聞く。

「『観せてあげよう』とおっしゃっていられる」と、グラス片手にだらしなく坐ったままのスティーヴン氏が投げやりに応えた。「付いていけばお解りになりますよ」

「なるほど」と困惑したように医師は云うと、鷹原よりは不器用に謝意を述べると、出て行った。

僕は迷っていた。——王子はもう馬車に乗られただろうか？　だが、瞬時とはいえ、スティーヴン氏と二人きりである。このような機会がいつまた訪れるか解らなかったし、まして敢えてこの男に会いに来たいとも思わない。思い切って尋ねてみた。

「先日、クラブでお会いしたとき……聞くつもりではなかったのですが『ヴィットリア・クレーマーズ男爵夫人』と、先程去っていかれた方と話されているのを耳にしました。彼女のお知り合いですか？」

不躾《ぶしつけ》な問いに呆《あき》れたのか、暫《しば》くスティーヴン氏は黙っていた。「貴方《あなた》も？」と、またあの視線である。

「いや、一度お目にかかっただけですが……どうされているかと……」

「人智学会に夢中ですよ。今や学会誌『ルシファー』の事務長になっていると聞きましたがね」と云ったスティーヴン氏は、僕の顔色から「人智学会はご存じですか？」と逆に聞いてきた。

首を振った僕に、いつ戻ったのか、鷹原の声。「マダム・ブラヴァッツキーが主宰する協会でしょう。霊媒師や魔術師が所属しているという……」——開いたままのドアに寄りかかっていた。

「そうです」とまたもや不敵な笑みを浮かべたスティーヴン氏。「アメリカに居たときから、あちらの支部に入会していたようですが……何でもメイベル・コリンズの『小径《こみち》の光』を読んで啓示を受けたとか云ってましたがね」

全くわけの解らない世界の話に戸惑い、僕は（どういうお知り合いですか）と喉《のど》まで出ている言葉を聞きあぐねていた。前にもまして、不躾な質問に思われたからだ。

「ありがとう」と鷹原が僕に代わって快活に云う。「デ・ヴァ・ガーデンズにお帰りの際は、拙宅にもお立ち寄り下さい。すぐ裏のハイド・パーク・ゲイト、ボーモント家に寓居《ぐうきょ》しています」次いで僕に「殿下がお待ちだ」と促した。

馬車に乗った途端、トリーヴス医師が「殿下はスッシーニの『ヴィーナス』をお持ちだそうです」と云う。

「それは！」と鷹原が声を挙げる。「本当ですか、殿下。いや、疑ったわけではありません。驚いて、つい」

鷹原が驚くなど実に珍しい。だが、「観せよう」と、引き剝《は》ぐような勢いで、僕らを連れだした割りには王子のお顔は相変わらずぼんやりとされていた。

「本当だ。五年ほど前に手に入れた」

走りだした馬車は、正門には戻らず、ビルディングの裏手の道を進んでいる。僕には方向すら解らなくなったが、目を見張ったまま頷いた鷹原は外も目に入らぬように、「ヴィーナスとおっしゃるからには女性……部分ではなく全身の物ですか？」と勢い込んで尋ねる。「フィレンツェにある『解剖されたヴィーナス』と同じようなものですか？」

「さあ……」と王子。「私は『解剖されたヴィーナス』というのが、どのようなものかは知らぬので何とも応え兼ねるが、全身だよ。私は単に『スッシーニのヴィーナス』と聞き、観て気に入ったので手に入れただけだ。だが、光がそんなに興味を持つとは思わなかった」――王子の眸にまた輝きが戻り、口許《くちもと》にも笑みが蘇った。「私は疾《と》うに飽きて、この一年ばかりは観てもいない。放置したままだが、管理人は置いて居るから有るだろう」

僕は横に坐《すわ》ったトリーヴス医師に「『スッシーニのヴィーナス』とは何ですか？」と小声で聞いてみた。

「私も耳にしただけで、実物を見たことはありません」――トリーヴス医師は鷹原のような高揚した感じも見せず、むしろ冷やかに教えてくれた。「蠟《ろう》人形ですよ。人体解剖の状態を蠟で造ったものと聞いておりますがね、マダム・タッソーの蠟人形館の解剖版でしょう」

「とんでもない！」と鷹原が云う。「マダム・タッソーの見せ物とは比較にもなりません。実に見事なものですよ。職人の究極の技能とはこういうものかと感嘆しました……尤も、解剖学の先生がご覧になられてどう思われるかは解りませんがね」

「いや、私はただ蠟人形と耳にしていただけなので……」と医師。「鷹原さんはフィレンツェで実物をご覧になられたのですか？」

「ええ、観ました。私も目にするまではそれほどのものとは思いませんでしたがね」

「光がそれほど気に入っていたとはね」と王子が最前とは打って変わった、寛《くつろ》がれた様子でおっしゃった。「もっと早く話せば良かった。フィレンツェで観たのと同じようなものかどうかは解らないが、観て、また気に入ったら光にあげよう」

「殿下、それは余りにも高価なプレゼントで……贈り物の範疇《はんちゅう》を越えております」

「気に入るかどうか解らぬではないか」と王子は笑いながら応えられた。すっかり昼食のときの陽気さに戻られていた。「私はもう飽きたし、あの部屋も処分しようと思いつつ放置していただけだ。さて……着いたようだぞ」

馬車に乗ってほんの数分である。下りると閑静な住宅街、パーカー・ストリートと表示があった。宮殿の前ではない。

雨は上がっていたが、空はどんよりと暗く、日没後のように辺りも薄暗い。どこかで犬が鳴いていた。トリーヴス医師がこっそりと時計を取り出して見ていた。僕も見てみると五時すこし前である。

王子はすぐ前の家の鉄柵《てっさく》を開くと、玄関脇の階段をすたすたと下りていかれた。僕らの下宿とそう変わらない、普通の家である。地下扉の前で、鍵《かぎ》を回しながら「ロンドンの僕の持ち家の一つだ」と片目を瞑《つぶ》られた。

三畳ほどの小部屋——帽子掛けと白布のかかった珈琲《コーヒー》テーブルと長椅子があった。シルクハットをお取りになり、布を外された王子はいささか不満気に「上に元の従僕を住まわせて管理させているのだが、ふむ……怠慢だな」と呟かれてコートを脱がれ、呼び鈴の紐《ひも》を引かれた。僕らもそこでコートを脱ぎ、王子の後に従って次の間に入る。

十五畳ほどだろうか。やはり家具は白布で覆われていた。だが、壁の飾り棚はそのままで、ケースの硝子《ガラス》を通して頭蓋骨《ずがいこつ》やらカラフルに彩色された棒や短剣、カップや星型の金属など、わけの解らないものがごたごたと並んでいた。と、向かいのドアから現れたのは、品の良い顎《あご》鬚《ひげ》を蓄えた老人である。「殿下!」と云った切り目を丸くしたが、すぐに相好《そうごう》を崩して「これはお久しゅう……」

老人の言葉も終わらぬうちに、王子がステッキで椅子にかけられた布を払い落とされ、おっしゃった。「これが管理か？」

「随分とお見えにならなかったもので」と老人が走り寄り、テーブルや椅子の布を素早く取る。

「傷まないようにとかけました。塵《ちり》一つございません。掃除は毎日しております」

わざとらしくテーブルを擦《こす》り、手袋をされたままの指先をご覧になられた王子は「まあ良い」とおっしゃり、ようやく椅子に坐られた。そして、あたふたと布をかかえて次の部屋へと入った老人に話しかけられた。「夫人は変わらぬか？」

「はい」と顔を出した老人に、「茶を頼む」

僕らは順次、王子の周りに腰を下ろしたが、老人が消えると、途端に王子のお顔は先程までの尊大さが嘘のように消えた童顔となられ、「夫人の作る菓子は素晴らしいのだ」と鷹原におっしゃった。鷹原に向かうとはっきりと表情を変えられる、人見知りの子供のような方である。

こっそりと見回してみたが、蠟人形らしき物は見当たらなかった。どうやら老人が新たな布をかかえて出てきた次の部屋にあるようだ。それでものんびりと坐られてしまった王子に、鷹原も急くような様子は見せず、「随分とお集めになられたのですね」と周りの棚を見回した。

「『死を思え《メメント・モリ》』というわけですか？」

「まぁ……」と王子がまんざらでもないように云いよどまれ、煙草を取り出された。「ケンブリッジに居た頃、そういう風潮があってね。それで私もハンテリアンに勝る私の博物館をと思った。勧めたのは……あのスティーヴンだ。……二年ほど集め、ここに仲間を呼んで観せもし

って集めるまでもなく、『死』など周りにごろごろしておる。第一、集まってそんな話をしても面白くもなかろう。じき飽きてしまった」

トルコ煙草の強い香りが奇妙な博物館の中に流れた。

「でも随分とお集めになられましたね」とトリーヴス医師。

「これは……」と王子が傍らのテーブルに載ったインキ壺《つぼ》を示された。前頭骨から頭頂骨へ、上部を綺麗《きれい》に取り去られた頭蓋骨である。銀の唐草が帽子のように蓋《ふた》となっている。大脳の代わりにインキを詰められた頭蓋骨の空洞の眼窩《がんか》が僕を恨めしげに見ていた。「……デカルトの頭蓋骨だ。パリの国立自然史博物館に有るのは偽物だ。手に入れてからこのように細工をさせた。欠点は口が高すぎてテーブルに置くと使用する度に腕が疲れる。それで細工させるのは止めた。その棚の上段、右端のは作曲家のハイドンだ。次はシラー、そしてパスカル、あの黄味の濃いのはシェイクスピア、著名人のものしか置いてない」と得意気に微笑まれ、僕らを見回した。「数では劣るが、コレクションとしてはハンテリアンより上だろう？」

鷹原が「ふっ」と笑い、葉巻を取り出す。誰も何も云わなかった。

「すべて本物だ」と王子。「鑑定書も付いておる」

ようやく「大したものですね」とトリーヴス医師。まことに紳士の鑑《かがみ》だと僕は思う。

白けた空気の中で「『ヴィーナス』だったな」と、煙草を揉《も》み消された王子が起ち上がられた。

「『ヴィーナス』です」と鷹原が起ち上がり、僕らも起つ。

そして次の間……

予想すらしない『ヴィーナス』に、僕は声もなく立ち尽くした。

大理石のテーブル上、硝子の棺に『ヴィーナス』は横たわっていた。正にヴィーナスと形容すべき、うら若く美しい乙女である。

豊かな金髪に縁取られた卵形の、心持ちのけ反るように仰向いた顔、右手は身体に沿って自然に下ろされ、左手は肩にかかった三つ編みの髪に触れていた。すらりと伸びた左足に、恥じらうように膝《ひざ》を起てた右足が寄り添っている。だが、その胸部から下腹部にかけての皮膚は無残に剝がされ、内臓が露呈している。しかも腸は引きずり出され、大腸は肝臓から心臓、肺の上にまで広がり、小腸はとぐろを巻く蛇のようにうねうねと、結腸から膀胱《ぼうこう》を覆い、まるで熱帯の巨大な花が開いたように乙女のからだを蹂躙《じゅうりん》していた。肉の裡《うち》から無理やり咲き出《いで》た肉の朝顔である。

王子が何かおっしゃったようだが聞き取れなかった。眼だけが、唯一生きている器官のように、眼下の晒《さら》された乙女の上を走っていた。

ぬめぬめとした黄土色の腸には赤い動脈、緑の静脈と、彩色された細かな血管が糸ほどの細さで浮き上がり、ミミズのように群がっている。中央から腸へと引きずられた下膈膜《かくまく》は赤と緑の血管、それにクリーム色の乳糜管《にゅうびかん》と絡み合い、まるで極彩色のレースのテーブルクロスのように腹から湧き出していた。赤紫色の肝臓の上には萎《しな》びた植物の茎のような黄緑色の鎌状間膜が走り、きちんと三葉に別れた土色の右肺の表面は亀甲《きっこう》型の模様がリアルに描かれ、その上方ですっぱりと切断された気管の口が生々しく血の色を見せて覗《のぞ》いている。

何という残虐な……何という克明な模造だろう。

王子がまた何かおっしゃり、鷹原のはっきりとした声がようやく耳に入る。「正しくスッシーニの作品です。フィレンツェに有るのと遜色《そんしょく》ない……見事なものです」

「この髪……」と王子が嬉《うれ》しそうな声を上げられる。「それに恥毛、眉毛《まゆげ》から睫毛《まつげ》に至るまで……死体から取った本物の毛を植えつけたそうだ」

僕は乙女の無傷の顔に眼を逸《そ》らした。苦悶《くもん》の末にそのまま失神でもしたかのような漠とした焦点の悲痛な眼差《まなざ》し、気管も切断され声すら出せない半ば開かれた唇からは小さな真珠の輝きを持つ歯と、薄桃色の舌まで見える。だが、死体の顔ではなかった。膚は艶《つや》やかに輝き、陶然と彼方《かなた》を見上げる青灰色の眸《ひとみ》や半開きの珊瑚《さんご》の唇はむしろ恍惚《こうこつ》とした表情を見せている。ピエタ……僕はまた磔刑《たっけい》後のキリストを抱いたマリアの像を思い出していた。かつて教会で目にしたピエタ……あのキリストの顔も、苦悶ではなく、このような恍惚とした表情を浮かべていた……

「没我の……エクスタシーに達した美しい顔だな」と鷹原のいとおしむような静かな声がただ耳に入る。「実に官能的だ。切ないほどに傷々しく、美しく、汚れなく、光り輝いて……まるで生きながら解剖されたような……絶望と苦悶と恍惚が死によって凝固したような甘美な魅惑に充ちた顔だ」

「気に入ったか？　光」と嬉々《きき》とした王子の声に続いて、戸口から尤《もっと》もらしい咳払《せきばら》いが聞こえた。

そそくさと布をかかえて退散した老人である。「殿下、お茶をお持ち致しました」

に思われた。

鷹原に腕を取られ、前の部屋で癖の強い濃厚な茶を飲んで、僕の感覚はようやく蘇《よみがえ》ったよう
東大医科で初めて人体の解剖に接したときにもこんな衝撃は受けなかった。

大方が男の……それも老人という遺体が多かったせいかもしれない。女性や……初々しい少女の遺体に接するようになる頃には、遺体そのものに慣れてきていた。当然のことながら、死体は死体である。メスを入れる前の人体は亡くなってからの「時」の経過もあるだろうが、固く青ざめ、形だけは人間の……だが全く違う「物」と化していた……一皮剝《む》けば男も女も、老いも若きも内臓の仕組みに大差はなく、あるのは病変あるいは老いによる各器官の損傷と変色、衰えと異常くらいなものである。

作り物と解っていながら、隣室の『ヴィーナス』のあの艶《なま》めかしい……正に生きながら解剖されたような姿形は、学問としての解剖学、解剖台に乗った死体とは全く別個の存在であり、衝撃だった。

「トリーヴスはどうだね」と殿下がチョコレート・エクレアをぱくつきながら尋ねられた。

「トリーヴス？」――トリーヴス医師がはっと殿下に顔を向けたが、その眸はまだ呆然《ぼうぜん》としたままだった。「やはり、蠟人形館の人形と思うか？」

「いいえ」と医師は激しく首を振ったものの、それきり黙ってしまった。僕だって何と云えばいいのか解らない。傷ましい……だろうか？　作り物とは退けられない傷ましさ、そして冒しがたい畏《おそ》れにも似た感情を抱かせるほどに完璧《かんぺき》な人体模型……瓦斯燈《ガスとう》に浮いたぬらぬらとした蠟《ろう》の膚、そして腸……人の造り上げた「物」というよりは悪魔の創造物である。王子のそれぞ

れのお手に持たれた菓子の甘い香りとトルコ煙草の強い香りが混乱した脳髄をさらに掻《か》き乱していた。

しんとした室内に教会の鐘の音が聞こえてきた。と、エクレアをお一人で綺麗《きれい》に平らげられた王子が、時計を出されて「これは大変！」と起《た》ち上がられる。「七時だ。八時からソールズベリーの晩餐会《ばんさんかい》に出なければならぬ」

「ぶらぶらと歩きますから」と、鷹原は王子だけ馬車にお乗せし、「どうかね？　明日……」と、なおも窓から首を出された王子に、ただ首を振って馬車を送った。

あわただしく王子の乗られた馬車が去り、奇妙な博物館管理の老人も引っ込むと、うっすらと霧の降りた街路に、三人だけが取り残された。

「パーカー・ストリートか……」鷹原が陽気に云い、トリーヴス医師に話しかけた。「近くに素晴らしい雉《きじ》を出す店があります。いかがですか？　殿下のご出席になられる大臣の晩餐とそう変わらないテーブルになると思いますが」

「食事は……まだ」とトリーヴス医師がぼんやりと応え「いや、私も八時半から例会で……」と時計を見た。「学会の例会ですが……出来るかぎり出席するようにしておりますのでね」

「学会とおっしゃいますと？」と鷹原。

「ロンドン病理学会の例会です。隔週の火曜日に開かれています」

「場所はどちらです？……ブルームズベリー？……何だ、歩いても十分そこそこ。食欲が湧かれないようならパブで一息つきましょうよ。お二人とも気付け薬が必要なようだ」

「そうですね。ああ……ぜひ」と医師が歩きだす。

僕も食欲は全くなかったが、酒は飲みたいと思った。寡黙に歩く僕らの中で、鷹原一人が呑《のん》気《き》に口を開いた。

「ハンテリアン……殿下の博物館……と今日の見学ついでに学会もお供させていただけませんか？　この際、進んだ英国の病理学会も拝見させていただければ、なお嬉しいと思いましてね」――医師は応えない。僕は呆《あき》れて鷹原を見たが、諫《いさ》める言葉を吐く気力もなかった。活動家の鷹原にしてみれば、どうということもない一日なのだろうが、僕としてはとうに限界を越えていた。ハンテリアンの夥《おびただ》しい骨格群……スティーヴンのとんでもない詩……そしてヴィットリアについての情報……あの『ヴィーナス』……考える暇もない衝撃の連続に、欲するのは酒と……一人になれる自室である……疲れを知らぬ鷹原の声が続いた。「いや、単なる好奇心で……門外漢は駄目とあらば、諦《あきら》めますが」

「いや、共に視察、勉学ということで御留学の方々です。決して門外漢というわけではありませんが……」と、トリーヴス医師が呟いた。

「隅で拝聴して適当に帰りますがね」と強引に鷹原。

「面白いかどうかは解りませんが、まぁ席は幾つもあります」と医師。やはりまだ、僕同様上の空といった感じである。「どうぞ」

「ありがたい！　まずは一息入れましょう」

――うやうやしく一礼した鷹原の前で、パブの入口が煌《こう》々《こう》と光を放って僕らを迎えていた。

生のままのウィスキーを流し込んで、ようやく人心地のついた僕は、あの驚くべき『ヴィーナス』のことを鷹原に聞いてみた。――あれはいったい何なのか？

一人、食欲旺盛《おうせい》に、雉ならぬロースト・ビーフをもりもりと食べながら、鷹原は屈託なく話してくれた。

「もともとはズンモというシチリア生まれの画家が一六九一年に『ペスト』と題した蠟細工のジオラマを作ったのが最初だ。それがメディチ家のコジモ三世――トスカーナ大公の眼にとまり、フィレンツェに招かれて、同様のジオラマを制作した。当時、ペストがイタリアを席巻《せっけん》し、街は死体の山だ。彼は死体や死に神などを蠟細工でジオラマに仕立てた。ま、立体の地獄絵図のようなものだよ。まだミニチュアサイズだったが、それはそれで見事なものだ。スッシーニの作品と共に、今でもフィレンツェのラ・スペコラにあるがね」と、ワインを飲む。――ロースト・ビーフから浮き出た脂混じりの血が、傍らのホースラディッシュの白い塊に達し、底の方からじわじわと赤紫色に染めていた。見守る僕の目の前で、無造作にフォークが肉片に突き刺さり、鷹原の口へと運ばれてゆく。「やがて彼は死体そのものから型をとり、腐敗の過程までリアルに再現した蠟細工を作り始めた。当時のイタリアの大学医学部では公開解剖教室というのがあり、市民は代金を払って解剖授業を見学したそうだ。市民にしてみれば勉学や教養のためなどというのは表向き……単に猟奇的な見せ物として入っていただけだし、それは大学にとっても承知の上だ。だが、大学にとって収入源となる解剖出来る死体の数は少なく、腐敗も早い。そこで本物と見分けのつかないほどに見事な細工、しかも死体から型の取れる蠟細工、ズンモの作品が注目されたのだよ。ズンモは当時、唯一死体解剖が許されていたボローニャに赴き、解剖学を修め、まずはフランス国王の依頼で制作する。だが完成の矢先、急死してしまった。その後、解剖人体造りはボローニャで細々と継承されていったが、本格的に始めたのは、かつてズンモを認めたトスカーナ大公の命により、ラ・スペコラ——天文台という意味だがね、その天文台でもあった建物で、今は『物理自然学博物館』となっているが——その一角だ。蠟細工工房として、博物学者フェリーチェ・フォンタナの指導の許《もと》、クレメンテ・スッシーニが制作していった。八十年から九十年ほど前のことだが、全身像だけでも四十体、部分ものは千以上、ナポレオンからの注文もあったという。その一つがあの『ヴィーナス』だ。ものがものだけに、今日に至ってもダ・ヴィンチやミケランジェロのような芸術家としての輝かしい称賛は得られない。スッシーニはマイナーな世界でも、単なる職人として扱われている。しかし僕からみれば、やはり素晴らしい芸術家だよ。ダ・ヴィンチやミケランジェロを光の芸術家と称するなら、スッシーニは闇の芸術家と称すべき人物だと思うね。エドワード王子がどこからあの見事な『ヴィーナス』を入手されたかは知らないが——恐らくフランスに流れたものの一体だろう——あの王子にしては上出来の蒐集《しゅうしゅう》だ。あれは正しくスッシーニの作品だよ」

トリーヴス医師は幾らかの知識もあったようだが、僕同様、黙って鷹原の言葉を聞いていた。僕にしてみれば驚いて声も出ないというのが正直なところだ。芸術的に観てどうのというのは僕の領域ではなかったが、鷹原の胃に続々と詰め込まれていく血の滲《にじ》み出た肉片から眼を逸らし、考える……

一六九一年から既にあんなものが造られていた！　日本でようやく『解体新書』が出たのが一七七四年、その訳者、杉田玄白《すぎたげんぱく》や前野良沢《まえのりょうたく》、中川淳庵《なかがわじゅんあん》らが、生まれて初めて小塚原《こつかっぱら》で腑分《ふわけ》を観たのはその三年前の一七七一年、三月四日である。その八十年も前……今から二百年も前に一般公開までしていた大学の解剖学教室が在り、あんな精巧な蠟《ろう》人形まで造られていたとは！そして僕はそんな大昔のものにすら衝撃を受けている。西洋に来て、酒場に入り、ウィスキーを飲み、同化したような顔をしながら、西洋文明の厚さにただ啞然《あぜん》としているだけだ。

沈黙している僕らの前で、話とともにたっぷりとした食事も終えた鷹原は、「僕も昨年、ラ・スペコラであの膨大な解剖蠟人形を眼にしたときには些《いささ》か驚いたがね」と、ナプキンで口を拭《ぬぐ》った。「だが、『天文台』が博物館、そして制作工房だったというのも面白い。まさに宇宙と人体は同一というわけだ。おや、八時を過ぎている。トリーヴス先生、そろそろ出かけましょうか？」

バーナーズ・ストリート五十三番地の学会本部には定刻十分前に着いた。

会場手前の廊下で人々に囲まれ、口々に賛辞を受けていた男が「やあ、トリーヴス君、待っていたんだ」と、輪から抜け出し、迎えてくれる。

トリーヴス医師もここに至って、ウィスキーの気付けが効いたのか、表の顔を取り戻し、快活な笑みを浮かべて男と握手。僕らをも紹介してくれた。やはりロンドンの、ユニバーシティ・カレッジ病院の内科……皮膚疾患の専門医で、ヘンリー・ラドクリフ・クロッカー医師という。

医師の方では、今までにも目にしてきたことだが、やはり鷹原を見ると「ほお……」と感嘆ともつかぬ声を上げ、しばし無言となった。これほどの美貌《びぼう》、そして「解剖学も修められ、今はスコットランド・ヤードに視察でいらしている日本の伯爵の御曹司《おんぞうし》です」とトリーヴス医師の言葉も得意気である。

四十二、三……トリーヴス医師より、七、八歳上に見えるクロッカー医師は、穏やかこの上ない人物で、口調も静かな紳士の見本のような人だった。すぐにも最前の輪の何人かが、また氏を取り囲み、その人々の口から、氏が『皮膚疾患――その一万五千症例の分析』と題する二巻に亙《わた》る大著を刊行されたことを聞く。トリーヴス医師もすぐに賛辞を陳べ、その言葉から、クロッカー医師がこの数年、精根傾けていた労作だと知った。

講演開始を告げるブザーの音に、クロッカー医師を囲んでいた輪が崩れ、ざわざわと会場へと向かった。

クロッカー医師はトリーヴス医師と並びながら「勿論《もちろん》、貴方《あなた》には謹んで送らせていただきますよ。『エレファント・マン』の項目も付けましたしね。貴方によって彼は学会にその存在を知らしめられたわけですし」と謙虚に話し、中に入ってからは医師と連座した。

そのクロッカー医師の隣に坐った鷹原は、興味深げに「『エレファント・マン』の項目とおっしゃると、どのような判定をなされたわけですか？」と聞く。

「『エレファント・マン』という……彼が見せ物に出ていた時の芸名から、一般に象皮病という観念がございますね」とクロッカー医師は話し始めた……

僕は鷹原の横に坐《すわ》り、大して関心もないくせにと冷やかに思いつつ、周囲に目を向ける。

明るい会場だった。瓦斯燈ではなく、電気が通じているのだ。構造は大学の教室と似ていたが、遥《はる》かに見下ろす演壇はより広く、それに向かって階段状に配置された椅子と机はより立派だった。

やがて演壇に白衣を着た若い医師が現れ、フランスのシャルコーという精神病学者の許で勉強したという催眠療法なるものの、外科手術への影響とかいう、彼なりの学説を発表し始めた。拍手で迎えた後も、まだ周りではひそひそと話が続いていた。演壇の医師のぶら下げた懐中時計が左右に揺れている。そして学者たちの俗世を離れた邪気のない会話の断片……

僕の想いはようやくあの妖《あや》しい蠟人形から離れ、スティーヴン氏から聞いたヴィットリアのことに移っていた。

スティーヴン氏は「人智学会」に彼女が居ると云っていた……鷹原の言葉に依《よ》れば、霊媒師や魔術師が所属するという……宗教団体のようだ。異邦人の鷹原も知っているとすれば、恐らくかなり有名な教団なのだろう。どんな団体なのか解らないが、そこに行けば、彼女に会える……そう思うと心が弾んだ。夫人であっても構わない……これは浮ついた恋とか愛とかいうものではない、と自分に云い聞かせる。ただ……あの鳶《とび》色の眸《ひとみ》……夢のようなあの眸を……もう一度、見てみたいのだ……なぜ……という思いが続いて浮かび、混乱した。今まで、こんなにも女性のことを……束の間会っただけの女性のことを……思い続けたことはない。ベルリンでのヴィクトリア王女への親愛の情とも違う……ただ、もう一度会いたいという思いばかりが強かった。これはやはり恋と呼ぶべき感情なのだろうか？ 他人《ひと》の夫人と知りながら……いや、恋ではない……何とはなしに中途半端に別れたせいで気になるだけだ……そう思いながら、鳶色の眸を想い浮かべると、胸がきしきしと傷んだ。

るところだった。
「聞いてるのかい?」と鷹原の声に飛び上がる。——盛大な拍手の許に、若い医師が演壇を去
　十分ほどの休憩があり、鷹原はすっかり打ち解けた様子で、クロッカー医師と話し込んでい
た。話せば多分面白い人なのだろうと思いつつ、僕はそっぽを向いたままだ。疲れていた。
　次の講演の準備だろう。助手が数人、演壇に人体模型やら臓器の入った硝子瓶、それに椅子
を一脚運んできたと思うと、続いて骨と皮ほどに痩《や》せ衰えた女を連れてきて坐らせた。
　かつてあそこに『エレファント・マン』と呼ばれつつ、メリック氏も晒《さら》されたのだ。
　手術や検死解剖で患者の身体から取り出された器官や組織の切片、標本や骨に囲まれ、そし
てそれらと同じように何百という好奇心溢《あふ》れる学者たちから、あの女性のように見下ろされた
のだ。見せ物小屋で晒し者になっていたとはいえ、これは、これで、同様に残酷なことではな
いかと、今にして思う。
　あの生命ない蠟人形すら傷ましく思われるのに……生身のからだで……人を助ける医学の裏
では、その進歩のために残酷な行為も是《ぜ》とされる……ミイラのような女は、生贄《いけにえ》の羊にも似た
怯《おび》えた眸で会場のあちらこちらへ顔を向け、恐慌寸前に思われた。その眸もまた鳶色だった。
「お先に失礼する」と囁《ささや》くと、僕は会場を出た。
　ひんやりと心地よい夜気に、夏の終わりを感じる。
　静かな住宅街は霧に包まれ、またもや僕を夢の世界へと誘《いざな》う。長い一日だった……方向も定
めず、歩きだす。僕は霧が好きだ……

七　クーツ男爵夫人の晩餐会

翌日、病院に行くのが億劫《おっくう》になり、曇天の下、半日書店を歩いて回った。

昨夜帰ると、北里さんからの手紙が届いていた所為《せい》もある。控えめな近況報告という内容だったが、先月出した僕の曖昧《あいまい》な返事を危惧《きぐ》していることが行間から滲《にじ》み出ていた。最後は——あと四ヵ月でしょう？　そろそろベルリンに戻られては如何《いかが》ですか？——となっていた。

書店から書店へ……本のオアシスに囲まれると、僕は息を吹き返す。

街から戻り、居間に行くと、ガウン姿の鷹原が長椅子に寝そべり、分厚い本を開いていた。

「やあ、お帰り」と身を起こした顔は、まだ起きたばかりというところか……髪も乱れたままである。

「もう夕方だよ」と、居間に入ろうとした僕は、入口と暖炉の間に置かれた大きな包みに足を止める。

「王子からのプレゼントだ。『ヴィーナス』だと思うよ、昨夜の」と鷹原。

たしかに棺ほどの大きさである。「開けないのか？」と、驚きながら僕は尋ねた。

「僕が起きたときには既に届いていた。スコットランドに行かれる前に、律儀に送って下さったようだ。ボーモント夫人は興味津々だったがね、夫人の前で開けたらどんな騒ぎになるか…

いて起《た》ち上がった。「三階に運びたい。手伝ってくれないか？」

…君だって見当がつくだろう？　それで、君が帰るのを待ってたんだ」と、本をテーブルに置
「いいけど……」

「夫人の掃除の範囲は二階止まり、三階は立ち入り禁止にしてある。図書室なら、これを置いても構わないだろう？」

「元々君の部屋だ。どこに置こうと文句は云えないが、たしかにここではね……夫人には刺激が強すぎるだろうし、僕も食事をしながら眼にしたくはないな」

あの『ヴィーナス』がここに!?　王子は「気に入ったら君にあげよう」とたしかに鷹原におっしゃってはいたが、本当に、しかもこんなに早く来るとは思ってもいなかった。

鷹原と二人、狭い三階への階段を運びながら、梱包《こんぽう》を透かして『ヴィーナス』がありありと眼に見える。これから三階に……僕らと同じ屋根の下に在るのだ……「君はこれを気に入ったのかい？　帰国するときにも、持って帰るのかい？」

「ああ、気に入った」と、狭い階段で先に立ち、難渋しながらも鷹原は意気揚々と応《こた》えた。「持って帰る。これをいただいただけで、もう西欧に来た甲斐《かい》があったと云えるほどだ。いささかグロテスクではあるが、素晴らしい芸術だよ。大枚積んでも手に入るというものではないしね。返礼に象嵌《ぞうがん》細工のシガレット・ケースをお贈りしておいたが、百個贈っても足りないくらいだ。王子の気まぐれに万歳というところだね」

「昨日の感じでは、君にならば蠟人形どころか、領地から城まで贈りそうな気配だったよ」

「まさか、そこまではね。偏屈だが、気に入った相手には気前がいいんだ。だが、少々考えの

浅いところもおありで気になる方だ。王子のお人柄というより、地位や財力目当てに取り入ろうとするいかがわしい輩《やから》が取り巻いている。が、残念ながらそれらを識別されるほどのお力がない。気の良いお方だけに、時々はらはらするよ」

三階の図書室に運び入れると、鷹原は「開けようか？」と眼を輝かして云った。

「どうぞ」と僕。「君のものだ」と踵《きびす》を返す。

「君は余り気に入らなかったのかい？」と後を追いながら鷹原。「パブで熱心に聞いてきたじゃないか」

「ああ……凄《すご》い衝撃だった。まだそれが残っていて、再び拝観するには時間が必要……というところかな。君は芸術作品と云うが、まだ僕にはどう受け止めて良いのか解らない。それほど驚いたんだ……でも、これからはいつでも拝観できる。落ちついてからゆっくりと観せていただくよ」

「まあ、良かろう」と、先を越した鷹原は「まだ見せるものがある」と居間に戻った。

「これだよ」と、テーブルから先程手にしていた分厚い本を持ち上げて見せる。「やはり寝ている間に届いた。こちらはクロッカー医師からのプレゼントだ」

『皮膚疾患――その一万五千症例の分析』であった。机の上にも同じ体裁の本……実に立派な二巻本である。何をどのように云ったのか知らないが、初対面で、こんな立派な本をせしめた鷹原は、それでもあちこちに栞《しおり》を挟み、僕が帰るまでの間、取り敢えずは熱心に読んでいたようだ。

机の上にはまだ雑誌が数冊、積んであった。前に鷹原から貰《もら》った『ブリティッシュ・メディカル・ジャーナル』である。

「あそこで発行しているんだよ。ついでにエレファント・マン関係が掲載された今までの号を貰ってきたんだ。君も読みたまえ、面白いよ」

「君がメリック氏にそんなに関心を寄せていたとは驚いたね」

「いいや、エレファント・マン個人には何の関心もないよ。だが、彼をどう見ているかという、人々の関心の持ち方が面白くてね。例えば同じ医師でも、トリーヴス医師とクロッカー医師とでは随分と違う。トリーヴス医師は多分に感情的で……彼は医者よりも、むしろ文学者に向いているようだ。実質的なエレファント・マンの病状把握に於《お》いてはクロッカー医師の方がずっと鋭いし、的確だね。この本によって、それはますますたしかだ。しかも大変な労作だよ。皮膚疾患の本でこれほどのものが出たのは、恐らく初めてだろう。君、これを持ち帰れば、君の留学の成果はもう充分評価されるよ。なに、分野が違っても医学に貢献すればそれで良いわけだ。ぐずぐず悩む必要もない。この本は、君に進呈しよう」

「ぐずぐず悩むって何のことだい？」

「君はすぐ顔に出るということを忘れたのか？　家やドイツから手紙が来ると、いつだって半日は暗い顔をしているよ」

全くの図星……鷹原みたいにからっと笑い飛ばせればと思いつつ、顔は歪《ゆが》み、下を向いてしまった。「そりゃ……北里さんみたいに寝る間も惜しんで研究している人から、近況を尋ねられればね。留学期間はもう四ヵ月しかないんだし」

「北里氏か……真面目な人だったね。ベルリン公使館で会った中では一番感心した男だ」

「君が？　馬鹿にしているのかと思った」

「僕だってちゃんとした人は尊敬するさ。見習うかどうかは別にしてもね。彼はひたすら生真面目な学者肌の男だ。そして実践主義者だしね。見えない病原菌まで、必ず在るものと確信して見つけようとしている。偉い男だよ。だが、偉いからといって、生き方まで真似をすることはないさ。皆それぞれ違うのだから。君は彼とは反対に、見えるものにも目を瞑《つぶ》り、彼方《かなた》を見ているんだ。二人とも真面目だが、方向はまるで両極端を見ていると思うね」

「だが、それでは帰れないよ。君はまったく気にもしていないようだが、僕らは国の金で来ているんだよ。貧しい政府が、西欧にすこしでも追いつこうと、大金をつぎ込んで……いわば国の期待を一身に背負って、送られて来たんじゃないか」

「国だって？　国とは明治新政府のことかい？　つまり、政府の都合で、西欧に追いつかなければならないから、優秀な頭脳にせいぜい西欧の文化なり、学問なりを詰め込んで引き揚げて来いというわけだね。だが、政府とはなんだい？　その場その場の都合で、国民なる者を勝手にあやつる怪物じゃないか。現に君の父上だって、政府の都合で突然ほっぽり出された。乞食《こじき》になった殿様も居る。女中や売春婦になった武家の娘も居る。一橋《ひとつばし》から神保町《じんぼうちょう》の武家屋敷はみな芸者屋になり、百姓だった者が英国の真似をして公爵だ伯爵だと威張っている。こんな国がどこにある？　こんな政府がどこにある？　精養軒《せいようけん》で気取って洋食を召し上がった公爵が、英国の門番小屋のような家に帰るやいなや、茶漬けを食べてほっとしているんだ。でたらめな国のでたらめな政府のでたらめな金を使ったからといって、この頭脳を、精神を、うやうやしく差し出さなければならないと云うのかい？」

「君が……そんな風に考えていたとは驚いたね。君は伯爵の子息という地位を誇りにしているのかと思っていた。それに、零落した僕の父はともかくとして、君の家は昔から由緒ある家柄だ。成り上がり者でもなし……」

「先祖代々、世渡りが巧《うま》かっただけさ。父もそうだし、僕だって、都合の良いときには伯爵のご子息という権限を大いに利用している。特にここではね。誰も……吹けば飛ぶような家に住む、でっち上げの伯爵のご子息とは思わないだろう。東洋のちっぽけな島国まで確かめに来るような者など、いやしない。彼らから見れば、僕だって『高貴な野蛮人』の一人……退屈な日常に彩りを添えてくれる、物珍しく面白い異邦人にすぎないんだよ」

鷹原はさも愉快そうに話していたが、ソファーの背に載せられた指先は、彼の苛々《いらいら》したときの癖で、小刻みに揺れていた。

「いずれにしろ……」と、僕の視線に敏感に腕を下ろした鷹原は、そのまま卓上の葉巻入れから一本取って、火を点《つ》けながら、気楽に云った。「僕らには負債など何もない。好きなように生きるんだね」

「好きなように」……と彼の言葉を反芻《はんすう》する。僕が好きだと本当に云えるのは……本だと思う……心から楽しいと我を忘れたのは……この二月、読書に溺《おぼ》れているときだけだった。だが本を読んで一生を終えられるものだろうか？　鷹原の言葉は言葉として、帰国したとき、「小説の面白さというものを知ってきました」と文部省の役人に、恩師に、父に、公言出来るだろうか？　出来やしない……「結核、脚気《かっけ》、ペスト、赤痢と、数知れぬ病気が蔓延《まんえん》し、撲滅するには調べ、解明しなければならない。自己の在り方に疑問を持っている暇などないよ」と云っていた北里さんの言葉が思い出された。いったい己は貴重な「時」、貴重な「公費」を使って、何をしているのだろう……という思いに再び捕らわれる。真似は出来ないにしても、北里さんの意見の方がやはり正論に思われるし、どのような政府であろうと、やはり負債は負債だ。それにいい加減な政府であるなら、なおのこと、新知識を持ち帰り、立派な国にすることが僕らの務めではなかろうか？　頭では解っていながら、ただ西洋の光の中で呆然《ぼうぜん》と佇《たたず》んだままの自分……そして鷹原の弁舌を論破するほどの力もない。

鷹原も遠くを見たまま、黙って葉巻を吹かしていた。

「高貴な野蛮人」などと、卑下したようなことを云いながら、その実、この国でさえ、多くの人の目を驚かせる美貌《びぼう》と家柄、そして勝手気ままに使える送金を受ける身なのに、自由党の壮士のような政府観を呈するのは、いつもの気まぐれではないかと思ったときだ。

紫煙の向こうで、鷹原が「明後日の晩餐会《ばんさんかい》につき合わないか」と、ぽつりと云った。

鷹原の話が突然変わるのには慣れていたが、昨日の衝撃すら消化しないうちに明後日とは……まして晩餐会になぞ……と思った途端に、彼の言葉が続いた。

「主催はアンジェラ・バーデット・クーツ男爵夫人。銀行家、トーマス・クーツの孫娘で、英国一の金持ちだ。尤《もっと》も孫娘とは云ったが、今はもう七十過ぎの婆さんだよ。ロンドン社交界に蜘蛛《くも》の巣を張ったような情報通、そして幅広い交際をしている面白い女《ひと》だ。明後日……八月最後の晩餐会にはマダム・ブラヴァッツキーも招待している。君がご執心のヴィットリア何とかという男爵夫人もお見えかもしれないよ」

思わず、椅子の肘《ひじ》掛けを握りしめた拳《こぶし》を見られなかったことを祈る。「僕は招待されてないよ」と応えた声は哀願に近かった。

「彼女はいつだって飛び入り大歓迎だ。特に君みたいに変わった……いや、東洋の……エレファント・マンに興味を持つような日本人とあってはね。良ければ明日、電報を打っておくさ」

「たまには晩餐会も良いだろうね」――声だけは平静を装えた。

「さて、僕は夕食前に湯に入ろう」と、鷹原が起ち上がる。「『彼のようなからだは入浴を欠かせない。しかしそれによって悪臭、及び腫瘍《しゅよう》からの血膿《ちうみ》という悲惨な状況からは少なくとも免れる』……クロッカー医師の記述だよ。ロンドン病院のナイチンゲールは今日もエレファント・マンをぴかぴかに磨き立てていたかい？」

――応える気も起きなかった。悪臭、腫瘍などとはかけ離れた美神が気楽に湯へと向かう。

ヴィットリア……人智学会はどこにあるのかと、昨夜から考えていた。本人には会えなくとも、マダム・ブラヴァッツキーとやらに会えれば……いや、ヴィットリアに会えるかもしれないのだ……

♠

翌々日、七時に起きた時点から、もう十三時間後が待ち遠しかった。

鷹原から貰ったお下がりの夜会服は、洋服箪笥《だんす》に吊るしたままで、ズボン丈も長すぎ、肩幅も大きすぎたが「夕方までにはぴったりにして差し上げますわ」と、ボーモント夫人が得々と宣言してくれた。

それでも、シャツは……手袋は……と、午前中、メリック氏と話している間も上の空だった。

病院内の医師や学生たちの間では、早くも『皮膚疾患——その一万五千症例の分析』が評判になっていた。特にエレファント・マンについての見事な分析、著述に関してと云った方が正確だろう。エレファント・マン——メリック氏がロンドン病院に居る——ロンドン病院で庇護《ひご》しているというのに、外の医師に持っていかれたと云うわけだ。

「名著」という表向きの褒め言葉の裏には、明らかにトリーヴス医師へのあてつけ、そしてまた、大著を成し遂げたクロッカー医師への嫉妬《しっと》の匂いもあった。

あれだけの実力、そして働きもしているのだから、トリーヴス医師の名声が上がるのは当然のことと思われるが、出る釘《くぎ》は打たれる式に、院内での医師への反駁《はんばく》も多い。彼らから見れば、トリーヴス医師は、ただ、エレファント・マンを利用して名士に成り上がった男なのだ。

いつもなら、そういう連中に猛然と反撃するところだが、今日の僕はヴィットリアのことで頭が一杯だった。

幸いと云っては申し訳ないが、トリーヴス医師とも顔を合わすことなく、病院を出る。

帰途、散々迷った末、床屋に寄り、ボタン・ホールに飾る花を買い求めて下宿に帰った。

ところが鷹原は居なかった。

暫《しばら》くは本を読み、入浴し、髪を整え、髭《ひげ》を整え、そして見事に直して貰った夜会服も着、細部まで点検し終わっても帰ってこない。たしかに八時と聞いた筈《はず》だが……

戻って来たのは八時二十分前、しかもこれから伺うはずのクーツ男爵夫人邸から帰ったのだと云う。「そのまま居れば良かったじゃないか」と、僕は待ちくたびれた不機嫌さをそのままに出して云った。

「だって君も居るし、僕だって着替えが……おや、髪がさっぱりしたねぇ。服もぴったりだ。君一人がめかし込んだままにさせてはおけないね」とコートを脱ぎながら、寝室に飛び込んで行った。続いて乱暴にクローゼットを開ける音。不貞腐《ふてくさ》れたまま戸口にまでのろのろと後を追った僕に、彼の声。「実は、あそこでマダム・ブラヴァッツキーと少々打ち合せがあってね、思いがけず長引いてしまった。そうそう、ヴィットリア・クレーマーズ男爵夫人はたしかに今夜お見えになられるそうだよ。良かったね」

　ヴィットリアが今夜!?……

「ヤードにも久しぶりに朝から行ったのだが、そこでも大変だったんだ」とドアの向こうからは鷹原の声が続いていた。「チャールズ・ウォーレン卿《きょう》とジェイムズ・モンロウ卿……ほら、前に君にも紹介しただろう? ヤードの階段を口論しながら降りてきた警視総監と副総監だよ。ついに大爆発してね。何しろ一番の親玉同士の対決だ。取り持つべき上司がいないんだから、どうしようもなくってね。総監室を遠巻きに、どうなることやらと皆ぴりぴりしていた。モンロウは僕らの直接の上司、つまり犯罪捜査部《CID》部長でもあるし、対決の原因も犯罪捜査部《CID》のヤードからの独立だ。指揮は部長一人で充分、そこに見当はずれのウォーレン総監の指示が来ても困るだけだからね。僕らはモンロウの意見が通ることを願っているが、チャールズ・ウォーレン卿は軍人上がりの石頭だ。君、去年の『血の日曜日』事件は知っているかい?……おい、聞いているのかい？」

返事をしただろうか？　ヴィットリアが今夜……万が一と思っていた願いが実現する！……

着替えた鷹原に肩を叩《たた》かれるまで、僕はぼんやりと椅子に坐《すわ》っていた。

屋敷に向かう間も、僕は上の空だった。

鷹原の言葉に、空返事の僕。

とうとう鷹原が「今日は病院でもそんな調子だったのかい？」とからかう。

僕はやはり上の空のまま——ただ、そう思われたくないために——馬車に居る間、クロッカー医師の著書に対する病院での反応を鷹原に話した。

「文明が進んでも、嫉妬と中傷というのは消えないようだね」と鷹原が云ったとき、馬車が止まる。

宮殿のような家である。しかも一歩入った途端にむせ返るほどの濃厚な香りの渦に包まれた。ホールの果てにある、広い階段の両脇がびっしりと百合《ゆり》の花で縁取られていたからだ。一段毎に置かれた鉢植えの花はどれも今宵を目指して育てられたように絢爛《けんらん》と花開き、何千もの花弁は頭上のシャンデリアの明かりに陶器のような透明な輝きを見せていた。

そして、クーツ男爵夫人……

紫色のバベルの塔のような鬘《かつら》の下は、ミイラに厚化粧をほどこし、萎《しな》びたからだを盛り上げようと、絹とレースで出来た造花の薔薇《ばら》と数えきれぬ宝石で飾りたてた豪奢《ごうしゃ》なドレスを纏《まと》った異様な物体……というのが第一印象である。

「エレファント・マンの心理調査のために、ベルリンから来英した医者です。毎日ロンドン病院に通っています」と、尤《もっと》もらしく紹介した鷹原の言葉に、ミイラは骨に被《かぶ》せたようなレースの手袋を差し出した。少なくとも、握っても形を崩さない、ひんやりとした手袋だ。

「こんな可愛い少年が……何という高貴な慈善の精神をお持ちなのでしょう」

意味を解する前に、鷹原が云う。「夫人も慈善家として名高いお方です」

後に続く美辞麗句は聞いていて鳥肌が立った。鷹原の社交上でのこういう面には、白けるだけだ。『ジーキルとハイド』である。

「随分と遅れてしまい……」と云う鷹原に、「いえ、殿下もまだお見えではございません」と男爵夫人は顔が崩れそうな笑顔を向けた。

殿下？……では先日お会いしたエドワード王子もお見えになられるのか……女王陛下と共にスコットランドへ行かれると伺った筈だが……と思ったところへ、やはり遅れて着いた招待客。

別室に移った僕らは、ヴィットリアを捜す間もなく、すぐにロンドン病院院長、ケンブリッジ公爵に迎えられた。

病院初日以来、院内で見たことはなかったが、純白の美しい髭が今日は一段と整い、公爵の肩書通り、イースト・エンドの病院より、こういう席の方が相応《ふさわ》しく見える。しかし何といっても病院長、僕は固くなったが、鷹原はさっそくクロッカー医師の大著を話題に出し、屈託なく褒め上げさえした。いくらメリック氏を取り上げているとはいえ、余所《よそ》の病院の医師である。

ましてや今日、トリーヴス医師への当てつけを聞いたばかり、鷹原へも伝えたばかりではないか。気を揉《も》んでいるうちに、鷹原の関心は部屋の隅で話している男へと移り、ほっとした。

「窓際に立たれた紳士は……リチャード・バートン氏ではありませんか？」

「そうです」と応えた病院長は、鷹原の動かぬ眼差《まなざ》しに「ご紹介しましょうか？」と云う。

「ぜひ！」と鷹原の眸《ひとみ》が輝いた。

（誰？）と問う間もなく、二人は窓際に歩きだした。

病院長の紹介後、「初めまして」と手を差し出した鷹原の頬は紅潮し、恋する男に会った乙女のようである。こんな顔は見たことがない。僕は唖然《あぜん》と鷹原とバートン氏とを見交わすばかりだ。

胡麻《ごま》塩の髪に黒い鋭い眸、立派な口髭に長い顎鬚《あごひげ》まで蓄え、くぼんだ頬と突き出した顎というかなり特異な風貌《ふうぼう》……気丈な感じの老紳士である。

「日本から……」とバートン氏は無愛想とも取れるきつい眼差しのまま呟《つぶや》いた。「日本にはまだ行っておりませんが、日本に関する本は読んでいますよ。誇り高く礼儀正しい国民、秩序ある社会、繊細優美な美術品、素晴らしいお国のようですね」

「貧しく小さな……」と鷹原。「そして今は自国の文化と西洋の文化が入り乱れ、精神すら混乱しています。それより貴方をどのように形容したら良いのでしょう？　偉大なる探検家……地理学者……言語学者……人類学者……」

バートン氏の眸が和らぎ、想像出来なかった笑みすら広がる。「初対面で私を人類学者と呼んで下さるとは、嬉《うれ》しいですね」

「御著書のファンですから。世界を庭の如く駆けめぐられる行動力もさることながら、人間への深い洞察にも感嘆しております」

「私の本は非難されることの方が多いのですが」とバートン氏は朗らかに笑いだした。と、そこにベルリン訛《なま》りの声が無遠慮に飛び込んできた。

「これはこれは……ベルリンでお見かけしないので東洋にお帰りになられたかと思っておりましたら、こちらにおいでででしたか」

　オイレンブルグ！……北里さんと食事をしたとき、隣の席でヴィクトリア王女、そして英国の悪口を云っていたオイレンブルグではないか！

　むっつりとした僕の前で、鷹原が愛想よく手を差し出す。「たしかヴィクトリア皇后が皇太子妃であられた時に、妃主催の茶会でお会いしましたね」

「失礼だが、ヴィクトリア皇太后です」と、わざとらしい笑みを浮かべてオイレンブルグは応えた。

　病院長ははっきりと顔をしかめ、会釈をしただけで、バートン氏を連れて行ってしまう。鷹原も一瞬がっかりしたようだが、オイレンブルグに向き直った顔は、早くも笑顔になっていた。

「そうでした。ギヨオム殿下……いや、もはやヴィルヘルム二世皇帝陛下であられましたな……そのご友人のフィリップ・オイレンブルグ大佐」

「これも失礼だが、私は今では大佐ではありません。プロイセン……」

　オイレンブルグの声は、従僕の張り上げた声で掻《か》き消された。

「……プリンス・オブ・ウェールズ……アルバート・エドワード殿下とアレグザンドラ皇太子

妃」

一瞬、晩餐用の着飾った仔豚《こぶた》が調理場から逃げて来たのかと思った。

「光！　百万の群衆の中でも、君を見つけるのはたやすいことだな」

部屋中のざわめきがぴたりと止まり、一斉に殿下の方を向いてうやうやしく会釈する中、殿下はつかつかと鷹原に近寄り「アリックスのお蔭《かげ》で、美味《うま》そうな仔豚が皿に載ったまま浮遊しておる。君もそうだろう？」と背伸びをして囁かれた。その向こうでオイレンブルグが目をしろくろさせている。だが、僕だって似たようなものだった。

咫尺《しせき》の間に拝する殿下は、ベルリンで皇帝葬儀の際にお見かけしたときよりも背が低く、また恰幅《かっぷく》良く見えた。お歳は四十半ば、身長はほぼ僕と同じ……百六十七、八、そして体重はほぼ二倍の百キロ近いのではないかと思われる。活き活きとした躍るような眸、ふっくらとした頬から顎を、より目立たせる顎鬚と豊かな口髭、正にプリンス・オブ・ウェールズの威容をお持ちだ。

すぐにシャンパン・グラスを手にされた殿下は、「ヴーヴ・クリコか。生き返った。仔豚の代わりにピジョン・パイが浮遊し始めたな」と、陽気におっしゃる。

殿下の後ろにいらした、ほっそりとした実に気品あるお顔の女性が、やはり鷹原に近寄り「ご機嫌よう」と挨拶《あいさつ》をなされた。エドワード王子と同じ顔だち……皇太子妃である。青い絹のドレスに御子息同様の細い首にはサファイヤとダイヤモンドの見事な首飾り……「殿下」とは王子ではなく、皇太子殿下のことだったのか！　プリンス・オブ・ウェールズまで臨席される晩餐会……と、ミイラのようなクーッ男爵夫人を見直しながら、僕は頭に血が昇るのを感じた。

　オイレンブルグが身を乗り出したが、鷹原は今度こそ無視して「友人の柏木薫です……」と、クーツ男爵夫人にした通りの紹介をする。

「ジョーゼフ・ケアリー・メリック氏のところへ……」とアレグザンドラ妃は、親しげな笑みを浮かべて下さった。「エレファント・マン」でもなく、「ジョン」でもない……正確な名前でおっしゃられたことに、僕は胸を突かれた。「私も時々参りますが、中々時間が取れなくて……」

「私だって……」と殿下がおっしゃり、シャンパンを飲み乾《ほ》され、満足げな笑みを浮かべられると、また従僕の銀盆からグラスを取られた。「エレファント・マンのところへは一度しか行ってはおらぬが、その後も猟の獲物を届けさせている。ふむ、山鷸《やましぎ》のパイも浮かんできたな」

　妃は「素敵な方を紹介していただきました」と、あろうことか僕に微笑まれ、次いで「後ほどまたお話を」と会釈までいただき、他の歓談の輪に向かわれた。僕の母と同年輩の筈だが、十はお若く見える。アラバスターのように白く透き通った肌と青いドレス……御子息の仔鹿を思わせるエドワード王子、そして、余りにも不敬だったが仔豚を思い浮かべてしまったアルバート殿下に比すると、水辺にたゆたう白鳥というところか……妃と云うに相応《ふさわ》しい方であられる。

　二杯目のシャンパンも飲み乾された殿下は、妃が抜けられると、前にもまして陽気になられ、「今までの生涯……四十六年の貴重な年月だが……少なくとも三年は彼女を待って玄関ホールで費やしたように思う」と既に人々に囲まれた妃に向けて乾杯なされた。「今日で新たに三年と一時間の時を無駄にしたわけだ」

じりじりと辛抱強く待っていたオイレンブルグが「殿下、お会い出来て光栄に存じます」と、ようやくのことで口を挟んだ。

「やあ、ご機嫌よう」と一応会釈をされた殿下は、鷹原に「春のパリは楽しかった」と、満面の笑みを浮かべられ、早口のフランス語で何やらおっしゃられた。そして鷹原と共に過ごされたらしいパリの幾夜かを、思わせぶりなお言葉で話し出された。

あからさまに無視された形のオイレンブルグが、それでも何気なさを装い、引きつった笑顔の会釈とともに去ると、まるで示し合わせたような笑顔が二人の間に広がる。

突然「あの絵か？」と殿下がおっしゃり、僕らの背後にあった絵を示され、その絵の前に進まれた。

人の背ほどもある見事な中国製の大花瓶に挟まれた狩猟の絵である。

「はい」と応《こた》えてすぐに続いた鷹原が、「彼がなぜ英国に？」と殿下に囁《ささや》きかける。

「解らぬ」とおっしゃった殿下の笑顔が微《かす》かに強張《こわば》り、一瞬、後を付いてきた僕をごらんになったように思われた。

鷹原がすぐに云う。「ご安心を。私の……われわれの友です。彼はヴィクトリア皇太后が皇太子妃であられたときからベルリンで医学を学び、皇太后のお茶会にも出席、私以上にヴィクトリア皇太后に親愛の情厚き者でございます」

何事か？ と思う僕に、殿下は改めて微笑まれ、そのまま絵に向かわれて話した。「表向きは、甥《おい》……ギヨオムからヴィクトリア女王へのプレゼントを持参したのだ。とにかくギヨオムを皇帝に祭り上げた者の一人だ。親善大使を気取って、英独友好のためとか称したそうだが……母上は適当にあしらわれたそうだ」

「なるほど、ドイツ新皇帝からの……」と鷹原も絵を見ながら話す。「失礼ながら孫から祖母への親愛の証《あかし》としてのプレゼントでは拒みようがございませんね」

「ふむ、だが、あの思い上がった馬鹿者に、母上が苦々しい感情しかお持ちでないのは存じておるな？　だが幼稚な青二才とはいえ、ドイツ帝国という一国の新皇帝に成ってしまったからには、そうそう無視も出来ない。しかし姉上への仕打ちというのは、母上も私もとうてい我慢出来るものではない」

殿下、鷹原ともに、笑顔のまま話されたことだったが、僕は立場も忘れて「えっ」と云ってしまった。「失礼致しました……もしやヴィクトリア皇太后の御事でございますか？」

「そう」と殿下が僕をごらんになられた。笑顔のままであられる。「姉上は愚息の傲慢《ごうまん》な権力行使で殆《ほとん》ど幽閉の身と云っても可笑《おか》しくない状態だ」

「そんな」と云った僕に、殿下は陽気に笑われた。

「なに、取り敢えず姪《めい》たちとボルンステットの農場に逃れた。近々英国に来るだろう。ここは彼女の故郷、寡婦となった哀しみもすこしは癒《いや》されようが、だが、飽くまでもあの馬鹿な息子……新皇帝の母親だ。そう長くは滞在出来まいと思うと心が傷む」

思いもかけぬドイツの状況……そして……天気の話でもされるように笑顔のまま何気なく話を交わされる殿下と鷹原に対し、遠慮して遠巻きとはいえ、いつ御声をかけていただけるのかと心待ちしている来客たちの視線がちらちらとまとわりついていた。そうした中を、アレグザンドラ妃が一人、蝶《ちょう》のように軽やかに人々の間を回って、われわれの楯《たて》となって下さっている。鷹原がにこやかに話した。「ヴィクトリア女王が在られる限り、大英帝国の威信は厳然たるもの。まして孫であられるドイツ新皇帝がどれほど奮闘されようと……遺憾《いかん》ながら、母上のヴィクトリア皇太后をないがしろにし、大英帝国を無視してまで、お気儘《きまま》にドイツを操縦することは出来ますまい。そう身勝手な行動はお出来にならないでしょう」

「ふむ、たしかに母上の……ヴィクトリア女王の威信は大したものだ」と殿下は素直におっしゃられた。「だが、相次ぐ不幸によって、瞬く間に王子から皇帝へと担ぎ上げられた、あの馬鹿な甥の愚行は眼に余る。しかし、血は血として、他国の皇帝であることに変わりない。母上はお腹立ちを隠して、随分と穏やかな手紙を出されているようだが……どこまで通じるものか……」

「新皇帝の信任厚きオイレンブルグ氏は公務を終えて、いつまで英国に？」

「さあ、解らぬ……情報はいつも私を素通りしている。散々甥の……ドイツ新皇帝の悪口を云ったものの、次期英国王たる私も母上の信任は厚くない」と殿下は苦笑された。「オイレンブルグの来英も母上の愚痴で知っただけで、彼がまだ居ることは今日初めて知った。政務上のことは私も姉上同様隔離されている。ま、気楽と云えば気楽だが……光、出来たら君から聞き出してくれ。私はあの男と話をしたくない。食事はまだかかな」

殿下は笑顔のままで離れ、待ち受けていた来客たちの中に入って行かれた。

僕は勢い込んで鷹原に尋ねた。「ヴィクトリア王女……いや、皇太后は今……そんな辛《つら》いお立場なのか？」

「出来の悪い息子が、祖父の死そして父の急死の後、一足飛びに一国の皇帝になってしまった。有頂天になっているのだよ」

「だが、母親までないがしろにしているなんて……」

「新皇帝にしてみれば、母親は生きている英国だ。軟弱で鼻持ちならないと感じる大嫌いな英国だ。だが、祖母であられるヴィクトリア女王に対しては、個人的には全く頭が上がらない。それが救いといえば救いだが、身分を考えれば、あくまでドイツの皇帝。血筋や年齢を楯に、英国の植民地紛《まが》いにはなりたくない。またビスマルク宰相や、皇帝の取り巻き連にしてみれば、なおのこと英国に口出しなどされたくないだろう。そうした連中にとっては、彼を家族と切り離すなど赤子の手を捻《ひね》るようなものだ。新皇帝は煽《おだ》て、操縦するには恰好《かっこう》の子供なんだよ。愚かと云えば愚かだが、彼もまた、哀れな犠牲者かもしれない」

鷹原が云い終わったとき、正に皇帝の最たる取り巻き、オイレンブルグがまたも話しかけてきた。「失礼、驚きましたね。遠い東洋の貴公子とだけお見受けしておりましたが、プリンス・オブ・ウェールズとこんなに御親密であったとは……」

「皇帝が即位されてまだ二ヵ月半、側近の貴方がなぜ英国に？」

鷹原の単刀直入の言葉に、オイレンブルグの打って変わったにこやかな笑顔が凍りついた。

「公務です」

「ああ、女王に皇帝からの進物をお持ちになられたとか……で、今は？」

「皇帝の遥《はる》かなる故郷、皇帝の祖母たるヴィクトリア女王の御国ですからね。そして全ヨーロッパをリードする偉大なる先進国、大英帝国です」と、オイレンブルグの顔は再び緩んだ。

「敬愛の念を持って、いますこし拝観させていただきますよ」

「なるほど、たしかに偉大な国ですからね」と鷹原の顔も和む。「僕らもこの国の偉大なる文化を学ぼうと、遥か東方の日本から参りました。彼は……」と、僕を見、再びオイレンブルグににこやかな顔を返した。「貴方《あなた》のお国でも多くの事を学びましたが、今は僕と共にハイド・パーク・ゲイトに下宿しています。長期滞在にはまことに居心地の良い下宿です。今、隣の……上品な夫人の住む、快適な家ですが……二階が空いております。ご紹介しましょうか？」

僕はびっくりして『ジーキル博士』の面を付けた鷹原を見た。こんな男に下宿の世話？　しかも隣の空き部屋なぞ聞いたこともない……

「ありがとう」とオイレンブルグはまたしても馬鹿にしたような笑みを浮かべた。「ご好意は感謝します。だが、それほどの長期滞在をするつもりはありません。それにランガム・ホテルから下宿に切り換えるほどの……ドイツ帝国使節として、そこまで経済的制約は受けておりませんのでね」

暖炉脇の扉が開き、従僕の声が響いた。

「皆様、晩餐《ばんさん》の支度が整いました。お席へどうぞ」

オイレンブルグから解放され、ほっとしたのも束の間、またしても驚いたことに、席は王族方の次席だった。

クーツ男爵夫人を挟んで、こちらにアルバート殿下と向かいに病院長……と云うよりここではケンブリッジ公爵と呼ぶべきか。公爵の隣はアレグザンドラ妃、そして鷹原である。こちら側、殿下の隣はグラディス・ドゥ・グレイ伯爵夫人、そして僕……鷹原がいかに厚遇されているか……僕は緊張に青くなりながら、遥か彼方にまで延びた食卓を見回すゆとりもなく、ましてやヴィットリアを探す余裕もなかった。隣席のグレイ伯爵夫人にしても黒髪にヴィットリアのような、しかしもっとはっきりとした鳶《とび》色の眸《ひとみ》の、凄《すご》い美女である。おまけに燭台《しょくだい》の炎を受けて、身に着けた豪華な宝飾が燦然《さんぜん》と輝き、顔を向けただけで、目も眩《くら》みそうだった。

しかも、新顔の僕を引き立てるおつもりか、殿下も妃も、何かと僕に話題を向けた。口籠《くちご》る僕に、鷹原が助け船を出してくれる。手の震えを抑えるのがやっとで、既にシャツの下は汗びっしょりである。

「メリック氏とはどのようなことをお話しになりますの？」と妃のお言葉。

「この頃は主に本のことを……」——言葉が掠《かす》れたところに、鷹原が「彼もエレファント・マンもディケンズがお気に入りです」と云った。

「ディケンズは読んでおりませんの」と、もったいなくも済まなそうに妃がおっしゃった。

「でも、随分と著書があるとか……」

「ディケンズとは作家の名前かね」とアルバート殿下がおっしゃり、僕はまた驚く。惚《とぼ》けていらっしゃるのか、僕をからかっていられるのか……計りかねた。

「偉大な作家であると同時に、素晴らしい慈善家でもありましたわ」と中心に鎮座したミイラ……クーツ男爵夫人がようやく顔をほころばせて云った。

「『マーティン・チャズルウィット』はクーツ男爵夫人に献じられておりますね」と、鷹原が真摯《しんし》に云い、殿下に「ディケンズの作品です」と説明した。

男爵夫人の顔が瞬時、二十も若くなったように見えた。「優しい方でした」

「ほう、ではシェイクスピアより後の作家なのか」と殿下。「尤《もっと》も私はシェイクスピアも読んでおらぬ」

「女王は昔から彼の本を愛読されておられましたよ」とクーツ男爵夫人。「彼が亡くなったのはたしか……」と額に手を当てた夫人に向かって鷹原が「一八七〇年でした」と云う。

「そう、そのすこし前でした」と男爵夫人。「亡くなるすこし前……既に重い病の身の彼を、私は見舞いました。ところが、彼の輝く眸、そして感極まったような声……今でも忘れません。その前日、バッキンガム宮殿に召され、女王に謁見の栄誉を得たと云うのです。最新作のこと、アメリカのこと、イングランドの階級制のことなど九十分にも亙《わた》ってお話し出来たことを、彼は深い喜びと女王への崇拝を込めて話してくれました。そして、そのときに賜ったという女王の御著書『高地《ハイランド》方日記』を宝物のように枕元からうやうやしく持ち上げ、私に見せてくれましたが、女王の奥ゆかしい献題は、今でもはっきりと憶《おぼ》えています」

「奥ゆかしい？　母上が？」と殿下がおっしゃると、白鳥のようなアレグザンドラ妃まで「ふふっ」と笑われた。

男爵夫人は、にこりともせずに声を張り上げた。「『最も取るに足らない作家から最も偉大な作家たちの一人へ――』というものでした。ご立派な献題です」

「母上がそんな自覚をお持ちだったとは驚いたな」と殿下が呟《つぶや》かれる。「だが、それが本当なら、なぜ、次々と書かれるのだろう？」

「とにかくチャールズ・ディケンズ氏は偉大な作家でした」と毅然《きぜん》と男爵夫人。「そして貧しい階級に深い思いやりの心を持ち、心だけではなく実際にもノブレス・オブリージュを体現した人だったのです」

「ノブレス・オブリージュ」？……知らない言葉が出てきて、ちょっと顔をしかめた僕に、鷹原が説明してくれる。「高い身分には徳義上の義務が伴うという思想だよ」

「だから私だって、エレファント・マンのところへ猟の獲物を届けさせておる」と、得々と殿下。「十月にはまたどっさりと贈るつもりだ」──そして僕に顔を向けられた。「光は何度誘っても来ないが、柏木君は猟は好きかね？」

またしても座の視線が僕に集中し、そして相手は殿下、応え辛い御下問と身を強張《こわば》らせたときである。

返答に窮した僕に代わって、鷹原が口を開いた。「ウィリアム卿……あの有名なオペラ台本の作家であるウィリアム・シュヴェンク・ギルバート卿が面白いことをおっしゃいました」──そして、あっけらかんと云ってのけた。「『狩猟は、もし鹿も鉄砲を持っているのなら、素晴らしいスポーツだろう』と」

「馬鹿な」と殿下も負けずにおっしゃる。「そんな鹿がおれば、ぜひ会いたいものだ」

だが、あけすけな鷹原の厭味《いやみ》、そして曖昧《あいまい》な僕の反応など一向お気にもされず、殿下は話題をディケンズから猟へ持っていかれるおつもりだったようで、それから一時間ほどは猟の話でもちきりだった。

女王の別荘が在るというスコットランド、バルモラルでの狩り、殿下の別荘、サンドリンガムでの狩り、その他全国に散らばる伯爵領、公爵領の素晴らしい狩猟場……銃の装塡《そうてん》係、勢子《せこ》、停め役、獲物の回収係、そして馭者《ぎょしゃ》……スタッフだけで二百人にも及ぶという一大狩猟パーティーのことを嬉々《きき》として話される。鹿、狐、野兎、雉《きじ》、鴨、山鷸《やましぎ》……良い狩猟場なら一日に千羽の雉も軽いとおっしゃられた。もう殿下の独壇場である。僕らの間でだけ、こぢんまりと行き交っていた会話が、テーブル全体に広がった。「狩猟民族」という言葉が脳裏を掠める。

話題は決して楽しいものではなかったが、僕の冷や汗もようやく引っ込む。

何というざっくばらんな王族方であろう。ベルリンでも気安くお声をいただいたヴィクトリア王女に感激をしたものだが、その弟君のアルバート殿下、そして妃の、尊厳は保たれたままのいとも自然な話され方、打ち解けた話し振りは自由そのものである。感激も驚異も通り越して、僕は深く感じ入った。狩猟は別として、何という素晴らしい国なのだろう。そして、既にヴィットリアの姿がテーブルにないのを知り、落胆もしていたが……長いテーブルの一番端、二百本もの蠟燭《ろうそく》を間に、クーツ男爵夫人と向き合った女性がマダム・ブラヴァツキーではないかと見当も付けた。隣にはバートン氏が坐《すわ》り、二人して今まで、あちらの隅で話の中心となっていた。

彼女は他のご婦人方のように、髪も結い上げず、カールした黒髪を自然に流していた。目鼻だちのはっきりとした目立つ顔だちで、豊かな黒髪はむっちりとした丸い肩までをくっきりと縁取っている。そして活き活きとした碧《あお》い眸、アルバート殿下にも増して巨象のような体格の、五十七、八の女性である。

顔の感じからスラブ系……ロシア人ではないかと思われたが、遠い席にも拘《かかわ》らず、殿下の狩猟の話を受け、インドでの虎狩りの様子を話し始めた。はきはきとした人を惹《ひ》きつける話し方、そして「協会では」とか「魂は不滅です」とか「霊によって導かれ」などという言葉が随所に出てきた。豊満な身体からだけではなく、言葉、声、表情、あらゆる仕種《しぐさ》に力が溢《あふ》れ、強く存在を意識させる不思議な女性だった。彼女によって、ようやく長々と延びたテーブルは一つの話題で統一された。

晩餐《ばんさん》は延々と三時間に亙った。話題は殿下を中心に狩猟から競馬へ、そしてクリケットという この国の球技へと変わる。

病院長――ケンブリッジ公爵はヴィクトリア女王の従弟《いとこ》に当たり、クーツ男爵夫人とは五十年来の友であるとも聞いた。リチャード・バートン氏は三十六ヵ国語を習得する驚くべき言語学者であるばかりか、行動に於《お》いても、回教徒の聖地メッカとメディナにアラビア人として潜入したり、アフリカではナイル川の源流を探り、タンガニイカ湖を発見したり、アメリカ西部にモルモン教の探索に出向いたりと、世界を股《また》に掛ける探検家であることも知った。オイレンブルグはともかくも、テーブルに連なる五十人ばかり、多分錚々《そうそう》たるメンバーなのであろう。

ようやく珈琲《コーヒー》が出され、気だるくなった頃、殿下が起ち上がられ、クーツ男爵夫人によって、われわれは次の間に案内された。

竪琴《たてごと》を型取った背もたれの椅子が並び、窓辺には見事な装飾のピアノフォルテが置かれた――音楽室のようである。

食卓で二列に行儀よく坐っていた人々は、そこでまた食後の酒を口にしながら、思い思いに歓談を始めた。

僕は、入口の付近で、マダム・ブラヴァッキーと話している鷹原に気づき、これ幸いと近寄る。

鷹原はすぐに僕の意図を察したようで、簡単な紹介の後「ところで、ヴィットリア・クレーマーズ男爵夫人はどちらに？」と聞いてくれた。

「ヴィットリア？」と聞き返したマダムは、「来ておりますわ」と辺りを見回す。（まさか！）と思う僕の前に、部屋に入って来た黒髪の女性……そしてマダムの声「ご紹介致しましょう。ヴィットリア・クレーマーズ男爵夫人です」

唖然《あぜん》とした僕の前で、ヴィットリアどころか、メアリ・ジェイン・ケリーのような黒髪に碧い眸の女性がにこやかに会釈をした。

鷹原が面白そうに僕を見る。僕は思わず日本語で「違うよ。彼女じゃない！」と云ってしまった。

「初めまして」と鷹原は平然と云った。「いや、とても美しい方が人智学協会にいらっしゃると伺ったものですから」

「とても熱心で優秀な協会員です」とマダムはご満悦で云う。「アメリカの支部に居らしたのですが、この初夏、ロンドンに来られましてね、さっそく学会誌の事務長に就任していただきました」

「『ルシファー』のですか？」と鷹原。

「ご存じですの？」とヴィットリアなる女性が嬉《うれ》しげに云った。二十七、八……あのヴィットリアと歳だけは近いように思われるが、顔だちも髪の色も眸の色も、何から何まで違う……別人だった。

従僕が来て、鷹原に何か囁《ささや》く。鷹原はうなずき、当然のようにマダムの手を取って行ってしまう。

見回すと、皆椅子に坐っていた。

僕も戸惑いながら、クレーマーズ男爵夫人と称す婦人を椅子に導いた。

ピアノフォルテを囲むように配置された椅子は、既に最後列しか空いていない。盛り上がった座席には、レストランのメニューのような紙が置いてある。

取り上げて坐り、目を紙片に落とせば、何と、美しい装飾文字で『マダム・ブラヴァッツキーと鷹原の演奏会』とあるではないか！

聞き流していたが「マダムとの打ち合せ」とはこのことだったのか……プログラムに――編曲――とある様々な曲、そして客全員に配られたこの美しく凝ったプログラム……いったいいつから企てていたのかと、思う間もなくマダムの演奏が始まった。見れば、鷹原も笛を手に、傍らの椅子に坐っている。

『パヴァーヌとガヤルド　第一番』……静かだが力強く、心に染み入る曲、そして見事な演奏である。だが、鑑賞するには僕の心は余りにも乱れていた。（隣席のこの女性はいったい誰なのだ？　同姓同名の女性がもう一人居るとでも？　まさか！）

幸いと云っては何だが、演奏は十分足らずで終わったようで、拍手が沸き起こった。あわてて追従しながら、もう一度「ヴィットリア・クレーマーズ男爵夫人？」と確かめてしまった。

「はい？」と、彼女は笑みを浮かべて僕を見る。何ということだろう。混乱したまま、折よく銀盆を差し向けてきた従僕からグラスを受け取り、彼女に差し出す。

何をどのように聞けば良いのか？　だが、マダムが再びピアノフォルテに向かい、鷹原が笛を構えると、途端に辺りはしんと静まり返ってしまった。

鷹原の笛がまず響く。そしてマダムのピアノフォルテ……始まったのは、日本の横笛を吹く天使と、巨大な地母神の奏でるピアノフォルテという、世にも不思議な取り合わせの合奏だった。原曲も知らないので、どのように編曲したのかも解らなかったが、それにしても僅《わず》かな「打ち合せ」程度とは思われぬくらい、天使と地母神の息は妙に合っていた。

あるときは長閑《のどか》、あるときは雅《みや》び、そして幽玄に、嫋嫋《じょうじょう》と流れ、または凜《りん》と気を切り裂くように鋭く澄んだ横笛に、これもまたときに激しく、ときに可憐《かれん》な鍵盤《けんばん》の音が中空で溶け合い、絡み、ほぐれ、愛撫《あいぶ》しあう……奇妙な融合だった。

曲は終わったようだが、拍手は起きない。起ち上がった二人は軽く一礼をし、互いに笑みを交わすと、すぐまた坐り、そのまま次の曲に入った。

そしてそのまま鷹原の独奏を最後に、見事な演奏が終わったのは一時間ほど後である。しんとしたままの僕らに向かい、起ち上がり、マダムと抱き合った鷹原の快活な声が響いた。

「終わりです、皆様。眠くなられましたか？」

続いて一気に沸き起こった盛大な拍手、そして感嘆の言葉も口々に、人々が二人を取り囲み、隣席の女《ひと》も前に行こうとした。思わず腕を取る。「失礼、お話が……」

見事だが、彼の笛は聴き慣れている。不思議そうに振り向いた彼女に、どう取られるかとい

マダム・ブラヴァッツキーと鷹原惟光の
ピアノフォルテと日本の笛による演奏会

1． **パヴァーヌとガヤルド　第1番**
ウィリアム・バード　作曲
演奏　ヘレナ・ペトロヴナ・ブラヴァッツキー

2． **ソナタ　第2番　ト短調**
ジョゼフ・ボダン・ド・ボワモルティエ作曲　　鷹原　編曲
演奏　ヘレナ・ペトロヴナ・ブラヴァッツキー、鷹原惟光

3． **ドイツ・フルートで奏することのできるソナタ　第7番　ト長調**
ジャン＝マリー・ルクレール　作曲　　鷹原　編曲
演奏　ヘレナ・ペトロヴナ・ブラヴァッツキー、鷹原惟光

4． **歌劇『クセルクセス』より　ラルゴ**
ゲオルク・フリードリヒ・ヘンデル　作曲　　鷹原　編曲
演奏　ヘレナ・ペトロヴナ・ブラヴァッツキー、鷹原惟光

5． **演劇『オルフェオとエウリディーチェ』より　精霊の踊り**
クルストフ・グルック　作曲　　鷹原　編曲
演奏　ヘレナ・ペトロヴナ・ブラヴァッツキー、鷹原惟光

6． **月**
鷹原惟光　作曲　　演奏　鷹原惟光

1888年8月31日　　クーツ男爵邸　楽の間にて

うことも忘れ、聞いてみた。彼女の素性……たしかに……たしかにヴィットリア・クレーマーズという女《ひと》なのか？

ぼうっとした僕の前で、暫《しばら》く演奏者への賛辞やら、あの晩餐の後でいったいどこに入るというのか、再び軽い夜食まで出……鷹原は待ちかねたように再びバートン氏と歓談し……そして人々がクーツ男爵夫人に今宵の礼を陳《の》べ、引き揚げて行く。

真夜中を疾《と》うに過ぎていた。

オイレンブルグも最上の挨拶を僕にまでして帰っていった。

ケンブリッジ公にエスコートされたアレグザンドラ妃が鷹原に「パーティーを送って下さいましね」とおっしゃっているのをぼんやりと聞き、優雅に退出されるのに辛うじて挨拶する。

そして鷹原に肩を叩かれるまで、僕は棒のように突っ立っていたようだ。

気がつくと、部屋には僕ら二人だけで、ドアの向こうから「さぁて、いよいよ本番だ」とおっしゃる、ほろ酔い機嫌のアルバート殿下のお声が聞こえてきた。

「雑音に疲れたのかい？」と云う鷹原に、「まだ何かあるのかい？」と聞いてしまう。もうさっさと家に帰りたかった。一人になりたかった。

「『本番』と聞こえたろう？　マダム・ブラヴァッツキーの降霊会だよ」

聞き返す暇もなく連れていかれたのは、廊下の果て、窓もない小部屋である。

一本の蠟燭だけが灯《とも》った暗い部屋だった。その燭台《しょくだい》の置かれた丸テーブルを囲んで、クーツ男爵夫人、アルバート殿下、ヴィットリア・クレーマーズ男爵夫人、マダム・ブラヴァッツキーと坐っていた。甘ったるい香りが漂っていた。緋色《ひいろ》のテーブル掛けには銀の燭台を挟むように、やはり銀細工の小箱が二つ、そして瞬く灯火を掲げた蠟燭の色は真っ黒だった。香りはその蠟燭から出ていた。残る席は二つ、鷹原と……うむをも云わせず僕の席である。

「母はよくリーズを城に招き……」と、殿下が陽気にマダムに話しかけていた。「二人で部屋に閉じこもるそうだが、貴女《あなた》はリーズをどう思う？」

「リーズ？」

「ロバート・J・リーズ。ロンドンではかなり高名の霊媒、降霊術師だ」

「恐れながら殿下、そのような名前など聞いたこともございませんわ」――マダム・ブラヴァッツキーは晩餐の席とは打って変わった厳粛な面持ちで、剣もほろろに殿下に応えていた。尊大な顔……炎に浮かぶ豊満な胸、巨大なからだ……ガネーシャだ……

隣のクレーマーズ男爵夫人も神妙な顔で控えている。クーツ男爵夫人がすっかりミイラの顔となって、目配せをすると、僕は観念して象のようなマダムとミイラそのものに痩《や》せ細ったクーツ男爵夫人の間に着席した。だが黙ってはいられない。「降霊会って、何をするんです？」と、苛立《いらだ》ちも露《あらわ》に聞いてしまった。

「光と相談した結果……」と殿下が気軽におっしゃる。「光の母を呼び出して貰《もら》うことにした」

「何だって」と僕は鷹原を見た。余り驚いて日本語で云い、そのまま、また日本語で云ってしまう。「降霊会とは、亡くなった人の霊を呼ぶものだろう？　君の母上はご健在じゃないか」

マダム・ブラヴァッツキーとヴィットリア・クレーマーズ男爵夫人の間に坐った鷹原は、平気な顔で英語で応えた。「殿下と地球の反対側の霊も呼び出せるかどうかとお話ししたのさ」

マダムが厳粛に云う。「霊に時空は関係ございません。今までにも他国の霊、そして何百年も昔の魔術師や錬金術師……パラケルススやコーネリアス・アグリッパも呼び出しました」

「しかし……」と、僕は云った。

「霊が日本語で話すか、英語で話すかというのも興味があってね」と、今度は鷹原も日本語で云う。「母はアルファベットも知らない」

すっかり呆《あき》れて、僕は黙ってしまった。明らかに鷹原はマダムをからかっているのだ。いつもの悪い冗談……殿下と組んだお遊びだ。

しんとした薄暗い部屋に、マダムの声が流れた。「霊は媒介者を通してのみ、現れます。今夜はヴィットリアが媒介となりますが、霊の声は、皆様には解りません。私がお伝え致します」——もう誰も口を開く者はなかった。少なくとも、霊が何語で話すかという当ては外れたことになる。

マダムがうなずくと、クレーマーズ男爵夫人が、テーブル中央の、燭台を挟むように置かれた二つの小箱のうちの一つの蓋《ふた》を開いた。

小箱から低いがきんきんと耳を刺す金属音が流れ出した。オルゴールだ。

「両手をテーブルにお載せになって下さい」と、重々しくマダムの声。「伏せて……そう、そのまま指を広げて、ご自分の親指を重ね、隣の方と小指を重ねて、一つの輪になるように……」

僕の右手の小指はクーツ男爵夫人の枯れ枝の小指と付き、左手は丸々としたマダムの小指と付いた。

「今後、どのようなことが起きても、私の言葉のあるまで、指を離してはいけません。必ず親指と小指は繋《つな》いだまま……輪にしておかなければなりません。輪を崩せば媒介者の身が危険に晒《さら》されます。よろしいですね」

先程から部屋の雰囲気が一変していた。マダムの声に、声で応《こた》える者はなく、陽気な殿下まで真面目なお顔でうなずいていられる。

テーブル上の指で作られた輪の元締めはマダム……今やここの主は、招いたクーッ男爵夫人でもなく、この国の世継ぎ、プリンス・オブ・ウェールズでもなかった。

身動《みじろ》ぎするのも憚《はばか》られるような空気の中、一同を見回した。両側の怖いような顔のマダムとクーッ男爵夫人、神妙な顔の鷹原と殿下、正面のクレーマーズ男爵夫人の顔は蠟燭《ろうそく》の明かりが邪魔をしてよく解らない……

広げられた指はだんだんに強張《こわば》り、親指が、そして他人と接触している小指の……接触部分だけがじんじんと脈打つように思われた。しんとした薄闇の中、テーブル中央のオルゴールから流れる単調な曲は、徐々に速度を緩め、消え入りそうになりながらも、とぎれとぎれに続いている。

掌が汗ばみ、苛立ちが増し、気を鎮めるために目を瞑《つぶ》ろうとした瞬間、風もないのに蠟燭の火が揺らぎ、ぽっぽっと頼りなく瞬いたかと思うや、消えてしまった。暗闇の中で、オルゴールの絶え絶えに響いていた音ももはやない。

真の闇だった。そして静寂の中からマダム・ブラヴァッツキーの声が聞こえてきた。念仏のように切れ目のない呟きだが、意味は解らない……そして……呻《うめ》き声……真正面……ヴィットリア……クレーマーズ男爵夫人の声である。

地を這《は》うように低く続いた呻き声は、やがて喘《あえ》ぎ声と変わり……わけの解らない呟きに取って代わった。

「影……男の影が近づいている……」——マダムの声である——「光るもの……男は……凶器を持っている……」

呟きは激しい息遣いと、叫ぶような否定の言葉に変わった。やがて悲鳴、絶え入るような悲鳴が上がり、僕の身は強張る。手にも力が入り、指が縮まり、接触が切れた。途端にマダムの声。「だめ！　輪を崩してはなりません！」

強張ったまま、悲鳴の中で指だけを広げた。触れる指……輪は出来た筈《はず》だ……だが……聞くに耐えない悲鳴……間近に聞こえる悲鳴に、なおじっとしていろと云うのか……どーんという音、そして振動が汗ばんだ掌に伝わり、テーブルが揺れる……

明かりの許《もと》……忽然《こつぜん》と現れたきらめくような炎を、この空間に再び戻して下さったのは殿下だった。カチッという音と共に、オレンジの炎が闇に動いたと思ったら、大きな蠟燭の明かりとなり、殿下が「ライター」という自動火付け器の蓋をしたところである……そして……燭台の向こうではクレーマーズ男爵夫人がテーブルに顔を埋めるように倒れていた。

金縛りにあったように、僕の身は動かない。鷹原も、隣のマダムも、クーツ男爵夫人もそのままだった。

殿下が起《た》ち上がられ、クレーマーズ夫人の身を起こす。

「しっかり……貴女……しっかりしなさい」——殿下の声が、そして夫人の頬をぴしゃぴしゃと叩《たた》かれる殿下の手が、夢の中でのように眼前で進行していた。

殿下の腕に支えられ、仰向けになった夫人の意識は戻らない。僕の強張った身体にようやく意識が戻ったとき、殿下は夫人に接吻《せっぷん》された——炎の向こうで繰り広げられた抱擁《ほうよう》……夫人の口から声が洩《も》れ……殿下が御身を離される。ぴんと背筋を伸ばして身を起こした夫人……そして暗闇の猫のように真ん丸くなった夫人の眸《ひとみ》……そして色を失った唇からは再び喘ぎ声が洩れた……

「邪悪な影が……」と云ったのはマダムである。マダムも平常の顔になっていた。が、「邪悪な影が、邪魔をしています」と、夫人を見たまま呟いた顔はとてつもなく暗かった。「闇の中で、この夜の帳《とばり》の中で、魂が呻き、悲しみと怨念《おんねん》が渦巻いています。降霊会はお終《しま》い……これ以上続けることは出来ません。影を招くことになってしまう……」

次元を越えたように穏やかで、既に秋のように涼しい夏の夜、玄関先で船を漕《こ》いでいた殿下付きの馭者《ぎょしゃ》を起こし、鷹原と共に殿下をお送りしたのはもう夜明けに近いときだった。

王室用の贅《ぜい》を凝らし、ゆったりとした四輪馬車の中で「残念だった」と殿下はしきりにぼやかれる。「マダム・ブラヴァッツキーで上手《うま》くいったら、今度はリーズで試す所存だったのに……日本の女性というだけで、興味をそそられる。逃げられたな、マダムには……」

中途半端に終わった降霊会に、殿下は不満を隠されなかった。

「これが目当てで今夜来たのに……」とおっしゃり「納まらん、どこかへ繰り出そう」と息を巻かれる殿下をようよう宥《なだ》めて乗った馬車である。幸い、遊び好きの鷹原がぼんやりしたままだったので、僕が宥めすかしてお乗せしてしまった。

「不遜《ふそん》ながら……殿下」と、僕は恐る恐る申し上げた。

「不遜は大好きだ。申してみよ」

「降霊など、私は信じません。霊が存在するとしても、それはどこか……魂の領域に在るような気が致します。俗世の人間が、まして自分に縁もゆかりもない者の霊を呼び出すなど……勝手に呼び出すなど、霊が在ると仮定した場合に於《お》いても……霊に対して無礼です」

「日本ではこういうものはないのかね？」

「いえ……昔から……」と云い、僕は「『陰陽道師《おんみようどうじ》』とは英語でどう云えば良いのか」と鷹原に尋ねた。

いつになく、ぼうっとして、殿下と僕の会話にも無関心だった鷹原が、僕に小突かれ、ようやく酔いから醒《さ》めたように聞き返す。

だが無愛想に、そして日本語で「どうせ軽いご質問だ。占い師とでも申し上げておけば良いだろう」と、取り合わない。

僕の舌足らずな応えなど、お待ちにならず、殿下は陽気に話され出した。議論を煮詰めるというより、会話を楽しまれるというタイプのようだ。

「私も降霊に関しては半信半疑……というより、大して考えたこともない。何やらダーウィンとか云う学者も進化論とかで魂の不滅を傷つけたということだが……だが、君の申す通り、礼を失しているかもしれないが、不思議なことというのは面白いではないか。現に我が国では実に多くの霊媒や魔術師、それに教団も有り、我が母上も夢中だ。実際、オックスフォードやケンブリッジの教授や科学者、それに考古学者たちによっても『心霊現象研究協会』とか『超自然現象能力研究会』とか真面目に心霊現象を研究する多くの会が設立されているし、クラブでも……息子のジョージが『幽霊クラブ』というのに入っておる。そうだ、ジョージ……光、エディーと共に、君に日本で世話になったジョージだ」

鷹原も今度はすぐにうなずいた。——エディーとは殿下の御長男、先日お会いしたエドワード王子のこと、そしてジョージとはたしか御次男……と思ったとき、殿下の御満悦の声が耳に入った。

「そう、七年前……一八八一年、日本に行く直前だ。ジョージは『彷徨《さまよ》えるオランダ人』の船を目撃したと云っておる」

「『彷徨えるオランダ人の船』？」と、僕は恐れ多いので、日本語で鷹原に助けを求めた。

「伝説の幽霊船だよ」と、正気に返った鷹原がてきぱきと英語で応える。「嵐の中を、乗組員や全能の神にまで逆らって、喜望峰を回ろうとした船長の話だ。船は沈没し、神への冒瀆《ぼうとく》のために、永久に大洋を航海し続けなければならなくなった。リチャード・ワーグナーのオペラで有名だが、ハインリッヒ・ハイネ、オーガスト・ジャル……様々な作家がこの伝説を許に作品を残しているよ。殿下、私もジョージ王子から伺いました。インコンスタント号の船上で、その幽霊船を目撃した者は、王子の他に十六名も居たとか……」

「そうだ」と殿下はますます上機嫌で応えられた。「そのときの日誌は今でも海軍本部に残されておる。オーストラリアの南岸を出航した後だ。七月十一日、午前四時というからまだ暗かったろう。その船は艦隊の二百ヤードほど先で、まるで燃えているように発光していたという。士官候補生らはボートを下し、すぐにもその船に近づいたが、気がつくと船は消え、痕跡《こんせき》すらなかったということだ」

「荒れた天候だったのですか？」と僕。

「いやいや」と殿下は面白そうにおっしゃった。「夜空は晴れ渡り、波も穏やかな日だったという。そして、その直後に一人の船員と海軍元帥が謎の死を遂げた」

「昔から『彷徨えるオランダ人』の船と出会った船には怪異が起こると云われておりますね」と鷹原。

「おお君たち、うっかり話に興じていたら、ペル・メル街ではないか」と、瓦斯《ガス》灯よりも数段明るい、この通りの電灯に気づかれた殿下があわてたようにおっしゃった。「モールバラ・ハウスに着いてしまう。Uターンして、どこかへ行こう」

「もう直に夜が明けます、殿下」と、僕は殊更に真面目くさって申し上げた。「すこしはお休みになられないと、明日の、いえ……もう今日と申し上げた方がよろしいかと存じますが……今日のご予定に支障をきたされます」

「ふむ、今日か」と殿下は残念そうにうなずかれた。「九月一日、土曜日か……週末はサンドリンガムで過ごすのだ」

続いて、ノーフォーク州、サンドリンガムに在るという殿下の城へ招待されたが、「そのうちに……」などと曖昧《あいまい》に応《こた》え、素敵な入江のお話をうかがっている間に、ペル・メル街、セント・ジェイムズ宮殿と向き合った殿下の御住居、モールバラ・ハウスに着いてしまう。

渋る殿下を鷹原とは顔馴染《なじ》みというフランシス・ノウルズ卿《きよう》なる侍従長の手に無事お預けし、「このまま馬車を使いたまえ」とのお言葉も、「酔い醒《ざ》ましにすこし歩きます」と固辞し、電灯の煌々《こうこう》たる明かりに照らされたペル・メル街を、チャリング・クロス駅の方へぶらぶらと歩く。

父と同年輩の殿下、だが父とは余りにもかけ離れた殿下……そして日本人とも余りにも違う……いや……美神と仔豚《こぶた》という外見はともかくとして……鷹原とはどこか似ている……快活……地位と、それに伴う自尊、生への何らかの確信から生まれる快活さと皮肉なユーモア……それらすべてに遠い僕の僻《ひが》みだろうか？

時計を見ると、もう午前六時に近かった。電灯の光の周りにはまだ闇が残っていたが、空は仄白《ほのじろ》く、もう朝である。それでも僕らのように晩餐の帰りか、通りには馬車が行き交い、人々がぞろぞろと歩いている。何という都だろう。東京やベルリンの夜中の静けさなど、ロンドンの中心では味わえない。眠っているのはビルの窓や街路樹に鈴なりになった鳩や雀、星椋鳥《ほしむくどり》たち……鳥だけのように見える。

「クレーマーズ夫人にはがっかりしたようだね」と、僕の思惑など知らずに、鷹原がぽつんと云う。

「ああ、全くの別人だった。君の演奏の後……済まない、素晴らしい演奏だったが……彼女に聞いてみたんだ」

「ふむ、見ていたよ」

「ご主人はワシントンのロシア大使館に勤めていられたルイ・クレーマーズ男爵。今年、男爵が亡くなられて英国に帰ったそうだ。人智学会にはアメリカに居たときから入っていたので、すぐにマダム・ブラヴァッキーのところへ行き、入会。アメリカでの実績を買われ、学会誌『ルシファー』の事務長となった。……ああまで滑らかに応えられると、本人と認めるしかないな」

「と、すれば、君が出会った女性が名を騙《かた》っていたわけだね」

「そんな女《ひと》じゃない！」と、咄嗟《とっさ》に応えたが、しぶしぶ認めた。「ジェイムズ・ケネス・スティーヴン氏のことを聞いてみた。ドルイット氏と共に二、三度会ったそうだ。つまり……男爵の遺産の相続手続きをドルイット氏……ほら、クラブでスティーヴン氏と一緒に居た男だ……彼に任せているそうだ」

「あのちょび髭《ひげ》の可愛い男か……」

「実を云うと彼女……僕の出会ったヴィットリア・クレーマーズと名乗る女《ひと》はドルイット氏に似ていたんだ。つまり……ドルイット氏の妹とか……身内の女《ひと》ではないかと思う。それなら、彼女がクレーマーズ夫人に会うとか、もしくはドルイット氏の口から依頼人の名前を聞いていたとか……僕への手紙に今日の彼女の名前を使ったわけが解るだろう？」

「君に偽名を使った……ふむ、あり得るね。大体あんな通りで暴行を受け、得体の知れない東洋人の男と二人で馬車に乗ったのだからね。それだけで良家の子女ならもうお終《しま》いだ。世間に知られたら未来はない。しかし助けてくれた君への礼は失いたくない。せめて礼状だけでも届けようと思う。だが名前は明かしたくない。署名をするとき、今後クレーマーズ夫人と君が出会うとは夢にも思わず、夫人の名を騙ったというわけだ」

鷹原の演奏後、僕がようよう纏《まと》めあげた苦々しい推察を、彼はいとも簡単にすらすらと陳《の》べた。彼女は僕との出会いを伏せておきたいのだ。会ったことも否定したい、忘れたいのだ……

浮かない顔の僕に、鷹原は朗らかに云った。「スティーヴン氏に会えば、ちょび髭君……ドルイット氏と云ったかな？　彼の住所などすぐ解るだろう。いや、スティーヴン氏の居た建物は殆《ほとん》どが同業の……リンカーンズ・イン出身の弁護士たちの事務所になっていると云っていたね。ドルイット氏も弁護士と聞いた。そこに居るんじゃないか？」

「彼女はテンプル……あのときはロンドン初日で何も知らなかったが、テンプル法学院の方、インナー・テンプルの建物に入って行った……実は……後日、そこに行って聞いてみたんだ。だがヴィットリアなどという女性は住んではいないと云われた」

「ほう……それは偽名だからね。ではドルイット氏はテンプル出身の弁護士、そして彼女がインナー・テンプルに入ったということは、正にドルイット氏と関係があるというわけだ。……いずれにしろすぐ解るさ。そしてちょび髭君に会えば今度こそ、君の心を魅了した麗《うるわ》しの君にも会える。そう今夜の夫人との出会いは朗報でもあるよ。名を借りただけだとすれば、ミスということもあり得るわけだ」

「そんなことは……第一、スティーヴン氏には会いたくないよ。天才か何か知らないが、あの詩も嫌いだし、彼の眸《ひとみ》ときたら狼のようだった」

「そして仔鹿のような眸のドルイット氏に、贋《にせ》のヴィットリア嬢が似ているとすれば、やはりヴィットリア嬢の眸も仔鹿の眸というわけか。ふふ……」と鷹原が奇妙な笑い方をした。

「何だい、いったい……」

「この間、スティーヴン氏の部屋へ行ったとき、彼は随分と君に注目していたからね」

「どういうことだい？」

「気がつかなかったかい？」と、鷹原は振り返り、鼻の先が付くぐらいに僕に顔を近づけた。

「殿下の第一王子……エドワード王子に君は似ているよ」

「え？」——とんでもない話の方向に僕は解りかねて絶句した。

鷹原はまた、ぶらぶらと歩きだした。「三日前、王子と君が並んでいるのを見て、そう思ったね。ところで、スティーヴン氏がエドワード王子のケンブリッジ時代、王子の家庭教師をしていたことは君も先日、聞いただろう？　学業に於《お》いては、はっきり云ってスティーヴン氏にとっては救いようのない生徒だったろうが、だがお顔だちは……王子は幸いなことに父君ではなく、アレグザンドラ妃に似て、お顔だけは整って可愛らしい。王子がやっとのことで卒業し、海軍に入られてからは交際も絶えたようだが、在学中、二人は同性愛の仲ではないかと周囲で囁《ささや》かれていた」

「何だって！」

ますますとんでもない話に、僕は足を止めた。「君は何だって、そんなことを知っているんだ。同性愛なんて、この国で解ったら重罪……死刑にも成りかねない重罪じゃないか」

「僕は知り合った人間に興味を持てば、調べられるだけ調べると、前にも云ったろう？」——さらりと云った鷹原は、また振り返って僕を見た。「先日の王子の様子……スティーヴン氏の部屋から一刻も早く逃げだしたいと云わんばかりの様子は面白かったね。あれは何だろうと思い、昨日ちょっと調べてみたんだ。真相はどうか知らないが、取り敢えず、王子の方ではもうスティーヴン氏とつき合う気はないようだ」――そしてもっと驚くことを云い出した。「君に聞くまで、名前は忘れていたが、ドルイット氏も君に似ているよ。君は王子とドルイット氏の中間にあるような顔だ。少しぼんやりと……失礼、おっとりと云うべきかな……童顔で……可愛く、品の良い顔だよ。そもそも最初にスティーヴン氏とドルイット氏を……クラブであの二人を見たときだが……僕は同性愛者では、と感じたんだ。あのときは漠然としたものだったが、王子とスティーヴン氏との噂を知ってからは、やはりと思ったね。それで、一昨日の……君を見るスティーヴン氏の目つきも解明した。つまり、君はスティーヴン氏好みの顔なんだ」

絡むような鷹原の眼を睨《にら》んで、僕は「冗談じゃない！」と怒鳴った。

酔っているのか、降霊会以後、何か鷹原の様子は変だ。

トラファルガー広場に来ていた。

「待てよ。まだ続きがある」――鷹原は通りの角の瓦斯灯にのんびりと寄りかかって、また奇妙な笑い方をした。

「贋《にせ》のヴィットリア嬢は、ちょび髭のドルイット氏に似ているという。つまり君が彼女に魅せられたのは、自分と似ているからだ。鏡の自分を愛するように、君は彼女に魅せられた。もっと云えば、彼女自身が仮の姿……君の自己愛の投影だよ」

「君って男は……」僕は呆《あき》れ果てて云った。「よくそこまで、つまらぬごたくを並べられるものだね」

にやにやしたままで、鷹原が瓦斯灯から身を起こした。そのときである。右手の通り……スコットランド・ヤードのあるホワイトホール通りだったが……馬車が二台、物凄《ものすご》い勢いでがらがらと突進してきた。夜明けの通りでレースでも始めたような走り振りである。

角で辛うじて速力を緩めた馬車は、またも全力でチャリング・クロス駅の方へと駆け抜けて行ったが、後の一台は引っ繰り返りそうな感じで急停車をした。

車窓から身を乗り出したのは、八月初め、マーサ・タブラムの死を伝えに下宿に来たジョージ……褐色の髪に同色の眸で親近感を覚えたジョージ……たしかジョージ・ゴドリー巡査部長ではないか。

通り一帯の視線を充分に浴びながら、巡査部長は鷹原に怒鳴った。

「鷹原さん！　殺人です。ホワイトチャペルでまた婦人が……」

八　売春婦が二人……

馬車はとてつもない勢いで夜明けの街を疾走した。

四人乗りの馬車に、鷹原と僕まで乗ったのだから、窮屈この上ない。

「ジョージ、場所は？」と、鷹原はゴドリー巡査部長に立て続けに聞いた。「時間は？」「婦人とはどんな？」——だが、とにかく「殺人」という急報で駆けつける途上、ゴドリー巡査部長も、そして同乗のスタイル警部もヘルスン警部も、何も知らなかった。逆に夜会服の僕らに「今、お帰りで？」と、呆れたような問いを返されただけである。

「モールバラ・ハウスにね、プリンス・オブ・ウェールズをお送りしたところですよ」

鷹原の応えに、「ほう……」と云うような感嘆の声が起こった。だが、真面目な犯罪捜査部《CID》の面々には、社交界もプリンスも関心はなく、有るのはただ、この先で待ち構えている事件の解明である。

「ホワイトチャペルのオールド・モンタギュー・ストリート」と、ジョージが立派な口髭を弄《いじ》りながら云う。「その通りの救貧院に隣接した仮安置場に収容したそうです」

何てことだ。僕が一夜を明かした救貧院だ。二度とごめんだと思った救貧院である。

テンプル、セント・ポール大聖堂、イングランド銀行が飛ぶように車窓を掠《かす》め、シティを抜けて、馬車は閑散としたホワイトチャペル・ロードに入った。路上は先程までの華やかな群れとは打って変わって荒涼とし、出勤途上の貧しい労働者たちの影が早朝の薄日に踊っていた。八時である。

ホワイトチャペル分署の前を過ぎ、月初めに殺人のあった路地も通り過ぎ、次の通りに入り、そしてすぐ右へ。

救貧院の前に、先行の馬車は見えなかったが、座席に縮こまっていた刑事たちは、仮安置場に走る。

部屋ではホワイトチャペルの北、ベスナル・グリーンの分署から来たという二人の捜査官が迎えてくれた。

安置場と云うには、余りにも寒々とした見すぼらしい小屋である。冷たい朝の光の中で、天井の梁《はり》にある瓦斯燈《ガスとう》だけが勢いよく炎を上げていた。

救貧院から駆り出されたらしい、ぼろを纏《まと》った二人連れを手伝わせ、暖かそうなフラノのコートを着た銀行頭取のような大柄な男が黒ずんだぼろを弄っていた。先行の馬車に乗ったというアバーライン警部……マーサ・タブラムの死んだ夜、酒場で出会い、下宿に来たアバーライン警部だ。その向こう、警察官二人に挟まれた白衣の男は医者だろう。その背後には死体の足が見える。

ジョージを見るなり「遅いじゃないか、馬車が転覆でも……」と云いながら、警部は、続いて部屋に入った鷹原と僕を見て、目を丸くした。

「トラファルガー・スクエアの前で見かけまして」とジョージは、死体に近づいた。「鷹原は今月初めの事件にも熱心でしたし、同乗……」

声が途切れたわけは後を追った僕らにも解った。

何という無残な死体だろう。殺害者は死体を解体しようとでも思ったのだろうか？

被害者は、白髪混じりの髪に窶《やつ》れた肌の中年の女性、前歯の五本抜けている口許《くちもと》を彩った口紅だけが、毒々しいほど赤い。生活に疲れた憐《あわ》れな顔……一目で売春婦と解る女性だった。血に混じってアルコールの匂いが鼻を突く。

「『ロンドン・ドライ・ジン』かな」と鷹原が呟《つぶや》いた。「ジンの中でも願い下げの部類だ」

見るも無残に切り裂かれた腹と喉《のど》……マダム・ブラヴァッツキーの声が痺《しび》れたような頭に木霊《こだま》した。「邪悪な影が……闇の中で……この夜の帳《とばり》の中で……魂が呻《うめ》き……悲しみと怨念《おんねん》が……」呆然《ぼうぜん》と見る僕の横で、背を向けたままアバーライン警部の淡々とした声がして我に返った。

「相棒のジョージ・ゴドリー巡査部長に、そのめかし込んだお二人は、本庁《ヤード》のコレミッツ・タカハラとロンドン病院のカオル・カシワギ。所轄の警察医、ラルフ・ルウェリン医師、午前四時にヘイン巡査に叩《たた》き起こされた不運な方だ。それにホワイトチャペル分署のスプラトリング警部とカービ巡査部長」

この国では何にもまして紹介が先行するらしい。流石に銀行頭取に見えるだけあり、僕の名前まですらすらと出したのには驚いた。続いてジョージが同道した警部たちを、医師に紹介した。

「私が駆けつけたのは四時五分頃でしたが」と医師が云う。「遺体の足にはまだ体温が残っていました」

「現場は？」とジョージ。

「バックス・ロウだ」とスプラトリング警部が応える。「シックたちを行かせた」

「シック……あのブロンドのシック部長刑事だろうか、と思ったとき、そのシック部長刑事が戸口に現れた。

「アバーライン警部！」と、部長刑事は、真っ直ぐに警部に呼びかけた。「何もありません。あの小路の連中がすべて片づけてしまって……われわれが駆けつけたときには、道は綺麗《きれい》に掃除された後でした」

「何だって！」温厚な銀行頭取が歯を剝《む》きだして顔を上げた。

戸口の部長刑事は間違いなく飛び上がった。「捜査は続行させています。私は取り敢えず知らせに……」

「何て綺麗好きな婆さんたちだ」と頭取は叫んだ。「こっちは後回しだ。行こう」

アバーライン警部とスタイル警部、それにジョージも飛び出して行った。

「行かなくていいのかい？」と僕。

「この国の中流の主婦ときたら、日本の主婦同様、潔癖症だからね」と鷹原。「掃除したとあっては道路は宮殿の廊下みたいにぴかぴかだろう。後でゆっくりと拝見するよ。まず解剖される前に遺体を拝見しよう」――云いながら無造作にシルクハットを脱ぎ、残っていた分署のカービ巡査部長に手渡すと、手袋も外し、続いてコートと上着も脱ぎ、シャツ一枚になる。そして遺体に屈み込んだ。

「『ヴーヴ・クリコ』の後で『ロンドン・ドライ・ジン』とは参ったな」と顔をしかめながら、

首から順に、這《は》うように触れ、確かめていく。

僕はただ見ていた。八月末というのに、コートを着ていても寒かった。呪文《じゅもん》のような鷹原の呟き声が途切れ途切れに、徹夜明けのぼうっとした頭の中を流れていく。

「大きな傷は咽喉部《いんこう》に二ヵ所、見事な切り裂き方だね。左耳下から咽喉中央へ……そしてもう一つは右耳下にまで達している。抱き上げたら首が取れそうなほど深くて長い傷だ。下腹部の傷も二ヵ所、一つはかぎ裂き、下腹部から中央部へと切り上げられ、胸骨に達している……もう一つは右鼠蹊部《そけいぶ》から左臀部《でんぶ》へと突き抜けている。他にも顎《あご》の右側に痣《あざ》……浅い傷は腹部に数ヵ所……局部にも小さな突き傷が二ヵ所か……」

既に検死を終えた医師は、鷹原の気迫に押されたのか、それとも彼の華麗な衣装、美貌《びぼう》に気圧《おけ》されたのか、黙って控えていた。

顔を上げた鷹原に、ようやくルウェリン医師が王子に注進する家臣のようにおずおずと口を開く。「咽喉部の傷だけ見ても、首が取れそうなくらい深くて長い……何の躊躇《ためら》いもなく、思いっきり切ったものです。傷は左上から右下に流れていています。左利きか……」

「背後から右手で口を塞《ふさ》ぎ、左手で切ったか……」と鷹原。

「躊躇いもないのに、咽喉部、下腹部、それぞれ二ヵ所の傷は、どれもが充分致命傷になるほど的確なものです」と医師。「かなり解剖学的知識を持つ犯人ですね」

「服を見てみよう」と鷹原は向き直った。「スカートもペチコートも切れてはいない、が……ペチコートの背後は二クォートの血は吸っている。前も裾《すそ》の方だけ……くしゃくしゃの折り皺《じわ》通りに一パイントは染みている」

「駆けつけたときは……」と、医師も衣類を置いた机に向かう。「道路の溝に沿って仰向けに倒れていました。左手を厩舎《きゅうしゃ》……廃馬処理場の方へ伸ばして。そのときには咽喉部の傷しか目に入りませんでした。……スカートが……乱れてはいなかったので……ここに運び、彼らが……」と、救貧院収容者たちを顔で示す。「衣服を脱がせて、始めて腹部の傷に気づいたのです。かぎ裂きの傷口からは腸がねじれて露出していました」

「客を装い……」と、鷹原が再び遺体を見ながら呟いた。「『背後から』と要求し……女が下半身を剝き出しにして身をかがめたとき……『声は聞きたくない』と、右手で口を塞ぐ。そこまでは女も安心していただろう。そこでまず、剝き出しになった下腹部に一気に深く傷を負わせる。一つだけかぎ裂きというのは、これが最初の傷だからだ。背後から見当で裂いたからだろう。女だって衝撃で動く。そして女が声を上げる間もなく、喉……恐らく女は何が起こったかも解らないうちに死んでいただろう……十秒もかからなかった筈《はず》だ。そのときに腹部から溢《あふ》れた血が、ペチコート前部を染めた。そして仰向けに倒してから改めて、腹を割き、局部を突き刺した……」

最初は鷹原が何を云っているのか解らなかった。続いて赤面し、そして、おぞましい話にか、二日酔いにか、血と安酒の匂いにか、目眩《めまい》と吐き気を覚えた。ルウェリン医師は勿論《もちろん》のこと、およそ紳士らしからぬあからさまな言葉に、救貧院の収容者まで目を伏せている。「この国では紳士たるもの、妊娠という言葉すらご法度《はっと》だ。ご婦人が気分の優れぬときと云い換える。引き出し―― a drawer も下着を脱ぐ―― drawn off を連想させるから使わない。礼節を殊の外尊重されるヴィクトリア女王陛下の御国というわけだ。慣れるまでは人の変な云い回しに気をつけて、君もその通りにしておいた方が無難だよ」――ベルリンから来たばかりのとき、得々とこう語ったのは鷹原ではなかったか？

彼を見る。が、そこに見たのは静かに遺体の額に手を置き、潤んだ眸を抑えるように、目を閉じ、頭を下げた顔である。見知らぬ売春婦に……鷹原の……初めて目にする沈鬱《ちんうつ》な、哀悼の思いに溢れた顔だった――びっくりして気分の悪さも忘れてしまった――しかし「さて……どうした柏木、今頃酔いが回ったのかい」と再び机に向き直った鷹原の顔は、いつも通り冷静沈着、口許には淡い笑みさえ浮かべていた。見間違いだったのだろうか？

「所持品は……櫛《くし》とハンカチーフと割れた鏡だけ……鏡を持ち歩いていたということは、鏡も備えつけていない最低の木賃宿を渡り歩いていた女性というところだな……身元は解っているのですか？」

「いいえ、まだ」と、鷹原の衣服をかかえたままのカービ巡査部長がたじたじと応《こた》える。

「金は全くなし……新品の帽子……まさかこれを買って遣い果たしたというわけではないだろうね」――鷹原は黒いビロードで縁取られた真新しい黒の麦わら帽を左手の指でくるくると回しながら、右手ではてきぱきと無駄なく、衣服を引っ繰り返して見ていった。やがて、普段なら触れることすら厭《いと》わしいと思われるような衣服に顔を近づけ、繊維の一本一本まで数えているような……些《いささ》か偏執狂的そぶりで食い入るように調べていく。

「かなりくたびれた赤褐色のアルスター・コート……麻毛混紡の茶色のドレス……黒いウールの靴下……茶色うね織りのコルセット……鼠色のフランネルのペチコートと……もう一枚ウールのペチコートは血で色も……この時期に厚手のペチコート二枚とは……冷え性のご婦人だっ

たのかな……君！」

鷹原の指でくるくると回っていた帽子が、鳥のように宙に飛び、居残っていたヘルスン警部が受け止めて「は？」と応えた。

「ペチコートのバンド部分に『ランペス救貧院』とある！　型板《ステンシル》で刷り込まれたものだ。これはランペス救貧院の支給品だよ！」

ヘルスン警部もルウェリン医師も、そして僕もが鷹原の差し出したペチコートを覗《のぞ》き込んだ。血染めのペチコートのバンド部分に、云われて初めて解るほど、『ランペス救貧院』というマークが僅《わず》かに血を弾《はじ》いて浮いて見えた。

「これを持って、ランペス救貧院に飛んでくれたまえ」と鷹原がカービ巡査部長に血でぐっしょりと濡《ぬ》れたペチコートを差し出す。「これを支給した寮母なら、この女性の身元を知っているかもしれない。憶《おぼ》えていなくても『ウールのペチコートを誰それに……』と記帳されているだろう」

鷹原の衣類をヘルスン警部に手渡し、替わりにおぞましいペチコートをかかえて、カービ巡査部長が飛び出して行った後、鷹原はまたもや一つ一つの遺留品を撫《な》で回すようにして調べていた。「泥も埃《ほこり》も……暴行で付いたと思われるような汚れは大してない。バックス・ロウで殺され、そのまま放置か……」

既に部屋の瓦斯燈《ガスとう》も消され、陽は高く昇っていた。捜査官の見守る中で、ルウェリン医師は検死解剖を始めていた。僕はシャツ一枚の鷹原に、せめて上着だけでもと、肩に掛けてやる。

「僕は……そろそろ失礼するよ。部外者だしね」

「一緒に出よう。警部たちが何か発見していると良いのだが……病院に行くのだろう？」

ロンドン病院のちょっと手前という殺害現場、バックス・ロウは五分ほどで着いた。野次馬でごった返していた。新聞記者らしい数人が、メモを片手に必死で警部たちに話しかけている。

片側が煉瓦塀《れんが》、片側がホワイトチャペルにしてはましなテラス・ハウスの小路だ。貧民窟《くつ》という感じはないが、夜はひっそりと暗い路だろう。

鷹原と別れ、通りを右に曲がるとすぐにホワイトチャペル・ロード、右に地下鉄道の駅、目の前にロンドン病院があった。まさに病院の目と鼻の先で殺されたのだ。

燕尾服《えんびふく》のまま、一睡もせずに病院に行き、メリック氏と何を話せば良いのだろう？　彼は「深夜、中庭を散歩する」と云っていた。「人の居ない唯一の時間、僅かに外気に触れ、土を踏み、木に、草に、触れるのだ」と……「叫び声を耳にしなかったか」と聞いてみようか？　まさか、いくら近いとはいえ、あそこまで声が届いたならば、熟睡していたテラス・ハウスの連中だって飛び起きたことだろう。病院の前に立ちながら、身体は下宿のベッドを希求していた。このまま地下鉄道で帰ろうか……と、鷹原の声と同時に、肩をぽんと叩《たた》かれた。

「まだ、こんなところとは思わなかった。まるで貴婦人の歩行だね」

「余計なお世話だ。君こそどこへ？」

「君と同じさ、ロンドン病院。捜査官があれほど居て、拡大鏡一つ持っている者がいないのだからね。病院で借りようと思ってね、現場が病院の側で良かったよ」

「良かったということはないだろう」

二人で通りを渡り、病院に入ると、待合室では「バックス・ロウで殺人」の大合唱である。看護婦たちも落ちつかなげに囁《ささや》き交わしていた。歩いて二、三分のところで殺人とあっては無理もないだろうが、新聞よりも早い。

鷹原は、一人苦虫を噛《か》み潰《つぶ》したような顔で、きびきびと看護婦たちを指揮している婦長に声をかけたが、「噂話はごめんですよ」と次の言葉も云わぬ間に行ってしまった。

「トリーヴス医師はもう来ているかな？　まあいい。エレファント・マンの部屋で見た憶えがある、彼に借りよう」

何だか鷹原に引っ張られるような形で地下に下りる。

メリック氏は机に向かって紙の模型作りに励んでいた。

訪問客を受ける以外、彼の方からはどこにも行くことが出来ない。一人のとき、彼は模型作りに励んでいた。無聊《ぶりょう》を慰めるためにと、看護婦たちが玩具《おもちゃ》屋から貰《もら》ってきた厚紙の切り屑《くず》からであるが、素晴らしいものを作る。

「お邪魔をしてしまいましたか？」と鷹原。

「いえ、とんでもない」とメリック氏は僕らの服装に啞然《あぜん》としながらも「お早いのですね」と、こちらを向いた。

「大分、出来ましたね」と、鷹原は「家」と思われる机上の模型を見てのんびりと云う。メリック氏の鰭《ひれ》のような右手は殆《ほとん》ど使いものにならないだろう。左手だけの作としては驚くべき出来である。

「聖フィリップス寺院です」と、彼は窓から見える寺院の尖塔《せんとう》を示した。「下の方は見えませんが、想像で作ってみようと……今日は……どちらかからのお帰りですか？」

「晩餐会《ばんさんかい》が今まで延びましてね」と、鷹原は無造作に手にした外套《がいとう》を椅子の背に掛けた。

「紳士の夜の正装ですね。本当に目にしたのは初めてです」とメリック氏は声を震わせた。

「それも貴方《あなた》の正装を拝見出来て嬉《うれ》しいです。ああ、本当に本の紳士そのままだ……」

　メリック氏の感嘆癖は今さらのことでもなかったが、外套の襟から僕の白絹の蝶《ちょう》ネクタイだって覗いていた筈《はず》だ。だが、鷹原の方では、「そういえばクロッカー医師の『皮膚疾患――その一万五千症例の分析』は目にされましたか？」と、全く別の話をした。

「いえ……何でしょう？」と、メリック氏は困惑している。

「トリーヴス医師に見せていただきなさい。貴方のことも出ています。考え得る限り、最も正確に貴方の病状を分析してありますよ」

「私の病状を？　正確に？」

「ええ、ご自分の病状をはっきりと把握していらっしゃいますか？」

「畸形《きけい》です。二人といない……畸形です」

「単に面倒な病気にかかられたというだけですよ。読んでごらんなさい。現代最高の名著です。トリーヴス医師でもあそこまでの診断は出来なかったでしょう」

　話を止めようとしたとき、「先生！」とメリック氏の声。

振り返ると、鷹原の後ろからのっそりと入って来たのはトリーヴス医師である。流石の鷹原も声を呑《の》んだ。ドアは開いたまま……階段を下りてくる間に、すべて聞こえていただろう。

「たしかに名著ですよ」とトリーヴス医師。「学会でも絶賛されています。素晴らしい仕事を成し遂げたとね。大した男です」――その声は柔らかく、鷹原の暴言を気にした風もない。取り敢えずだが、僕は胸を撫《な》で下ろす。

だが、鷹原も些《いささ》か居心地が悪そうだった。「いや、無駄口を叩《たた》いて……そんな時間もないのに……拡大鏡をお借りしに来たのですよ。たしかお持ちでしたね？」とメリック氏に云う。

「拡大鏡……」とメリック氏。「はい？」

トリーヴス医師が「何か？」と聞く。

「晩餐会の帰りに殺人事件に会いましてね」と鷹原。とたんにメリック氏が取り出した拡大鏡を床に落とした。「やあ、助かった」と、鷹原が拾う。「お借りしますよ。現場はこのすぐ側のバックス・ロウでね、夕方にはお返しに上がります」

「検死はもう済んだのですか」と医師。「当病院に運ばれたというのは耳にしておりませんが」

「ホワイトチャペルの死体置場でルウェリン医師が済ませました」と鷹原。

「ルウェリン？　開業医の……」――医師の声には、僅《わず》かに侮蔑《ぶべつ》の響きがあったが、そんなことより僕はメリック氏に驚いてしまった。

彼は泣いていた。立ったまま滂沱《ぼうだ》と溢《あふ》れる涙を拭《ぬぐ》いもせず、いや、泣いているのも解らないかのように、ただ泣いていた。

鷹原は無関心に冷たく……と云うより、ただ子供のように拡大鏡に満足していた。暖炉の上に並べられた貴婦人たちの写真に向けて見ると「ふむ、良く見える」と呟《つぶや》いたきり、「検死審問《インクエスト》は明日、ホワイトチャペルの勤労青年会館で開かれます。じゃ、お借りします」と、するりと医師の脇を抜け、出て行ってしまう。僕はあわてふためいて、何やら云いわけを云いながら後を追う。

「何だい、君まで来てしまったのかい」

外に出ると、涼しげな顔で彼が云う。

「勝手に引っ搔《か》き回したくせに。居心地が悪くてとても居られやしないよ」

「何が？　まあいい。現場の方が面白いことはたしかだ。きたまえ」

「冗談じゃない。もうふらふらだ。帰るよ」

またもや、何て男だと思いつつ、今度こそ僕は地下鉄道で家路についた。

疲れ知らずの鷹原が戻ったのは深夜……あの拡大鏡で犯人を見つけたのかもしれないが、僕は寝たふりをして、居間へは行かない。

♠

もう係わるまいと思っていたのに、翌日、起きるなり検死審問《インクエスト》に連れていかれた。

「『係わらない』と云ったって、もう充分係わっているよ。君も審問されるかもしれない。この国に滞在しているのだから、審問に応《こた》えるのは義務だよ。来たまえ」と真面目に云われ、おまけに馬車での途上、昨日の成果を聞かされる。鷹原の頭はまたしても事件で一杯のようだった。

「君は帰ってから冬眠の熊のように今まで眠っていたから、新聞も目にしていないだろうがね、流石に今度は新聞でも大騒ぎだった。『またしてもホワイトチャペルで殺人——』と、被害者のイラスト入りで、大きく出たよ。そのイラストを見て、被害者の夫やら、仲間の淑女たちが訪ねて来てね、身元も解った。メアリ・アン・ニコルズ、四十二歳。通称『ポリー』と呼ばれた売春婦だ。スピッタルフィールズのスロール・ストリート十八番地の簡易宿泊所に住んでいた」

「夫がいて、簡易宿泊所に住み、売春を？」

「アルコール中毒でね、何年も前から出たり入ったりを繰り返していたそうだが、三年前から完全に別居していたそうだ。夫——ウィリアム・ニコルズは週五シリングを彼女に送っていたが、それも彼女の売春を知ってからは打ち切ったと云う。それからは気まぐれに勤めたり、売春をしたりで、救貧院や簡易宿泊所を泊まり歩いていたらしい。五人もの子供……一番上は二十一だそうだが、そんな子供も居るというのに、憐《あわ》れなものだ」——声は平静だったが暗く、握りしめた拳《こぶし》はぶるぶると震えている。馬車の振動などではない。何がこれほど彼を夢中にさせるのか。「この国を滅ぼすものがあるとすれば、他国でも革命でもない。ジンとアヘンだよ」

「君も禁酒同盟に入るかい？」気分転換のつもりの軽口は、彼の視線で閉ざされた。彼にも冗談の通じないときがあるのを僕は知り、あわてて「手がかりは？」と聞いてみる。

「何も……現場はやはりぴかぴかだったよ。這《は》い回ってみたが、塵《ちり》一つ落ちちゃいない。だが、身元が解ってからは足取りも解った……昨日の午前一時半、ポリーは六週間泊まっていた簡易宿泊所に帰り、あの新品の帽子を仲間に自慢したそうだ。だが四ペンスのベッド代がなくて追い出されている。『そんなはした金はすぐ手に入る』と出ていき、それから一時間後、やはり仲間のエミリー・ホーランドという女と会っている。ホワイトチャペル・ロードに面したオズボーン・ストリートの角で酔い潰《つぶ》れていたそうだ。エミリーが『もう遅いから宿に戻ろう』と説得したが『宿賃の三倍稼いだけど、みんな飲んだ』と自慢し『もうひと稼ぎして帰る』と現場の方へ歩いていった。それが今のところ解っている生前最後の姿だ」

「たった四ペンスで死んだようなものじゃないか……」

「菫《すみれ》二束代だよ。憐れなものだ……最初の発見者はチャールズ・クロスという男。野菜市場の荷馬車の馭者《ぎょしゃ》で、三時四十分、あの通りに入った。あの先に市場があるんだよ。被害者を見て、酔って寝込んでいると思ったそうだ。そこへやはり馭者仲間のジョン・ポールという男が通りかかった。二人で助け起こそうとして死んでいるのではないかと気づき、あわてて警察署に走った。それと入れ違いに来たのが地域巡回のジョン・ニール巡査。彼は角灯《ランタン》で女を照らし、喉《のど》が切り裂かれているのに気づいて一瞬、女が自殺していると思ったらしい。そこにさきほどの二人と、二人と行き合ったやはり巡回中のアーサー・ヘイン巡査が駆けつけ、ルウェリン医師を呼び……というわけだ。そして君も聞いたように、現場はその後綺麗《きれい》に洗われ……かくてすべてが失われた。馭者のチャールズ・クロスが通りに入ったのは三時四十分、そしてニール巡査はそれ以前の三時十五分にも現場を巡回しているが、そのときには何も見ていないという。犯行は三時十五分から四十分の間、姿を見られていないから、前後数分差し引いたとしても、二十分ある。殺された女は一文なしの売春婦、従って金目当てでもない。凶器は鋭い刃物。今のところ解っているのはこれくらいだ」

「それで検死審問《インクエスト》を？」

「ああ、早いだろう？　おまけに我らの犯罪捜査部《CID》部長、今一番必要な切れ者、ジェイムズ・モンロウ氏は、よりにもよって昨日辞任している。石頭のウォーレン警視総監が勝ち残ったんだ。参ったよ。取り敢えず昨日からホワイトチャペル一帯の刃物を使用する者たち……精肉業者や革職人、コルク職人から床屋、ポン引き、ギャング、それにドックに入った船員たちまで、しらみ潰しに訪ねて、アリバイを調べている。だが……それにしても審問が早すぎる。フレディー……アバーライン警部が延期を申し込むと云っているがね。まあ、審問を一通り聞いて、そこから何か得られるかもしれない」

ホワイトチャペル・ロードに面した勤労青年会館の周りは人の群れでごった返していた。既に審問が始まっているのか……閉ざされたドアの前には巡査が立ち、興奮した群衆と押し問答をしている。

「江戸よりも物見高いね」と鷹原は、どんどん人込みを掻き分けていく。

と、入口付近で巡査と揉《も》み合っている連中の中に居たのはメアリ！　あの黒髪はフードに隠れ、地味なマントに身を包んでいたが、大きな碧《あお》い眸《ひとみ》、ロンドン初日に助けてもらったメアリ・ジェイン・ケリーである。

男の「お偉方しか入れないのかよう」と云う声に続いて、メアリの「私はポリーの友人なのよ」と云う声が耳に入った。

「メアリ」と声をかけると、振り返り、びっくりした顔。僕はそのまま彼女の手を取り、鷹原の後から会館の中へと入った。

巡査が最敬礼で脇に退く。

「貴方……ヤードの人だったの？」

「いいや、彼がヤードの人間なんだ」鷹原を示したが、彼はもうアバーライン警部の方へ行っていた。

ホールにはおよそ百人ほど。五十ほどの席は満席で、坐れなかった者たちが僕ら同様、席の後ろに犇《ひし》めいていた。警察関係に新聞記者、紳士から……こんな席にレディーから子供まで……押し殺した熱気が部屋に充《み》ち、誰もが前方を凝視し、固唾《かたず》を呑《の》んで聞き入っている。

黒板と小机の間でこちらを向いている白髪ながら白のベストに真紅のスカーフ、黒の上着という伊達男《だておとこ》が検死官、右の小机でペンを走らせているのが書記のようだ。陳述しているのは被害者の父親らしい。鍛冶屋《かじや》ということだが、粗末な身なりで実直そうな男だ。おどおどと質問に応える顔は暗く、頭髪にも髭《ひげ》にも白髪が目立つ。老いた父親は娘にはもう二年以上会っていないと応えていた。

「『ポリーの』と云っていたけど……被害者と友人だったの？」とメアリに小声で聞いてみる。

「いいえ……入るために云ったのよ。外の女たちは皆云ってるわ。ポリーの友人、親戚《しんせき》、身内……ご覧なさいよ、新聞記者やお偉方ばかり。好奇心だけで遠くから来ても、偉そうな身なりなら女、子供まで入れる……ホワイトチャペルの事件だっていうのに、ひょっとしたら我が身に起こった事件かもしれないのに、ここの住人は殆《ほとん》ど入れない」

「八月に入って、貴女の近所で二人目だものね。心配していたんだ」

「あたしを？」

「そう、寄ってみようかとも思ったけれど、却《かえ》って脅かすことになるのではとも思って……」

「優しいのね」

つっけんどんに云うと、メアリは黙ってしまった。僕はおずおずと尋ねてみる。「クレーマーズ嬢にはあれ以来会いましたか？」

「誰？」

「ヴィットリア・クレーマーズ嬢と僕は伺った。貴女に助けていただいた女性ですよ」

メアリの碧い眸が驚いたように見開かれた。「名前は違うのかもしれないけれど……」と云ったとき、肩を叩かれ、振り向くと鷹原だった。会場がざわめいていた。

「ポリーの夫だ。ウィリアム・ニコルズ」

見ると、黒ずくめの男が証言台に立っている。高いシルクハットに黒のフロック・コート、黒のネクタイに黒のズボン、黒い雨傘まで持っている。

「貸し衣裳屋《いしょう》で借りてきたのだろうが、完璧《かんぺき》な喪服だな」と鷹原。

薄い褐色の口髭と頬髯《ほおひげ》、蒼白《あおじろ》い顔は証言台に立たされているためか？　生来のものか？

「妻が死んだら、まず夫を疑えと云うがね」と鷹原は男を凝視したまま云った。男は妻とはやはり三年会っていないと応えていた。

くどくどと、苦しい中から妻へ送金をしていたこと、アルコールに溺《おぼ》れた妻のどうしようもない行動を憐れっぽく話す。真面目ではあるが、小心者という感じだった。

鷹原が「あの男では、ポリーに逆にやられそうだ」と云う。

横を見ると、メアリがいない。僕は観衆の間を目で捜した。「鷹原、トリーヴス医師と、理事長まで来ている！」

「昨日知らせておいたからね。ほんの庭先の事件だ。それに理事長は前回と異なり、ロンドン病院を無視してルウェリン医師一人で検死を片づけられたのも面白くなかったようだ。じっくりとルウェリン医師のお説を拝聴したいと、モース伯爵夫人との約束もキャンセルしていたよ。ちょっと挨拶《あいさつ》をしてこよう」

「僕はいいよ。どうせ病院で会うし……」

如才のない鷹原が、人込みを掻き分けて行った後、証言台にはルウェリン医師が呼ばれた。証言の内容からか、検死官が女子供の退廷を告げる。しぶしぶと席を立つ中に、今度は何とレズリー・スティーヴン夫人、ジューリアから、子供のトゥビー、ヴァージニアまで居るではないか！

いつもながら目敏《めざと》いヴァージニアは、僕に気づいたが、つんとおすましをしたまま、レディーの足取りで出ていった。

ジョージとともに戻って来た鷹原に、夫人や子供たちのことを云うと「野次馬揃いだな」と苦笑する。

「なぜ検死審問会《インクエスト》などに女子供が？」と僕は聞いた。

「ほんの二十年前まで、死刑見物に家族揃って出かけていた国だよ。祭の神輿《みこし》を囲むように、死刑囚を取り巻き、はやし立てていた国だ。不思議はないね。芝居見物と同じ感覚なんだよ」――ここまで日本語で云っていた鷹原は、取り残された形になった巡査部長に、今度は英語で話しかけた。「尤《もっと》もジョージ、新聞であれだけ騒がれたし、今日はどの芝居よりも集まると、アバーライン警部も云われてましたよね」

「名士揃いです」と苦々しげにジョージ。「新聞の取扱い一つでこんなにも変わるものですかね。満員御礼だ」

「新聞社の花形記者諸君がもっと書き立てようと今日もお揃いだ。それにあそこに居るのは女王の霊媒師、ロバート・J・リーズ」と鷹原も見回した。婦人たちが去って空いた席に、後ろで立っていた紳士たちが向かっていた。「ロシアから亡命したセルゲイ・ベロセルスキー公爵も好奇心はまだ充分おありのようだし、医師も大勢来ている……学会で会ったトマス・ダットン医師、フォーブズ・ウィンズロウ博士、おやおや、大著を完成させたラドクリフ・クロッカー医師までお揃いだ。横に居るのは誰だろう?」

「エイクランド氏……シオドア・ダイク・エイクランド医師です」とジョージ。「聖トーマス病院におられます」

「まるで幕間のバーだね」

鷹原の言葉とともに、幕は再び上がり、ルウェリン医師の証言が始まった。

医師は巧みに鷹原の言葉まで、自分の意見として陳《の》べたが、昨日聞いた話以上のものはなかった。が、「解剖に慣れた者」という医師の言葉に検死官から「では医師ということも考えられますか？」と質問されて「可能性はあります」と応え、医師たちの間にどよめきが走る。

ルウェリン医師が退くと、前方に居たアバーライン警部がこちらを向き、鷹原とジョージがうなずいた。

警部はつかつかと検死官の側へ行き、何やら話しかけた。審問延期である。

また場内がざわめいた。ジョージがアバーライン警部の方へ飛んでいく。

「静粛に！」と検死官が木槌《きづち》を打つ。「警察の証拠収拾のため、時間が必要です。審問は無期延期とします」

「さっさと片づけてしまえばいいのに」といういまいましげな呟《つぶや》きが背後で聞こえた。

振り向くと、仮安置場で会ったホワイトチャペル署のスプラトリング警部とカービ巡査部長である。

「事件を大きくしているだけだ。たかが売春婦が一人、殺《や》られたというだけなのに……犯人が挙がるとでも思っているのかね」

「まあ、いいさ。アバーラインは自分の首を締めているだけだ」

鷹原もきっと振り向き、心の臓が縮んだとき、彼の表情が変わった。

遠くから「カオル」と馴《な》れ馴れしく呼ばれ、見ると、出ていく人込みに逆行してこちらに来るのはスティーヴン氏である。黒髪のユダヤ人らしい男を連れていた。

スティーヴン氏は例の薄ら笑いを浮かべて僕だけを見ていた。「トリーヴス医師から貴方まで……今日は病院を挙げて検死審問《インクエスト》見学ですか？」

「そして貴方までいらした」と鷹原が云った。

「彼に誘われましてね」とスティーヴン氏は連れを見る。

「画家のシメオン・ソロモン。素晴らしい絵を描く男です」

真昼というのに、男は挨拶もろくに出来ないほど酔っているようだった。五十くらいだろうか？　間近に見ると、鉤鼻《かぎばな》に黒々とした眉《まゆ》と眸、そして顔の下半分は髭で覆われている。一目でユダヤ人と解る顔だが、異臭まで漂う粗末な身なりで、画家という感じは皆無だった。

「ほう」と気取って応えた鷹原は、流石に泥酔したようなこの薄汚い男に話しかける気はないようで、「お二人に気づいたときには、この間のドルイット氏とご一緒かと思いましたよ」と云う。

どんな遠目でも間違えようがないじゃないかと思った矢先、スティーヴン氏が「彼は今日はクリケットの試合です」と云う。

「クリケット？」と鷹原は大袈裟《おおげ》に驚《き》いた。「スポーツ選手だったとは思いもしませんでしたね。しかし、それは残念だったなあ。こんな審問会よりその方が面白そうだ。私はまだクリケット試合というのをちゃんと観戦したことがないのですよ。日本にはありませんしね」

いったいどうしたというのだ？　にこやかな笑顔の鷹原を見、そしてスティーヴン氏の声に彼を見る。

「来週もありますよ。彼はブラックヒースの花形選手でね、ブラザーズ・クリストファーソンとの試合が続いてあります。よろしかったらご案内しましょうか？」

「それはありがたい」と鷹原が即座に応えた。「どちらですか、場所は」

「ブラックヒース。次の土曜、十一時半からです」

「失礼」とジョージが割り込んできた。目でアバーライン警部を指す。

スティーヴン氏は「では改めてご連絡を」と勿体《もったい》ぶった会釈をし「ぜひお二人で」と、またもや僕を見つめる。そしてくるりと向きを変え、画家と二人でステッキ……いや、あの仕込み杖を振り回しながら、ゆうゆうと歩み去った。教会の鐘の音が聞こえてきた。

人も疎《まば》らになった会場で、スティーヴン氏が口ずさんでいたのは自作の詩なのだろうか？

　この地獄の梅毒の餓鬼どもは
　毎年襲いかかり鐘を鳴らした
　エルサレムの十人の娼婦《しょうふ》のために

二人が去り、鷹原もアバーライン警部の方へ行ってしまうと、僕もこれ以上ここに居る必要もなかろうと外に出る。

雨が降っていた。

と、「お貸ししましょう」と傘が差し出され、見るとホワイトチャペル署で唯一感じのよいシック部長刑事である。しかも、いつもの派手なチェックのスーツではなく、ハンチングにスカーフ、革の肘当《ひじあ》ての付いた茶のジャケットという出で立ち。どうみても警察官には見えない。反射的に受け取り、礼を云う間もなく、彼はにこっと笑うと、小走りに雨の中を走っていった。行く手にはスティーヴンたち……変装と気づき、尾行と気づいたのは三人の姿が見えなくなってからだった。

鷹原の指示だろうか？　鷹原はスティーヴンを犯人と考えたのか？　そう、スティーヴン！　ずっと前から僕だって……だが、そんなことが……あの陰惨な犯行を顔見知りの者が行うなど……いや、前方にスティーヴンたちが居たからといって、彼を追ったとは断定出来ないではないか。シックは他の者を追ったのかもしれない。いや、他の用事で行ったのかもしれない。

気を取り直して傘を広げたとき、やはり軒下で雨宿りをしていたらしい紳士が振り向いた。

「おや、貴方《あなた》は……」という日本語に見れば領事館の河瀬公使である。

「公使……貴方もいらしていたのですか」——そう云ったとき、馬車が僕らの前に止まり、領事館の人間だろう、日本人が顔を出した。

「ご一緒に」と誘われ、「いえ、傘がありますから。それにすぐ側です。ロンドン病院ですから」と辞退したものの、「では病院の前までお送りしますよ。さあさあ」と、笑顔とは裏腹な強引さで、押されるようにして乗ってしまう。

目と鼻の先の病院だし、公使館とは逆方向だ。馬鹿馬鹿しく方向転換している馬車の中で、佐藤《さとう》という書記官に紹介された。

「ロンドン病院に来ている柏木薫です」と挨拶をすると、明らかに僕の名を失念していたらしい河瀬公使は嬉《うれ》しそうに「柏木さん」と大きな声で話しかけてきた。

「この国の紳士連は多少の雨も、手にした傘も開かずに平気な顔で悠然と歩いていますが、われわれ日本人には理解出来ませんな。大体が風呂《ふろ》にもろくに入らぬようだし、文明国と云えども、こと皮膚感覚については鈍いのではないかと時々思いますよ」

モーニングに付いた雨滴を神経質にハンカチーフで拭《ふ》きながら云う公使に、僕も「そうですね」と応《こた》えた。そのすぐ後で、霧で濡《ぬ》れるのは一向平気な自分に気づき、黙ってしまう。

「光さんは、今日はまた随分とご活躍のようで」と公使は話題を変えた。「ご挨拶をしたのですが、軽く受け流されましてね。お忙しそうだったので、そのまま失礼致しました。よろしくお伝え下さい」

「実に熱心ですよ。彼は」と、僕はこの間の公使の話を思い出しながら強く云った。「社交もほどほどにはしていますが、ヤードでの職務には真面目に取り組んでいます。今回の事件にも真先に駆けつけました」

「ほう、現場にですか？」

「現場にも……検死解剖にも立ち会っています」

またしても「ほう」と応えた河瀬公使の言葉の響きに、僕は「この前の、八月初めの売春婦殺害のときには検死解剖自体、彼が手伝いました」と続けた。「犯罪捜査部《CID》の中でも彼の熱心さは人一倍と充分に認められているようです」

「売春婦殺しですからね」

「売春婦でも殺人は殺人でしょう」と云ってから、河瀬公使の変な云い方に気づく。

「母親の死んだときを思い出すのでしょう」

──何を云っているのだと思った。呆気《あっけ》に取られた僕の顔を、公使は面白そうに見る、というより眺めた。馬車は既に病院の前で止まっていた。

「おや、ご存じない？」

「何をですか」

「母親ですよ。——新橋《しんばし》の芸者でした。鷹原伯爵に身請けされるまでは新橋、蔦《つた》やの地獄太夫《じごくだゆう》……おや、地獄太夫もご存じない？　まあ、いいでしょう。お若いから。室町時代に山賊に浚《さら》われて苦界に身を沈めた女がおりましてね。自ら『地獄』と名乗って、地獄模様の着物姿で仏の御名を唱えながら、客を取ったという泉州堺《せんしゅうさかい》の遊女ですよ。彼の母親も、それを気取って『黄泉奴《よみやつこ》』とか名乗り、売れっ子だったそうですがね。恐ろしいほどの美人だったそうだが、何と云おうと色を売る……ま、売春婦ですな。それも殺されたのですよ」

公使の言葉が、暫時理解出来なかった。黙って見つめる僕に、公使は得々と話し出した。

「月見の頃と聞いたから、季節も今頃でしょう。めった斬りにされて死んだそうですよ。犯人は未《いま》だ解りません。事件そのものが伯爵の名の許《もと》に、いわば闇から闇へと葬られた形で終わったそうです。品川《しながわ》の別邸で暮らしていられた光さんは伯爵に引き取られ、たしか九歳の頃と伺いましたがね、当時伯爵夫妻にはお子がおられなかったので、ご夫妻の子として、正式に鷹原家長男となられた。が、一説には伯爵の正妻……いや、つい口を滑らして……」と、公使は滑らかすぎる口を一瞬閉ざした。唖然《あぜん》としたままの僕の前で、それでも溢《あふ》れた言葉が出口を捜すように、厚い髭の下で唇が震えていた。ほどなく「これは単なる噂ですよ」と、せき止められていた言葉が飛び出した。「証拠はありません。世間の噂です、飽くまでも。いまでは彼の義母ですからね、うかつなことは申し上げられませんが、美弥子《みやこ》伯爵夫人の指図という説もあるのですよ。それで彼のパリやロンドンでの放蕩《ほうとう》……いや、貴方は弁護されたが……彼の放蕩もですね、ようやく誕生された美弥子夫人のお子、つまり彼の義母弟に鷹原家を譲るためではと……まぁ華族間ではもっぱらの……それも彼に好意的な噂ですがね。……全くご存じではなかったのですか？」

「ええ」――手が馬車の把手《とって》に伸びていた。「送っていただきありがとうございました」と、礼もそこそこに馬車から下りる。

「光さんに、公使館の晩餐会《ばんさんかい》にもお出で下さるよう、お伝え下さい」

――話も忘れたように、すました声が背中に被《かぶ》さり、馬車は去った。


本降りとなった雨がみるまに服を濡らす。だが、すべてが洗われるようでほっとする。揺れる箱の中で、僕は悪夢を見たのだろうか？　病院には入らず、道を歩く。

悪意で云ったのではなかろう……と、公使の信じられないような話を思い返す。だが、日本語とはいえ、外の馭者《ぎょしゃ》にも聞こえるほどの大声だった。

そして僕は、冗談でも何でもなく、先夜、鷹原は本心でマダム・ブラヴァッツキーに母親の降霊を願ったのだと知った。

「母はアルファベットも知らない」……考えて見れば、学生時代に二、三度行った鷹原邸で、伯爵夫人から鹿鳴館《ろくめいかん》でなら通用するほどの、片言の英語を聞いたこともある。顔も鷹原とは似ていなかった。簡単に紹介された弟も歳が離れすぎていた。伯爵も美男ではあったが、衆目を集めるほどの鷹原の美貌《びぼう》を不思議に思ったこともある。公使の話は、そのすべてを納得させた。

彼は真剣に犯人を突き止めようとしている……改めて感じながら、僕は今まで自分自身の愚痴ばかりこぼしていたことにも気づいた。それはのほほんとした鷹原への、苛立《いらだ》ちにも似た攻撃、何の苦労も悩みもなく、恵まれすぎた人生を享楽する者への嫉妬《しっと》でもあったのではないか?

誇り高く、超然としたあの美しい顔の奥に、懊悩《おうのう》が潜んでいるかもしれないなどとは思いもせず、僕は押し詰まった留学期間の焦りと不安、そして誰でもない……自身への不満をすべて彼にぶつけていた……実に幼稚だ。情けない限りだ。

雨に打たれながら、シティを抜け、いつかブラックフライアーズ駅の傍まで来ていた。目を上げた僕は、雑踏の中を急ぐメアリを見た。勤労青年会館の帰りか……フードを目深く下ろしてはいたが、両端の上がった赤いルージュの口許《くちもと》、零《こぼ》れ出《いで》た黒髪はメアリのように見えた。そして並んで歩いている男……傘の下に垣間《かいま》見たちょび髭《ひげ》と割れた顎《あご》は……ドルイット氏ではなかろうか? メアリとドルイット氏が知り合い? そう思ったときにはもう黒い傘は雑踏に消え、見分けもつかなくなっていた。

傘を持ったまま、ずぶ濡れになって下宿に帰り、ボーモント夫人に呆《あき》れられたまま、何日も寝込んでしまった。医者の診断では肺炎になりかけているそうだ。幼稚だと思いつつ、幼稚なことを繰り返している。

♠

事件の方は、アバーライン警部がこの一連の売春婦殺しの捜査主任となり、相棒のジョージ・ゴドリー巡査部長を筆頭に、犯罪捜査部《CID》の面々は必死の捜査、また聞き込みをしているようだったが、見舞ってくれる鷹原の顔は冴《さ》えず、犯人の目星すら立ってはいないようだった。

犯罪捜査部《CID》部長の後任は、法廷弁護士でもあったロバート・アンダースン卿《きょう》という人物に決まったそうだが、就任早々、アバーライン警部に捜査を任せたまま、一ヵ月の休暇を取り、スイスに出かけるとか。

「登山だそうだ」との鷹原の言葉に、僕は呆れたが、話は聞くだけ、話すどころか息をするのもやっとという状態である。

ボーモント夫人は事件に並々ならぬ好奇心を抱いたようで、新聞売り子の声を聞く度に飛び出してゆき、僕の枕元で読んでくれる。そうして締めくくりはいつも「鷹原さんも大変ですね」だった。彼女の意見によると、鷹原が三階の彼の聖域に引きこもっていようと「ちょっと公園まで」と、カーディガン姿で本を小脇にかかえて出かけようと、あるいは夜会服で早朝に帰ろうとも、行く先がオペラでも芝居でもコンサートでも、それらはすべて「捜査のため」であるらしかった。

そして不甲斐《ふがい》なく寝ているだけの僕にもそのように思われてきた。

審問は延期に延期を重ね、各新聞は警察の無能を書き立てていた。曰《いわ》く『警察はお手上げ、イースト・エンドは無法状態』と。

アルバート殿下からは、この週末、呑気《のんき》にサンドリンガムの城への招待状をいただいたが、僕の風邪を口実に丁寧に辞退申し上げ、殿下からは折り返し、珍奇な南洋の果物が山と届けられた。男爵夫人の晩餐会で出たバナナ以外、僕も初めて目にするものばかりだ。ウニさながらにもじゃもじゃとした触手のようなもので覆われた果物、輪切りにしたら綺麗な星型になりそうな淡緑の果物、色も形も茄子《なす》のような果物、刺《とげ》で覆われたラグビーのボールといった朱赤の果物と、ジュール・ヴェルヌの『驚異の旅シリーズ』にでも出てきそうな、いかにも殿下らしい贅沢《ぜいたく》で派手な贈り物である。

ボーモント夫人は「どこをどのようにいただいたら良いのでしょうね」と云いつつ、大喜びだったが、部屋はたちまちのうちに甘ったるい濃厚な匂いで包まれた。

夫人が話したのだろう。隣のスティーヴン夫人とヴァージニアも見舞いに来てくれ、僕は星型の果物をヴァージニアにあげる。

母親の制止も聞かず、咳《せき》の止まらぬ僕のベッドに近寄り、枕の位置を直してくれた少女……『不思議の国のアリス』のように、おしゃまで優しい少女への、異星人からのプレゼントだ。

♠

何とか床から離れたのは審問から六日目、九月七日の金曜日、ポリー……メアリ・アン・ニコルズの葬儀の日だった。

朝帰りにも拘《かかわ》らず「出席する」と云う鷹原に、僕も「同道する」と云った。

一瞬、目を見張った鷹原は、すぐに「そうか」と云う。それだけだった。

地下鉄道でリバプール・ストリートに出、リバプール・ストリート駅から汽車に乗り、ロンドンの北東、イルフォードに着き、馬車で墓地に行く。静かな郊外のしめやかな葬儀と思っていたが、着いてみると、余りの人に驚いた。

ポリーの父親と夫、また三人の子供が列席していたが、警察はともかくとして、またしても多くの新聞記者、そして見物人とでも呼ぶべきさらに多くの野次馬連である。ボーモント夫人の並々ならぬ関心は、下宿させた鷹原ゆえと思っていたが、どうやら僕が寝ていた僅《わず》かな間に、ロンドン中の人々がこの事件に関心を持ったようだ。

鷹原の眸《ひとみ》は鷹《たか》のように鋭く、弔問者の間を飛び交う。「審問に来ていた顔はないかい？」との囁《ささや》きに、僕も眸を動かしてみる。

列席者から遥《はる》か離れて、墓石に寄りかかるように立っている男……男はあろうことか、スケッチをしていた。「スティーヴンと一緒だった画家だ」

「シメオン・ソロモンと云ったね」と鷹原。「それと……僕と目が合って人影に隠れたが、正面のあの飛び出した黒い羽飾りのボンネットの主は、君のご贔屓《ひいき》の貴婦人、メアリ・ジェイン・ケリーだ。それに彼女の衝立《ついたて》になっている男……ハンチングに長髪、鋭い眸の男……誰か解らないが、彼も審問に来ていたよ」

メアリが？　と、見てみたが、鷹原の云うがっしりとした男の陰に隠れて、帽子飾りという黒い羽しか見えない。

途端に男と目が合った。淡いブルーの冷たい視線。虚無を丸ごとかかえたような……荒々しく、すさんだ眸……きつく鋭い視線だ。彼は挑むように見返してきた。僕の方で目を逸《そ》らし、鷹原に云う。「船員かな？」

「さあ……後を尾《つ》けさせれば解るだろうが、船員ではないね。地上を疾走する狼の眸だ。テロリスト……ポン引き……アヘン窟《くつ》の経営者……善良な市民にしては視線がきつすぎるね」

ポリーの夫が、今日も完璧《かんぺき》な喪服姿で、嗚咽《おえつ》を上げたとき、葬儀は終わった。

アバーライン警部の姿はなかったが、犯罪捜査部《CID》からも何人か来ていた。鷹原の耳打ちで、あの男と、画家とに、私服の刑事が尾いていく。ジョージが来て、ため息をついた。「イースト・エンドに住む犯行可能な成人男性だけでも三万人、そのすべてが容疑者といっても可笑《おか》しくないんだ。捜査員も三万くらい補給して欲しいよ」

「動機なし、手がかりなし」と鷹原。「いや、二つの顔でしたね」

「二つの顔？」と僕は聞いた。初耳である。

「馬鹿馬鹿しい」とジョージは苦笑しながら顔を逸らす。

と、そこへ「『イースト・ロンドン・オブザーバー』ですが」と新聞記者。

鷹原は知らぬ顔で、すいと巡査部長から離れる。その間に人々も去り、メアリも確かめる暇もないうちに消えていた。

「行こう」という鷹原に「残らなくていいのかい」と聞きながら、出口に向かう。「何だい？二つの顔って」

「リーズさ、女王付きの霊媒師。——マダム・ブラヴァッツキーは『聞いたこともない』と無視していたが、ヴィクトリア女王が厚い信任を寄せる、この国随一の霊媒師だ。この間の審問会にも出ていた。そのリーズ殿が昨日わざわざヤードにまで足を運んで下さって、そういう御神託だ。幻視でご覧になったそうだよ、犯人を。『二つの顔を持つ男』だとおっしゃった」

「そんな馬鹿な……」——待たせておいた辻《つじ》馬車に乗り込みながら僕は云う。「二つの顔なんて……」咄嗟《とっさ》に浮かんだのは双頭の鷲《わし》……一つの身体に左右を向いた二つの頭が付いた奇怪な鷲の図柄……ハプスブルグ家の紋章だった。「それでは怪物じゃないか」

聞き慣れない地名を馭者《ぎょしゃ》に告げ、馭者の驚いたような声とともに法外な値段も聞こえた。馬車で市内にまで戻るつもりか？

鷹原は「怪物だよ、この犯人はたしかに怪物だ」と、ジョージのように吐息をついて座席に坐《すわ》る。

「どこへ行くの？」

ごとごとと動きだした馬車の中で、問いには応えず、鷹原は「明日のクリケット観戦は行く気はあるかい？」と聞いてきた。

クリケット？……「あっ」と、云ったまま、ようやく僕は審問会の時に会った、スティーヴンの言葉を思い出した。たしかドルイット氏のクリケット試合……（捜査は？）という言葉を呑《の》み込んで、「行ってもいいけど、どこでやるの？」と聞く。

「ブラックヒースだ。グリニッジ天文台の側だよ。なに、ロンドン市内からでも汽車で行けば二十分程のところだが、こんな東に来たんだ。今思いついたが、このまま南下してテムズを渡ればグリニッジなんだ。どうだろう？　君は病み上がりだし、僕もまた街中に帰るのは何だかうんざりしてきた。思いつきだがね、今から行って、ロンドン郊外でのんびり一泊というのは？　君は英国に来て、まだ市内しか知らないじゃないか。それとも真面目に回復早々の身でホワイトチャペルに戻り、ロンドン病院に行くかい？　それならそれで馬車を右に向ければいいだけだ」

「いや……」と僕は、鷹原の目の下の隈《くま》……西洋人のようにピンクがかった白い肌に浮かんだ傷々しい隈を見ながら呟《つぶや》いた。「週末だし……行ってもいいけど、一旦《いったん》下宿に戻って替えの下着くらいは持っていかないか？　夫人にも断って……第一今はハンカチーフと財布くらいしか持ってないよ。財布の中身も僅かだ」

「決まった！」と鷹原が嬉《うれ》しげに叫んだ。顔色がみるまに薔薇《ばら》色になる。「ぐずぐずと西に戻って、また東なんてまっぴらだよ。砂漠に行くわけじゃなし。要る物は向こうで買えばいいさ。僕のわがままだし、経費は持つよ。それに君はともかく、僕が帰らないなんて夫人には慣れたことだ。君が気になるなら電報でも打っておけばいい。今、行こう。このまま行こうよ！　馬車で緑を眺めながら、ちょっとした小旅行だ」

うきうきと子供のようにはしゃぎだした鷹原を見るのは久しぶりだ。ステッキ一本で、市内を離れて、小旅行……突飛な思いつきに、僕まで暫《しばら》くぶりにうきうきとしてきた。「いいね、行こう！」と弾《はず》んで応える。

「風邪をひいて脳細胞が変わったのか……」と鷹原はわざとらしく目を丸くして云った。「このところ君は変に素直だね」

「いや……少し、自覚したんだ。ロンドンに来てからというもの、君には寄りかかりっぱなしだ。君に振り回されていると思ったこともあるが、考えてみたら、僕のほうが強情でわがままだったような気がした」

「何だ、今頃自覚したのかい？　君はとてつもなく強情でわがままだよ」

「そう、面と向かって云われても困るなあ」

「それに、真正面から言葉を受け取る癖もある。言葉の裏というものを少しは考えるべきだ」

「そんな二面性は……おい、それこそ二つの顔じゃないか！」

「君はいざしらず、人間、二つや三つの顔くらい持っているさ。リーズの云うことなど、それこそジョージの言葉ではないが、イースト・エンドの三万の男たちに当てはまる」

「いや、もっと具体的な『二つの顔』を持つ男だよ。ほら、ライシーアム劇場で君と観た『ジーキル博士とハイド氏』だ！　君も前に云っていたじゃないか。『この事件の犯人はハイドだ』って。抽象的な二面性ではなく、リーズはもっと具体的に『ジーキル博士とハイド氏』の芝居を指したんじゃないのか？　つまりあの芝居に関連した誰かを……芝居は今も上演中かい？」

「ああ、大評判で続演中だ。ついでに云うなら、ホワイトチャペル署のシック部長刑事も君と同じことを云った。彼も君と同じで一本気だからね。『あんな話を思いついた作者か……あるいは主演の俳優も上手《うま》すぎる』とかね」

「それで？」

「作者のロバート・ルイ・スティーヴンソンは目下『キャスコウ』号なるヨットで家族共々南海諸島を巡行中だ。ロンドンどころか英国本土からも離れて久しい。主演俳優はアメリカ人でリチャード・マンスフィールド。こちらはイースト・エンドの娼窟《しょうくつ》にも結構出入りしているようで、先日からヘルスン警部が張りついている。ま、容疑者の一人ではあるがね……僕が話してみた感じでは、どうかなぁというところだ」

「話したのかい？　直接……」

「ああ、昨日もう一度観に行ったんだ。幕間に花束をかかえて楽屋に行き、終演後に誘ってみた。まずはシティのインド料理の店に行き、後はイースト・エンドに引っ張った。パブを回るうち、奴《やっこ》さんの身体にも酒が回り、馴染《なじ》みだという娼窟に案内してくれたが、それだけだ。いいかい、そこに行くのに、一旦ホワイトチャペル・ロードに戻らなければその店に行くことが出来なかったんだ。つまり彼が知っているイースト・エンドは、ホワイトチャペル・ロードからその娼窟への道だけだ。『馴染みの家』などと威張っていたが、彼も所詮《しょせん》は異邦人、公演でロンドンに来ただけのアメリカ人なんだ。あの犯人はね、イースト・エンドの蜘蛛《くも》の巣のように入り組んだ細い路地一つまで知り抜いている男だよ。でなければいくら深夜、それに霧が出始めたとはいえ、巡回中の巡査、うろついている娼婦、深夜労働者の溢《あふ》れたあの街を人目に触れず、見事に逃げ切ることなど出来やしない。相棒でもいれば別だが、彼ではないと思うね」

「……つかぬことを聞くが……その……娼窟に行ったのかい？」——口にしてから、いまいましいことに頬が火照ってきた。薄暗い馬車の中だったが、僕は陽射しを避けて身を深く座席に埋めた。

一瞬、目を見張った鷹原は、僕の顔色を見て取ってしまったのだろう。薄笑いを浮かべると「そうか……」と云ったまま、にやにやしている。

「いや、どうでもいいよ」と僕はあわてて云った。「どこに行こうと君の自由だ」

——顔を背けると、外は一面の緑、湿地帯のようで、鮮やかな緑の原の合間に水がきらきらと光っていた。低く垂れ込めた雲は鼠色と黄に染まり、陰鬱《いんうつ》な感じでもあったが、帯状の雲の間からサーチ・ライトのように光が流れ、水を鏡に変えていた。木と草と水の織りなすシンフォニー、静かな短調の風景だ。風景が楽を奏でるという、日本でもベルリンでも目にしたことのない、美しく澄んだ自然である。

（旅行なんだ）と思った矢先、「ロンドンというのは底知れぬ魔都だねぇ」と鷹原の声。「僕も正直驚いたが、あのイースト・エンドの貧民街、昼間は悲惨極まりない貧民街に見える薄汚い路地だ。その路地の、ドア一枚を隔てただけで、パリのシャンゼリゼの裏にあるような豪奢《ごうしゃ》な娼窟が在るんだよ。表面では子供すらコウノトリが運んでくるようなことを真面目におっしゃる美徳の都ロンドン、紳士の在るべき姿を誇示するロンドンでだ。しかもその情報源は誰だと思う？　役者のリチャード殿が得意気に洩《も》らしてくれたがね。あの調子では他でも吹聴しているることだろう。あの可愛いエディー……君によく似た……日本に来て、龍とは名ばかり、ミミズのような刺青《いれずみ》に御満悦になったエドワード王子だ」

「え！」と僕は振り返った。

「そう、アメリカの役者が得々と『馴染み』と強調したように、王族から貴族、紳士、郷士に至るまで……あそこの顧客名簿があったとしたら、一大スキャンダルになるだろうね」と鷹原はすまして応《こた》えた。

まさか……一国の王子が、それもいずれは王になられるだろう御長男が、ロンドンでも最悪と呼ばれる貧民街の売春宿へ⁉　昼食を共にし、博物館へもご一緒し、御自らの博物館へまで……たしかに些《いささ》か変わった博物館ではあったが……案内して下さった方……高貴な方が……ホワイトチャペルの通りを⁉　アレグザンドラ妃が晩餐会でそっと僕に囁かれた言葉――「エディーは鷹原氏と会ったときだけ活き活きとしますの。鷹原氏がずっとロンドンに居て下さったらと思いますわ」――床に臥《ふ》していたとき、ボーモント夫人は新聞の王宮欄から社交欄まで読んでくれた……エドワード王子の評はたしかにかんばしくはなかった。――『驚くほど無気力』『愚鈍』『臣下の用意した式辞すらまともには通読出来ないおつむ』『歓楽以外には興味を示されない』――尤《もっと》も、大方の王族方がこの国の新聞では驚くほど痛烈な罵声《ばせい》を浴びていた。エドワード王子など、ときには尊称なしの『エディー』或《ある》いは『カラーとカフス』などというあだ名だけで書かれていることもあった。王族といえども遠慮なし、むしろ身分が高ければ高いほど、揶揄《やゆ》と嘲笑《ちょうしょう》の的になるとすら云えるジャーナリズムの在り方に、僕は驚異を通り越して戸惑いを感じていたが――しかし……「アメリカの俳優の出任せじゃないのかい？」と、僕はようやく云った。

「いや、そうでもないようで困る。冗談混じりにすこし脅して口止めはしておいたがね」と鷹原。「あの王子ならあり得ることだ。だが、どれほど享楽的で軽薄な方であろうと、地位は地位だ。それに気は良いし、僕の友人だ。アメリカ人の役者から、会ったばかりの僕のような者に、吹聴されてはならないことだよ。時期が時期だけにね」と顔をしかめた。が、――次いで云ったのが「腹が空いた。何か食べよう」である。

馬車はいつのまにか――真っ白の壁に茅葺《かやぶ》き屋根の農家に挟まれた細い小路に入っていた。

のんびりと馬車を走らせ、夕刻、川岸に着く。

鷹原が「西インド・ドックだ」と云う。

城砦《じょうさい》のように高く聳《そび》えた煉瓦《れんが》塀がうねうねと続いていた。辺りに群がる住まいは湾岸労働者の住まいだという。それはまるで巨人の庭の犬小屋のようだった。

「世界に冠たる大英帝国の集積所だ」と鷹原。「君の部屋にあったような南洋の果物は勿論《もちろん》のこと、珈琲《コーヒー》や紅茶、煙草にワイン、シルクに金、銀、銅、そして宝石……世界中から搾《しぼ》り取った富がここに集められ、一握りの貴紳階級に分配される」

「僕にはこの要塞《ようさい》のようなドックが英国に、そしてこの民家が日本に見えるよ」

「国力から云ったらそんなものだろうね。だが民家の中の方があたたかく細やかかもしれないよ」

「しかし余りに小さく、余りに貧しいよ」

「なに、日本も英国も国自体の大きさは同じようなものだ。それに北里氏や森軍医のような頑張り屋揃いだもの。国民だってまだジンやアヘンには冒されてはいない。これからさ」

「君は『政府の要望に応えることなどない』と云いながら、時々国粋主義者のようなことも云うね」

「君だって『日本のために何とかしなければ』などと云いつつ、祖国を卑下してばかりいる。僕は怠け者だからね。国のために気負って頑張ろうなどとは露ほども思わないが、日本にも日本なりの素晴らしさが有るってことさ。たとえば凛《りん》とした日本美術を知って、西欧社会はひれ伏したじゃないか。今や、パリでもロンドンでも、ちょっと目の利く画商は日本の美術品収集におおわらわだ。豪華絢爛《けんらん》だけが美ではないと、目から鱗《うろこ》の落ちる思いをしたことだろう。細工物一つを採ったって、蒔絵《まきえ》や螺鈿《らでん》のあの繊細な細工に勝るものがあるかい？　バッキンガム宮殿は凄《すご》いが、江戸城だって美しいよ。文化や国力の違いはあるが、精神に於《お》いてわれわれは同等だ。一流の画家や職人の洗練度に於いては、より優れていると云っても良いかもしれない」

「ドイツに居たとき、ナウマンというドイツ人が君と似たようなことを新聞に書いていたよ。『日本の文化は実に洗練されている』とね。『それを日本人は捨てようとしている』とも……『日本人は一生懸命西洋を模倣しようとしているが、浅薄な模倣をするより、自国の文化を守るべきだ』と。森が嚙《か》みついて反論を載せていたが」

「彼の気性ならうなずけるね」

「いや、彼だけじゃない。僕も……留学生たちは皆動揺したと思うよ。だって僕らは浅薄かもしれない模倣にやっきになっている、正に最先端なんだから。無様な洋服姿を……おぼつかないダンスを……笑われたような気分だった」

「西洋社会は侵略や動乱はあっても、ほぼ同じ文化で営々と続いてきたんだ。そして、この国は今は絶頂を究めているが、女王同様老いている。日本は目醒《めざ》めたばかりの子供のようなものだ。平安の夢から醒めてみると、周りは異文化の怖そうな大人ばかり……そこで、がむしゃらに大人というものになろうと、全く異質の文化を取り入れようとしている。多少の混乱は仕方がないし、結果がどうなるかも解らない。だが、何もかもが西欧化するわけでもなかろうし、国力だって付く。今に追いつくさ」

そうだろうか――あのちまちまとした東京が、この壮麗な都のようになれるのだろうか？ 気楽に鼻唄《はなうた》など歌い始めた鷹原を横目に、僕はまたいつもの鬱屈《うつくつ》した思いに囚《とら》われ始めた。おまえはいったい何をしているのだ？

「着いたよ」と云う声に、馬車も止まり、軽やかに外へ出た鷹原を追って馬車から降りた僕は、思わず「ほう」と声を上げた。

夕陽に赤く染まったテムズをゆったりと外輪船が下って行く。汽船の往来、沿岸貿易船から艀《はしけ》に移される荷物、石炭船、牡蠣《かき》船、何隻もの艀を連ねた曳船《えいせん》、また夥《おびただ》しい船の間をすいすいと進む小艇……水と油の臭い……旋回する鷗《かもめ》たちの奇声の下で、船のエンジンのがたがたという音、外輪の水掻《みずか》きの音、風の音、人の声と、風景は壮大で活気ある長調に一変していた。そして何よりも雄大な空とテムズ。

小艇に乗り込んだ僕らは横たわる龍の川面を滑るようにグリニッジへと渡った。

夕陽は龍の逆立てた鱗《うろこ》をも赤く染め、川面一面燃えるような炎と化していた。そして対岸の建物も木々も丘もすべてを焼きつくそうとしているかのように圧倒的な力を誇り、東の空ではフランス・パンのような棒状の雲が空をだんだらの縞《しま》模様にしていた。群れ成して家路を急ぐ鳥たち……大いなる空、大いなる河、僕らの小艇は河に舞い落ちた木の葉のようだ……

「ちょっとした旅行も良いものだろう？」と鷹原。

「そうだね」と僕は先程までの思いも忘れ、素直に云った。「雲も河も忘れていた気がする」

「僕もだよ。街にも空はあり、テムズも流れているのにね、目に入らない。テムズを見るといえば、悪臭に辟易《へきえき》としたときだけだ」

グリニッジの街の中腹に建つ摂政時代様式の瀟洒《しょうしゃ》なホテルに宿を取ると一休みし、僕らは薄闇に包まれた丘を歩き始めた。

丘の上、大きな栗の木の向こうに、巨大な丸屋根の天文台が見える。

「あの中庭に子午線があるんだ」と鷹原が云う。「僕らは今、経度零の地点に居るんだよ。ついこの間まで地球は平らだなどと云っていた人間どもが、今度は丸い地球を区分けしている。四年前からここは経度零と決められた。そしてこの遥《はる》か裏側辺りに日本の大地が張りついているんだ。逆さまにね。はは……嘘みたいだな」

「望郷の念にかられたのかい？」

「まさか……出来ることなら国やしがらみも皆忘れて、ずっとこの地で暮らしたいよ。大英帝国……表面は修身の鏡のような女王陛下が統治する美徳の都、そして裏側ではパリをも凌《しの》ぐ歓楽と頽廃《たいはい》に彩られた底知れぬ魔都だ。リーズやマダム・ブラヴァッツキーのような霊媒やエレファント・マンのようなとてつもない畸形《きけい》、スティーヴンのような気違いじみた詩人もいれば、一万以上の解剖標本を集める外科医まで存在した変人奇人の溢《あふ》れた国だ。おまけに一生かかっても読み切れないほどの本があるし、世界中から役者や音楽家が押し寄せて芝居もコンサートも充実し、アトラクションとして殺人もご盛況だ。退屈する暇もない。物も溢れ、女も溢れ、生活は快適……帰りたいなどと思ったこともないよ」

思い返した河瀬公使の言葉……「彼の放蕩《ほうとう》もですね、ようやく誕生された美弥子夫人のお子、つまり彼の異母弟に鷹原家を譲るためではと」……は、鷹原の快活な声で打ち切られた。「ただし送金がないとね。この国で金がないのは地獄だ。快適な部屋、美味《うま》い食事、美味い酒……やあ、また腹が空いたと思わないか？」

中腹で立ち止まった鷹原に「同感」と、僕も息を切らしながら足を止めた。

雲間から現れた月の光に鷹原の白絹のマフラーが薄闇にぼうっと浮かび、風に鷗のように羽ばたいている。彼の視線を追うように、僕も夜空を見上げた。立ち止まり、暫《しばら》くすると、夜風はひんやりと冷たく、既に秋の気配を秘めていた。

輝く月、瞬く星、そして矢のように流れてゆく雲を頭上一杯に眺め、「時」の分岐点に立っているという不思議な思い、そしてこの大地の遥か反対側に日本がある……おまえは何をしているのだ？　という問いがまたしても頭を擡《もた》げてきた。金が有れば、鷹原はずっとこの国に居たいと云う。僕はどうだろう？　たしかに目を見張ることばかりの素晴らしい国ではあるが、異邦人という存在に変わりはない。どこに行こうと同じなのだ。僕が僕自身の目標を定めない限り……

目標？……目標とは何か？　ベルリンに居た頃、終始頭を占めていたのは、このまま定められた留学期間を解剖学に励み、帰国すれば、それで良いのかという問いにすぎなかった。人体に精通する……それはたしかに医学的な見地からみれば素晴らしいことだ。北里さんの云うように、学んでも学びたりない。だが在るものをそのまま認識することに、どれほどの意義があるのか。図で示せば済むことを頭脳に修めたところで、何になるのかというのが僕の問いだった。だが、それを放棄して、ではいったい、僕は何を知りたがっているのか？　ロンドンまで来て、僕が求めるものは何なのだろう？　畸形ゆえに世の中から孤立したメリック氏の精神を探ること？　己の孤独感を癒《いや》すために？　己の孤立感の原点を探るため？　いや、誰とも分かち合えないと思ってきた感情は「小説」という形式の中で多くの同胞を見つけ、そしてそれとともに周囲の人々にも繋《つな》がりの糸を見い出せるようになってきていた。人々との相違点ではなく、共通点を見い出すこと。そして……後は何だろう？　僕の見失った目標、僕の変わりゆく視点、僕の曖昧《あいまい》な生、そう、この世に向かって、この夜空に向かって、一言で済む疑問ではない。だから……一言で済む解答でもないのだ……明快な解答など出ないだろうと思い至って、奇妙な安堵《あんど》感《かん》と不安が、同時に押し寄せてきた。

「半月だね」と澄んだ鷹原の声が、僕をグリニッジの丘に呼び戻した。「半分は光、半分は闇……二つの顔か……やあ、星も見える。明日のクリケット観戦は大丈夫だな」

「二つの顔」「クリケット」……鷹原は夜空に犯人を追っていたのか……「君、スティーヴン氏を疑っているのかい？」

「さあね」と丘を下りながら鷹原が明るい声で云った。「イースト・エンドの三万どころか、今のところロンドン市民、百万人……が容疑者だ。いや、赤ん坊や幼児は対象外としても、紳士淑女から……子供だって……前にお目にかかったような子供のギャング団まで含めれば六、七十万。身近に犯人が居たなんて余りにも出来すぎじゃないか」

僕の脳裏に、幼いヴァージニアたちの前で仕込み杖を振りかざし、狂人のようにパンを突き刺していたスティーヴンの姿が蘇《よみがえ》った。「だが、こんなときにわざわざクリケット観戦だなんて……」

「そう、実は疑っている」と鷹原がぱっと振り返った。笑おうとしたようだが、笑顔になるまえに眉《まゆ》が寄る。「だが、彼だけじゃない。決定的な証拠がないんだ。調べれば調べるほど、誰も彼もが犯人に思われてきて……困っている」

「他には……まさか……馬車の中で云っていたね。エドワード王子⁉」

「彼は殺人の前日から女王陛下のお供でスコットランドの別荘だ。だが、専用列車でいつでもロンドンに来れるとも云っていた。ま、わざわざ殺人を犯しにロンドンに帰るというのも馬鹿げているがね……とにかく捜すさ」と、また歩き出したが凍りつくような声が後ろ姿から洩《も》れた。「何としても」

「協力するよ」

「え⁉」と再び振り向いた鷹原の眸《ひとみ》と合った。「驚いたね」と呟いた彼の声は温かく、顔もいつもの高潔で涼しげな笑顔に戻っていた。「人の細胞は七年間で入れ替わるというが、君の脳細胞は風邪で寝ていた一週間足らずで、そっくり入れ替わったようだ」

笑い声を挙げて、彼はすたすたと丘を下って行ったが、僕はもう一度繰り返す。

「協力するよ」

僕の目標は曖昧だったが、彼の目標ははっきりしている——そして今は、彼の目標に付き合うべきだと僕の心が僕に囁《ささや》く。いや、彼の目標などと云うのは傲慢《ごうまん》だ。僕自身、どんな男が——どんな意図で——あのような陰惨な殺人を犯したのか——知りたかった。

ただ拒絶していただけの人間というものに——僕自身をも含めた、このわけの解らない存在に——僕は興味を持ち始めたようだ。

九　そして三人……

翌日の十一時、スティーヴン氏と約束したというブラックヒースの駅に着いた。やはりクリケット試合の観客だろう。麦藁《むぎわら》帽子にバスケットを手にした近郊の者たちが僅《わず》かに降りるだけの、長閑《のどか》な郊外の駅である。

僕らは馬車に乗ったまま、駅を見渡せる楡《にれ》の木陰でスティーヴン氏を待ったが、いつまで経っても彼は現れず、三十分……とうとう試合の始まるという十一時半になってしまった。

「見過ごしたか……」と僕。「それとも待ち合わせ場所を聞き間違えたのでは？」

「いや、書面で――ブラックヒース駅、十一時――と寄越した。見過ごしてもいない」と鷹原。

と、新たに汽車が着く。十一時四十分。そして、ぞろぞろと出てきた人の中に一際目立つスティーヴン氏！

鷹原が、馬車のドアを開いて「スティーヴンさん」と呼びかけた。

明らかに泥酔していると覚《おぼ》しき千鳥足……右手にウィスキーの小瓶、左手にステッキ――あの仕込み杖を持ったスティーヴン氏が緑のスエードのジャケットに、あろうことか帽子も被《かぶ》らぬ乱れ髪のまま近寄ってきた。

「これはこれは……こんなところに居るとは思わなかった。ヤードの鷹原さん、それに柏木さん……」と馬車に乗り込む。そして杖を、抜いた……

鷹原の頭の有った位置……厚い革張りの背もたれに、剣は深々と突き刺さった。「少々遅れてしまいましたね。ロンドンの号外が面白かったもので……ホワイトチャペルでね、また……三人目が殺されたそうですよ」

鷹原がスティーヴン氏の襟を摑《つか》んで云う。「本当ですか？」

スティーヴン氏がにやにやとした笑みのままうなずいた。

「馭者《ぎよしや》！」と叫んだ鷹原は、「いや、汽車の方が早いだろう」と云うや、剣の下を搔《か》い潜って馬車から飛び出す。酔っぱらいを残し、僕も後を追った。

駅では早くも駅員を捕まえた鷹原が、凄《すご》い剣幕で問い合わせていた。僕を見るなり「十分後にロンドン行きがある。荷物を持ってきてくれ。電話は？　駅に電話はありますか」――後の問いは駅員へだ。そして駆けだした僕にも声がかかった。「彼が号外を持っているかどうかも聞いてくれ」

馬車の薄闇の中では、スティーヴン氏が相変わらずにやにやと僕を迎えた。

「早速、お帰りで？」

「ええ、号外はお持ちですか？」

「まさかね。いくら僕でもそんな物を持ってクリケット観戦に来るわけがないでしょう」

馭者への支払いを済ませ、昨日買ったばかりの鞄《かばん》、それにステッキ等持って振り返ると、鷹原の姿がない。電話でもかけているのだろうか？　暫く躊躇《ちゆうちよ》したが、時間もなく、この先、またスティーヴン氏に会う気もしない。思い切って尋ねてみた。

「貴方のおっしゃった人智学協会のクレーマーズ夫人に会いました」

「ほう、それはそれは」

「だが、僕の捜しているご婦人ではありませんでした。……貴方は今日の試合に出られるドルイット氏と彼女の話をなさっていました。彼女はドルイット氏にとても似ていました」

「ほう？」とスティーヴン氏が身を乗り出した。「ドルイット氏と……」そして突然身を反らすと、気が狂ったような高笑いを始めた。「そりゃ……そりゃ、彼の妹かな」

「妹！……妹さんがいらっしゃるのですか」

ぴたっと笑い声が止む。「ええ、いますよ。二人もね」

「柏木！」と呼ぶ鷹原の声。汽車の音も聞こえてきた。

「会いたいんですか」と再び顔を寄せたスティーヴン氏。「その……貴方の幻のクレーマーズ……ヴィットリア・クレーマーズに？」

「いや、別に……」――再び鷹原の呼ぶ声――「ええ、もしもその……妹さんのどちらかが、僕の会った方だったら……」

酒の匂いが鼻を突く。殆《ほとん》ど鼻先が触れ合わんばかりにスティーヴン氏の顔が迫っていた。僕は身を翻して駅に向かって駆け出した。

物見遊山は終わりだ。

終始無言のまま、ロンドンに向かう。

駅に電話はなく、近くの郷士の家からスコットランド・ヤードにかけたという電話では、詳細は解らなかったが、殺害場所はホワイトチャペル、ハンバリー・ストリート二十九番地の貸間長屋の裏庭と解った。

「まさか葬儀の夜にまた殺《や》るなんて……」と客室に納まった鷹原の、以後口から出るのは「不覚だった」という言葉だけ。

「どの辺りなんだ？」と聞いたが応えはなかった。

「不覚だ。不覚だった、不覚だった……」——苛々《いらいら》と指先で肘掛《ひじか》けを小刻みに叩《たた》きながら、車窓に向けられた眸は何も見てはいない。


キャノン・ストリート駅から馬車でホワイトチャペルへ。

オールドゲイトを過ぎると、驚いたことに、馬車はホワイトチャペル・ロードを左折し、コマーシャル・ストリート……かつてメアリの家を目指し、オレンジをかかえて鷹原と歩いたあの悲惨な通りを進んで行った。

（この近くなのかい）と聞こうとしたときである。前方の角から異様な群れが現れた。十人……いや、二十人は居るだろうか？　男たちが棒やステッキを振り回しながら、道一杯に広がってこちらに行進して来る。近づくにつれ、男たちの粗末な身なり、そして「レザー・エプロン！」（革の前掛け）——と連呼する荒々しい声に気づく。

「見ろよ！」と鷹原。「先導しているのは昨日の男だ」

「昨日の？」

「墓地に来ていただろう。一週間前のメアリ・アン・ニコルズの検死審問《インクエスト》にも来ていた男だ」

馬が脅えたように鼻を鳴らし、背後の馭者が手綱を引く。馬車を呑《の》み込むように、男たちは歩調も緩めず、向かってきた。怒りに燃えた眸、殺気に包まれたからだ、一触即発の暴力の匂い……先導の男と目が合う。そうだ！　群衆を煽《あお》りながらも、淡いブルーの眸は冷たくさめている……昨日墓地で、鷹原が後を尾《つ》けさせた男だ。

「レザー・エプロン！　レザー・エプロン！　レザー……」──荒々しい連呼とともに、僕らの左右を男たちが怒濤《どとう》のように過ぎ去ると、再び馬車は動き始め、メアリの住むドーセット・ストリートを横目に通り過ぎ、スピッタルフィールズの野菜市場の煉瓦塀《れんがべい》が見えてきた。

「『革の前掛け』とはどういう意味だ？」

「解らん……いや、『レザー・エプロン』というあだ名の男がいた。ニコルズの捜査で浮かんだ靴の仕上げ工で、ジョン・パイザーという名だ。この界隈《かいわい》で売春婦に暴行を繰り返していると垂れ込みがあってね、安宿を二百軒ほど捜索したが解らなかった。尤《もっと》も殺人に直接結びつく証拠はなかったし、たしか捜査対象から外した筈《はず》だ……あの男……あの連中……暴動にならねば良いが」──鷹原が憂鬱《ゆううつ》そうに呟《つぶや》いたとき、野菜市場を背に、馬車は右に折れる。そしてまた道に溢《あふ》れた人々……

「ここだ、降りよう」

何てことだ。メアリの家から僅か二、三分ではないか。薄汚い赤煉瓦の建物の前にはホワイトチャペル分署の巡査が立ち、野次馬を中に入れまいと、戸の前で二人、死守していた。薄暗い建物の中に入ると、尋問でもしているのか、騒然とした二階への階段と、後は光の差し込む一本の通路、そのまま抜けると、裏庭に出た。

鷹原が「フィリップス医師」と、庭への石段に屈《かが》み込んでいたシルクハットの男に声をかける。

「鷹原」と顔を上げた医師の背後に、シック部長刑事の顔も見えた。その向こうにはカメラと数人の巡査、そして塀を挟んで野次馬。遺体はない。

「遺体は？」と鷹原。

「仮検死を終えて、安置場に運ばせたところだよ」と医師。「酷《ひど》いものだ」

「発見されたのは今朝六時」と部長刑事。「この辺りに頭」と、石段のすぐ下を示す。次いで指先は庭の塀に沿って楕円《だえん》を描いた。「……と、こう倒れていました。仰向けに……左手は胸に乗せ、右腕は上に伸ばし、脚は開いて片膝《かたひざ》を起《た》て、外側に広げられていた」――身振り手振りで話していた部長刑事は、塀越しに覗《のぞ》き込む野次馬の興奮した声に気づき、ようやく声を潜めた。「首は取れそうなほど、切り裂かれ、腹部も……腸が引きずり出されて右肩にまで伸びていた」

最後に自分の腹から肩へと手でなぞった部長刑事の蒼白《そうはく》な顔を見ながら、鷹原が「ヴィーナス」と呟く。

ヴィーナス？……「そうだ、『ヴィーナス』だ！」と僕も声を上げた。

「こちらは？」と医師。

「ロンドン病院のカオル・カシワギです」と鷹原。「ジョージ・バグスター・フィリップス医師」

挨拶もそこそこに医師は「『ヴィーナス』とは何ですか？」と、レースのように下顎《したあご》を縁取った白い鬚《ひげ》を震わせ、怪訝《けげん》な視線で僕に聞く。

鷹原がすぐに「いや、僕らのたわいもない連想です」と応えた。

「被害者はヴィーナスとは程遠い、中年の売春婦だ」とシック部長刑事。「それより鷹原さん、これをどう思います？　ここに遺体の足があった」

荒れた庭の地面に指先でまた小さな楕円を描き、部長刑事が屈み込んだ。その足許《あしもと》には、二つの指輪、数枚の一ペニー銅貨、二枚の新しいファージング銅貨が、きちんと並んで有った。

「それは……最初から？」と鷹原。

「ああ」と部長刑事。「殺した後で、奴が並べたようだ」

「指輪は安物ですね」と鷹原。「恐らく被害者の物でしょう。わざわざ並べたところをみると、何か……メッセージだろうか？」

片膝をつき、拡大鏡で注意深く一つ一つを取り上げて見ていた鷹原に、フィリップス医師が声をかけた。「私はそろそろ……一通り調べ終わったことですし、安置場に行きますよ」

「私もお供してよろしいでしょうか」と、起ち上がって鷹原。「ここは……これだけ時も経ち、荒らされたのでは……」と辺りを歩き回っている巡査たちに目をやった。「二、三時間後回しにしたところで大差ないでしょう。遺体を見たい」

猫の額ほどの荒れ放題の裏庭で、われわれ以外に三人の巡査が歩き回り、塀越しの野次馬を制したり、庭隅の塵《ちり》を漁《あさ》っていた。頭上ではぼろ布のような洗濯物がはためいている。そして周囲の建物の窓からは、これまた落ちそうなばかりに身を乗り出し、好奇に満ちた何十もの眸……

「結構」と踵《きびす》を返したフィリップス医師に、鷹原は部長刑事に何やら囁いて後を追った。僕もあわてて後に続く。

フィリップス医師とともに着いたのはオールド・モンタギュー・ストリート、またもやあの救貧院の仮安置場だった。たった一週間で、またここへ来ることになろうとは……馬車から降り、時計を見ると、二時少し前である。そして、先に建物に入って行った医師の怒声……

「何だ、これは……いったい誰がこんなことを!」

急いで中に入ると、医師が仁王立ちになって、肩を震わせていた。鷹原が医師の脇をすり抜けて、遺体に近づいて行った。

遺体……全裸の……いや、朱に染まった白いハンカチーフだけは首に残っていたが、すっかり衣類も脱がされ洗われた遺体が、生々しい傷痕《きずあと》だけは留めたまま、瓦斯燈《ガスとう》の揺れる炎の下で剝《む》き出しになっていた。

部屋の隅、ひとまとめに抛《ほう》り投げられた衣類の傍らで、竦《すく》み上がっている二人の男の前につかつかと近寄った医師は「誰がこんな勝手なことを!」と怒りも露《あらわ》に詰め寄っていたが、鷹原に続いた僕は遺体を見下ろしてただ啞然《あぜん》としていた。

切り開かれた腹部、とぐろを巻く腸……洗われた皮膚や臓器は僅かに凝固した血痕《けっこん》を残しただけで、てらてらと鈍く光っていた。解剖模型……いや、ヴィーナスだ、スッシーニの『ヴィーナス』……顔さえ見なければ。

「まったく、やりきれん」と医師が真っ赤な顔をして寄ってきた。「ここの……貧民救済委員会の職員が指示したそうだ。『衣類を脱がして洗え』と。検死解剖前の遺体を『洗え』だ！　ここで病死したのも、行き倒れも、殺されたのも、あいつらにとっては同じなんだ。さっさと片づけるもの……それだけだ。こんな状態で仕事が出来るか！　馬鹿者揃いだ」

「裏庭で仮検死はされたのでしょう」と遺体を凝視したまま鷹原。「差し支えなければ、再現していただけますか？　腸が肩に乗っていたとか……」

「差し支えも何も……」と医師はまだ憤懣《ふんまん》やるかたない調子で手袋を外すと、無造作に腹から小腸を引っ張りだし、剝き出しの肩に乗せた。「ここまで綺麗《きれい》にしていただければ、このままマダム・タッソーの部屋にお運びしてもいいくらいだ」

「鷹原、やはり『ヴィーナス』だ！」

僕の耳打ちにはうなずいただけで、彼はコートを脱ぎ始めた。「血も何も洗われて、たしかに蠟《ろう》人形だな。だが先生《ドクター》、見やすくもなりましたよ。痕跡《こんせき》がなくなったのは残念だが、シャツを気にしなくてすむ」

　部屋の隅の流しで手を洗っていた医師は笑いながら「調べる物も少なくなって楽かもしれん」と云った。「子宮がなくなっているよ。それに膣《ちつ》の上部、膀胱《ぼうこう》の後部も切り取られている」

「僕も参加させていただいても構いませんか？」と僕。

「彼も解剖学専攻です」との鷹原の声、そしてうなずいた医師に続いてコートを脱ぐ。

　鷹原がシャツ一枚になったときアバーライン警部とジョージが入って来た。

「やあお二方、ロバート・アンダースン卿は？」と鷹原。

「今朝、さっさとスイスにお出ましだ」とアバーライン警部。「事件は伝えたがね、『休暇は休暇』とおっしゃったそうだ。被害者が貴婦人ででもあれば、留まったのかもしれないが……既に『タイムズ』紙の記者に嗅《か》ぎつけられた。たぶんうるさくなるだろうな」

「まずいな」と鷹原。「現場に行く途中で暴徒一歩手前の群れに会った。『レザー・エプロン』と連呼していましたよ」

「ああ、それなら……」と医師。はやくもシャツの腕を捲《めく》り上げ、遺体の横に立っていた。「あの庭にレザー・エプロンが落ちていたんだよ。巡査が拾い上げて『レザー・エプロンだ』と騒いでしまった。野次馬がざわめいたから、恐らくその中の一部だろう。庭の水道栓から二フィートほどのところに水浸しになっていてね、新しい物ではないが、埃《ほこり》も汚れもなく、風雨に晒《さら》された様子もない。昨日から今朝にかけて捨てられたものだね」

「ジョージ」と鷹原。「先導していたのは、昨日墓地で君に示した男だ。素性は解りましたか？」

「ジョージ！」とジョージが呟く。「いや、僕のことではなく……調べましたよ。名はジョージ・エイキン・ラスク。マイルエンドで大工と建物装飾業をしている。ホワイトチャペルの住人としては裕福な方でしょう。尤《もっと》も、元々からイースト・エンドの住人でもない。いや、そればかりか、オックスフォードを出たという噂さえあるそうで、かなりの理屈屋とか」

「アナーキストか」とアバーライン警部。「ジョン・バイザーが見つけられたらリンチだな。シック、ジョンを見つけられるか？」

入って来たばかりのシック部長刑事がすぐに取って返すと、僕らは無残な遺体の周りに集まった。

「おや、検死解剖はもう終わったのかね」とアバーライン警部。

「冗談じゃない」と医師。「これからだよ。これからだっていうのに、ここの……救貧院の親切な御仁がぴかぴかに磨き立ててしまった。全く、こんな悪条件で仕事をしろと云われたって、どうしようもない」

「そこで警察医二十年のキャリアがものを云うわけですよ、先生《ドクター》」と、警部は軽くいなして「野次馬も困ったものだが、お蔭《かげ》で身元もすぐ解った。アニー・シーフィー、またはシーヴィー。通称『ダーク・アニー』という売春婦だ。ドーセット・ストリート三十五番地の簡易宿泊所をねぐらにしていた」

「ドーセット・ストリート!?」と僕。メアリの住むミラーズ・コートの前の通りではないか！ヴィットリアが襲われ……浮浪者や売春婦がたむろする、すさんだ不潔な通り……

「そう、悪名高いドーセット・ストリートです」と警部。「乞食《こじき》、泥棒、売春婦、浮浪者の吹き溜《だ》まりだ。今ヘルスンたちをやっているから、昨夜の足取りがすこしは解るでしょう。どうです、先生《ドクター》、この間のと同じですか？」

「同じです」と鷹原。「同じ奴です。しかもこの間より酷い」

「私がこれだけやるとしたら、まず一時間はかかるね」と医師。「死因は首だと思うが、実に鮮やかだ。一気に掻《か》き切られている」

「死亡推定時刻は？」と警部。

「四時半前後」と医師。「私は六時半頃に現場に着いたが、そのときは死後二時間と見た」

「舌が腫《は》れていますね」と鷹原。「それに、この顔の擦過傷……背後から口を塞《ふさ》がれ、一気に喉《のど》を掻き切られたのでしょう」

「悲鳴を上げる暇もなし……か」とジョージ。「尤もあの裏庭では、音がすればすぐ周囲の家に聞こえてしまう」

「いや、あそこは売春婦が客を連れ込む恰好《かっこう》の場になっていたそうだ」と警部。「あの小さな貸間長屋には十七人もの住人が詰め込まれていた。表戸も裏戸も終日開けっ放し、したがってあの裏庭は売春婦たちのいい仕事場になり、周囲の家でも、夜中に多少の音がしたくらいでは『またか』と云うくらいで、一々窓を開けて見る者もないそうだ」

「周りの住人にすれば我が身の暮らしで精一杯。好奇心より、疲れで、ベッドから離れたくないというのが本音でしょう」と鷹原。「あの辺りでは我が家に泥棒が入るということもあり得ないでしょうしね。そして女は多少の抵抗はしたのかもしれないが、悲鳴を上げる間もなく殺された。前は切り刻んだだけだが、今度ははっきりと解体ですよ。こんなことが人間に成されるなんて！　奴はゆっくりと腹の解体を楽しんだ。殺すことより、解体が目的だったのです」

　ジョージがあからさまに顔を背けた。

「素人とは思われないね」と医師。「暗闇で腹部を切開、腸間膜の皮膜から小腸を綺麗《きれい》に切り離して肩に掛け、子宮は卵巣ごとえぐり取っている。膣の上部及び膀胱の後部三分の二は切り取られて左肩に乗せられていた。料理でもするつもりだったのかね」

「傷はこの前と同じ」と鷹原。「左上から右下に流れています。手際の良さから左利きと思うが、カムフラージュかもしれません」

「左利き！」と警部。「医者、肉屋……後はどんな職業の者なら可能かな？」

「犯人の目的意識によって、何とも応え兼ねますね」と鷹原。「臓器を子宮であると認識した上で切り取ったのか、それとも単に臓器を取るという意識だけでしたことか……手際は実に鮮やかだから、対象を人間と限らなければ、初めての解体とは思われません」

「鷹原氏の意見を採れば、犯人像は無限に広がるよ」と医師。「君らだって解剖の訓練は受けただろう？　したがって驚かすつもりはないが、こと、この状態だけで考えれば、警官も容疑の対象に入る。また、狩猟をする者なら動物の解体をした者もいる筈《はず》だ。農家の者なら豚やアヒルを無駄なく処理出来る。個人的な器用、不器用はともかくとして、農民、職人、医者、貴族、警官まで……体力、腕力があれば女性だって可能だろうね」

「ほう」と吐息をついた警部が「衣類を調べよう」とジョージを連れてわれわれから離れた。

「鷹原君、それに柏木君も、どう思うね？」と暗い顔でフィリップス医師が囁いた。「凶器は何だと思う？」

「刃渡り六インチから八インチ」と僕。「もうすこし長いかもしれません。薄くて、極めて鋭利な細長いナイフ」

「解剖用のメス」と鷹原。「この前と同じです。一般の外科医が持っているとは思われませんね」

「やりきれんね」と医師。「それ以外には？」

「畜殺用のナイフ」と鷹原。「刃の擦り減ったものなら似たような切り口になるかもしれません。それに狩猟好きの貴族や郷士なら、解体用のナイフを注文で好きな形に作れるでしょう。いずれにしろ、慣れていますね。無駄な傷は全くない。どうすれば子宮を綺麗に切り取れるか、メスあるいはナイフをどう使えば良いか、熟知していますよ」

「しかも暗闇でだ！」と吐き捨てるように医師。「大した腕だよ」

その後、簡易宿泊所の家主、ティモシー・ドノヴァンがヘルスン警部に連れられて、遺体を確認。検死解剖を終え、衣類を調べ、庭に落ちていたという櫛《くし》や封筒の切れ端など、遺留品と思われる細々とした物を調べ終わったときには、陽も落ちていた。

鷹原は、またもやロンドン病院に行き、メリック氏から拡大鏡を借り受け、改めて遺体から衣類、遺留品に至るまで、一寸刻みに観て回った。

「腹が減ったな」と彼が衣類の山から顔を上げたのは、皆、その執拗《しつよう》さにうんざりして引き揚げ、われわれ二人になってからだった。「そういえば昼も食べてない。今、何時だい？」

「七時過ぎだ」

「このボロを犯罪捜査部《CID》に届け……いや、ここの誰かに届けさせればいい」と、うんざりしたように手にしていたコルセットを抛《ほう》り出した。「食事だ。とびきり旨《うま》い物を食べようよ。こっちの腹まで抜かれたみたいだ」

「拡大鏡の成果はあったのかい？」

「何も……全く何もない。いまいましいがね。だが捜査なんて所詮《しょせん》は徒労の積み重ねだよ」――さっぱりと云うと起ち上がり、救貧院の方へ出ていった。

後には寒々とした部屋に無残な遺体だけ。

先週殺された女性より老けて見える。五十五、六だろうか？　こんな歳になってまで、売春でしか生計を立てられない暮らしなのか。褐色の髪に碧《あお》い眸《ひとみ》、白人にしては色が黒かったが、鼻筋は高くぼってりとしていた。ふくよかな顔だちで、下の歯が二本欠けている。口を閉じていれば、さほど酷い生まれにも見えない。なぜこんな目に？　なぜここまで？

顔から目を落とせば、それは正しくあの蠟細工の『ヴィーナス』、そのままだった。青ざめた皮膚の上にうねうねと延びた腸……切り開かれた腹……剝き出しになった内臓……「僕はもう飽きたから」と云われたエドワード王子の声が突然蘇《よみがえ》った。飽きたから……蠟細工には飽きたから……生身の人間になったのか？　まさか……。


鷹原が戻り、外に出ると、夜だというのにここにまで野次馬が群がっていた。

口々の叫びは、感情に走った調子と、下町訛《なま》りも手伝い、よくは聞き取れなかったが「レザー・エプロン」「警察」などは耳に入った。だが、戸を開いたと同時に新たに沸き起こったそれらの声は、警官には見えない二人の東洋人に意表をつかれたのか、見る間に静まった。

被害者を運び込むときに落ちたらしい血痕《けっこん》に角灯《カンテラ》を翳《かざ》し、何やら云っていた男がひょいと顔を上げ「やぁ、旦那《だんな》」と云う。

トム・ノーマン……いつだったか、パブで出会ったメリック氏の以前の興行師だ。左手に逆さに持ったシルクハットの縁は擦り切れ、中では小銭が踊っていた。呆《あき》れたことに、この血痕を種に見物料を取っていたらしい。

彼は変に愛想良く笑うと、聞いてきた。「ヤードのお偉方はまだ中にいらっしゃるんで?」

「ああ」と鷹原。「まだ、取り調べ中だ」

「あのドアの向こうに、無残な遺体があるんだ!」とノーマンが声を張り上げる。「この貧しい地区の、憐《あわ》れな売春婦の惨殺死体があるんだ!」

ノーマンの慣れた口上を後に、そこの群衆からは旨く逃れたものの、通り一帯、いや、イースト・エンド一帯が騒然としていた。

ホワイトチャペル・ロードに出、馬車を拾ったが、霧の漂い始めた中、囁《ささや》きと怒声、足早に歩く巡査、小走りの住民、そして「殺人だよ、殺人! 新しいニュースだ」などと新聞や号外を売り歩く少年たちの疳高《かんだか》い声、がらがらと馬車の車輪から馬の蹄《ひづめ》の音までが忙《せわ》しなく、緊迫して聞こえる。馬車でシティを抜け、ピカデリー・サーカスを過ぎ、リージェント・ストリートに降りたときは正直云ってほっとした。

同じ瓦斯《ガス》灯の瞬きすら明るく見える、華やかな通りだ。光溢《あふ》れる色とりどりのショーウィンドウ、霧の中から現れる紳士淑女の優雅な姿……だが、そんな中にも貧者はいる。

レストラン『カフェ・ロワイヤル』の前ですかさずドアを開いた貧しい身なりの少年に鷹原は二シリングを与え、今朝からの能《あた》う限りの新聞から号外を買って届けるよう頼んだ。「……私の名はタカハラだ。中に居るからね、持ってきてくれたら半クラウン銀貨をお礼に払うよ」

十歳くらいだろうか? 嬉々《きき》として少年が走り去ると中に入った。そして、外套《がいとう》を脱ぎながら「リーズだ」と云う。「ロバート・J・リーズ、例の霊媒だ」

視線を追い、真っ白なテーブルクロスに盛られた花々、酒、料理、そして金メッキの女性像の柱を飛び越え、店の奥に至ると、金糸の入り組んだ刺繡《ししゅう》を施した黒いビロードのスーツ、十本の指のすべてに指輪を嵌《は》めた四十位の男が居た。たしかに神がかりのような異様な雰囲気を漂わせ、これまた場違いのチェックのハンチングにチェックのスーツ姿という男と話している。

「チェックのスーツの男に見憶《おぼ》えがあるよ」と鷹原に云う。「先週の土曜、メアリ・アン・ニコルズの検死審問《インクエスト》に来ていた」

「新聞記者だよ。『スター』紙のベイツ君だ。明日の朝刊を、リーズの妖《あや》しげな戯言《たわごと》で煽《あお》る気だろう」

と、身近で鷹原を呼ぶ声。鷹原の顔もぱっと輝く。僕らは細面の顔を二分するような立派な口髭《くちひげ》を蓄えた紳士のテーブルへと向かった。

「やあ、鷹原、先週の事件で一週間御無沙汰《ごぶさた》と思っていたが、またまた事件で、これは暫《しばら》く会えないなと観念していた。嬉《うれ》しいよ」

鷹原は頻繁に会っているらしい紳士に、にこやかな笑みを送ると、僕を紹介した。——優生学の研究家、フランシス・ゴルトン卿《きょう》——と紹介された紳士は、「われわれも来たばかりだ。ぜひ同席を」と勧めてくれる。途端にフランシス卿と同席していた老紳士が眉《まゆ》を寄せるのを僕は見逃さなかった。

席に着いた僕らに、七十過ぎだろうか、手入れの行き届いた白髪、紳士としては珍しく髭も蓄えず、頑固そうに両端の下がった唇、二つに割れた立派な顎《あご》を剝き出しにしたウィリアム・ガル卿を紹介される。

ウィリアム卿は「東洋から来英した貴公子『鷹原』のお噂は伺っておりますよ」と、一変して愛想よく微笑み、「噂に違《たが》わぬ貴公子であられる」と暗に鷹原の美貌《びぼう》を賛美した。だが、よく見ればその微笑みは口許《くちもと》だけ、眸は冷たく傲慢《ごうまん》に僕らを見据えていた。出来れば別のテーブルに行きたいと僕は思う。

「彼は最近始めた私の研究の有能なパートナーだがね」と、フランシス卿は無頓着《むとんちゃく》に話し始めた。「ウィリアム卿に話した覚えはないが……そうか……」とにやりと笑う。

いったい何のパートナーなのか……ロンドン警視庁の犯罪捜査部《CID》とも、社交界とも、余り関係がありそうにはみえない、学者然としたフランシス卿……優生学？　一体何を研究しているのか……新たに鷹原の知られざる、そして広い交際範囲に呆れている間に、ウィリアム卿の立派な肩書が卿によって披露された。

「……王立医学院特別会員、王立外科学会評議員、生理学、比較解剖学の大家、皇太子及び王室付き侍医に加えてヴィクトリア女王付き特命侍医……なるほどね、情報源は女王だろう？」

「ご明察と申し上げたいところだが」と得意気にウィリアム卿。「諸々の紳士淑女からもだよ。『美しく、洗練された東洋の貴公子』とね。いや、柏木さんとおっしゃいましたね。貴方のこともロンドン病院のトリーヴス医師から伺っておりますよ」と如才なく僕にも微笑んだ。「ドイツからいらして、エレファント・マンの精神分析をなさっていられると。中々興味深いご研究ですな」

「多すぎて云い忘れたが」とフランシス卿は僕に向かって云った。「ウィリアム卿は精神病の大家でもあります」

じで?」

「いや、研究などというものではありません」とあわてて僕。「ドクター・トリーヴスもご存

「外科学会でよく顔を合わせますが、それでなくとも、彼は今やロンドン中に知られています よ。何しろエレファント・マンの救世主ですからね」

「救世主にして奴隷」と鷹原が口を挟んだ。「トリーヴス医師がエレファント・マンの救世主 なのか、はたまたエレファント・マンがトリーヴス医師の救世主なのか……微妙な問題です ね」――テーブルを煙《けむ》に巻くと、傍らでしびれを切らしていた給仕から、メニューを受け取り、 要領良く二人分の夕食を注文した。

「持ちつ持たれつということですか」と、ウィリアム卿。「まぁ、そういう見方も……特に医 師の間にはありますな。エレファント・マンが居なければ、彼は単にロンドン病院の一外科医 にすぎなかった。それが今や名士ですからね。近いうちに王室付きにもなるだろうと囁かれて おりますよ」

「しかし」とフランシス卿。「エレファント・マンを救ったのは彼かもしれないが、病状把握 においてはクロッカー医師に負けましたね。彼の著書はお読みに?」

「『皮膚疾患――その一万五千症例の分析』でしょう」とウィリアム卿。「名著ですよ、たし かに。だがトリーヴス医師は外科、クロッカー医師は内科で、皮膚疾患の専門家でもある。致 し方ないでしょう。まぁ、面倒な生活はロンドン病院が受け持たされ、肝心の病状分析はユニ バーシティ・カレッジ病院の医師に奪われるという形で、ロンドン病院としても、トリーヴス 医師としても虎の子を奪われたようなもの、たしかに面白くはないでしょうがね。しかし、学

会ではともかくとして、世俗的にはエレファント・マンはあくまでロンドン病院、そしてトリーヴス医師のものだ。スラム街に立脚し、なおかつ慈善を天下に轟《とどろ》かせたわけで、その栄誉だけでも大したものではありませんか。今でもアレグザンドラ妃は、頻繁にエレファント・マンのところへお越しだと聞きます。その十分の一でも、我がガイ病院へお越し下さったらと思いますよ」

「流石は精神病の大家だけあり、状況分析もお見事です」と鷹原。「ところで、私も前々からガイ病院に貴方《あなた》をお訪ねしたいと思っておりました」

「ほう、私を？　こんな老人のことも、お耳に入っていたわけですか？　まぁ隠居部屋で暇を持て余しておりますから、いつでも歓迎ですが、何か？」

「スティーヴン……ジェイムズ・ケネス・スティーヴン氏について伺わせていただきたく思いましてね。先生《ドクター》に診ていただいているとか？」

　前菜に手を付けたところだったが、驚いて落としそうになってしまった。スティーヴン氏がウィリアム卿の患者？

「叔母《おば》上のレズリー・スティーヴン夫人から伺いましてね、夫人も心配しておられます。そこで夫人代行として、私が一度伺ってみましょうと話していたのですが、事件続きでつい……今日、お会い出来たのは幸いでした」

「ふむ、前途洋々たる若者だ。身内の方もご心配でしょう」

「風車に打たれて脳障害を起こしたとか？」と誘うように鷹原。

「事故は一昨年ですがね。遠乗りに出て馬が飛び退《の》いた拍子に、風車の回転翼に跳ね飛ばされたそうです。それが原因かどうかは解らないが、具合が悪いと、昨年から私のところへ来ています」

「先生《ドクター》はそれが原因とお考えですか？」

「さあ、何とも……ここだけの話ですが、あの家系……スティーヴン家の方ですが、脳障害が多いのですよ、脳障害者と、極めて優秀な頭脳、このどちらかですな」

「それこそ優生学の分野ですな」とフランシス卿。「その青年は知らないが、私の研究によれば、脳障害というのは事故より家系に問題があることが多いのです」

「今まではジェイムズも優秀な部類に入っていたそうですがね」とウィリアム卿。「ケンブリッジでも最優秀だったとか」

「『使徒会』の会員でもあるとか……」と鷹原。

「随分と詳しいですね。それは初耳です」とウィリアム卿。「ケンブリッジのエリートだけで構成された会、幻の会……メンバーも公表しない会と聞いておりますが……それも夫人から？」

「いや、『使徒会』の他のメンバーからです。それで病状は？」

「ふむ、一言で云うなら早発痴呆《ちほう》です。正気のときはケンブリッジでの学究生活も法廷弁護士としての活動も、もちろん日常生活も支障なくこなし、いや、むしろ通常人よりも活発に、見事に処理出来るでしょう。しかし間欠的に狂気が訪れるようで、初期症状は集中力に欠け、移り気になる。そして爆発。詩を書いていますが、療法の一つとして私も勧めています。風車に打たれ、なおかつ風車に向かう。彼は現代のドン・キホーテですよ。世俗を越え詩作へ……反骨精神に富み、批判精神も旺盛《おうせい》だし、不安定な今の精神状態では弁護士より詩人により向いていると思いますよ」

「反骨精神、批判精神というより憎悪でしょう」とすまして鷹原。「この世への憎悪、特に女性への……療法と、おっしゃいましたが、それらは詩を書くことによって昇華されると思われますか？」

「思います。少なくとも言葉という、最も明確な形となって吐露されるわけですから」

「では彼の詩に万遍なく盛り込まれている……先生《ドクター》も彼の詩をご存じと思いますが……あの暴力……サディスティックな精神が、行動となって現れることはないと？」

そこへ、給仕が山ほどの新聞をワゴンに載せて持ってきた。鷹原は約束通り半クラウン銀貨を給仕に言付ける。

新聞の煽情《せんじょう》的な見出し、被害者の無残な顔のイラストが厭《いや》でも目に入る。

「ひょっとしたら……」とウィリアム卿は鷹原をじっと見つめながら言葉を切った。「貴方はヤードの犯罪捜査部《CID》に所属されていられると伺いましたが、彼を……ジェイムズを、ホワイトチャペル事件の犯人とお考えになられているのですか？」

「目下百人ほどの容疑者がおります。そのうちの一人として見てはおります」

「他の九十九人は解りませんが、彼は外した方が賢明でしょう」

ウィリアム卿は憮然《ぶぜん》として云ったが、鷹原は平気で「なぜ？」と聞いた。

「昨夜の事件に関しては知らないが、もし先週の犯人と同一とすれば……」

「同一です」とすかさず鷹原。「同じ犯人です」

「だったら彼ではない」と断固たる口調でウィリアム卿。「先週の木曜、夜中ではないが、昼間彼に会っています。彼は正気で、聡明で陽気でした。数時間後に豹変《ひょうへん》するとは、とても思われませんね」

「実際の早発痴呆……ジーキル博士からハイド氏への変貌《へんぼう》はそんなにもゆるやかなものですか？　かなりの時間を要するものですか？」——矢継ぎ早の鷹原の質問に、医師の顔が赤くなった。

明らかに怒気を含んだ声で、「君が生まれる以前から、私はガイ病院で精神病棟の監督をしています。社会的偏見は強いが、精神病者という者は、こちらが適切な対応をすれば、概して猫よりもおとなしい。おとなしく、無害な存在ですよ」

「それは患者を守るという、医師としての立場からのご発言ですか？　それとも個人的にスティーヴン氏を庇護《ひご》したいと思われてのご発言でしょうか？　それに……先生の精神病棟は屈強な看護人に対して、患者は女性ばかりとも伺いましたがね」

ウィリアム卿の手にしたナイフとフォークが、音高く皿の縁に置かれたとき、フランシス卿の「まあまあ」というのんびりとした声が割って入った。「鷹原君は『同一』と断言されたが、昨夜の被害者も目にしているのですか」

「昨夜というより、今朝のと申し上げた方が正確ですがね……検死解剖を終えてここに来たのです」——血の滲《にじ》んだロースト・ビーフの肉片にナイフを入れながら鷹原が応えた。フランシス卿に向けた顔は邪気のない笑顔である。続いて同じ笑顔をウィリアム卿にも向けた。「失礼を致しました。つい夢中になって……スティーヴン氏への疑惑は推測の域を出てはおりません。

容疑者も百人以上おります。確たる証拠が見つからないので、私も些《いささ》か焦ったようです。お許しを」

「いやいや」と憮然としたままウィリアム卿。「保守的な女王陛下から豪放磊落《らいらく》な殿下、それにおっとりとされた王子まで、全く異なるタイプの王室三代を魅了されたわけが解ります。容貌に加えて才気煥発《かんぱつ》、職務にも忠実な方とお見受けした。隠居部屋の老人に、久しぶりに活発な会話を楽しませてもらいました」――口調は穏やかだったが、表面的なものだった。明らかに東洋の野蛮人が何を生意気にという態《てい》である。

「検死解剖をしたというと、もちろん遺留品も調べたのでしょうね？」と、こちらは意に介する風もなく、呑気《のんき》な口調でフランシス卿。「それで……何も見つからなかったのですか？」

「ええ、何も。残念ながら僕らの捜すものはありませんでした。封書の切れ端が現場に落ちていましてね、裏にはサセックス連隊の紋章、表には宛て先の頭文字と思われますが、MとSPの字、それに『一八八八年八月二十八日付けロンドン』の消印がありました。被害者の頭の側に落ちていたそうで、今のところ、被害者、犯人、もしくは第三者の物とも解ってはおりません。サセックス連隊に一人行かせましたがね。ひとつ気になるのは、被害者の足許に二つの指輪……これは指輪の質、また被害者の薬指が擦りむけていたことからも、死後犯人が抜いたと思われますが……その指輪と数枚の一ペニー銅貨、二枚の新しいファージング銅貨が、何かの呪いのようにきちんと並べられていたことです」

「それは犯人が並べたものですね？　一つ一つ調べてみましたか？」と身を乗り出してフランシス卿。

「彼は拡大鏡で一つ一つ調べましたよ」と、僕は云いながらはっとした。そうだ！　鷹原は拡大鏡を……愛用している優雅な……白鳥の首と羽でレンズを支えた拡大鏡を、あのとき……あの裏庭で使用していたではないか！　では……なぜ……そのすぐ後、救貧院の仮安置場ではロンドン病院のメリック氏のところへまで赴き、彼の拡大鏡を借りてきたのだろう？

僕の疑念を余所《よそ》に、彼は気楽に話していた。「残念ながら痕跡《こんせき》は何も……あとは被害者のスカートのポケットが裂かれており、そこから散ったと思われる細々としたもので、役には立ちそうにありません。お手上げですよ」

「毎日どこかで殺人の起きている物騒な世の中だが……」とフランシス卿。「同じ地区でこうも続き……しかもかなり酷《ひど》い殺し方となると……地区が地区だけに、暴動でも起きないかと……心配だね。ましてウォーレン警視総監は先年の『血の日曜日』事件でただでさえ、市民から相当の反感を買っている」

「『血の日曜日』？」と僕は聞いた。

「そうだ、君は昨年はまだドイツだったね」と、やはり昨年はフランスに居た筈《はず》の鷹原が得々と云った。「労働者の待遇や地位の向上をめざしてね、この国では三、四年前から抗議運動が起きていたのだよ。ただし、デモや集会といった穏やかな運動で、現在、他国の運動家を魅了しているマルクス氏の暴力革命とは遠いものだ。そして昨年の秋の日曜日、最も大きなデモが行われた。トラファルガー広場に二万人を越える群衆が集まったのだが、我が上司……軍人上がりのウォーレン警視総監は四千人の警官と銃剣を持つ三百人の近衛《このえ》兵を指揮し、僅か数分で鎮圧……というより、彼らを蹴《け》散《ち》らした。二百名以上の重傷者を出したそうだが、この功績でウォーレンはナイトの爵位を与えられ、そして労働者階級からは終生続く怨《うら》みを買ったんだ」

「あの野蛮人にナイト爵などとんでもない決定だ」とフランシス卿。「秩序と品位を重んじる大英帝国としては恥ずべき暴挙ですよ。暴動を恐れるのは、ウォーレン……現在もウォーレンが警視総監である以上、第二の『血の日曜日』のような惨劇が起こるのでは、と思うからです」

「しかし」とウィリアム卿。「チャールズ・ウォーレン卿のやり方は多少乱暴だったかもしれないが、暴動を野放しにも出来ないでしょう」

「いや」とフランシス卿。「少なくとも昨年の事件に関しては、暴動などというものではありません」

「まあまあ」と今度は鷹原が仲裁に入った。「私が火付け役のようなもので、恐縮しますが、心ならずも食卓の話題としては相応《ふさわ》し兼ねるものばかりでデザートになってしまいましたね。このあたりで一新させませんか？」


レストランを出たのは十時過ぎだった。

二人の紳士と別れた後、拡大鏡のことを聞くつもりだったが、手に余るほどの新聞の束を持った鷹原の方が素早かった。

「新情報が入っているかもしれない、ヤードに寄ってみるよ」と、通りかかった馬車に飛び乗ってしまう。

一人になった僕は、乗り合い馬車で下宿に帰った。

♠

翌朝は日曜日。いつもより寝過ごして居間へ行くと、珍しいことに、昨夜いつ帰ったのか、鷹原が朝食を食べていた。

「やあ、お早う。検死審問《インクエスト》は明日と決まった。例によって早すぎるがね。君は今日は病院へ行くの？」

「ああ、金、土と行ってないしね。行くつもりだ」

「じゃ、僕も同道するよ。拡大鏡も借りたままだし」と、テーブルに載ったメリック氏の拡大鏡に顎《あご》をしゃくり、「踏み荒らされた後だが、現場ももう一度見たい」と云った。

「それだが……持っているのに、なぜわざわざ病院まで行って借りたんだい？」

「なに、こっちの方が良く見えるのさ。それより、君、病院の向かい……ほら、君が以前オレンジを買った青果店の隣に蠟《ろう》人形館が出来たね。明け方通ったら幟《のぼり》を立てていた」

病院の向かいに蠟人形館？　病院に通いながら、気がつきもしなかった。

鷹原はそのまま食事を続け、呑気に「夫人の料理は天下一品だが、このぐちゃぐちゃのソーセージだけはいただけないね。ソーセージはやはりドイツだね」などと云っている。

その後もご託を並べていたが、涼しい目許、白人のように白い肌は隈《くま》になり、脇には読み散らした朝刊の山が出来ていた。恐らく寝ていないのだろう。

ホワイトチャペル・ロード……鷹原の云った蠟人形館の前は山ほどの人で取り巻かれていた。

毒々しく書かれた幟には『恐るべきホワイトチャペルの殺人――ジョージ・ヤード、バックス・ロウ、ハンバリー・ストリートの被害者を見よ』とある。

「何とも恐ろしい早業だね」と、流石の鷹原も呆《あき》れたようだ。「胡散《うさん》臭い店だ。一晩で人形たちに赤ペンキでもぶっかけたのかな」

「胡散臭い」どころか、実に卑しい商売根性だ。入口に詰めかけた見物客から、嬉々《きき》としてペニー銅貨を受け取っている老人を、僕は睨《にら》みつけた。

「君でも、怖い顔が出来るんだねぇ」――聞きたくない声……スティーヴン氏である。そのまま顔を向けると、驚いたことにトリーヴス医師と一緒だ。

「やあ、お揃いで」と愛想よく鷹原。「見物ですか？」

「いやいや」と、やはり呆れたように呆然《ぼうぜん》と幟を見たままのトリーヴス医師だったが、あわてて向き直ると、これまた愛想よく挨拶《あいさつ》した。「病院に行くのですが、異様な人だかりに寄ってみたのですよ。驚きました。……いや、スティーヴン氏がね、ジョンに会いたいとおっしゃるので、日曜なら口うるさい婦長も居ないしと、お連れしたのです」

「ほう、エレファント・マンにね」と面白そうに鷹原。「彼に会うのは初めてですか？」

「そう、僕は名だたるエレファント・マン閣下に面会を申し込んですんなり通るような貴族でもないし、名士でもありませんからね。貴方たちもこれから彼のところへ？」

反射的に「いえ」と云っていた。スティーヴン氏とともにメリック氏には会いたくないと思っていた。汚される……メリック氏との間で、今まで細々と培《つちか》ってきた、僕なりの時間を汚される……なぜ、こんな風に思うのだろう？　魅力と嫌悪……僕は何かしらこの男が怖かった……

……

　黙ってしまった僕に代わって、鷹原が「今日は彼は私のつき合いでね」と云ってくれる。「捜査を手伝って貰《もら》っています」

「まず、この早業の見せ物からですか？」とスティーヴン氏。

「忌まわしい見せ物……おぞましい場所です」と、ぼんやりとトリーヴス医師。「ジョンはここで晒《さら》されていたのですよ。『エレファント・マン』として、ここで見せ物になっていたのです」

「ここで！」――考えるより先に言葉が出ていた。ロンドン病院の目と鼻の先ではないか。

「伝統ある小屋というわけだ」――げらげらと笑い出したスティーヴン氏の腕を取ると、医師は「失礼」と言葉短《みじか》に、そそくさと向かいの病院の方へ向かった。

　去り際に、スティーヴン氏が素早く僕に囁《ささや》く。「ドルイット氏には伝えたよ」――再び高笑いが起きたが、囁いた瞬間の彼の眸《ひとみ》は怜悧《れいり》な狼のものだった。

「さて、エレファント・マンは後回しにして……と」――鷹原が呟《つぶや》く。「陽のあるうちに、僕はあの裏庭を観てみたいが、君はどうする？」

「あの二人、いやに気が合っているようだ」と鷹原が笑いながら云う。「不思議な組み合わせだと思わないか？」

「スティーヴン氏が早発痴呆《ちほう》とは知らなかったよ」と僕はヴァージニアの部屋での彼の暴挙を思い出しながら云った。あれも発作のときだったのか？「些《いささ》か変わっているとは思っていたが、精神病とまでは思わなかったよ」
「精神病とまでは云えないよ。普段は普通だ。彼も二つの顔を持っているのさ。念のため、一昨日の彼の動向を調べてみよう。改めて我が下宿に招待でもしようか？」
「僕の居ないときに願いたいね」
「君はまた変に彼を避けるね」
「どうもね……」などと言葉を濁しているうちに、ハンバリー・ストリートの家に着いた。

入口に巡査が一人、そして裏庭にも一人、所在なげに立っていたが、野次馬の方は双方とも、昨日にも増して凄《すご》い数だった。

芝居見物でもあるまいに、見すぼらしいパラソルを手に精一杯めかし込んできた女もいる。塀の外、周囲の家々の窓、そしてここでもまたそれぞれの場所で、部屋で、しっかりと見物料を取っているようだった。

祭の後のような靴跡だらけの庭を見回し、「参ったね」と鷹原は云ったが、あとは黙して拡大鏡片手に隅からまた嘗《な》めるように観ていく。

寒々と殺風景な裏庭……被害者が倒れていたという傍らの、腐りかけた木塀には血痕《けっこん》が付着していた。ドアの側らにも棒状に血痕。

「あの掻《か》き切られた喉《のど》から飛んだものだろう」と鷹原。「塀と建物に飛んだ以上、後ろから切ったとしても、奴にも付いた可能性はあるね」

後は風雨に晒された古簞笥《だんす》や木箱といったがらくた類……洗濯場と覚しき……そうだ！

「『レザー・エプロン』はどうなったんだい?」――後は日本語だったが「レザー・エプロン」だけは聞き取られたようで、野次馬たちの間から嬌声《きょうせい》が上がってしまった。「悪かった。軽率だった」

腰を叩《たた》きながら伸びをした鷹原が、「構わん。どうせ知れ亙《わた》っている」とうんざりしたように云う。「分署のシック部長刑事が、ジョージ・エイキン・ラスクと競争で捜しているが、依然不明だ。ただし、ここに水浸しで落ちていたというエプロンは、この一階に住むジョンという男のものだったそうだよ。洗って干しておいたのが外れ、落ちていたのを巡査が拾い上げた……それだけだ」

「それでは『レザー・エプロン』など何の関係もないじゃないか」と僕は小声で云った。「それでも『レザー・エプロン』なる男を捜すのかい?」

「一旦《いったん》、広まった噂は中々収まらない。噂だけが一人歩きをして、今やホワイトチャペル中の人間が知っている。住民に見つかれば、リンチの恐れがある。逮捕ではなく保護のためさ。この空気だ。ただし、昨日アニーらしき女と一緒に居たという男が彼に似ているそうだ。これも噂の域は出ないが、一応取り調べはするだろう」

興奮し、木塀を倒しそうなまでに群がり、女子供に至るまで猛《たけ》り立った群衆を横目に、僕は虚《むな》しくうなずく。鷹原はまた腰を屈めて庭を歩き始めたが、日本語で昨夜ヤードで得たという情報を話してくれた。

「売春婦仲間から、被害者の名はシーヴィーやシーフィーではなく、チャプマン。アニー・チャプマンと解った。歳は四十七。前のメアリ同様、夫と別居、子供も二人居た。別居後も夫からは週十シリング貰っていたそうだが、ただしそれも昨年で終わり、夫が死亡したからだ。夫と暮らしていた息子は養護院に、娘はフランスのどこかの施設に預けられているそうだ。遺体発見者はこの家の最上階に住むジョン・デイヴィス。スピッタルフィールズ野菜市場の運搬人だ。六時五分くらいだったそうだが……先月末のメアリと変に似てやしないか？　共に四十代、夫と別居し、子供も居た売春婦、発見者はスピッタルフィールズ野菜市場の運搬人……」

「その前の殺人はどうだった？　僕が英国に来る前、四月だったか……手紙にあった売春婦だ。それに八月初めにビルディングの中で殺された売春婦」

「あれらは違うよ」と鷹原は激しい口調で云い、顔を上げた。「共に迷宮入りだが、四月のエマ・エリザベス・スミスはここいらのギャング団の仕業……チンピラか……いずれにしろ複数の暴行による殺害だ。八月のマーサ・タブラムは個人か……多くても二人だろうが、傷跡が今度の二人とは違う。めったやたらと切っただけだ。ロンドンで毎日起きている殺人の一つにすぎない。だが、メアリ・アン・ニコルズとアニー・チャプマンは同一犯、君も検死をしたから気がついただろうが、凶器も同じだと思う。傷はどれも的確、『お見事』と喝采《かっさい》を送りたいような手際だ。実に冷酷非道、エマやマーサのように衝動や成り行きで殺したのではない、最初から殺意を持って近づき、豚でも解体するように解体を楽しんでいる。しかも今度は前よりエスカレートしている。奴は『殺し』を楽しんでいるんだ。快楽のための殺人だよ。捕まえなければ続くだろう」

「続く!?　また起きると云うのかい……」

「僕はそう思うね。狩猟を楽しむ輩《やから》のように、奴も殺しを楽しんでいる！　こんな殺人は初めてだ。相手がどんな境遇の女性だろうと許せないよ。それに……早くこの犯行を止めないと……実際、暴動に成り兼ねない。まずいことに前の二人も売春婦、それにすべてホワイトチャペルで起きている。警察の石頭の上層部も、それに世間も、全部の事件をごっちゃにしている。昨日はイースト・エンドだけだったが、今日はロンドン中が騒然としている。集団ヒステリーの状態だ」

「鷹原……」──シック部長刑事だった。

「ここまで来たら、君が中に居ると聞いた。来てくれ。ラスクたちがホワイトチャペル署に向かったそうだ！」

まだ五時前というのに、街路には薄闇が降り始め、冷え冷えとしていた。

「何人くらい？」と鷹原。

「パブで聞いた話では四、五十人」とシック。「大方は棒杭《ぼうくい》や石だが、ナイフや拳銃《けんじゅう》を持った者もいるらしい」

「ウォーレン警視総監殿が見たら『蹴散《けち》らせ！』になりかねないな」

「ウォーレンは居ないが、アバーライン警部は居る筈《はず》だ」

「それなら大丈夫」

シック部長刑事の声音にも鷹原の声音にも、アバーライン警部への信頼感が見えた。だが、分署に何人居るのか知らないが、四、五十人の暴徒に太刀打ち出来るのだろうか？

分署の前でようやく追いつく。

昨日見た連中が三倍に膨れ上がっていた。「レザー・エプロン！　レザー・エプロン！」と連呼している。松明《たいまつ》を持っている者も居た。薄闇に火の粉が舞う。躊躇《ためら》いもせず、鷹原が男たちを掻き分けて前に進んだ。興奮しているが、暴徒と化してはいない。僕と部長刑事も後に続いた。

ラスクが見えた。ドアの前で男たちに向かい、指揮者のように両手で制すると、にやりと笑って悠々と分署の中へ入って行く。後に続いた二、三人に続いて、僕らも中に入った。

アバーライン警部が奥から出てきた。

止めようとした巡査を肩で振り払い、ラスクが、「アバーライン！」と吠《ほ》えるように云う。「俺はジョージ・エイキン・ラスクだ」――まるで『アレキサンダー大王……』とでも名乗ったような勢いだった。

鼻を突き合わさんばかりの位置で、アバーライン警部は立っていた。シャツの袖《そで》を捲《めく》り上げ、ベスト一枚という軽装だが、重役のような貫禄《かんろく》は変わらない。ラスクを見つめたまま黙っている。

「われわれは自警団を結成した」と、またもや大声でラスク。「警察は頼りにならない。われわれの街はわれわれで守る。われわれの女はわれわれで守る」

「その吠え声は私に聞かせているのか？」とアバーライン警部。「それとも外の連中にかね？」

ラスクの目がきらりと光る。「われわれの女はわれわれで守る」――打って変わって低く呟いた声は、間を置いて再び割れ鐘のようになった。「ヤードは……ウォーレンは……売春婦など何人死のうが平気だろう！　この地区など皆殺しになっても平気だろう！　本気で捜査する気などないんだ！」

鷹原が前に出ようとしたのをアバーライン警部が止めた。「私は本気だ。本気で捜査をしている。私だけではない。皆、必死でこの事件と取り組んでいる。だが、おまえは違う」──静かだが迫力のある声だった。「好機到来というわけだな？　ラスク」

ラスクの顔が歪《ゆが》む。目が動いた。

「日頃の鬱屈《うっくつ》を晴らす良いチャンス」と警部が一語一語はっきりと云う。「暴動を起こす素晴らしい切っかけ。革命万歳だ。おまえの頭には哀れな女たちのことなどないよ。有るのは自分だけだ。革命の英雄……リーダーとしての輝かしきジョージ・エイキン・ラスク殿だ。笑わせるな！」

「レザー・エプロン！」という金切り声が響いた。くるりと後ろを向いたラスクは入って来たとき同様の悠然たる足取りで出ていった。

「レザー・エプロン！」と叫ぶラスクの声に、群衆が応《こた》える。「レザー・エプロン！　レザー・エプロン！　レザー・エプロン！」……

声が遠のき、ほっとして振り返ると、これまた悠々とした足取りで奥の部屋へと戻るアバーライン警部の後ろ姿が見えた。シック部長刑事が続いている。

「済んだのかい？」と鷹原に聞く。「連中はあのままで大丈夫なのか？」

「大丈夫、済んだ。練り歩くだけさ」

「君も警部のところに行った方がいいんじゃないか？」と云うと、にっこりとうなずいた。

「僕は帰る。何だか暴動より疲れた気がする」

九月に入って間もないというのに、夜の街は冷え冷えとしていた。霧はなく、久しぶりに目にした星も凍《い》てついている。夏はあっという間に過ぎてしまった。そしてホワイトチャペルは恐慌状態だ。

無性に本が読みたかった。下宿に戻るなり、僕は三階に行く。

ボーモント夫人は台所に引っ込み、ボーモント氏は老眼鏡を掛けたまま玄関に出てきたから、恐らく新聞に夢中になっていたのだろう。

ロンドン中を貶《おとし》めている恐怖に僕も感染したようだ。事件も忘れ、メリック氏も忘れる別の世界……本が必要だった。

闇の中、マッチを擦り、鎖を引き、ぽっと瓦斯《ガス》の炎が点《つ》く。

途端に息を呑《の》んだ。ヴィーナスが……スッシーニの『ヴィーナス』が目に入ったからだ。ここに在るのは解っていたが、鷹原が梱包《こんぽう》を解いたのは知らなかった。

昨日の遺体が蘇《よみがえ》る。洗われて血の跡も消え、蠟《ろう》のようにぬめぬめと光っていた遺体……切り開かれた腹、引きずり出された腸が肩に掛かり……昨日、裏庭に着いたとき、ジョージは何と云っていた？「仰向けに……左手は胸に……脚は開いて片膝《かたひざ》を起て……」ああ……何から何まで同じじゃないか！　あの遺体に金髪の……無垢《むく》な乙女の仮面を被《かぶ》せれば良いだけだ……それにしても……何という美しい顔だろう。硝子《ガラス》の双の眸に瓦斯の青い炎がちらちらと踊っていた。半ば開かれた唇……もの云いたげな可憐《かれん》な唇……唇の両端がきゅっと上がった気がした。

笑っている……腹を裂かれ、自分の腸を抱いたまま笑っている……胸に乗った黄土色の芋虫のごとき腸が脈打つ。そして、添えた貝殻のような光沢の手がぴくりと動いた……

自分の叫び声で正気づいた。気がつくとドアを背に廊下に立っていた。だが……板一枚向こうに彼女が立っている。ノブが動き、板を隔てて息づかいまで聞こえて来る……頭に血が昇り、朦朧《もうろう》となりかけたとき「柏木さん」と声。

「柏木さん⁉……」――間近に……階段のすぐ下から血の通った、温かい……少し心配そうな声……ボーモント夫人だ。

「はい」と応えたとき、脇腹をぬるりと汗が伝い落ちた。

「どうなさったの？」――ほっとするような顔が下から覗《のぞ》いた。

板の向こうに、もう彼女は居ない。呪縛《じゅばく》から逃れて、僕は階段に向かう。

「いったいどうなさったの？」と夫人は気遣わしげにまた聞いた。両手には食事を盛った盆をかかえていた。

「あの……蜘蛛《くも》が居たんです」

「まあ」と云ったまま、夫人はころころと笑いだした。「それは……公園の側ですもの。蜘蛛くらい居ますわ」

一緒に居間に向かいながら、僕も笑っていた。夫人の笑い声は素晴らしい。

「立ち入り禁止でなければ、退治して差し上げますけどね、それにお掃除も……」

「いや、もう大丈夫です。肩に落ちてきたので驚いただけです」

盆をテーブルに置きながら、夫人はまだ笑っていた。夫人が彼女を見たら、それこそ悲鳴くらいでは収まらない。

「きっと蜘蛛の方でも驚いたでしょうね」と、夫人は今度はくつくつと笑っていた。「今夜はビーフシチューです。冷めないうちに召し上がれ。冷えますね、今日は。暖炉に火を起こしましょうか？」

「ありがとう。火はまだ結構です」と云うと、夫人は口を押さえて出ていった。恐らく笑ったまま階下に降り、ボーモント氏にこの事を報告することだろう。

ドーム型の蓋《ふた》を持ち上げると、ふわっと湯気が顔を包み、美味《うま》そうな匂いも立ち昇った。温かい食事、居心地の良い居間……我ながら、実に馬鹿げていた。蓋を戻し、瓦斯燈に加え、部屋のすべての油燈《ランプ》、燭台《しょくだい》にも火を灯《とも》すと、一層暖かい光に充たされた。夫人の忠告を無視して申し訳ないが、全身汗びっしょり、浴室に飛び込み、シャワーを浴びる。

部屋に戻ると長椅子の端に積み重ねられた昨日の新聞が目に入った。『またもやホワイトチャペルで殺人！』『イースト・エンドのレディーに再び恐怖の刃！』……腹はぐるぐると鳴っていたが、視界に入れたまま食事をしたくない代物だ。取り上げると、残った新聞の見出しが目に入った。『ホワイトチャペルで連続殺人！――イースト・エンドは恐慌状態！』考えないようにしてサイドテーブルに運ぶ。残りを持ち上げると、号外がひらひらと床に落ちる。『ハンバリー・ストリートで殺人！』――やれやれと思いながら、それを拾うと、クッションの下に本があった。新聞を片づけ、本を取り上げる。

『ド・クィンシー全集』第四巻である。作者に全く見当も付かないまま、何気なくぱらと表紙を捲り、目次の「Murder……殺人」という文字が目に飛び込んだ。

『On Murder Considered as One of the Fine Arts』――『芸術としての殺人の考察』……何という標題だろう！　そう、あの裏庭で、鷹原は「快楽のための殺人」と云ってはいなかったか？　「狩猟を楽しむ輩のように、奴も楽しんでいる」……と。

頁を戻し、発行された年を見ると、一八五四年、三十四年も前に出版された本だった。三十四年も前から、こんなとんでもない事が書かれているのか……芸術としての……快楽のための……殺人にそんなことがあり得るのか？　再び頁を繰る。

一、病的な道徳家の広告

われわれ読書家の多くは、前世紀、フランシス・ダシュウッド卿を筆頭に創立した悪徳促進協会『地獄の火クラブ』のことはご存じだろう。同協会が道徳抑制の目的を以《もっ》て組織されたのは、たしかブライトンの地であったと思われるが、やがてその協会自身が抑制させられることになった。しかし不幸にして、それと同様の協会、しかも一層凶悪なものが現にロンドンに存在しつつある。その傾向から云えば、『殺人奨励協会』とでも命名すべきと思われるが、彼ら独特の婉曲《えんきょく》な表現に依《よ》り、『殺人批評家協会』と云う名義にしている。メンバーは殺人に好奇心を持つ者であり、種々の虐殺方に関する素人研究家、愛好家であり、要するに殺人鑑賞家であると称し、ヨーロッパの警察が凶暴な殺人事件を報告する毎に、集会を開き、批評を交わし、あたかも絵画や彫刻、その他諸々の芸術鑑賞の如くである。……

「やあ、ただいま」

鷹原が入って来たとき、僕は椅子から飛び上がったように思う。彼は目敏《めざと》く、僕の手にした本に目を留めた。

「ド・クィンシーか。その辺りだと『芸術殺人』を読んでいるね」

「君、これは事実かい？　本当にこんなクラブが存在するのかい？」

「え？　ああ『殺人批評家協会』か。前にも云ったろう？　ここ、ロンドンには星の数ほどクラブがあるんだ。殺人、強盗、強姦《ごうかん》、誘拐のクラブ……何が在ったって不思議じゃない。だが、そこまで額面通りに受け取られたとは……トマス・ド・クィンシーが生きていたら、腹をかかえて大笑いしただろうね。まさに彼の講釈した『最良の読者』だ。それは君に進呈しよう。全集だが、生憎その巻しかない」

「『生きていたら』って、著者は故人なのか？」

「僕らの生まれる以前にね。憂い多きこの世から解放された」

「僕はまた……いや、つい目を走らせて……丁寧に読んだわけではないが……彼が今回の事件の犯人では……と……」

僕の呆気《あっけ》に取られた言葉は、鷹原の身を屈めるようにして吐き出された笑いで止められた。

「徹夜明けで動いて、疲れ果てて帰宅したが、君のお蔭《かげ》ですこし元気になったよ。……何だ、夕食に手を付けてないじゃないか？」

鷹原の持ち上げた丸蓋の下で、ビーフシチューが白い脂肪を浮かべて冷えきっていた。「食べるよ」と席に着く。「だがね、この本によれば……殺人にも等級がある。最も卑しむべきは

『毒殺』……そして芸術の名に値するのは『喉《のど》を切るという古い正直な方法』とあった。あの二人は正しく喉を掻き切られていたじゃないか！　とにかく死因……致命傷は喉だ！　喉を切り裂かれたことだよ！　まあ……作者は故人としても……この本を読んだ誰かが……この本が誘因となって……」

「三十年近い年月に読者は恐らく何十万、だが君みたいに生真面目にド・クィンシーのお説を受け取る者が、この国に何人居ることか……取り敢えず、現在百人近い容疑者が捕縛されている。僕が願うことは、その中に犯人が居ること、後は今現在、速やかに湯に入り、寝ることだけだ。明日は検死審問《インクエスト》だ。じゃ……」

今夜、鷹原にこれ以上話しかけるのは、流石に酷な気がした。

時計を見ると、もう十一時近い。やはり夫人に火を起こしておいて貰えば良かったと思いつつ、冷めたシチューをそそくさと食べ、「速やかに」彼がベッドに直進できるよう、僕も自室に引き揚げる。

ベッドに寝そべり「進呈」された本の続きを読もうとしたが、前ほど身が入らなかった。むさぼるように目を走らせ……たしかに雑な目の通し方だったのかもしれないが……空腹も忘れ、没頭した数時間……僕は単に作者にからかわれていただけだったのか？　詭弁《きべん》に弄《もてあそ》ばれていただけなのか？　だが、僕のように真正面から受け取り、腹を立てるどころか、共鳴した読者が居たとしたら？……

寒い……本を閉じ、寒気で曇った窓硝子を拭《ぬぐ》い、夜空を見上げた。夏の終わりどころか、一足飛びに冬の足音が聞こえてくるようだ。帰国まで四ヵ月弱……

寒々とした星空から目を落とすと、向かいの窓がぼんやりと明るんでいる。いつか荒れ狂うスティーヴン氏を見た子供部屋だ。スティーヴン……あの狼のような眸、そして不敵な笑みと同時に、昨日の鷹原とウィリアム卿のやりとりを思い出した。脳障害……『使徒会』とかいう秘密めいた会……これもクラブの名なのだろうか？　そしてあの仕込み杖……彼に関して鷹原に聞くことが沢山ある。そして僕も……子供部屋でのことを話しておいた方が良いだろうか？　彼がもしも……視界の隅で何かが動いた。

再び曇りかけた窓を拭い、目を凝らすと、向かいの窓でも紅葉が散るように小さな手が動き、丸くくり抜かれた硝子の向こうに小さな顔が浮かんだ。目が合う。ヴァージニアだ！

顔はふいっと窓から離れ、曇り硝子の向こうに影が動いた。と、何やら記号が浮かぶ。いや、文字だ。指で書かれた文字。「Can you read?」……「読める？」だ！「Yes!」と書いてあわてて拭い、横の曇り面に改めて逆さに書いた。彼女の方が僕に読めるよう、逆さに書いていたからだ。鏡文字……まるでルネッサンスの画家にして解剖学者、ダ・ヴィンチだなと思ったとき、再び向かいに文字が浮かんだ。

「眠れないの」――「もう遅いよ」――「でも眠くない」――ベッドの上に立っているのか？　曇った硝子を通して妖精《ようせい》のように朧気《おぼろげ》なシルエットが動き、細い文字の線を透かしてネグリジェの淡緑色がちらちらと見えた。「柏木さんはどうやって眠る？」――「羊を数えるよ」――「馬鹿にしないで！　ママがエイドリアンに云う言葉よ」――長文だ、六歳の少女の見事な鏡文字！――「馬鹿にしてない。僕だって数えるからだよ」――「子供みたい」――「君はアリスみたいだ。『不思議の国のアリス』って知っている？」――「ええ、本を持ってる」――窓が文字で覆われる頃には最初に書いた文字が曇り始め、通信面には事欠かなかった。――「本の挿絵のアリスに君は似てるよ。もう通信は終わり。燈火を消し、ベッドにおとなしく寝て、アリスの冒険を思い返してごらん、女王に会う前にきっと眠れるよ」――これだけ逆さに書くのは日本人の僕には結構大変だ。最後に大きく「おやすみ」と書く。「試してみる。おやすみ」という文字が浮かび、明かりが消えた。

僕も燈火を消す。スティーヴン氏がヴァージニアの従兄《いとこ》だということを忘れていた。どんな男であれ、彼女の親類なのだ。軽々しく疑ってはならない。彼への脅えにも似た感情が解らないまま、後ろめたさも覚えた。

十　ジャックの手紙

明けて十日、鷹原はいつもの爽快《そうかい》さを取り戻していた。

元気はつらつとした足取りで、またもやホワイトチャペルの勤労青年会館……検死審問《インクエスト》の会場に連れだされる。

建物は前にも増して十重《とえ》二十重《はたえ》の人垣、そして殺気だっていた。野次と怒声。「人殺し！」「アニー・チャプマンを殺したのは誰だ！」「誰が殺《や》った！」「ウォーレンの能無し！」しかし、警官の数も前の数倍は出ていた。警備体制は厳重で、今回は一般市民の傍聴も許されず、建物の入口からも遠ざけられていた。

中に入ると既に審問は始まっており、目敏《めざと》く僕らを見つけたジョージが、出迎えてくれた。

「フレディーは？」と鷹原。

「今朝一番でグレイヴセンドに行きました。――『犯人らしい男を逮捕』と連絡が入りましてね。『長柄の箒《ほうき》』と云うパブに昨夜血まみれの服で現れたとか。通報され、地元の巡査部長が駆けつけたそうです。男は昨夜、ホワイトチャペルにおり、手には新しい傷痕《きずあと》、おまけに風体を聞くと、ロング夫人の証言に合致する。警部は飛んで行きましたよ」

「ほお、それは！」と鷹原が目を輝かせた。「このところ、鼠狩りみたいに有象無象《うぞうむぞう》をしょっぴいているが、ようやく手応《てごた》えがありそうですね」

「まだ、ありますよ」とジョージも嬉々《きき》として声を弾ませた。「今朝、シック部長刑事がみごと『レザー・エプロン』を保護しました」

「ジョン・バイザーを⁉ 見つけたのですか。良かった。ラスクが地団太踏んだでしょうね」

「いや、危ないところでした。マルベリー・ストリート二十二番地の簡易宿泊所に義母や義姉と居たらしいが、ラスク率いる一党に囲まれ石礫《いしつぶて》の雨、窓も室内もめちゃくちゃになり、彼らが踏み込む一歩手前、リンチ寸前だったそうですよ。聞きたいこともあるし、一応逮捕ということで、レーマン・ストリート署に連行したそうです」

「流石は『生一本《きいっぽん》のジョニー』と云われるだけある。シック部長刑事のお手柄でしたね」

囁《ささや》き交わしながら、壁を伝って検死官に近い前の方に来ていた。席は満席で、壁際にも大勢の男たち。女子供は居ない。重く張り詰めた雰囲気である。

「あれは？」と鷹原が検死官の問いにおどおどと応えている初老の男を示した。

「発見者のジョン・デイヴィス。今呼ばれたところです。この前に陪審員たちが死体と衣類を検分しました」

あの建物の三階に住んでいるという市場運搬人は「六時五分頃でした」と発見時刻を繰り返していた。「ホワイトチャペル教会の時計が六時を打ってすぐでしたから……」——ものものしい会場の雰囲気に脅え、動転しているのが傍目にも解る。

ジョージが傷ましげに男を見ながら、「グレイヴセンドの男が犯人だと良いが」と呟《つぶや》く。

続いて、騒ぎの元となったレザー・エプロンの持ち主、ジョン・リチャードソンという若者が呼び出される。一階に母親とともに住み、午前四時四十分頃自宅に戻ったと云う。その時点では表戸も裏戸も閉まっており、ブーツが痛かったので裏戸を開け、石段に坐《すわ》りポケットにあったテーブル・ナイフでブーツの革の一部を切り取った。そのとき裏庭には何もなかったと証言。しかし、「ナイフ」の一言でバクスター検死官が身を乗り出した。その場ですぐにナイフを取りに行かされる。その間に母親のエミリア・リチャードソンが呼ばれた。

彼女は建物の表戸も裏戸もいつも開いていたこと、住人ではない女たちがよく出入りしていたこと、そして当夜は何の物音も耳にしていないことなど話す。やがて息荒く、息子がナイフを持って帰って来ると、それはただちに警察に手渡された。だが一見して、あの傷を作った凶器とは程遠い、チーズを切るには恰好《かっこう》だが、短く、刃も厚いテーブル用の物である。そして哀れな息子は、ナイフを持ち、凶行時間近くに裏庭に居たという自らの言葉で、容疑者の仲間入りとなった。

次はアニー・チャプマンの友人で一見してやはり売春婦と解るアメリア・ファーマーがアニーの素性から日常を話し、僕の想像を遥《はる》かに上回るイースト・エンドの悲惨なアニーの……売春婦たちの私生活を知った。

元は中産階級の出身だったというアニーは、それなりの教養もあったようで、それゆえ、気位も高く、仲間たちからは「お高くとまっている」と評判が悪かったという。その気位高い女性が、ウィンザーの平穏な生活……夫と二人の子供まで置いて、ロンドンの貧民街、イースト・エンドで売春婦にまでなったのは、やはり酒が原因。アルコール中毒そして肺結核だったと聞き、僕は彼女が歳より相当老けて見えたことを思い出した。その日のベッド代、医療費、アルコール代を稼ぐための売春婦生活……アメリアが彼女を見た最後は九月七日の午後五時頃、事件の半日前と云う。その数日前から、石鹸《せっけん》一つの貸し借りが原因で娼婦《しょうふ》仲間と喧嘩《けんか》、挙げ句は取っ組み合いの喧嘩となり、酷《ひど》い状態だったという。「具合が悪い」と窶《やつ》れはてた顔で云い「丸一日、お茶一杯だけで、何も食べていない。二、三日うちに救貧院に行く」との言葉に、アメリアは「お酒はだめ」と忠告した上で「これで何か食べるように」と二ペンス差し出したと云う。アニーは礼を述べ「何とか元気を出し、稼ぎに行く、でなければ今夜泊まるところもない」と別れたそうだ。

次に呼ばれたのは、アニーが常宿としていたドーセット街三十五番地の簡易宿泊所の主人、ティモシー・ドノヴァンという男だった。彼は七時頃、宿の台所でアニーを見ている。午前二時近くになっても、アニーがベッドに入らないので、聞くと「金がない」と云う。「規則ですから」と、ドノヴァンは彼女を追い出さざるを得なかった理由を弁解した。

ドノヴァンのくどくどとした弁解の間に、アバーライン警部が入ってきた。

「どうでした？」と早速ジョージ。

「何とも云えないね。名はウィリアム・ヘンリー・ピゴット。はっきり解ったのはこれだけだ」と警部は苦笑した。「コマーシャル・ストリート署に連行し、尋問してみたが、何とも要領を得ないんだ。取り敢えず独房に入れてきた」

次はその後に彼女を目撃したという宿屋の夜警、そして公園管理人の妻エリザベス・ロングの証言となった。

午前五時半頃、アニーらしき女と連れの男を見たというロング夫人の証言に会場がどよめき、詰めかけていた新聞記者連がペンを走らせる。何しろ初めて犯人らしい男の風体が語られたのだ。アバーライン警部も前に出、改めて直々に尋問した。

　そしてフィリップス医師の証言となる。

「『プリンス・アルバート』に居るから」とジョージに囁いた鷹原は、「出よう、医師の証言は僕らの見た通りだ」と、僕を促した。

「『プリンス・アルバート』とは何だい？」

「殿下の御名《みな》に相応《ふさわ》しき、豪華レストランだよ」

　新聞を買いながら、十五分後に着いたのは、同じホワイトチャペルの、見すぼらしいパブである。

　酷い話ばかりを聞いた後で、オールドゲイトのブッチャーズ・ロウ……通称『血まみれの路地』と呼ばれる殺伐とした通りを抜け、すさんだ外観、薄汚い店内に導かれた僕はげっそりとした。

「ここが『プリンス・アルバート』かい？」と生温いビールを飲みながら云った。

「ああ、アニーが八日の午前五時頃、ここに来て男と出ていったという噂がある。それに午前七時、つまり事件後だが『手の甲と指の間に血痕《けっこん》のある男が来た』と、ここの女将《おかみ》が云っているそうだ。さっきの公園管理人の妻、エリザベス・ロングの証言を憶《おぼ》えているかい？『午前五時半頃、男と歩いているアニーを見た』と云い、男の様子を話しただろう？　アニーとここを出ていった男と、その男の様子が一致すれば、信憑性《しんぴょうせい》が増すじゃないか。その後七時にここへ来たという男も、前の男と同一人物かどうか……今のところたしかなものは何もない。とにかく聞いてみるよ」

　女将をテーブルに呼び、鷹原がにこやかに挨拶《あいさつ》を交わしたときである。僕は女将の肩ごしに、店に入ってきたメアリ……メアリ・ジェイン・ケリーを見た！

　ミセス・フィディマウントは鷹原に任せ、僕はそそくさと席を立って、知らん顔をして他のテーブルに着いたメアリの前に行った。

　白々しく驚くメアリ。

　僕は「なぜこんなところに一人で……」と云った切り、言葉を呑《の》み、了承も得ずに前に坐った。

　安香水と白粉《おしろい》の匂い……メアリが何をして生計を立てているか解ったからだ。ヴィットリアを救ってくれたときの普段着のメアリ……先の検死審問《インクエスト》で出会ったときの地味なマント姿のメアリ……だが……鷹原の言葉は正しかった。

　メアリは注文したジンをごくりと飲み、挑戦するように意地の悪い口調で「買ってくれるの？」と聞いた。

　けばけばしい緑色の、哀れな羽毛のストールの端が、神経質に左右に揺れていた。弄《もてあそ》ぶ手を覆う黒いレースの手袋も、あちこち綻《ほころ》び、穴が開いている。

「時間を買うよ」と僕は云い、ポケットからクラウン銀貨をつかみ出してテーブルに置いた。

「三十分、いや、十五分でいい。話し相手になってくれる？　この間みたいに逃げないで」

「十回分の値段よ」とメアリは苛立《いらだ》った口調で云い、次いで媚《こび》を含んだ笑みを見せ、肩に靡《なび》かせた豊かな黒髪を掻《か》き上げた。「でも私自身を買うのはご遠慮すると云うわけ？」

「苛《いじ》めないでくれよ」と云いながら、涙が零《こぼ》れそうになるのを堪《こら》える。「喜怒色に現さず」だ。涙など見せたら、メアリを侮辱することになるだろう。「君は僕がロンドンに来て、最初に出会った親切なレディーだ」

「レディーね、はは……いいわ、何を話すの？」

「……怒らないで欲しいけど……他の仕事を考えたことはないの？……君はまだ若いし、綺麗《きれい》だ。その……とても美しい女《ひと》だと思う。勿体《もったい》ないと思う……」

「クラウン銀貨を無造作にポケットに突っ込んだまま、ホワイトチャペルを歩き、たしかめもしないで人に差し出す鷹揚《おうよう》な紳士のお言葉ね。それともそのポケットの中身は全部、クラウン銀貨なの？　ジンをお代わりしていいかしら」

「ポケットにはそれ一枚だよ。僕の一日の経費だ。でも友人が居る。好きなものを注文したまえ。ご両親は？　前に伺ったとき、居た人はご主人？」

メアリは残り少ないジンのグラスを両手で挟んだまま、突然低い声で歌い始めた。

――母の墓に捧《ささ》げようと摘んだ、たった一本の菫《すみれ》の花よ……

「メアリ！」

「綺麗な歌でしょう？　アイルランドの民謡よ……貴方《あなた》、やっぱりヤードの人？　これは尋問なの？」

「いや、違う。ヤードに居るのは向こうの彼、友人の鷹原だ。僕は留学中で、ロンドン病院に通っている」

「じゃあ医者なの？　日本人って云ってたわね。日本って、どこに在るのかも知らないけど、とっても遠い国でしょう？　日本のお金持ちの御曹司《おんぞうし》なのね」

「とんでもない。彼は裕福だが、僕の家はとても貧しいよ。国が留学させてくれたんだ」

「じゃ、とても頭がいいのね。まあ、乾杯」

二つ届いたジンのグラスの一つをメアリは物憂く差し上げ、またもやぐっと飲んだ。つられて僕も飲んだが、とたんに噎《む》せる。凄《すご》い味だった。げらげらと笑いだしたメアリに、「反対じゃないか。僕の方でばかり応えている」と、こればかりは自然に出てしまった涙を拭《ふ》きながら云う。

「人に聞くのなら、自分のことも云うべきよ」と、つっけんどんな応えだったが、さっきよりは表情が和んでいた。「いいわ、家はウェールズよ。父は鉄工場の職工長をしてるわ。とても今更帰れない。貴方の会った男はジョー・バーネット。同棲《どうせい》したり別居したりよ。後は何だっけ。仕事ね、仕事。これでしか暮らせないのよ。ほら、ちゃんと応えたでしょう？　Avez《アヴェ》-vous《ヴ》 déjà《デジャ》 étéen《エタン》 France《フランス》?」

「何だって？」

「『フランスに行ったことがあるか』って聞いたのよ」

――酒のせいか、メアリはぼんやりとした美しい碧《あお》い眸《ひとみ》で僕を見た。細面の整った顔を包んだ波うつ黒髪。湖のような眸、官能的な唇……こざっぱりとした服を着せ、きちんと髪を結い、派手な緑のストールと、赤い毛羽立つ羽をおっ立てた趣味の悪い帽子を取れば、どれほど素敵なレディーに見えることか。

「私、フランスで暮らしてたのよ」とメアリは再び云った。「あっちではマリーって呼ばれたわ。これでもね、最初からイースト・エンドじゃないわ。ウエスト・エンドの高級娼家に居たのよ。そこでフランス人の素敵な紳士に会い、一緒にフランスに行ったの。素敵な暮らしだったわ。彼は優しいし、豪奢《ごうしゃ》な生活、それにきらびやかなパリの街！　もう一杯いいかしら？」

――メアリは幸せそうに微笑んだ。「嘘じゃないわ、そう、ドレフュス事件だって知ってる。内緒だけどね、私も一役買ったのよ。本当よ。でもロンドンが恋しくなって戻ってきたの。彼は泣いて引き止めたけどね。でも、また行くわ」

「パリへ？」と相槌《あいづち》を打ちながらも僕の気持ちは暗くなる一方だ。

「そうよ」と云うと、内緒話を打ち明けるように顔を近づけ、「今度は本当の愛人とね。そうしたらこんな商売もお終《しま》い、生まれ変わるのよ！」と囁いた。

安酒の匂いにも劣らぬ香りがつんと鼻を刺す。だが、掠《かす》れたような低い囁き声はヴィットリアを思い出させた。

頬ずりするように、ジンのグラスを両手に持ったメアリが、「A qui pensez-vous?《アキパンセヴ》」と、とろんと云う。「『誰のことを考えてるの？』って聞いたのよ。夢見てるみたいな目よ」

「あの……助けてもらった……あの女性とは、その後会った？」

途端にメアリが身を引いた。唖然《あぜん》としていた。云わなければ良かったと後悔する。いくら助けて貰《もら》ったとはいえ、彼女が再びメアリに会うわけがない。あのとき……僕が馬車を呼びに走っている間、かなりの時を彼女たちは一緒だった。鈍い僕と違い、ヴィットリアはこの国のレディーだ。あの時点でメアリの生活と職業ぐらい察しが付いただろう。

「恋したの？」と、ややあってメアリ。「私と同じね」と呟いた口調は一変して暗かった。

「同じじゃないよ。君は彼とパリに行くんだろう？　僕はあれきりだ」

酷い味の酒を飲む。メアリも飲んだ。やりきれない気分だ。互いに目を逸《そ》らしていた。

「行く前に殺されるわ」とぽつんとメアリ。

「何だって？」と、彼女を見る。彼女は目を逸らしたままだった。おが屑《くず》で埋まった汚い床を見ていた。

「今度は私よ。来週か再来週……ここいらの汚い街路で、私が死んでるわ」

「馬鹿な！　ね、メアリ、他の仕事を考えて貰えないか？　彼も居て、パリに行くなら尚さらだ。危険だよ、本当に。今ここで……」

云いよどんだ僕に「娼婦で居るってこと？」と冷やかな言葉とともに氷のような眸も返ってきた。両肘《ひじ》を付いた手の中で宝物のようにグラスが握られていた。その向こうで上体がゆらゆらと左右に揺れている。彼女は煽《あお》るようにグラスを干すと、叩《たた》きつけるようにテーブルに置き、豹《ひょう》のように素早く僕のグラスも取り、それも一気に飲んだ。「Les hommes sont mortels《レソム ソン モルテル》.——『人は皆死ぬものだ』って云ったのよ！　死ぬなら死ぬで結構。旅費どころか部屋代も溜《た》まってるのよ、呑気《のんき》な先生《ドクター》。あんたなんかにここの暮らしが……」

「柏木！」と呼ぶ鷹原の声で、メアリの言葉は中断された。振り返ると、女将の姿はなく、替わりにジョージが坐っていた。

「行った方がいいんじゃない。もう三十分以上話したわ、先生《ドクター》」

「ああ……」とメアリを見ると、もう眸は逸れていた。「殺される……殺される……」と歌うように呟《つぶや》いている。

メモ用紙を取り出し、下宿先の住所を書きながら云う。「僕も貧乏で、経済的に貴女の役には立てない。でも、何か僕に出来ることで、手伝えることがあったら、いつでもここに知らせて欲しい」――再び鷹原の声。前よりきつい。メアリを無視してテーブルから呼びつける態度に、いささかむっとしたが、これ以上無視すれば彼の方でやって来るだろう。そうなれば彼女にもっと無礼になりかねない。メモを渡すと起《た》ち上がった。

「じゃ、また」とだけ云って、鷹原たちのところへ行く。

席に着くなり「まさか、彼女にも恋したわけじゃなかろうね」と鷹原が冷やかに云った。

「まさか、鷹原」とジョージが大笑いする。「だが、柏木さん。あまり係わらぬ方がいい。この辺りの売春婦としては上出来……若くて美人だが、御多分に漏れずアル中の大嘘つきだ。買われるのならともかく、貴方のような人がまともにつき合う相手ではありませんし

警察官にあるまじき暴言だ。視線が合うと、ジョージはあわてて付け足した。「下手なフランス語を使って『パリに居た』とか云ったでしょう? 酔うと始まるんですよ。誰も信じちゃいません」

「彼女を知っているのですか!?」

「このところ毎日イースト・エンドのパブ通いですからね。お馴《な》染《じ》みですよ」

「嘘つきぞろいだ」と鷹原。「ここの女将の話も曖昧《あいまい》だ。『アニーがここへ来て男と出ていっ

た』というのは事実無根。『午前七時頃現れた男』と云うのも、単に手に血が付いていたというだけで、ここいらの肉屋の店員という可能性の方が高い。一応特徴は書き取ったが、ヤードに山と寄せられる情報と大差ないね」

「早くも号外ですよ」とジョージが、べたべたしたテーブルにポケットから取り出した号外を広げ、張りつけるように置いた。「さっきの証言……公園管理人の女房エリザベス・ロングの証言がでかでかと出ています。ま、直接見たって云う証言はこれだけだが、彼女もアル中ですからね、どこまで信じてよいのやら」

――歳は四十すぎ、色黒、褐色の鹿打帽に黒いコート、外国人風……これが犯人像とばかりに書かれた記事を読みながら、僕は審問の席でも酔っているように見えたロング夫人を思い出した。尋問したウィン・E・バクスター検死官は、たしか証言能力に欠けると判断、早々と切り上げた筈《はず》だ。

「今の時点でこのように決めつけられると危険だね」と鷹原。「僕らも歳こそ合わないが、色黒の外国人だ。これは鹿打帽を被《かぶ》って歩けなくなるねぇ、柏木」

「君は白人みたいな肌だから大丈夫だよ」

「いや『外国人』の一言で、槍玉《やりだま》に上がるのはユダヤ人です」とジョージ。「無論、貴方方だって、それに私だって、ここいらを歩くときには気を抜けませんがね。しかし、まず第一に標的にされるのはユダヤ人。何というか……昔からの嫌われ者ですよ。地域に馴染まず、仕事だけは奪うユダヤ人です。既にホワイトチャペル署の前にここいらの連中が集まり『あれはユダヤ人の仕業だ』と気勢を上げてましたよ。『英国人にあんな残虐なことが出来る筈はない、ユダヤ人を逮捕しろ！』ってね」

「日頃の彼らへの鬱積《うっせき》した感情が爆発したというわけだ」と鷹原。「ますます不穏な空気になってくるね」

「今朝、逮捕した『レザー・エプロン』……ジョン・バイザーもポーランド系ユダヤ人です」とジョージ。

「私はアイルランド系英国人。同席させていただいてもよろしゅうございますか？」――アバーライン警部だった。

「やぁ」とジョージ。「鷹原の話では、ここの女将の話は当てにならない。客寄せですよ。そっちはどうでした？　ビゴット殿下は何か吐きましたか？」

「ボウの精神病院に送った」と、警部はうんざりしたように腰を下ろした。「戻ってみると大変な騒ぎだ。云うことが支離滅裂でね、医者を呼ぶと精神病とのご神託だ。参ったよ」

「犯人の可能性は？」と僕。

警部は大きく左右に手を振ると、詰めかけた客に上機嫌の女将からビールを受け取った。どの席も喧々囂々《けんけんごうごう》、どのテーブルも話題はアニーのこと、そして一連の事件で持ちきりだった。ようやく耳に馴染んできた、歯切れの悪い下町言葉で、物騒な言葉が店中に飛び交っていた。

「他には？」と僕は聞いてみる。「これはと思われる容疑者は他にいないのですか？」

「容疑者なら五万といますよ」と警部。「現在百人以上が各署にぶち込まれています。多すぎてね、取り敢えずアニーの殺害以前に勾留された者は排除。金曜から土曜にかけて、警察署の独房という歴《れっき》としたアリバイが出来たのですからね。それに右利きの者も排除。それでも勾留者が多すぎて、取り調べが間に合わないくらいだ。おまけに面倒なことは次々と起きる」

いまいましげに云いながら、警部はコートのポケットから取り出した新聞をテーブルの真ん中にぽんと置いた。

『ペル・メル・ガゼット』紙だ。


ロンドン病院の向かいで、惨殺された女性の忌まわしい死体を蠟《ろう》人形で展示しています。……満員の場内に立ち、案内の老人の説明を聞いていると、そこには死臭が立ち籠《こ》め、喉《のど》が黴《かび》で塞《ふさ》がれるような不快を覚えます……


あの蠟人形館への非難の記事だった。寄稿者はジョン・ロウ氏となっている。

「ホワイトチャペル・ロード百二十三番地！」と、警部がなおもいまいましげに云った。

「店は見ましたよ」と鷹原。「中には入りませんでしたが」

「いくら商売とはいえ、ろくなことを考えない。やる方もやる方なら見にいく輩《やから》もね。即刻閉鎖を指示してここに来ました。息つく暇もなしというわけです」と警部はビールを飲み、残る左手で、「警察の威信は落ちる一方。『タイムズ』の夕刊である。これをご覧なさい。昨夜のラスク氏はついに自警団団長だ」と下の新聞を広げた。

『ホワイトチャペル自警団結成！』と出ていた。

本日、マイルエンド・ロードのクラウン・パブリックハウスでホワイトチャペルの有志によって自警団が結成された……

持ち上げ気味の記事に続いて公示文である。

われわれの居住する真っ只中《ただ》で殺人事件が頻発しているにも拘《かかわ》らず、犯人の目星すらたってはいない。現在の警察では、この残虐行為の張本人を突き止めるには不充分と判断。われわれは左記連名に於《お》いて独自に委員会を結成した……

「ヤードへのデモンストレーションだけでは足りなかったとみえる」とジョージ。「得意満面のラスクの顔が見えるようだ」

「彼は弁論に長《た》けている」と鷹原。「昨夜、ヤードの後でパブで一席ぶっているのを拝聴したが、中々どうして、大したものでした。オックスフォード出身というのも、あながち嘘ではないかもしれません。マルクスの本から自分に都合の良い箇所だけ取り上げ、正に憂国の徒。こいらの連中を手なずけるなど簡単でしょう」

「他にも大小様々な自警団が出来ているが、ラスクはマークしておいた方がいいな」と警部がジョージに云う。「へたに広がっても困る。ただでさえ手が足りないのに、暴動にまで発展したらやりきれないよ」

「一人、自警団に潜らせましょう」とジョージが片目を瞑《つぶ》った。

「ビゴットは白、ここの女将の話も嘘」と警部は改めて吐息をつく。「あとはこのアル中女の漠然とした証言だけが頼りというわけか……」

四人の視線はテーブルに広げられた新聞に落ちた。どの新聞も事件のことで一杯だった。そして今日のロング夫人の犯人像がトップとなって出ていた。

「この犯人像も怪しいですね」と鷹原。「時間が午前五時半というのが気になります。まだ薄闇、霧も残っていた早朝に、瓦斯《ガス》灯のほのかな明かりで『アニーらしい女と連れを見た』というだけでしょう。一昨日の遺体検分の時、フィリップス医師は死亡推定時刻を四時半前後とおっしゃいましたよ。ジョン・リチャードソンが裏庭で靴の革を切ったのが四時四十分から四十五分。そのとき遺体はなかった。と、なると、ジョンの去った直後、五時前頃に殺されたのではないかと思います。したがって五時半に見たというのはアニーではないと思いますね」

「いや、それなら」とジョージ。「さっきの審問で、医師は訂正しました。大量の出血と早朝の寒気で、死亡推定時刻の判断を誤ったかもしれないと」

「それはロング夫人の酔いにまかせた断固たる主張を聞いた後だからでしょう」と鷹原は食い下がった。「一歩譲って本当に五時半にロング夫人がアニーを見たとしたら……ジョン・デイヴィスが遺体を発見した六時五分までに三十五分しかありません。三十五分の間にアニーをあの裏庭に誘導し、殺して解体、おまけに指輪やら硬貨やらきちんと並べるゆとりまで持ち、そして逃げる。無理ですよ。医師はあの解体には一時間はかかるだろうともおっしゃった。僕も柏木もあの遺体を見ましたが、熟練の解剖医でも二、三十分はかかります。それに、フィリップス医師が現場で遺体を仮検分したのは六時半と聞きました。仮にアニーが五時四十分頃殺され、神業に近い素早さ……十五分くらいで解体されたとしたら、遺体には……引き出された腸や下腹部は別としても、その上の心臓や肺、少なくとも外気に晒《さら》されぬ内臓当たりには……まだ幾許《いくばく》かの温もりがあった筈です。几帳面《きちようめん》なフィリップス医師が仮検分とはいえ、それに気づかぬ筈がありません」

「今やたった一つの手がかりすら、君は潰《つぶ》そうと云うのかね」と警部が笑いながら云った。

「フィリップス医師には改めて問い合わせてみるが……」——途端にバーンと途轍《とてつ》もない音。ピアノフォルテである。

ざわめきが一層酷くなる。狂った箱型《アツプライト》ピアノフォルテの音に調子外れの唄、そして踊りだす者までいた。

誰が殺した
憐《あわ》れな女
誰が殺した
この街で

「ここに運ばれて以来、調律してないようだ」と鷹原が声を高めて云った。

「出よう」と警部も怒鳴る。「続きはヤードだ」

メアリの姿を目で捜したが、見当たらなかった。買う男が現れたのだろうか……お代わりの酒代を払わなかったと、詰まらぬことが気になった。

ホワイトチャペル・ロードで馬車を呼んだ三人と僕は別れた。犯罪捜査部《CID》の中にまで付いていく権限はない。

街路はまたもや霧に包まれていた。馬車の音と規則正しい馬の蹄《ひづめ》、靴音と囁《ささや》き、笑い声……音と感触の世界……瓦斯灯の灯火だけが宙に仄白《ほのじろ》く、ぼうっと浮かんでいるだけだ。悲惨な街も霧の中では夢の国になってしまう。

メリック氏に四日も会っていなかった。時計を見ると七時だ。夜訪ねたことはないが行ってみよう。その前に少し腹に入れ……豪華レストラン『プリンス・アルバート』での酷いジンの匂いだけでも消し去りたい……と、思ったところで金のないのに気づいた。メアリに渡してしまって一文なしだ。乗り合い馬車に乗る三ペンスすらなかった。メリック氏どころではない。急に腹が鳴り、いつもサイドテーブルに置いてある、ボーモント夫人のミート・パイが浮かんだ。ロンドンの東から西……歩いたことはないが二時間……いや、三時間くらいかかるだろうか？　ロンドン病院に行って誰かに地下鉄道代を借りる……それともホワイトチャペル署にシック部長刑事が……いや、日本男児がそんなことをしては……歩いた方がいい……げんなりして踵《きびす》を返す。

と、「失礼ですが……」と声。

霧の中から現れたのは、一昨日『カフェ・ロワイヤル』で霊媒師と話していた新聞記者だった。

「『スター』紙のベンジャミン・ベイツと申します」

愛想の良い声と童顔に、つい差し出された手を受けて、「柏木……カオル・カシワギです」

と云ってしまった。

「一昨日は『カフェ・ロワイヤル』、そして今日は『プリンス・アルバート』でお見かけしたので、つい。貴方はスコットランド・ヤードの方ですか？」

「いえ、違います」

「ああ、やはり……」とベイツ氏は陽気に云った。「どうもスコットランド・ヤードの方には見えないが、でも今度の事件の捜査担当、アバーライン警部、それに相棒のジョージ・ゴドリー巡査部長と同席されていらしたでしょう？　たしか検死審問《インクエスト》でもお見かけしています。捜査のことで、すこしお話を伺わせていただけませんか？」

「いや、僕は何も知りません。それにちょっと急いでもおりますし」――歩きだした僕に、彼は笑顔のままついてきた。

「どちらへ？　何なら着くまでの間だけでも結構ですよ。お送りします。お時間は取らせません」――そして、返事を待つまでもなく、ピーと口笛。魔法のように目の前に馬車が現れた。

「僕は部外者で、殆《ほとん》ど何も知りません。僕なんかより、アバーライン警部にお尋ねになられたほうが……」

「スコットランド・ヤードの面々へのインタヴューは禁じられているんですよ。ねぇ、お願いです。どんなことでもいいのです。ご存じなくても結構。貴方の感想だけでも……」

奇跡だ！　これで家まで帰ることが出来る。ロンドンに来て初めてついていると思った。

「本当に何も知りませんよ」

「雑談でも結構」とベイツ氏は気楽に請け合った。

翌朝、五日ぶりにロンドン病院に行く。

リューケス婦長は愛想良く迎えてくれたが、メリック氏は例の紙細工の建物に熱中している振りをしていた。

♠

それは明らかに振りであり、僕を拒んでいることだった。

制作中の寺院に触れても、本の話をしても何か上の空である。最初は暫《しばら》く来なかったせいだろうか？ とも思ったが、人一倍他人に気を遣い、遜《へりくだ》ると云ってよいほどに腰の低いメリック氏が、消極的とはいえ、拒否の姿勢をとっていることに僕は戸惑った。先週、無意識のうちにも、何か彼の気に障るようなことを云ったのだろうか？ と思い返してもみたが解らない。

散々手応《てごた》えのない話をした挙げ句、途方に暮れ、「このところ鷹原につき合っていたので、御無沙汰《ごぶさた》してしまいました。済みません」と率直に謝った。途端にメリック氏が顔を上げた。

「鷹原さんはスコットランド・ヤードの犯罪捜査部《CID》にいらっしゃるのでしょう？ 『つき合って』とおっしゃると、今度の事件のお手伝いをなさっていたのですか？」――おずおずとだったが、今日、初めての彼からの問いかけである。

「いや、手伝うと云うほど大したことはしていません。ただ付いて歩いただけで役には立っていません」と、僕は笑った。

メリック氏は完全にこちらに向き直った。暫く躊躇《ちゅうちょ》しているようだったが、僕の笑顔に励まされたのか、「でも、捜査に加わられたわけでしょう？」と子供のような口調で云った。「捜査はどんな具合です？」と聞く。そしてすぐに「済みません」と謝った。「ここにいらした方に伺うだけなので、つい……皆さん余り話して下さらないのです。私に気を遣って下さっていらっしゃるのは解るのですが、切れ切れの話だけなので、却《かえ》って不安になります。でも……紳士はこんな話をすべきではないのでしょうね……失礼を致しました」

ようやくいつものメリック氏に戻ったかのようだった。過剰な遠慮、過剰な羞恥《しゅうち》、過剰な気配り……そして遜り。ほっとすると同時に、勝手なもので、その口調に苛立《いらだ》ちも感じる。なぜもっと気楽に聞いてくれないのか？

「新聞は？」

「私のことが載っているときには見せて下さいますが、この頃は特に婦長さんが気にされて、ご婦人ですから無理もありませんが『お知りになられることもございませんよ』と見せて下さいません」

何のことはない。彼もボーモント夫人や一般のロンドン市民同様、この事件に惹《ひ》きつけられ、好奇心に駆られていただけなのだ。

「明日、来るときに新聞を持ってきましょう。僕がそのまま持ち帰れば良いのだし」と軽く云うと、こちらが驚くほどの、打って変わった喜びようで、「ありがとう」を繰り返す。

考えてみれば、新聞を買いに行くことも出来ない幽閉の身、まして彼の性格からすれば、新聞一枚でも自分から無心するということは出来ないだろう。看護婦や来客の僅《わず》かな話で、徒《いたずら》に好奇心だけは掻《か》き立てられる。そして本好きの彼のこと、貪《むさぼ》るように新聞を読むことだろう。

十回くらい「ありがとう」と云い続けた後、彼は遠慮がちに聞いてきた。「犯人の見当はついているのですか？」

「いや、まだ。容疑者は百人以上居るようですが。これといった証拠も確たる目撃者もいません。この間のも、八月末のも、両方とも霧の深い夜中でしたからね」——メリック氏は熱心にうなずいていたが、時計を見ると早くも昼近かった。「とにかく明日は新聞を持ってきましょう。今日はこれで失礼します。鷹原と昼食を約束していますから」

「昨夜、お見えになられました」

「鷹原が？」

「拡大鏡をお貸ししていたのですが、それをお返しにみえたのです」

口調がまたもや曖昧《あいまい》になってきた。奥歯にものが挟まったような、何か云いたげな、それでいて躊躇《ためら》っているような……彼はまたベッド脇の机に向かい、僕から目を逸《そ》らした。

「昨日は七時頃までずっと一緒でしたよ」と僕。「その後は犯罪捜査部《CID》の人たちとヤードに戻った筈ですが……遅くに来たのですか？」

「夜中に……この窓を叩かれて……」

机の向こうに裏庭に向いた窓がある。地下のこの部屋からでは裏庭からの階段と窓の上部に僅かに地上、そしてその向こうに庭を挟んだ病院の別棟の屋根、そして制作中の紙細工のモデルである寺院の尖塔《せんとう》が見えるばかりだ。なぜ裏庭からなど来たのか？　判然としないまま、視線を下ろした僕は、机の上の額縁の中でメリック氏の眸と合った。

「夜中に受付の者の手を煩《わずら》わしたくなかったのでしょう」と、僕はそのまま硝子に映った眸に話しかけた。「彼は面倒なことが嫌いだから……お休みの邪魔をしてしまいましたか？　彼に云っておきましょう」

「いや、いいのです」とあわてたようにメリック氏。「ただ、驚いただけですから。本当にただ驚いただけですから……手間を省かれただけと解りましたし……おっしゃらなくても……いや、おっしゃらないで下さい。気にはしておりません」

哀願にも似た言葉は脅えているようだった。

約束のレストランに向かいながら、久しぶりにメリック氏のことをあれこれ考える。

あのあわてぶり、そして脅え……彼は鷹原に崇拝にも似た気持ちを抱いている。深夜の訪問への文句と取られ、鷹原の機嫌を損ねることへの脅えだろうか？　いや、額縁の中の眸《ひとみ》はもっと直截《ちょくさい》な恐怖、そして猜疑《さいぎ》に満ちていた。彼を犯人と思ったのか？　そうだ、昨日の夕刊で『犯人は外国人風』と大きく報じられたではないか。その噂を耳にし、深夜訪れた鷹原に怯《おび》えた。彼は物語と現実と見分けがつかないほどのロマンチスト……想像力過多の男だ。そして彼の居住地は正に事件の起きた真っ只中、そこから逃げることも出来ない。夜は人気のない病院の地下室で一人ぼっちだ。そして僕らは彼にとって、最近知ったばかりの異邦人にすぎない。

考えているうちに可笑《おか》しくなってきた。鷹原が疑われた……

♠

翌日、二度目の検死審問《インクエスト》で『レザー・エプロン』こと、ジョン・バイザーが尋問を受け、その場で釈放になった。

元々が噂が高まっての嫌疑にすぎないし、しっかりとしたアリバイもあっての釈放だったが、住民の彼への昂《たかぶ》りは釈放と同時に狐が落ちたように無責任にも一挙に醒《さ》め、彼はその足で、彼を犯人同然に書き立てた新聞各社を訴えるため、民事裁判所に向かったという。そして新聞の……世間の……代わりの生贄《いけにえ》はスコットランド・ヤードとなった。新聞から雑誌に至るまで、連日、ヤードの無能ぶりを書き連ねた記事で埋まり、事件関連の記事も増え、恐怖の地区イースト・エンド、暗黒のホワイトチャペルの名はロンドン中に知れ渡った。

♠

僕は午前中はロンドン病院、そして鷹原と昼食を摂《と》り、そのまま午後の数時間は行動を共にするようになっていた。

だいたいがパブを回っての情報収拾、それに知り合ったばかりのベイツ記者の好意で『スター』紙編集部にも度々おじゃまをした。

鷹原の反論にも拘《かかわ》らず、それ以外の手掛かりもないままに、ヤードでは犯行時間を五時半から六時と断定、ロング夫人の証言を元にした人相書きを布告する。そして、それが街角に貼られるや、ヤードや新聞社は投書の洪水に見舞われた。

無能だという非難の手紙、犯人を知っているという手紙、逮捕するための様々な案……

噂によると、チャールズ・ウォーレン警視総監は各方面からの圧力を、それとなく感じ始めたようで、いずれ辞任するであろうとのこと。それが本当であればまことに結構なことだが、その噂はヤードから出ているのである。チャールズ卿は正に四面楚歌《そか》の中にある。

――これは『スター』紙の社内で、当のベイツ記者が鼻高々で見せてくれた紙面である。

二度目に鷹原を連れて編集部を訪れたときだった。

「警視総監はこんなに人望がないのかい？」と僕は鷹原に聞いてみた。

「もともと軍隊出身で治安なら鎮圧で抑えられるという考えの持ち主だ。犯罪への関心は薄いし、犯罪捜査部《CID》にも無関心だった。先の犯罪捜査部《CID》部長モンロウ氏が辞任してからは、部長の席は空席同然。新任のロバート・アンダースン卿は未《いま》だ休暇とやらでスイスからお帰りにならない。もちろん犯罪捜査部《CID》の連中は必死で捜査に当たっているが、外部から見れば『何をしている』としか思われないのだろう」

「マイルエンド自警団では情報に賞金を出すことにしたそうですよ」とベイツ記者。「尤《もっと》も幹事のアーロン氏は内務省にも文書を出したが、そっけなく――賞金については認められない――と返事が来たそうですけどね」と、手紙の山を引っ繰り返した。スコットランド・ヤードほどではないが、ここの編集部にも千通は下らない投書が来ていた。「――彼が犯人だ――の類《たぐい》は大方がガセネタ。逮捕策は――警官を女装させて巡回させろ――とか――売春婦全員に笛を持たせろ――とか――犬を使え――とか……」

「ヤードにも来ていますよ」と鷹原。「――臭覚の優れた大型の狩猟犬、ブラッドハウンドを使え――とね。チャールズ・ウォーレン卿は取り合いもしないが」

「ウォーレンが？……それ書いても良いですか？」とベイツ記者は嬉《うれ》しそうに笑った。「まあ、投書なんてだいたいヤードに届くのと大差ないと思いますがね、紙面を埋めるには助かる。中にはふざけたのもありましてね、これはボツになったが、僕は結構気に入っています」と、取り出した封筒から書面を引き出し机に置いた。

拝啓

なぜ皆様はホワイトチャペル殺人事件を私のせいにしようとなさるのか。チャールズ・ウォーレン卿が不幸せな犯人を逮捕しないでいるのは、まことに当を得た措置。なぜならば、犯人が捕まれば私が終始一貫否定している『目には目を』という我が父の旧弊な報復主義に基づいて断罪、処罰となるでしょうから。草創より千九百年に垂《なんな》んとする皆様のキリスト教なるもの、あんなものは私とは何の係わりもございません。あれはさるローマの貴族『聖パウロ』が勝手にでっちあげたもの。彼は一介の学徒にすぎず、その使徒書簡たるや、世にも愚劣な戯言《たわごと》。貴紙に私の名前がそのようなでたらめな宗教とともに掲載されているのを見ますと、私はあたかも釘《くぎ》が打ち込まれるような傷みを覚えます……

……キリストの一人称のまま、最後は――『スター』紙の紙面をこのような投書で狭める罪の許しを請う――という、調子で終わっていた。

署名はJ・C卿。その後には括弧で括《くく》って――卿かどうかは存じませぬが――とある。

「我が社の事件への社説で、聖パウロの言葉を引いたら途端にこうですよ」とベイツ記者が面白そうに云う。「他にもどっさり来て、うかつに宗教には触れられないと思いましたがね」

「J・CはJesus Christの頭文字」と鷹原は笑った。「ホワイトチャペルの住民には書けそうもない手紙だ。ラスク氏にはこんな洒落《しゃれ》たセンスはないだろうし……」
「結構面白いので取っておきましたが、これは今日、届いたもの」と記者は別の手紙を広げて見せた。「署名はShendar Brwaで前回と異なり、内容も異なるが痛烈なウィット精神は同じ、字も同じ、同一人物だと思いますね」

いまやホワイトチャペルの連続殺人は、世間の関心を暫《しばら》くは社会問題に向けることに成功しました……

内容は昨年の『血の日曜日』事件、ひいてはその事件を暴力で鎮圧したウォーレン警視総監への揶揄《やゆ》、そして一昨年の暴動とその成果を記した上で——一連の殺人事件はイースト・エンドの実情を明らかにすることで多大の貢献をした——と皮肉っぽく書かれていた。
「これは掲載なさいますか?」と鷹原。首を振ったベイツ記者に、「僕もこの字を見たような覚えがあります。この二通、お借りしてもよろしいですか?」と聞いた。
(スティーヴン?)と聞きかけて口を噤《つぐ》む。ベイツ記者が耳をそばだてている。迂闊《うかつ》なことは云えない。

僕は鷹原を単に「友人」とベイツ記者に紹介、ベイツ記者もそれ以上聞かなかった。鷹原も何も云わずに——スコットランド・ヤードの者への取材は禁止——というルールを棚上げしたまま、以来、双方何食わぬ顔をしてつき合っている。

進まぬ捜査にすこしでも役に立てばと新聞社に彼を連れて行ったのだが、日が経つにつれ、そのことが良かったのか、悪かったのか、解らなくなってきた。僕はいつも解らなくなる。

どの新聞も雑誌もホワイトチャペルの殺人事件に関して、連日、様々な記事を載せる。

ロンドン市民の多くはそれらを貪《むさぼ》るように読み、下町の売春婦に降りかかった事件――善良な市民であるわれわれとは無縁な――それでいて、牛馬のごとく人間を解体した――ということに恐怖と好奇心をないまぜにした、とてつもなくセンセーショナルな事件として楽しみ、また怖がっていた。

九月十四日発行の『パンチ』誌では『深刻な疑問』という題で、『芝居の広告で見られる殺人の場、ナイフや拳銃《けんじゅう》などの絵がこのような犯罪への引き金となる』――趣旨の文を載せ、広告や新聞論調の在り方を問うていたが、僕も数日前の『レザー・エプロン』事件での世間の過激な反応、そしてたとえば下宿のボーモント夫人や、隣のスティーヴン夫人など、一般の人々の異様なまでの事件への関心、興味の持ち方を知るにつれ、新聞や雑誌の力……活字というものの社会への影響を深く感じた。今やロンドン市民全体が集団ヒステリーになりかけているように思われた。

だが、ベイツ氏もこぼしていたように、公式発表以外、記者たちからヤードへの直接取材は禁じられている。スコットランド・ヤードとしては曖昧な情報は流せない。だが、記者たちとしては紙面を埋めるため、多少胡散《うさん》臭い情報でも投書でも、飛びつかなければならなくなる。

その結果、流言飛語がロンドン中に溢《あふ》れ、人々は情報の渦に巻き込まれていく。こういう現象が良いのか悪いのか……またそのような情報でも人々に伝わり、関心を高めなければ、一般からの犯人の情報もつかみがたいというジレンマ。今まで全く無視されてきた、四月のエマ・エリザベス・スミスの殺害、八月初めのマーサ・タブラムと月末のメアリ・アン・ニコルズ殺害まで、今度のアニー・チャプマン事件で改めて取り上げられ『ホワイトチャペル連続殺人事件』として日を追う毎に騒ぎは高まり、そしてスコットランド・ヤードへの非難、犯罪捜査部《CID》部長の不在への非難も一層高まっていった。

　鷹原は今月に入って、アルバート殿下のお屋敷、モールバラ・ハウスでの晩餐会《ばんさんかい》のご招待も辞退、事件に身を入れていたが、進展はないようだった。夕方、僕と別れてからヤードへ、或《ある》いは余所《よそ》へ、帰宅は何時なのか、僕は知らない。

　僕は夜、ボーモント夫人が集めておいてくれた新聞を整理、記事を切り抜いたり、疲れると本を読んだり、そして霧のない夜は隣のヴァージニアと窓を通して鏡文字で話をしたりしていた。

　ヴァージニアは僕を「ローミオ」と呼ぶようになり、自分を「ジュリエット」と呼ばせたが、程なく僕はシェイクスピアの戯曲『ローミオとジュリエット』を知り、それから取ったものとも気づき、唖然《あぜん》とした。何たる子だ！　知ってしまうと、気恥ずかしくてとてもそんな文字は書けない。僕はヴァージニアを「アリス」と呼ぶことに改め、僕の方は、ただ「カオル」とだけ呼ばせた。「それ以外では話さない」と書くと、彼女も渋々承知したが、だが何ということだろう。六歳の少女までが、この事件に興味を抱いていた。

そして九月の二十六日、アニー・チャプマンの最終審問。検死官ウィン・E・バクスター氏は、アニーの子宮が持ち去られたことを重視。「犯人は肉屋程度の知識ではなく、死体解剖に習熟した者である」と断定。また「子宮は商品としての価値があったことが判明」と、場内をどよめかせた。「さる病理学博物館の副館長より伺った——」という話は数ヵ月前、あるアメリカ人に子宮一つに二十ポンド支払うと依頼され、断ったところが、そのアメリカ人は同種の他の施設にも依頼していた由、ということだった。

バクスター氏の説は翌日の各新聞に掲載されたが、『タイムズ』紙では『バークとヘア復活』と指摘。バークとヘアとは六十年前、この国で実際に起きた事件、解剖用人体を欲しがっていた医者に、次々と殺人を犯しては死体を売りつけていた二人組のことである。

犯人像は一気に医者か、『バークとヘア』のような者となってきた。

♠

二十八日、王室の紋章を付け、馬車の後ろに赤いお仕着せの従者を人形のように立たせ、ドアにはライオンとユニコーンの紋章という王室馬車が下宿の前に止まり、危うくボーモント夫人を卒倒させるところだった。

——晩餐で君たちの時間を奪いはしない。二時間の昼食では？——との殿下のお誘いにペル・メル街のモールバラ・ハウスへ伺うことになったのだ。

侍従長、フランシス・ノウルズ卿直々の出迎えだった。しかし屋敷には入らず、僕らは延々と緑の芝から薔薇《ばら》園を抜け、日本だったら梅雨《つゆ》の頃と思われるのに満開の紫陽花《あじさい》の小道を抜け、再び芝へと屋敷の周りを半周した挙げ句、美しい温室へと辿《たど》り着いた。

フランシス卿と入口で別れ、中に入ると色鮮やかな熱帯の花々、薄《すすき》のように繁った巨大なシダや硝子屋根にまで届かんとするバナナやヤシ……植物の王国のような緑の中で、次期国王、アルバート・エドワード殿下はシャンパン・グラスを掲げて出迎えてくれた。

ゆったりとした籐《とう》の椅子には、花にも負けぬ彩りの絹のクッションが大小様々に置かれ、硝子板の籐テーブルの上は十人分の来客にも応えられるほどの料理の皿で溢れている。だが、椅子は二つ。招かれたのは僕ら二人だけのようだ。

給仕の者が、新たにシャンパンや呆《あき》れたことにまたも料理を運び込み、そして去ると殿下はおもむろにおっしゃられた。「良い場所を選択したと思わぬか？　庭からは丸見えだが、小うるさい給仕ももうデザートまでは来ない。完璧《かんぺき》な密室だ」

「まことに」と鷹原。「この緑、この食卓、南国ローマの……ネロの宴のようですね」

「ネロの宴は何日も続いた。私のささやかな力では二時間しか得られない。さあ二時間の間に片づけるのだ」と殿下はちくりと鷹原を刺され、われわれに半ば強制的にフォークとナイフを持たせた。「今度の事件にはよほど手こずっているようだな。私の愛読する『スポーティング・ライフ』までが、この事件に紙面を割いておる。およそ場違いの君が貧民街を駆け回り、進展はあったのかね？」

「残念ながら、まだ大したことは」と鷹原。

「ふむ、確かに残念だ。『内々では解決間近』という応えを期待していたのだが……一昨日、君の上司、チャールズ卿とアバーライン警部が内務省に呼ばれたことは知っておるか？」

「いいえ、殿下」と、流石の鷹原も驚いたように云う。

「昨夜の晩餐会で内務大臣のヘンリー・マシュウズから聞き出したのだ。マシュウズと首相のソールズベリーが二人を呼んだ。つまり早急に解決しろと二人を脅したのだ。引き金になったのは何だと思う？」

「解りません、殿下」

「我が母上だ。ヒンドゥスターニー語の教師、気に入りのアブドゥル・カリムが休暇でインドに帰ってしまい、バルモラルの荒涼とした館で暇を持て余した母上は、すっかり今度の事件の虜《とりこ》となってしまわれた」

「それはまた……ロンドン市民の異様な恐慌状態が遥《はる》かバルモラルにまで飛び火していたとは……驚きましたね」

「なに、ここだけの話だが、母上は女王陛下としての自尊心はお持ちだが、御気質は貴族や上流夫人よりむしろ中流の婦人方に近い。華美を好まず質素で倹約家、それでいて欲張り……それがまた亡き父上との生活を成り立たせ、この国でのより良き家庭の模範として国民の支持を得てもいるのだが、辛辣《しんらつ》な見方をすれば、かなり俗っぽい御気質の持ち主でもあられる。私のようにスポーツや社交を愛するでもなし、音楽や読書は体面上お好きな振りはされていられるが、実際にはこれといった趣味もお持ちではない。そこにこの事件だ。今や母上の頭の中は新

れるそうだ」

聞情報で充《み》たされ、あのスコットランドの陰鬱《いんうつ》な屋敷であれやこれやと解決策を練られておら

「そしてソールズベリー侯爵に指示されたのですか？」

「ソールズベリーとマシュウズ両方に捜査依頼の書状を出されたという。娼婦《しょうふ》……母上のお言葉では『夜の貴婦人』とあったそうだが、『被害者が娼婦である以上、ロンドンで一人住まいをしている独身男性は全員取り調べたのか？』また『犯人の血痕《けっこん》だらけの衣類の隠匿場所は？』そして『夜警の体制は完備しているのか？　家畜船や客船は充分に調べたのか？』……とにかく母上としては考えられる限りの説を出されたそうだ」

「しかし……殿下とは異なり、巷《ちまた》の生活をご存じない女王陛下とされては、それはまた随分と御明察」と鷹原は朗らかに云い、大皿から七面鳥の肉片を取った。「メアリ・アン・ニコルズが殺されたのは八月三十一日、金曜日未明。アニー・チャプマン殺害は今月八日、土曜日の同じく明け方。家畜運搬船は木曜日にテムズ河に着き、月曜日に去ります。そしてイースト・エンドはロンドン・ドックという大きな港、大勢のドック労働者、水夫をかかえております。まことに御明察ですね。われわれもロンドン中の独身男性の住まいまでは手が回りませんが、船の方は片端から調べ、かなりの数、勾留もしました」

「それでも犯人と思われる者は出ないのか？」

「おりません、残念ながら。尤《もっと》も『私が犯人だ』と名乗り、寝床と食事の保証から入牢《にゅうろう》を希望する者はかなりおりますが。われわれの……アバーライン警部の希求は飽くまでも真の犯人です。女王陛下の御懸念は痛み入りますが……バルモラルに殿下の御長男、エドワード王子はま

だご滞在で？」

「ああ……帰りたいとは云ってきているが、今すこし母上のお相手をするよう云い聞かせておる。彼も今はロンドンに居ない方が良いだろう。双方のためだ……」

殿下はそれ以上おっしゃらず、すこしの間、われわれは食事に専念した。温室の中に放されているのか、それとも籠《かご》が吊るされているのか、平和な鳥の囀《さえず》りと羽ばたきが耳に入る。

「オイレンブルグは帰国したか？」と、一山のローストされた雉《きじ》を見事に平らげられた殿下が再び鷹原に話しかけられた。

「いえ、まだ。ランガム・ホテルに逗留《とうりゅう》しております。機転の利く子供六人で二十四時間、交代で見張らせておりますが、これといった動きは……」

「なぜいつまでも居るのだろう？」

「解りません。親独派の貴族や郷士のパーティーなどに顔を出しているようですが」

「誰だ、その貴族や郷士は？　博愛家のクーツ夫人以外にも、そのような輩《やから》がおると申すか？」

鷹原は笑っただけで応えなかった。殿下は今度は兎のようにサラダに向かわれていた。「ヴィッキー……ドイツの姉上が再来月に帰国される」

「ヴィクトリア王女……皇太后様が！」と僕。

「姉上の手紙を読む度に食欲が失《う》せる」と、サラダの皿から兎の皿へと触手を移された殿下がおっしゃった。「ウイリイ……ドイツ新皇帝とビスマルク親子の姉上に対する横柄な態度は改まるどころか、日を追っていや増すばかりだ。天下を取った気でおる。母上も『不快感に身震いする』とおっしゃられていらしたが、孫を相手に戦争も出来ん。彼女はあの愚かな新皇帝の母、飽くまでもドイツの皇太后……長い滞在は無理だろうが」と、さしもの殿下も陰鬱なお声になられた。「一時でも帰れば少しは夫君を亡くされた傷心も癒《いや》されよう。ビスマルクやその愚息、それに姉上ご自身の愚息からも逃れられる」

「お会い出来るのが楽しみです」と鷹原が応《こた》えたとき、鈴音とともに、熱帯の国に相応《ふさわ》しいデザート、各種のフルーツがモザイク模様に折り込まれたシャーベットが運ばれてきた。早くも二時近くになっていた。

「前皇帝の侍医をされていたモレル・マッケンジー医師はドイツから帰国されましたか？」と鷹原。

「ああ、もう居る必要もあるまい。母上に一万二千ポンドの請求書を送りつけてきた」

「ではまた開業医に？」

「さあ、私は喉《のど》は丈夫なのでね」

「そうですか……そういえば先日、ガイ病院のウィリアム・ガル卿《きょう》に紹介されましたが、王室付き医師とのことですが殿下はよく御存知で？」

「勿論《もちろん》だ」と殿下。「私が二十のとき、腸チフスの病から救ってくれた。一時は私の訃報《ふほう》が国民に誤報されたほどの大病だったが、彼に救われたのだ。彼はその功績で準男爵に叙せられ、新たに母上付き特命医師にもなった。何か？」

「いえ、改めて卿にお話を伺いたいと思ったものですから。捜査で手一杯ですが、暇をみて病院にお訪ねしたいと思っています。折りをみて殿下からもお口添え願えますか？」

「簡単なことだ。彼は昨年中風の発作を起こし、今は実質的な医療面から遠ざかっておる。私以上に暇を持て余していることだろうから、君の訪問は喜ぶだろう。さっそく云っておこう。二時半か……私は暇だが、いつまでも拘束は出来ないな。楽しい昼食であった」――得意気に殿下がお起ちになる。ようやく僕らも食卓から離れることが出来た。

鳥と緑の南国の楽園から辞去し、再び肌寒い通りに出ると、今度は『スター』紙の社屋が在るフリート・ストリートへ。一昨日、アニーの最終審問で会ったベイツ記者に、鷹原は「また金曜日にでも……二時半頃」と約束していたが、楽園での饗宴《きょうえん》に時間を取りすぎてしまった。

馬車に乗るやいなや僕は鷹原に聞いた。

「何でまた、あんな権威主義の固まりみたいな老人に会うんだい？」

「ウィリアム卿のことかい？　何しろ精神病の大家だからね。もうすこし話を伺いたいとも思ったが、僕の初印象はどうもあまり良くなかった気がするのだ。前にも云ったが権威主義には権威からの威圧が一番。君は嫌うが悠長に時間をかけている暇のないときは手っとり早い」

「無駄だよ。君個人の問題ではなく、僕には人種的偏見に思われたからね。彼は僕らを大英帝国植民地の蛮族を見るような目つきで見ていた」

「偏見を持つ人間は権威にも弱い。根は同じさ。憶《おぼ》えておきたまえ。それに君の言葉も偏見だ。蛮族などいやしない。居るとすればこの都会に居るだろう。いずれにしろ、殿下の一言で次に会うときは彼の態度はかなり違うと思うよ」――したり顔で云い切った鷹原は、ペル・メル街から離れると、今度は珍しくしんみりと続けた。「殿下もこの十一月で四十七歳。早く即位されて欲しいものだ」

「なぜ即位なされないんだい？」と、僕は我ながら間の抜けた質問をしてしまう。この国の内政、それに王室の事情にも疎かったが、先程話にも出たお子様のエドワード王子ですら僕らと同じ二十五歳、お歳で考えれば即位されて可笑《おか》しくないと思ったからだ。

「女王並びに内閣の信望がなきに等しいお方だからね」と鷹原。「遊び好き、因習無視、君主としてはどうにも適当でないお方……という烙印《らくいん》を押されてしまわれている。たしかに教養には些《いささ》かお欠けになるが、愚かな方では決してない。君主としての社交的教養、もしくは下らぬ教条主義的礼儀なら臣下や議会でいくらでも補佐できるだろう。僕はむしろ名君になられると思うがね。階級を問わずお遊びになられる反面、下々の世界まで、世間もよくご存じだ。石頭の支配階級には我慢ならんだろうが、まことに自由闊達《かったつ》。勘も鋭いし、切替えも早い。何もお出来にならないと思われているが、外交など女王以上だと思われるがね。大英帝国は他国の侵略にばかり目を奪われ、国内の逸材を飼い殺しにしているよ。今や世界の名物でしかない婆さんを頭上に据えたまま、殿下のお歳を徒《いたずら》に重ねさせている」

四つのドアが十字形に組み合わされた回転ドアを潜り、二階に上がると『スター』紙の編集部である。ドアを潜ったのは三時近かった。

早足で階段を昇った僕らは、踊り場で降りてきたベイツ記者、それに初老の紳士と出会った。「やあ」と顔を綻ばせたベイツ記者は、そのまま僕らを玄関に押し戻す。「ビッグ・ニュースですよ！　ヤードに行くんです。話は馬車の中で」

何が何やら解らぬまま、再び馬車の中である。

動き出してから、ようやく初老の紳士に紹介された。『セントラル・ニューズ・エージェンシー』……ロンドン中央通信社の人だと聞いたが、続いて、「犯人からの手紙が今朝、彼のところに届いたのですよ！」と云うベイツ記者の言葉、そして差し出された紙片に僕も鷹原も挨《あい》拶《さつ》もそこそこに覗《のぞ》き込む。

赤インキでびっしりと書かれた手紙だった。最初に日付……――一八八八年九月二十五日――とあった。

親愛なるボスへ

警察が俺を捕まえたと噂ばかりを聞くが、俺はまだ捕まらん。警察がしたり顔で逮捕は間近などと云うに及んで、俺は腹をかかえているよ。『レザー・エプロン』なんて冗談には吹き出した。俺は売春婦どもをやっつける。お縄を頂戴《ちょうだい》するまではやめる気はない。この前の殺しは見事だったろう。女に悲鳴を上げる間も与えなかった。どうやって俺を捕まえる？　俺はこの仕事に打ち込んでいるんだ。また始めたいと思っている。俺の面白い遊びを耳にするのも近いだろう。この前の仕事ぶりを書くのにぴったりの赤い血を、ジンジャー・エールの瓶に取っておいたのだが、膠《にかわ》みたいにねばついて使い物にならなかった。赤インキも乙なものだろう。はっはっは。次は女の耳を切り取って、警察へ送ってやるよ。面白いだろう。俺の次の仕事までこの手紙は伏せておき、その後で公表しろ。俺のナイフはよく切れる。チャンスがあればすぐにも仕事に取りかかるつもりだ。
グッド・ラック
敬具
切り裂きジャック

追伸　仇名《あだな》を使わしてもらった。赤インキの付いた手のまま投函《とうかん》して悪かったな。俺が医者だなんて笑わすぜ。はっはっは。

「今までのふざけた投書とは違いますね」と鷹原。「字も比較的整っているし、行も真っ直ぐ。教養ある者の筆跡だ。日常文字を書き慣れている者……少なくとも下級労働者ではありませんね。内容は挑発的……警察への挑戦状だ。もしこれが本当に犯人の書いたものだとすれば……何と云ったらよいのか……犯人から警察への挑戦状など、前代未聞だ」

「そうでしょう」とベイツ記者。「手紙の日付は二十五日になっていますが、消印は二十八日、ロンドン東郵便局のもの。全文赤インキ、それに『切り裂きジャック』というネーミング。これは受けますよ。一応ヤードには届けますけどね、彼から買わせて貰《もら》ったから、これは『スター』紙の物ですよ」

「でも」と僕。「――次の仕事までは伏せておけ――とありますよ」

「何も今日載せるとは云ってはいませんよ。だが、載ったら……それこそもっと大騒ぎになるでしょう。いやぁ、ありがとう！」と、ベイツ記者は一人ではしゃいで隣の老紳士と握手をした。「切り裂きジャック……切り裂きジャック！　当を得た名前じゃないですか！　しかも犯

を願っているのかもしれない……そんなはしゃぎかただった。
はこの手紙の主が文面通りに、直ぐにも次の殺人を犯し、そしていつまでもこの事件が続くの
人！ 陰惨な事件も何も、この新聞記者にとっては売り物にすぎないのだ。ひょっとしたら彼
初めて僕はベイッ記者と親しくなったことを後悔した。子供のような顔で屈託なく笑う異星
人、御自ら名乗ってきた」

しかしヤードに居たアバーライン警部は、軽く一瞥《いちべつ》しただけで、ベイッ記者の出端を挫《くじ》いてくれた。

「これと同類の物が日に何通来ることか……君も新聞社の人間なら解っている筈《はず》だがね。それとも『犯人からの手紙』というのは『スター』紙では初めてのことですかな？」

「しかし、こんなしっかりした文面のはないでしょう⁉」と必死の形相でベイッ記者。「それに赤インキだ。冗談でここまで凝りますか」

「まあ、一応、保管させていただきましょう。手紙の主もそうお望みだ」――警部はひらひらと手紙を振りながら、部屋へと引き揚げて行った。鷹原が後を追う。

ベイッ記者が、後ろ姿に向けて「それの権利は『スター』紙にありますからね」と叫ぶ。


そのまま鷹原と別れた僕は、ベイッ記者と新聞社に戻る気も失せ、新聞を買ってロンドン病院へと行った。

ドアを開ける前から笑い声。メリック氏と誰か……だがメリック氏のあんな嬉《うれ》しそうな、打

ち解けた笑い声は聞いたことがない。いったい誰が……？

「やぁ、柏木さん。何度来ても貴方《あなた》に会えないのでがっかりしていたところですよ」

スティーヴン氏だった。

「ふゅっふゅっふゅっ……」と笛音のように笑っていたメリック氏があわてて威儀を取り繕い、挨拶したのにも何か腹が立った。

「楽しいところをお邪魔してしまったのかな？」——厭味《いやみ》なことを云ってしまったと後悔したが遅かった。だが、スティーヴン氏は全く気にもしていないように「今日はまたフロックコートなど召され、一段と素晴らしい」と嘲笑《ちょうしょう》気味に云いながら僕の席を作った。

「ジョンも面白いが、ここに来れば君にも会えると思いましてね」——彼はトリーヴス医師の紹介で来たからだろうが、メリック氏をジョーゼフではなく、ジョンと呼んだ。そしてメリック氏も敢えて訂正せずにいる。何を云えばよいのか解らないまま、メリック氏に新聞を差し出した。スティーヴン氏が横から取り、さっさと開いた。「やあ、ジョン。また新しい情報だ。相変わらず派手に扱われているが、逮捕の記事はなし……ぞくぞくするねぇ。君の周辺で犯人が今も徘徊《はいかい》しているんだよ」

メリック氏は危うくカップを落としそうになった。

「ここは事件の中心地。そして君はどこへも行けない。まあ、尤《もっと》もこの殺人鬼は売春婦にしか興味がないようだ。象狩りのハンターでなくて良かったねぇ」

「君、言葉が過ぎるのじゃないか？」と僕は新聞を取り上げた。

「冗談だよ、冗談。ここの病院の連中は冗談一つ云わないからね。たまにはジョンだって馬鹿笑いをしたいだろう」

「冗談で済む言葉と済まない言葉がある」

「私は気にしていません」——おっとりと柔らかな声が仲裁に入った。「スティーヴンさんのお話は面白いです。笑わせてくれます」

「君は笑ったって声だけで顔は同じだもの」となおもスティーヴン氏。「ふゅっふゅっふゅっ……それが笑い声だって解ったのはついさっきだ。ねぇ、柏木君、こんな笑い方って見たことあるかい？　それが可笑しくてね、君が来たときにも笑っていたんだ」

メリック氏はまた笑った。苛《いじ》められて笑っている。なぜここまで遜《へりくだ》る必要があるのか？　なぜここまで卑屈になるのか？　居たたまれなくなり、僕は起《た》ち上がった。「今日はこれで。新聞は置いてゆきます。じゃ、また」

呆気《あっけ》に取られたようなメリック氏を残して、病院から出ると、何とスティーヴンが追いかけてきた。

「あれくらいで怒ったのかい？　子供っぽいね」と、勝手に横に並んで云う。

「弱い者苛めをして面白いのかい？」と、歩調を緩めず云った。夕暮れ時、点灯夫が瓦斯《ガス》灯に火を点じている。

「ジョンが求めるからさ」とスティーヴン氏は嘯《うそぶ》いた。「彼は被虐指向も持っているよ。でなければ自ら見せ物になろうなどと、思いはしない」

「それでしか生きることが出来なかったからだ。あそこに来てようやく救われたというのに、殊更に苛めに通うこともないじゃないか」

「甘いね、君は。またそこが良いところでもあるが。人間はもっと複雑だ。君がジョンだったらどうする？　誇り高く、単純な君がエレファント・マンだったら？　それでしか生きられないとしたら、死ぬだろう。見せ物か、死か……人は自分の意思でね、死ぬことも出来るんだよ。それこそ人間が獲得した最高の自由だ。だが、彼は見せ物になることを選んだ。信心深かったのかもしれないがね。二年近くも自分の身を晒《さら》したんだ。屈辱も味わったろう。また逆に客への優越感も味わったろう。しかし、それだけで二年もの間、晒し者になり続けられただろうか？　いや、被虐的快楽を得たればこそだ」

「考えられないね。そんな妙な快楽なぞ」

「そんなことはない。君だって知っているさ。知ってはいるが認めたくないだけだ。例えば君の親友……アポロンのごとき美青年……鷹原氏とは馬が合うだろう？　彼も僕のようにずけずけと思ったことを云うだろう？　まぁ僕よりは紳士的だろうが、それでも彼の叱責《しっせき》にあい、快く思ったこともある筈だよ」

　遮二無二歩いてホワイトチャペル・ロードの外れ、オールドゲイト・イーストの駅まで来てしまった。

「失敬。僕は地下鉄道で帰るから」

「家に帰るのかい？　まだ夕食には早いだろう。ねぇ、リンカーンズ・インに来ないか？　君に会わせたい彼女が居る」

「僕に？」――情けないことに足が止まった。彼の云う彼女ならヴィットリアしか居ない筈…

…ヴィットリアが彼の事務所に？

スティーヴンはにやりと笑い、口笛を吹いた。馬車が止まると、「さあ王子さま、姫の許《もと》へ」

と、騎士のような会釈をして僕を促した。

ストーン・ビルディングの部屋は相変わらず乱雑で寒々としていた。

スティーヴンは部屋の瓦斯燈は灯《とも》さず、テーブルの燭台《しよくだい》にだけ火を灯すと、この間エドワード王子が坐《すわ》られた肘《ひじ》掛《か》け椅子を勧めた。「五時頃、来る筈だ。寛《くつろ》いでくれたまえ」とウィスキーを持ってくる。

あと三十分……テーブルの上には、自作の詩だろうか、書き散らした紙が散乱していたが、触れる気にはならない。「なぜ、メリック氏のところへ通うのです？」

「君と会えると思ったからね」とスティーヴンはすぐ横の長椅子に坐り、じっと僕を見つめた。「これも冗談」と酒を勧める。「普通に話すというのは難しいね。なぜ通うか？　隔離されるとはどういうことかと思ったからだ。ウィリアム卿に会って僕のことを聞いたそうだね。あの軽薄でおしゃべりの愚かな叔母《おば》から、小生意気な鷹原氏が聞き出したそうだが……そうなんだ、僕はいずれ気が狂う。死ぬか……精神病棟での見せ物になるか……つまりジョンとさして変わらぬ運命なんだ。後学のためにジョンの幽閉生活を見ておくのも悪くないと思ってね」

「スティーヴン……」と云ったまま、僕は声を呑《の》んだ。彼の狼のような鋭い眸《ひとみ》……暗く、恐ろしく、魅惑的な眸を初めてまともに見返すことが出来たが、言葉は出なかった。ついと目を逸《そ》らし、酒を飲む。

「ジェムと呼んで欲しいな。僕も薫と呼びたいから」と、スティーヴンは柄に似合わぬ細やかな仕種《しぐさ》で新たに酒を注いでくれた。

「君は……ジェム……そりゃいくらか……紳士としては傍若無人なところもあるが……さっきだってメリック氏に関して……僕は承服しかねるが、随分と論理的な考察を披露したじゃないか」――僕はかつてヴァージニアたちの部屋に乱入した際の、彼の奇行には目を瞑《つむ》り続けた。

「子細に分析できる精神を持っているのに、気が狂うなどということは考えられない。君の杞憂《きゆう》じゃないのか？」

「記憶の途切れた恐怖を薫は知らないだろう」と彼は起ち上がった。「今はいい」と僕を見下ろす。「だがその『時』は来るんだ。予測もつかず来るんだ。後頭部が重くなる。血の流れが止まったようにぼうっと麻痺《まひ》して来るんだ。『始まる』という予感……恐れと不安……馬鹿な女どもの高笑いが耳を刺す……そして……僕はどこかに行ってしまう」

どっと跪《ひざまず》き、僕の膝《ひざ》に顔を埋《うず》めた彼……僕は思わず彼の褐色の髪に手を置いた。粗野な狼ではなく、いたいけな……不安に戦《おのの》く小さな子供のように思われたからだ。「ジェム……ウィリアム卿は何と云っている？　鷹原の話では彼は精神病の大家だと……」

「鷹原の名など云うな！」とスティーヴンが顔を上げた。きっと睨《にら》んだ眸が、彼の頭から滑り落ちた僕の手に移る。彼は僕の手を両手で取った。「何て綺麗《きれい》な手だ」そして膝を起て顔を近寄せた。「何て滑らかな肌だ。東方の絹……イタリアの大理石」と頰に触れる。「子供のようにすべすべとした頰だ」そして唇……

「おぞましい！」――気がついたとき、僕は右手で燭台を振り上げ、左手で唇を拭《ぬぐ》っていた。

斜めになった長椅子の前で、仰向けになったスティーヴンがにやにやと笑っていた。

「気が短いな、薫。接吻《せっぷん》したのは初めてじゃないだろう？　まさか……」

翳《かざ》した燭台の蠟《ろう》が頬に落ち、熱さで我を取り戻した。

「ジェ……スティーヴンさん……僕は……帰ります」と燭台を元に戻し、ドアに向かう。帽子掛けからシルクハットとステッキを取り、把手《とって》に手が触れたとき、肩にスティーヴンの手。振り払おうとすると、目の前に突き出された写真……ヴィットリアの写真である……背中にスティーヴンの身体を感じた。僕の首を挟むように突き出された両手、そしてその先で掲げられたヴィットリアの写真……

「君のご執心の彼女だ」と耳許《みみもと》でスティーヴンが囁《ささや》いた。「君がなぜ……彼女に惹《ひ》きつけられたか……考えたことがあるか？」

思わず写真を手にしたとき、目の前のドアが開き……スティーヴンが僕から離れ……そしてドルイット氏が僕の前に立っていた。

驚いたように見開かれたドルイット氏の眸が、ゆっくりと僕の手にした写真に移った。

「やあ、ジョン」と背後でスティーヴンの声。「柏木氏はご存じだろう？　君の……妹さんの写真をお見せしていたところだ、遅いのでね。何だ、君一人かい？　柏木氏はずっとヴィットリア嬢……という偽名で柏木氏を誑《たぶら》かした彼《か》の妹君を待っていたんだよ。可哀相に」

スティーヴンは狂ったように笑いだした。僕は引き下がり、ドルイット氏に道を空ける。頭は混乱していたが、辛うじて氏に挨拶だけは出来た。

「暫《しばら》くです」と返したドルイット氏も途方に暮れたように、僕の前に立っていた。「ジェム……スティーヴン氏から貴方のこと……妹を……助けていただいたことを伺いました」

　言葉は途切れたまま、傍らのスティーヴンの笑い声だけが続いた。「ジョン、兄としては改めてまた礼を云うべきじゃないか？　とにかくそんな戸口に棒のように突っ立っていることもあるまい。さあ、こっちに」――狂人の笑い方だ、と僕は思う。背後でどんと椅子に坐る音、そしてなおも引きつるような笑いが続いていたが、ドルイット氏はただ立っていた。その眸……ヴィットリアと同じ鳶《とび》色の眸……

「ありがとう」と彼が聞き取れないほど微《かす》かに呟いた。「お礼を申し上げます。ただ……妹のことは忘れて下さい。妹もあの日のことは忘れようとしています」

「解りました」と会釈をして廊下に出る。出来るものなら瞬時に姿を消し去りたい。顔が火照り、胸が苦しいほどに動悸《どうき》を打っている。

「薫！」と声。スティーヴンだ。駆けだそうとして思い留まり、早足で歩き続けた。ビルの出口で追いつかれる。耳許で囁き。

「僕に任せたまえ、会えるように手配する。だから……また来てくれ」――ポケットに何か入れた。そして辺り構わずばたばたと駆け戻っていった。

　外に出るとまたしても霧……水のヴェールが頰を包む。歩を進めながら、ポケットに手を入れようとして引っかかる。写真を手にしたままだったことに気づいた。写真を左手に持ち替え、眺めながらポケットを探った。鍵《かぎ》である。あの部屋の鍵……捨てようか……いや、写真と一緒に返しに行った方がいい……だが足は依然として前に進んでいた。ヴィットリア……ヴィットリア……本当の名前も聞かなかった……だが彼女はヴィットリア……僕にとってはやはりヴィットリアだ……駝鳥《だちょう》の羽のショールに顔を半分埋め、ボンネットも被《かぶ》ったまま……あの眸だけが僕を見て笑っていた。あの長椅子に坐っている。スティーヴンの部屋で撮ったものだ。撮ったのはスティーヴンだろうか？　スティーヴンにこのような笑顔を向けたのか？

気がつくとインナー・テンプルの前に出ていた。こんなに近いとは……霧を透かして青い円盤に白いペガサスが浮かんでいる。

「今日ロンドンに着いたばかりで……ブラウン・ホテルに滞在しています」「ブラウン・ホテルのかおるかしわぎさん。ありがとう」

ありがとう……ありがとう……ありがとう……だが……彼女はあの日を忘れようとしている……

十一　三人……そして四人目……

翌日はいつまでも起きられなかった。

十一時頃、ようやく気だるいからだを起こし、ボーモント夫人に茶を頼んで居間へ行く。ドイツの北里氏、そして日本からは姉から手紙が来ていた。

北里さんも姉も、僕がロンドンで何をしているのか気にしていた。気にする筈《はず》だ。当の僕にだって何をしているのか解らないのだから。猶予はあと三ヵ月……三ヵ月だけでも、やはりベルリンに戻ろうか？　今日荷物を纏《まと》めれば、十月初めからベルリンだ。ライヘルト教授は何もなかったように僕を迎えてくれるだろう。簡単なことだ。「ベルリンに戻る」の一言で済む。鷹原もメリック氏もトリーヴス医師も多分引き止めはしないだろう。ボーモント夫人くらいが「残念ですわ」などと世辞を云ってくれるくらいか？

——いつもながら、にこやかに入って来た夫人を見ながら、僕はぼんやりと思っていた。

夫人はテーブルに盆を置き、「今日は聖ミカエル祭ですわ」と僕を見た。反応のないのも気にせず、「四季支払い日に当たりますのよ」と、カップに珈琲《コーヒー》を注ぐ。「貸借料の支払い日、貸借期間の始まり、召し使いの雇われる日……つまり精算の日ですわ。家《うち》も階級、それに家の大きさからみても、召し使いの一人くらい置いてもよろしいのですけどね。現にお隣のスティーヴン家など、お子様方の家庭教師から召し使いも五、六人と、使用人も大勢おりますわ。でも家は部屋の数にしてはお客様は貴方と鷹原さんだけ、お二人とも紳士でお世話も殆《ほとん》ど入りませんし、家族も私と主人だけですもの。私だけでも家事は充分、時間を持て余しているほどですわ。でも、もし……私のお世話が行き届かないとお思いでしたら、置きますけど……」

「僕らは充分満足しておりますよ」——もうとっくにヤードに出ていると思っていた鷹原だった。

今起きたような乱れた髪でビロード地、燃えるような緋色《ひいろ》のガウン姿で寝室からのドアを開けていた。「夫人のお心遣いには日々感謝の念ばかり。もしやお疲れでなければ、召し使いなど置いてこの平安の日々を壊されたくはありませんね」

「まあ……ありがとうございます。嬉《うれ》しいお言葉ですわ。そうでございますよね、まだ私も主人も元気ですし、それに私たち、家事が大好きですもの。まあ、おしゃべりをして……鷹原さんのカップもすぐにお持ちしますわ、すぐに」

笑顔のまま夫人がそそくさと出ていくと、鷹原は大欠伸《おおあくび》をして僕の横に坐り、飲みかけの僕のカップを無造作に取って残りを飲んでしまった。

「貸借料の支払い日だとも云っていたよ」と僕。「部屋代の新規契約……つまり値上げしたいと仄《ほの》めかしたのじゃないか？」

「心配無用。平均以上に払っているよ。それより夫人はなぜあんなに召し使いにこだわったか？　なぜ弁解じみたことをくどくどと云ったか？　平均以上の間借り代に対して召し使いもいない下宿という、いわば僕らへの云いわけだよ。次いで社会的体面と、使用人を置くことによって増える支出との板挟み……聖ミカエル祭で彼女なりに悩んだのだろう。『この辺りで召し使いを置いてないのは家だけだわ』とかね。中流の中……もっとも体面に気を取られる階級だからね、早めに粉砕しておいた方がいい」

夫人がまだ湯気の上がったカップ、それに僕のときには小皿のクッキーだけだったが、大盛りのフルーツまで盆に載せて来ると、鷹原は、「聖ミカエルは知っているかい？」と僕に講釈を始めた。「全天使の王子だよ。最後の審判の日に蘇《よみがえ》った死者の魂を計るべく秤《はかり》を持っている……」

邪魔をしまいと夫人が遠慮がちに云った。「もうすぐお昼ですわ。昼の用意をいたしましょうか？」

鷹原はうなずき、夫人が去ると「講釈終わり」と笑いだした。「肌寒いね、そういえば聖ミカエル祭は冬の始まりとも云われている。日本ならようやく残暑が消えた頃だろうが……おや……日本からの手紙かい？……君の姉上からか」

鷹原の薄く形の整った、女のように赤い唇がいやに目に付いた。スティーヴンの下品に突き出した厚く淫《みだ》らな唇……我知らず口を拭《ぬぐ》う。「何て滑らかな肌だ……東方の絹……イタリアの大理石……」鷹原の肌はもっと美しく、そして白い……

「手紙といえばね」と彼がこちらを向いた。「顔が赤いよ。熱でもあるのかい？」──僕はあわてて首を振る──「寝起きのせいかな？　まあいい。この間の手紙の正体が解ったよ」

すたすたと寝室に向かった彼に「『切り裂きジャック』の手紙かい？」と声をかける。昨夜のことは彼に云いたくなかった。スティーヴン……「おぞましい！」と僕は云った。だが……何てことだろう……言葉だけだったようにも……いや……冗談ではない……おぞましく……汚らわしく……淫らで……肉感的なあの感触……

「その前のだ」と鷹原の声。

眩《まぶ》しいほどに清らかに思われる鷹原が、封書をひらひらと翳《かざ》しながら戻ってきた。

再び横に坐ると、テーブルに三通の封書を置く。二通はこの間『スター』紙から借りてきた投書だった。あのふざけた「キリスト」署名の投書だ。

「見憶《おぼ》えのある字だったので、手許《てもと》にある手書きの手紙やら何やら見直してみたんだ。そうしたら以前ハイド・パークのスピーカーズ・コーナーで演説をしていた紳士から貰《もら》った名刺に行き当たった」

――差し出された名刺には「ジョージ・バーナード・ショー」とあった。印刷された住所氏名の上に――毎日曜夜はハマスミス支部での集会に出席――とあり、その住所がともに手書きされていた。

「社会主義の男だがね、実に面白い演説だったので『改めてお話を伺いたい』と云ったら寄越したんだ。それきり忘れていたが、この名刺……ね、短い走り書きだが、アルファベットは大体揃っている。それとこの手紙……同じ字だろう？　それに『スター』紙への二通目の手紙の署名、内容もさることながら、Shendar Brwa はバーナード・ショーのアナグラムだと気づいた！　アナグラムとはね、アルファベットの入替えだ。組み換えて違う名前にする。これは間違いないと思ったからショー氏に先日手紙を出してみた。その返事がこれだ。昨日届いた」

貴君の類推、まことに恐れ入りました。東方の美しい貴公子、貴君のことは憶えています。もしわれわれの運動にも興味をお持ちでしたら明日の二十九日、九時よりホワイトチャペル、バーナー・ストリート『国際労働者教育クラブ』で集会が開かれます。お会い出来れば歓談を！

今度の署名は素直にバーナード・ショーとなっていた。「彼が怪しいと？」

「まだ解らない。だが昨日の『切り裂きジャック』の手紙……あれが本当に犯人のものなら、かなり自己顕示欲に溢《あふ》れた者の仕業だ。そして自己顕示欲に於《お》いては、このショー氏も負けてはいない。ましてホワイトチャペル事件に関しては、異名とはいえ『スター』紙だけでも二通もの投書をしている。ショー氏に――お会いしたい――と手紙を出した後、彼のことを調べてみた。アイルランド人でフェビアン協会会員だ。フェビアン協会とは産業革命以後、一八八四年一月に結成された社会主義同盟のいわば競合団体だがね、マルクスの暴力革命を否定、資本家階級の元で貧しい生活に甘んじている労働者の待遇や地位の改善向上を目指した漸進的社会主義団体だよ。名刺にある社会主義同盟ハマスミス支部とは画家にして作家、そして社会主義者でもあるウィリアム・モリス氏邸の馬車置き場だそうな。モリス氏と云えば昨年の『血の日曜日』事件にも参加した筋金入りの社会主義者、そしてショー氏は現在、社会主義の理想『自由な愛――平等な愛』という観念に基づいてモリス氏のご令嬢とも恋愛関係にあるらしい。文芸記事と書評、劇評が彼の生計を支えている。小説も書いているそうだが……いいかい？　著述で成功することを望む自己顕示欲に溢れた貧しいアイルランド人、社会主義運動に僅《わず》かに捌《は》け口を求めた彼が……この大英帝国の首都ロンドンで成功するのは難しい。三文作家は掃いて捨てるほど、この都には溢れているからね。多分、そうとう鬱屈《うっくつ》した日々を送っていることだろう。イースト・エンドの売春婦を殺して悲惨な社会を世に知らしめ、かつまた偽名の投書で己の文が新聞に載る。社会への憤怒と自己顕示欲……共に充たされる。投書がばれたところで、犯人とは結び付けられない。実際僕に暴かれたわけだが……それは逆にウィットと文才の開花と本人は悦に入るだろう。……一挙両得じゃないか」

「三文作家ねぇ」

運ばれてきた昼食を食べながら、僕は初めて作家という存在を考えた。物語がある以上、それを創った作家という者がいるのは当たり前だ。だが、これほど物語に魅了されながら、作家について考えたことは一度もなかった。

「今日はどうする？　ロンドン病院に行くのかい？」

「いや……」と考えを中断されたまま、返事に窮した。昨日の今日……どうにも気が重い。またスティーヴンが来ていたら……「今日はここに居る。何だか疲れたし、本を読んで過ごそうかと思う」

「そうか、このところ僕にばかりつき合わせて、君の時間を奪っていたしね。じゃ、僕も何もなければ夕方帰ってこよう。着替えもあるし、久しぶりに昼食、夕食とボーモント夫人の手料理を御馳走《ごちそう》になろう。それから再び魔の街、ホワイトチャペルだ」

「九時と云ったね、それなら僕もつき合うよ」

「決まった！　やはりこういうまともな料理を摂らないと、からだに悪い」

屈託のない鷹原を前に「ベルリンに戻る」は棚上げになった。

鷹原がスコットランド・ヤードに行ってしまうと、僕も昼日中から部屋に閉じこもっているのも夫人に気を遣わせるような気がして、本を手にケンジントン・ガーデンズに出かけた。

公園は既に秋たけなわ。この北国では夏は駆け足で去るようだ。午後の陽射しが紅葉した葉を燃え立たせ、なお緑鮮やかな芝の上に婦人や子供たちが集い、残り少なくなった戸外でのくつろぎの時を楽しんでいる。

ラウンド・ボンドと呼ばれる中央の小さな池に向かったときである。

「柏木さん！」と呼ぶ細く高い子供の声。

振り返ると片側のコナラの木陰にスティーヴン家の幼い子供たち四人が居た。

今日は話す気になれない。だが、子供たちに囲まれた家庭教師のペイター嬢と目が合ってしまった。遠慮がちな、そして温かい会釈……足を止め、会釈を返していると、最も社交的なトゥビー、声の主が飛んできた。八歳、ヴァージニアのすぐ上の兄貴である。その姉でトゥビー同様社交家の九歳のヴァネッサが「もしよろしければこちらへどうぞ、柏木さん」と、大人のような愛想を振りまく。一番年下の五歳のエイドリアンはただにこにこと、そして深夜に不思議な会話を交わし、一番親しい筈のヴァージニアはつんとすましてそっぽを向いていた。

しかたなく近寄り、「お邪魔ではありませんか？」とペイター嬢に聞いてみる。

「いいえ」と彼女はあわてたように栞《しおり》を挟んで赤いクロース装の本を閉じた。「『不思議の国のアリス』を聞かせておりましたの。もう五回目ですけれど、皆、一番熱心に耳を傾けてくれますから」

ヴァージニア以外の子供たちが再び礼儀正しく挨拶をした。と、すましていたヴァージニアが目配せをしている。深夜、彼女を「アリス」と呼んでいる。(絶対に内緒よ)という合図だ。僕もすまして「芝居は観ました」と、僕は腰を下ろした。

「本は読んでおりませんが、アリスはとても可愛いですね。おしゃまだけれど」と云った。ヴァージニアがにっと笑って再びそっぽを向く。昼間、大人と一緒のときは、なぜか気難しい貴婦人を装うのだ。

「まあ、ぜひお読みになるべきですわ」とペイター嬢は声を上げ、「失礼を」と顔を真っ赤にして下を向いてしまった。グレーのボンネットから飛び出した縮れた赤毛が俯《うつむ》いた眸を隠した。そばかすだらけの頬、下を向いた鼻、厚めの唇……お世辞にも美人とはいいがたいが、内気で生真面目な女性……子供たちの良い教師だ。

僕は『アリス』の下にある本を指して聞いてみた。「そちらの本はなんですか?」

「『ジェイン・エア』です。これは私用」と、消え入りそうな声で応《こた》える。まだ下を向いたままだ。

ロンドンに来て、今まで以上に人に接し、僕より話し下手な人がいることを知った。内気ではにかみやのナイーヴな人々……そして驚いたことに、僕が会話をリードする。今のように……不思議な新しい体験だった。「それも読んでいません。ロンドンに来てからこちらの本を読み始めたので、まだ余り多くは読んでいないのです。面白い本ですか?」

「素晴らしいですわ」と彼女はようやく顔を上げた。眸が輝いている。「何度読んでも胸が熱くなります」

「ねぇ、どんぐりを集めてもいい？」とトゥビーが聞いた。

「近くでね」と、うなずきながら、ヴァージニア以外の子供たちが去ると、彼女は本をそっと抱きしめた。「これほど細やかに描かれた本ってありませんわ」

「孤児の家庭教師が紳士と結婚する話ですわ」とヴァージニア。「そして裏切られるの」と意地悪く続けた。

　ペイター嬢は前より赤くなった。「ヴァージニア、いつ読んだの？　それに貴女《あなた》……言葉が全部解ったの？」

「貴女がうたた寝したときです、先生。いつもお持ちでしょう？　すこしずつ……解りますわ、私でも。辞書が有りますもの」

「ヴァージニア、トゥビーたちとどんぐりを拾っておいで」と僕は冷たく云う。

　だが小生意気な少女は「まだろくに落ちていません。それに木の実を拾うなんて、幼児のすることですわ」と、一人居座っていた。――家庭教師なぞより私の相手をするべきです――と、高慢な黒い眸は云っていた。だが本当はトゥビーたちとどんぐりを拾いたいのだ。

　僕は六歳の気難しい令嬢は無視して、そのままペイター嬢に話しかけた。「シャーロット・ブロンテという……作者は女性ですか？　驚いたなぁ、女性が本を書き、人の心をつかむなんて。こちらに来てからですが、メアリ・ウルストンクラフト・シェリーの『フランケンシュタインあるいは現代のプロメテウス』という本を読みました。とても女性が……それも七十年も前に書いたとは思われない本でした。この国の小説というのは素晴らしいですね」

「読んでるだけじゃ駄目よ」と、やっと子供らしく拗《す》ねた調子でヴァージニア。「ジェムが云っていたわ。素晴らしいのは小説じゃなくて、そんな小説を書いた作家の方がもっと素晴らしいって。――人間だけに出来る『知』の勝利、『創造の勝利』だって。だから彼は詩を書くの。私も作家になるわ。大きくなったらね」

今度こそしっかりとヴァージニアを見た。負けん気の黒い眸が挑むように見返している。作家に？　作家……六歳の少女が従兄《いとこ》の影響とはいえ、なぜこんなことを思いつくのだ……どこまで理解して話しているのだろうか……ヴァージニアの顔がペイター嬢のように赤くなる。

「私……私も……どんぐりを集める。エドたちをみてあげなきゃ……」

ペイター嬢と二人になっても、まだ僕は呆然《ぼうぜん》としていた。作家になる……そんな世界もあるのだ……

「私も……小説を書いておりますの」とか細い声が聞こえ、またも驚いて彼女を見た。

「夜、少しずつですけれど……ヴァージニアに見つかって『作家になるのよ』と応えましたわ。それできっとヴァージニアも……夫人に解ったら怒られますわ」

ぼんやりとしたまま「なぜです？」と礼儀だけで問い返す。

「ヴァージニアの階級では、淑女が職業を持つなど……作家でも……褒められたことではありませんもの」

「卑しい職業ではありませんよ」と僕はついこの間まで、小説自体が女子供の読み物と、決めつけていたことを打ち消すように云った。「人々の心を言葉で捉《とら》え、酔わせる仕事です。勇気づけ、励まし、物語の中で新たに自分を見いだし、他人を見いだし、新しい見方や物の考え方や……現に僕だってディケンズの……チャールズ・ディケンズはお読みですか？」

「いいえ……あの……女学校では禁じられておりましたので……」——ますます小さな声でペイター嬢は云うと、あわてたように付け加えた。「絶対にというわけではありませんわ。ただ先生は……その頃はウォルター・スコットやブルワー・リットン、ガスケル夫人などを朗読していただいて……今はもちろん何でも読めます。ディケンズも読んでみますわ」

何だか悲壮な面持ちで云われ、僕の方が困ってしまった。

「では僕もその『ジェイン・エア』を読んでみます」

「まあ！」とペイター嬢は、こちらが戸惑うほどに感嘆の声を上げ、自分の声に驚いたかのようにまた顔を伏せた。そのまま「よろしかったら、どうぞ」と本を差し出す。

「いや、捜します。書店を歩くのは好きですから」

「いえ、私、もう暗唱できるほど読んでおりますの。どうぞ、お貸しします」

一陣の風がざわざわとコナラの葉を鳴らした。そして風に乗ってケンジントン教会の鐘の音が聞こえてきた。

「まあ、すっかり遅くなって……」とペイター嬢がうろたえたように起ち上がる。『不思議の国のアリス』はかかえていたが、『ジェイン・エア』はそのまま、芝の上だ。「お茶の時間になってしまいましたわ。子供たちは……」

「近くに居るでしょう」と僕も本を持って起ち上がる。ペイター嬢と目が合い「では、お借りします。ありがとう」と云ってしまった。

ペイター嬢が子供たちの名を呼びながら、池の方へ向かった。「僕はこちらを……」と、外《がい》套《とう》のポケットに本を入れながら、入口の方に行ってみる。

思っていたより遠く……入口に近いツゲの垣根の前に子供たちは居た。一番大きいヴァネッサに声をかけると、エイドリアンを隠すように三人が並んだ。騎兵にも劣らぬ見事な呼吸だ。三人は僕一人と知ると、明らかに安堵《あんど》の色を浮かべた。人垣の向こうで変な声がする。

「先生は？」とトゥビー。

「君たちを捜して池の方だ。戻った方がいいみたいだよ」——途端にエイドリアンの泣き声が聞こえてきた。

「死んじゃうよ、置いていったら死んじゃうよ」——人垣が崩れる。エイドリアンが仔猫《こねこ》を抱いて泣いていた。小さな手が茶と黒の入り交じった哀れな毛の固まりを抱きしめ、手首の辺りから細い紐《ひも》のような尾、こちらの猫に特有の長い尾がだらりと垂れていた。

「連れて帰ったらママに怒られるわ」とヴァネッサ。

「玄関から抛《ほう》り出して、本当に死んじゃうかもしれない……」と陰鬱《いんうつ》にヴァージニア。

エイドリアンの泣き声が高まる。振り返ると遥《はる》か彼方《かなた》、ペイター嬢がこちらに向かって駆けるような足取りで近付いてきていた。

「君たちの先生は、君たちの誰かが怪我でもしたのではないかと思っているよ」

「猫を放しなさい！　エド」とヴァージニア。

トゥビーが僕の手を両手でつかんだ。「柏木さん。この猫を助けて。倒れてたんだ。お腹が空いて倒れてた。このまま置いといたら死んじゃう。暗くなって寒くなるし、死んじゃうよ」

「でも、僕はずっとここに住むわけじゃないんだ」と戸惑いながら話す。「もうじき日本に……この国から遠い僕の国に帰らなければならない。今の家も借りているだけだし、無理だよ」

「お願い」というトゥビーの声と「いつ帰るの?」というヴァージニアの声が一緒に聞こえた。「もうすぐ……」とヴァージニアに応えている間にまたしても「お願い!」とトゥビーの声。

エイドリアンは小さな身が張り裂けそうな泣き声になった。「エド!」と、ペイター嬢の叫びに近い声が聞こえてきた。

「解った、預かるよ」と僕はエイドリアンに手を差し出す。仔猫が窒息しそうだ。

トゥビーが「エド、エド……大丈夫だよ」と分別くさくエイドリアンの肩を抱いて囁《ささや》きかけた。「柏木さんが助けてくれるって……大丈夫だよ」

しゃくりあげたままの顔で、エイドリアンが僕を見上げた。僕はうなずき、仔猫を貰《もら》い受ける。片手に乗るほどの小さな生き物はぐったりとしていたが、消え入りそうな声を上げ、まだ生きていることを訴えた。

ペイター嬢の到着。「エド、どうしたの!? 何があったの?」

「何でもないわ」とヴァージニア。

「何でもありません」と僕も云った。

ペイター嬢がエイドリアンの前に屈《かが》み込む。「些細《ささい》なことで……」と云ってみたが、ペイター嬢は振り向きもしない。僕も後をどう続けて良いのか解らなかった。「ではまた……お会いしましょう」と皆から離れた。

トゥビーが片目を瞑《つむ》ってみせた。そのまま逃げるように歩く。片手の生き物にペイター嬢は気づかぬままだ。たぶん子供たちも云わないだろう。同じ帰り道だと気づいたのは、ずっと離れてからだった。

「ただいま」と声だけかけ、真っ直ぐに部屋へと駆け上がる。参ったなあ……と思いつつ、どうしたらよいのか解らない。掌の中では温かな命が脈打っていた。

狭い部屋の中を仔猫をかかえたまま、ただうろうろとしているとノックの音。思わず背を向けた。

「柏木さん。居間にお茶を置きましたから」と夫人の声である。声を張り上げて礼を云う。

足音が消えてから、居間へと行った。

紅茶のポットとバターとジャムの添えられたスコーンが二つ、テーブルにあった。紅茶用ミルクピッチャーのミルクはまだ温かい。取り敢えずカップの受け皿にミルクを注ぎ、皿を揺すって冷ましてから床に置き、猫も下ろした。

ぴちゃぴちゃと貪《むさぼ》るように嘗《な》め始めた小さな頭越しに、スコーンも毟《むし》ってミルクの中に入れてみる。その間も、どうしたものか……と思い続けた。鳴き声など上げて、ボーモント夫人が来てしまったらどう云えば良いのか？　そうこうするうちに猫が顔を拭《ぬぐ》い始めた。洗ったように皿の中のミルクもスコーンも綺麗《きれい》に収めきり、腹はいまやぷっくりと膨れていた。やがてこちらを見上げて「ミャア」と鳴いた。心臓が縮み上がった途端、こちらにとことこと近寄り、足許までくる以前にぺたんとへたばる。びっくりして顔を寄せると呆《あき》れたことに寝入っていた。

猫は死んだように眠り続けていた。上下する膨れた腹で生きているのが解るだけだ。そのうち夫人が茶を下げにやって来る。そしてテーブルの足許のこの毛の塊に気づかぬ筈《はず》はない。いっそこのまま暗くしておこうか……と闇の侵食し始めた部屋の中で思う。いや、ノックの音が聞こえたら、すぐにこちらが盆を持って行き、ドアのところで渡してしまえば良いのだ……気難しい顔をして勉強中の振りをする……だが、その後は……再び参ったなと吐息をついたとき、階段を上がる音が聞こえてきた。とっさに盆をかかえてドアに走る。

足音が違うと思ったのと、ドアが開き鷹原の顔を見たのは同時だった。

「何だい、真っ暗じゃないか」と彼は云い、僕のかかえた盆を見て「給仕になったのか？」と笑った。

燈火を灯《とも》した鷹原に、僕は黙ってテーブルの猫足に被《かぶ》さるように寝ている生き物を示した。

「汚いぼろだね、事件の証拠物品でも拾ってきたのか？」

「猫だよ、困っている」と、僕は昼間の経緯を小声で話した。

「スティーヴン家の子供たちか、ふむ……仕方がないな。解った。この猫は改めて君から僕が譲り受ける。僕が連れ帰ったことにしよう。夫人に掛け合って来るよ」——いとも気楽に云うと彼は猫を摘まみ上げた。猫は彼の手の上で薄目を開けたが、またもや寝入ってしまった。眠り猫である。「酷《ひど》い顔だね、これは」と鷹原は笑いだした。「ちょび髭《ひげ》をはやしているよ。ドルイット氏……ちょび髭のモンタギュー・ジョン・ドルイット坊やだ」

顔もろくに見ていなかった。覗《のぞ》き込むと、たしかに黒の斑点《はんてん》が鼻の下に見え、ちょび髭のようだ。だが鷹原のように笑えない。

「この顔、この毛色では、追い出されたらまたもや路頭に迷うだけだね、これだけみっともない猫も珍しい。ふむ、殿下から賜ったことにしよう。宮殿の猫殿だ。そうすれば夫人も邪険には扱わないだろう」

「そんなこと……子供たちからすぐ解るよ。第一どこに置くんだい？　夫人は厭《いや》がるかもしれない。猫が好きだなんて聞いたこともないし」

「だから殿下の賜り物にするんだよ、嘘も方便。知っているのはあの四人の子たちだけだろう？　明日云っておく。子供は密約が好きなんだ。こういうことに関しては結構口も堅い。とにかく下に行ってジョン坊やを披露してこよう」

　鷹原が戻るのに五分とはかからなかった。「高貴な猫殿の御来臨を心より歓迎するとさ。ただし新たな居候の居場所はこの居間に限る、部屋代に半クラウン追加、この殿下が破損した器物に関してはこちらが補償する……以上で手を打った」

「済まない。余計な負担を増やして」

「いや、君から僕が貰ったんだ。僕が勝手にしたことだよ。しかし酷い顔だね……一応男だよ。同宿の者になったんだ。名前を付けないとね……『ちょび髭のジョン』にしようか？」

「だめだよ！」断固として云う。猫を見る度にドルイット氏を思い出すのは堪《たま》らない。

「ふむ、ドルイットは気に入らない……『ドール』は？　人形だ。玩具《おもちゃ》みたいじゃないか。駄目か……」――鷹原が他愛もないことを云っている間に、ボーモント夫人が藁《わら》を敷いた盥《たらい》と肉汁の小皿を載せた盆を持ってきた。

「猫のトイレットと食事です。どこに置きましょう？」――取り敢えず笑顔なのでやっと安心する。

猫は起きてまたもや肉汁に取り組んだ。僕らも夕食を摂り、その間も鷹原は猫の名前を考え続けた。ようやく猫の方でもほっとしたのか、今度は部屋の探検を始めている。時々立ち止って鳴いてはソファーの下、箪笥《たんす》の陰、暖炉と見て回っている。

「黒と茶の斑《ぶち》だね……救われない容貌《ようぼう》だな……ブラック&ブラウン、B&B……ベッド&ブレックファーストだな……BB……はは、猫の方で自己紹介しているよ。ビービー鳴いて、『ビービ』だとさ。──僕はビービ、よろしく──」

吐息とともに僕は聞いてみる。「帰朝するとき、どうするんだ?」

「僕の猫だ。連れ帰るよ。家のタマの婿にしよう。ただしスティーヴン家の子供たちには『これだけだ』と釘《くぎ》を差しておいた方がいいね。ここを動物園には出来ない」

「爺《じい》やの猫だが、三毛《みけ》の実に美しい猫だよ。赤い縮緬《ちりめん》の首輪に金の鈴を付けた器量良しだ。ビービには勿体《もったい》ないが日英親善のためだ。猫の親善使節だ。タマには我慢してもらおう」

「解った。日本の君の家にも猫が居るのかい?」

いつの間にか『ビービ』という名前を頂戴《ちょうだい》した仔猫は、部屋の探検も終えて、怖い敵も居ないと知り、今度は傍若無人に駆け回り始めた。ボーモント夫人が先日付け替えたばかりのカーテンにまで駆け上がり、あっと云う間に爪で引き裂きながらずるずると滑り落ちてきた。僕らは食事もそこそこに夫人が綺麗《きれい》に縫い上げたカーテンに駆け寄ったが後の祭りである。

「『切り裂きジャック』だな。ビービ、ジャックという名に変えてしまうぞ」──寝室に行った鷹原は安全ピンでカーテンを取り繕い、再びぱったりと倒れて寝てしまった猫を抱き上げ、膝《ひざ》の上で完全に寝かしつけると、器用に鋏《はさみ》を使い、爪を切り始めた。実に細やか、甲斐甲斐《かいがい》しく、まるで愛《いと》しくてたまらぬ子供の世話をする母親である。

「驚いたね、君がこんなに猫好きとは知らなかった」

「それより、これからこの悪戯《いたずら》坊主を残して出かけるんだよ。壊れそうな物をしまってくれないか？」

そのとおりだ。カーテンやソファー、ゴブラン織りや絹のクッション……何もかも片づけたい心境だったが、先ずは暖炉の上の絵皿や陶器の人形、写真や花瓶を硝子《ガラス》戸の飾り棚に押し込む。そしてサイドテーブルの上、ソファー脇の珈琲《コーヒー》テーブル……細々とした装飾品がこんなに多いとは思わなかった。

一段落して着替え、家を出たのは十時を過ぎていた。

「随分と遅くなってしまった。ショー氏はまだ居るだろうか？」と、馬車の中で僕は聞く。

風が強くなっていた。

昼間ビービを拾ったケンジントン・ガーデンズの木立が闇の中でざわざわと揺れ、通りには人影も見えない。ウエスト・エンドの住宅地は、はや眠りに就こうとしている。

「集会と云うからには二、三時間はやっているだろう、大丈夫さ。それにあちらはまだ宵の口だ。ようやく始まったくらいだと思うよ。僕としても彼らの御高説を最初から律儀に承りたくはない。新しい友、ビービと親交を深めていた方がいいね」

どんな問いにも気楽に応《こた》える鷹原を羨《うらや》ましいと思い、ありがたいとも思った。僕が頭をかかえる難問も、彼は簡単に処理してしまう。

「『ショー氏は小説も書いている』と君は云っていたが、隣の家庭教師、ペイター嬢も書いているそうだ。それにヴァージニアまでが『大きくなったら作家になる』と云っていた。この国では物書きというのはそんなに一般的なことなのかい？」

「ペイター嬢とあのヴァージニアが!? それは前途多難だね。オールドミスの家庭教師が考えそうなことだし、ヴァージニアにしても父親の影響などあるのかもしれないが……レズリー・スティーヴン氏の前妻を知っているかい？ ハリエット・メアリアンと云ったが、サッカレィの娘だ。あの『虚栄の市』を著した……知らない？ 偽善と俗物根性、この国の中産上層階級を知るには最高の手引き書だよ。その作者、ウィリアム・メイクピース・サッカレィの娘とスティーヴン氏はかつて結婚していた。ヴァージニアがその娘ならサッカレィの血も受けていようが……残念ながら現在の妻は君も知るジューリア・プリンセップだ。そしてヴァージニアも、サッカレィが最も嫌悪した『善良で愚かな俗物』、ジューリアの娘だ。六歳の戯言《たわごと》とはいえ、難しいだろうね。ま、たまたま君の周りにそういう人種が揃ったというだけだ。尤《もっと》もこの国では小説が盛んだし、作家を目指す者も多い。そう、この間スティーヴン家で、トマス・ハーディという作家に紹介されたよ。ドーセット州のドーチェスター近郊に住んでいるとかで招待された。良いところらしい。近々行くつもりだがね……彼がいろいろと話してくれた。この国の識字率は八十パーセントくらい。日本と似たようなものだが、本は豊富だ。三シリング六ペンス出せば『ピカデリー文庫』、貧者には二ペンスで週刊誌も買えるし、古本屋も多い。当然、作家志望者も多く、三文文士が溢《あふ》れているそうだ。だが、素晴らしいことに国家は七十年ほど前に『王立文学基金』なる、生活もおぼつかない三文文士のための貧困救済機関まで造っているとか。これこそ文化国家だよ、君。ハーディー氏はそれでも『微賤《びせん》の者が作家になるのは難しい』と云っていたがね。だが、申請者は現在二千人以上だそうだ」

「二千人……そんなに文士がいるのかい」

「飽くまで申請者だ。自称文士はもっと多いし、『王立文学基金』などに頼らずともすむ文士も大勢いるだろう。まことに文化国家というところだが、後々まで残る本を書くというのは数ではないからね、サッカレィやディケンズが溢れているわけではないよ」

「ディケンズと云えば、ペイター嬢は読んでいないそうだ。女学校で禁じられていたとか……なぜだろう?」

「上流の子女を預かる寄宿学校では、一般にディケンズは下品で浅ましいと定義付けられている。ペイター嬢がそんな寄宿学校に行っていたとは思われないが……ははぁ、彼女、君に気があるのかもしれん」

「馬鹿な……第一、ディケンズのどこが下品で浅ましいんだ? ヴィクトリア女王陛下だって愛読者だと、クーッ男爵夫人が晩餐会《ばんさんかい》のとき、云っていたじゃないか」

「サッカレィと違って、ディケンズは物語の中心に下層階級を据えたからだよ。上流階級にとっては己が寛容さを誇示するための、慈善の対象にすぎない連中だ。普段は縁のない世界……ただ耳を塞《ふさ》ぎ、目を塞ぎ、まともには考えたくない連中を正面きって主人公にしたからだよ。女王陛下がどこまでディケンズを理解し、下層階級を理解しているかは知らないが、彼女は元々、小難しい理屈を並べた書物や、砂糖菓子のような恋愛小説より、巷《ちまた》のぞくぞくする事件や冒険がお好きなんだ。読み物としてはだがね。今度の連続殺人に異常なほど興味を持たれたというのも、彼女にとってはディケンズの延長にすぎないと僕は思うね」

馬車はホワイトチャペル・ロードに入り、メアリの家へと続くコマーシャル・ストリートとは逆に右へ折れた。

表示を見ると、こちらはコマーシャル・ロードとなっていたが、ロンドン病院の裏のほうである。次いで二本目のバーナー・ストリートという通りに入り、赤煉瓦《れんが》の先、黒い大きな木戸の前で馬車は止まった。

ホワイトチャペルの裏通りの例に洩《も》れず、暗く寂れた通りで、開かれた木戸の先も鬱蒼《うつそう》とした闇である。

風はますます強く、湿気も孕《はら》んでいた。クラブ・ハウスの二階の窓から洩れる燈火が揺れる木の間越しに点滅し、寒々とした玄関の燈が辛《かろ》うじて闇を照らしていた。陰気で暗い中庭……だが、屋内からはざわめきや拍手が聞こえてくる。

入口で案内を請うと、すぐに目の鋭い三十過ぎの男が二階から下りて来て、愛想よく鷹原に手を差し出した。素手のままである。

出がけにまた念入りに蠟《ろう》で固めた髭、シルクハットにイヴニング・ケープ、白絹のマフラーと手袋という、いつもの出《い》で立ちの鷹原だったが、ここでは浮いていた。

ジョージ・バーナード・ショー……口と顎《あご》に赤褐色のぼさぼさの髭を蓄えた青白い顔の青年だった。細い顔に目頭が下がった眸《ひとみ》は狐を思わせる。ネクタイはしていたが、古びた茶色のジャケットにベージュのズボンが痩《や》せ細った身体を包んでいた。鷹原の紹介で、ショー氏は僕にも快活な挨拶《あいさつ》をしたが、「失礼、ちょっと外気を」と云うと外に出ていった。

「失礼しました。上の空気は酷《ひど》くてね」と、深呼吸でもしたのか、一、二分後に首を振りながら戻ってきて「煙草の煙と人々の熱気、締め切った窓のせいで空気はどんより……尤《もっと》もホワイトチャペルの外気も爽《さわ》やかとは云い難いが」と、そのまま階段をどんどん上っていく。

「今夜の集会の議題は？」と追いながら鷹原。

「『ユダヤ人の間に於《お》ける社会主義の必要性』というものです。上はユダヤ系ばかりだが、構いませんか？」――くるりと振り向いたショー氏は紹介されたばかりの僕を見ていた。

きびきびとした活動家、イースト・エンドの住人に比べれば随分とましだが、生まれは余り良くない。自意識が強く、挑発的……というのがショー氏の印象である。この男が女を解体？……貧相に痩せ衰えたからだ、しかし労働者のように階段をすたたと上る足は鋼のように力強い。

集会場のドアを開いた途端、割れるような拍手の波に包まれた。気勢を上げるような足踏みと口笛、そして喝采《かっさい》。ショー氏の言葉通りのむっとする空気。集会はいやが上にも盛り上がっているようだ。壇上で両手を突き出し、人々の昂《たかま》りを抑えている男は二十歳そこそこに見える優男、ユダヤ人には見えない。

「ご静聴ありがとうございました」と男は声を張り上げた。「社会主義という志に於いてわれわれはひとつであると確信致しました。機関紙『コモンウィール』は今夜も皆さんとともに歩み……」

「ヘンリー・ヘリディ・スパーリング」とショー氏は壇上の男を示して云った。「彼は連盟の機関紙『コモンウィール』を代表、私はフェビアン協会代表として今夜は声援演説に来たのです。ここは連盟の分派でね、殆《ほと》んどが祖国を追い出され、イースト・エンドに住み着いたロシア、ポーランド、ドイツ系のユダヤ人たちです。ハマスミスのわれわれより、彼らの方が痛切に貧困や差別、そして権力の横暴や個人の権利を感じているでしょう」

　スパーリング氏に代わって、黒髪に黒い眸、そして立派な鼻のいかにもユダヤ人という男が壇上に立ち、閉会の言葉を述べ始めていた。

「せっかくお招きいただいたのに、皆さんの、それに貴方のご高説も残念ながら伺いそびれたようですね」と鷹原。

「なに、協会にいらしていただければ、いつでも。それに今夜、ここに私をお訪ね下さったのは、社会主義に共鳴された、我が協会に入会したいなどというためではないでしょう？」

「鷹原、彼が来ている！」――八月末に殺されたポリー……メアリ・アン・ニコルズの検死審問《インクエスト》にスティーヴンと来ていた男、そしてイルフォードでの葬儀にも現れた男だ。歌い始めた会衆にも加わらず、ぼんやりと隅の席から人々を眺めている。ぼさぼさの髪と髭、太く真っ黒な眉《まゆ》の下で、大きな眸だけがぎらぎらと輝いていた。「シメオン……たしか画家の……」

「シメオン・ソロモンですか？」とショー氏が後を引き取った。

「ご存じなのですか？」と鷹原。

「有名ですよ。われわれの間ではね」と嫌悪の色も剝《む》き出しにショー氏。「一世を風靡《ふうび》した画家でした。ロイヤル・アカデミーに常時出品、ピカデリーのダドリー・ギャラリーは彼に入れ揚げていたし、我が同胞、モリスとも親交があったし、あのロゼッティとも親しかった。詩人のスウィンバーンは彼の絵に詩を付け、彼はスウィンバーンの詩に絵を描きと、双方で惚《ほ》れ込んでいました。他にもウォルター・ペイター、オスカー・ブラウニング、ジョン・アディントン・シモンズ……今を時めく知識人の多くが彼を称賛したそうですよ」

「すべて過去形ですね」と鷹原。

「私の子供の頃の話ですからね。今と違って彼らを雲上人と憧《あこが》れていたときの話です。だが、彼は十五年ほど前に同性愛の罪で捕らえられ、一年半ほど牢《ろう》に入れられましてね。彼の栄光もそれでお終《しま》い。尤もモリスもスウィンバーンも出所した彼を、様々な形で助けようとしたらしいが、すべて徒労だったようです。彼自身が拒否してね。アルコールに溺《おぼ》れ、生活も乱れ……今では彼らもソロモンの名を聞くことさえ厭《いや》がっている。僕から見れば当然ですがね」

「なぜです？」と鷹原。「貴方がモリス家と親しいことは、多少の見解の相違はあれ、同じ運動の仲間として察しがつきます。しかしスウィンバーンの名をこのような形で伺うとは思いませんでしたね」

「それこそなぜです？」とショー氏は突っかかるように云った。「スウィンバーンは昔からモリスの仲間です。政治的仲間ではないが、芸術家としてね。ダンテ・ゲイブリエル・ロゼッティ、ウィリアム・モリス、エドワード・ジョウンズ、そしてアルジャノン・チャールズ・スウィンバーン、早くも神話となりつつある彼らの交遊をご存じない？　ハハ……異国の方ですからね。今でもスウィンバーンはよくモリス家に来ます。私も何度か同席しました」――得意気に云うともう一度繰り返した。「何度かね」

「何度か同席され……」と鷹原も繰り返した。「政治ではなく、芸術の仲間として貴方も神々の列に加わりたいと思われたのでしょう。貴方にとって政治は彼らに近づく手段……」

ショー氏の顔色が変わった。「私を辱《はずかし》めにいらしたのですか！」

「いえ、決して」と鷹原はのほほんと応えた。「私が伺ったのは、神話と成りつつある貴方のお仲間関係ではなく、伝説と成りつつあるスウィンバーン氏の奇行です。つまりスウィンバーン氏がソロモン氏を非難されるわけが解らないということです。ソロモン氏以上のことを耳にしておりますからね。彼もやはりアルコールに溺れ、生活も乱れ……阿片の常用者、陰鬱《いんうつ》な快楽の求心者、たとえば叙事詩『鞭《むち》打ち台』は彼の趣味の所産とか……」

「非難ではなく嫌悪ですよ」とショー氏は苛《いら》立って云う。「同性愛に比べたら鞭打ちなぞ、教育でさえ使われている」

「だが刑罰のためであり、快楽のためではないでしょう？　いや、お国柄の違いといいましょうか……やはり溶け込んだように思っても、異国は異国ですね。われわれの国では男色なぞ、罪という観念すらないのでね。ね、柏木」——突然、同意を求められ、僕はあわてた。ひょいと振り向いた鷹原の唇ばかりがまたしても目につく。だが、彼は軽く聞いただけのようで、すぐにショー氏に向き直り、話し続けた。「忌まわしさより、むしろ高雅な趣味という趣すらあります。いや、ご安心を。私は幸か不幸か、女性にしか興味を覚えませんから。ただ、鞭打たれることに快楽を味わうという方が、男色より異様に感じます。面白いという意味でね」

「面白い？」とショー氏は呆《あき》れたように鷹原を見たが、これ以上、このことで議論をしても無駄だと思ったようだ。「いずれにしろ、スウィンバーンは天才だが、ソロモンはただの蛆虫《うじむし》です」と云い切った。「イースト・エンドの蛆虫……今は救貧院をねぐらにし、たまに路上で絵を売っているとか……ここに来たのも酒か食べ物にありつけると思ったからでしょう。下に行きましょうか。お口にあうかどうかは解りませんが、食堂があります」

「僕はちょっとソロモン氏と話してみたい……」――何でこんな積極的なことを云ったのか、自分でも解らなかった。だがこの鼻持ちならないショー氏から、食堂と称する侘《わび》しそうな部屋で、彼の悦に入った社会主義運動や芸術活動とやらを聞きたくない、という反感が起きたせいかもしれない。

鷹原はあっさりと「じゃ、下で」と先に立って集会場を出ていった。ショー氏が侮蔑《ぶべつ》的な一瞥《いちべつ》で会釈し後に続くと、僕はおそるおそるソロモン氏に近寄った。

氏は合唱する人々をスケッチし始めたようだ。汚いぼろ袋のような酷いコートを纏《まと》っていたが、広げた画帳は立派なものである。近づくにつれ、垢《あか》とアルコールの染み込んだ身体から何ともいえぬ悪臭が漂ってきた。だが、何と見事な描写だろう。

水彩画用のものか、木目の粗い紙に赤チョークの柔らかなセピア色がざらざらとした掠《かす》れた線になって、人々の顔を写し出していた。

声をかけるのも憚《はばか》られ、ただ僕は眺めていた。

――歌う人々は紙の上でより高雅な面持ちとなり、服装はチョークの先で山高帽やボンネットの代わりにヴェールとなり、ジャケットやドレスの代わりに古代のローマ人のような衣服へと変わっていった。そして中央の女性の頭に鳩が描かれ、頭部が後光のようなもので包まれると、忙しく動いていた手がぴたりと止まり、上げられる。完成のようだ。何かの寓意画《ぐういが》か……耶蘇《やそ》教に疎く、まして彼の宗教かも知れぬユダヤ教にはなお疎い僕に、何の絵かは解らなかったが、何がしか心打たれる美しい絵だった。

　歌が止み、ざわめきも止み、閉会となる。会衆が出て行き、辺りが僅《わず》かに残った人々の静かな歓談に代わるまで、僕は絵に見とれていた。

　突然彼が振り向き、「眠りを見つめる夜だ」と云う。

　聞き返すと、「『眠りを見つめる夜』――絵の題だ」と云った。にやっと笑い、半月形になった大きな眸の下に、これまた大きな皺《しわ》が刻まれる。五十くらいか……皺と酒焼けした肌、もじゃもじゃに縮れた髭《ひげ》……獣人のような感じだが、漆黒の眸は綺麗《きれい》に澄んでいた。うなずいた拍子に、彼はぷいっと起ち上がり、画帳をぶら下げたまま、すたすたと行ってしまった。

「ソロモンさん！」と呼びかける。

　ドアのところで彼は立ち止まってこちらを見た。打って代わった冷たい視線である。

「前にお会いしましたね。スティーヴン氏……ジェイムズ・ケネス・スティーヴン氏に紹介していただきました。メアリ・アン・ニコルズの検死審問会場《インクエスト》で」

「ああ、気がついた。警察の人間だ」

　会場に残って雑談していた人々の声がぴたりと止み、視線が突き刺さった。

「違います」と声を上げる。「僕はカオル・カシワギ、ロンドン病院に通う……」――ソロモン氏の後を追いかけた。だが、階段の途中で建物を出ていく後ろ姿を見、立ち止まる。無理に呼び止め、誤解を解いてまで、する話がないのに気づいたからだ。

閑散とした玄関で、四、五人の男たちが別れを惜しむように立ち話をしていた。十二時近かった。

すごすごと食堂に行き、鷹原とショー氏の席に加わった。

鷹原はビールを、ショー氏は茶と山盛りにした玉葱《たまねぎ》のフライを食べていた。僕もビールを頼む。

ショー氏は先頃上演したというウィリアム・モリス氏の『テーブルはくつがえる、あるいはナプキンは目醒《めざ》める』という風刺喜劇のことを話していた。

政治デモの参加者に対応する、警察と判事の行為を風刺した内容らしく、あからさまに鷹原の職務を知った上で、内容にこじつけ、警察権力への彼流の風刺というより厭味を、小狡《こずる》く穏健に繰り返していた。鷹原は鷹原で怒るでもなく、迎合するでもなく、適当にやり返し、ところどころでは彼もまたショー氏を明らかにからかっていた。これがこの国の紳士の「ウィットに富んだ会話」というのかとも思いつつ、虚しさと、ますますショー氏への反感が募り、僕は黙って聞いている。

興が乗ると、というより……彼は時々無意識を装って、フォークを使わず、左手でフライを掴《つか》み、口に抛《ほう》り込んだ。芝居の話が一段落すると、彼は最後の一切れを口に抛り込み、僕に向かって笑いかけた。

「退屈だったでしょう？　鷹原氏がなぜ、こんな退屈な話に辛抱強くつき合われたか？　彼はね、私をホワイトチャペルの連続殺人の犯人と思われているのですよ。犯人は左利きだそうですね。私は右利きだが、玉葱を摘まむくらいは左手でも出来る。多分女の喉《のど》を掻《か》き切るくらいのことも出来るでしょう」と挑むように鷹原を見た。

鷹原が漆塗りの手鏡をショー氏に差し出した。以前、スティーヴンの事務所でも取り出した、二つ折りの表に桜と水の蒔絵《まきえ》を施したものだ。

「何です?」とショー氏が受け取る。

「鏡です。立派なお髭にフライの屑《くず》が」とすまして鷹原が云うと、ショー氏は開きもしないでナプキンで粗野に……これも意識したがさつな手つきで口を拭《ぬぐ》った。

にやりと笑って鷹原に鏡を返すと、ショー氏は「私も劇評や小説などを書いております」と云い出した。「今度は戯曲も始めてみようと思いましてね」と続く。

僕がうんざりしたときである。何やら騒がしかった玄関の方で、はっきりと「殺人」という声が聞こえた。

「『やもめの家』……」と云いかけたショー氏の前で鷹原の坐っていた椅子が倒れ、早くも戸口に走っていた。僕もすぐさま後に続く。

玄関で外の暗闇を見据えて囁き交わす二人の男。二階からも食堂からも人が集まって来る。外に出ると蠟燭《ろうそく》を囲むようにして男が三、四人、固まって木戸の方を伺っている。小雨混じりの風が吹きつけていた。闇の向こう、木戸の側でも蠟燭が揺らぎ、瞬いていた。有無をも云わせず、鷹原が男から蠟燭を奪い、暗闇の庭に踏み出す。と、明かりを下げたまま一瞬立ち止まった。足許《あしもと》が黒い。ぼんやりと浮かんだ敷石が黒く濡《ぬ》れていた。

かう。

「踏むな！」と鷹原。振り返ると、男たちに「中の連中を出さないように」と云い、木戸に向

木戸の手前、まだこの庭の中だった。左側の壁際に女がこちらを向くように倒れていた。その傍らで蠟燭を手にした男が「死んでる」と呆然《ぼうぜん》と呟《つぶや》く。集会に居たらしいユダヤ人だ。暗い路地の側から馬の手綱を持った男が「来たときは倒れてたんで……死んでたんで……」と震え声で云った。

「警察を呼んでこい！」と鷹原がどなり、もう一人居た男が我に返ったように、闇の中に走りだした。

鷹原は、手綱を持った男に蠟燭を持たせ、「見えるように下げろ」と命令した。次いでユダヤ人に顔を向ける。「そっちの蠟燭もだ。しっかり持て。僕はスコットランド・ヤードの者だ」と女の傍らに跪《ひざまず》く。

僕も反対側に回って跪いた。衣服に乱れはなかったが、雨に濡れ、喉首が掻き切られていた。胸許に手を入れた鷹原が「まだ温かい」と僕を見、時計を出して蠟燭の明かりに翳《かざ》す。

外で警官の警笛が聞こえた。知らせが届いたらしい。あちらこちらからばたばたと走り寄る何人かの足音。最初に飛び込んできた巡査に「本庁《ヤード》の鷹原だ。通路を塞《ふさ》げ、まだ側にいる。犯人だ！」と云う。続いて来た巡査には「会館の中に！　出口を塞いで誰も外に出すな」その後は「分署に！　出来るだけ集めろ」そして、「フィリップス医師を」と矢継ぎ早に命令した。

僕の傍らで蠟燭を掲げていたユダヤ人が「ディームシュッツが……」と、手綱と蠟燭を持った男に顎《あご》をしゃくり、おろおろ声で云う。「『入口で女が倒れている』と飛び込んで来たんで

す。ここに来て、二人で抱き起こそうとして、死んでいると解りました」

ディームシュッツと呼ばれた男は、あわてたように「な、中に入ろうとして、小馬《ポニー》が暴れたもので……」と、蠟燭を支えながら云った。ハンチングを被り、髭面の小柄な男だ。震える手で蠟燭を突き出してはいるが、目は遺体から背けていた。「真っ暗で見えないし、鞭で探ったら何かある、マッチを擦ってみたら、女が目に入ったんです」

もう一人巡査が飛んで来た。鷹原が毅然《きぜん》と「本庁《ヤード》の鷹原だ。ここで見張れ」と起ち上がる。「女は既に死んでいる。医師が来るまで手は触れるな」と云い、右手にステッキ、左手に巡査から借りた角灯《カンテラ》を持って庭の木立に向かった。

光の届かぬ木立の奥は真の闇である。つかつかと歩を進める鷹原に「危ないよ、鷹原」と云いながら、僕も蠟燭を手に後に続く。

「気配は感じない。が、潜んでいたらやっつける。却って好都合だ」と、ぞくっとするような声。

鷹原は木立の間を透かし見ながら、足を緩めない。からだに落ちる雨が霧になりそうな殺気である。

高い煉瓦《れんが》塀で囲まれたさほど広くはない庭だった。数本の樹と茂み、それに木箱やガラクタの散らばる荒れ庭である。

会館の玄関内は中から押し寄せた人で溢れていた。巡査の肩ごしにショー氏の顔も見える。時ならぬ騒ぎに周りの家々の窓も開き、人々が顔を出していた。結局闇の庭には誰も居なかった。

「塀を乗り越えた跡もない」と鷹原。「犯人は会館の中に居るのか、それとも木戸から路地の左右どちらかへ逃げたか……外とすれば遠くはない。だがここいらは迷路だ。警察と行き合うような間抜けなら良いが」と呟く。「いずれにしろほんの数分前だよ。僕らが食堂であの馬鹿話を聞いていたときだ！」――吐き捨てるように云うと、再び遺体の側に戻った。

　誰かが屈み込んでいる。鷹原が問うと、「フレデリック・ブラックウェル。医師だ」と応えた。そこに分署の連中が大挙して押し寄せてきた。

　先頭に立ったシック部長刑事が「鷹原さん！」と叫ぶ。「素早いですね」

　ハンバリー・ストリートの裏庭で会った、バグスター・フィリップス医師もやって来た。

　直ちに付近は通行止めとなり、会館に残っていた人々が……そして付近の家々も叩《たた》き起こされ、調べられる。

　一時半になっていた。ブラックウェル医師とフィリップス医師、それに僕らが再び遺体を囲んだ。

　四十半ば、クレープのボンネットを被った痩せた貧相な女である。が、顔の表情は穏やかで口を微《かす》かに開けていた。まるで知らぬ間に殺されてしまったと云わんばかりである。前歯が折れていたが、上唇を捲《めく》ると破折面が黒変し、腐食しているから最近のことではない。血まみれの右手は大きく開かれて胸に、左手は半ば閉じて地面にあった。格子縞《じま》の絹のスカーフを首に巻き、スカーフの下の線に沿って長い切り傷。着古した黒い綾織りのジャケットに黒のスカート、ビロードの胴着はすこし開きかけていたが、それ以外、服に乱れはなかった。後は、肩と胸に打撲傷がある。打撲傷の方は大したことはなく、恐らく倒れたときのものだろうと思われた。

　だが致命傷となった喉は酷い。

左顎の二・五インチ下から一気に左頸動脈《けいどうみゃく》と気管を切断、右顎の一・五インチ下まで三インチ以上に渡って掻き切られている。玄関先まで流れていた血はすべてここから、いつもの見事とさえ云える切り方である。一瞬のうちに気管を断たれた女は声すら出せずに倒れ、頸動脈からの多量の出血で一、二分後には絶命していたろう。

傷と平行に、血でぐっしょりと濡れたスカーフ。その結び目は固くなり、左にずれていた。

「犯人は後ろに立ち」と鷹原。「女の右肩上からスカーフをつかんで引っ張った。そして仰向いた喉を一気に裂いたんだ」

「やはり左利きだ」と僕。

「躊躇《ためら》いもないし、慣れている」と鷹原。「手許に来るにつれ傷は深い」

「なるほど、右頸動脈は無事だ」とフィリップス医師。「君は先月末のメアリ・アン・ニコルズのときにも『背後から殺害した』と云ったそうだね」

「ええ」と鷹原。「それにご覧なさい」と一層角灯《カンテラ》を被害者の喉に近づけた。「見事な凶器、素晴らしく鋭利な物ですよ。軽く柔らかな絹さえ一緒に切っている」——なるほど、微かではあるが、スカーフの下の縁が切れていた。「今は血に濡れて張りついているが、ふわふわと浮いた霞《かすみ》のような布まで喉と一緒に切るとは、よほど研ぎ澄まされた見事なナイフ……名器ですね」

ブラックウェル医師が地面に投げ出された女の左手を取り、指を開いて袋を取り出した。

「口中芳香剤だ」と云う。

毛皮で縁取られた上着には赤と白の花が数本、止められていた。スプリング・サイドのブーツ、白いストッキング……何もかも哀れに見える。
「死んでからまだ三、四十分だな」とブラックウェル医師。

「私が駆けつけたときは一時五分でした」と鷹原。続いて側に立ったまま、シック部長刑事の取り調べを受けていたディームシュッツに声をかけた。「君がここに来た時間を憶《おぼ》えているか？」

彼は「一時一、二分です」と即答した。「バーナー・ストリートに入ったときメアリ教会の一時の時鐘が聞こえましたから」

「その直前でしょう、殺されたのは」と鷹原。「喉を掻き切り、胴着に手を掛けたとき、彼の荷馬車がやってきたのです」

「それで解体されずに済んだのか……」とフィリップス医師が起ち上がった。「とにかく安置場に運ばせよう。こう暗くてはこれ以上無理だ」

周囲の家々からは、突然の警察の来訪、そして有無をも云わせぬ家宅捜査に、抗議の声が上がっていた。

警視庁のアバーライン警部とジョージもやってきた。女の上衣のポケットにはハンカチーフが二枚、真鍮《しんちゆう》の指輪が一個、白いかがり毛糸が数本……それだけである。例によって鷹原は角灯《カンテラ》片手に女とその周囲を拡大鏡で穴の開くほど調べ回っていた。

会館に残っていた者たちは、全員が供述とともに手と衣服を念入りに調べられることとなった。鷹原がシック部長刑事に云う。「ジョージ・バーナード・ショーという男はアリバイがある。ずっと私と一緒でしたからね。帰して構わない。赤毛で痩《や》せた狐のような男ですよ」――僕は放っておけば良いのにと思った。

犯行前、零時四十分にここを出たというロシア人、ジョセフ・レイヴが連れ戻されて来たが、「木戸は開いていたが、中庭に人はおらず、ましてここに死体などなかった」と証言。

鷹原は発見者ルイス・ディームシュッツを改めて問いなおした。

ここに住み込み、昼は安物の装飾品の行商を、夜はここの給仕をしているという。先夜は非番で、土曜の人手を当て込み、行商で水晶宮に行っていたと語った。水晶宮とは一八五一年に開催された万国博覧会のためにハイド・パークに建造された、鉄柱と硝子で出来た宮殿で、五四年にロンドン南部のシデナムに移築、今は一大娯楽場になっていると云う。

「『中に入ろうとして、小馬《ポニー》が暴れた』と云いましたね」と鷹原は聞き続けた。「どんなふうに？　そのとき何か物音は聞こえませんでしたか？」

「そういえば入ろうとしたとき、中から何か人声がしました」とディームシュッツ氏は緊張しきった声音で応えていた。シック部長刑事以下、巡査から私服に至るすべての警官を顎《あご》で使う、掃き溜《だ》めに鶴といった、得体の知れない東洋人に面食らっているようだった。「でも何を云っているのかは……小馬《ポニー》が右に飛びのいて、私は危うく落とされそうになりました。それきり進もうとしなくなって……それで馬車から降りたんです。木戸の向こうの暗がり……ここに何かあって……鞭《むち》で突っついてみました。マッチを擦って……風ですぐ消えてしまいましたが、ようやくそれが何かが解りました。それであわててクラブに飛び込み……」

「その時点で女に触りはしなかった？」

「気持ち悪くて……酔い潰《つぶ》れているんだか、死んでるんだか解らなかったし……とにかく玄関に入ると会員のゾゼブロスキー氏が五、六人の旦那《だんな》方と話をしてました。わけを話して氏と話し相手の旦那と三人で蠟燭を持って引き返したんです。それで女を抱き起こしたら死んでた。ゾゼブロスキー氏が『死んでる』と云ったのは憶えていますが、後は旦那……貴方がいらっしゃるまで、よく解らなかった。ここに突っ立ってたんです」

「入れ違いで逃げたか……」と鷹原が顔をしかめる。

救急馬車がやってきて、女を運び始めた。深夜にも拘《かかわ》らず、塀の外には野次馬が集まっていた。松明《たいまつ》を掲げた一団、ラスク率いる自警団まで来ていてアバーライン警部とやり合っていた。

鷹原は「ありがとう」とディームシュッツ氏に云うと、アバーライン警部の方に行く。すると被害者を一目見ようと、馬車に群がった野次馬の中から「ロング・リズだわ！」と声。続いて同様の声が幾つか上がる。被害者は通称『ロング・リズ』と呼ばれる、やはり売春婦、エリザベス・ストライドと解った。

「また売春婦だ！」とラスクが勝ち誇ったように声を張り上げた。「無能な警察の目前で、また我らが街の売春婦が殺されたぞ！」

「ラスク！」とアバーライン警部が静かに云う。「暴動煽動《せんどう》でぶち込むぞ。貴様の仔羊《こひつじ》たちを解散させろ」

「決起しろ、皆！」とラスクは構わず一段と声を張り上げた。松明が夜空に躍る。自警団の気炎は野次馬たちにも飛び火し、辺りは騒然となった。

そのとき「アバーライン警部！」と駆けつけてきたのはホワイトチャペル署のスプラトリング警部である。「マイター・スクエアでまた殺人が！」

アバーライン警部の横に居たジョージがとっさに親指を口にあてた。スプラトリング警部は小声でまた同じことを繰り返した。アバーライン警部が馬車に飛び乗る。続くジョージに鷹原が「私も……」と云った。うなずいたジョージに僕も続く。

「逃げるのか！」とラスクの声。

フィリップス医師が閉めかけたドアに手を掛け、鷹原に云った。「セント・ジョージの遺体安置場《モルグ》で検死を行う。明後日……いや、もう明日か……月曜午後だ。君も来たまえ」

馬車が動きだすとすぐに、アバーライン警部が「マイター・スクエアとは参ったな。シティの管轄だ」と呟《つぶや》く。

「『シティの』とおっしゃると、シティ地区はスコットランド・ヤードの管轄外なのですか？」と僕。

「ああ、スコットランド・ヤードは内務省の管轄下にあるが、シティはロンドンの中心にあるにも拘らず自治体なんですよ」とジョージ。「従ってシティ警察も自治体の管轄下にあり、われわれスコットランド・ヤードとは別個の存在、独立した機関なのです。われわれがマイター・スクエアで捜査する権限はありません。シティ警察に任せ、情報をいただくということしか出来ないのです。目と鼻の先だというのにね、全く」

普段、病院のあるホワイトチャペル・ロードからオールドゲイト、フェンチャーチ・ストリートと、通りを真っ直ぐ歩くだけでシティである。そのシティがそんな特別の場所だとは知らなかった。前に鷹原にすこしは聞いたような気もするが、まるで王国の中心に他国が居座って在るようではないか。と、同時に物を知らぬ僕の問いに、徒《いたずら》にこの緊急の時を費やさせたことを恥ずかしく思った。詳しいことはまだ良く解らなかったが、それ以上聞くのは控え、ただ「ありがとう」とジョージに云う。

ジョージは人なつこい黒い眸《ひとみ》に笑みを浮かべ、「互いに対抗意識が強くてね、われわれはともかく、スコットランド・ヤードのウォーレン総監とシティ警察長官ジェイムズ卿とは犬猿の仲ですよ」と云い、次いでアバーライン警部に「シティでは八月以来、八百人の警官の三分の一を私服にしたそうですよ。われわれより先に犯人を挙げる気だ」と云った。

「ホワイトチャペルに隣接しているからね、ヤードより近い」とアバーライン警部は鷹揚《おうよう》に笑い、隣の鷹原に真面目な顔を向けた。「バーナー・ストリートとマイター・スクエア、場所は近いが同じ奴だろうか？」

「解りませんが……」と鷹原。「奴はディームシュッツに邪魔され、解体前にあそこを飛び出した。奴としては『これから』というときにです。納まらなかったでしょう。可能性はありますね」

「今までのと同一犯だと思うかね？」と陰鬱《いんうつ》にジョージ。

僕と鷹原、二人でうなずく。

「全く同じ切り口でした。少なくともメアリ・アン・ニコルズとアニー・チャプマンとは同じです」と鷹原。「面目ありません。私はあの中に居たんです。会館の食堂に」

「何だって！」とアバーライン警部。「事件前からか？」

「十一時頃から」

「また奇妙なところに……誰かに云ったかね、君が本庁《ヤード》の者だと」

「招待主の社会主義者にして文筆業のジョージ・バーナード・ショー氏は知っていたようです。後は事件後に……発見者のディームシュッツとあそこの会員ゾゼブロスキー、それに駆けつけた分署の巡査三名ほどです」

「社会主義者か……暴動屋だな。だがその程度なら抑えは利きそうだ」とアバーライン警部がほっとしたように云う。「記者に知られると、また何を書かれるか解らないからな」

「済みません。ほんの数ヤード……壁一枚隔てただけのところで殺されたというのに気がつかなかった」

「なに、私が居たって同じことだったろう。ましてこんな風の晩だ……どうりで早く来ていると思った」と警部は笑った。「後で詳しく聞くが、却って良かった。それだけ事情がよく解る」

まさに大人《たいじん》……鷹原は良い上司を持っていると思ったとき、馬車が止まった。乗ってから五分と経ってはいなかった。


スクエアとは名ばかりの狭く陰鬱な広場である。

雨は上がり、風もおさまりつつあった。だが霧が立ち込め、風に乗って夜の精霊のように、生き物のように、広場を流れていた。

シティ警察の警官とスコットランド・ヤードの警官が数人、そして耳聡《みみざと》い野次馬たち……遺体はなかった。

アバーライン警部がシティ警察の巡査の一人に聞いた。「死体は？」

「安置場に運びました」と巡査。明らかに警部を知っている様子で、緊張して応《こた》えている。

「発見したのは何時だね？　誰が？」

「巡回で……ワトキンス巡査が一時四十五分に発見したそうです」

時計を見ると、既に三時半過ぎである。

ジョージが「三時間近くも経っている」と舌打ちした。

巡査は続けた。「十五分おきの巡回で、一時半にはなにもなかったそうです」

「安置場はどこですか？」と鷹原。

突然、口を挟んだ東洋人の言葉で目をしろくろさせた巡査に、警部が「どこかね？」と促した。

「ゴールデン・レイン遺体安置場です」

「出来るものなら見てみたいですね」と鷹原。「シティの管轄……手は出しません。ただ同じ犯人かどうか知りたい」

「ジョージ、案内してやれ」と警部。「私はここに残る。ホワイトチャペル署で落ち合おう」


再び同じ馬車でシティへ。

ジョージのお蔭《かげ》で快く地下の安置場へと案内された。

前のオールド・モンタギュー・ストリートの安置場……広いだけが取り柄といった、寒々とした掘っ建て小屋と違い、真っ白のタイルの壁に囲まれた狭いが清潔な安置場に感嘆する。遺体は既に衣服を脱がされ、白い布に覆われて白い陶器製の台に寝かされていた。

手前の部屋のテーブルで警官が二人、一人は被害者の衣服を調べ、一人は細々とした持ち物を並べてメモを取っていた。鷹原が二人を押し退けて見てみたいとばかりに眉《まゆ》を顰《ひそ》めている。

医者らしき者はいなかった。

　ジョージが顔見知りらしい警官に愛想良く挨拶《あいさつ》をし、われわれを紹介してくれる。検死は明けて午後からだと云う。

「見るだけ見せてもらえるかな?」とジョージの軽い口調に、警官も気軽く「どうぞ」と応えた。

　奥に行き、遺体の前に立つ。超近代的な病院の手術室のようである。鷹原が手袋をしたままの手で布を摘まみ、捲《めく》った。

　だが、その瞬間……部屋への感嘆など吹き飛んだ。無残な遺体がどこに寝かされようと、遺体にとってはもはや関係のないことだからだ。そして……手を触れなくとも、一目で同じ奴だと解った……

「酷《ひど》いな」とジョージ。

「今度は思う存分やったな」と鷹原。「満足だったろう」

　今までで最も悲惨な遺体だった。顔も腹も……目を背けたくなる。

　顔は鼻から頬を横切って右顎《あご》までざっくりと切られ、右目は潰《つぶ》されていた。その他にも瞼《まぶた》と云わず、口許《くちもと》と云わず無数の傷痕《きずあと》で、顔全体腫《は》れ上がっている。そして喉《のど》は切り裂かれ、からだの方は、まるで二つに割ろうとでもしたかのように喉許から恥丘まで、一文字に切り開かれていた。ぱっくりと開かれた腹部……だが出血は少ない。腹部は死後に切り開いたのだ。

　鷹原が横目で隣室の警官たちを見、ポケットから先程の手鏡を出し、開いた。何をするのかと思っていたら、被害者の手……と云うより、指を取り、何喰《く》わぬ顔で親指、人差し指……という具合に一本ずつ、鏡面に押しつけている。両手を一通り済ませ、鏡を仕舞うと今度は手袋を外し始めた。遺体を弄《いじ》る気だ。

「鷹原！」と僕は小声で云い、首を振る。ここは管轄外のシティ警察の安置場なのだ。隣室とはいえ、ドアは大きく開いたまま、警官たちが衣類から目を放し、こちらを見たら……ジョージの顔を潰すくらいでは済まないだろう。

だが、ジョージはもう一度「酷いな」と云いながら、遺体の足許へと何気なく歩いて行った。衝立《ついたて》になる気だ。

鷹原の方も警官たちに背を見せ、羽織っていたケープを衝立にし、白魚のような指を臆《おく》することなく腹部に入れた。二本突き出した人差し指と中指で皮膚を捲り、腸を捲り、上体は殆《ほとん》ど動かさないまま探っている。

息詰まるような時……ジョージが「一人でやったのかね、一本のナイフで……」などと話し始めた。

僕もジョージと並んで一分……鷹原はようやく指を上げ、ハンカチーフで拭《ぬぐ》った。が、そのままま顔の方へ移動させた。喉の傷に触れ、髪を搔《か》き上げ「柏木……」と呟《つぶや》く。何なのか？　僕とジョージが啞然《あぜん》としている間に、彼は素早く髪を戻し、手を拭った。そして「衣類を見せてくれるだろうか？」とジョージに聞く。

振り返ると、警官たちは大きな琺瑯《ほうろう》の白いマグ・カップ片手に雑談していた。

ジョージが前にも増して気楽な調子で「衣類を見せてもらえるかね？」と聞くと、笑顔で隣のテーブルに積まれた衣類の山を顎で示す。

「貴方《あなた》たちもどうです？　冷えるでしょう」と、フレデリック・ポーター・ウェンズレイと紹介された若い巡査はマグ・カップを持ち上げ、愛想よく笑った。

「ありがたいね」とジョージ。どうやら仲が悪いのは上司間だけのようだ。それともジョージの人徳だろうか？

ジョージがシティ警察の二人と茶を囲んでいる間、鷹原は管轄外も何のその、また拡大鏡片手にぼろの山を熱心に調べ始めた。

僕はどっちつかずに、マグ・カップを手にしたまま、それをただ眺めている。

まず血みどろになった紺と白の縞《しま》の布切れ、イミテーションの毛皮の襟と大きな金属のボタンが三つ付いた黒いジャケット、黄色い百合《ゆり》とアスターをあしらったドレス、ダーク・グリーンのアルパカのペチコート、白いベスト、グレーの麻地のスカート、薄汚れた白のシュミーズ、茶の畝模様の白い綿のストッキング、紐《ひも》のついた男物のブーツ、黒いビーズと緑と黒のビロードで縁取りされている黒い麦藁《むぎわら》帽子などである。所持品は赤い縁取りの白いハンカチーフと格子縞の三角形のハンカチーフ、綿の入ったマッチ箱、白い獣骨の柄が付いたテーブル・ナイフ、赤い煙草入れ、短い陶製パイプ二本、石鹼《せっけん》五個、茶と砂糖の入った小さな罐《かん》、小さな櫛《くし》、赤いミトン、毛糸玉一個、眼鏡の一部、ブリキの小箱の中には裁縫道具とスピッタルフィールズの質屋の札が二枚。名義はエミリー・バーレルとアニー・ケリーとなっていた。

鷹原が「この布は？」と、殊更念入りに調べていた血みどろの布を持ち上げ、聞いた。「エプロンのようだが、切れている。残りはなかったのですか？」

ウェンズレイ巡査が「ありません」と応える。「ここに運ばれて来たとき、それは首に巻きついていました」

「ありがとう」と鷹原が応えたときである。

カメラの機材を背負った男が、何やら悪態をつきながら階段を下りてきた。

「ウォーレンの馬鹿が……」と聞こえたときに、ジョージが「やぁ、ダニエル」と腰を上げる。

「ジョージ！　来てたのか」と私服らしい男はばつの悪そうな顔をしたが「なに……ウォーレンは阿呆《あほう》だが、君ら、犯罪捜査部《CID》の連中は優秀だ。苦労するな」と笑った。

「我が総監殿が、また何か？」とジョージはにこにこして聞き、彼の機材運びを手伝いながら、僕と鷹原を紹介してくれた。ウェンズレイ巡査がさっそく茶を淹《い》れ始める。

だが、愛想良く挨拶したダニエル・ホルス刑事の「スコットランド・ヤードの総監はせっかくの証拠を御自ら消し去ったのさ」と云う声に皆起ち上がる。

「一時間も寒空で頑張ったのに……その布だよ」と鷹原の手にした布を指した。次いで「ゴールストン・ストリートで君の部下……」とジョージを見る。「ロング巡査が、血まみれのその布の切れ端を見つけたんだ。レーマン・ストリートの分署に届けるときに僕が行き合わせた。布はナイフを拭ったようだったよ。聞くと、拾った側の壁には落書きもあったと云う。場所を聞いて僕はすぐに駆けつけたね。ゴールストン・ストリート、ウェントワース住宅街百八から百十九だ。汚いアパートに通じる寂れた通路だが角灯《カンテラ》を翳《かざ》して調べてみると、アパートの階段脇の壁、黒い羽目板に白チョークの落書きがあった。チョークの粉がその下にまだ落ちていたし、書いたばかりのものだ。それにアパートの住人が見つけたらただちに消すだろう。書いて間のないもの……犯人のものだ。僕はすぐにカメラを取りに本署に引き返した」

「壁には何と?」と鷹原。

「『ユダヤ人はみだりに非難を受ける筋合いはない』……ロングと行き合ったのは三時頃、カメラを持って僕がゴールストン・ストリートに戻ったのは四時頃だ。スコットランド・ヤードの刑事たちと、アーノルド警視正が来ていた。『ユダヤ人』の一言に彼はびくついていてね、人目に触れたら大変だと焦っていた。一騒動起きるとね。警部の一人にスポンジを持たせ、いつでも消せるように待機させるしまつだ。僕も焦ったね。辺りは真っ暗。すくなくとも六時にはならないと写真が撮れない。だが、あそこはヤードの管轄だ。ヤードの刑事たちが付近の捜索をしている間に五時になった。そしてあと一時間と思ったとき、ウォーレンがやって来たんだ。彼は見るなり『消せ!』の一言でね。僕は『あと一時間待って貰《もら》えないか』と懇願した。『せめて写真を撮ってから消してくれ』とね。駄目だと解ると『一番上の行だけ消せば済むのではないか』とも云ってみた。アーノルド警視正も『――ユダヤ人――の箇所だけ消しては』と口添えしてくれた。ウォーレンはどうしたと思う? 僕らなど無視して、自分で壁を擦り始めたんだ。『店が開き始めている、暴動になったらどうする』と云いながらね。かくてあっというまに壁は拭われてしまった。犯人の筆跡だ。手がかりになったかもしれないのに……大馬鹿だよ。ウォーレンは」

「どんな字でした?」と残念そうに鷹原。

「暗がりで……角灯《カンテラ》の明かりで照らしただけだが……酷い字だったね。一インチほどの大きさで、丸みを帯びた稚拙な字だ。『ユダヤ人』のスペルは間違っていた」

ジョージが手帳を突き出した。「再現できるかね?」

THE JUWES ARE
THE MEN THAT WILL NOT
BE BLAMED FOR NOTHING

「『ユダヤ人』のJ、U、W、SにEを余分に付けていた」とホルス刑事。「犯人はやはりあの辺の住人だよ。字もろくに知らん」

——ユダヤ人はみだりに非難を受ける筋合いはない——

「犯人はユダヤ人と？」と僕。

「ユダヤ人なら『ユダヤ人』のスペルを間違えるわけもない」とジョージ。

「ウォーレンも『偽装だ』と云っていた」とホルス刑事。

「ユダヤ人と思わせるために書いた他の人種か」と鷹原。「それともわざと間違えた綴《つづ》りを書いたのか……」

「何にしろ、フラッシュを持って行かなかったのが致命的だったよ」とホルス刑事はカップの茶を飲んだ。「ああも簡単に証拠物件を消すとはね。君らの前で何だが、ウォーレンも焼きが回ったものだ。これは問題になるよ。さて、お茶をありがとう。生き返ったよ。今度は遺体の写真だ。こちらは消される心配もない」

「ちょうど良い。これも撮っていただけませんか？」と鷹原が血染めのエプロンを広げた。

「この斑点《はんてん》のところをお願いします。これも重要な証拠物件でしょう？　後でいただきに上がりますから」

温かい茶で一息付けたものの、長い夜だった。

五時五十分……外に出ると明け始めた空の下、ここシティでも商店主たちが店を、屋台を、開き始めていた。不夜城ロンドンにまた多くの人影が踊り始めている。

遺体の髪を掻き上げ、何が解ったのかと聞こうとしたとき、一足早くジョージが「収穫は？」と鷹原に聞く。

「まず第一に、被害者の内臓がかなりなくなっていました。簡単に見ただけだからたしかなことは云えないが、指で探った時点では左腎臓はなく、腎臓動脈は四分の三インチ切られていましたよ。これは腎臓の位置と切り取り方を心得た者の仕業です。それに子宮も基部を残して、約四分の一インチ切り取られ、靭帯《じんたい》と共に失せているようです。それに耳……これが一番の収穫です。一部切り取られていました。ようやく初めての手がかりです。あの手紙は？」

「あの手紙？」とジョージ。

「昨日……いや、もう一昨日だな……一昨日の『切り裂きジャック』の手紙ですよ。『次は……』」

「『女の耳を切り取って、警察に送ってやるよ』！」――三人で同時に云っていた。

「ヤードに戻ろう！」とジョージ。

「ジャックの手紙ですか？」と霧の中から声がしてぎょっとした。

ベイツ記者だった。「マイター・スクエアで被害者を発見した巡査から聞きましたが、耳が切り取られていたそうですね。遺体はここでしょう？　飛んできたんです」

「全部ではありませんよ」と鷹原。

「だが、手紙の主は実行した。手紙を書いてすぐにね。あれは犯人からの手紙ですよ！『事件後に発表しろ』という要望でしたね。写しはある。そしてスター紙に掲載の権利もある。そうでしたね」

「ご勝手に」と云うや、ジョージが口笛を吹き、四輪馬車が止まる。われわれはベイツ記者を残してヤードへと走った。


手紙を手に、すっかり明けた街を再びホワイトチャペル署へ。

いつもの通り、いつもの朝ではなかった。馬車の窓から見ると、ホワイトチャペル全体が狂騒状態になっていた。あちらこちらで住民が固まっている。群れから離れ、次の群れへと走る人、祭りのように駆け回る子供、肩怒らせて歩く男たち、あわただしげな警官……一晩で二人も殺されたのだから無理もないが、騒然とした雰囲気はたしかに暴動の匂いも孕《はら》んでいた。

「可笑《おか》しなことだ」と鷹原。「離れて見ると、晴れの祭か、褻《けがれ》の事件か解らない。怖いね」

分署にアバーライン警部は居なかった。ドーセット・ストリートに行ったという。共同水道の流しに血溜《ちだ》まりがあったそうだ。われわれは地に足を下ろす間もなくそこに向かった。

またもやドーセット・ストリート！　ヴィットリアと会った、あの通り……メアリの家の前
……あれからまだ三ヵ月ちょっとしか経っていない。

通りの袋小路にある流しの前は、やはり人垣が出来ていた。が、大柄なアバーライン警部の姿はない。掻き分けて近寄ると巡査が二人、立っていた。ジョージの問いに、発見されたのは三時半頃、犯人はここで手を洗い逃走したのでは？　ということだった。流しは既に洗い流されて何の痕跡《こんせき》もない。

「消されているにしろ、ゴールストン・ストリートの落書きの跡と云うのも見てみたいですね」と鷹原。

馬車に戻る途中、人垣の中にメアリが居た。「君を見て、ほっとした」と僕は思わず云う。

「ありがとう」――声は冷たかった。今までどこに居たのか、この間と同じ、見すぼらしくけばけばしい緑の羽毛のストールが朝の風に踊っていた。「取り敢えず先送りになったみたいね。私は次だわ」

「柏木！」と馬車から鷹原の声。

ゴールストン・ストリートはドーセット・ストリートからコマーシャル・ストリートと反対に出ただけの通り、現場は歩いても五分そこそこのところだった。ここにも警部の姿はなく、やはり巡査と人垣が出来ていた。

アパートの階段脇の羽目板には消されたチョークの跡、朝日の元で見ても、もう何も解らない。だが人垣は殺気だっていた。消すまでもなく噂は広がっており「ユダヤ人！　ユダヤ人！」と連呼している。

レーマン署に届けられたという、エプロンの切れ端は、落書きのすぐ下に落ちていたそうだ。

周囲を三人で一通り見てみたが、何もなかった。

「あの二人、ユダヤ人じゃないか⁉」とますます膨れ上がった人垣から荒れた声。

「いや、チノ（支那人）だ！」

「ロンドン病院でみてもらったわ。先生《ドクター》よ！」と女のおろおろ声。

「引き揚げた方が良さそうだ」とジョージ。「私はレーマン署に行ってみますが、どうします？」

「私は余所《よそ》へ」と鷹原。

「そうですか、じゃ、ここで。馬車は使って下さい」と僕らの楯《たて》になって人垣の外に出たジョージが云う。そして走りだした。

ホワイトチャペル・ロードに出、「どこに？」と聞くと鷹原は呆気《あっけ》なく「帰ろう」と云う。

「一晩中駆け回った。寝た方がいいよ。これ以上うろついたところで、もう何も見つからないだろう」

十時……半日振りに下宿に戻る。

日曜ということもあり、ホワイトチャペルから遠く離れたここまでは、事件のあったことも届いてはいないようだった。町並みは静かに落ちついている。

教会に出かけたらしく、下宿は無人だった。

「寝た方がいい」と云っていた鷹原は、帰るや疲れた様子もなく、そのまま三階に上がってしまった。僕は居間へと行き、すっかり忘れていた仔猫に迎えられる。

十二　戦慄の都

スティーヴンが傍らに立っていた。

なぜ……と思う間もなく彼の顔が近づき、そして唇が触れた……にやにやと笑いながら離れた顔が歪《ゆが》み、流動して象の顔に変わってゆく……象が鼻を上げ「なぜ、来ない?」と呟《つぶや》いた。またもやガネーシャだった。ガネーシャは踊り始め、テーブルの周りを一周すると僕に伸《の》しかかってきた。

異教の神に押し潰《つぶ》されそうになって目醒《めざ》めた。居間の長椅子……胸の上、毛布の上で仔猫が寝ていた。夢だったのだ。ほっとする。

毛布?……ボーモント夫人が掛けてくれたらしい。卓上には冷めた珈琲《コーヒー》のポットと伏せたままのカップ。部屋は暗く、暖炉の火だけが赤々と燃えている。

起き上がり、燈火を点《つ》け、時計を見ると七時だった。上着だけは脱いだようだが、そのまま寝てしまったようだ。夜の七時に起床とは、何というふしだらな生活!

洗面し、着替えて居間に戻ると夫人が猫に餌を与えていた。

「お疲れが取れましたか? お夕食上がれます? その前に珈琲の方がよろしいでしょうか?」

珈琲を頼み「鷹原は?」と聞くと、午後はどこかへ出かけたが、今はまた三階だと云う。

「アイロンをお貸ししましたのよ」

「アイロン?」

「ええ、掛けるものがおありなら出して下さいと申し上げたのですけどね。衣服ではないからとおっしゃられて、収集された新聞記事にでも当てていらっしゃるのでしょうか? そうそう、大変でしたわねぇ、昨夜は」と夫人は急に目を輝かせて云った。教会ででも耳にしたのか、どうやらもうここまで伝わったようだ。「一晩中、お二人で犯人を追われたのでしょう? 考えただけでもぞくぞく致しますわ。酷《ひど》い状態だったとか……ホワイトチャペルは大騒ぎで、夜中、女子供まで起きていたとか……」

『ヴィーナス』を想うと気が引けたが、夫人から逃げだすためにも三階に行ってみた。読書室に姿は見えず、奥の部屋のようだ。

ノックをすると「待ってくれ」と声。そのまま暫《しばら》く待たされる。

厭《いや》でも目に入る『ヴィーナス』は相変わらず美しく、そして不気味だった。だが、すぐ側に鷹原が居ると思うと、冷静に眺められる。昨日の無残な遺体がまたも想い浮かんだが、ここから見ると『ヴィーナス』の顔がすぐ横だった。何という高潔な面立ち、傷々しいまでに無垢《むく》な顔、グロテスクに切り開かれた身体を無視すれば、魅入られるような美しさだ。この間、なぜあのような妄想に囚《とら》われたのか、今なら彼女が起き上がり、微笑み、近寄ってきても、僕は逃げないかもしれない。

「待たせたね」と鷹原がドアを開けた。「何か?」

「いや、ずっと寝ていないと聞いたので……」と云ったまま、初めて見る奥の部屋の様子に驚いた。

　たしか研究室とか云っていたが、鷹原の背後にすぐ斜めに落ちた天窓……その硝子《ガラス》に印画紙が、たった今貼られたように張り付いていた。その下の、台所の調理台のような無骨なテーブルには、液体の入ったパッドやカメラ、油燈《ランプ》の周りにはぼろ布、アイロン、定規、ピンセットに時計、瓶や筆記用具等が雑然と並び、つい首を伸ばしてみると、写真屋に見る引き伸ばし器やら三脚やら……壁の細かく仕切られた棚には紙がびっしりと入っていた。他の部屋とはまるで違う……鷹原の雰囲気とはそぐわない陰気で殺風景な屋根裏部屋だった。

「研究って……写真術の……いや、ベルティオンの人体計測方式を改良しているのかい？」――云いながら、鷹原のこめかみを伝う汗に気づいた。読書室のストーブに火は入ってない。冷えきった三階で、シャツ一枚で腕まくりをし、汗を流しているのだ。「悪かった。忙しいところを邪魔したようだ」

「なに、今、終わったところだよ。がっかりして……君の顔を見なかったら、一人で気落ちして滅入っていたね。シティ警察のホルス刑事が素晴らしい写真を撮ってくれたが、残念ながら役には立たなかった」

「シティの……昨夜頼んでいた、あのエプロンの写真かい？」

「ああ、エプロンのはあの遺体のだった。まあ、仕方がない。おや、もうこんな時間か。まずいな、夫人は夕食を作り始めたかな。僕はちょっとフランシス卿《きょう》のところへ行って来るよ。君、悪いが僕の夕食は要らないと伝えてきてくれないか？」

「エプロンのはあの遺体の」――わけの解らないことを云って、鷹原はドアを閉めた。一睡もしないで一体何を？……だが、云っても無駄なことは解っている。追い出された形で僕は夫人に伝えに行った。

それから二十分もすると、彼は大きな封筒を持って下りてきて「やあビービ」と猫にだけ声をかけると寝室に行き、そそくさと着替えた。

「良い匂いが漂ってきたね。あれは……アヒルのオレンジソース煮かな、残念だ」

「大事な研究かもしれないが、早く帰って今日くらいちゃんと寝た方がいいよ」

「ああ、もうふらふらだ。そうしよう」と云いながらも、彼はさっきまで寝ていた僕よりも潑《はつ》刺《らつ》とした顔で、僕の珈琲を奪い、立ったまま飲んだ。「そういえば君が寝ているときにスティーヴン氏が来たよ」

「何だって！　いつ！」

「六時頃かな？　僕は手が放せないし、君は寝ていたし、流石の彼も致し方なく早々に引き揚げて行った。もっとも三階のヴィーナスを見て驚いていたがね。『ここに有るとは夢にも思わなかった』って。御馳走《ごちそう》さま」

カタンとカップを受け皿に置くと、もう部屋から出ていた。

スティーヴンが⁉　ではあれは夢ではなかったのか……顔が火照《ほて》り、鷹原が居ないのを嬉《うれ》しく思った。

思わず触れた唇の感触に、あわてて手を下ろす。考えたくない。だが……なぜ、来たのか？

……「なぜ来ない」という夢での言葉……いや、あれはガネーシャだった。なぜ来たのか？

……昨夜の今日……僕らを探りに……一晩に二人……流石に不安になって僕らを探りに……まさか……

鷹原は夜半過ぎても帰らなかった。

七時まで寝ていた僕は当然のことながら眠気も起きず、所在なく本を手に取る。

昨日、ペイター嬢から借りた『ジェイン・エア』だ。

だが昨夜は何という夜だったろう。本を借りてから、もう何日も経ったような気がした。だが、あれは昨日の午後だ。ケンジントン・ガーデンズで二人の女性から将来の夢を聞き、そして夜、ホワイトチャペルで二人の女性の未来が絶たれた。「私、作家になるわ、大きくなったらね」と、ヴァージニアは云った。まだ言葉だってよくは知らないだろうに……おしゃまで傲《ごう》慢《まん》な可愛い少女……冷たくしすぎただろうか？「私、小説を書いていますの」とペイター嬢も云っていた。そしてこの本の作者も女性……文明国とはこういうものか……読むのではなく書く……そんなことをいつ思いついたのか？ そう、あの鼻持ちならないショー氏すら、「小説を書いている」と云っていたではないか……あの混乱の夜を終え、なお一睡もしないで、潑剌と出ていった鷹原……皆、生きる手がかりをつかんでいる……もう今日は十月一日……十月に入ってしまった。帰国まであと百日もない。それなのに、またしても病院を休んでいる……秋に入ってから、トリーヴス医師は、僕に大腸の研究、特に盲腸の先端に在る虫垂のレポートを課してきた。

メリック氏への訪問に熱を失ってきたのを敏感に察知し、帰国までに、せめてもう少しは纏《まと》まったレポートをという配慮と思われる。それとも、解剖学専攻なのだから、飽くまでも精神より肉体に帰着すべしという示唆だろうか？

いずれにせよ、僕の気まぐれな病院通いにも何一つ云わず、たまたま顔を合わせれば、親身になって接してくれる。勿体《もったい》ないような師である。課題にしても医師が一番得意な分野のことで、僕さえ熱心なら、いかほどの知識でも技術でも習得出来るだろう。

医師は四年前に既に『腸閉塞《へいそく》―その多様性と病理・診断・治療』、三年前には『腸管と腹膜の解剖』という名著を出版。昨年は虫垂炎の患者に初めて開腹手術という方法をほどこし、成功していた。

それまで虫垂炎の治療といえば、阿片を与えて痛みを和らげ、浣腸《かんちょう》で腸の負担を軽くし、後は安静を保つのみという方法しかなかったが、開腹手術という実に思い切った手段で周囲を驚かせ、それが成功し、さらに驚愕《きょうがく》させたという。虫垂を取り除いてしまうので、再発の恐れもなし、また患者の予後も良好と、実に画期的で驚嘆に値する業績である。メリック氏の執事役だけに甘んじているわけではないのだ。虫垂炎を開腹手術で完治する……神業にも等しい腕、明晰《めいせき》な頭脳、そして細心の注意と大胆さを併せ持つ者のみによって、初めて成された快挙と云うことが出来るだろう。

実に名医……だがこの方法はまだ外科医すべてに受け入れられてはいない。メリック氏に絡めて、医師への賛同と反感は相半ばしていることも一因らしい。僕から見れば、偏見と嫉妬《しっと》の一語に尽きる。

外科の手腕は僕にはないが、それにも拘《かかわ》らず、手術にも二度ほど立ち会わせてくれた。レポートだけでも纏め上げることが出来れば、日本でもこの方法を取り入れる可能性も出来、僕の留学も何とか体面を保つことは出来るだろう。ありがたい配慮である。ありがたい師である。そう頭では理解しながらも……僕ときたら……心は疾《と》うに医学から離れてしまっている。

こうするのが一番と解っていながら、それが出来ない。感情と理性が一致しないのだ。夏に帰った森はどうしているだろう？　ドイツ帰りのりゅうとした軍医……あの堂々とした態度で、毅然《きぜん》と官職に付き、周囲に一目置かせているだろうか？　僕はどんな顔をして帰れば良いのか……

「ミャア……」と澄んだ声を上げて、猫が膝《ひざ》に上がってきた。すっかり忘れていたが、こいつも昨日来たばかり。だが、何日も前から居るような慣れた態度で座り込んだ。少女から仔猫《こねこ》まで……この国で漠とした不安をかかえているのは僕一人なのか？

『ジェイン・エア』……頁を開く。

――その日は散歩などできそうにもなかった。なるほど、朝のうち一時間ばかり、葉の落ちた灌木《かんぼく》林の中をぶらぶらしてはみたが……

ディケンズとも、オースティンともまるで違う……個人の思いから始まる不思議な書き出しだ。まるで日記のようではないか！　驚いた。

そういえばシェリー夫人の『フランケンシュタインあるいは現代のプロメテウス』……これの書名も変わっていたが、手紙から始まるという不思議な書き出しだった。小説とはどのように書いても良いものなのか？　だが、日本語の場合は……何を考えているのだ……とりとめもなく……思いにばかり囚《とら》われて、なす術《すべ》もなく時が過ぎてゆく……医学という本分も忘れ……いや、構うものか……まず、読もう……僕は恐らく六歳のヴァージニアより本を読んでいないだろう……

♠

二日続けて長椅子で寝るという愚挙に及んで、ボーモント夫人を呆《あき》れさせた。

午後、昨夜出かけたままの鷹原が戻る。今朝からは遺体検分から検死審問《インクエスト》まで済ませてきたという疲れ知らずの男だ。

「やあ、ビービ」と、またもや猫への挨拶《あいさつ》だった。

二時間ほど仮眠した彼は「手紙だ、手紙」と云いながら、寝室から出てきた。「ヤードと夕食、つき合えよ」と云う言葉に、本を置き、一緒に街へ出る。

色づいたハイド・パークが二輪馬車の横手に延々と流れても、鷹原の目には入らないようだった。

「国際労働者教育クラブ……われわれの目と鼻の先で殺されたのはエリザベス・ストライド、四十四歳。マイター・スクエアで殺されたのはキャサリン・エドウズ、四十三歳と解った」──

──一晩に続けて二人も殺されたのだから無理もないが、事件のことしか頭にないという調子で話し始めた。「やはり、ホワイトチャペルを流離《さすら》う売春婦だ。そうそう、昨日ね、ようやくアンダースン新部長がスイスからお帰りになった。尤《もっと》も、このところの新聞攻撃で流石にスイスでは連絡が取り辛《づら》いとパリまでは来ていたらしいが、この連続殺人だ。内務大臣の緊急懇請で敢えなく休暇に終止符を打たれたそうだ」

「こんなときに犯罪捜査部《CID》の新部長が休暇を取るというほうが、僕から見れば不思議だよ」――

――僕は数日前に目にした新聞を思い出して云った。「『ペル・メル・ガゼット』紙、曰《いわ》く……『殺人鬼の捜査に責任あるスコットランド・ヤードの高官は、殺人鬼同様にロンドン市民にまったく姿を見せない……アンダースン氏は辛い年季奉公を前にして、今スイスで楽しい休暇を過ごしているのだ！』」――何という辛辣《しんらつ》で小気味良い大英帝国の報道機関！

「君も世論の味方かい？　ま、正直云って、僕もどんな御仁か、些《いささ》か不安だったがね。何しろ部長だ。だが、休暇は休暇、仕事は仕事と割り切るタイプのようでね、帰るやいなや猪突猛進、やれやれというところさ。H管区……ホワイトチャペルだがね、今でも二十九名の警部、四十四名の巡査部長、五百四十六名の巡査が配置されているが、彼はその他にも手の空いた警官すべてを回すよう指示した。道路の三、四間毎に警官だよ、君。それに貸間長屋や簡易宿泊所には一万枚の通知書を配付して挙動不審者を捕縛するとも宣言したよ。軒並みしらみつぶしにするつもりのようだ」

「せめて、もう一日、早く帰って貰《もら》いたかったね」

「ああ、一晩に二人というのは酷すぎる。しかも六百人以上の警官の鼻先を奴は血塗《ちまみ》れの姿で逃走したんだ。バーナー・ストリートで殺し、マイター・スクエアで殺し、ゴールストン・ストリートでは壁に落書き、ドーセット・ストリートでは悠々と手を洗い……深夜の霧の中とはいえ、なぜ誰も見ていないのだ？」

「審問で目撃者とかいなかったのかい？」

「証人自体が、今まで通り、あの界隈《かいわい》のアルコール中毒者だ。幾つか出たがね……『黒光りのする黒い鞄《かばん》を持った若い男』とか……当てにはならないよ」

「手は仕方がないとしても、からだの方はコートかマントで隠せるだろう。顔は……出会っても不思議ではない顔……つまり、顔馴染《なじ》みの者とか」

「そうなんだ。奴はあの界隈を知り尽くしている。でなければ迷路のように入り組んだ道、売春婦やら警官やら酔っぱらいで溢《あふ》れた、深夜のあの界隈を、逃げ切ることなど出来やしない。あそこの住人か、もしくは……」

ピカデリーの辺りから、通りが騒然としてきた。疳高《かんだか》い新聞売り子の声……まだトゥビーくらいの幼い子供が「二重殺人《ダブル・マーダー》！　ホワイトチャペルで今度は二人が殺されたよ！」と叫んでいる。「一晩に二人！　二人が殺されたんだ！」

「見ろよ、朝からずっと飛ぶように売れている」と鷹原。「各紙こぞって書いている。『ホワイトチャペル』『二重殺人』の見出しだけで、あの売れ行きだ。一人が何紙も買い込む始末だ。笑いが止まらないだろう。例の壁の落書きも口伝えで変形はしているが、もう知れ渡っているよ」

「あの消された落書きかい？　まあ何人かは目にしたからね。消した意味がなくなったじゃないか」

「そう、惜しかった。せめてこの目で見たかったね。そうすればあの手紙の文字と比較もできた」

「だが、たしか『丸みを帯びた稚拙な字』とホルス刑事は云っていたじゃないか。手紙の文字とは違うようだ。それにあの手紙だって……本当に犯人のものだと思うかい？」

「まだ何とも……他の愚にもつかない凡百の投書よりは可能性はあるがね。たしかに耳は切られていた。だが、全身を切られていたんだ。その中で耳も切られ、それが偶然手紙と一致したということもあるだろう。だが、ショー氏のような事件への揶揄《やゆ》ならともかく、犯人と名乗った手紙の中では一番まとも、字も旨《うま》い。乱暴に書いているが、それなりの教養もあるようだし、気になる手紙だよ。それにちょっと見た違いくらいなら書体の書き換えなど簡単だ。だが、比べてみれば、同じ者かどうか解ったかもしれない。そして同じだったら、手紙も犯人のものとはっきり確信出来ただろう」

「そうかもしれないね。だが、君の最高の上司になるわけで、云いたくはないが、実のところ、なぜ、ウォーレン警視総監はあの文字を消させたんだ？」

「まあ、シティ警察のホルス刑事のお説通り、『ユダヤ人』の一文字にあわてたのだろう。前々から犯人はユダヤ人という風評が立っていたし、『レザー・エプロン』騒ぎもあった。これ以上、ユダヤ人襲撃みたいなことが起きれば大変だからね。だが、唯一とすら云える証拠を、しかも全文消してしまうというのはたしかに愚挙だ。現にあの後、シティ警察、ヤード、それに市民からも非難の嵐だ。昨日はマイル・エンド・ウェイストで彼の罷免要求の弾劾集会が四回も開かれた。市民にとっては『血の日曜日』以来の恨みもあるしね。ヴィクトリア・パークでは千人もの市民が集まって、彼とヘンリー・マシュウズ内務大臣の罷免要求が決議されたそ

ね」

「ラスクやショー氏同様、社会主義を踏み台にして這《は》い上がろうとする輩《やから》は五万といるから

うだ」

「本当に暴動が起きそうだね」

「日本で幕府が倒れたようなことが、この国でも起きると？」

「さあ、そこまでは……別に開国を迫られて国中が揺れているわけでもない。下町で売春婦が殺され、煽《あお》っているのは一部の過激派と報道関係。多くの市民は……そう……『ジーキル博士とハイド氏』を劇場で見物するように、根本的には自分とは無縁の怖いもの見たさで騒いでいるだけだ。自分は売春婦ではない善良な市民、殺される筈《はず》もないという安全圏の中で高みの見物だ。だが、芝居や物語の中の殺人鬼よりもっと恐ろしい怪物が、現実に跋扈《ばっこ》している……このロンドンで……自分と同じ空気を吸い、ひょっとしたら道ですれ違ったかもしれない……客席から突然舞台に上げられたような恐れと困惑、それにぞくぞくするような興奮を味わっているんだ。退屈な日常生活に突然照明が当てられ、音楽がなる。役者が客席に下りたのか、自分が舞台に上がったのか……とにかく、このロンドンでとんでもないことが起き、そして自分はここに住んでいる……新聞を見る度に、雑誌を見る度に、その興奮を味わうんだ。その結果、新聞、雑誌はますます売れ、加速度的に読者を煽り立てる。だが、飽くまでも自分は安全圏、客席に居ようが、舞台に上げられようが、危害を受ける心配はない。真実、社会不安を憂えたり、暴動をなどと考えるのはほんの一握りだろう。尤もこんなことがいつまでも続けば、どうなるか解らないが、今のところは警視総監や内務大臣を引きずりおろそうという祭気分だけだ。

日本やフランスのように、決起して根本的に制度を変えようとまでは思っていない。社会主義もモリス氏のフェビアン協会のように穏健改革派が多い。ラスクはどうか知らないが、ショー氏などは革命など起きて世の中が引っ繰り返っては逆に困るだろう。彼は現社会での個人的栄達の手段として運動しているだけだからね。それに大半の市民は今云ったように、より穏やかだ。上の階級に憧《あこが》れはしても、階級制そのものを壊そうなどという意識はない。大方は自分の現状、自分の階級に不満を持ちつつ、一方ではまたそれに安住もしているんだよ。マルクスの『資本論』など、他国を席巻《せっけん》しているというのに、この国では一向に受けない。この国の国立図書館で生み出された書物だというのにね」

「とにかく、犯人を探すことか……」

「そう、それが第一だ。そして残された証拠らしきものと云えば、今やあの手紙だけだ。ま、現物が無理なら文面だけでもいいが、出来れば元の手紙を借りて、ガイ病院のウィリアム卿の意見を聞いてみたいんだ」

鷹原はコートのポケットから手帳を取り出すと——親愛なるボスへ——で始まる例の手紙を再び読み上げた。「……この文面、そしてあの文字を見て、彼がどう思うかね。この間、彼と会った『カフェ・ロワイヤル』で夕食の約束をしている。昨夜、思いついて電報を打ったが、トリ殿下の威力は絶大でね、快諾されたよ。分野は違うが、医者同士、知り合いでもあるし、トリーヴス医師も招いた。構わないだろう？」

「僕は構わないが……」と云ってはみたが、気が重くなった。トリーヴス医師と久しぶりに夕食を共にするのは嬉しかったが、あの傲慢《ごうまん》な老医師とまた同席とは……「精神病と係わりがあると思うのかい？」

「売春婦ばかり、四人も殺しているんだ。精神を病んでいるのは確かだろう。もし、この手紙が犯人のものなら尚更のこと。殺人を犯してそれを誇示するなどということが今まであったかい？　実際市民が観客気分でいるように、犯人も役者気分。今までにない犯罪、世界の犯罪史上でも初めてと云えるケースだ。また、手紙が犯人のものなら、犯人は現在スコットランド・ヤードでやっきになって捕縛し、牢屋《ろうや》を満杯にしているイースト・エンドに多い食肉業者や職人たち、またアルコール中毒の浮浪者や流れ者の水夫の類《たぐい》でもない。彼らの中で、あんな字を書ける者はめったにいないからね。いや、ラスクなら書けそうだな。自警団など作って気炎を上げているが、僕の見たところでは、彼は事件を喜んでいるよ。表向きの顔……地域の安全どころか、逆にこの事件を利用して暴動を起こそうと目論《もくろ》んでいる。そう……彼についても、もうすこし調べてみよう」

「そういえば、アバーライン警部も同様のことを云っていたね。アニー・チャプマンが殺され、ラスクがホワイトチャペル署に押しかけたときだ」

「警部は本庁《ヤード》に来る前はホワイトチャペル署だった。イースト・エンドは彼の庭みたいなものさ。地理も人も良く知っている」

皮肉屋の鷹原が、素直に尊敬を込めて話したとき、馬車はスコットランド・ヤードの前に着いた。

「手紙を借りるだけだから」と云う鷹原に付いて、再びスコットランド・ヤードの二階、捜査本部へと入った。

警部の部屋からは意外にも笑い声が聞こえ、鷹原がノックすると、ピタリと止んだ。出迎えたのはジョージである。「何だ、君たちか」と云った途端に、彼の姿が後光に包まれた。フラッシュである。部屋の中には写真技師とアバーライン警部が居た。

そそくさと招じ入れられ、ドアを閉めるやいなや「二通目だ！」とジョージ。「奴からまた来た」

「何ですって！」と鷹原の顔が上気した。

「奴は墓穴を掘っているよ！」とアバーライン警部が上機嫌で云う。次いで写真技師に「明日中に一万枚！　出来るかね」と聞く。

技師も「任せて下さい」と、自信たっぷり、意気揚々と引き揚げて行った。

卓上にはあの手紙と、もう一通、今度は葉書である。やはり赤インキで書かれていた。

「筆跡が違うが……続きだよ」と警部。「犯人は二人組みかもしれない。とにかく明後日までにはこのポスターを市内一帯に配付、掲示する。『筆跡に見憶《おぼ》えのある者は届け出るよう』とね」

飛びつくように葉書を手に取り目を走らせた鷹原は、アバーライン警部の話の間も例によって拡大鏡を取り出し、矯《た》めつ眇《すが》めつして見ていたが、小さな吐息とともに僕に回してきた。

親愛なるボスに出した内容は悪ふざけじゃない。明日になれば小粋《こいき》なジャックの仕事ぶりが耳に入るだろう。今度は二重殺人だ。最初のはちょっと騒ぎがあって思い通りにいかなかった。警察に送る筈《はず》の耳を切り取る暇もなかった。この仕事を終えるまで、前の手紙を伏せておいてくれて感謝するよ。

切り裂きジャック

前とは比べ物にならないほど、乱暴な文字、そして書き方だった。またしても血文字のように赤インキで書き、手ででもなすり付けたのか、血痕《けっこん》のような跡さえ作って、葉書を汚していた。

表を反すと、すかさずアバーライン警部の声。「前と同じく、ロンドン中央通信社宛ですよ。消印は十月一日、つまり今日。通信社のポールセン氏がまたもやベイツ記者と連れ立って、さっき届けにきてね。ベイツときたら小躍りせんばかりのはしゃぎようだ。明日の『スター』紙はロンドンで一番売れることだろう。謎の犯人、御自ら名乗り出《い》で、命名されたわけだからね」

「ついに殺人鬼に名前が付いた……」と鷹原。「名前というのは不思議ですね、名前を知った途端に身近に感じるようになる。人の名前、物の名前、何でもそうです。『切り裂きジャック』……見事なネーミングじゃないですか。明日中にロンドン市民の殆《ほとん》どが、奴をこう呼ぶようになるでしょう。だが、それが良いことか悪いことか……犯人の思う壺《つぼ》という気もします。報道機関は犯人に踊らされ、ますます人々を煽り、人々の恐怖は名前を知ることによってますます昂《たか》ぶる」

「だが、これは唯一の手がかりだ。鷹原さん」と警部。「『スター』紙が公表しなくとも、われわれがする。今年に入って既に六人、犯人検挙の網となるものなら、この際何でもするつもりだ」

「しかし」とジョージ。「一〇〇パーセント、これが犯人のものと云うことが出来るでしょうか。――今度は二重殺人だ――と予告風に書き、また耳のこともある。前回は――耳を切り取って送る――と云い、今回は――耳を切り取る暇もなかった――と書き、そしてキャサリン・エドウズの耳はたしかにすこし切られていた。だが、この葉書の消印は今日……一日のものですよ。朝刊各紙はこぞって今回の二重殺人を書き立てたし、それを見てから書き、送っても間に合います」

「いや、犯人だよ。ジョージ」と警部が、自分の机から分厚い新聞の山をつかみ、テーブルの上にどさりと置いた。「二重殺人はこれを読めば書けるだろうが、私の読んだ限りではエドウズの耳の傷に触れた記事はない。耳以外の損傷が余りに酷かったからね。それに二重殺人以前に届いたこっちの手紙でも――耳を切る――と書いているが、この手紙自体、まだ全く公表されていないのだよ。われわれと通信社、それに『スター』紙の一部の者が知っているだけだ。筆跡が違うから二人かもしれない。だが前の手紙の内容を知らなければ耳に関しても書けないだろう」

「共に赤インキ、そして共に――ボス――と、呼びかけていますしね」と鷹原。「最初の手紙は――Dear Boss――この葉書は――old Boss――英語の勉強をさせていただきますが、この場合のoldとは『お馴染《なじ》みの』とか『前に手紙をやった』つまり『前述の』的意味合いでしょう。たしかに文字は随分と違うが、僕は同一人物だと思いますね。それに一〇〇パーセントとは云えないまでも、犯人のものと思います。たしかにマイター・スクエアでは十五分おきの巡回の合間に呆《あき》れるほどのスピードであそこまで解体したし、耳を切り取ろうとしたとき、巡査が来て、止むなく断念したという風でした。同一人物と云うのはね、これくらいの書き分けは造作もないことだからですよ」

　鷹原は白い紙をテーブルに置くと、さらさらとI keep on hearing……と手紙の最初の行を書いた。次にその紙を左脇に居たジョージの方へ向け、今書いた文の下に平行に同じ文を書いた。つまり文字を四十五度回転させた状態で書いたのだ。次にテーブルを挟んで前に居た警部に紙を向けると、三行目は逆さに書き、続いて右側の僕に向けても書いてみせた。当然のことながら、最初の普通に書いた整然とした筆跡とは程遠い乱れた稚拙な文字で同文が三行並んだ。すべての行が違った筆跡になっていた。

「これで四種類の筆跡、左手で書けばさらに違った字となりますし……いや、犯人は左利きだから最初の手紙は左手で、この葉書は右手で書いたのかもしれませんね。まだありますよ」と今度は手袋を脱ぎ、ペンを手袋でくるんだ状態で握って書いてみせた。「ほら、また違う字になります。手袋より、もっと固い物、あるいは柔らかい物でくるめばまた変わるでしょう。この整然とした手紙の文字、一方、稚拙な葉書の文字……一人の人間が幾様にも筆跡を変えることはこのように可能です。だが、それでも子細に観察すれば、何らかの共通点はあります。固有の癖というものが有りますからね。Ｉの文字は線の流し方が双方独特です。それにＫなど、とても似ていませんか？」

「ふむ」と警部は鼻を鳴らし「これだけ違った筆跡が書けるということは、最初の手紙の筆跡にしたところで、普段の筆跡とは変えているかもしれない。つまり一万枚の配付、掲示は無駄かもしれないということにもなるね」と笑いだした。

「いや、解りません」と鷹原。「僕の勘繰りすぎかもしれません。ただあらゆる可能性があるということで……たとえば八月末からの殺人に関しては傷口が同じということで同一犯人と確信しています。それに傷口の流れから左利きとも思いました。だが、僕ら右利きとは違って、左利きの人は両手利きの人も多い。普段は左手で文字を書いていても、これに関しては右手で書いたのかもしれません。そういう人が書けば、当然普段の筆跡とは違うし、また僕が左手で書くとんでもない文字とは違って、このように整然と書けるかもしれません」

「唯一の手がかりと思われた物は一〇〇パーセント確かではなく、また犯人も一人か二人か解らない。筆跡も単純に探せば良いというものでもない。どんどん曖昧《あいまい》になってきましたね」とジョージ。「だが、われわれ英国民は『ボス』などという言葉は使わない。アメリカ人か……水夫かアメリカ移民……いや、これも鷹原式に考えると偽装というわけかな?」

「済みません」と鷹原がにっこりと笑った。「でも、この手紙が犯人の物という可能性は高いし、今まで現場で見事に証拠を残さない犯人が、自ら二つもの手がかりをわれわれに提出したことにもなりますよ。捕まえてくれと云わんばかりに」

「捕まえるさ、捕まえてみせる」と警部。

四人の視線が再び手紙に集まったとき、議事堂北端に聳《そび》えるビッグ・ベンと呼ばれる大時計の時鐘が聞こえてきた。

「おや、大変だ」と自分でも懐中時計に目を向けた鷹原が警部に手紙と、それに思ってもいなかった葉書の貸し出しを頼む。

「ベイツが可哀相だから、今夜一晩は他の新聞社の者には見せるなよ」との警部の言葉を後に、僕らはあわただしく『カフェ・ロワイヤル』へと向かった。

『カフェ・ロワイヤル』では、ウィリアム・ガル卿を間に、見知らぬ男がトリーヴス医師と親しげに話していた。

ウィリアム卿は、僕らを認めると、この間とは打って変わったにこやかな笑顔で迎えてくれる。

「お招きした私が遅れまして……」——謝る鷹原の言葉も「こちらも勝手に供を連れてきましたよ」と上機嫌で遮り「娘婿のシオドア・ダイク・エイクランドです」と連れの男を紹介した。

「セント・トーマス病院で薬物の研究をしておりますが、トリーヴス君と親しいし、それに私の食事を監視すると云うのでね。中風で倒れて以来、娘以上にうるさいのです」

「目を離すとすぐ肉食に走りますからね」と、エイクランド医師は人懐っこい目を片方瞑《つむ》ってにっこり笑った。

軽やかな感じのする好青年という印象で、一見トリーヴス医師より若く見えたが、笑うと目《め》尻《じり》に深い皺《しわ》が刻まれ、四十代……ひょっとしたらトリーヴス医師より上かもしれない。

トリーヴス医師が「私の兄がセント・トーマスにおりましてね。彼と親しいのです」と云った。

「どこかでお見受けしたような……」と云った鷹原は、「そうでした。ちょうど一月前、メアリ・アン・ニコルズの検死審問《インクエスト》にお出ででしたね。ラドクリフ・クロッカー医師とご一緒でした」と、目を輝かせた。云われてみればたしかにその通りだったが、そのとき、紹介されたわけでもなし、凄《すご》い記憶力だ。

「ああ……」とエイクランド医師は「貴方《あなた》も？」と戸惑ったような微笑を浮かべる。

「今度の事件ではロンドン中、大揺れですからな」とウィリアム卿。「鷹原氏はスコットランド・ヤード、それも犯罪捜査部《CID》におられるのだよ。そして殿下の御親友ともいう不思議な方だ」とわれわれを紹介、次いでグラスを勧めてくれた。

さっそくプリンス・オブ・ウェールズの健康を祝しながら杯を空け、そして食事が始まった。医学界での重鎮、様々な肩書を持つ老医師を前に、トリーヴス医師は些《いささ》か固くなっているように見えた。

娘婿というエイクランド医師の屈託のない態度に比較して、控えめで寡黙、まるで駆け出しの医者のように気を遣っている。医師の性格かもしれないが、自由の国と感じたクーッ男爵夫人邸での王族方のおおらかさに比べ、医師界は結構封建的なのかもしれないと思う。

僕は僕でこういう席での話題など思いつかない。

会話はウィリアム卿とエイクランド医師、そして鷹原の間で飛び交う形となったが、共通の高貴な友、殿下から始まった王室の話題は自然華やかで、和やかに食事が進んだ。が、如才なくウィリアム卿が「ベルリンのライヘルト教授の許《もと》にいらしたとか？」と僕にも声をかけたときから、ドイツ医学界の方にも話題が広がり、いつかそれはこの六月の喉頭癌《こうとう》で亡くなられたドイツの前皇帝、そしてその治療に当たったモレル・マッケンジー医師のこととなり、座の雰囲気が変わってきた。

「ドイツ医学界では、彼が外科手術を許可せず、ぐずぐずとおざなりな手当てで済ませていたと非難しているそうです」といまいましげにウィリアム卿。「馬鹿げた話だ」——魚を切る手つきが心持ち荒くなった。「それにしてもシオ」と、隣のエイクランド医師のステーキをじろりと見ながら云う。「こんなものをついばみながら、長生きしたいとも思わんね」

「先日、マッケンジー医師を訪ねましたよ」と思いがけなく鷹原。「前皇帝に付き添われていた頃、何度かお会いしましたしね。どうされていられるかと」

「酷い状態だそうですね」とトリーヴス医師が、生真面目な顔を上げた。「医院も閉められたままとか。ドイツに行かれたときなど、世論も英国医学界の誉れと奉っていたが、今や話題に上げる者もなく、医学界では冷笑と同情、貧乏籤《くじ》を引いたものです」

「そうです。フリードリッヒ前皇帝が治れば、最高の名医と持て囃《はや》されたでしょうに、亡くなられれば、彼が悪かったことになる」と鷹原。「私から見れば、マッケンジー医師がドイツに行ったときには既に手遅れ、逆に彼が居たればこそ、あそこまで余命を保たれたと思いますがね」

「しかし、手遅れと見たなら、彼も早々と引き揚げるべきでしたな」とウィリアム卿。「ドイツの医師団を差し置いての病気治療ですよ。しかも命に係わる重病の皇太子ともなれば、彼も慎重に振る舞うべきでしたよ。皇帝になられるまで余命を保たれたとはいえ、回復されることなく、亡くなられてしまった。他国の皇太子は他国の医師に任せるべきです。要らぬ世話をやき、結果に於《お》いて英国医学の名を落としたのです」

「しかし」と僕は思わず云った。「ヴィクトリア女王の要請とあれば、行かれるのも、帰られるのも、マッケンジー医師の思惑の外でしょう」

「絶対命令というわけでもなかったでしょう」と不機嫌にウィリアム卿。「それにいくら女王の要請、そして名医の評判が高かったとはいえ、一開業医の分を越えています」

「皇帝が亡くなられたにも拘《かかわ》らず」とエイクランド医師が陽気に呟《つぶや》いた。「帰国後、彼はしっかりと女王陛下に一万二千ポンドもの請求書を送りつけたそうですよ」

「開業医として一万五千ポンド以上の年収だったと聞きました」と鷹原。「侍従医として、十三ヵ月も奉職されたのだから、当然の額……むしろ控えめな額だと思います」

「彼が本格的な外科手術をしなかったことが良かったのか……」とトリーヴス医師が躊躇《ためら》うように重い口調で云った。「或《あ》いはそれで皇帝が短命に終わられたのか、私には解りませんが、これで彼の名声も失墜。開業医としての今後も危ぶまれます。私もロンドン病院に籍はありますが、生計は開業で補う身、彼の今後を思うとうそ寒くなります。それに医師として一度失った名声は取り戻せないでしょう。同情を禁じ得ません」

「君は何があろうと大丈夫さ」とエイクランド医師。「とにかくエレファント・マンの貢献者だ。ま、クロッカー医師にしてやられたが、世間的にはまだまだ名士。それに義父と違って、王族方を診るということもなかろう」

殊更に快活な物云いで座に明るさを取り戻そうとしたらしいが、トリーヴス医師は笑いもしなかった。僕はその義父同様、だんだんエイクランド医師にも好感を持てなくなってきた。

「いずれにしろ」といまいましそうにウィリアム卿。「彼はドイツに行くべきではなかったし、行ったとしても早々に帰るべきでした」

「どうしています？　今」とトリーヴス医師が鷹原に聞く。

「医院は閉めたまま、反論の執筆に励んでいられます。治療の正当性を主張し、いずれ本になさるとか」

「無駄ですな」と葉巻を取り出しながら、冷たくウィリアム卿が断言した。「高貴な患者は亡くなられたのだから」

デザートの皿も下げられ、ブランデーに唇を湿す頃、鷹原は「食卓にこんなものを持ち出して、甚だ無骨とは存じますが、ぜひウィリアム卿のご意見を伺いたいと思いまして」と、例の手紙を取り出し、話題を変えた。ますますテーブルが暗くなりそうな代物だったが、ウィリアム卿は目を輝かせて手紙を手にした。

「ほう、犯人からの手紙……」

「明日、『スター』紙で公表されます。明後日にはスコットランド・ヤードからもこの複製が出るでしょう」と鷹原。「どのようにご覧になられます？」

「これは面白い！」とエイクランド医師も身を乗り出した。

「ほほう、二重殺人と予告していたのですね」とウィリアム卿。「筆跡は違うが、内容は続いている」

「『ボス』などという言葉をわれわれは使いませんよ」とエイクランド医師。

「文体も乱暴ですしね」と鷹原。「ヤードではアメリカ人、またはアメリカ移民ではないかという意見も出ています」

「アメリカ人の水夫ではありませんか？　あそこはドックも近いし」とエイクランド医師。

「この葉書の方はともかく」とウィリアム卿。「手紙の方の筆跡は水夫のものとは思われないね」

「国籍、職業はともかくとして」と鷹原。「どのような精神の持ち主と卿は思われますか？」

「こんな手紙を書いてくること自体、精神を病んでいる証拠ですね」とウィリアム卿は手紙を取り上げた。「二通ともヤードではなく、ロンドン中央通信社宛というのは、世間に公表して欲しいということだ。自己顕示欲が異常に強い。世に出たいが出られない者……危険を冒しても自分の書いた文で新聞を飾りたい……ということかな。手紙の方は字も上手《うま》い。文体はともかくとしても、行も揃い、日頃から文字を書き慣れた者だ。投書魔、あるいは世に出られぬ三文文士かもしれない。はっきりと殺す相手を売春婦と書いているね。売春婦に病的な恨みを持つ者。性病を移された者かもしれない。あれは脳に来るからね」

「ではやはり水夫でしょう」とエイクランド医師。「彼らは陸に上がれば娼婦《しょうふ》目指して走り出しますからね」

「あるいは社会道徳的に売春婦の存在そのものを憎む者。またはああいう女どもなら殺しても構わないと思う者」と卿。

「まあ、泣く者はいないでしょうね」とエイクランド医師。

「ふん」と卿もうなずいた。「被害者自体、皆色情狂……精神病の者たちだからね」

「いや、それは……」と思わず云った僕だったが、テーブルの下で鷹原が膝《ひざ》をぶつけてきて、後の言葉を呑《の》んだ。

ウィリアム卿《きょう》は僕の声など聞こえなかったように平然と「耳にもこだわっているようだね」と続けた。

「たしかに」と鷹原。「先夜の一人は耳を切られていました」

「何らかの理由で耳にこだわり、また血で書こうとしたのが本当なら」とウィリアム卿。「偏執狂の性格もある。偏執狂と顕示欲……虚勢をはった書き方だが、安全な手紙だからだろう。裏を返せば小心者、野心は人一倍強いが、社会的には認められない。案外普段は目立たず、おとなしく振る舞い、鬱屈《うっくつ》した怒りをすべて売春婦にぶつけ、安全な手紙では傲慢《ごうまん》に振る舞う。早発性痴呆《ちほう》の精神病者だ。だが一人はいくらかは教養があり、一人は無学。主従関係かもしれない」

「船長と水夫！」とエイクランド医師。

「流石は精神病の大家、見事なご推察です。卿にお見せして良かった」と鷹原。ヤードでの犯人一人説は引っ込めたようだ。「先生はどう思われます？」と、トリーヴス医師にも顔を向けた。

「私にはとても意見など……」と、あわてたように医師は応《こた》えた。「単なる外科医ですから」

「なに、人体解剖のように、文を解剖……分析してみればいいのだよ」とウィリアム卿は再び機嫌の良い声を上げた。鷹原に持ち上げられてご満悦の態《てい》である。「君の解剖の手腕はロンドン病院一と云うじゃないか」

「名解剖医、名外科医」とエイクランド医師。「何しろホワイトチャペルのど真ん中の病院ですからね。殺傷沙汰《ざた》は絶えず、臨床材料には事欠かない」

「厭《いや》でも腕は上がります」と苦笑しながらトリーヴス医師。「しかし、それも井の中の蛙《かわず》。下町病院の応急処置的な腕だけですよ。権威ある聖トマス病院やガイ病院の医師とは比べられません」――笑顔だったが、額には汗と、昆虫の足のような青筋を浮かべていた。

「いや、ありがとうございました」と鷹原はあっさりと二通の手紙を引っ込めた。普段の強引な喰《く》い下がり方を思うと随分とさっぱりしていたが、トリーヴス医師を気の毒に感じたのかもしれない。僕はさっさとこの傲慢な親子と別れたかった。

しかし、ウィリアム卿の話はそれからも続いた。

「尤《もっと》も学会では、精神病者自体が十把一絡げに取り扱われておりましてね、何でもかんでも早発性痴呆で片づけられる……精神病者の個々の分析などということは重視されておりませんな」

「ドイツのフロイト博士の説などはどうですか？」と鷹原も葉巻を取り出しながら聞いた。

「あのヒステリーについて書いたとかいうユダヤ人ですか？　話題にも上りませんよ。人間を貶《おとし》めるのはダーウィン……貴方のパートナー、フランシス卿の従兄《いとこ》だけで結構というところです」

「ダーウィンだって、未《いま》だに医師の半分は認めておりませんからね」とエイクランド医師。

「人類の祖は飽くまでもアダムとイヴということです」

話題は進化論に代わったが、そこでもまたウィリアム卿を中心に、エイクランド医師、鷹原という三人主体で話が進み、一時間後にようやく僕は解放された。

帰りの馬車で鷹原に聞いてみる。

「『犯人は二人』というウィリアム卿の意見に同意したのかい？」

「いいや、筆跡が違うが調子は同じだ。やはり一人だと思うね。だが、あそこで僕の意見を云う必要もなかろう。ウィリアム卿の意見を聞きたかっただけだ」

「目新しいことを聞いたという気もしないが……収穫はあったのかい？」

「そこそこにね。意見より、彼らの反応が面白いじゃないか」

「あの傲慢な態度がかい？　僕は外側の人間だから関係ないが、トリーヴス医師が気の毒だったよ」

「なに、生贄《いけにえ》があれば、祭は興が乗るんだ。トリーヴス医師は寡黙になったが、お蔭《かげ》で二人は止めどなく饒舌《じょうぜつ》になり、自ずから犯人の一タイプに相似することまで喋《しゃべ》り散らしたじゃないか。二人とも、売春婦を人間と認めていない。殺されても構わない……あるいは殺しても構わない」

「何だって！　じゃ、君はあの親子のどちらかが犯人だと？」

「さあね、だが、当てにはならないが目撃証言の一つに……今朝の新聞各紙でも大々的に取り上げていたが『黒鞄《かばん》』とあったじゃないか。黒鞄から一番容易に連想するのは医者の鞄だ。『ぴかぴか光る黒鞄を持った若い男』とね」

「エイクランド医師かい？」

「またしても霧の夜、そしてアルコール中毒者の証言だ。当てにはならないがね。だが、彼なら実験動物を殺すくらいの気持ちで売春婦を殺し、あんな手紙を書いたとしても不思議はない。

……不思議はないが、また彼のような人間も山ほど居る。もっと絞り込む手がかり……証拠が欲しいよ」

そう云って、欠伸《あくび》をした鷹原は、ハイド・パークに差しかかる辺りから、寝てしまった。透けるような白い肌、閉ざされた長い睫《まつげ》毛の下にはまたも疲労の隈《くま》が浮かんでいた。

隣のスティーヴン家の暖炉の上には、眠りの神の絵が掛けられている。モルフェウス……下宿は近かったが、このまま自然に目醒《めざ》めるまで馬車を走らせてやりたく思う。

♠

『スター』紙に『ジャック』の手紙が載り、スコットランド・ヤードからポスターも出ると、ロンドンはおろか、遠く海を隔てたパリ、ベルリンにまで『切り裂きジャック』の名は鳴り響いた。今やヨーロッパ全土から血に彩られた戦慄《せんりつ》の都、ロンドンに、恐怖と好奇の眼差《まなざ》しが注がれているようだった。あの研究一途《いちず》の北里さんの手紙にまで『ジャック』の名前を見るに及んで、僕はジャックの高笑いを耳にしたような気さえした。

鷹原が云ったように奴が役者の気分なら……あるいはウィリアム卿が云ったように、投書魔、もしくは己の文が活字になるのを望む三文文士なら……充分に望みを達成したことになるだろう。

以来、『ジャック』の名前が新聞に出ない日はない。

ホワイトチャペル自警団の委員長となったジョージ・エイキン・ラスクは、――政府が犯人逮捕に懸賞金を出すように——と求めた請願文書をヴィクトリア女王宛に提出したという。これはマシュウズ内務大臣の「そのような処置は混乱を招くだけで好ましくない」との意見で却下された。しかし、内務省管轄下ではないシティでは、警察長官フレイザー卿が犯人逮捕に繋《つな》がる情報に五百ポンドもの賞金を提示した。

鷹原は、また別の女王宛の請願書の写しも僕に見せてくれた。

イースト・エンドはトインビー・ホールのサミュエル・バーネット牧師の妻、ハリエッタ・バーネット夫人のものである。イースト・エンド在住の四、五千名の女性の署名とともに提出されたというが、内務大臣はこれによって再び女王陛下の御下問を浴びたという。

「美徳の仮面で偽善を覆った、焦点の外れた手紙だよ」と、鷹原は吐き捨てるように云った。

我が慈悲深きヴィクトリア女王陛下

女王陛下——私どもイースト・エンドの女性たちは、最近居住地区の中心で発生している恐ろしい犯罪に戦慄し、隣人に降りかかった汚辱を思い悲嘆にくれております。検死審問《インクエスト》で明らかにされた事実から、私どもは同性でありながら道徳的誇りを失い、悲惨で堕落した人生を送っている女たちのいることをつぶさに知りました。

私どもはそのような不道徳な生活を強いられている不徳の罪を、世の男性たちに深く痛感せしむるべく精一杯の努力をしておりますが、願わくば、陛下より当局者に対し既成の法律を順守させ、男女のからだと魂を蝕《むしば》んでいる悪徳の家の閉鎖を御下命下さるようお願

女王陛下の忠実なる卑しきしもべ
い申し上げます。

「正にあの女王の心を揺り動かす、安っぽい内容だ。バッキンガム宮殿に送ったのは正解だね」と鷹原。「アルバート・エドワード殿下がご覧になられたら笑い飛ばしてお終《しま》いだったろう。見ろよ、この善良なる魂とやらで書かれた自分勝手な内容。自分たちの地区から娼家《しょうか》を追い出せば、問題は解決すると思っている。娼婦たちだって、無論褒められたことでもないが、好き好んでからだを売っているわけではない。ましてウエスト・エンド辺りの高級娼婦でもなし、イースト・エンドでは生きるためのぎりぎりの手段としての売春だ。そして、こういう得て勝手に社会正義を振りかざすご婦人連に女王陛下が肩入れし、ますます捜査が混乱することになる」

僕はメアリを想い、胸が傷んだ。パリへ行ったと嘘をつき、今度は本当の愛人と行くのだと云っていた……「そうしたらこんな商売もお終い、生まれ変わるのよ！」――あの悲惨な通り、みすぼらしい家――今日にでも彼女が本当にパリへと行けたら、どんなに嬉《うれ》しいだろう。

どの新聞も雑誌も『ジャック』一色、そしてこれまでの証言が入り乱れて様々な犯人像がとりざたされた。

犯人はアメリカ人、東洋人、亡命ロシア人のアナーキスト、もしくは時いたれば世界を奪取しようと策動するドイツ人、そして狡猾《こうかつ》なユダヤ人……暴動を恐れてウォーレン警視総監が落書きを消させた結果、却《かえ》って警察はユダヤ人を庇《かば》っているという風説まで飛び交い、それに『タイムズ』紙の記事が油を注いだ。

『切り裂きジャックはユダヤ人の中にいるようだ』と、ウィーンからの特派員報告として載せたのである。

一八八四年にポーランド内部のクラコウで起きた事件が引き合いに出されていた。リッターというユダヤ人が女性を殺害、今回のように死体を切り刻んだ事件である。紙上ではユダヤ律法のタルムードにより、耶蘇《やそ》教徒の女性と親しかったユダヤ人の贖罪《しょくざい》行為であったという。

ただし、この記事にはただちに反論が出た。

ロンドン在住の「ラビ」と呼ばれるユダヤ人の日常生活を指導する者からの抗議だったが、「犯人ユダヤ人説」という噂は消えるどころか一層ひろまった。

——イースト・エンドのユダヤ人は大半がポーランド、ロシアから密入国した亡命者で、鷹原の話では、その数六万、風習の違い、そしてただでさえ貧しい地区で、職を奪う者として憎まれ、蔑《さげす》まれているという。スケープ・ゴートとしては恰好《かっこう》の相手だった。

そしてまた、人種以外にも様々な犯人像……色白だとの説があれば、浅黒い肌という説もあり、黒い口髭《くちひげ》、茶色の口髭、大柄だったり小柄だったり、何一つたしかなものはなかった。だが、その中でも一番ひろまった噂は黒い鞄……黒い鞄が犯人の目印であるかのように囁《ささや》かれ、そして正にその黒い鞄が象徴する職業、医者ではないかという憶測も強固になった。素人離れした解体の仕方といい、黒い鞄といい、傷から類推した凶器も医者の解剖、切開用のメスらしいと……そして恐怖の街、ホワイトチャペルの真ん中にロンドン病院が位置することが、より噂に拍車をかけた。親愛と尊敬の眼差《まなざ》しから、突如猜疑《さいぎ》の視線を浴びるようになった医者たちも、もはやすましてはいられない。

病院内でもよるとさわるとジャックの話、特に医学生たちの間ではスコットランド・ヤード犯罪捜査部《CID》そこのけの論議が連日繰り広げられた。

どこで仕入れてきたのか、克明に被害者の傷を再現し、その解体手順を述べる者、殺害方法を述べる者、より凶器に近いメスを挙げる者……学内でも院内でも、人が集まればその話で持ちきりとなった。あるときなど、トリーヴス医師の部屋で熱弁を奮うカー・ゴム理事長を目にしたこともある。表面は話に合わせながらも「下らぬ噂だ」と取り合わなかったのはトリーヴス医師、そしてはっきりと眉《まゆ》を顰《ひそ》め、落ちつかぬ看護婦たちを叱咤《しった》していたのがリューケス婦長、冷静だったのはこの二人くらいではなかろうか？

「皆どうかしています」と婦長は僕に囁き、その時点では僕も噂には踊らされない同志と見られていたようだが、その翌日、僕も「皆」と同属に落とされてしまった。メリック氏に新聞を運んでいることがばれたからだ。

♠

二重殺人から四、五日経った日である。

珍しく早起きした鷹原が「僕も行こう」と、二人でメリック氏を訪ねた。

鷹原を見れば、いつも顔を輝かせる婦長は、その日も上機嫌で迎えてくれた。が、それも束の間、洗濯したメリック氏のシャツを箪笥《たんす》に入れていた彼女の叫びで振り返ると、夜叉《やしゃ》のような顔になっていた。

「ジョーゼフ、これは何です！」

突き出された二枚の紙片。だが、汚らわしい物を手にしたとばかりに、すぐに振り払われた紙片は傍らに坐《すわ》っていた鷹原によって空中で掬《すく》い取られ、僕らの……同席していたトリーヴス医師やカー・ゴム理事長、そして研修医のウィルフレッド・グレンフェルの目の前に晒《さら》された。

鉛筆書きの雑なスケッチ——だが一目で先夜の犠牲者、キャサリン・エドウズ……それも惨殺された当夜のスケッチだと解る。もう一枚は風景画のように見えたが、よくよく見れば犯行現場、マイター・スクエアの絵だった。簡略だが、歩道には倒れている被害者まで小さく描かれており、絵の右端の通りには「マイター・ストリート」と明記されていた。

「なぜ、そんなものをシャツの間に……」と、怒りで声を途切らせた婦長の唇はわなわなと震えていた。

そしてメリック氏の目を背けたくなるような狼狽《ろうばい》ぶり……弾《はじ》かれたように起《た》ち上がった彼は、瘧《おこり》のようにのけ反り、全身を震わせたまま「そっそっそっそっそ……」と言葉にならない声を発し、今にも失神するのではないかと見えた。

「ジョン！」とトリーヴス医師も起ち、気遣うようにそっと肩に手をかけた。「ジョン、焦らなくていいんだよ」

はっと我を取り戻したかのように、メリック氏の震えが止み、子供のようにうなだれた。

「そっそれは、わっ私が描いたのです」

「ジョーゼフ……」と明らかに落胆したように婦長が声を呑《の》む。

グレンフェル医師が「ここだけ無菌ということはありえませんよ。二人集まればジャックの話になるのだから」と取りなすように軽く云った。

「しかし上手な絵ですね」と鷹原も陽気に云う。「エドウズなど写生したみたいじゃありませんか」

たしかに絵は、僕らも目にはしていない、殺された直後のエドウズである。両手を広げ、仰向けにされた全身像で、右足をくの字に曲げて開いていた。下半身は服を広げられ剝《む》き出しになり、切り開かれた腹から内臓が露出している。何か文字も書いてあったが、読み取るまえに再び婦長の「何ということでしょう！」の声、そしてその声と同時に鷹原が膝《ひざ》の上で裏返してしまった。

「絵の才能があるのは、数々の模型作品で実証済みだが」とカー・ゴム理事長が机の上のメリック氏の作品に顎《あご》をしゃくり、「たしかに上手《うま》いね」と婦長から顔を逸《そ》らして云った。「だが、ジョーゼフ、気をつけたまえ。鷹原氏はジャックを追う犯罪捜査部のお方なんだよ。君が自由に街を歩き回れる身だったら、この絵だけでまず逮捕されていただろうね」そう付け加えると、からからと笑いだす。

「済みません。新聞を読みながらつい……」とようやくメリック氏が腰を下ろす。が、「新聞！」と鋭く云った婦長の声で、またも竦《すく》み上がった。「そんなものを、いったい誰が……」

「済みません。私です」と僕。

「柏木さん」とメリック氏が僕を見つめ、今度は僕に謝った。そして婦長に「わっ私がお願いしたのです。無理に、おっお願いしたのです」と弁解する。

「誰も彼も、全く何ということでしょう」と婦長は僕を睨《にら》む。「ホワイトチャペルに在っても、ここは崇高な病院です。そして中でもここ、ジョーゼフの部屋は英国の美徳、人々の愛と善意の象徴で在るべきです」──再び紙片を取ろうとした婦長の手を避《よ》けて、鷹原はくるくると巻いてポケットに突っ込んだ。

「いい絵だ。ちょっと拝借しますよ。いいでしょう？　トリーヴス先生」

絵を描いたメリック氏へではなく、トリーヴス医師へと断ったのは、担当医への鷹原流配慮なのかもしれないが、医師は戸惑ったように鷹原を見つめただけで返事はなかった。

頓着《とんちゃく》なしに起ち上がった鷹原は「何にしろ、事件解決が第一、僕も職務に戻ります」と云うや、気詰まりな部屋を逃げだすべく、爽《さわ》やかな辞去を述べた。婦長の灰色の眸《ひとみ》を逃れるべく、僕が後に続いたのは云うまでもない。

部屋を出るなり、鷹原が僕に囁《ささや》く。

「これはエレファント・マンの描いた絵じゃないよ。文字が違う」

「文字？　何と書いてあった？」

「右手の上は『流血』右の肩からは傍線を引いて『腸』──だ」

「腸！　右肩にかい⁉　シティの安置場《モルグ》で見たときにはなかったじゃないか」

「そりゃ、服を脱がせたりしたからね。哀れに思って戻したのだろう」

「またもや『ヴィーナス』だ！」

「エドウズの検死審問《インクエスト》は昨日行われた。その席で腸が右肩に乗っていたことも公表されたし、一部の新聞にも出たよ。誰が描いたにしろ、昨日以降に描かれたものなら不思議はないがね。だが……まあ、あとの文字はよく読み取れない。持ち帰って写真に撮り、ゆっくりと拝見させていただこう。君はエレファント・マンに……いや、無理だろうね。彼は口が固い。それに君は不器用で探るなんてことも出来ないだろう」

「出来るさ」

♠

――翌日、二人きりになったときに僕はメリック氏に絵を返したが、鷹原の言葉通り、何も聞き出せなかった。それればかりか、メリック氏との間にも、そして婦長の間にも再び壁を感じるようになってしまう……

♠

そうした中で「犯人からの手紙」という、今までに類を見ないセンセーショナルな事例を知った人々の騒ぎは高まるばかり。まるで『ジーキル博士とハイド氏』の世界にロンドンがすっぽりと取り込まれたような雰囲気だった。

それとともに類似の手紙がヤードに殺到した。

まるで新たな遊びを知った子供のように、市内はおろか、リヴァプール、ダブリン辺りからも――私が犯人だ――という手紙が、そして同時に犯人捕縛案から捜査協力の押し売り、お告げやら予言やら、はたまた非難から不信まで、週に千通を越す手紙がヤードに来るようになったという。手紙の山は、ロンドン市長から司教、降霊術師から新聞社、雑誌社をも襲ったが、それら殆《ほとん》ど愚にもつかぬ内容のものも警察へと回され、署内の仕事を増やした。

ヤードではイースト・エンド一帯の前にも増しての軒並みの捜査、そして片端から怪しげな者をしょっぴいたが、成果は上がらず、業を煮やしたジャーナリズムの警察批判、中でもウォーレン警視総監への風当たりは日に日に苛烈《かれつ》さを増していった。

曰《いわ》く『乱暴な捜査』『見当外れの拘留』『イースト・エンドの店々の営業妨害』『ベテランの刑事たちを土地鑑のない地域に配置換えしている』『二十年も前からの巡回方式を改めもせず、踏襲している』等々……

それに対して、ウォーレン警視総監は十月四日付けの『タイムズ』紙で、これらの非難に一つ一つ詳細に論駁《ろんぱく》したが、却って世論を煽《あお》る結果になる。

『スター』紙では『対ウォーレン戦争』なる見出しの許《もと》に、非難から反駁まで要約して載せる始末。流石の鷹原も「ベイツ記者も些《いささ》か乗りすぎているね」と眉《まゆ》を顰《ひそ》めた。そして、なお悪いことに、それらウォーレン非難の投書の幾つかは「スコットランド・ヤード内部から出ている」などと噂をされていたことだ。

『スター』紙での大々的な記事以降、投書熱は前にも増して激増、連日様々な記事が新聞、雑誌を彩った。

外国人、船乗り、医者、精神異常者などの定説に加え、『切り裂きジャックはハイド・パークで毎日のように赤旗を振っている社会主義かぶれの一人』との投書、『上流富裕階級の淫楽《いんらく》殺人』との投書、極端なものでは『疑われずに深夜のイースト・エンドを歩き回れる警察官』などという投書まで載り、貴賤《きせん》を問わず犯人像は広がる一方、不安と混乱だけが市内に蔓延《まんえん》していった。

『ブラッドハウンド犬を捜査に起用せよ』という声が再燃し、みるみるうちに盛り上がったのも、そうした中である。

各紙、こぞって書き立てる中、『タイムズ』紙では、二十年前のブラックバーンでの殺人事件を例に上げて推奨。

犯人の遺留品を嗅《か》がせて追跡させた犬が、見事に犯人を追い詰めた実話である。締めくくりは『なぜ当局では使わないのか』と迫っていた。

これに応じたのは犬の訓練士、エドウィン・ブラフ氏である。

ブラッドハウンド犬の優秀さを説き、『警察は一度試してみるべきだ』との投稿が翌日の紙面を飾った。

そして続く六日には、『チャールズ・ウォーレン卿はブラッドハウンド犬の使用について検討中』との記事……

♠

そして八日、犬の能力に甚だ懐疑的だったウォーレン警視総監もついに非公式とはいえ、犬のテストに踏み切った。

『タイムズ』に投稿した、ヨークシャー州スカーボロの訓練士、エドウィン・ブラフ氏に電報が打たれ、二頭のブラッドハウンド犬がロンドンにやってきたのだ。

午前六時、二頭立ての馬車の上に自転車を乗せ、立ち会うという鷹原に付いて行ったのは「ブラッドハウンド」つまり「血を追う者」という凄《すご》い名前の未知の犬に興味を覚えたのと、テストの場所がハイド・パークのさらに北にある公園、リージェント・パークと聞いたからだった。

ロンドンに着いて五日目、初めて一人でメリック氏に会い、まだわけも解らぬままに訪れた、あのロンドン動物園のある公園である。Yの字型のホーティング池に沿う野趣溢《あふ》れる小道、その先の動物園に至る広い草原、中央の整った庭園とバラエティーに富んだ公園で、ロンドン病院の帰りにふらりと立ち寄り、象やライオンを目にし、帰宅してドイツのフリードリッヒ三世崩御の知らせを聞いた……ずっと昔のように思われたが、あれからまだ四ヵ月しか経っていない。

公園はまだ暗く、小道は霜で覆われていた。

霧のたなびく人気のない原を、ぼんやりと瞬く角灯《カンテラ》目指して進む。やがて軍服姿のウォーレン警視総監を筆頭に、七、八人の人影が浮かんできた。

アバーライン警部にジョージ、それにジョン・スタイル警部にアーサー・ネイル警視などである。鷹原から、休暇で新聞を騒がせた犯罪捜査部《CID》の新部長、ロバート・アンダースン卿を紹介される。そして訓練士の両脇に堂々と坐《すわ》っている大きな二頭の犬……犬が僕たちを見上げた。

目尻《めじり》の下がったはしばみ色の眸《ひとみ》は、愛嬌《あいきょう》があり、また悲しげにも見えた。象のように大きく兎のように細長い耳はだらりと顔に沿って垂れ下がり、頰から顎《あご》にかけての皮膚も弛《ゆる》んで深い皺《しわ》を作りながら垂れている。まるで禿《は》げ頭の老人のような顔をしていた。図体《ずうたい》は大きいが、老いて気力も失せた老人……賢そうにも機敏そうにも見えない。

「バーナビーとバーゴー、二頭とも、チャンピオン犬です」と誇らしげに犬の頭を撫《な》でたブラフ氏に、鷹原が顔を近づけて犬たちに挨拶《あいさつ》、二頭の間に坐り込むと、頰ずりするように交互に撫で回した。

「良い子だ、良い子だ。ねえ柏木、日本の犬のようにきりりと勇壮な感じはないが、優雅で優しい……犬というより、まるで母親のような眼差《まなざ》しだよ」

黒と褐色の斑《まだら》、鷹原の顔よりも一回り大きなバーゴーの顔が鷹原の顔に近寄り、牡丹《ぼたん》色の大きな舌で彼の顔を嘗《な》め上げたとき、「準備が出来ました」と云う警官の声。そして「さあ、始めようか」と掠《かす》れたようなウォーレン警視総監の声が続いた。

模擬犯人が犬たちの鼻先に立ち、充分に匂いを嗅《か》がせて朝霧の中に走りだす。

とたんに犬たちはいきり立ち、尻尾《しっぽ》をぴんと起てて吠《ほ》え始めた。張り詰めた筋肉に沿って毛並みが波のように流動し、老いたイメージを払拭《ふっしょく》した。手綱を持つブラフ氏が足を踏ん張り、宥《ゆる》めるように二頭の背を叩《たた》く。

まだ暗い空に犬たちの吠え声が響き渡る。霧はゆっくりと渦を巻き、闇を抱いた広い原と、その向こうの木立の影を透かし見せた。走り去る警官の影が朧《おぼろ》になり、それも霧に呑《の》み込まれる……

人々は微動だにせず霧の彼方《かなた》を見つめたまま、声を発する者もない。非公式とはいえ、皆このテストに期待し、そして不安も覚えているようだった。

リラックスしていたのは、犬たちを信頼し、そして二頭の手綱を手にするブラフ氏と、小声で談笑する鷹原のみ。ウォーレン警視総監の苦虫を嚙《か》み潰《つぶ》したような眼差しを尻目に、彼は呑気《のんき》に僕にまで声をかけた。

「柏木、絹のような手触りだよ。柔らかくて温かい。何という美しい毛並みだろう。それでいて筋肉は引き締まり、胸は厚く、力強いんだ。掌に漲《みなぎ》る力が伝わってくる。素晴らしい犬たちだ。このまま連れ帰りたいね」

総監の右目のモノクルが角灯《カンテラ》の明かりにきらりと光る。「ビービが居る」と僕は早口で応える。「下宿を動物園には出来ないと云ったのは君じゃないのか?」

「たしかに……哀れな境遇だ」と彼も口を噤《つぐ》んだ。

待つこと十五分、総監の合図とともに、バーナビーとバーゴーが解き放たれる。すかさず鷹原が自転車に飛び乗って跡を追った。そしてブラフ氏が、ジョージが、僕が……霜を踏みしめ続く。

やがて、良く通る吠え声とともに、子供のようにはしゃぎ、犬たちを褒めちぎる鷹原の声。

僕らは一マイル先のオークの樹の下で、見事犯人を追い詰めた二頭を目にした。朝露に濡《ぬ》れた毛並みを光らせ、得意気に尻尾を振る犬たちの声が明け始めた秋の空に響く。犬たちもはしゃいでいた。そして改めて一同の称賛を得たのは勿論《もちろん》である。

そして同夜、今度はハイド・パークに場所を変えてテストが繰り返された。

今回はバーナビーもバーゴーも革紐《かわひも》で繋《つな》がれたまま、人とともに犯人を追跡した。

テストは繰り返し行われ、そのうち二回はウォーレン警視総監自らが犯人役となった。今朝の犬たちの働きを目にし、総監も期待を抱いたようだった。だが、模擬とはいえ、警視総監自らが犯人となって、木立の間を走って行くのを目にし、僕はその意気込みに感心した。世間の、そして部下である犯罪捜査部《CID》の、また鷹原の評価も高いとは云えない、ウォーレン警視総監だったが、彼とて一生懸命なのだ。

しかし、今回の結果は思わしくなく、バーナビーもバーゴーも全く違う人間を追い詰めてしまったりした。人の心を察知したように、首を竦《すく》めた犬たちの顔が再び泣き顔のように見える。総監の顔は再び曇り、六回でテストは打ち切り、捜査への採用は見送られることとなる。それでも、すっかり二頭を気に入った鷹原の提案で、日を改めてもう一度テストを行うことになった。

だが、その前にまたもや新聞紙上を賑《にぎ》わす出来事が起きてしまった。

十三　再び手紙

僕の心と同じ……不安と混沌《こんとん》の中、帝都ロンドンも揺れ動きつつ、日は過ぎていった。

ロンドンの秋は早足だ。十月も半ばを過ぎると、一気に秋も深まり、陽は短くなり、空は暗く、枯れ葉が舞い始める。昼間、ヴァージニアたちと行き合うことも少なくなった。

そして珍しく小春日和の十六日、日夜ロンドン市内を駆け回っていた鷹原は流石に疲れたのか、「郊外の空気を吸ってくる」と、ドーセット州に住むという作家、トマス・ハーディ氏を訪ねていった。

そして僕も久しぶりの晴れやかな陽射しの中、ロンドン病院のあの地下の部屋へ行く気が失せ、ぐずぐずと部屋に留まっている。

昨夜三階で『アラビアン・ナイト』というとてつもなく面白い本を見つけたことも足を鈍らせた一因である。

クーツ男爵夫人のパーティーで同席した探検家……あの三十六ヵ国語を自在に操るというリチャード・バートン氏の翻訳本だ。

昼前、ボーモント夫人が茶を持ってきてくれ、カップを手に、ふと窓の外に顔を向けたときである。子供たちを連れて家から出てきたペイター嬢を見かけ、さっそく飛んでいって、借りていた『ジェイン・エア』を返す。

本を差し出し、口を開こうとした瞬間、続いて出てきたスティーヴン夫人の声に、ペイター嬢はケープの下に素早く本を隠したまま、一礼して通り過ぎて行った。その後につんとすましたヴァージニアが続く。彼女との夜の会話もこのところの霧で打ち切られていた。いつもビビのことを聞いてくるトゥビーとエイドリアンさえ、夫人の目を気にして挨拶だけで行ってしまった。にこやかなのは夫人だけ、そして僕は夫人が苦手だ。それでも型通りの挨拶は交わして家に戻った。

『ジェイン・エア』も面白く、ペイター嬢に話したいことは山ほどあった。だが、何となくはぐらかされたような気分で、再び読書する気分も失せ、居間に行ってビービを抱く。

そのうちに却って良かったのかもしれないと思いだした。

ペイター嬢に好意以上の気持ちを抱いているわけではなし、本の話だけで他家の家庭教師と話し込むというのは要らぬ誤解を彼女に、そして周囲にも与えるだけだ。

だが……この何か充《み》たされない感情は何なのだろう？

深い感情も持たぬ、ペイター嬢と子供たちの素っ気ない反応を気に病むとは？　まだほんの子供のヴァージニアとの交流の途絶えを淋《さび》しがり、そして反面、苦手な筈《はず》の夫人と話して慰められ、家に戻る？　慰められ？……膝《ひざ》のビービの背を撫《な》でながら、我知らず、鷹原の気配を捜している自分に気づき、愕然《がくぜん》とした。

人恋しいなどという気分になったことなど今まで一度もなかったからだ。今まで人は常に疎ましく、面倒で、相いれない存在だった。自身も人であるという思いの中にも、それゆえ、なお違和感しか感じなかった。だが、いつの間にか……僕が変わったのか……周囲が変わったせいか……人への思いが変わってきていた。ロンドンに来てから……未来が霧に閉ざされてから……却って、人への思いが変わってきた。共感することは少なく、思いが素直に通じることも少ない。だが、それでもなお、以前のような違和感とは違う……反発や厭《いと》わしさではなく、穏やかな温かさのようなものを他人に抱いている自分に気づく。いや、人ばかりではない。膝の上で小さく背を丸め、僕に身を預けている仔猫《こねこ》のビービ、テーブルに飾られた赤い薔薇《ばら》の花、窓から見える陽に照らされたイボタの樹、枝で囀《さえず》るコック・ロビン……すべてを自分の一部と感じ、愛《いと》しく感じていた。いつから……なぜ……自分自身に戸惑いながら、苛立《いらだ》ちはなく、安らぎだけを覚えた。

世界……自然と動物……いや、人を含む動物と植物……まるで今生まれてきた子供のような気分だ。

他人が自分と違うなら、その違いを面白く眺めればいい……なぜこんな単純なことに気づかなかったのか？　違うから拒否するのではなく……目を閉ざし、耳を塞《ふさ》ぎ、殻に閉じこもるのではなく……違うから見る……同じものなどこの世にはないのだ。天と地と水……幾千万の植物、動物、魚類、それに虫……微生物……細菌類……すべてが異なり、異なるからこそ、個々というものが成り立っているのだ……そして人だって、十人十色と云うではないか。違うのはあたりまえのことだったんだ！

とりとめもなく、僕の内部で思いは広がり、そして僕は独りで興奮していた。僕自身の思いに圧倒されていた。

違うのはあたりまえ……こんな単純なことに今が今まで気づかなかった自分の愚かしさ、そしてその愚かしさすら愛しく思われるこの感情は何なのだろう？

そう……女《ひと》も恋した……胸ポケットから封筒を出す。ヴィットリアの写真……スティーヴンの事務所から持ち帰り、封筒に押し込め、以来一度も目にしなかった写真……忘れようと思いつつ、それでも常に持ち歩いていた写真……あでやかな笑顔のヴィットリアを再び目にする。以前のような狂おしいほどの息苦しさは起きなかった。それでも変わらぬ愛しさ、それと同時に静かな諦念《ていねん》を持って、ヴィットリアを想い、彼女の眸《ひとみ》を見ることが出来る。深く言葉を交わしたわけでもない彼女に、なぜこうも心惹《ひ》かれたのか？　鷹原の云うように、僕と似ていたから？　同じように、おどおどと世界を見つめる眸だったから？　何を求めて彼女を追ったのか？　所詮《しょせん》は異国の貧乏な留学生、どうなるというものでもない……だが、僕は彼女を求め……そう……彼女を求め……人を……世界を……求め始めていたのか……拒むことしか知らなかった自分……だが何を拒んでいたのか？　何に怯《おび》えていたのか？　鷹原、北里さん、ボーモント夫人、トリーヴス医師、メリック氏、アバーライン警部、ジョージ……誰もが温かく、優しく接してくれていたではないか。何を身構えることがあったろう？

写真の中で、ヴィットリアは扇の陰からはにかむような笑みを浮かべて僕を見ていた。彼女を見つめながら、僕は僕自身の変化に唖然《あぜん》としていた。今朝までと状況が変わったわけではない。何が起きたわけでもない。なのに世界も人もこんなにも違ってみえる。そして貴女《あなた》も……と、僕は心の裡《うち》でヴィットリアに話しかけた。（今は心静かに貴女を見ることが出来る……貴女が世界への入口になってくれたのかもしれない）……

玄関の呼び鈴……やがてぱらぱらと窓を打つ雨音に振り返ると、さっきまでの穏やかな陽射しは嘘のように、空は曇り、風と雨が木々を揺すっていた。そしてボーモント夫人の声――僕は「ありがとう」とヴィットリアに囁《ささや》くと、再び彼女を胸にしまい、夫人に返事をする。

「こちらでしたの」と夫人は、にこやかに居間に入り、名刺受けの銀盆と、小さな包みを差し出した。「鷹原さんにお客様でしたの。『今朝から地方へお出かけです』と申しましたら、これを日本から預かってらしたとか、ご友人の柏木さんがいらっしゃると申し上げたのですが『お届けに上がっただけですから』と、御名刺に何かお書きになられてお帰りになられました。お引き止めした方がよろしかったでしょうか？」

掌に乗るほどの包みを受け取り、名刺を見ると『田中稲城《たなかいなぎ》』とある。文部書記官、東京図書館員、東京教育博物館員との肩書、日本人だ。

夫人の「何かお急ぎのご様子でした」との言葉を聞きながら、名前の横の走り書きを読むと――鷹原伯爵から預かって参りました――との一行だけだった。知らない人だが、日本から来たばかりのようだ。

「馬車で？」と聞くと、夫人は首を振った。「歩いてお帰りになられましたわ。まだケンジントン・ロードにも着いていないと思います」と云う。

「私の知人ではありませんが、礼だけ申し上げましょう」と僕は起《た》ち、コートをつかむと家を飛び出した。夫人があわてて傘を差し出す。

公園沿いのケンジントン・ロードに出、左右を見ると、傘もささずに闊達《かったつ》に遠ざかっていく男が見えた。

山高帽に身に合わぬフロックコートの後ろ姿……英国人の着こなしではない。ベルリンに着いた当時の僕のようだ。迷わず追いかけ、声をかけた。

きょとんとした顔の、三十過ぎの日本人が振り返った。追いつき、傘をさしかけながら、自己紹介したが「はあ」と応《こた》えた切りである。

「ロンドンにはいつ？」と聞くと「今日です」と、また一言。

僕以上に素っ気ない人のようだ。だが、冷淡な感じは受けなかった。

「今日お着きになったばかりで、よく道がお解りになりましたね」

「なに、地図を見ながら参りました。お預かりしたままだと気が急《せ》きますし、事前にご連絡をとも思ったのですが、鷹原さんとは面識もございませんし、とにかくお届けすればと思いまして」

「これからどちらへ？　雨も降ってきましたし、お送りします。僕もロンドンに来て、まだ四ヵ月ですが、すこしは道も憶《おぼ》えましたし」

「いやいや、ご留学中の貴重なお時間を割いては申し訳ない。雨も大したことはありませんし、じき乗り合い馬車も来るでしょう」――本来行くべき病院にも行かず、下宿に居た自分を後ろめたく思うとともに、学生でもない日本人の口から「乗り合い馬車」などという言葉を聞き、僕は驚いた。

「自由な時間は今日一日しかありませんのでね」と田中氏は淡々と続けた。「この機会に大英博物館にあるという図書館を見たいと思いまして。とにかくあちら方面に行く馬車に乗ればよいのでしょう？　近辺まで行くことが出来れば、また地図を見ながら歩きます」と、コートのポケットから大きな地図を取り出し、初めて笑顔を見せた。

「図書館……僕でも入れますか？」

「勿論《もちろん》。公共の図書館ですから、誰でも入れます」

公共の図書館……僕の知る図書館といえば、大学内の図書室だけだ。東京、ベルリン、ロンドン……医学書しか知らない。公共の図書館など夢想だにしなかった。そういえば、前に鷹原が「マルクスは大英博物館の図書館に通って『資本論』を書き上げた」とか云っていたが、そのまま聞き流していた。

「行ったことはないけれど、ぜひ行ってみたいところです。お供してよろしいでしょうか？　いや、僕は今日は非番で時間はあります」――我知らず、嘘までついて畳みかけるように云ってしまったが、「図書館員」という肩書で来英した田中氏にも興味を覚えたし、公共の図書館というものにも胸の騒ぐような思いがした。

「お邪魔でなければ、ぜひ……お供をさせて下さい」

「そうですか、それはありがたい」と田中氏はあっさりと云った。「何しろ初めての土地、同行していただければ助かります」


乗り合い馬車の中で、田中氏と話し、僕はますますその人柄に驚いた。

まず天候や挨拶《あいさつ》などの無駄な話は一切しない。自己紹介のときに「ロンドン病院に解剖学の勉強で来ています」と、些《いささ》か曖昧《あいまい》に云った僕の弁に対しては何の詮索《せんさく》もなく、こちらが黙っていれば同様に黙していた。身なり、言動、ともに質実質素、ベルリンの北里さんを思い起こさせた。

　窮屈な馬車の二階席、風雨も気にせず、初めての町並みにもさほど目を向けず、飄々《ひょうひょう》と僕の問いに応えてくれる。

「図書館学の勉強で、先月からアメリカに来ておりますが、再来年にはロンドンにも腰を据えるつもりです。今回は取り敢えず一週間だけ時間をいただいて参ったのです。明日からこのロンドンで欧米図書館会議が開催されますのでね、欧米諸国がどのように図書館のことを考えているか、片鱗《へんりん》だけでも耳にしたいと思いまして……」

　何の衒《てら》いもない言葉には、ベルリンでの医学仲間から感じた、明治政府の期待を一身に背負っているという気概も虚勢もなく、かといって鷹原のように馬鹿にするでもなく、あるのは書物への愛、そして図書館学という新しい分野への熱意だけだった。ロンドンに来て、初めて読書の面白さを知ったばかりの僕にとり、問いは山ほどあったが、田中氏はうるさがりもせず、ただ平明に、そして一つ一つ丁寧に応えてくれた。大英博物館に着くまでの間、氏の言葉は新鮮な驚きと共感を持って、僕の内部に浸透した。

　――図書館というのは殆《ほとん》ど人類と同時に発生したようなもので、紀元前二千年のバビロンに既に在ったのです。公共の施設として、誰でもが自由に本を選び、また読むことが出来る。素晴らしい施設だと思われませんか？　これによって学校にも行かれぬ子供、あるいは就学半ばにして止めざるを得ない子供にも勉学の道が開けます。修養の道なく、終生下流に呻吟《しんぎん》するなどということもなくなるでしょう。本人がその気になれば、読書というものは仕事の合間、僅《わず》かな時間でも出来るものです。日に二時間を充てても一年では七百時間になります。かの進化論の著者、ダーウィンは病身にして、一日二時間の読書時間を持って、あの大著を著したと聞きました。学校に行かずとも、読書というのはこれだけ人間を培《つちか》うことが出来るのです。日本全国に公共の図書館が出来たなら、身分も低く、金もない者でも、勉学の志さえあれば道が開けます。アメリカの教育家の調査では、もっとも児童の心身に感化を及ぼすものは、父でもなく、母でもなく、また学校でもない。読書だとありました。品性は習慣より成り、習慣は行為に基づき、行為は動機より起こり、動機は反省より生じます。しかして多くの人間が反省せしむるは概《おおむ》ね読書から……読書は反省を促します……

とつとつと語られる田中氏の言葉に、僕は目眩《めまい》のようなものすら感じた。チャールズ・ディケンズの『大いなる遺産』を読み、僕は主人公ピップに我が身を重ね、初めて客観的にものを見ることが出来たのではないか？　そして登場人物に準《なぞら》えながら、周囲の人間も、初めて理解出来るようになったのではないか？

馬車を下り、歩きながら僕は思わず云った。「僕も本によって救われた者です。本というものがどれほど素晴らしいものか……だが、恥ずかしながら、ごく最近にそれを知りました。多分、貴方の何百分の一も本を読んではいないでしょう。もっと早く貴方と出会い、貴方の話を伺っていたらと思います」

「私の話なぞ……」と田中氏は静かに応えた。「私のような雑学の者とは違い、貴方は解剖学という高等医学の道を進まれています。その知識に比べたら、私の雑学なぞ、貴方の築かれた城の土台ほどのものでもありませんよ」

「いいや、僕は人の皮膚の下がどうなっているかなどということより、人の心、人の生き方の方に関心を持ち始めています。その方が大切だと思われませんか?」

「どちらも大事でしょう。身体がなければ心もありません。優劣をつけられるものではありませんよ」

「それはそうだけど……」

――「大英博物館ですね」と云う田中氏の声で、僕の言葉は遮られた。


目の前に、写真で知るギリシア神殿のような、驚くべき建物が在った。人の十倍はあろうかと思われる丸い列柱が何十と並び、神話の巨人でも楽に入れそうな正面には、ギリシアの神々だろうか、彫刻の並ぶ平たい三角の屋根。これが大英博物館……市民誰にも開かれた公共の施設とはとても思われぬ威風堂々たる建物である。

僕がただ呆気《あつけ》に取られている間に、田中氏は些か硬いが、流暢《りゅうちょう》な英語で係員に図書館の所在を尋ねていた。これなら初めてのロンドンを一人でも大丈夫な筈《はず》だ。第一、四ヵ月も前に来ている僕の方が案内どころか、この態《てい》たらくである。

そして中庭のアルバート・ホールのような巨大なドームの図書館、大閲覧室に入るや、僕はまたも呆然《ぼうぜん》と立ち尽くすしかなかった。

本のある部屋などという概念では捕らえきれない、ただ……本……本の世界である。円屋根の高さは一〇〇フィート以上、部屋の直径も一三〇フィート以上はあるだろうか。ぐるりと部屋を囲んだ縦長の窓から射し込む明かりが、広々とした部屋を柔らかな光で包んでいた。そして、その下の壁面はすべて本。回廊を巡らし、三階の高さまで、何万冊あるのか、見渡す限りただ本である。そして円《まる》い部屋に合わせて机は放射状に並び、その机では人々が静かに読書をしていた。

「流石は大英帝国、素晴らしい図書館ですね」——田中氏の声にも、暫《しばら》くは応えられなかった。ものに動じない田中氏も流石に感嘆したようである。

「これほどとは思いませんでした」とようやく僕。「本の世界、いや、本の宇宙のようだ。数えきれないほどの本ですね。驚きました」

「ここには三万冊、しかし所蔵は一千万冊以上と聞いておりますよ。他にも部屋があり、日本の本も随分とあるそうです。さて、あの中央の円い砦《とりで》が出納台《すいとう》かな。では、ここで」——未《いま》だ目を見張ったままの僕に、田中氏は手を差し出した。「同道して下さってありがとうございました」

これ以上、田中氏に付いて、勤勉な氏の邪魔をしては悪いと思いつつも、僕は氏と離れがたく思った。

宿を聞き「滞英中に一度、伺ってもよろしいでしょうか」と聞いてみる。しかし、明日からは会議、夜も早めに就寝するとのこと、ぎりぎりの短い日程に僕との歓談などという余裕はなさそうである。「改めて英国に落ちついてから」と応えた氏に、僕は悲しい思いで「もうすぐ帰朝しなければなりません」と云った。

「日本で改めてお会いしましょう。私も二年後には帰ります。上野に尋ねていただければ、いつでも」と氏は二年などすぐに過ぎるように、朗らかに云う。

もっと話したいという思いは強かったが、これ以上、氏の貴重な時間を奪えない。僕はせめて氏と出会えたことだけでも嬉《うれ》しかったと云うに止め、日本での再会を固く約束し、別れた。

一人になり、改めて室内を見回す。本……本……本……どれほど見ても信じられぬ光景である。ここにある本の何百倍……一千万冊以上の本……氏の言葉を思い返しながら、からだが熱くなるのを感じた。

偉大なる大英帝国、偉大なる文化国家、人間の築き上げた知性の殿堂……人は何という凄《すご》いことをしているのだろう。幸せな酔いにも似た気持ちで、僕は手近の椅子に腰を下ろした。

読書をする人々……紳士淑女も居るが、粗末な身なりの者、見すぼらしいとさえ思われる者も居た。だが同じ椅子に坐《すわ》り、同じ机に向かい、静かに読書をしている。いや、ただ本を読んでいる者だけではない。本を筆写している者も、ただ書き物をしている者も、絵を描いている者も居た。鹿鳴館がすっぽりと入るような広い空間だというのに、実に静かだった。人々は厚い絨毯《じゅうたん》の上をなお密《ひそ》やかに足を進め、たまに聞こえる声も妖精《ようせい》の囁《ささや》きにも似た静けさ、頁を繰る音、ペンの音だけである。机も椅子も立派な造りだった。中央の円い出納台から放射状に延びた細長い書見台は、中央が高く仕切られ、向かいの者の姿は目に入らないように出来ている。ゆったりとした空間に、貴賤《きせん》を問わず人々は思い思いの世界に入っていた。そして照明は、貴族の館ですら余り目にしない電燈だった。

イースト・エンドで悲惨な生活を送る者も、ここへ来れば、皆と同じ。自分の力では一生かかっても手にすることが出来ないような高価な本も読むことが出来る。そして本はあらゆる者に道を開く……田中氏の言葉が再び蘇《よみがえ》った。素晴らしい時、至福の部屋、素晴らしい日だと思う。僕の内部に何かが灯《とも》り始めているようだった。今朝からの想い……そして田中氏との出会い……そしてこの部屋……鬱屈《うっくつ》していた精神が、雪解けに開く福寿草のように一枚一枚、柔らかな花弁となって開き、解き放たれているようだ。縮こまっていた細胞が水を得て生き返り、血潮が体内を駆けめぐっていた。人に生まれ、僕は何を呪い、何を拒否し、何から逃げようとしていたのか……今までの自分に明快な答は出ない。これからの自分にも明快な指針は立たない。それでもなぜか幸せだった。この穏やかな部屋に居て、僕もまた安らいでいた。

平安な「時」を破ったのはショー氏、あの二重殺人の日、国際労働者教育クラブで鷹原とともに会ったジョージ・バーナード・ショー氏を目にしたときだった。

鳥打ち帽にツィードのジャケットという大柄の労働者風の男と連れ立って入って来たショー氏の一声が僕の耳を捕《い》らえた。『「ジャック」からですよ。また……』

(また)？——「また手紙ですか？」と僕はショー氏の前に立つ。

「これは！　ええ……柏木さんでしたね。驚いた。お医者さんが図書館とは……彼はカオル・カシワギ氏、ロンドン病院の先生。こちらはウィリアム・モリス氏」——早口で紹介を済ませると、彼は鷹原を捜すように、瞬時目を動かした。僕はモリス氏と挨拶《あいさつ》を交わす暇も惜しんで、再び尋ねた。

「失礼しました。突然。でも、何か有ったのですか？」

「ええ、何かね……あの日、心優しく私のアリバイを実証されて官憲の手から解放して下さった……お教えしましょうか。どうせ明日になれば新聞が書き立てる。ジョージ・エイキン・ラスク氏……ホワイトチャペルの建物装飾業者……というより、最近は自警団の団長として有名ですがね。ご存じですか？」

持って回った云い方に苛立《いらだ》ちを覚えながらも「ええ」と手短に応《こた》える。

「最前まで、彼の事務所に居たのですがね、そこに小包が届いたのですよ。ジャックから……

…」

「何ですって！」

「小包です。臓物が入っていた。同封の手紙には『腎臓』とありましたがね」

「ありがとう」と飛び出した僕の耳に、彼の笑いを含んだ声が追いかけてきた。

「管轄外でもシティ警察に届けると云っていましたよ。震えながらもね。ヤードに届けるのは
……あのアバーラインに届けるのは厭《いや》だとね」

夢中で大英図書館を、博物館を、飛び出し、馬車に飛び乗って「シティ警察」と云ったものの、どうしたら良いのか解らなかった。鷹原が居ないと……いや、鷹原が居ないからこそ、しっかりしなければいけない。だが、門外漢の僕がシティ警察に行って、何を聞くことが出来るだろう？「スコットランド・ヤードへ！」と行く先を変更する。アバーライン警部かジョージが居てくれれば……もう情報が伝わっているかもしれないが、とにかく行ってみよう。

幸なことに二人とも居てくれた。

僕の話に当初二人は「ラスクのところに⁉ これで奴もすこしはおとなしくなるかね」とか「どうせ犬か何かのものだろう」などと云っていたが、声は緊張していた。「悪ふざけにしても度を越えているな」とすぐに腰を上げる。

三人でシティ警察署に行ってみる。

僕らは丁重にヘンリー・スミス副長官の部屋へと案内された。

白い口髭《くちひげ》の温厚な紳士という第一印象だったが、「これは、これは、スコットランド・ヤードの捜査主任御自ら」と、出迎えの口調はかなり皮肉っぽいものだった。「隠し立てをするつもりはありませんよ。なぜかここに届いたが、お宅の管轄内でのことですしね。残念ながら新聞記者にも漏れたようだし」

「腎臓が届いたとか？」と遮るようにアバーライン警部。どんな場合でも紹介から始める警部である。しかし、にこやかな顔、穏やかな声だったが、無駄話はごめんという眸だった。

「ええ、フレデリック・ブラウン医師の報告を今、受けたところです」とスミス副長官はのんびりと云い、ステッキを取り上げると、テーブル上の白い包みをその先で解いた。

葉巻入れほどの大きさの、粗末なボール箱が現れた。つなぎ目から血痕《けっこん》のような染みが滲《にじ》んでいる。

副長官はおぞましげに顔をしかめ、言葉を続けた。「ブラウン医師の見たところ、人間の腎臓の一部だということでしたがね、精密検査をしてみないと、何とも解りかねますな。このところ悪質な投書も増えておりますし」――そのまま、ステッキで蓋《ふた》を開ける。

灰紫色のなめらかな肉片が剝《む》き出しで入っていた。一見、三ヵ月過ぎの胎児の頭のように見える。アバーライン警部も、ジョージも暫時顔をしかめて後退《あとずさ》る。僕は思わず覗《のぞ》き込んだ。

アルコール漬けにでもなっていたのか、顔を近づけても腐臭はさほど感じない。卓上の油燈《ランプ》に近寄せ、箱を揺すってみると、ころっと傾き、切断面が露《あらわ》になる。たしかに人間の腎臓のように見える。突き出しているのは腎動脈であろう。隣接している腎静脈や尿管はない。本来、空豆形のくびれからこれらの管が出ているのだが、密接した腎静脈と腎動脈の間を綺《き》麗《れい》に切り込んで、空豆の円い上部を切り取っていた。皮膜の色は濁っていたが、鋭利な切断面から果肉のような髄質、種のような腎杯、そして中心部には腎盤らしきものが見えた。

僕は見事な切断面に感嘆しながら、スミス副長官に聞いてみた。「腎臓の上部ですね。腎静脈と腎動脈の間からナイフを入れています。腎動脈は一インチほど残っています。検死報告書はございますか？　比べてみれば被害者のものかどうか解るでしょう」

応えはなく、顔を上げて副長官を見ると、呆気《あっけ》に取られたような眸と出会った。夢中で云ってしまったが、出すぎたことをしたと赤面する。

「彼はロンドン病院、解剖学の研修医です」とすかさずジョージ。

「日本からいらしたカオル・カシワギ氏。捜査に協力して貰《もら》っています」と、アバーライン警部がゆったりと云う。

「ほう、それは……」と副長官は、顔を緩め、手を差し出してきた。「この汚らわしいものにすぐに顔を近づけられ、しかもそのお言葉、驚きましたが、これはちょうど良いところにいらしていただいたわけですな」

「肉眼で見ただけですから、詳しくは解りません」とほっとして僕。「ロンドン病院でお預かり出来れば、精密検査も可能です」

「結構、お願いしましょう。この部屋からこれがなくなるだけでもありがたい」

「手紙があったとか？」とアバーライン警部。「出来ましたら、それも見せていただけるとありがたいですね」

副長官の忌まわし気な視線を追ったジョージが、包みのすぐ横にあった紙片を、会釈しながら取った。包みに合わせて折られた紙を開く。

最初は全く読めなかった。ぼろぼろのペン先で乱暴に引っ掻《か》いたような酷《ひど》い文字だったからだ。おまけに誤字脱字も多い殴り書きである。

地獄より
ラスク殿
ある女から切り取った腎臓の半分を送る。おまえのために取っておいたのだ。残り半分はフライにして食べた。美味《うま》かった。もうすこし待ってさえくれれば、これを切り取った血塗《ちまみ》れのナイフも送る。
出来るものなら捕まえてみろ。ラスク殿

僕はスミス副長官の了承を得てから、鷹原のために筆写した。

出来れば字体も写したかったが、とても真似出来ない酷い字だった。前の二通とはまるで違う。正に「切り裂く」ような攻撃的な筆致である。

「『切り裂きジャック』の署名はありませんね」とアバーライン警部。

「今度は『地獄より』です。なおひどい」と副長官。

「正に地獄からのプレゼントだな」とジョージ。「前の二通、そしてこれも犯人のものとすれば、奴はますます増長している」

「われわれを愚弄《ぐろう》している」と副長官。「私は他の手紙同様、これも信じませんがね。些《いささ》か手は込んでいるが、犯人からの手紙など、馬鹿げている！」

僕らは立派な部屋に相応《ふさわ》しくない、おぞましいものを手にすると、副長官に礼を述べ、そそくさと辞去した。そしてロンドン病院へと向かう。雨は上がっていたが、街路には瓦斯《ガス》灯が瞬き、建物は闇に沈み、そして再び霧が漂い始めていた。


トリーヴス医師は学会出席とかで、既に出られた後だった。そういえば火曜日である。

検査は病理学部長のトマス・オープンショウ医師にお願いすることとなった。

アバーライン警部とジョージは、小包の届いたラスクのところへと行き、僕は、たまたま医師の部屋に居たミドルセックス病院のジョン・ブランド＝サットン医師……僕よりすこし年上の若く陽気な医師とともに、オープンショウ医師に付いて、検査に入る。

――肉片は確かに人間のもの、女性の左の腎臓上部だった。年齢は四十五歳くらいと推定。

ブライト氏病の症状を呈し、アルコール中毒者のものと判明。オープンショウ医師の言葉を借りれば「ジン浸り」のものである。切り取られてから三週間とは経っていない。サットン医師は「死体から切り離されてから数時間後にはアルコールに漬けられていた」と主張した。検査終了後、サットン医師とともに後片づけをしていた僕の耳に、廊下から聞き憶《おぼ》えのある声が聞こえてきた。地獄耳のベイツ記者――外で待っていたらしく、オープンショウ医師に質問を浴びせている。

サットン医師が「食事は？」と聞いてきた。「飢え死にしそうですよ」と僕。「救貧院にでも飛び込みたいくらいです。屋台の栗でもパイでも、とにかく口に入れたいですね」

「腎臓《キドニー》パイでも？」とサットン医師は片目を瞑《つむ》って笑った。

ベイツ記者はオープンショウ医師に任せ、僕らは逆のドアから外へと逃げだした。

暗く、だだっ広いホワイトチャペル・ロードに霧が渦巻いている。軽装に空腹の僕はぶるっと震えた。思えば朝食以後、紅茶を一杯飲んだきり、田中氏を追って居間を飛び出し、後はスコットランド・ヤードで珈琲《コーヒー》を御馳走《ごちそう》になっただけだった。気がつけば、傘もどこに忘れたのか、手ぶらである。

病院近くの『ベル・アンド・マッカレル』というパブに飛び込み、とにかく腰をおろす。普段なら顔も背ける脂だらけのラム肉をビールで流し込み、ようやく一息吐《つ》いた頃、店主と話していたサットン医師がテーブルに戻ってきた。

「この辺りも変わりましたね。前はここに畸形《きけい》博物館があったんだが」

「ここに!?」

「そう、ここに。この店の中にあったのですよ」

フォークも途中で止めたまま、僕は驚いて医師の顔を見た。

「昔はこの辺り、見せ物小屋が多くてね、僕はまだ駆け出しの医師、ようやく外科医師会の奨学金資格を得たばかりで、こき使われていましてね、土曜の夜、この辺りの小屋を見て回るのが楽しみでした。イースト・エンド界隈《かいわい》からマイルエンド・ロードまで、よく歩き回ったものですよ」

「いつ頃ですか?」

「もう四、五年も前のことです。以後『異形畸形はまかりならん』と取締りが強化され、店も殆《ほとん》どなくなりましたしね。今の見せ物など陳腐なばかりで、見る気もおきません。そうそう、『エレファント・マン』も観ましたよ。トリーヴス医師が彼を発見するずっと以前にね。入場料も憶えています。六ペンス。他の見せ物が二ペンスくらいのときで、法外な値段だなと思いましたからね。だが、観た後は高いと思いませんでした」

「トリーヴス医師のように、彼を救おうとは思われなかったのですか?」

「救う? そうだった。柏木さんはトリーヴス医師に付いていらしたのですね。こんな話をしたのはまずかったなぁ」

「いや、僕はこの六月に病院に来たばかりで、昔のことは断片的に聞いただけです。トリーヴス医師への賛否両論も耳にしています。気がねなく話して下さい」

「僕はどちらかと云えば批判派ですけどね、構いませんか?……いや、トリーヴス医師だって、最初に彼を見たときは、学会でも、見せ物にしようと思っただけでしょう。根本的に彼を救うつもりなどなかったと思いますよ。学会で発表した後は『はい、これで終わり』と彼をまた見せ物に返したのですからね。現に、僕以外にも、トリーヴス医師以前にロンドン病院の多くの医師が彼を観ていますよ。小屋はロンドン病院の向かいにあったのですからね。そして僕も彼らも、彼のあのからだに目を覆うだけでした。学会に連れだして、自分の株を上げようなどとは思わなかったということです」

「当時のことは知りませんが、医師の人柄を思うと、そんなつもりではなかったと思いますが……」

「彼の人柄!? ふむ、確かにね。医師としては最優秀、学生相手の講義も上手《うま》い。だが功利的で人の傷みなど解らない男ですよ。僕がね、エレファント・マンを観た二週間後ですよ。トリーヴス医師が病理学会に彼を引き出したのは。驚きましたね。そう、今でも憶えています。一八八四年、十二月二日の凍《い》てつく夜でした。学会での展示物の中で唯一生きているのはエレファント・マンだけ。しかもはだかで晒《さら》されたのですよ。スクリーン越しとはいえ、器官や組織の切片じゃない。生きた人間です。指図を受け、スクリーンの向こうで犬のように動かされたのです。悲惨でしたよ。医者としての良心を越えています。やり口は興行師だ。しかも明けてすぐの学会会報には、詳しい状態説明から図解まで加えて発表した。正に珍奇な生きた標本というわけですよ。その時点で引き取ったというのなら判る。だが、後はさっきも云ったように見せ物小屋に返しただけです」

――四年も前のことに、改めて憤慨したように、医師は飲み干した空のコップを音高くテーブルに置き、「ビター！」とカウンターに叫んだ。些か偏見も感じるが、異邦人の僕に対しても、儀礼を含まぬ率直な言葉で、言葉の意味はともかくとしても、サットン医師その人に厭《いや》な感じは受けなかった。それでも、そのままに聞いてはいられない。

「でも、今のようにメリック氏が保護され、ロンドン病院に永住の地を得られたのは医師の功績でしょう？」

「世間的にはそうなっていますけどね……そこでも彼はまた株をあげた。今やエレファント・マンと並んで名士ですからね。だが最初にエレファント・マンを病院に引き取ったのはいわば成り行き、本当に救うつもりだったのなら、自宅に連れ帰るべきでしょう？　成り行きで引き取り、困った挙げ句、病院に連れ帰り、看護婦たちに世話をさせただけです。正式に引き取る形に出来たのはカー・ゴム理事長の運動でです。そしてアレグザンドラ妃殿下の御来院により、エレファント・マンは一気に名士に、時の慈善の象徴として祭り上げられた。途端にまたトリーヴス医師が乗り出し、発見したのも彼、救ったのも彼、そして殺到する貴賓見舞い客に対し、彼の執事となって名を上げたわけです。そうまでして名を上げたいのか……卑しく、唾棄《だき》すべき行為ですよ」

「僕は日常、医師に接し、またメリック氏にも接しています。しかし、メリック氏に対しての医師の心遣いは実に細やかです。臨床、講義、指導と医師の日常は目の回るような煩雑さですが、それでも毎日欠かさずメリック氏を見舞い、日曜日にも行っています。そして常に温かく、優しく、接している。貴方がおっしゃったような功利的な気持ちだけでは、とても毎日は続かないでしょう」

「そんなことはない」とサットン医師は悠々と葉巻を取り出しながら云った。「彼は興行主、エレファント・マンは英国の王室を上げて応援する、これ以上ない見せ物ですよ。気を遣うのは当たり前でしょう。エレファント・マンが居なければ、彼は単なる下町病院の医師です。エレファント・マンを取られた本来の興行主は今頃歯ぎしりして悔しがっているでしょうよ」

　僕は銀鎖をじゃらつかせていたトム・ノーマンを想い、あのときの彼の言葉を、そして鷹原の言葉を思い出した。見せ物と保護……どちらがメリック氏にとっては幸せなのか……あれは初めて、作家ディケンズの名を聞いたとき、そしてメリック氏の朗誦《ろうしょう》を聞いた後だった。

「我が身の丈　極致に届き……手をもて大洋をつかむとも……我を測るは　我が魂……心は人の基準なりせば……」

「ワッツ……」とサットン医師が意外そうに僕を見た。「アイザック・ワッツの詩ですね？」

　声に出していたのも気づかなかった。「メリック氏が以前、聞かせてくれたのです。彼の声はとても美しい……少年のように澄んで……高く、それでいて柔らかな……笛のような……物哀しい声です」

「通訳なしで、聞き取れるのですか？」

「ええ、最初は戸惑いましたが、すぐに慣れました」

「ほう、トリーヴス医師の出番が減ったわけですね。さらにクロッカー医師のあの本で、興行主としての立場も危うくなっている。いやいや、あまりトリーヴス医師を攻撃していると、僕も卑しくなってしまう。『我を測るは我が魂、心は人の基準なりせば』……話題を変えましょう。日本からいらしたと伺いましたが、長く鎖国をされていて独特の文化とか……失礼、知識がありませんのでね、医療はどんなふうですか？」

がつがつと食べたラム肉が胃を重くし、瞼《まぶた》も重くしていた。のろのろと僕は話し始める。

「西洋医学が入ってきたのはまだ最近のことです……」


下宿に戻ったのは十時過ぎ、心配していたボーモント夫人に詫《わ》び、湯に入り、何を考える気力も失せて長椅子に横になる。

『アラビアン・ナイト』の世界に再び入ったとき、鷹原が戻ってきた。

「ただいま！」と元気のよい声とともに、頁の上に瑞々《みずみず》しい緑の林檎《りんご》が落とされた。肩で寝ていたビービがびっくりして飛び起きる。「この時期の田舎は素晴らしいよ。君も来れば良かった」と、今度は鷹原のからだがどん、と僕の足許《あしもと》に坐《すわ》り込む。「ビービ、良い子にしていたかい？　何だ。『アラビアン・ナイト』かい。砂漠より、君、爽《さわ》やかな草原と森、それに美しい街、加えて凄《すご》い情報だ！」

「こちらも凄い情報だよ」と身を起こす。「腎臓が送られてきた」

「腎臓？」

僕は取り敢えず田中氏の一件は省いて、大英図書館からの経緯を彼に話し、手紙の写しを渡した。

みるまに彼の顔が険しくなる。

「そうか……ありがとう。大活躍だったね。写しまで取ってくれたとは、君にしては機転が利く。明日、早速実物を見せて貰《もら》おう。半月ほど無事だったから出かけたが、残念だったな。居れば良かった。筆致はそれほど違うものだったのかい？」

「違う。まるで別人だ。判読するのも容易じゃなかった。綴《つづ》りはそのままに写したが、ごらんのとおり誤字、脱字も多い。無筆の者だよ」

手袋も脱がず、ブランデーの瓶とグラスを持ってきた鷹原は、向かいの肘掛《ひじか》け椅子に坐ると、もう一度手紙を見直した。

「違うね、無筆を装っているだけだ」と、グラスに口を付ける。「例えば『ナイフ』……knifeをknifと書いている。無筆ならnifeと書きそうなものじゃないか。kなど音にないんだから。『時』のwhileをwhilと書いているのも、音だけで書けばwileとなるだろう。『待つ』のwaitをwateと書くような者が、なぜbloodyを正しく綴れるんだい？」

「ふむ、たしかにね」と英語を習い始めた頃を思い返して僕は云った。「だがね、酷い字だったよ」

「僕だって酷い字ならいくらだって書ける。腎臓はエドウズのものだったのかい？」

「年齢、ブライト氏病、アルコール中毒と、共通点は多い。そうそう手に入るものでもないしね。遺体と照らし合わせてみれば確かなんだが……」

「遺体発掘か。たしかにエドウズの腎臓は切り取られていたがね……とにかく明日、スミス副長官に会ってみよう。だが、なぜラスクのところに送られてきたのだろう。前の二通はロンドン中央通信社、そして『スター』紙を経てヤードだったじゃないか」

ようやく手袋を外し、ジャケットを脱ぎ始めた鷹原に、僕は改めて田中氏の来訪を告げ、名刺と託《ことづ》かった物を渡した。

「田中稲城氏？　知らないね」

「君の父君から預かったと云っていたよ。先月アメリカに着き、ロンドンには今日着いたとか、その足で届けてくれたんだ」

掌に乗るほどの小さな包みを解いた鷹原から歓声が上がった。「やぁ、待っていたんだ。少々遅すぎて、もう大して役にも立たないが、フランシス卿《きょう》に見せたら喜ぶだろう」

鷹原がテーブルにことりと置いたのは、陶製の見事な龍の蓋物《ふたもの》だった。中身は朱肉である。

「こっちにきて欲しいと思って支那人《しなじん》街や何や彼やと、ずっと探し歩いたんだ。でも気に入ったのがなくてね、やはり我が家のが一番だ。田中氏に礼を云わねば」

「礼状くらいに止めておいた方がいいと思うよ。一週間でまたアメリカへ帰るそうだ。図書館学の勉強とかで、ロンドンへは欧米図書館会議出席のために来ただけらしい。寸暇も惜しんでという感じだった」

僕は氏の宿泊先を告げたが、鷹原は「知らないね、聞いたこともない」と云い、「解った。明日、礼状を出そう。ははぁ、それで君も大英図書館などに行っていたのか。そこであの社会主義者に出会い、情報を得たとなれば、二重に礼を云わなければならないね。礼状と……シャンパンでも届けさせよう」

「シャンパンを喜びそうな人には見えなかったが」

「ヴーヴ・クリコでもかい？」

「ヴーヴ・クリコでもビービ・クリコでもね。文部省官吏というのに、初めての国を乗り合い馬車と徒歩で通す人だ」

「河瀬公使とは違うか……だが知らない人だ。好みを聞く暇もない。構わないさ」

あの田中氏にヴーヴ・クリコ……どうも見当外れのような気もしたが仕方がない。

「君の方の驚くべき情報とは何だい？」と聞いてみた。

「なに大したことじゃない。トリーヴス医師のことさ」と鷹原は欠伸《あくび》を嚙《か》み殺しながら云った。

「ハーディ氏の家はドーセット州の州都ドーチェスターから一マイルばかりのところなんだがね、育ったのは市内だそうだ。妹さんがみえていてね、小学校のときの話になった。というのも当時、その小学校の校長を務めていたのがウィリアム・バーンズ師……聖職者にして詩人……知らないかい？　二年前に世を去られたが、詩集以外にも著書の多い人でね、その『アラビアン・ナイト』の訳者、リチャード・バートンのように語学の達人であり、また言語学以外にも、音楽、絵画、地質学から考古学にも造詣《ぞうけい》が深いという、才能豊かな人だ。若き頃のハーディ氏も随分と啓発されたらしい。バーンズ師の話を聞いているうちにね、何と妹さんの口からトリーヴス医師の話が出た。日本も小さいが、考えてみたら英国も小さいね。トリーヴス医師もドーチェスター市の出身、そして同じ小学校だったというんだよ。実家は家具や室内装飾用品の製造販売業、コーンヒル八番地。メアリーからトリーヴス医師の幼少期をいろいろ伺ってね、実のところ、バーンズ師の話以上に面白かった。飛び抜けて内気で臆病《おくびょう》な子供だったそうだ。毎日授業が終わるやいなや、クロークルームに駆け込んでいた。なぜだと思う？　級友たちが怖かったんだ。そのまま生徒たちのコートの後ろに隠れ、メイドが迎えにくるのをひたすら待っていたそうだ。それにハーディ氏同様、高名な校長の影響も随分と受け、友だちと戸外で遊ぶより、一人で何やら書いていたとか……メアリーは、臆病な彼が後に外科医になるなどとは夢にも思わなかったと笑っていたよ。しかもエレファント・マンを救って巧名を上げるなどとはね、未《いま》だ信じられぬといった眼差《まなざ》しだった」

今日は二度もトリーヴス医師の話、最初は四年前、そして今度は小学生の頃……段々と遡《さかのぼ》る。名を上げるということは人の口の端《は》にも度々上がるということなのか。帰宅してから、僕はサットン医師の言葉に妬《ねた》みが含まれていたように思われていた。そして鷹原は……何なのだろう……僕の反応のなさに、彼はビービを抱いたまま、起ち上がった。

「僕の愛しいビービ・クリコ、寝ようか。疲れた」

「鷹原」と云うと「何だい？」と聞いてきたが、僕は「いや、大したことじゃない。おやすみ」と応える。もう真夜中を過ぎていた。僕個人の話をするには遅すぎる。

♠

翌日から、また新聞各紙は送られてきた腎臓の件で大騒ぎとなったが、アバーライン警部の最初の言葉のように『犬の腎臓ではないか？』とか『解剖室から持ち出されたものだ』あるいは『検死後に遺体から取り出した物』『みえすいた悪ふざけ』等々、祭騒ぎのように囃《はや》し立てるだけ。真面目に取り扱った記事は少なかった。それほど気違いじみた投書が多くなっていたし、また一向に捕まらない犯人に新聞社も世間も業を煮やしていたのだ。

シティ警察、スコットランド・ヤード、ともに対抗意識を燃やしつつ、必死で捜査を行ってはいたが、犯人の目星すらつかない。警察への憤りは、今や嘲《あざけ》るしかないとでもいう様相を呈してきていた。そして、そのような狂騒状態は、ブラッドハウンド犬の事にまで及び、非公式だったテストも、いつか知れ渡って愚弄《ぐろう》され、挙げ句、十九日付け『タイムズ』紙にはこんな記事まで載った。

――チャールズ・ウォーレン総監のブラッドハウンド犬は、昨朝トゥーティングの牧草地で犯人追跡のテスト中、濃霧のため行方不明となった。この犬を発見したら、ただちにスコットランド・ヤードに通知すべしとの電報が首都圏の各警察署に打電された。

『犯人を追うべき犬が迷子に』という噂はまたたくうちにロンドン中に広がり、後にパンチ誌などは風刺画にしてウォーレン総監をからかうしまつ、だが、二頭を気に入っていた鷹原が尋ねてみると、真相は全く違っていた。

トゥーティングで羊が一頭殺され、地元の警察がブラフ氏に出動依頼の電報を打った。だが、バーナビーの調教でブラフ氏はたまたま留守にしており、犬たちは行かなかった。それを、誰かが「犬たちがいなくなった」と云い、それがまた誇張され、『タイムズ』紙のとんでもない記事にまで発展してしまったのだ。

今や警察を愚弄する材料なら何でもよいという有り様だった。街角では子供たちが歌っていた。

切り裂きジャックが死んじゃった
ベッドの上でのびちゃった

サンライト印の石鹸《せっけん》使い
自分の喉《のど》を掻《か》き切って
切り裂きジャックが死んじゃった

投書の数はますます増え、内容もより過激に、あるいはよりふざけたものになっていった。

八人の売春婦　神に見放された哀れな八人
七人の売春婦　グラッドストーンに一人救われ、
　残った七人の売春婦
みんなで一シリングねだったが
ヘネイジ・コートに留まったのが一人

六人の売春婦　無事を喜ぶ六人の売春婦
ところがジャックが忍び寄り
　あっと云う間に残りは五人
四人となれば死人も同然
三人となれば参じよう
私が駆けつけ火を放つ
燃えてしまって残りは二人

二人の売春婦　震えてさまよう二人の売春婦
夜中の寝床はどこにある
ジャックのナイフが閃《ひらめ》いて
残った一人もジャックの獲物

ラスクに送られた手紙の写真とともに、鷹原が持ち帰った投書の写しである。
「あまり見事なので写してきた。こういうのもある」――彼は下の紙も隣に並べた。

殺人者《ブッチャー》ではありません
ユダヤ人とも違います
ましてや異国の船乗りなど
私はあなたが心を許す
親愛なる友　切り裂きジャック

「真贋《しんがん》はともかくとして、三文詩人の腕の見せどころ、ヤードは今や出版社以上に彼らの投稿場所と化している。今後事件がどうなろうと、『切り裂きジャック』の名は、犯罪史上に残るだろうね。ネーミングの勝利だ」
「それで、肝心のラスクへの手紙はどう思う？」

「君の云うとおり、前の二通とは似ても似つかぬ文字、共通点の捜しようもない字だね」

鷹原は写真を僕らの目の前に置いた。

前に壁の落書きを再現し、エドウズのエプロンの写真も撮ってくれたシティ警察のホルス刑事が大きく引き伸ばしてくれたという。

「そしてこれには『切り裂きジャック』の署名もない。『地獄より』だ。僕はね、この手紙と……見てはいないがエドウズ殺しの後の壁の落書きだけが犯人のものだと思われてきた」

「何だって、じゃ、通信社に送られてきた二通は？」

「二通を書いたのは同一人物、あるいは筆跡の違いを素直にとって、二人組みだ。内容が続いているし、前の手紙を知らなければ、同じように赤インキで書き、『ボス』という呼びかけも出来ない。だが、あれが犯人のものという根拠は、最初の手紙で——今度は耳を切る——と予告したこと。そして次の手紙は二重殺人の新聞記事を見た直後に投函《とうかん》しても間に合ったから、そのことに関してはともかく、公表されていない耳に再び触れていた。それだけだ。……実際、エドウズの耳は切られていたが、耳以上に顔もからだも酷《ひど》かったじゃないか。耳が傷つけられていたというだけで、犯人のものとは思われなくなったよ。そうでなくても、新聞発表以前にエドウズを見ていれば、耳のことも書けた。犯人でなくとも書けたんだ」

鷹原は前の二通の複写も持ってくると、その写真に並べた。「だが、この手紙は」と新しい方の写真を指す。「腎臓とともに来た。経過時間、年齢、ブライト氏病、アルコール中毒、大きさ……犯人以外で、エドウズにこれほど符合する腎臓を見つけるのは無理だろう。シティ警察は悪ふざけと決めつけ、遺体発掘もしなかったが、まず間違いなくエドウズの腎臓だと思うよ。したがってこれは間違いなく犯人の手紙だ。壁の落書きもエドウズのエプロンとともに落ちていた。チョークの粉がまだ残っていたというから、書いた直後、つまり犯人以外には書けなかった筈《はず》。そしてともに綴《つづ》りをわざと違え、無筆を装っている。ラスクへは切り裂くような酷い書体、壁のは丸く、幼い書体と聞いた。両方ともわざとらしい。筆跡を隠すのに両極端にしたんだ。実に用心深く、周到、巧緻《こうち》に長《た》けている。それに引き換え、こちらの二通からは少なくとも普段の筆跡が推し量られる」

「では犯人は『切り裂きジャック』と名乗ってはいないのかい？」

「全くね。こんな俗受けする名前を自分に付けるような男とは思われないね。シティ警察でも、ヤードでも、相変わらずイースト・エンド界隈《かいわい》の肉屋や船乗りや浮浪者をしょっぴいているが、僕は教養もある一角《ひとかど》の紳士……少なくとも労働階級以上の者だと思う。もしくは売春婦たちと日常顔を合わせている知り合いだ。でなければ、なぜ仲間が殺され続けているというのに、売春婦たちが行きずりの男と、人気のない中庭や路地にまで、行動を共にするんだい？　見るからに危ない男だったら、彼女らはシーツ一枚を壁代わりにした簡易宿泊所や、街路の柱の陰くらいでしか行為しないよ。イースト・エンドで売春をするなら、それぐらい平気だからね。犯人は女たちが安心して付いていくような風体の男だ」

「すると黒鞄《かばん》……噂されているように医者だと？」

「あの切り口を見ると……ね。だが決定的な証拠……手がかりはない」——鷹原は突然口調を変えると「この二通の作者が犯人というなら、また別だがね」と、手紙の上にバンと手を伏せた。「『切り裂きジャック』の名を広め、いや、広めるために犯罪を犯し、更に定着させるために、犯罪を繰り返す。尤《もっと》もこれだけ『ジャック』の名が流布すれば、もう目的は達したわけだし、彼らにそんな度胸もないだろうとは思うが」

「彼ら……？　この手紙の主の見当がついているのかい？」

「考えてみたまえ。二通とも、ロンドン中央通信社に届き、『スター』紙を経てヤードだ。そもそもなぜ通信社なんだ？　新聞社かヤードに送るのが妥当じゃないか。僕はね、両方ともベイツ記者、あるいは通信社のポールセン氏とベイツ記者の共謀で書いたものだと思うよ」

「ベイツ記者にポールセン氏!?　なぜ？」

「『切り裂きジャック』などというネーミング、いかにも新聞記者らしいじゃないか。この名のお蔭《かげ》で事件は欧州からアメリカにまで鳴り響いた。それにあの日の『スター』紙の売上げを見ただろう？　あの日を境に『スター』紙はロンドン市民の心をつかんでしまった。未だに『切り裂きジャック』といえば『スター』紙での衝撃的な最初の掲載を思い出すだろう。そしてロンドン中央通信社の名前もね。ロンドン中の乗り合い馬車に広告を出したって追いつかないほどの効果を瞬時にして上げたんだ。ベイツ記者は一躍花形記者、今やロンドンで最も知られた新聞記者だ。そして彼はエドウズの耳が切られたことも当夜に知っている。僕の思う以上に彼に、或《ある》いは彼らに度胸があれば、犯人も彼、或いは彼らだ。種を蒔《ま》き、刈り取った。そうとすれば、壁の落書きも含めて、これらの手紙はすべて彼、或いは彼らとも云うことが出来るだろうね。売春婦もベイツ記者の後なら安心して付いて行くだろうし」

「まさか……信じられないよ」

「ふむ、僕もせいぜい彼らはこの二通を書いたくらいだとは思うがね」と、あっさりと鷹原。

「だが、これだって結構苦労しているよ。犯人に見せかけようと、単語の羅列でエレガントな云い回しもない。新聞記事を書く要領で書いたんだ。やはり犯人は別、そしてその犯人が壁に落書きをし、ラスクに手紙と腎臓を送ったのだと思うがね」

「手紙だけとしても信じられない。まして犯人かもしれないなどというのは論外だ」

あの童顔のベイツ記者、そして人の良さそうなポールセン氏……僕は首を振った。

「『切り裂きジャック』など虚名だよ」と鷹原は独善的に云った。「新聞記者が捏造《ねつぞう》した虚名、徒《いたずら》に世間を騒がしているだけの虚名だ。犯人は『地獄より』……地獄をかかえた男だよ」

虚名にしろ何にしろ、『切り裂きジャック』の名前は世間を席巻《せっけん》し、『スター』紙だけでなく、どの新聞も雑誌も、そして人の話でも、この事件に関してはまず『切り裂きジャック』という言葉で始まった。

ベイツ記者とはその後も度々出会ったが、鷹原はあの日の言葉など噯気《おくび》にも出さず、逆に犯罪どころか手紙の件すら考えられない僕の方が、心とは裏腹にどぎまぎしてしまう。

そして『スター』紙は連日、ジャック特集のように様々な角度から記事を満載、また警察への非難、ウォーレン総監への嘲笑《ちょうしょう》も忘れずに、ますます売上げを伸ばしていった。

♠

二十日、王室の紋章入りの手紙が鷹原に届き、エドワード王子がバルモラルの別荘からお帰りになられたことを知る。

「こんな時期、ロンドンにいらっしゃらなくて良かったよ」と鷹原。「またお食事のお誘いだ。今は無理だな。来月九日にでも……とご返事申し上げよう」と、呟《つぶや》いたが、珍しくあわてたように後を続けた。「そうだ、忘れていた。君も九日は空けておいてくれたまえ」

「九日？　シティの市長の就任式とトリーヴス医師から聞いたが……凄《すご》い祭だそうだね。でもパーティー出席なら遠慮したいな」

「つれないことを云うなよ。市長ではなく、殿下の……プリンス・オブ・ウェールズのご招待だ。君と僕に、今回は正式招待だ。お断りは出来ないだろう？　サンドリンガムだ」

「サンドリンガム？」

「前にもお誘いをうけただろう。殿下の別荘だよ。ケンブリッジからウォッシュ湾まで北上、キングズ・リンという街の側だ」

「市内じゃないのか。日帰り出来るのかい？」

「日帰りは無理だね。汽車と馬車で三時間ほどだが、晩餐会《ばんさんかい》だ」鷹原はにやにやと笑いだした。

「しかも殿下の誕生日」

「誕生日！」

「四、五日前から来るようにとのお達しだったが、一応――当日に伺わせていただきます――と申し上げておいた。――その前に事件が片づけば、勿論《もちろん》、ご指示通りのご招待を喜んでお受けします――とも書いたがね。僕らの優雅な休暇となるか、はたまた一泊のとんぼ返りになるか、この数日にかかっているね」

♠

しかし、殿下の誕生日という和やかな話題はこのときだけだった。

事件は解決どころか、イースト・エンド全体が黒雲で覆われていた。怒りと悲しみと不満、猜疑《さいぎ》、暴力、血の匂い……事件は切っかけにすぎない。被害者たちは荒ぶる神に捧《ささ》げられた生贄《いけにえ》だ。泥沼のような貧困、酒と阿片に蝕《むしば》まれたからだ、鬱積《うっせき》した怒りと悲しみが、この事件を切っかけに一気に噴き出された。「黒鞄」に伴う、医者犯人説は根強く、ロンドン病院に出入りする医者たちですら変な目で見られるようになっていた。

第二部

十四　一八八八年　十月

十月三十一日　水曜日

病院に行く。メリック氏の部屋より、オープンショウ医師の部屋へ呼ばれる。

デスクの上に一通の封書、医師が開くように云う。消印は二十九日、ロンドン病院内医師宛のものだ。医師の冴《さ》えない顔色を見ながら、僕は手紙を取り出した。

先生《ドクター》、ずばりあれは左の腎臓だ。先生《ドクター》の病院の近くでもう一度やろうとしたが――女の咽喉《いんこう》にナイフを当てようとしたとき、巡査の邪魔が入って、遊びがふいになっちまった。だが、またすぐに次の仕事にかかる。そうしたらほかのを送るぜ。

切り裂きジャック

なあ、先生《ドクター》は悪魔を見たことがあるかい
顕微鏡とメスを使い
腎臓を検査するんだ
スライドを動かしてな

「一昨日、私が帰宅した後で、届いたようです。貴方《あなた》には、先日の検査も手伝っていただいたし、スコットランド・ヤードの方々とも親しいようだ。これをどう取り扱うべきか、ご相談したいと思いましてね」

じき鷹原と昼食を共にする予定である。僕は手紙を預かった。

「ご心配なく。犯人の筆跡とは違います。新聞で先生《ドクター》の発表を目にした者の悪戯《いたずら》でしょう。宛て先は違いますが、類似の手紙が出回っていますから」

医師は明らかにほっとしたようだった。

確信などなかったが、そう云って良かったと思う。

一時間後、僕は手紙を鷹原に見せた。

「僕も犯人のものではないと思うね。公表されたラスクへの手紙、それにオープンショウ博士の発表を読んだ者の悪戯だと僕も思う。それにしても最後のはソネットのつもりかな。酷《ひど》いものだね。こんなのを目にすると、スティーヴン氏の詩がスウィンバーン並に素晴らしく思われてくる」

スティーヴン……メリック氏の部屋で会ったのはいつだったか？　婦長や看護婦の話では、あれ以降も、かなり足しげく通っているようだった。幸いというか、代わりに僕が余り行かなくなり、顔を合わせないが、彼は何を企《たくら》んでいるのか？

黙ってしまった僕に、鷹原は今まで読んでいた新聞を差し出した。

「世の中はどんどん可笑《おか》しくなっているよ」

先に『スター』紙に掲載された『ウォーレン戦争』への投書だった。

一、二週間前、私は『スター』紙で『対ウォーレン戦争』なる大見出しを目にしました。常日頃から私は、いつどのような形で、その戦争が勃発《ぼっぱつ》することかと見守っておりますが、彼らが恐慌に乗じ、警察を混乱させることにより、政府を麻痺《まひ》させ、ソールズベリー卿(時の首相である)を辞職に追い込み、グラッドストーン(前首相だ)を登場させ、大英帝国を完膚なきまでに崩壊せしめるという、彼らの恐るべき目的――すなわち、共和体制の樹立を遂げようとの企ては明白です。

社会の安寧は、労働者階級の間に分け入って全国を巡回している救世軍の双肩《そうけん》にかかっています。彼らは労働者階級を良き市民に教化し、社会主義者たちと敵対せしめるべく努力しているのです。

「何だい、これは」と僕。

「さあね、前に女王に請願書を出したバーネット夫人同様、良識派を自負する者の見当外れの投書だろうが……僕は別にグラッドストーンが返り咲いたところで、大英帝国崩壊とは些《いささ》か誇大妄想だと思うがね。彼は植民地拡大に消極的で女王に気に入られなかったが、それこそ真の良識というものだ。まして社会主義者の反乱など、笑い種《ぐさ》だ。昨年の『血の日曜日事件』での総監の振る舞いは皆も憶《おぼ》えている」

「だが、この事件で世間が揺れているのも確かだよ。イースト・エンドだけでなく、ロンドン全体で……いや英国全体に社会不安が芽生えていると僕も感じる。現に僕らはボーモント夫人のあの異様な事件への関心の持ち方を毎日目にしているじゃないか。イースト・エンドから遠く離れたウエスト・エンド、売春婦でもない普通の夫人、普段は売春婦を『奇妙な婦人たち』と呼び、イースト・エンドなんて場所の名すら口にするのも避ける、上品な夫人連があの騒ぎ方だ。ボーモント氏だって、隣のスティーヴン夫人だってしかり……恐らく誰も彼もが……」

「まあまあ」と鷹原は、目の醒《さ》めるような笑顔で、僕の言葉を封じた。「たしかに、この事件で動揺は起きているがね。だが僕には、この国の確固たる階級制、それに権威主義がそうそう崩れるとは思われないね。今や世界の名物とすら云うことの出来る女王の治世は余りに長く、世界に冠たる大英帝国の基盤は揺るぎない。多くの国民もそれに安住している。女王即位の年に生まれた英国民の大半が今や孫を持つ身だ。それは社会主義運動、女性運動などは活発だがね。アイルランドの過激派を除けば、暴力に訴えてまでなどという輩《やから》は居ないよ。それにアイルランド独立とこの事件とは結びつかない。僕もこの間までは、この事件で社会不安を煽《あお》り、フランス革命のように、国そのものを覆そうとしているのでは……などと考えたこともあった。だが、この国の人々を知れば知るほど、下層階級、中産階級共に分を弁《わきま》えている。国民性だろうが下克上など考える者は、まずいない。少なくとも、思想運動のグループ全体での謀《はかりごと》とは思われなくなった。もっと大きく、国家間での駆け引きという思いはあるが、最も考えられるのは、やはり個人、個人的思惑内での犯行だね。この国では革命など夢のまた夢だよ」

「だが、あの自警団の団長、ラスクのような者も居るじゃないか」と僕は反論した。「見るからに無頼漢、それにアナーキストという感じだ」

「そうだ、あのマルクス賛美者、革命を夢見る勇猛なるラスク氏か。ジョージの話では、最近変におとなしいそうだ。あまり見かけないだろう？　なぜ、ラスクのところに手紙が来たのか……彼とも一度話してみたいと思っていた。腹ごなしに、これから行ってみないか？」

ホワイトチャペル・ロードをロンドン病院よりもさらに東に、ボウのカクストン街にあるラスクの家に着いたのは三時頃である。

大工だったか、建物装飾業だったか、忘れたが、仕事がら小綺麗《こぎれい》な……というより思っていたより立派な家で驚いた。

家の中でチャイムが鳴り、人の気配もしていたが、誰も出てこない。鷹原は声をかけた。

「スコットランド・ヤードの鷹原と申します」

途端にカチカチと音がしてドアが開く。鷹原の鼻先にあのラスクが灰色の眸《ひとみ》を見開いて立っていた。じろっと後ろの僕を見ると、素早く辺りを見回し、鷹原の腕をつかむや、家の中に引き入れた。僕もあわてて後に続く。

ばたばたと家の奥に隠れる子供の足音が聞こえ、ラスクがばたんとドアを閉めた。錠を下ろし、さらにドアの上下に付けられた閂《かんぬき》を閉める。真鍮《しんちゅう》の真新しい閂は、たった今、取り付けられたようにぴかぴかだった。

鷹原が手を差し出し、改めて自己紹介をしようとすると「知っています」と手短に応えただけで、すぐに右側の客間のような部屋へと案内された。

「ヤードの方でしょう。それも犯罪捜査部《CID》の上の方……墓地やパブでお偉方とご一緒だったのを今までにも目にしていますよ。支那人《しなじん》ですか？　目立つお方だし、一度見たら忘れませんよ」と、椅子を勧める。

どこか上の空、そして怯《おび》えているようだった。今まで目にしていた傍若無人な態度……松明《たいまつ》を掲げたあらくれ男たちを引き連れ、アバーライン警部に喰《く》ってかかった有り様など嘘のようだ。

「それはどうも」と鷹原。「コレミツ・タカハラ、日本人です。こちらは僕の友人でカオル・カシワギ。ロンドン病院に居ます」

「お医者さん？」とラスクは目を丸くして僕を見た。「それはまた不思議なお取り合わせで……だが、ちょうど良いところにいらして下さった」

「と、おっしゃると？」と腰を下ろした鷹原の目の前に、またも封書が出された。

「今、届いたところです。あの肉片が届いてからというもの、これでもう八通目だ」

　やあ、ボス。あまり驚かなかったようですね。
　だが君を喜ばせようとしたことだ。ところで俺とお巡りとの遊びをそう長く邪魔させるつもりはない。とは云え、俺はそう急いでもいないから安心しろ。

　　　　　　グッドバイ　ボス

「ジャックですよ、ジャック！」と、ラスクは悲鳴のような声を上げた。目が血走っていた。

「今日の午前中ずっと、奴に見張られていたのです。家を出ることすら出来なかった。そしてこの手紙です。——長く邪魔させるつもりはない——とはどういうことです？　私は七人も子供が居るんだ。守って下さい。ヤードで。巡査をここに……この家の周りにも。お願いしますよ。ヤードからボウの分署に指示して下されば簡単でしょう？　お願いしますよ！」

僕はこの男の豹変《ひょうへん》振りを呆気《あっけ》に取られて見ていた。虎の威を借る狐だったのか？　自警団長として、この間まで割れ鐘のような声で男たちを指揮していた男が、今は縋《すが》るように身を乗り出し、か細いだみ声で手を擦り合わせていた。

「ボウの分署に提出されたという、今までの貴方宛の手紙は見ていますよ」と、のほほんと鷹原。「どれも物騒なものでしたね」

「私から分署に云っても誰も来ちゃくれない。笑殺されただけですよ。貴族や紳士の家なら飛んで来るだろうに」とラスクは息巻いた。「そしてとうとう奴は今朝やってきた！　午前中、ずっと居たんだ」

「どんな男でした？」と僕。

「気味の悪い髭《ひげ》の男だった。この辺りじゃ見かけたこともない。死に神みたいに向かいの角に立って、この家を見ていたんですよ。ずっと、ずっとね」

「貴方の頼みでやってきた分署の私服ではないのですか？」と鷹原はにやにやしながら云った。今まで見てきたという手紙、そしてこの手紙も、犯人からのものとは毛頭思っていないようだ。

「冗談じゃない！」とラスクが地を出して、叫ぶ。だが、再び低姿勢になった。「私服なら解ります。警察の人間なら解りますよ、私にはね。あいつはジャックだ。ジャックですよ！」と云うや起《た》ち上がり、こせこせとコップとビールを持ってきて注いだ。「ねぇ、自警団の団長なんかに立ったのは、何も奴を捕まえようなんて腹じゃない。そんなことは警察にお任せしている。私は善良な市民として、単に防衛の意味で自警団を結成しただけですよ」

「それと貴方の野心でね」と鷹原。

ラスクの眸に一瞬凶暴な影が射したが、すぐに目を伏せた。

「今朝、奴を目にしてからというものね」と下を見たまま呟く。「怖くて怖くて仕方がない。幼い子供たちが居るんですよ。子供と私を保護して下さい」

「アバーライン警部がこの事件の捜査主任です。彼に云えば、すぐに警護の者を回してくれるでしょう」と鷹原は相変わらずのんびりと応えた。「だが、貴方は先の手紙も腎臓もシティ警察に届けられた。シティ警察に頼んだらどうです？　お気に召さないアバーライン警部ではなく」

「ここはシティの管轄外だ！」——どんとテーブルを叩《たた》いて起ち上がったラスクは傍目《はため》にも解るほどの重い吐息をつき、ぶるっと首を振ると再び腰を下ろした。足許《あしもと》を見たまま、何も云わない。鷹原は薄笑いを浮かべたまま、彼を見ている。ドアの向こうから子供の囁《ささや》き声が聞こえ、笑い声とともに、またばたばたと遠ざかる足音が聞こえた。

「ねぇ」と、顔を上げたラスクが、掠《かす》れ声で鷹原を上目遣いに見た。「このぼろ屋しかないイースト・エンドで、私が羽振り良くやっていけるわけはご存じで？」——鷹原は応えない。ラスクは卑し気ににやりと笑うと、話を続けた。「自警団は他にも有るし、団長と名の付く者もその数だけ居ますよ。それだのになぜ、私のところにあんな手紙が来、あんなものが届けられたか？　ああ……本当のことをお話ししましょう。警察の旦那《だんな》方はこのイースト・エンドを隈《くま》なく捜査しているとお思いだ。だがね、上っ面だけです。イースト・エンドってところは旦那方が思われている以上に底が深い。ただの下町、貧民街じゃありませんよ。まして東洋からいらしたお二人には想像もつかない二重、三重構造になった魔法の街、ダイダロスの迷宮みたいな街だ。汚い床屋の奥……壁一枚隔てて秘密の部屋があるんですよ。廃屋同然の地下には、王様の部屋みたいな豪奢《ごうしゃ》な部屋から拷問部屋、鞭《むち》打ち専門のクラブ、同性愛の連中が集まるクラブ、女装を楽しむクラブと数えきれないほどの秘密クラブが点在しているんですよ。どれもウエスト・エンドの高級な空気に飽きた紳士や貴族方、高貴な方々のご趣味でね。私みたいな者には、高貴な殿方の感性など解りませんが、何でも思い通りになりすぎると、尋常な遊びでは物足りないと思われるようで……奇を衒《てら》うと云うのか、より刺激を求めると云うのか、このロンドン最低の貧民街に、触手を伸ばし始めた。十人の哀れな家族が飢えに泣き、押し合いへし合いして暮らす、薄汚いどぶ板のような床の下は、オークの鏡板とビロードのカーテン、ペルシャ絨毯《じゅうたん》の敷き詰められた部屋ってわけですよ。崩れかけた家の下に秘密の通路もある。どうです？　驚いたでしょう。警備して下さったら、ご案内しますよ。どれも私が手掛けたんだ。ジャックはその内の一人、その中に潜伏している。だから私を狙うんですよ。私しか知らないイースト・エンドの秘密だ。ねぇ鷹原さん。貴方のお手柄になるんですよ」

「『魅惑の家』」と鷹原がラスクをじっと見つめて云った。「『妖精《ようせい》の家』『金の鐘』『茨《いばら》の家』『人形の家』『薔薇《ばら》の間』『緑の間』『白の家』……もっと云おうか」──ラスクが顔色を変えて身を引いた。鷹原は表情も変えず続ける。「『王の家』『湖』『ギリシアの百合《ゆり》』『パリの真珠』『鷲《わし》と鷹《たか》』……ラスクさん、本庁《ヤード》に来る前、アバーライン警部がホワイトチャペルの分署に何年居たと思います？　警部はただの飲んべえじゃない。『鷲と鷹』以上に鋭い方だ。君のご立派な仕事など、先刻調べ上げている。ただ、君と違うところはね、警部は徒《いたずら》に紳士の楽しみを暴いて、公表しようなどとは思わない。彼もまた紳士だということです。……事件には無関係だと判断されてね。もちろん念入りに捜査した上での判断です。部屋の所有者とも内々で会っています。せっかくの切り札だったようだが、調査済み。他に持ち札は？」

「なるほどね、綿密な捜査、それに結構な協定で。アバーライン警部をお見逸《みそ》れしていたようですな」とラスクはビールをぐっと飲み、狡猾《こうかつ》そうに目を細める。「では、その家の一つに、やんごとなき方が入られるのを見たと申し上げたら？　エドワード王子も会員であると申し上げたら？」

途端に「黙れ！」と鷹原。きっとラスクを睨《にら》んだまま、コップを握った彼の手を、変な手つきで握りしめた。「彼の父親がグランド・マスターだということを知らないのかね。君の階層では知らされることもなかったろうが、以後、一言でもそのようなことを吹聴《ふいちょう》してみろ。君は誰の庇護《ひご》も受けられないばかりか、英国にも居られなくなるだろう」

ラスクも鷹原を見たままである。今度は何も云わなかった。痴呆《ちほう》のように口をぽかんと開けたまま、こめかみに汗が浮かんだが拭《ぬぐ》おうともしない。鷹原に小指を絡められた手が震えていた。

手を解いた鷹原が起ち上がる。口も付けなかったビールの礼を述べ、いつもの涼しい顔に戻って、「警部に伝えましょう。警備の件は任せたまえ。今夜からでも早速来させよう。君のためではなく、お子さん方を安心させるために」と云い、さっさとドアに向かった。

玄関ホールまで来て、閂を抜いていると、ラスクが追ってきた。

「鷹原さん、ありがとう。本当にありがとう。お礼を申し上げます」

「なに、大したことではありません」と、鷹原は花のような笑顔を浮かべて云った。「ただし、先の事は他言無用。肝に銘じて憶えておいて下さい」――途端に表情が花から氷へと豹変する。どんな無頼漢でも震え上がらすような、冷徹な眼差《まなざ》しを投げた。「では、ラスクさん、ごきげんよう」

通りに出ると、薄闇と霧の波に青い灯が瞬き始めていた。長い棒を持った点灯夫の影が見える。

「僕はヤードに戻るが、君はどうする？」

「下宿に帰る。僕が付いていても、そう役に立つとも思えないしね。本の続きも気になるし」

「なに、今日みたいな折りには、君が居ると雰囲気が和らぐ。相手も話しやすくなるし、助かるよ。本って『アラビアン・ナイト』かい？　そうだ、吉報を教えよう。補遺版の最終巻があと二週間で出るそうだ。僕の蔵書を整えている英国一の書誌学者、ワイズ氏の情報だがね、十一月十三日に出版されると云っていた。滞英中にあの奇書をすべて読むことが出来る。ありがたいね。どうした？」

僕の顔を見て、鷹原は一瞬目を見張ったが、霧の中から現れた二輪馬車を認めると、口笛を吹いた。

「あれの序文を憶えているかい？」

「さあ……バートンのかい？」――馬車が止まる。「どんな序文？」と、聞きながら彼はさっさと乗り込み、僕も続いたが、馬の尻《しり》を見ながらでは話す気も失せた。

「いや、大したことでは……」

「そうでもなさそうだね。ま、急ぐ話でなければ、下宿でゆっくりの方がいいかな？」

「ああ、それよりさっきのことだが、なぜ、あんな奴を……子供のためとはいえ、保護するんだい？」

「なに、どうせ今日、明日くらいに家宅捜査をしようとアバーライン警部と相談していたところだ。ラスクが自分から警官を呼び入れたとすれば、願ってもないね。これから暫《しばら》くおおっぴらに彼の家を捜査、監視出来る。――警部も僕もね、今度の一連の手紙は彼自身のものじゃないかと思っている」

「なぜ、そんなことを？」

「そもそも腎臓と共に送られた手紙自体が彼のものと思うからだよ。つまり犯人はラスク。彼ならイースト・エンドなど自分の庭のようなものだ。彼自身が云っていたように、どんな抜け道、どんな隠れ場所も知っている。それに売春婦たちとは普段から顔見知り、おまけに自警団の団長だ。売春婦たちは彼相手ならどこにでも安心して付いてゆくだろう」

「そして自警団の団長に納まり、革命を起こそうと？　そして犯人の嫌疑を逸《そ》らすために、自分宛の脅迫状を書いたと？」

「珍しく鋭いね。その通りだ」

「だが、いくら隠し部屋を知っている……いや、彼自身がどこかに持っていたにしろ、子供たちはともかくとして、奥さんが気づくんじゃないか？」

「亡くなっているよ。今年ね。或《あ》るいはそれがそもそもの動機かもしれない」

「だが、だったら……なぜ、続く脅迫状にはあんなにも弱気になるんだい？　おかしいじゃないか。今日、家を見張っていたという『ジャック』も彼の創作だったにしろ、なぜ、突然弱気になり、わざわざ警官を自分の家に入れる必要がある？」

「僕らにも云ったじゃないか。『エドワード王子』……弱気と見せかけ、あちらこちらに今日のような話を吹聴したらどうなる？　世間を揺るがせる新たなる戦略だ。彼の目的が革命のリーダーとしてのし上がることなら、娼婦《しょうふ》殺しもエドワード王子を犯人と匂わせることも、同等の戦略でしかない。要は世間を揺さぶるだけ揺さぶって、不安を掻《か》き立てれば良いのだからね。凜々《りり》しい自警団団長、脅迫に怯《おび》える弱気のラスク、変幻自在に演じ分けるさ」

「しかし、君の言葉で『エドワード王子云々』に関しては封じられたようじゃないか」

「完全に封じられればいいがね。とにかく今までの嫌疑はすべて憶測にすぎない。彼が犯人かどうか、最初の手紙、そして続いての脅迫状……すべてはこれからだね。警官を張り込ませ、これから彼がどう出るか……いや、実のところ、彼に会うまでは今君に話したように考えていたんだ。だが、実際会ってみて、あの脅えは本物ではないかとも思われてきた。そうなると彼は単に事件を利用して成り上がろうとしただけの小人にすぎない。少々がっかりだね。いずれにしろ、もう少し探ってみるよ」

「もう一つ。殿下が『グランド・マスター』とか云っていたが、何のことだい?」

「フリーメイスンだよ」

「何だって!　あの秘密結社のかい?」

「そう、イングランド、スコットランド、アイルランド、そしてインドまで……二千以上のロッジを統轄するグランド・ロッジの……我が敬愛する殿下はマスターだ。そしてジョージ・エイキン・ラスクも会員。尤《もっと》もドリック支部の下級会員だがね」

「あの変な握手の仕方はフリーメイスンの流儀だったのか。途端に彼の態度が変わったが、大した口封じだ。君も会員なのか?」

「まさか、たまたま握手の一つを知っていただけだよ。だが、その前に奴がぽろぽろと零《こぼ》した紳士連の中にも多くの会員が居る。恐怖の余りか、演技でか、いずれにしろ王子のことさえ吹聴するようでは困るからね。フリーメイスンは会員と解れば、何をおいても助けるが、裏切れば酷い報復が待っている。会の誓いを破れば死、あるいはからだを切り刻まれるそうだ」

「じゃ、今度の事件も……彼女らは会に関係していたのでは⁉」

「会員に女性は居ない。会員はたとえ妻であろうと子供であろうと会員以外、会のことは話さないそうだ。僕もどのような組織か、どのような誓いがあり、儀式があるのか、詳しいことは知らない。ただ会員同士、初対面でも、一度会員と解ったときは、その扶助たるや法律も道徳も介在しない。僕が恐れるのはね、犯人が会員の場合だよ。一角の名士であり、かつまた会員であれば、多分突き止めてもあらゆる手段で犯人は保護されてしまうのではないかと思う。他の会員によってね」

「まさか、これほどの凶悪犯だ。第一ヤードで挙げてしまえば、いくら会員でも手が出ないだろう」

「警視総監チャールズ・ウォーレン卿自身《きよう》が会員だよ。犯罪捜査部部長ロバート・アンダースン卿も会員、君の知っている相手では、ロンドン病院院長、ケンブリッジ侯爵二世の称号を持ち、ヴィクトリア女王の従弟《いとこ》にして陸軍最高司令官でもあるジョージ・ウィリアム卿も会員、それにカー・ゴム理事長もそうだ。医者で云えばガイ病院のウィリアム・ガル卿もそう、英国首相のソールズベリー卿から法曹界だけでも大法官、判事、弁護士と会員だらけだ。『奴』も会員、しかも有力な会員だとしたら、もみ消される恐れは充分にある。現にあの壁の落書きだ。ウォーレン総監はなぜ見るなり消させたのか？」

「『ユダヤ人はみだりに非難を受ける筋合いはない』の落書きかい？　あれは犯人はユダヤ人ということになり、反ユダヤ運動がこれ以上高まり、暴動にでもなったら大変だと、総監が判断されたためだろう？」

「公にはそうだったね。手がかりを消したということで、その後、総監は非難の雨、世間の物笑いだ。だがね、軍人上がりで無骨ではあるが、彼はそれほど馬鹿ではない。その後の非難、嘲笑《ちようしよう》だって予測出来た筈《はず》だ。それにも拘《かかわ》らず、なぜそのような乱暴な独断を下したか？　僕は不思議で仕方がなかった。しかも今まで事件の現場にすら足を運ばなかった総監が、あの落書きの件を聞くやいなや、すぐに駆けつけた。そして見るなり『消せ』と云ったそうだ。『ユダヤ人はみだりに非難を受ける筋合いはない』……なぜ、こんな落書きに血相を変え、自分の評判を落としてまで、独断を押し通す必要があったのか？　彼がそれほどユダヤ人贔屓《びいき》だなどということは聞いたことがない。大のユダヤ人嫌いのアンダースン部長……犯人はユダヤ人だと決めつけている部長ですら、証拠品として消すのを躊躇《ためら》った落書きを……なぜ、寸刻も惜しんで消させたのか？　あの文には違う意味が、見る者が見れば解るような……違う意味が込められていたのではないか？　考えたが解らなかった。あの文で唯一引っかかったのは『ユダヤ人』の『JEWS』にEが加わり『JEWES』となっていたことだ」

「シティ警察のホルス刑事も『馬鹿だ』と云っていたじゃないか。それに綴《つづ》りの間違いは後の手紙にもある」

「たしかにね。だが、ラスクがフリーメイスンの会員だと解ったときに、僕はフリーメイスンのことを調べてみたんだ。もちろん会員は会のことには口が固い。それでも興味本位の無害な東洋人という仮面で、会員ではと思われる人々に、折々当たってみた。いろいろな話の端々にそれとなく入れ、苦労はしたが、それでも少しずつ解ってきたんだ。そして『JEWES』の謎にも行き当たった」

「フリーメイスンと関係しているのかい!?」

「メイスンはね、三十三の位階に分かれているんだ。大多数のメイスンは『組合』と呼ばれる組織に属し、そこでは『徒弟』『職人』『親方』という三つの位階が設けられている。殆《ほとん》どの会員はそこからさらに三十もの位階が存在することすら知らない。『親方』の位が一番上だと思っている。事実、『親方メイスン』止まりが大部分だそうだ。それ以上の位階に居るのは、殿下を初めとする王侯貴族連だ。ここにも厳然たる階級がある。ところで、フリーメイスンでは位が上がるときには儀式が行われる。そして第三位階、親方メイスンへの加入儀式にはユダヤを舞台にした象徴劇が行われるんだ。親方メイスンに格上げされる者は、儀式でソロモンの殿堂を築いた建築家、ヒラム・アビフになる。ヒラムは三人の弟子、ユベラ、ユベロ、ユベラムによって殺され、その後復活する。つまり、一度死んで、復活し、親方メイスンになるわけだよ。そしてここからが肝心なんだがね、このヒラムを殺す三人はユーズ……JEWES、つまり本来のユダヤ人『JEWS』ではなく、Eを入れた『JEWES』と総称されるそうなんだ」

「何だって！ ではあれは綴りの間違いなどではなく、その三人を示したものだったのかい？」

「まだある。メイスンの伝承によれば、その三人のユーズは捕らえられ、処刑されるが、それは『胸を切り開き、心臓や他の内臓を取り出し、左の肩越しに投げ捨てる』という作法だそうだ」

「内臓を……肩越しに……『ヴィーナス』と同じ……被害者と同じじゃないか！」

「そうなんだ。あの殺人そのものが、フリーメイスン内での何らかのメッセージとしたら……そしてあの落書きによって、それが確定したら……少なくとも、ウォーレン総監はメイスン内で親方以上の位階に居る筈だ。したがって、あれを一目見たとたん、メイスンでの儀式、三人の総称だと解った筈だ。一般の人間には単に『ユダヤ人』の綴りを間違えただけと受け取られても、メイスンの親方以上の位階の者ならそれと解る筈だ。だから消させたんだよ。非難と嘲笑を浴びても、事件とフリーメイスンを繋《つな》げないためにね」

「犯人はメイスンの会員なのかい？ それともメイスンを陥れようとする別の団体の者なのか？」

「解らない。これだって一つの類推にすぎないからね。とにかく見事なまでに手がかりがないんだ」

「警視総監その人が、それと知って犯人を庇《かば》っていたとしたら……いや、たしか犯罪捜査部《CID》部長もフリーメイスンの会員だと云っていたね。君はこのことを犯罪捜査部で話したのかい？」

「まだだ。飽くまでも類推の域を出ないからね。アバーライン警部とジョージなら、メイスンの会員でもなし、権力にも屈しない正義感の持ち主だ。人柄に於《お》いても信頼している。だが、この話によって総監と部長への信頼は失せるだろう。僕と違って、彼らは犯罪捜査部《CID》に根を下ろした、この国の人間だからね。もうすこし確証がなければ云えないよ」

「だが、君一人でどうやってそれ以上調べられる？」

「君の協力もある。風来坊には風来坊の調べ方もあるさ」

鷹原の顔が再びあでやかな笑顔に包まれたとき、馬車はスコットランド・ヤードの前に着いた。

一緒に降りて、僕は以後、地下鉄道で下宿に帰るつもりだったが、「今夜はハローウィンだ」と鷹原は僕を押し止めた。「このまま、乗って帰りたまえ。魔物がうようよしているよ」

ヤード総監から犯罪捜査部《CID》部長までフリーメイスンの会員……法の象徴たるこの堂々たる建物すら、今の僕の眸には危うい幻に見え、必死で捜査を続ける鷹原や捜査部《CID》の面々まで、何か徒労に明け暮れているような虚《むな》しさを覚えたが、鷹原は意気揚々と馬車を降り、怪物の口のような入口へと向かって行った。

強引に馬車代を押しつけていった鷹原の好意に甘え、僕はそのまま馬車に揺られている。

ハローウィン？　そういえば、今朝家を出るときにも、ボーモント夫人がそのようなことを云いながら裏庭のコリヤナギの枝を折っていた。窓に掛けるそうだ。死者を迎える日、万聖節前夜、日本の盆のようなものだと解釈したが、鷹原の話では、死者ばかりでなく、悪霊や魔女、妖精《ようせい》までもが跋扈《ばっこ》する日だと云う。知らず知らずに今夜は無事に済みますようにと祈っていた。これ以上の殺人はごめんだ。

そしてフリーメイスン……

わけの解らない秘密結社という朧《おぼろ》な概念しかなかった。それが正義の団体なのか、邪悪な団体なのか、それすら知らない。だが、あの殿下がトップの座に在り、警視総監やロンドン病院院長まで名を連ねているとしたら……いや、考えるだけ無駄だ。僕は余りにも知らなすぎる。だが、下町での売春婦連続殺人がこんなにも世間を動揺させ、しかも全くイースト・エンドなどとは無縁と思われたエドワード王子の御名まで上がり、フリーメイスンなどという秘密結社の許《もと》に上流階級、果ては殿下にまで広がってゆくとは……今や黒雲はイースト・エンドだけではなく、英国全体を覆っているように思われた。

だが、この胸につかえたような思いはハローウィンとも、事件とも違う……ラスクの家を出て以来、何かが心にひっかかり、胸を重くし、頭の中までもやもやと霧が立ち込めているようだった。

ラスクの家を出て以来……ラスクは何を云ったろう？……下宿に着き、ボーモント夫人の言葉にも生返事のまま、僕は居間へと向かう。

テーブルには僕宛の封書が一通、そして鷹原には電報が届いていた。

手紙はドルイット氏からである。

拝啓
重ね重ねの失礼をお許し下さい。
改めて友情を挽回《ばんかい》すべく、ハローウィンの一夜、よろしければ、鷹原氏をお誘いの上、テンプルにいらっしゃいませんか？
午後七時より、貴方の師にして友、フレデリック・トリーヴス医師、それにジェイムズ・ケネス・スティーヴン氏と共に宵を過ごせればと存じます。
テンプル、
キングズ・ベンチ・ウォーク九番地
モンタギュー・ジョン・ドルイット

ドルイット……――重ね重ねの失礼――とは、「妹のことを忘れよ」と云ったことか……それに……僕の中で、ようやくラスクの言葉が見つかった。

懐中からヴィットリアの写真を出して見る。ヴィットリア……僕は何て大馬鹿者だ。何て間抜け、何て……ノックの音に写真を仕舞う。ボーモント夫人だった。

盆には二人分のスープが載っていた。

「鷹原は遅いと思いますが」と僕は云う。

「いえ、今日はね、ハローウィンですから」と夫人は微笑み、スープの一皿を暖炉の上に置く。「奇異にお見えになるかもしれませんが、習慣ですの。こうして死者を迎えますのよ」

暖炉の上の時計は八時近かった。弾《はじ》かれたように、僕は起ち、脱いだばかりのコートを手にする。

「済みません、もう一皿も良ければ暖炉に。急ですが出かけます」

「まあ、こんな夜に……」


夢中で飛び出し、馬車を拾い、笑い、泣き、怒って、ハローウィンの魔物さながらに馭者《ぎよしや》を震え上がらせた挙げ句、僕は行く先をテンプル法学院からリンカーンズ法学院へと変えさせた。合鍵《あいかぎ》は有る。今なら確実にあの部屋にスティーヴンは居ない。ドルイット氏はさておき、この機会にスティーヴンの部屋を見てみたい。

馬車で揺られている間「お化けが出るのよ」とヴァージニアの声が木霊《こだま》していた。そして万聖節前夜、ストーン・ビルディングの建物は陰鬱《いんうつ》に僕を出迎えた。

暗い室内に滑り込み、蠟燭《ろうそく》に火を灯《とも》すと以前見た通りの乱雑な室内が浮かび上がる。なぜ、ここに来たのか……僕自身、確証はなかった。だが、この部屋には何か有る……すさんだ空気、頽廃《たいはい》的な空間……職場であるケンブリッジの部屋とも、両親の住むデ・ヴァ・ガーデンズの自宅とも違い、ここは彼個人の事務所……城だ。

人の気配は全くなかった。建物全体がしんと静まり返っていた。今宵、リンカーンズ・インの広い敷地内には殆《ほとん》ど人は居ないようだった。胸の動悸《どうき》が納まると、僕は部屋の燈火を点《つ》け、蠟燭を消した。

テーブルの上の油燈《ランプ》を手に、隣の部屋へと入る。

下宿の僕の部屋より小さな寝室——簡素なベッドとナイト・テーブルしかなかった。壁には絵一枚掛かってはいない。独房のように殺風景な部屋だ。ナイト・テーブルの小さな引出しには煙草やマッチ、鉛筆といった小物だけ、そしてベッドの下には埃《ほこり》が積もっていたが、紙屑《かみくず》一枚見当たらない。居間に戻る。

暖炉、クローゼット、ソファーとテーブル、何脚かの椅子、壁の大半を占めた書架、机……ざっと見回し、ソファーの向こう……クローゼットの横のドアを開けてみた。……浴室だった。意外なことに埃塗《まみ》れの寝室より綺麗《きれい》だ。その隣はドアもなく、小さな台所である。片端から棚や引出しを開けてみる。飲みかけの酒瓶、干からびたチーズ、缶詰や瓶詰、食器類……小さなナイフが二本あったが、凶器とは遠かった。居間に戻り、浴室のドアの脇にどっしりと置かれたクローゼットも開けてみた。本来は寝室に在るものだ。衣類ではなく、他の物が、と思ったが、中は変哲もないシャツやズボン、コートが納まっていただけ。一枚一枚取り出して見てみたが、どれも一応綺麗で、油燈《ランプ》を近づけてみても血痕《けっこん》どころか染み一つなかった。傍らのチェストの方は帽子や手袋、下着類……手を入れて探っても何もない。ぎっしりと法律関係の本が詰まった書架六つは除外。あと目ぼしい物といえば机だけ……引出しを開けてみたが、事務用品や書類しかない。だが、引出しから顔を上げた僕の目に、机上の文字が飛び込んできた。

――ハイホー、カフーゼラム……エルサレムの売春婦――
カフーゼラム……カフーゼラム……前にこの部屋でエドワード王子が呟《つぶや》かれていた詩ではないか!

昔々一人の娘が住んでいた
彼女の商売は身を売ること
その名も高き売春婦
エルサレムの売春婦

ハイホー、カフーゼラム
カフーゼラム、カフーゼラム
ハイホー、カフーゼラム
エルサレムの売春婦

女にたんと金費やしたのに
奴らは地獄の梅毒持ちだった
毎年奴らを殺し、弔鐘を鳴らした
エルサレムの十人の売春婦たちに

この間、鷹原が持ち帰った投書の写しに似てはいないか？——神に見放された哀れな売春婦が八人——だったか。

僕は下の紙片も覗《のぞ》いてみた。

これまでに女が加えた危害をすべて
一まとめにして丸めたら
地球にも入りきらず
空も包みきれず
太陽の光と熱の手にさえ負えない
この巨大な悪の塊には
悪魔も手を焼き
時の車輪に合わせて
火を燃やし続けねばなるまい

最後の一枚は意味不明だった。

「我は天使」「現象とは無縁」「切り株を打ち砕け」「切り裂け、切り刻め」などという言葉がめちゃくちゃに書きなぐられていた。

「売春婦」「切り裂け、切り刻め」……だが、あるのは言葉だけ……凶器はおろか、血の染み一つ、この部屋にはない。

取り敢えず、呪詛《じゆそ》と怨念《おんねん》に充《み》ちた忌まわしい詩を書き写すと、改めてソファーや椅子、暖炉、そして絵や小箱の類《たぐい》、石炭入れまで探ってみたが、手が汚れただけだった。鐘の音に時計を見ると、九時である。僕はただ泥棒の真似事をしただけだったのか……

そしてテンプルへと来た。

ゲートをくぐり、別世界へと入る。だが……あの初夏の宵、緑に覆われていた木立は寒々と、果実のように身を丸めた星椋鳥《ほしむくどり》の巣と化し、薔薇《ばら》の香りも失せた庭はただ荒涼と広がるばかり、冷たい風と霧で覆われていた。

それでも、ヴィットリアが入った戸口、そしてあの鉄柵《てつさく》、階段脇のペガサスと、目にするにつれ、僕の気持ちも静まって来た。

スティーヴン……ドルイット……すべて僕の勝手な思い込みに過ぎなかったのか……たゆたう霧の中で、瓦斯《ガス》灯の炎に浮かぶ鋳物のペガサスの冷たい視線を浴び、階段を前にして佇《たたず》むと、何もかもが滑稽《こっけい》に思われた。

羽の生えた馬などこの世にはいない……そしてヴィットリアも……明治新政府も……留学も……何もかもが茶番、何もかもが偽物だ……何を思い詰め、何に悩んでいたのか……階段に足をかける……肌にかかる霧のように、僕の頭も冷たく冴《さ》えていた。

出迎えたのはスティーヴンだった。

「これはこれは」と大げさに両手を広げ、「急な誘いで、無理だったかと、諦《あきら》めかけていたところだ。これは嬉《うれ》しい」と、抱きかかえんばかりに僕を招じ入れた。

目の前に事務机、そして右手の応接用ソファーにトリーヴス医師とドルイット氏が坐《すわ》り、気だるそうに手を上げる。トリーヴス医師は半分眠りかけ、テーブルの上には既に十本近いビールの空き瓶が林立していた。

「手紙を拝見したのが、既に九時頃でしたので……」と僕は時間を一時間ずらして云うと、ドルイット氏の向かいに坐った。「鷹原はまだ仕事で、僕一人で伺わせていただきました」

僕の脇に滑り込むようにスティーヴンが坐る。「ほう、それは残念。あの聡明《そうめい》な鷹原氏から、世間を騒がしている事件の進展具合でも聞かせていただければと期待していたのだけどね。ははは……これは冗談。薫一人でいらしてくれた方が僕は嬉しいんだ」

「『薫』？」とドルイット氏がスティーヴンを見たが、そのままふらりと起ち上がると、僕のコップを持ってきてくれた。スティーヴンがすぐに酒を注ぐ。

「いや、長居をするつもりはありません」と僕はヴィットリアの写真と合鍵を入れた封筒を出した。「スティーヴンさん」と云うと、彼は「ジェム」と訂正したが、構わず続けた。

「先日、つい貴方の部屋から持って来てしまって、お返しに上がったのです」

角封筒の中身を見たスティーヴンがにやりと笑う。

「プレゼントのつもりだったのに」と云うや、鍵だけを取り出し、二、三度空中でひらひらさせると「改めてプレゼントだ」と僕のポケットに押し込む。次いで「ジョン、君からも改めて薫にプレゼントしてはどうかね？」と封筒をドルイット氏に投げた。

中を覗いたドルイット氏が僕を見つめ、封筒をそそくさと仕舞うと目を伏せた。女のように長い睫毛《まつげ》が頰に影を付ける。繊細な細い鼻、そして……ちょび髭《ひげ》！　割れた顎《あご》！　そうだ、この二つに長い間騙《だま》されていたのだ。

すぐに帰るつもりだったのに、心も平静のつもりだったのに、むらむらと一言だけでも云いたくなった。トリーヴス医師が同席していたが今やすっかり眠ってしまっていた。スティーヴンは承知の筈《はず》、構うものか。僕は意地悪くドルイット氏を見据えながら口を開いた。

「その写真では扇、そして初めてお会いしたときも、毛皮の立ち襟で、男らしい顎は見えませんでした。前に貴方《あなた》がメアリ・ジェイン・ケリーとご一緒だったのも目にしました……」

突然、トリーヴス医師が身を起こし、「メアリ・ジェイン・メリックと一緒？」と突拍子もない声を上げた。

「メリックではなく、ケリーですよ」とスティーヴンが苦笑しながら、医師をまた椅子に坐らせた。「イースト・エンドの売春婦のことです」――ドルイット氏がきっとスティーヴンを睨《にら》む。

「また事件の話かね、下らん」と額を押さえた医師は、首を振ると「すっかり酔ってしまったようだ」と懐中時計を引っ張り出したが、それで一度に目が醒《さ》めたようだった。「これは！　もう十時近い。学会以外の日は、もうベッドに向かっていますよ。毎朝、五時には起きるのでね」と、そそくさと起ち上がり、僕を見て目を丸くした。「これは柏木さん、いつから居らしていたのです？　どうも、すっかり醜態を晒《さら》してしまったようで……」

スティーヴンが「まだ、宵の口ではありませんか」などと、引き止めたが「いやいや」と云いながら千鳥足で戸口に向かうのに、スティーヴンも起ち上がり、コートを着せ、シルクハットとステッキを手渡し、送る。

これまた茶番だったが、医師が帰り、ドルイット氏と二人きりになって、ようやく話しやすくなった。「妹さんなどではない。貴方がヴィットリアでしょう?」

ドルイット氏は応《こた》えない。

「間違っていれば、とんでもなく失礼な言葉だと思います」と僕は続けた。「だが、顎を隠し、その口髭が付け髭だとすれば……先日、メアリと居らしたのも、最初は僕の見間違い……いや、貴方だったとしても、妹さんに代わって彼女に礼を云っていたのかと思いました。でも、今日ね、イースト・エンドには女装を楽しむクラブが有ると聞き、すべての謎が解けたのです。なぜ、あんな通りを淑女が供も付けずに歩いていたのか? 妹さんのお名前が、結婚されて姓が代わっているにしろ、よりにもよって、貴方の依頼人、人智学協会のヴィットリア・クレーマーズ男爵夫人と同姓同名なのは偶然すぎる」

「僕からみれば、今まで気づかない方が不思議だったね」――スティーヴンだった。「ジョンがいかに美しく変身するかという証《あかし》だろうが。君の……と云うより、人間の思い込みの激しさに感嘆するばかりだ」

「そう」と、横に坐ったスティーヴンを真っ直ぐ見つめて、僕は云った。「勝手に思い込んだ僕の愚かさ。それに……もう結構。滑稽ですね。実に」

「今日、ここでのパーティーを目論《もくろ》んだのはなぜだと思う?」とスティーヴン。「ジョンの癖が勤め先でばれてね、解雇通告を受けたのさ。秋期学期をもってお払い箱だ。男子校の教師が女装の趣味有りとは、校長には我慢ならないことだったらしい。無害な趣味じゃないか? 誰に迷惑をかけるわけでもなし、娼婦《しょうふ》を殺すわけでもない。そこでジョンの女装に一目惚《ぼ》れした君を招いて、この吐き気を催す下らぬ社会を呪い、そこから解放されたジョンの前途を祝すパーティーと相成ったわけだ。トリーヴス医師がのこのこ付いてきてしまったのはご愛嬌《あいきょう》だったが……同好会とでも思ったようだ。君を見てがっかりして帰ったのさ。……ところで、メアリ・ジェイン・メリックとは誰のことだ？」

「ジョーゼフ・ケアリー・メリック氏」と僕は憮然《ぶぜん》と云う。「彼の母親の名前ですよ」

「ほう」とスティーヴンは目をぐるりと動かした。「エレファント・マンに母親が居たとはね。思ってもみなかった。医師の頭は象のことだけか。ま、とにかく、これで三人。悲しきパーティーの幕開けだ。薫、ジョンに乾杯してやれよ」

「軽蔑《けいべつ》されますか？」とドルイット氏。挑むように鼻下のちょび髭を毟《むし》り取る。

あの夢見るような憂いを含んだヴィットリアの眸《ひとみ》が、今は暗く、刺《とげ》を持ち、上目遣いに僕を見ていた。だが、その暗さが絶望と悲哀で織りなされていると知ったとき、目は再び伏せられ、哀しいことに馬車の中でのヴィットリアをまざまざと思い出させた。

「いいえ、ただ今日まで、僕の中では男性が女装をするという概念はなかったので困惑しています。それに……正直に申し上げますが……たしかに月日が経って……それに以前、貴方から拒否されたこともあり……いくらか平静にはなりましたが……たしかに僕は……貴方の……女装をされた貴方に恋をしてしまったようで……今になってみると、滑稽というか、哀しいというか、驚いたというか、何とも複雑な気持ちで……貴方を前に、こうして話していること自体、やはり可笑《おか》しいことでしょうね。混乱しています。写真を置いて、すぐに失礼するつもりでした」

「駄目だよ」とスティーヴンがコップを差し出した。「高潔な君が、英国社会の捩《よじ》れた側面を垣間《かいま》見た記念すべき夜だ。ジョンを祝ってやれよ。あのご清潔なブラックヒース校の校長は、間違ってもこのことを公にはしないだろう。だがね、ジョンは自分から落ちようとしているんだ。シメオン・ソロモンみたいに転げ落ちようとしているんだ。路頭に迷い、僕をも裏切り、よりにもよってイースト・エンドの娼婦と恋に落ち、生まれ変わって再出発を志しているんだとさ。ハローウィンの夜に相応《ふさわ》しい、実に奇怪な旅立ちじゃないか。娼婦とだぜ、君」

ドルイット氏が「彼女は根っからの娼婦ではない！」とスティーヴンに怒鳴った。が、また目を伏せてぼそぼそと付け足す。「生活のためだ。あの地区の悲惨な状況は誰だって知っている」

「メアリ⁉」と思わず呟いた僕は「パリへ行く」と云っていたメアリの言葉を思い出していた。――「今度は本当の愛人とね。そしたらこんな商売もお終《しま》い、生まれ変わるのよ！」

「そう、メアリ」とスティーヴン。「あのメアリ・ジェイン・ケリーだ。君がジョンをメアリの部屋に入れたんだろう？　君は知らずにキューピッド役を果たしていたんだよ。君と違って、メアリはすぐにジョンを見抜いた。女が女を見るのに、恋のヴェールはかからないからね。どう隠したって、首や腰の太さでばれるさ。だが、可笑しいね、あの女も。女装の男に恋するなんて。あんなところの娼婦を恋したジョンもジョンなら、あの女もあの女だ。変人同士、似合いかもしれんが。薫、奇妙な恋に乾杯だ！　飲めよ、とにかく飲め！　今夜は」

僕は初めてコップに口をつけると一息で飲み干した。喉《のど》がからからだった。何という奇妙な夜。何という奇妙な連れ。スティーヴンの「あの女」という響きには、紛れもない憎悪が含まれていた。

「どうにもならないことは」とドルイット氏がスティーヴンを睨《にら》む。「君が一番知っているじゃないか。メアリの素性はすぐにばれる。ロンドンでは暮らせないよ。母のこともあるし……」

ゆっくりとドルイット氏を間近に見るのは初めてだった。酔いのせいか、僕は混乱するばかりだ。目の前のドルイット氏、そしてヴィットリア……帰ろうと腰を上げたとたん、スティーヴンが肩を押さえて代わりに自分が起《た》った。

「凄《すご》いアイディアを思いついたぞ！」――ソファーの背を飛び越えて、床に立つと、彼は戸口に向かい、自分のステッキを取った。「ジャックがメアリを殺すんだ！」

戻ってきたスティーヴンの手には、抜き身の剣が握られていた。そしてソファーを突き刺した。以前、ヴァージニアたちの部屋でパンを突き刺したときと同じ仕種《しぐさ》、同じ形相だった。

「スティーヴン！」と起ち上がった僕に、彼は「ジェムと呼べ！」と叫ぶや、仕込み杖を投げ捨て、抱きついてきた。そのままソファーに二人して倒れてしまう。

「はは、薫、僕が狂ったと思ったのか？　君の怒った顔は本当に素敵だね。いいや、今は大丈夫だ。ウィリアム・ガルなぞ必要ではないね。あんまり素晴らしいアイディアでね、嬉しくなっただけさ」――そう云いながらもスティーヴンの眸は野獣のように荒々しさを増し、ぎらぎらと輝いていった。ばねのように飛び起きると、身を乗り出して、テーブル越しにドルイット氏の両肩をつかんだ。そして洪水のような言葉。「いいかい、メアリはジャックに殺されるんだ。イースト・エンドの殺しはどんどんエスカレートしている。この間のキャサリン・エドウズなんて、新聞で見ると殆ど全身ずたずただったじゃないか。しかも事件はメアリの住まいの近辺ばかり。メアリが顔も解らぬほどに切り刻まれたって、みんなジャックの仕業と思うだろう？　かくてメアリは生まれ変わり……いや、替わりがいるな……そうだ、そうだよ。それこそヴィットリアだ。彼女はメアリと同じくらいの歳、同じくらいの背丈、おまけに黒髪、碧眼《へきがん》じゃないか。それに彼女は男爵夫人、歴《れっき》とした淑女だ。未亡人でもある。何て素晴らしいんだ。メアリはヴィットリアとして君と結婚する。これならドルイット家の名誉も守られ、どこからも文句はこない。メアリのしがらみも断ち切れる。僕は天才だね、やはり。それに何て友だち思いなんだ。待てよ、素晴らしい景品まであるぞ。君はヴィットリアの弁護士だ。君の手腕でヴィットリアの財産もいただけるじゃないか。差し当たって二人でフランスでもアメリカでも行って、夢のような新生活が築けるってものだ」

「ヴィットリアをメアリとして殺す……」とドルイット氏が呟いたのと、僕が「馬鹿な！」と吐き捨てるように云ったのは同時だった。

スティーヴンはソファーに身を仰《の》け反らし「僕は天才だ！　君らは天才と同席しているんだよ」と笑いだした。

「『ジャック』は君じゃないのか」と云ってみる。――最前まで、君の部屋を探っていたんだ。血痕《けっこん》も凶器もなかったが……

ドアの外で何かが落ちる音……スティーヴンが飛び起き、ドアに走って、さっと開いた。冷気が押し寄せてくる。彼は暫《しばら》く外を見ていたが「ブラッドハウンドだ」と、再びにやにやとした薄笑いを浮かべて戻ってきた。――ブラッドハウンド？ 何を云っているのだ？ と思う間もなく「薫……」と頬を撫《な》でる。「どうして君は冗談をそんな生真面目な顔で云えるんだい」――そしてまたもや笑いだす。「そうだよ、僕は『ジャック』だ。待てよ、またそんな目で見る。僕はジャック、ジョンもジャック……そう呼ばれることもあるってことだ。ジェムと同様にね。『ジェイムズ』や『ジョン』の愛称の一つだからね。尤も僕はジェムが一番気に入っている。乙にすまして『スティーヴンさん』などと呼ばれたくないね。薫『ジャック』ではなく『ジェム』だ」

「夢のような未来だが……」とドルイット氏が漠然と呟《つぶや》いた。「誰がヴィットリアを殺すんだ。ジャックにお願いするのかい？ 新聞広告か何かで」

スティーヴンは笑い止まなかった。ますますげらげらと笑いながら「そりゃ、君がさ」と云う。「ジョン、君の問題だ。君がジャックになるのさ。ジャックからも文句は来ないと思うよ」

ドルイット氏が呆《あき》れたような眼差《まなざ》しを投げ、「飲み過ぎだよ、ジェム」と、ビールの空き瓶を持って起ち上がる。

その空いた席にスティーヴンが手を伸ばし、「おや、これはトリーヴス医師の忘れ物だ」と銀の煙草ケースを僕に抛《ほう》った。「あの几帳面《きちようめん》な先生が忘れ物とは珍しい」とまた笑いだす。

今度こそ、僕は起ち上がった。

「明日、僕がお返ししておきますよ。ジェム、君はやはりウィリアム卿のところに通った方がいい」

スティーヴンの笑いが止み、僕を見上げた。

「お招きありがとう」と云うや、僕は踵《きびす》を返す。このまま居たらスティーヴンを殴りそうだ。

そしてきっと、今よりもっと厭《いや》な気持ちになるだろう。


シルクハットもコートもステッキも、手にしただけで外に飛び出した。

霧はますます深く、目の前の二、三段の階段すら見えない。石畳に降り、ぼんやりと浮かぶ灯の間を進んでいると、靴音とともに「柏木さん！」と声。ドルイット氏の声だった。

「済みません。貴方を騙《だま》すつもりではありませんでした」声はすぐ間近だった。

「いいえ」と振り返らずに僕は云う。「僕が勝手に誤解しただけです」

「いいえ、謝ります。最初から申し上げれば良かったのです。でも勇気がなくて……」

「お一人で大丈夫ですか？　スティーヴン氏の対処は」

「慣れています」と声は和らいだ。「彼の奇言奇行は今に始まったことではなし……驚かれたかもしれませんが、悪い奴ではありません。それより、お詫《わ》びします。本当に。ごまかすためにヴィットリアなどという名前で礼状を出すべきではなかった」

「僕の誤解です。気にしないで下さい。実に滑稽《こっけい》な誤解です」僕はスティーヴンのような笑い声を上げて、そのまま歩きだした。

ドルイット氏はそれ以上、追ってはこなかった。そう、実に滑稽なことだ。この数ヵ月……幻を追い続け……笑いが涙に変わった頃、幸いにもゲートをくぐりテンプル法学院の敷地を出ていた。

ロンドンに来て、僕は初めて鷹原より遅く帰宅し、そして鷹原は、初めて僕より早く寝ていた。

霧に覆われ、ヴァージニアの部屋の窓も見えない。ヴァージニア……君の従兄《いとこ》はどういう男なんだ……

十五　一八八八年　十一月

十一月一日　木曜日

とうとう十一月に入ってしまった。

八時……外はまだ薄暗く、寒々としている。

夫人が早くから火を熾《お》こしておいてくれた居間で、暖かい朝食をとり、食後の珈琲《コーヒー》を飲む。

帰国……帰りの船を予約しなければならない……昨夜預かってきたトリーヴス医師の煙草ケースを弄《もてあそ》びながら、ぐずぐずと席を起《た》てないでいた。

銀の煙草ケースには、美しい装飾体でFとTの文字が組み合わされていた。フレデリック・トリーヴス……医師の丁寧な指導、そして貴重な資料のお蔭《かげ》で、大腸のレポートも形だけは整えつつあった。帰国しても、ベルリンでのレポートとともに提出すれば、留学の形だけは成り立つ筈《はず》だ。だが、僕自身の発見など何もなく、医師の受け売りに資料を取り混ぜただけのものである。

解剖学者は精神より肉体に帰着すべし……だが、最近ではレポートに関しても、医師は余り触れなくなった。分野外の者にならともかく、トリーヴス医師から見れば、心ここに非ずというレポートなど一目でお見通しだ。会えば、常に笑顔だったが、それも所詮《しょせん》は行きずりの者、東洋の留学生だからのこと、いわば見放された笑顔である。

ベルリンのライヘルト教授、ロンドンのトリーヴス医師、良き師に恵まれながら、不肖の弟子となるわけだ。残された僅《わず》かな日々、今までの忘恩を挽回《ばんかい》とまではいかなくとも、今すこし、勉学に身を入れなおそう。宙に迷っていた心が、僅かなりとも光明を見出したのだから……

今になって、ようやくこの留学に感謝の念を抱けるようになった。良き師、良き友、良き知人……なぜ、今まで気づかなかったのか？　陽の射してきた裏庭を眺めながら、いつかまたここへ来ようと思う。ロンドン……美と汚濁の中に真理と偽善、悪と混沌《こんとん》を秘めた人間の街……ロンドンに来てからの数ヵ月、本道を外れ、枝道ばかりに首を突っ込みながら、初めて僕は世界を見、人と話し、僕自身を探った気がする。日本政府の期待するような立派な勉学は修められなかったが、少なくとも、無知の思い上がりから背を向けていた世界が、それほど嫌悪すべきものではないことも解ってきた。昨夜、ドルイット氏に会ったことも、今にして思えば良かったのだ。これ以上ないほどの滑稽な初恋だが、帰る前に決着は付いた。滑稽すぎて、何も感じない。それどころか、ドルイット氏にもスティーヴンにも、奇妙な親しみすら覚えた。奇妙な人間……そう、構えることなどなかった。誰も彼も、人間なんてみんな奇妙なんだ。

帰国の感傷に浸っていたつもりが、いつの間にかくつくつ笑いだしていた。

「朝っぱらから、ご機嫌だね」と入ってきた鷹原に、煙草ケースをポケットに仕舞い、たっぷりとしたポットから珈琲をカップに注ぐ。ビービが元気に飛びついてきた。

「君はいやに早起きじゃないか」と僕も反撃する。

「僕だって早く寝れば、早く起きるよ。君こそ昨夜は遅かったようだ。一人で夜遊びとは、ようやくロンドンにも慣れてきたようだね」

緋色《ひいろ》のビロードのガウンの襟を掻《か》き合わせ、ぶるっと身震いをした鷹原は、寝足りたような顔でもなく、珈琲を一気に飲むと、すぐに二杯目を注いだ。

昨夜の顛末《てんまつ》など、流石に話す気は起こらず、僕は「そろそろ船の予約をしようと思う」と云う。

「船?」と、変に真面目な顔を向けた鷹原は「帰国のかい?」と聞き、また一気にカップを空けた。「いつ帰るんだ?」

「規定通りにすれば今月末、引き延ばしても来月半ばにはね。今日、当たってみれば日にちが解るだろう。ボーモント夫人には今夜云おうと思う。尤《もっと》も、僕は君の居候のような者だから、僕が帰っても、夫人にはさしたる影響もないだろう」

「いや、有るね。僕も一緒に帰るよ」

「何だって!」と云った僕は、昨夜、ドルイット氏の家に行く前、鷹原宛に電報が届いていたことを思い出した。

「国で何かあったのかい?」

「警視総監、三島通庸《みしまみちつね》が急逝した」

「いつ!?」

「先月の二十三日。なに、警視庁からもとっくに――帰朝すべし――とは来ていたのだがね」と、鷹原は平然と云い、煙草の葉をパイプに詰め始めた。「無視していたが、昨日家からも電報でね、ついに送金打ち切りだ。実に残念だが、帰らざるを得ない」

「三島子爵はまだ、それほどのお歳ではなかったろう? 事故でも?」

「五十過ぎだが――病にて　十月二十三日　歿《ぼっ》す――と云ってきたから、病気だろう。警視庁はどうでもいいが、家からの送金が途絶えてはどうしようもない。哀れなものだね。帰るしかなかろう」

「そうか」と云った切り、後の言葉が続かなかった。警視庁の命令に背くことも、彼なら出来るだろうが、送金を絶たれては、彼の暮らしぶりでは、この国での自活など出来よう筈もない。

「いずれは帰るのだから、仕方あるまい」とパイプに火を点《つ》けた鷹原の顔は、普段通りの笑みを見せていた。

「それより君、昨日云っていたバートンの序文とか……続きを伺おう。何だい？」

僕と違い、突然の帰国など、意にも介さぬように、急に変えられた話題に僕の方で戸惑ってしまった。「いや、大したことではないよ」

「昨日もそう云っていたね。何だい？」

「いや……別に……僕自身のことだ。大したことじゃない」

「それで？」

「いや……」と云ったまま、言葉に詰まってしまったが、鷹原はパイプを手に僕を見つめていた。思い切って「作家になろうと決めたんだ。帰朝したら」と云ってしまう。

「作家……小説のかい？」と鷹原はさほど呆《あき》れた様子もなく云った。僕はうなずいた。

「それで？」と鷹原。「バートンが序文で『作家こそ最高の職業――』とでも述べているのかい？」

「いや、作家というより、物語の素晴らしさについてだ。ちょっと待ってくれ、持ってくる！」――僕は居間を飛び出した。

――人間誰しも、ある一時期もしくは人生の変わり目には、超現実的な力を持つとか不思議の国を垣間《かいま》見たいとの願いを持ってきた。ここではそのような願いに身を置くことが出来る。どんな気まぐれであろうと、ちっぽけな人間の意思が巨大なある精神により奮い立たされるのを見ることが出来る。一瞬のうちにどこへなりと、行きたいところへ自分を運ぶことも出来るし、都市を瓦解《がかい》に帰せしめ、金銀財宝がまばゆいばかりの宮殿を建てることも出来る。誰でも素晴らしい飲み物、見事な食物を、見たこともない杯、価の知れぬ器から口にすることが出来、遠いオリエントの選《え》り抜きの果物をとって食べることも許される。ここでは王様を友に変え、敵の軍勢はなぎ倒し、美しい女を何人でも我が腕に抱かせてくれる魔法使いを見出すことが出来るのだ――

……

「つまり魔法使いになりたいわけだ。君は、言葉の魔術師に」

「僕はロンドンに来て、物語……小説というものに心を奪われた。君のお蔭だが、ようやく世界への入口を見つけた気がする……君には解らないかもしれないが、僕はね、今まで世界とか人間とか、自分自身が人間だというのに、何だかよく解らなかったんだ。解らないから逃げていたとも云える。だが、小説に魅せられてから、心が解放されていくようだった。世界も人間も、まんざら悪いものではないように思われてきた。何というか、いろいろなものを好きになり始めている」

「結構なことで。それでご自身でも小説を書きたいと？」

「書けるかどうかは解らないがね、でも、こんなに心躍り、わくわくしたことはないよ。物語というのは素晴らしい。バートンの言葉通り、物語の世界でならすべてが可能だ。自由に心を遊ばせることが出来る。そして、もしも可能なら、僕もそういう物語を作り上げてみたい。僕も人間を……人間の精神を、心を、自由に遊ばせたいんだ。地位や名誉、身分や体面に囚《とら》われることなく、すべての僕の本を読んだ人々が、王様から乞食《こじき》へと、熱砂の砂漠から氷点下の凍《い》てつく世界へと、どんな風にでも遊べる世界を作りたいんだ。虚構だって構わない。そもそも、ロンドン以前の僕が、世界をどう捕らえていたと思う？　君には想像もつかないだろうが、見方ひとつで、捕らえ方ひとつで現実の世界だってこんなに変わるんだ。すべては個人の……自分自身の目を通してしか、感じることは出来ない。つまり君の見た世界と、僕の見た世界とは違うってことだ。と、すれば現実とは何か？　すべてが虚構だって論も成り立つだろう？」

「だが、本の中で王様に成れても、現実には金がなくなれば帰国せざるを得ない。見方を変えても、その事実には変わりないね」

「水を差すなよ。帰朝したって、心は自由だ。僕はね、帰朝したら作家になるよ。……ただ、日本語でディケンズやブロンテ……この国の本のように、人間の気持ちをそのまま書くことが出来るだろうかって……つまり文体だね、それが今一つ不安だ。今までのような……」

「『浮雲』は読んだのかい？」

「『浮雲』？」

「以前、君に貸しただろう。多分君の部屋で、他の本の下敷きになっているだろう。二葉亭四迷《ふたばていしめい》の言文一致という文体、話し言葉のまま書かれた小説だ。君の考える、『日本語でディケンズのような小説を』というのには一番近い気がするがね」

「忘れていた。早速読んでみよう」――そうだ……以前にも鷹原は同様のことを云っていたではないか。だがあの頃はこの国の本しか念頭になかった。日本語で自分も書いてみたいなどとは夢想だにしていなかった。

『浮雲』……すぐにも部屋へと取って返したく、腰を浮かせたとき、「暮らしはどうする？にわか物書きでは暮らせないだろう」と鷹原が紫煙の向こうで云った。

「これで暮らすと云ってはいない」と僕は再び腰を下ろす。「国のお蔭で留学出来たんだ。教鞭《きようべん》を取るも、医者に成るも、国の方針に従うよ。生活のためだけではない。医学も大事だって解ってきたんだ。トリーヴス医師のお蔭でね。彼の手術の様子を目の当たりにし……君は彼の手術着を知らないだろう？　脱いだあとだって、血糊《ちのり》でそのまま起《た》つくらいだ。君はよくメリック氏の執事だと、医師を馬鹿にするが、それだけで日をおくっているわけではないよ。彼がどれだけ多くの命を救っていることか……」

ボーモント夫人が入ってきて、僕の熱弁は中止された。

「珍しく、朝からお二人お揃いで」と夫人は顔をほころばせ「鷹原さんにも朝食をお持ちしましょうか？」と云いながら、『タイムズ』と『スター』をテーブルに乗せた。「新聞は相変わらず事件のことばかり……でも、十月は無事に過ぎましたわね。ほっと致しました。後は犯人が捕まるよう、神に祈ります」

「僕らも祈ってますよ」と受け流した鷹原は、「朝食は結構。珈琲だけ、またポットでお願い出来ますか？　それにビービにミルクを」と空になったポットを持ち上げ、夫人を追い立てた。

僕も起ち上がる。もう十時を過ぎていた。

「貴重な残り時間、君を僕につき合わせすぎた気がする」と鷹原。「今後は病院と、まあ小説でも書き始めてみることだね」

「いや、そんなつもりで云ったのではないよ」と云いながら、僕は自分のことばかり云っていたことに気づいた。「帰朝前に犯人が捕まるといいね」

「ぜひともそうしたいね」と鷹原はパイプを置いてビービを抱き上げた。

しかし、後に続く言葉はなく、ビービを撫《な》で始めたところをみると、捜査は余り進んでいないようだ。

ドアを閉める直前「病院にまっすぐ行きたまえ。船の方は僕が予約を取ろう」と声。礼を述べ、部屋へと戻る。

十一月五日　月曜日

帰国は来月十二日と決まった。あと三十七日……不思議なもので、これで見納めと思うと、何もかもが愛《いと》しく見え、誰に会っても別れがたく思い、何に対しても熱心になれた。だが、例外が一つだけある。メリック氏である。

本を通してのみ、僅かに成り立った会話も、さほど深くはならず、いつも最後は彼の感嘆と礼の言葉で拒絶される。僕自身が今まで構えていたといえばそれまでだが、彼の本心は未《いま》だ解らず、病院と世間への溢《あふ》れるばかりの感謝の念しか聞くことは出来なかった。僕は別に彼の口から呪詛《じゅそ》や怨念《おんねん》を引きずり出し、さもありなんと満足しようとしていたのではない。だが、あれだけの特異な外見を持ち、過酷な半生を過ごし、今も社会から隔離されて生きる人間が、仏のようなことばかり口にするのはどうしても解せなかった。「優しく、気高い、親切な方々」「善意溢れる人々、社会、病院」などという通り一遍の言葉ではなく、本心ではどのように世界を見つめ、人々を見ているのか……だが、ちょっとでも突っ込めば、それは困ったような沈黙か、「皆さん、本当にご親切で」と、打ち切られてしまう。彼と話がしたいと思ってロンドンに来たのに、それだけは未だ達せられなかった。人の心を知るなどというのは所詮傲慢《しょせんごうまん》なことだったのか……それとも僕の狭量のせい……未熟な心のせいだろうか……

実際、今日は僕の失言から、とんでもない事態に発展してしまった。

鷹原と二人、メリック氏の部屋を訪ね、居合わせたトリーヴス医師、婦長にも帰国を告げた。「せめてクリスマスまででも居らして下されば」と、普段仏頂面のリューケス婦長が、格別優しい声でまず云ったのには驚いた。「この病院のクリスマスは、それは素晴らしいのですよ。せめて半月、延長されていただけたら……」「無理ですね」と微笑みながらも、素っ気なく鷹原。「何しろ地球の裏側まで帰らなければなりませんから、船もそうそうありません」

「早いものですね」とトリーヴス医師。「お会いしてからあっという間に日が過ぎてしまった気がします」

「せっかくお近づきになれたのに、と、とても残念です」とメリック氏。

「また、いつか参りますよ。二人で」と鷹原は陽気にかわし、「気の早いアイアランド嬢が、さきほど金銀のモールを手にしていましたが、あれはクリスマスの飾りだったのですね」と同室していた看護婦をからかった。

「まあ、鷹原さん」とアイアランド嬢はぽっちゃりとした可愛らしい口を尖《とが》らせた。「アレグザンドラ棟など、もう窓という窓に星が飾られていますわ。この棟が一番遅れておりますのよ」

鷹原はにこにこと「でもまだ十一月に入ったばかりですよ」と云う。

「十二月では間に合いませんわ、とても」

「十二月に入ると」と婦長まで子供に返ったような笑みを浮かべた。「続々と贈り物が届きますの。それに数えきれないほどのクリスマス・カード……当日は朝から聖歌隊がキャロルを歌いながら病棟を回ります。そこに妖精《ようせい》たちを引き連れたサンタクロースの到着。患者一人一人にプレゼントを配るのです」

「大きな七面鳥」とアイアランド嬢のはしゃいだ声。「それにデザートはプラム・プディングですわ！」

「昨年、先生《ドクター》からいただいたプレゼントをお見せしましょう」とメリック氏が起ち上がり、チェストの上から大きな箱を持ち上げたが、小さなテーブルが茶器で一杯になっているのに気づき、苦労しながら膝《ひざ》に乗せた。

「私からではない……」とトリーヴス医師が恥ずかしそうに訂正した。「皆さんからのですよ。私は代表で君の希望を聞いただけです」

「でも、願いを適《かな》えて下さったのは先生《ドクター》です」

たった今、プレゼントされたように感激も露《あらわ》に、メリック氏は銀で装飾された立派な革の箱をこちらに向けて開けた。

僕は息を呑《の》んだ。銀製の背のヘアブラシと櫛《くし》、銀の靴べら、象牙《ぞうげ》の柄の帽子ブラシに剃刀《かみそり》、歯ブラシのセット、それに煙草ケースが整然と並んでいた。一つ一つがぴかぴかに磨かれていた。紳士用の化粧ケースだ。

部屋はしんとしていた。誰も何も云わない。本来有るべき鏡がないのはトリーヴス医師の配慮だろう。

「これは見事なセットですね」と鷹原が口を開き、煙草ケースを取り上げ「ほう、煙草もちゃんと入っている」と、とんでもない悪臭にすぐ蓋《ふた》を閉じた。

紙巻き煙草は葉の色が滲《にじ》み出て、変色していた。恐らく昨年のクリスマスに貰《もら》って以来、そのままの状態なのだと思う。メリック氏は煙草を嗜《たしな》まないし、歪《ゆが》んだ口では吸うことも不可能だ。そして銀のブラシで梳《す》かすような髪もなければ、靴べらや帽子ブラシを使って外出する機会もない。だが、僕には彼がこれを望んだ理由が傷いほどに解った。そして、彼がこれを使う様子がありありと脳裏に浮かんだ。深夜、一人でこのケースを眺め、彼はりゅうとした紳士に成っているのだ。これは彼の変身のための、夢想のための、大事な小道具なのだ。

鷹原は、僕より早く察したようだった。「これも有った方がいいかな」と云いながら、胸ポケットから絹のハンカチーフを抜き取り、煙草ケースの横に置いた。「使用しているもので失礼ですが、違和感はないでしょう？」

「ああ！」とメリック氏が感嘆の声を上げる。「あ、ありがとうございます。何てご親切な……何てお優しい……私のような者に」

いつもの感嘆癖である、と知りつつも、そしてもう帰国だと思いつつも、僕はまた苛立《いらだ》ってきた。余りにも遜《へりくだ》った態度、そして自己卑下に隠れ、遠のくのだ。

「外へ……」――自分でも考えてもいない意地悪な言葉が口を衝《つ》いていた。「これを使って実際出かけてみたらどうです」

自分自身の言葉に驚いたときは既に遅く、凍りつくような沈黙が部屋を支配していた。救ってくれたのは婦長である。

「今年のプレゼントは何でしょうね。メリックさん」と云いながら、そっとケースの蓋をした。「あーあ、楽しみ」とアイアランド嬢も、ぎこちなく言葉を添え、「皆で仮装して、お芝居もしますのよ」と僕らを見た。「先生方も、私たち看護婦も、学生も、皆で。患者さんたちにお見せしますのよ」

婦長は「子供たちには『パンチとジュディ』の人形芝居」と云いながら、メリック氏の膝からケースを取り上げ、元に戻した。

「芝居ね……」と鷹原も楽しそうに云う。「メリックさんは劇場で芝居をご覧になったことがありますか？」

「劇場で？」と驚いたようにメリック氏。「い、いいえ。ありません。ケンドル夫人からいろいろと伺ってはおりますが」

「有名な女優です」と婦長。「ここにお見えになられたことはございませんが、メリックさんには度々、お手紙やプレゼントをいただいています」

「昨日、完成した寺院はケンドル夫人に贈ったのよね」とアイアランド嬢。

見れば、たしかに窓際の机の上から、この間まで彼が作っていた紙模型はなくなっていた。それとはなしに、皆が話を逸《そ》らしてくれ、僕の失言を庇《かば》ってくれたが、僕はそれ以上、口を開く勇気を失い、恥じ入り、ただ話が進むことを祈っていた。だが、帰り際に鷹原は見事に、話をぶり返した。

「女優、マッジ・ケンドルは、今地方巡業とか……」と起ち上がった鷹原は「美味《おい》しいお茶を御馳走《ごちそう》さまでした。そろそろ仕事に戻ります」と、皆に挨拶《あいさつ》をしたが、戸口で、「そうだ、メリックさん、実際、出かけてみたらどうです？　ケンドル夫人の舞台は無理だが……帰国前の僕のクリスマス・プレゼントとして、ご一緒に芝居見物など、いかがです？」と云い出した。

メリック氏は唖然《あぜん》としたまま、言葉も出ない。鷹原はそのまま「実現に向けて、動いてみましょう」と、廊下に出てしまう。後を僕が追い、トリーヴス医師が……婦長まで追ってきた。

「どういうつもりです、鷹原さん」と階段の途中でトリーヴス医師が云う。普段、鷹原に対する柔らかな口調ではなかった。「彼を劇場などに連れていけるわけがないではありませんか？」

「騒動になりますわ、間違いなく」と婦長も怒ったように云う。

一階の廊下で、鷹原は足を止め、にっこりと振り返った。「院長の許可が降り、人目に触れぬ然るべき設定が整えられれば、観劇は可能でしょう？　一生、観劇も知らずに終える人生なんて残酷じゃありませんか」

「出来もしないことを云って、動揺させる方がもっと残酷ですわ」と婦長。「不可能です」

「彼は紳士を夢見ています」と鷹原。——そのまま、僕らは鷹原の言葉を聞きながら、玄関へと向かう。「彼好みのロマンチックな物語の中でしか知らない紳士をね。物語の中の紳士は、あの化粧ケースの中身を使って正装し、パーティーに出、観劇し、淑女と散歩をする。パーティーや淑女との散歩なら、何とか夢想も可能でしょう。だが、生まれて一度も芝居というものを観たこともない者には……きちんとした劇場に足を踏み入れたこともない者には……芝居という概念すら浮かばないでしょう。僕は、せめて彼の夢想に、今一つ、彩りを添えてあげられればと思っただけですよ。クーツ銀行の大株主、クーツ男爵夫人は、このロンドン病院の院長、ケンブリッジ公爵とは先代からの旧知の仲、そして王室ともお親しい。男爵夫人は王立劇場ドルリー・レーンに特別席をお持ちです。王室用入口から専用階段で行くことの出来るボックス席です。クーツ男爵夫人がメリック氏にご自分の特別席を提供して下さり、王室が入口と専用階段を開放して下さり、そして病院長の許可さえ降り、病院から劇場まで、何とか彼を馬車で運びさえすれば……人目に触れることなく、観劇は可能でしょう」

「いくら貴方《あなた》でも……」とトリーヴス医師が青い顔をして云う。「そんな席を彼に提供出来るとお思いですか？」

「僕より、世に知られた慈善家、クーツ男爵夫人の裁量一つでしょう。これから伺う予定です。掛け合ってみますよ」

いとも気楽に請け合うと、鷹原は馬車も呼ばずに門を出、群れる子供たちに小銭を与えながら、夕闇の街に消えた。

「僕が変なことを云ったために、済みません」と僕は何方ともなく謝った。

「まあ、そろそろ始まりましたわね」と門の外に目を向けたまま、婦長が呟《つぶや》く。

子供たちの歓声……黄金の雨が門前を横切り、ぱちぱちという音とともに、風に乗って火薬の匂い。早くも広いホワイトチャペル・ロードは花火を持つ子供たちで溢れていた。ガイ・フォークス・デーである。

ガイ・フォークスとは、一六〇五年、この国でジェイムズ一世と議員たちの暗殺を企て、議事堂を爆破しようと、ウエストミンスター宮の地下に爆薬をしかけた旧教徒たちの首領だそうだ。十一月五日はそれらが発覚し、ガイ・フォークスが捕えられた記念日で、今では祭となっている。一年に一度、暮らしに困らない子供たちまでが、おおっぴらに通行人に小遣いをねだり、花火を買って走り回る日だと聞いた。

火薬陰謀事件に因《ちな》み、子供たちは花火を手に駆け回り、ガイ・フォークスの人形を街中引きずり回す。朝、家を出たときに見かけた人形は、古びてはいたが夜会服を身につけ、シルクハットまで被《かぶ》った立派な出来だった。祭のクライマックスは広場に積み上げられたがらくたの上にその人形を乗せ、点火するのだという。

束の間、花火を手に駆け回る子供たちを見ていた婦長は、やがて「ジョーゼフが、ドルリー・レーンの特別席で観劇？　信じられませんわ」と、そそくさと院内に戻った。

「さあ、今夜は大忙しだ」とトリーヴス医師も、鷹原の言葉など忘れたように腕を捲《めく》る。「だが、特別な日とはいえ、帰国直前の貴方に夜まで手伝わせるのは申し訳ない気がしますね。祭見物に行かれても結構ですよ」

「いえ、花火は日本でも見慣れています」と僕も医師の後に続く。

今夜は火傷《やけど》の患者が引きも切らずに押し寄せるとのことだった。あんな小振りの花火を手で振り回し、おまけに焚《た》き火とくれば無理からぬことだろう。だが、今、目にした限りでは、花火は日本の方が凄《すご》いと思い、何とはなしに気分が良くなった。ハローウィンに続いて一日は万聖節、二日は万霊節、そして今日のガイ・フォークス・デー……何のことはない、盆のような日と花火大会……季節はずれても、どこも似たようなものだ。

病院を出たのは九時過ぎだった。

院内はまだ戦闘状態だったが、トリーヴス医師の「私も帰ります。人員に不足はない。後は任せましょう」という言葉で、僕も退散してきたのだ。

未《いま》だ凍《い》てついた夜空に花火の音が響き亙《わた》り、あちらこちらで燃え盛る炎に人々も建物も揺れていた。すぐに地下鉄道に乗るのが惜しく、シティまで歩いてしまう。

冬とは思われぬ暖かさ、ジャックのことなど忘れたかのようなどんちゃん騒ぎ……しかし、流石にシティに入ると、いつものような落ちつきある街となる。下宿の付近も閑静な住宅街、多分ひっそりとしていることだろうと、外套《がいとう》の襟を立てながら、ようやく地下鉄道に入った。

意外にも、下宿の前にも小振りながら、がらくたの山が出来ていた。ただし火はまだ点《つ》けられてはいない。

家の中から壊れた椅子を運んできたボーモント夫人と出会う。

「お帰りなさい」と夫人は弾《はず》んだ声を上げた。「十一時頃には火を点けますわ。下りていらっしゃいまし」

「いいえ、部屋から見物させて貰《もら》います」と僕は苦笑する。もう充分に見てきていた。

「鷹原さんと同じことをおっしゃる！」と夫人は笑い、がらくたの山の方へせかせかと歩きだす。

鷹原も帰っているのか……と、居間へまっすぐ行ってみる。

また朝帰りだとばかり思っていた鷹原は、ガウン姿でビービを膝《ひざ》に寛《くつろ》いでいた。

「クーツ男爵夫人のところには行かなかったのかい？」と聞いてみる。

「行ったよ。ただし、遅めのお茶を御馳走《ごちそう》になっただけだ。夏とは状況が変わった。以前のように時間にゆとりもないしね、夜はガイ病院のウィリアム・ガル卿と食事し、帰りがけに『スター』社へ寄ってベイツ記者とも会ってきた。ヤードにも寄ろうかと思ったが、街中きな臭い。この明るさでは今夜は事件も起きないだろうと、帰ってきた」

「収穫は？」

「大いに有り、というところかな？　まずエレファント・マン観劇の件は九分九厘大丈夫だね。クーツ男爵夫人ときたら『なぜ、今まで気がつかなかったのでしょう』と大喜びだ。慈善に腕を振るう絶好の機会だからね。『席の提供など造作もないことですわ』と即快諾だった。しかも『王室や病院長との交渉も任せて下さい、近日中に良いお返事が出来ると思いますよ』とね」

「大した婆さんだね、驚いたな。医師も婦長も君の言葉など、まるで信じてはいなかったよ。僕もとんでもない失言をしたと悔やんでいたんだ」

「いや、君の引き金のお蔭《かげ》で彼を外に連れだせる。彼はあそこにいる限り、囚人だからね。外に連れだせば、また違うことを云うかもしれない。僕も君同様、彼の本音を聞いてみたいと思っただけだ。観劇は単なる手段だよ」

「彼の本音?」

「ああ。『ありがとう』『ご親切に』『感謝しています』以外の言葉さ」——鷹原はメリック氏の口調そのままに云い、笑いだした。

「同感だ」と僕も笑い、グラスを持ってきて酒を注いだ。

鷹原もグラスに口を付ける。「『彼女が動けばロンドンも動く』と云われるほどの大した婆さんだよ。本人も張り切っているし、まず任せて大丈夫だね。僕はあの白粉《おしろい》の壁に感謝の接吻《せっぷん》を捧《ささ》げて速やかに退場、ウィリアム卿との食事に飛び出した」

「だが、その大した男爵夫人を動かしたのは君だよ。それでウィリアム卿と食事とは? やはり彼が怪しいと思うのかい?」

「まだ、何ともね。婆さんの次は爺《じい》さんだ。敵に回すと双方ともに手強《てごわ》いよ。極力和やかに食事をしただけだがね。卿は前回の犯人二人説を引っ込め、モレル・マッケンジー医師が怪しいと云いだした」

「ドイツ前皇帝侍医だった⁉……そういえば前に会ったときも良くは云ってなかったが、名指しするとは随分だね、根拠は？」

「――前皇帝崩御により、彼の医者としての道は絶たれた。今後、どのような反論をしようとも、無駄だろう。女王の懇願により、誠心誠意尽くした結果がこれだ。英国社会や王室を揺るがすような報復に出ても当然――ということだ。――彼が英国に帰ったのは六月末。そして連続殺人の幕開けは八月六日。しかも凶器は医者のメスと思われる――……以上がウィリアム卿の指摘だ」

「僕はマッケンジー医師には会ったこともない。君はどう思う？」

「たしかに動機は申し分ない。日にちもうなずける。六月末に帰国したときには、まだマッケンジー医師もこれほどの誹謗《ひぼう》を浴びるとは思いもしなかったろう。が、七月一杯で暗澹《あんたん》たる前途も知った。そして犯行……ただし、前にも云ったが、僕は八月七日の事件は、世に云う『ジャック』の犯行ではないと思うがね。ジャックの連続殺人の始まりは八月三十一日のメアリ・アン・ニコルズからだ。傷口から見てもね。尤《もっと》も、それでもマッケンジー医師という疑惑は成り立つが。そして凶器は、僕も医者のメスだと思う。だが、マッケンジー医師が犯人かというと……信じがたいね。何もかも容易に彼に結び付くが、僕の知る医師とは重ならない。九月に彼を訪ねたときも、たしかに酷《ひど》く落胆し、絶望しているようだったが……彼が『ジーキルとハイド』のような人間なら別だがね。信じがたいが……明日、もう一度訪ねてみようと思っている」

「いや、一人で行くよ。僕一人の方が、彼も心を開く。それに君の滞英も残り僅《わず》かだ。もう事件に係わらせようとは思わない。病院と、あとはせいぜい作家への道を邁進《まいしん》するんだね。『浮雲』は読んだのかい？」

「ああ、驚いたよ。たしかにディケンズだ。日本の小説とは思われない。そう、今僕らが話している言葉をそのままに、考えていることをそのままに……ただそのままに書けばいいんだ。目から鱗《うろこ》が落ちたようだった。素晴らしいよ」

「すごい勢いだね。じゃあ、君もその要領で書いてみればいい。だが、水を差すわけではないが、君は日本の小説自体をそれほど読んではいないだろう？　『浮雲』以前の小説は全部否定すると云わんばかりだが、それ以前の小説だって素晴らしいものは沢山ある。単に文体が違うだけだ。たしかに画期的な文体だが、本というのは文体だけではない。その底を占める精神がより重要だよ。それが素晴らしければ、どんな書き方だって感銘するものだ。ものを書こうと決め、見る目も変わったというのなら、その変わった目で、日本の古典を読んでみることも勧めるね。ディケンズに感動し、彼のような小説をと願うのも良いが、その国固有の精神というものもたしかにあるのだから」

「コスモポリタンの君の言葉とも思われないが……たしかに僕は今まで小説自体余り読んではいない。帰国したら古典も読もう。反論はそれからだと思うが、今のところ、精神に於《お》いて、日本も英国もないと思うね。だって、僕はディケンズの本に何ら精神的違和感など感じないからだ。違和感を感じるとすれば、国ではなく、人それぞれにだよ」

「つき合おうか？」

「結構。道を見つけた途端、君は強くなったみたいだ。いや、前から君の方が強いのかもしれない。世界の拒絶にしろ、受容にしろ、君は一心だからね。僕のような浮き草根性からみると羨《うらや》ましいよ」

「君だって、今度の事件には一心不乱に取り組んでいるじゃないか。帰朝前に犯人が見つかることを心より祈るよ。正直云って、今度の事件で君を見直した。ベルリンに居たときは、君はただ欧州を遊び回っているだけだと思っていたからね。帰朝しても今度は日本の警視庁で立派な働きをするだろう」

「はは、どうかね」と鷹原は投げやりな笑いを浮かべ、ビービを抱き上げると起ち上がって欠《あく》伸《び》をした。「君は世界を愛し始めたようだが、僕はだんだん厭《いや》になってきた。特に今度の事件に係わって、誰も彼もを疑い始めてからはなおさらだ。厭でも人の暗部にばかり目がいくようになってね。帰国したら暫《しばら》くは一人でごろごろしていたいね。ビービを手本に、猫のように生きたいよ。何もせず、何にも拘《かかわ》らず、ただ世界を傍観して暮らしたくなった。さて、ビービお師匠様、そろそろベッドに参りましょうか」

まだ十二時前である。驚きながらも「おやすみ」と云うと、育っ張りの彼の口から素直に「おやすみ」と返ってきた。

こんな虚無的な鷹原の言葉は聞いたことがない。誰からも愛され、才気と自信に溢《あふ》れ、最も積極的に生を謳《おう》歌《か》しているように見えた鷹原の言葉とは思われなかった。自分自身の事ばかりにかまけていたが、僕が変わったように、彼も変わってきていたのか。まるで隠居のような言葉ではないか？　だが、一時的なものだと僕はたかを括《くく》った。犯人が見つかれば、彼も活気を取り戻すだろう。

湯を浴び、自室に戻ると、「その要領で書いてみればいい」と云った鷹原の声が心を充《み》たしていた。そう、『浮雲』を読んだとき、僕もそう思った。真似でも何でも構わない。こうすれば、この国の本のように書ける、僕の気持ちのままに書けると。

そして浮かんだのは、以前からつけていた日記である。

突然、歓声とともに、部屋が明るくなった。窓の向こうで炎が踊っていた。炎は一瞬、ガネーシャの影となり、手拍子、話し声と一気に現実に引き戻された。カーテンを開け、覗《のぞ》いて見ると、広場に積み上げられたガラクタが炎の山と化し、紅蓮《ぐれん》の頂ではガイ・フォークスの人形が身をくねらせて火刑にあっていた。取り囲んだ人々の中に、ボーモント氏や夫人が……隣のスティーヴン家の人たちが……ヴァージニアが居るのかどうか……舞い踊る炎と闇に彩られた人々の顔は、童話に出てくる小鬼のようで判別もつかなかった。

カーテンを閉める。

三百年前の陰謀事件は今では祭と化している。事件……そうだ……この事件を題材に小説にしてみようか……日記を元に『浮雲』の文体で、小説のように書き改めてみる……

机に坐《すわ》り、日記を手許《てもと》に引き寄せる。ガネーシャの幻影も心乱すことなく、部屋に揺れる火影も、人々の声も、遠のいた。

そうだ、手始めに書いてみるには、恰好《かっこう》の素材ではないか。自分自身を登場人物の一人として置くことにより、より冷静に見つめ直すことも出来るかもしれない。それに事件を改めて書き直し、整理することによって、見落としていた点や、新たな手がかりも見つかるかもしれない。この思いに僕はすっかり取りつかれた。

物語の始まりは、ロンドンに来た六月半ば……いや、そもそもの動機、ロンドンに来ることになったメリック氏から……日記を繰ってみる……そう……エレファント・マンの記事を目にしたときからがいい……一八八八年、三月九日のベルリンからだ……

十一月八日　木曜日

この二日間、病院から戻るとすぐに机に向かい、僕は日記の物語化という作業に夢中になって取り組んでいた。「小説」という枠組みを念頭に、過去の自分の想い、生の言葉を目にするのは妙に気恥ずかしく、またかつて書き連ねたどの言葉も幼稚に思われたが、小説に組み入れるに当たって、敢えて出来るだけそのまま書いていった。

鷹原の方は、あれからマッケンジー医師を訪ねたのか……昼食を共にすることもなくなり、夜も遅く、帰ったと思えばそのまま三階へと、話す機会もなかったが、今日は病院に、彼の方から訪ねて来た。

午前中、メリック氏の部屋で過ごし、トリーヴス医師と部屋を出たときである。階段を降りてきた鷹原と出会った。

「やあ、お二人お揃いで」と鷹原は顔を輝かせ、「ちょうど良かった。昼食でもご一緒にと思いましてね」と医師に云う。

「午後一番に講義が控えておりますので」とトリーヴス医師。「この辺りで済ませようと思っておりました。鷹原さんのお口には合わないでしょう。お二人でどうぞ」

「いや、事件の捜査で、この辺りの店もすっかり馴染《なじ》みになりましたよ」

「そうですか」とトリーヴス医師は微笑んだ。「今、柏木さんに、お二人の送別会の話をしていたところです。柏木さんは遠慮ばかりされているし、では食事とともにその続きでも……コートを取ってきます。玄関でお会いしましょう」と足早に消えた。

僕も研修医用の控室から外套《がいとう》など持ってくる。玄関に向かいながら、「午後の講義には出るのかい？」と聞かれた。

「どちらでも構わないが、何か？」

「明日はサンドリンガムだ。床屋くらい行っておいた方が良いのではと思ってね」

「殿下の誕生日！」と声を上げ、振り返った看護婦に赤面する。「すっかり忘れていた。それで来てくれたのか。夜にでも聞かされていたらあわてるところだった。何の用意もしていなかったし」

「そんなことだと思ったよ。明日、明後日は病院にも来れないからね。トリーヴス医師にも云っておいたほうがいい。でもそれだけで来たのではないよ。院長のところに居たんだ」と、にやにやしたとき、トリーヴス医師が来た。

「院長のところへ？」

「ええ」と陽気に鷹原。「午後にでも、先生《ドクター》の方へもお知らせが行くと思いますがね、メリッ

と歩きだした。

「何ですって！」——医師は目を丸くして鷹原を見たが、彼はすまして外套を羽織るとさっさ
ク氏の観劇が実現したのですよ」

コマーシャル通りの、お世辞にも上品とは云いがたいパブ、『テン・ベルズ』に入ったが、
医師の目には何も入らぬようで、席に着くなり、未《いま》だ信じられぬという面持ちで、今までの会
話を続けた。「……それで、院長も許可されたと？」
「諸手《もろて》を上げての賛成でしたよ」と鷹原。

だが、僕はそれどころではなかった。店に入るなり、メアリと目が合っていたからだ。
彼女は素知らぬ顔で目を逸《そ》らし、隣の男と話し始めた。前に彼女の家に居た男……そう……
ジョー・バーネットとか云っていた。パブ『プリンス・アルバート』で会ったときに「同棲《どうせい》し
たり別居したりよ」と云っていたが……同時に先日のスティーヴンやドルイットの言葉も浮か
んできた。

あの男とまだつき合っているのだ。そしてドルイット氏とも愛し合っている？　いったいど
ういうことだ……それでも彼女の隣にはもう一人女性が居た。ただし一目で売春婦と解る身な
りである。
「いいね？」と、鷹原の声で引き戻され、「何が？」と聞き返す。
「君も当日はエレファント・マンに付き添うということだ」と鷹原は云い、ビールを飲んだ。
いつの間にか僕の前にもビールがあり、テーブルには皿も並んでいた。

「しかし、本当に大丈夫でしょうか？」とトリーヴス医師は困惑しきった顔で鷹原を見ていた。

「病院から劇場まで、馬車でジョンを運ぶことは何とか可能でしょう。王室から許可をいただき、専用階段からボックス席へとの配慮もありがたく思います。だが、観客の一人でも……よろしいですか？　特別席とはいえ、他の席から見えないわけではありません。観客の一人でもジョンに気づけば……それが感じやすいご婦人ででもあれば……間違いなく騒動になります」

「それを今日、院長とも相談したのです。個室ですから席はどうにでもなります。そこで三人ずつ二列に並ぶという案で、院長と合意しました。まず、リューケス婦長とアイアランド嬢など、普段エレファント・マンの世話をしているレディーたち、三人ばかりに前に並んでいただく。つまり防波堤……目隠しですね。そしてエレファント・マンはその後ろ、真ん中に……着席さえしていれば、観客の目の届かない後列に坐らせます。万一彼が舞台に目を奪われて、身を乗り出すような愚挙に及んでも、脇を僕と柏木で固めれば、未然に止められるでしょう」

　僕は驚いて「先生《ドクター》は？」と聞く。

「何だ、君は今までの話を聞いていなかったのかい？」と鷹原。「観劇は来月十一日の火曜日と決定した。帰国前夜だが、なに、前日などどうせぼんやり過ぎてしまうものだ。ぎりぎりの時を観劇に過ごすというのも一興じゃないか。トリーヴス医師は定例の学会だから付き添えないんだ」

　ようやく僕は医師の不安気な顔が解った。監督下にあるメリック氏が一夜とはいえ、外界へ、しかも自分と離れて行くとなれば、気が気ではないだろう。様々な人が係わっていることとはいえ、よりにもよって火曜日、しかも帰国前日とは……何かあったらどうするのだ……だが、鷹原の声は至って朗らかだった。

「出し物は『長靴を穿《は》いた猫』、ドルリー・レーン恒例のクリスマス・パントマイムです。楽しそうだ。エレファント・マンが生まれて初めて目にする芝居としては最適でしょう」

トリーヴス医師は応《こた》えなかった。皿にも殆《ほと》ど手を付けぬまま、顎《あご》を撫《な》で回していた。

だが、所詮《しょせん》は呑気《のんき》な観劇の相談。メリック氏に観劇させようが、させまいが……物好きな鷹原や、暇つぶしに慈善に走る貴族連のお膳《ぜん》立てなど……僕の知ったことではない。僕はそっと顔を逸らし、再びメアリを見た。

せめて隣の女性より地味な服装であるのが慰めだったが、堅気には見えない。なぜあんな連中と一緒に居るのか？

「またメアリ・ジェイン・ケリーか」と鷹原がからかうように云う。聞きつけて、メアリがこちらを見た。

あわてて顔を戻し、「止せよ、失礼じゃないか」と云う。

「なぜ？　目を引くのが彼女の職業だろう？」と鷹原は平然と云った。「そもそも君が無遠慮に見ていたんじゃないか」

「そろそろ戻りませんと」とトリーヴス医師が起《た》ち上がる。「申し訳ありませんが、時間です」

「いや、僕らも出ます」と、やはり起ち上がって鷹原。「勝手ながら、柏木はこれから来週まで休みます」

「済みません」と僕も起ち、あわてて医師に云った。「失念していて、申し上げるのが遅くなりました」

「結構ですよ」と簡単に応えた医師の言葉に、僕はがっかりしたが、「週末にご旅行でも？」と礼儀でだろうが、付け足してくれた。

「サンドリンガムに参ります」と鷹原。「殿下の誕生日なので」と云いながら、間に「メアリ、暫《しばら》く」と図々《ずうずう》しく声をかけた。

メアリはそれでもすました会釈を送ってくれたが、僕はまともに顔を見ることも出来ずに店を出る。

「それは素晴らしい週末で」と医師は大袈裟《おおげさ》に感嘆の声を上げ、愛想よく病院へと戻って行った。

僕はぷいと一人で歩きだす。

「おい、どこへ行くんだ？」と、呑気に鷹原。

「床屋だ。ご満足だろう？」と僕は応え、足早に歩いた。鷹原は追っては来なかったが、僕は彼の笑い声を聞き逃さなかった。

何でも、自分の思うように進むと思っている。だが、職業だけで、女性を侮辱するのは許せない！　憤懣《ふんまん》遣《や》る方《かた》なく、目に入った床屋に飛び込んだが、鏡を前に僕自身、鷹原に怒っているのか、メアリに憤っているのか解らなくなった。

スティーヴンとドルイット氏の言葉が本当なら、なぜメアリはジョー・バーネットなどと一緒に居るのだ？　なぜ売春などを続けているのだ？　真実、男を愛しながら、他の男にからだを委《ゆだ》ねることが出来るというのか？　ドルイットもドルイットだ。娼婦《しょうふ》と知っても、なお彼女を愛したのなら……なぜすぐにもその環境から救わない？　「メアリの素性はすぐにばれる。ロンドンでは暮らせない。母のこともある」とドルイットは云っていた……ドルイット氏について僕は殆ど知らない。だが、教師と弁護士という職業を持つ以上、彼の家庭は多分中流以上の家庭だろう。家の面子《メンツ》や母親の言葉を気にしているのか？　突然僕はベルリンの森のことを思い出した。いや、正確に云うなら、森に関して云っていた江口の言葉だ……五月の菩《ぼ》提樹《だいじゅ》通り……「森が踊り子とつき合っているぞ」と云った江口……青木子爵のように、伯爵家の女性なら問題はないが、踊り子となると……僕は頭を振り、床屋をびっくりさせてしまった。

踊り子ですら騒がれるのだ。森がどのようなつき合いをしていたのかは知らないが、彼はもう帰国している筈《はず》だ。彼はどのようにしたのだろう？

仮にヴィットリアが……と、ドルイットの幻影を追い払いつつ想う……ヴィットリアが、僕の想い通りの女性……僕が恋した通りの正真正銘の理想通りの女性だったとして……彼女と再び出会い……彼女がイースト・エンドの娼婦と知れる……僕は彼女をそれでも愛するだろうか？　彼女を国に連れ帰り……と思うだろうか？……だめだ……ヴィットリアの顔にドルイットが重なり、仮にも何も真剣には考えられない。僕はまだ女を本当に愛していない。彼や彼女の状況もよく知らず、勝手に憤る資格もないのだ。

十一月九日　金曜日

午前中一杯かかって、せいぜいめかし込んだ僕らは、昼には下宿を出、馬車でリバプール・ストリート駅へと向かった。

キングズ・リンまでの汽車の旅は約二時間半、それにサンドリンガムの城までの馬車の時間を足しても、晩餐会《ばんさんかい》には充分すぎる時間だった。それでも前夜の雨で道は泥濘《ぬかるみ》、それに今日はシティの市長の就任式ということもあった。「早めに出たほうが……」というボーモント夫人の言葉に依《よ》った。

夫人は「我が家からサンドリンガムに招かれるとは！」と卒倒せんばかりの喜びよう。しかし、しっかりと必要以上の大声で「我が家から……」を広場中に聞こえるよう繰り返し、見送ってくれた。

市長のパレードに当たる沿道は早朝から市民が押し寄せ、とても通れる状態ではない。ピカデリー・サーカスからホルボーンへと抜け、なお迂回《うかい》して行ったが、人波は同じだった。ロンドン・タワーからは殿下の誕生日を祝う号砲も打たれ、近衛《このえ》騎兵隊の行進もあるという。街は国旗で飾られ、軒から軒へ、街路樹から街路樹へと色とりどりの三角旗が連なり、はためき、人々も着飾って笑いさざめきながら行く手を遮った。馬車は遅々として進まなかったが祭である。寒々とした冬景色は一時に華やいで見え、僕の気分も浮き立っていった。久しぶりの晴れやかなロンドン……昨日の鬱憤《うっぷん》も忘れ、僕は祭に沸くロンドンの町並みを愛《いと》しく眺める。帰国まであと一月余りである。

「礼を云うのが遅れたが」と僕は鷹原に顔を向けた。「帰国前に僕などがプリンス・オブ・ウエールズの誕生パーティーに招かれるというのも君有ってのことだ。ありがとう」

「やあ機嫌が直ったのか、良かった」と鷹原も一段と晴れやかな笑顔を見せた。「君の仏頂面に昨日からはらはらしていたんだ」

「その割りには遅いご帰還だったじゃないか」と僕。「多分また、ろくに寝てないだろう？」

「あれからラスクのところに行ったんだ。約束通り、巡査の手配はしたからね。陣中見舞いに託《かこつ》けて、彼が本当に怯《おび》えているのか、偽装なのか確かめに行った。夕食まで、たっぷりと彼のご高説を賜った。彼は勝手に僕をフリーメイスンの会員と信じ、彼の言葉通りに云えば『腹を割って』話してくれたがね、何とも……生かじりの教養はあるが、基本的には馬鹿の一語に尽きる男だ。だが話すに任せたお蔭《かげ》で彼は僕の容疑者リストからは除外された。八月三十一日のロンドン・ドックの大火を彼は友人たちと見に行き、その後明け方まで、その友人たちとパブに居た」

「八月三十一日？」

「ジャックの犯罪第一号の夜だよ。ロンドン・ドックで火事があったんだ。メアリ・アン・ニコルズ。彼女はバックス・ロウの路上で午前三時過ぎに発見された。だが、その頃、ラスクは友人たちとパブで『マルクス万歳』と気炎を上げていたんだ。僕はその後、名前の挙がった彼の麗しき友人たちにも酒を餌にして確かめた。ラスクは八月三十一日の午後十一時半頃から翌朝午前四時、パブの閉店時間まで、彼らと片時も離れず行動を共にしていたんだ。回ったというパブの主《あるじ》にもたしかめてみた。たしかだ。ニコルズ殺害が彼でなければ、その後の事件も彼ではない。君にまでつき合わせたが、ラスクに関しては徒労だった。済まない」

「いや、一人でも容疑者から外れれば、それだけ絞りやすくもなるだろう。徒労とは思わないよ。僕は床屋に行っただけだ。その間、君もただめかし込んでいるとばかり思っていた。恥ずかしいよ」

「ははは」と鷹原は笑いだした。「君のことだから、あのまま行き当たりばったりの床屋に飛び込むのではないかと思ったが、今朝、君の頭を見て、やはり……と可笑《おか》しくなってね。いや、そう酷《ひど》くはない。僕よりはましだよ。僕も床屋に行こうと思ったが、結局行きそびれたからね。雨が降りだしたところで、失意の男と出会ってね。そのままパブに入ったのが運の尽き、明け方までつき合わされたよ」

「君はどんな髪形だって様《さま》になるさ」と僕は不貞腐《ふてくさ》れる。「気になるなら、今から君御用達の床屋に行ったって、間に合うだろう。僕はシティの市長のパレードでも見物して待っているよ」

「バロック調の六頭立て、黄金の馬車だそうだよ」と鷹原は均等に左右に分けた長髪を振って笑った。「動く金閣寺だね」――床屋に行こうが行くまいが、その美しさに陰りはない。

セント・バーソロミュー病院の辺り……あと駅まで僅かというところだった。遥《はる》か彼方《かなた》から は、その金閣寺のお出ましだろう、ざわめきが遠くに聞こえてきた。

「君は行けばいいだけさ」と僕が云い、「恰好《かっこう》なんて問題じゃない」と続けたときだった。

突然子供の疳高《かんだか》い声が飛び込んできた。

「ホワイトチャペルでまた殺人！　切り裂きジャックだ！　切り裂きジャックがまた現れた！」

馬車を止めさせた鷹原がぬかるんだ道路へと飛び下りた。そして……持ちかえった号外……——ミラーズ・コートで殺人！　被害者はメアリ・ケリー——

見間違いではないかと思った。メアリ・ケリー……メアリ・ジェイン・ケリーのことだとでもいうのか？　まさか……まさか、そんなことが……

「行き先変更だ！」と鷹原が馭者《ぎよしや》に叫んでいた。「ホワイトチャペル、ドーセット・ストリートへ！」

ドーセット・ストリートは群衆で溢《あふ》れていた。先程までの華やかに着飾った人々とは遠い、市長就任とも、殿下の誕生日とも縁のない、貧しい群衆で埋め尽くされていた。馬車の乗り込む余地など全くない。

コマーシャル・ストリートに馬車を移動させた鷹原は、群衆整理に当たっていた巡査の一人を呼び寄せると荷物の入った馬車を預け、そのまま脱兎《だつと》の如く駆けだした。泣き叫ぶ女たち、怒号する男たちを掻《か》き分け、あのミラーズ・コートの入口へと辿《たど》り着く。

煉瓦《れんが》の細いアーチは五人の巡査で守られていたが、青ざめ鬼気《きき》とした顔付きは身近に居る群衆を黙らせるには充分で、入口付近だけが、妙にしんとした不気味な静寂に包まれていた。

「やはりお見えになりましたね」と陽気な声に目をやると、群衆の間から現れたのはベイツ記者だった。「さっきから膠着《こうちやく》状態でね、今度は部屋で殺されたという以外、何も解らないのですよ。中の様子を教えて下さいよ」

応えもしないで、僕らはトンネル状の通路に入った。

以前からの悪臭に混じって鉄錆《てつさび》のような血の匂い、それに「これ以上は待てん！」という怒声。

そしてメアリの家の前、ミラーズ・コートの中庭から振り向いたのはジョージである。

「鷹原さん！　サンドリンガムでは……」

「メアリですか？」と鷹原。「メアリ・ジェイン・ケリー？」

ジョージは僕らに道を開けたが、応《こた》えなかった。

鷹原が「被害者ですよ！」と云う。

そのとき初めて僕はジョージの眸《ひとみ》が潤んでいるのに気づいた。通りの巡査たちの表情、そしてジョージのこの顔……ジョージの後ろにはバグスター・フィリップス医師やアバーライン警部、警部の上司のアーノルド警視正、ホワイトチャペル署のスプラトリング警部、カービ巡査部長、ウォルター・デュー刑事、そして写真機を持った警官たち、その後ろのチェックのスーツはシック部長刑事……狭い中庭は警察官で溢れていたが、しんと静まり返り、皆一様に死人のような顔を僕らに向け、棒のように立っていた。

家の前……ただならぬ様子に鷹原も足を止め、「どうしたのです？」と誰にともなく聞く。

僕はすぐ右側のメアリの家の戸口に手を掛けようとした。

「鍵《かぎ》が掛かっていますよ」とアバーライン警部の静かな声。「窓から覗《のぞ》けます」

鷹原が戸口の左に回った。僕も続く。窓硝子《ガラス》の一枚が割れ、中でモスリンのカーテンが風に揺らいでいた。

顔を近づけると血の匂いに混ざって独特の甘酸っぱい匂いが鼻を衝《つ》いた。死体の匂いだが、なぜ、こんなに強いのか？

鷹原が硝子の欠けたところから手を差し入れ、カーテンを押さえてまず覗く。随分と長く感じられた。顔を離した鷹原は、続いて覗こうとした僕を一瞬止めた。だが、何も云わずに肩に置いた手を離す。そして僕。一種異様な臭気が生暖かい空気に乗って顔を覆う。そして……メアリ！

あれがメアリだというのか……目が曇り、喉《のど》が詰まり、僕はあわてて窓から離れる。嘔吐《おうと》しそうだった。口を押さえたとたん、居並ぶ人々の顔が霞《かす》み、涙が溢れ、止まらなくなった。

「皆そうだった」とジョージの声がし、彼に抱かれる。「悪魔の仕業だ、柏木さん。まるで地獄です」

「なぜ、中に入らないのです」と鷹原の声。

「君も聞いていた筈《はず》だよ、鷹原」とアバーライン警部の声。「今度事件が起きたらブラッドハウンドを使うという、ウォーレン警視総監の命令だ。犬が来るまで、現場には手を付けられない」

「電報を打って、既に二時間だ」と声。僕はようやくジョージの肩から顔を上げる。涙で視界が曇ってはいたが、アーノルド警視正だと解った。「これ以上は待てん！　中に入ろう」

僕はジョージを見た。「メアリですか？」——云った途端にまた涙が溢れた。「あれは……メアリ？」

「メアリの家ですよ」と静かにジョージ。

「窓を外しましょう」と鷹原。「ここから入れば中からドアを開けられるかもしれません。中を荒らしたくありません」

アーノルド警視正、アバーライン警部の合意を得て、硬直していた警官たちが俄《にわか》に窓に走り寄った。窓枠ごと取り外し、警官の一人が入り込む。

「閂《かんぬき》を外しましたが、開きません」と中から声。「鍵が掛かっています」

「ドアを壊しましょう」と男が進み出る。

ジョージが気の抜けた声で囁《ささや》く。「家主のジョン・マッカーシーです」

「その前に写真を」と鷹原。「窓から入って撮って下さい。今の状態を」――写真班が窓から入り始めた。「周りに触れずに。何も動かさないよう！」と鷹原が執拗《しつよう》に声をかける。

暗い部屋の中に閃光《せんこう》が走り、マッカーシーがどこからか手斧《ておの》を持って来て、ドアの前に立った。

ドアや窓の状態を拡大鏡を取り出して調べていた鷹原が、アバーライン警部やフィリップス医師に話しかけ、「遺体には手を付けませんから」と云うや、やおら帽子やコートを脱ぐと、一人で窓から入って行った。

そしてドーセット・ストリートからの暗い通路から今一人……待ち焦がれるブラッドハウンド犬でもなく、ウォーレン警視総監でもない……シルクハットに黒鞄《かばん》を手にした男が入って来た。

「トマス・ボンド医師です」と僕の肩を抱いたままジョージ。彼自身の、そして僕の気も紛らわすため、何を云えば良いのか解らないのだ。僕にも解らなかった。情けないことに立っているのがやっとという状態だった。窓に近づくことさえ出来なかった。今し方目にした有り様が、脳裏に浮かんだだけで、再び嘔吐しそうになった。

写真班が再び窓から出てきたが、鷹原は出てこない。

アーノルド警視正が「もう二時だ。入ろう」と苛立《いらだ》った声を上げ、「責任は私が取る」とマッカーシーに合図をした。

斧がドアに振り下ろされる。もう止める者はなかった。

「先ず医師からだ」とアバーライン警部。「遺体を見るのが先だ」

フィリップス医師がマッカーシーの後ろに立った。来たばかりのボンド医師も窓から中を一瞥《いちべつ》すると、臆《おく》することなくフィリップス医師の後に立つ。他にも警察医らしき人物が二人、後に続いた。

フィリップス医師と目が合う。気がつくと僕はジョージにシルクハットを手渡し、コートを脱ぎ始めていた。「大丈夫ですか、柏木さん」とジョージの声。

「大丈夫」と戸口に向かう。僕とて解剖医だ。怯《ひる》んではいられない。何よりあれがメアリかどうか……確かめねばならない。

ドアが壊れ、フィリップス医師が入った。ドアを押しやった医師の前にベッドサイド・テーブル、その上には血まみれの肉塊が積み上げられ大きな山になっていた。ベッドに仰向けになった遺体から取り出したものだ。

メアリ……女はこちらに顔を向けていた。鼻が削《そ》がれ、顔の皮も剝《む》かれた血みどろの肉塊を顔と呼べるのならだが。

右肩の辺りに僅かにシュミーズの断片が掛かっていたが、ざっと見ても無事なのは腕くらい。血みどろの肉片と化した胴体に、ただ腕が付いているだけである。蛙のように開かれた足までが、大腿部《だいたい》まで削られ、骨も見えていた。剝《む》き出しになった乳房は切除され、腹は開かれ、胃の辺りに右手が押し込まれている。くの字型に広げられた両足の間にある紫色の山は、腹から取り出した内臓だ。

どこもかしこも血の海、そしてそこに漂うのはもはや人間とも思われぬ血と肉の山……

落ちついたフィリップス医師の「冷たいが、死後硬直はまだ始まっていない」という声で我に返る。

「灰がまだ温かい」と暖炉の前に膝《ひざ》を着いていた鷹原が起ち上がった。「衣類を燃やしていたようです」次いでベッド脇の仕切り壁の血飛沫《ちしぶき》を示し、「遺体に触ってはおりませんよ。しかし見たところ直接の死因は頸動脈《けいどうみゃく》の切断のようですね」と深く切り裂かれた首を指した。

「これだけ切り刻まれて、直接も何もなかろう」とボンド医師が乱暴に云い、手袋を外す。

「どこから手を付ければよいのかも解らない」

「だが」とフィリップス医師。「一つ一つ、解明していかなければね」

彼を筆頭に検死は進んだが、その間に遺体の硬直も進行していった。

鷹原に代わって暖炉を調べていたジョージが、「どうですか」と声をかけてくる。

「これ以上、ここでは無理でしょう」とフィリップス医師。「ショーディッチの死体置場《モルグ》にでも運ぼう。手配をして貰えませんか」

荷馬車で粗末な柩《ひつぎ》が運ばれて来たのは四時十五分ほど前だった。

遺体の行く先を確かめた鷹原は、まずは残って捜査をしたいと云う。僕はせめて荷馬車に付いて、ミラーズ・コートの出口まで見送った。

ドーセット・ストリートの群衆は一層増えていた。だが、荷馬車が通りに出ると、人々は後《あと》退《ずさ》って道を開け、怒号はすすり泣きと代わり、男たちは帽子を取って胸に当て、女たちは十字を切った。

四時間以上の時が、好奇心も怒りも苛立ちも押し並《な》べて哀しみにと変え、身近に住んでいた悲運の被害者への忌意となって柩を囲む。

このときになって、初めて僕の胸に怒りがこみ上げてきた。

あれがメアリかどうか……未《いま》だ確信が持てなかった。だが誰であれ、いや何に対しても、あんな仕打ちが許されてよいものか。

「柏木さん」と云う声に目を上げると、ベイツ記者が虎視眈々《たんたん》とした顔で、目の前に立っていた。

黙って僕は群衆を搔《か》き分ける。再び「柏木さん」と声、そして肩に掛かった手。

「うるさい！」と僕は怒鳴り、怒りに任せ振り返った。ドルイット氏だった……

ドルイット氏の手を取り、ホワイトチャペル・ロードに出、馬車を拾うまで、彼は狂ったように叫び続けていた。「メアリですか？　メアリなんですか？」と。

「リンカーンズ・イン」と馭者《ぎょしゃ》に伝え、馬車が動きだしても、彼は「メアリですか？」と云い続けた。

馬車を引く馬の尻《しり》が歪《ゆが》んで見える。腰を下ろした途端、またしても涙と怒りが溢れてきた。

「ドルイットさん！」と僕は彼の肩をつかんだ。「君はなぜあそこに居た！　いつから居たんだ！」

「号外を見て……」とドルイット氏の声。「なぜ、泣いているんです？　なぜそんなに……やはりメアリなんですね、号外の記事は本当だったんですね！」

「解らない」と僕。「メアリの家だ。そこのベッドで殺されていた。だが、メアリかどうか……僕には解らない」

「なぜ……貴方《あなた》だってメアリをご存じの筈《はず》だ！」

「顔も何もめちゃくちゃだった。メアリのような黒髪、メアリのような白い肌、解ったのはそれだけです」

「神よ……」――ドルイット氏は両手に顔を埋《うず》め、何も云わなくなった。

馬車はリンカーンズ・イン……スティーヴンの事務所を目指して疾走していた。陽は急速に薄れ、街路では「ホワイトチャペルでまたしても殺人！」と叫ぶ新聞売り子の声が響き渡り、冷たい風が吹きつけてきた。僕は捲《ま》くり上げていたシャツの袖《そで》を下ろし、そのときになって、帽子からステッキ、上着、外套《がいとう》、そしてサンドリンガムに行く筈だった荷物まですべて置いてきてしまったことに気づいた。

リンカーンズ・インで馬車を降りると、ドルイット氏は呆然《ぼうぜん》と僕を見た。僕は構わず歩きだし、ゲートをくぐって中に入る。

「どこへ？　ジェムの所ですか？」

「『ヴィットリアをメアリとして殺す』」と僕。「『ジャックの犯罪に見せかけて……』とも云ってましたよね。スティーヴン氏から聞いたのは、ハローウィンの夜、貴方の部屋でだ」

「まさか、そんなこと」

「だが、メアリの部屋で顔の見分けもつかないほどの酷い状態で女が殺された。ほんの数日前に聞いたことが実際に起きたのですよ」

ストーン・ビルディング……スティーヴンの部屋に来ると扉を叩《たた》く。返事はない。僕は合鍵を出し、ドアに差し込んだ。ドルイット氏は一瞬息を呑《の》んだが、何も云わなかった。そして、ドルイット氏の方がドアを開け、僕より先に部屋へと入った。

居間、寝室、台所と……誰も居なかった。部屋は珍しく、整然と片づき、机の上にもメモ用紙一枚ない。

「ケンブリッジだろうか？」と僕。「ケンブリッジ大学にも彼は住まいが有るのでしょう？」

「フェローだから一部屋、持っています」と廊下に出ながら、暗い顔でドルイット氏。「デ・ヴァ・ガーデンズには両親の住む家もありますよ」

外に出ると、すっかり闇に包まれていた。夜風が冷たい。ベスト一枚の僕に、ドルイット氏が外套を脱いで着せかけてくれる。

「ちょっとここで待っていて下さい。もう一度見たい所があります」

「どこ？　僕も行きますよ」

「いや、すぐ戻りますから」と彼は走って引き返した。

彼の外套には微《かす》かに香水の残り香があった。甘やかなヴィットリアの香り……

「男子校の教師が女装の趣味ありとは」……スティーヴンの声が蘇《よみがえ》る。またしても霧だ。深い疲労と虚脱感に包まれて、僕はぼんやりと霧に消えていく中庭の木立を眺める。ジャックはスティーヴン……いや「ジョン、君の問題だ。君がジャックになるのさ」という声……背後に気配を感じて僕は飛びのいた。

霧の中から現れたのはドルイット氏である。「お待たせしました」と彼は云った。死人のような顔つきである。「ジェムの行方は解りません。人智学協会に行ってみます。ヴィットリア・クレーマーズ男爵夫人が健在かどうか……確かめに」

ドルイット氏の案内で、人智学協会へと急いだ。しかし、あの遺体はメアリか？　それとも男爵夫人か？　どちらにしても忌むべきことに変わりはないが、少なくとも男爵夫人が昨夜から行方不明とでもなれば、ジャックはスティーヴンだ。それとも……僕は馬車の中でドルイット氏に聞いてみた。

「ドルイットさん……」

「ジョンと呼んで下さい」と彼は微笑もうとしたが、無理だった。

「ジョン」と僕は云い直す。「あのスティーヴン氏の話を、どう受け取られました？」

「彼は突飛な発想の持ち主です。いつも人を驚かし、煙《けむ》に巻いて喜んでいる。でも、今の僕には夫人には申し訳ないが、殺されたのが夫人であり、メアリは健在だという……希望にだけ縋《すが》っています。酷《ひど》い考えだが、そうあって欲しいと望んでいます」

「だが、メアリが健在なら、今どこに居るのです？　貴方に知らせない筈はないでしょう？　それにスティーヴン氏の話が実行されたのなら、事前にまず貴方に云うでしょう。そしてスティーヴン氏が犯人ということになりますね？　だが、貴方とメアリのために、彼がなぜそこまでしなければならないのです？　彼はたしか『君の問題だ、君がジャックになれ』と云っていましたよね」

「とんでもない！」とドルイット氏……ジョンが僕を見つめた。「僕にはそんなことは出来ない！　僕はただ……殺されたのがメアリでなければと願うだけです」――ヴィットリアのあの鳶《とび》色の憂いを含んだ眸《ひとみ》だった。繊細な顔立ち、男にしては華奢《きやしや》な首、だが、一方ではクリケットの名選手でもあるスポーツマンだ。外見に似合わず、力は有るだろう。

人智学協会ではメイベル・コリンズと名乗る三十七、八の痩身《そうしん》の女性が対応してくれた。僕らはすぐにその足でホランド・パークに住むという、マダム・ブラヴァッツキーの家に行ってみる。

マダム・ブラヴァッツキーは突然の来訪、しかも外套を来たまま客間に入った僕を平然と、歓待の笑みすら浮かべて迎えてくれた。

「クーツ男爵夫人のパーティー以来ですわね。鷹原さんとは昨夜もお会いしましたが」――巨体の膝に置かれた僕の名刺がいかにも小さく見えた。鷹原が昨夜？……だが問い返す間もなく、彼女は「こちらは？」とジョンに顔を向けた。

「ヴィットリア・クレーマーズ男爵夫人の弁護士です」と僕。

ジョンが進み出る。「彼女に急用が出来まして。人智学協会に参りましたが、昨日から国内の支部へ行かれたとか。連絡を取りたいのですが、どちらへ行かれたか、お教えいただけませんか？」――馬車の中で打ち合わせた言葉だ。

「おや、それは」とマダムは鷹揚《おうよう》に云い、「まず、お茶でもどうぞ」と、僕らを案内した女中に目配せをした。「それともお酒の方がよろしいかしら？」

「いえ、些《いささ》か急いでおりますので」と僕はあわてて云う。「まことに不躾《ぶしつけ》で申し訳ありませんが、すぐ失礼をしなければなりません」

「まあ、でもお茶も差し上げずにお帰ししたとあっては、後で鷹原さんに……」

「いえ、お構いなく」と僕はマダムの言葉を遮る。無礼は承知の上、彼女と茶を飲むゆとりもなかったし、まして借り物の外套を脱いで、ベスト一枚の姿を晒《さら》すわけにもいかない。

「まあ……」とマダムは大袈裟《おおげさ》な吐息をついた。「残念ですけれど、本当にお急ぎのご様子ですわね。ええ……ヴィットリアの行く先でしたわね。実は私も存じませんのよ。一月ほどの予定で各支部を回って貰《もら》うことにしましたが、彼女も学会誌『ルシファー』の事務長ですしね、どこから行くかは彼女に任せています。追々連絡は入るでしょうけれど」

「支部の所在地を教えていただけますか？　手紙で問い合わせてみますから」

「ケンブリッジ、ヨーク、ブリストン、プリマス……随分とございますわ。お待ちになって。リストがございます」と、マダムはようやく椅子から起ち上がった。

十数ヵ所の支部の所在地を書き写させてもらい、鷹原のお蔭《かげ》だろうが、愛想良く送りだされたのは八時頃である。

待たせていた馬車に乗り、今度はデ・ヴァ・ガーデンズのスティーヴンの実家に行ってみた。下宿のすぐ裏である。僕は馬車で待ち、何度か来たことがあるというジョンが訪ねる。彼は不在——万策つきはて疲労困憊《こんぱい》、そして厭《いや》な悪寒に襲われていた。

僕はジョンに男爵夫人、スティーヴン、どちらでも連絡の取れしだい教えて貰いたいと頼み、そのまま下宿に帰った。

サンドリンガムだとばかり思っていただろうボーモント夫人は、目を丸くして僕を見つめたが、すぐに事件と結び付けたようだ。

「鷹原さんは？」との問いに、「さあ、夕方別れたきりで」と無愛想に自室へ行く。倒れそうだった。

十一月十日　土曜日

鷹原が戻ったのは、明けてからだった。

部屋に入るなり「突然行方不明になり、どうしたかと思っていた」と、僕の旅行鞄《かばん》を床に置き、腕に抱えた上着や帽子を寝ている布団の上に投げ出した。「ベスト一枚の恰好《かっこう》で、ショックでここに帰ったのかい？」

「まあね」と目醒《めざ》めたばかりの僕は曖昧《あいまい》に応える。確証のないまま、昨夜の行動を告げる気にはなれなかった。

「気持ちは解るがね」と鷹原はベッドにどしんと坐り込む。「最悪だったからね。あれからショーディッチの死体置場《モルグ》に回ったが、検死や解剖どころじゃない。あの肉片の照合と縫合に大わらわだった。六人がかりで何とか収め終わるのに六時間半もかかった。まるで人体パズルだよ」

「殿下には？」

「電報を打ったよ。なあに、僕らが行かなくとも出席者は何百人も居るだろう。御生誕の宴に支障はないさ。シティの新市長、ジェイムズ・ホワイトヘッド市長の祝賀パレードはあの騒ぎで一時混乱したようだがね、だが夜にはギルド・ホールで恒例の晩餐会がこれも支障なく開かれた。八百五十名の紳士淑女に七百クォートの海亀のスープ、百羽の七面鳥、二百皿の鹿肉……」

「やめろよ」と僕は布団を被《かぶ》る。

「イースト・エンドはどうだったか……」と鷹原は布団を剝《は》いで、僕の顔を覗き込んだ。「市長就任記念慈善の焚《た》き出しだ。マイルエンド・ロードはグレート・アセンブリー・ホールで行われた。ホールに三千人が行列を作り、ポーク・パイ三千個、ケーキ千五百ポンド、ローフ八百二十五個、林檎《りんご》六千個が振る舞われたそうだ。メアリ殺害に怒号を放ってドーセット・ストリートに集まり、無能なスコットランド・ヤードを罵倒《ばとう》した連中も行ったことだろう。まあ、飢えた彼らなら許せる。だが、皇太子の誕生日や市長の就任祝いには、一売春婦の殺害など、取るに足りない出来事だ。君……熱っぽいんじゃないか？」

　鷹原は僕の額に触ったが、僕はその手を払い「あれはメアリだったのかい？」と聞いた。

「どういう意味だね。メアリ以外の誰があそこで寝るんだ。それともベッドを他の娼婦《しょうふ》に貸していたと？」

「いや……だが、検死の結果、メアリと断定出来たのかい？」

「僕も彼女は顔しか知らない。そして顔はあのとおりだ。彼女と一夜を共にでもしていたら、もうすこしからだも憶《おぼ》えているだろうがね。少なくとも腕と手だけは判別がついたし……だが、他の娼婦というのは考え辛《づら》いね。メアリはイースト・エンドの娼婦では異色だった。若いし、僕好みではないが美女の部類に入る。あの遺体は少なくとも若く、顔は卵型、髪は黒髪だ。それに顔面で唯一無事だったのが眸だが、色はブルーだったよ。メアリもたしかそうだったね？　贔屓《ひいき》の君には酷だが、まずメアリだろう。今日、彼女の内縁の夫、ジョーゼフ・バーネットがヤードに呼ばれる。家族も来るだろう。だが、誰が見ても判別は難しいだろう。そうそう、彼女は妊娠三ヵ月だったよ」

「妊娠！」

「バーネットの子か、それとも他の男の子で、バーネットと争いになっていたのかもしれない。ヤードではバーネットも疑っている。アバーライン警部とジョージが、手ぐすねひいて待っているよ。とことん調べると云っていたが、メアリを殺したのがバーネットなら、今までの殺害……『ジャック』もバーネットということになる。傷口から見て、同じ犯人だからね。いずれにしろ今はくたくただ。昨日も明け方まで飲んでいたし……残念だよ。せめてイースト・エンドのパブででも飲んでいれば、事件に気づいたかもしれないのに……取り敢えず仮眠するよ。君も風邪のようだ。ボーモント夫人に云っておこう」

メアリが妊娠三ヵ月……ジョンの子供だろうか？ 月日は合う。それとも……思考は続かなかった。鷹原が部屋を出た途端、また眠ってしまったからだ。

十一月十二日 月曜日

鷹原の言葉通り、僕はまた風邪をひき、寝込んでしまった。

ジョンからの連絡は入らない。

今日はメアリの検死審問《インクエスト》である。鷹原は「まだ熱がある」と、止めたが、僕は出かけた。

審問はショーディッチ・タウン・ホールで、北西ミドルセックスの検死官ロデリック・マクドナルド医師立会いの許《もと》に開かれた。

僕は鷹原やジョージたちとともに、検死官に近い前の方の壁際に立つ。アバーライン警部も証言に立つ予定だったからだ。すぐにもジョンやスティーヴン、そしてもしや人込みに紛れてメアリが……と目で探したが、解らなかった。記者陣の中にいつも通り目を輝かせた『スター』紙のベイツ記者、それに後ろの方には鷹原の友人、フランシス・ゴルトン卿《きょう》、ロンドン病院のトマス・オープンショウ博士、トリーヴス医師、それにウィリアム・ガル卿の娘婿、セント・トーマス病院のシオドア・ダイク・エイクランド医師等が見える切りだ。

陪審員たちは、死体置場で遺体を検分、続いてミラーズ・コート十三号室の犯罪現場を見た上で、ホールに来ている。

まず、内縁の夫というジョーゼフ・バーネットの証言でメアリの生い立ちが知れたが、彼女はエール州南西部リメリックで生まれ、二十五歳だったという。

十六歳でデイヴィスという炭鉱夫と結婚、一、二年後に爆発事故で夫が死亡と云うのはうなずけたが、保証金の支払いが遅れたために売春婦になったという言葉は信じられなかった。彼女はその頃まだ十七、八。養育する子供もなし、売春などしなくとも他に生計の道はあった筈だ。いずれにしろ、バーネットがメアリから聞いた話ということだったが、彼によれば、メアリがロンドンに出てきたのは二十歳のとき、イースト・エンドを転々としながら、数人の男との同棲《どうせい》を繰り返し、売春していた。バーネットが彼女と出会ったのは二年前、何とか彼女を立ち直らせようと働き、バーネットに収入があるときは、彼女も売春はしなかったが、定職には付けず、時折は売春も黙認という悲しい日々だったと述べた。そして十月末、メアリが友人の売春婦、マリア・ハーヴェイを連れてきて、部屋を仕切って貸したいと提案、バーネットと大《おお》喧嘩《げんか》になり、部屋の窓硝子を割ったという。僕があの遺体を覗《のぞ》いた窓である。

結局、バーネットはその争いが元で部屋を出、ビショップズゲイト・ストリートのバトラー簡易宿泊所に移り、最後にメアリを見たのは八日の午後七時半から四十五分の間、マリア・ハーヴェイと三人であの部屋で話したという。

「あれがマリア・ハーヴェイだ」と鷹原が示した女を見ると、木曜日『テン・ベルズ』にメアリと居た女だ。と、すると、あの日は昼も三人で居たことになる。

バーネットは悲嘆に暮れた顔で証言を続けていた。「あの後、メアリはコマーシャル・ストリートのパブを渡り歩いて客を漁《あさ》っていたと聞きました。そして奴に会ってしまったのです。私が付いていたら……そして私にちゃんとした仕事さえあったなら……こんな事にはなりませんでした。彼女をあんな稼業から救うことが出来なかった……」

うなだれたバーネットを見ながら、僕は鷹原に囁《ささや》いた。「彼の言葉をすべて信用出来るのかい？　偽善者だよ、奴は。彼女に売春をさせたくないのなら、身を粉にしても奴が働けばいいことじゃないか」

バーネットはまだのろのろと供述を続けていた。「生前、私はよく新聞を買って、メアリに読んで聞かせました。『次は私よ』と云うのが彼女の口癖でした。そして二重殺人以降は、彼女もパブに行くのを止めていました。それが……私が家を出たせいで、またこんなことになり……部屋代も溜《た》まっていたのです。売春しかなかった。私が家を出たのも……彼女は性格の悪い女でした……それが唯一の理由です……失業中はそうする以外なかったのです……」

言葉にならなくなったバーネットに、検死官は次の証人を呼んだ。

「ヤードでは」と鷹原。「部屋を出たのは彼女を養えなくなったからだと云っていたがね。だが、彼が売春を憎み、彼女を飲酒と売春の世界から救い出そうとしていたというのは確からしい。君の云うように『身を粉にしても』と云ったところで、イースト・エンドではそもそも働き口がろくにないのが現状だ。働き盛りも何もないんだよ。待てよ、お出ましだ。まず聞こうじゃないか。バーネット同様、ヤードと審問では云うことが違ってくるかもしれない」

次の証人は、遺体を発見したトマス・ボウヤーだった。家主のマッカーシーのところで下働きをしていて、当日も部屋代取り立てのために来たと云う。時刻は午前十一時四十五分。あの壊れた窓硝子から覗いたという。

驚いたのは当然だろうが、それ以上の言葉はなかった。

そして次の証人はやはりミラーズ・コート五号室に住む娼婦、メアリ・アン・コックス。

木曜の午後十一時四十五分頃、近くのパブ、『ブリタニア』から男と出てきたメアリと会っていた。連れの男は三十八歳くらい、小柄でがっしりとした体格、吹き出物だらけの顔に赤茶けた口髭《くちひげ》を生やし、みすぼらしい身なりで丸い山高帽を被《かぶ》り、ビールを掲げていた。二人はメアリの部屋に入り、続いてメアリの歌が聞こえてきたという。「――母の墓に捧《ささ》げた菫《すみれ》――とかいう歌でした」

――「子供の頃、母の墓に捧げようと摘んだ、たった一本の菫の花よ」……メアリが前に口ずさんでいた歌だ。「ジーラ、愛《いと》しい人よ、摘んだ花を貴方にあげる」……あのときも、メアリは「今度は私の番」と云っていた……「十五分くらいして、私が出かけるときも歌はまだ続いていていて、部屋には燈火が灯《とも》っていました」とコックスは続けた。「その後、雨が降り、三時十分頃、家に戻りましたが、十三号室はもう真っ暗でした。後は六時十五分頃、はっきりと外を歩く足音を聞きましたが、市場に行く者が遅刻でもしたのだろうと思いました」

次はサラ・ルイスというグレイト・バール街二十四番地に住む洗濯女ということだった。

金曜日の午前二時半にミラーズ・コート、メアリの真向かいに住むミセス・キーラーを訪ねたという。

鷹原が吐き捨てるように云う。「洗濯女は表向き、彼女も売春婦だ。まともな女が真夜中にあの界隈《かいわい》をうろつくものか。雨宿りか、ねぐらがなくて押しかけたんだろう」

サラ・ルイスはミセス・キーラーの家で、午前四時すこし前に「人殺し」という女の疳高《かんだか》い叫びを聞いたと証言した。若い女の声で、ドアのすぐ外から聞こえたと云う。

検死官は「誰かを起こしましたか?」と質問したが、彼女は「いいえ」と肩をすくめただけだった。

次の証人はメアリの真上の部屋、二十号室に住むエリザベス・プレイターという夫人。夫と別居中ということだったが、午前一時半頃に部屋に戻り、疲れていたので服のまま寝入ってしまったという。飼い猫に邪魔されて起きたのが三時半から四時頃。そして、やはり「人殺し」という女の低い叫びを耳にしている。

だが検死官の質問に、彼女は「あの辺りでは普通の叫び声ですから」と物憂げに応えた。

「また寝てしまいました」

「彼女も売春婦だ」と鷹原。「皆、嘘つきばかりだが、叫び声の時間に関しては所見とも合う。死亡時間は三時半から四時の間」――云い終わったとき、また一人、キャロライン・マックスウェルという夫人が呼び出された。ドーセット・ストリート十四番地で簡易宿泊所を営んでいるという。

彼女は金曜日の午前八時から八時半の間に、ミラーズ・コートの入口でメアリと会ったと述べた。

「馬鹿な」と云う鷹原の声を尻目《しりめ》に、僕は身を乗り出す。死亡推定時刻、午前三時半から四時の間というメアリに、朝会った？

検死官も身を乗り出して、「今までの証言と矛盾します。よく考えた上で述べるよう」と云う。

だが、マックスウェル夫人は動じなかった。「ケリー嬢とはそれまで二度しか口をきいたことはありませんが、四ヵ月前から顔は知っています」と反論。「確かに彼女でした。もっともそんな早朝に会ったことはなかったので、メアリに『一杯どう？』と誘いました。メアリは『早起きしたのは気分が悪かったからよ』と云い、ビールを飲み干すと、お代わりもしました。私は『貴女も大変ね』と云いました。それから三十分後、パブ『ブリタニア』の前に居る彼女をまた見ました。男性と立ち話をしていました。ケリー嬢は黒いスカートとビロードの胴着、えび茶色のショールを羽織っていましたが、帽子は被ってはいませんでした。男性は黒っぽい服装でしたが、コートは格子縞《じま》だったように思います。背丈は私と同じくらい、からだつきはがっしりとしておりました」

「メアリは朝まで生きていた！」と僕は思わず呟《つぶや》いた。

「嘘つきばかりと云ったろう？」と鷹原。「君にハッチンスンの証言を云っておけば良かったよ」

「ハッチンスン？」と聞き返したとき、今度はマリア・ハーヴェイが呼ばれた。が、前のバーネットの証言を裏付けただけである。そしてアバーライン警部が証人台に立った。

アバーライン警部は殺人現場の状況を述べ、特に金曜午後二時に部屋に入ったとき、まだ暖炉の灰が温かかったことから、犯行当時、暖炉で火が燃えていたと思われると述べた。

「殺人者が手許《てもと》を照らす明かりに使ったのではないかと思われます」

検死官はうなずき、それ以上聞こうとはせずに、フィリップス医師を呼ぶ。

一人一人、随分と簡単な審問である。

警部が呼ばれた頃から、僕はまた悪寒に襲われ、顳顬《こめかみ》を汗が伝った。それでも壁に寄りかかりつつ（メアリは朝まで生きていた）という思いに胸が弾《はず》む。死亡推定時刻、そして前の証言から類推すれば、死んでいたのはメアリではない……

威厳ある足取りで、フィリップス医師が証人台に立つ。

検死官は、医師が口を開く前に「医学所見の詳細は後日に」と申し渡した。

医師はうなずき、「直接の死因は頸動脈《けいどうみゃく》の切断によるものです」と述べる。それきりだった。

そして驚いたことに、検死官は証言の打ち切りを宣言した。

鷹原がジョージに囁く。「どういうことです？」

「さあ」と心許なくジョージ。

鷹原は腹立たしげに声を高めた。

「アバーライン警部の証言も簡略に打ち切られたし、フィリップス医師に関しては一言ではありませんか」――だが、鷹原ばかりではない。あちらこちらから不満の声が上がっていた。

ざわめきの中で、検死官は陪審員に「裁決には以上の証言で足りるでしょう」と云っていた。耳に栓でもしているようだ。「メアリ・ジェイン・ケリーが、ジョージ・バグスター・フィリップス医師の証言通り、頸動脈を切られて死亡したことを陪審員諸氏が了承するなら、その旨裁決していただきたい。後の捜査はスコットランド・ヤードに任せましょう」

陪審長が起ち「裁決出来る」との趣旨を述べた。

鷹原がジョージに聞く声が遠く聞こえる。「どこからか圧力が？」

圧力が……圧力が……圧力が……あわただしい審問打ち切りに対し、場内のどよめきは一層高まっていたが、僕にはありがたかった。これ以上聞くのは辛《つら》い……背中に濡《ぬ》れたシャツが張りつき、脇腹をぬるぬると汗が伝う。気分が悪い……メアリを朝見た者が居る。それだけで来た甲斐《かい》がある。パブの前で一緒に居た男とはジョンだろうか？……なぜジョンと……混乱していた……そして揺れ動く場内にジョンの顔を見たように思った。寄りかかっていた壁から身を起こす。

「柏木！」――鷹原に支えられ、目を見開いたが、足許の床は闇と化し、奈落《ならく》の淵《ふち》に立っているようだった。

十一月十三日　火曜日

帰国まで、あと一月……そしてメアリの生死も不明という肝心なときに、またも不甲斐なくベッドに縛り付けられる。

昨日の審問の後、鷹原は僕につき添い、下宿まで送ってくれたが、その後飛び出した切りだ。人波の中で見た顔はジョンだったか……朦朧《もうろう》とした頭で思い返してみても、確信は持てなかった。

ボーモント夫人は、僕の気を引き立てるように、甲斐甲斐しい看護の合間にいろいろな話をしてくれた。ただし、からだに差し支えるとでも思ったのか、夫人自身が一番興味ある筈の事件のことには触れない。

時折風に乗って歓声が聞こえてきた。昨年の『血の日曜日』事件から一周年の今日、ハイド・パークには数千人の群衆が集まり、社会主義者の演説やら、ウォーレン警視総監弾劾で気勢を上げているという。アバーライン警部やジョージ、鷹原、そして犯罪捜査部《CID》の面々は誰も必死で犯人検挙に全力を尽くしている。新聞や市民が無責任にスコットランド・ヤードを非難することに、僕は無力を感じつつも憤りを覚えた。あの群衆の中には、二重殺人の夜を共に過ごした劇作家、ジョージ・バーナード・ショー氏も居るだろうか？　彼なら居そうだ。自警団団長、ジョージ・エイキン・ラスク氏も恐怖から抜け出して居るかもしれない。二人ともジャックの容疑から外れた……そして『スター』紙のベイツ記者も、ヤードを揶揄《やゆ》する恰好《かっこう》の記事とばかりに加わっているかもしれない……スティーヴンのことを鷹原に云ったほうが良いのだろうか……この朦朧とした頭で、スティーヴンやジョン、そしてメアリのことを考えるより、すべて鷹原に話したほうが良いのかもしれない……

メアリと見せかけてクレーマーズ男爵夫人を殺すという案を出したのはスティーヴンだ。そしてジョンは多分……メアリを知る前はスティーヴンの愛人だった。となれば、スティーヴンが『切り裂きジャック』を装うというのは行き過ぎだろう。スティーヴンにとってはジョンとメアリの恋の成就など、望んでもいまい。ジョンをあの話で殺害計画に引き入れ、メアリをも引き入れ、メアリの代わりにクレーマーズ男爵夫人を殺すと見せかけ、実際には安心しきってスティーヴンに寄り添うメアリを殺した……あの遺体はやはりメアリ……いや、鷹原は傷口は今までと同じだったと云っていた。八月六日、ジョージ・ヤード・ビルディングで殺されたマーサ・タブラムについては確証はないが、それ以降の殺人、八月三十一日のメアリ・アン・ニコルズ、九月八日のアニー・チャプマン、九月三十日のエリザベス・ストライドとキャサリン・エドウズ、それに今回……スティーヴンがジャックだったら、彼は八月末から殺人を重ねていたことになる。そうだ、あの話はハローウィンの夜に思いついたわけではないのだ！　彼は前からメアリを殺すつもりだった。メアリを殺すために一連の娼婦《しょうふ》殺しを捏《でっ》ち上げたのだ！　他の娼婦たちは皆路上で殺された。そしてメアリだけが自室で、あんなにも酷く……念入りに殺された。メアリだけを狙っていたからだ。他の娼婦は死のうが助かろうが構わなかった。行きずりの犯行で良かったのだ。だが、メアリだけは確実に殺すつもりだった。そしてジョンを引き入れ……いや、ジョンが計画に係わっていれば、メアリが殺された時点ですぐに解る筈《はず》だ。あの話はジョンがのるかどうか試しただけ……当事者が信じるか試しただけだ。そして彼は単独でメアリに同じ話を持ちかけた。いや、もっと以前に彼女に話していたのかもしれない。「貴女を一夜で男爵夫人に出来る。あとは夫人の財産でジョンとともに憧《あこが》れのパリへでも、どこへでも行って暮らせますよ」とでも……そうして彼女を計画に引き入れ、彼女は「次に殺されるのは私」と吹聴《ふいちょう》し続けた……

あの夜、クレーマーズ男爵夫人を彼女の部屋に連れて行くといい、実際には彼一人で出かけて殺したのだ！　あの遺体はやはりメアリ……他に考えようがあるだろうか？

いや、メアリを朝見た者もいる……天井の梁《はり》が歪《ゆが》んで見えた……頭が割れそうだ……これ以上は考えられない……

夕方、トマス・ジェイムズ・ワイズという男が来訪。鷹原にバートンの新訳『アラビアン・ナイト』を持参したという。

ボーモント夫人のおずおずとした口調に、僕は鷹原に代わって代金を支払った。

出版されたばかりのアラビアン・ナイト補遺版は『香りの園』と題されていた。待ち望んでいた出版の日を僕は忘れ、恐らく鷹原も忘れていることだろう。僕の心を方向付けてくれた本……

日記を小説にしてみるという僕の試みは、メアリの事件以来止まっていた。三月から書き始め、今は七月半ば、メリック氏のことを書いていた。日記を読み返し、新たに書き直すという作業は、自己をも突き放し、客観的に物事を見ることだ。八月から事件は始まる……事件になれば、見落としていた点、忘れていた点も見つかるかもしれない。スティーヴンが確かにジャックだという証拠も出てくるかもしれない……メリック氏と初めて会った日に、スティーヴンとも知り合った。次に会ったのは……だめだ、思い出せない……さっさとからだを直し、とにかく書くことだ。

十一月十八日　日曜日

今日はメアリの葬儀だったが、昨夜遅く、一週間ぶりに帰宅した鷹原は、今度こそ僕の出席を許さなかった。

　僕は今朝から床は離れたものの、居間の長椅子に着膨れた姿で寝そべり、ビービ相手に過ごすか、ぐずぐずと小説を書くくらい、外を歩くという気力はまだなかった。

「葬儀だけで、帰ってくるよ。僕も些《いささ》か疲れたからね。様子は帰ってから話すから、君はおとなしく養生していたまえ」

　彼も随分と窶《やつ》れていた。頬がこけ、西洋人のような白い肌に浮かんだ眼下の隈《くま》が傷々しい。

　朝食の盆を運んできたボーモント夫人にも指摘されたが、しかし「夫人の食事を口にしていないせいですよ」という如才のなさは衰えず、「サンドリンガム行きの替え着がこんな形で役に立つとはね」と云いながら、この一週間の汚れ物を、トランクごと、夫人に手渡した。「汚れの酷い物は処分して下さって結構ですよ」

「とんでもない。一つ残らず新品同様に致しますわ」と夫人は嬉々《きき》として云う。鷹原が帰っただけで嬉《うれ》しいのだ。


　午後七時、暖炉の前に椅子を移動させ、小説を書いているときに、鷹原は帰ってきた。

「おや、手紙かい？　フールスキャップ判だね」

「小説だよ」と僕は紙の下にあったノートを示した。「尤《もっと》も日記が元だ。登場人物は君と僕、それにメリック氏やトリーヴス医師、実在の人物ばかりだ」と云ってしまってから恥ずかしくなった。「今、八月初めだ。もうすこししたらマーサ・タブラムの殺害に入る。整理して書くことにより、何か解るかもしれないしね」

「ほう、なるほどね。登場人物の一人として、僕もそのうち拝読させていただく権利はあるのかな?」と、鷹原は暖炉に石炭を足すと、「君が寝ていた間に、この北国はすっかり冬だよ」と手袋のまま、手を擦り合わせた。「僕は君の鋭い批判に晒《さら》され、哀れで滑稽《こっけい》な道楽息子にされているんじゃないか?」

「そんなことは……ないと思うが……マーサの事件を書き終えたら、君にも見てもらうよ。小説になっているのかどうか、不安だしね」

「犯人の検挙で終《しま》いになると、なお良いがね」と、鷹原はようやく温まったのか起ち上がり、着替えに部屋に行った。

夕食は鷹原の好物ばかりがテーブル一杯に並べられた。病み上がりの僕は薄めのシチューとパンだけだ。

メアリの葬儀はショーディッチの聖レナード教会で行われ、その後レイストンの聖パトリックのカトリック墓地に埋葬されたという。

「数千人が集まり、その整理にまたもや警官が動員されたよ」と鷹原。「『神よ彼女に慈悲を与えたまえ』と女たちは叫び、男たちは柩《ひつぎ》を前に帽子を脱いだ。埋葬費用は参列者から集めたそうだが、花輪で飾られた柩は結構立派だったたね。尤も些かけばけばしい弔花だったが……パブ『テン・ベルズ』と『ブリタニア』から贈られたそうだ」

「列席者は?」と、もしやジョンやスティーヴンはと思って聞いてみた。「数千人と云ったが、見知った顔は居たかい？」

「検死審問《インクエスト》に来た内縁の夫、ジョーゼフ・バーネットやアン・コックス、マリア・ハーヴェイなどが墓地まで行ったがね。あの界隈《かいわい》の連中だ。そうそうラスクも来ていたよ。彼は最近また強気でね、五日前にはパブ『ポールズ・ヘッド』で集会を開いた。今後どのような形で警察に協力するかという殊勝な会だと云っていたが、彼の目的の一つが叶《かな》ったからだろう。祝杯を挙げていたよ」

「祝杯？　何のために」

「警視総監辞任のさ」

「何だって！　いつ？　五日前と云ったね。五日前と云えば『血の日曜日』の一周年で、ハイド・パークに何千人も集まり、声がここまで聞こえてきたよ。ボーモント夫人の話ではウォーレン総監の弾劾だということだった」

「その時点では彼らも知らなかったのだろう。だが、その日、下院で彼の辞任発表が成された。後任にはチャールズ・ウォーレン卿と対立して辞職した前副総監、ジェイムズ・モンロウ卿が任命されたよ。皮肉だと思わないか？　皮肉と云えば、チャールズ・ウォーレン卿御自ら辞表を提出されたのは十一月八日だったそうだ。メアリ殺害の前日だよ。僕らは既に辞任された総監の命令を待って、メアリの部屋の前で時間を潰《つぶ》していたんだ。僕のような下の者ならともかく、アンダースン犯罪捜査部《CID》部長からアバーライン警部すら知らなかった。酷いものだ。総監や犬を待つより、すぐに飛び込んでいれば、もうすこし何かつかめたかもしれないのに。何もかも犯人に味方しているよ」

「今回も手がかりなしかい？」

「いや、いつもよりはましだ。室内だったからね。まず気になるのが暖炉だ。検死の結果、死亡推定時刻は九日午前三時から四時」

「待てよ、メアリを朝見た者がいるじゃないか」

「君はあんな酔っぱらい女の証言をまだ気にしていたのかい？　八時過ぎにメアリを見たと？　冗談ではない！　ではそれ以降にメアリが殺されたことになる。あの解体にはどうみたって二時間以上かかる。八時半以降……昼頃まで……暖炉を赤々と燃やしながら、窓の壊れた部屋であんな解体を悠々と行い、血塗《ちまみ》れの姿で外に出たとでも云うのかい？　あの部屋には水道もないんだよ」

殺されたのはメアリか？　それとも男爵夫人か？　僕は黙ってしまった。

「君、また顔が赤いよ。病み上がりに長話をして疲れたんじゃないか？」

「いや、大丈夫。食事をしたからだよ。それより暖炉とは？　君はあのとき、灰がまだ温かいと云っていたね？」

「ああ、火床には大量の灰があった。燃えかすを調べてみると、女性のフェルト帽の焦げた縁、骨組みの針金、ビロードのジャケットの一部、男物の木綿の下着が出てきた。バーネットの陳述では、いずれもメアリと彼の物だそうだ。だがメアリの着ていたと思われる衣装はきちんとたたまれて椅子の上にあった。なぜわざわざ他の衣装を取り出してまで、火を熾《お》こしたのか？　アバーライン警部は明かり替わりに燃やしたと云っていたが、それほど景気良く火を燃やし続けたら、却《かえ》って人の注意を引くのではないかと僕は思うね。証言でも解ったように、あの辺りは夜のご婦人ばかりだ。部屋代も滞らせた部屋で、威勢よく暖炉が燃え続けていたら、あの女たちだったら覗《のぞ》きかねないだろう。現に部屋代を取りにいった男だって、窓から覗いてあの惨状を知ったのだし……それでも燃やさなければならない理由があった。つまりあれだけの解体……今までにないほどの盛大な解体作業だ。犯人だって相当の返り血を浴びている。ブラウスかシャツ、それに下着も含めて……到底コートも羽織れない状態だった。僕はそれらを燃やしたのではと思うんだ。メアリやバーネットの衣類はそれらを完璧《かんぺき》に灰にするための追加だよ。灰の量からいっても他にもっとあった筈だ。そして安物の名前ばかりのフェルトやビロードなどと違って、跡形なく燃えてしまうものと云えばウールやシルク、クレープ、レース……あの界隈で生活する者たちとは縁のない生地だ」

突然、鷹原が話を止め、顔を上げるとノックの音、ボーモント夫人だった。

夫人が食事を下げ、代わりにチーズやケーキ、珈琲《コーヒー》などがテーブルを占領する間、鷹原は先日届いた『アラビアン・ナイト』の話に意地悪く切り換えた。『彼女』と違い『アラビアン・ナイト』は女性の手にする本ではないとされている。

慎ましげに顔を赤らめ、聞こえぬ風を装って、夫人がそそくさと出てゆくまで、僕は僕で生返事のまま、想いに囚《とら》われていた。鷹原は、犯人は紳士階級か貴族階級というもの説に帰着させるつもりなのだろう。だが、燃やさなければならなかった衣服とは男爵夫人のドレスではなかったのか？　男爵夫人とメアリが入れ代わったとして、男爵夫人の服を着て、彼女が外に出れば厭《いや》でも目につく。ドレス以外の下着やクリノリンは身につけても、ドレスを着ることは出来ないだろう。あの遺体はやはり男爵夫人！　とすれば、朝メアリを見たという証言も確かなものとなる……

ドアが閉まった途端、鷹原は起ち上がり、ブランデーのボトルとグラスを持ってきた。「犯人はやはり紳士階級以上の者だ。それをこの十日間、どんな捜査をしていたと思う？　相変わらず対象はイースト・エンドの食肉関係の男たち、せいぜい良くって床屋止まりだ。挙げ句の果ては『君も疲れているようだ。帰って休養を取りたまえ』と云われた」

僕はやはりスティーヴンの話を、彼らの関係を、話したほうが良いのだろうかと迷っていた。ジョンからは相変わらず音沙汰《おとさた》なく、確かなことは何も解らなかった。だが……スティーヴンのことを話そうと思っただけで、顔が赤くなるのが解った。なぜ……彼の部屋の合鍵《あいかぎ》まで持っていたのか。なぜ……ジョンのパーティーに出たのか。なぜ……そこまで親しくなったのか。

矢継ぎ早の鷹原の質問に巧く応《こた》えられるとは思われない。

「風邪には珈琲よりこの方がいい」と鷹原は僕にもブランデーのグラスを差し出し、自分は柄にもなく一気に飲み干した。「紳士階級以上と云ったがね、僕はあの切り口からみても、やはり医者だと思う」

「医者……では、やはりモレル・マッケンジー医師？……それともウィリアム・ガル卿か……そうだ、メアリの検死審問《インクエスト》にはまたしてもウィリアム卿の娘婿、シオドア・ダイク・エイクランド医師が来ていたね……余りに関心を持ちすぎる。それとも他に？」

「まだ確信は持てない、残念だがね。だが、ヤードのお偉方の石頭連中より、一般大衆の方が敏感だよ。君は休んでいたから知らないだろうが、今やロンドン病院の医師たちは地下鉄道や馬車に乗るまでの間、護衛が付いている」

「ロンドン病院の医師たちに⁉」

「何しろイースト・エンドの真っ只中《ただ》にある病院、そして犯人のシンボルは、二重殺人以降、医者の象徴でもある『黒鞄』だ。メアリの事件以後、疑惑も憤りも頂点に達したと云ってよいだろう。あれ以来、病院の入口付近には不穏分子が集まっている。あの界隈は一触即発の雰囲気だよ。尤《もっと》も標的は医者ばかりではないがね。先日も私服警官がつまらぬ誤解を受け『ジャックだ！』の一言で、危うく群衆からリンチにあうところだった。犯人が捕まらぬ以上、ますます世上《せじょう》は不安になるだろう。ラスクやベイツ記者の思う壺《つぼ》というところだ」

——メアリの柩を見送った途端「柏木さん」と嬉々《きき》として声をかけてきたベイツ記者を思い出した。「ベイツ記者……君、以前、ジャックの手紙はベイツ記者単独、或《ある》いは彼とロンドン中央通信社のポールセン氏の捏造《ねつぞう》ではないかと云っていたね。事件も彼、あるいは彼らの犯行とは思わないか？」

「たしかに今度の事件でベイツ記者は一躍花形記者に、そしてロンドン中央通信社の名も知れ亙《わた》った。僕も彼らに目を向けたことがある。だがね、手紙の捏造くらいならともかく、犯行となると……ベイツ記者ならひょっとしてとは思うが、あのポールセン氏には片棒を担ぐほどの度胸はないだろう。僕はね、一連のこの犯行は一人では無理だと思っている。今度のメアリの場合も、服は何とか処分しても手は汚れたままの筈だ。それ以前の路上での犯行はなおのこと……いくらコートで隠しても、遠距離を血に染まったからだで逃げ切れるわけがない。必ずあの事件現場から近いところ……イースト・エンド界隈にからだを洗え、衣服を着替えるだけの隠れ家が在る筈だ。そしてその隠れ家を怪しまれずにいつも確保し、彼の犯行を隠す手伝いをする者もね」

「だが、スコットランド・ヤードではあの界隈の秘密の部屋はすべて調べたと、ラスクの家で云っていたじゃないか。それに単に隠れ家の確保なら単独でも出来るだろう。温厚な紳士を装って、秘密の部屋でも何でもない、普通の部屋を一部屋借りればいいだけだ」

「温厚な紳士が、たまたま事件のあった夜半、湯を使ったり、水道を流し続けたり、普段はしない洗濯などしたらどう思われる？　イースト・エンドの住人、すべてが夏以来神経過敏になっている。ましてや巨額の賞金まで掛かった犯人だ。下宿人にすこしでも不審なところがあれば、すぐに御注進と飛んでくるさ。カヴァーする者が必要だよ」

「二人組み……ウィリアム・ガル卿と娘婿のエイクランド医師……」――またしてもノックの音で、僕は声をとぎらせ、ドアに顔を向けたが、呆《あき》れたことに返事も待たずに、血相を変えたボーモント夫人が飛び込んで来た。

「あの、あの……」と云った切り、夫人の声は言葉にならない。

僕は思わず腰を浮かせたが、鷹原の方はいち早く夫人に駆け寄り「どうしました？」と手を取った。

「殿下が……」と縋《すが》るように鷹原を見上げた夫人は震え声でいった。「変装をなさっていらっしゃるようですが……でも……でも……プリンス・オブ・ウェールズです……我が家に……」

鷹原が「グラスを！」と叫び、僕が駆けつけると、失神しそうになった夫人の鼻先に、鷹原がブランデーの入ったグラスを突きつける。そしてその前に「ごきげんよう」と現れたのは、たしかに殿下であった。

夫人を一階まで送り届け、ボーモント氏に託すと、僕は躊躇《ちゆうちよ》したが、取り敢えずはご挨拶《あいさつ》もしていないと、酷い恰好《かつこう》ながら、居間に戻ってみた。

殿下は目深く被《かぶ》っていらした粗末なハンチングや、洗い晒《ざら》しのジャケットも脱がれ、ブランデーのグラスを手に寛《くつろ》いで居られたが、僕が入ったとたん、声を呑《の》まれたご様子は今までと違っていた。

僕は部屋には入らず、ご挨拶と先日の非礼を謝り、自室に引き揚げさせていただく旨を述べた。

しかし殿下は「いや、どうぞ中へ」と手招きされる。「食後の茶も手を付けておらぬ様子。突然の来訪は私の非礼だ。そのまま寛いで欲しい」とおっしゃられ、鷹原もうなずいた。僕はおずおずと部屋に入り、元の席に坐《すわ》る。

「しかし」と殿下は再び鷹原に声をかけられた。「私の誕生日にまたしても事件とは……私の威信も地に落ちたということか」

「殿下の御誕生日であられると同時に、ロード・メイヤー（ロンドン市長）の就任式でもありました」と鷹原。「ロンドン市政に不満を持つ者の仕業かもしれません。ですが、殿下御自らお忍びで、かようなところまでお出でいただきましたのは、威信　某《なにがし》より他にご意見がお有りのことと存じますが？」

「そうなのだ」と殿下はグラスをテーブルに置かれると、身を乗り出された。「光、母上が今度の事件に異様な関心を持たれているというのは知っておるな？」

「はい」

「私の誕生日も上の空で、首相に親電を送ったのは？」

「それは……」と鷹原は目を丸くしたが、些《いささ》か面白げに「存じません」と付け加えた。

「私の誕生日」と殿下はまた繰り返された。「事件の報道された日だ。翌日、十日の朝にはソールズベリーもあわてて官邸に閣僚を招集、対策閣議を開いたそうだが、市井の徒のために閣議を開くなど前代未聞……この大英帝国では初めてのことだ。こんなことが……」

無遠慮にも鷹原は「殿下」と、口を挟んだ。「不躾《ぶしつけ》な質問とは承知の上ですが、殿下も犯人は労働者階級から出すべきと思われておいでですか？」

「出すべきとはどういう意味かな」と殿下もいつに似合わぬ真面目なお顔でおっしゃられた。もはや僕の存在もお忘れになったようだ。「私には犯人の見当など皆目つかぬ。労働者か紳士か貴族か、あるいは亡命ロシア人なのか、ユダヤ人なのか……新聞ではいろいろと書き立てておるようだが、母上と違い、私はそれほど熱心に読んではおらぬ。どのような者が犯人であれ、早く捕まれば良いと願うだけだ」

「たとえフリーメイスンの会員でも……殿下のお知り合いの貴族でも……もしくは御親類に当たる王族のお一人であられても？」

「見当がついておるのか！」

「いえ、ただ例えて云えばと申し上げただけです。と申しますのも、殿下の御誕生日に殺された者の検死審問《インクエスト》は、この十二日に行われました。ただし異例の速さで裁決となり、打ち切られました。勿論《もちろん》新聞各紙はこの審問に対して非難の声を上げましたが、今や後の祭、そしてスコットランド・ヤードでは全力で捜査に当たっておりますが、検死審問《インクエスト》以後の捜査の対象はイースト・エンドの下層民ばかり……異議を唱えた私は、自宅で休養するよう申し渡されました。十日の首相官邸での対策閣議とは、ひょっとしたら、近親者から犯人を出さないための、防衛上の閣議だったのではございませんか？　私の考えすぎかもしれませんが、犯罪捜査部《CID》は飽くまでも内務省の管轄下、内閣から何らかの圧力がかかっているのではありませんか？」

「大英帝国の法は貴賤《きせん》を問わず公平だ！」と殿下は声を荒らげた。「現に私だって十七年前、さるレディーの離婚裁判で証人として出廷を求められた。いや、離婚裁判なぞどうでも良い！問題はエディーだ！　今、現在のエディーだ！」

　僕は思わず手にしていたグラスを落としてしまった。殿下が『エディー』と呼ばれるからには、御子息のエドワード王子……あの『ヴィーナス』を鷹原に譲られたアルバート・ヴィクター・クリスチャン・エドワード王子ではないか？……王子の噂が既に殿下のお耳に⁉

　気まずい沈黙の中、僕は無様にグラスを拾い上げ、別人のように沈鬱《ちんうつ》なお顔の殿下と……にやにやと薄ら笑いを浮かべている鷹原を見た！

「そう、エディーだ……光……君の唯一の欠点は、私以上に人をからかうのが好きなことだ。最初から、私がどうして来たのか解っていたのだろう？」

「エドワード王子様の噂は耳にしておりました」と応えた鷹原の顔から笑いは跡形もなく消えていた。「ただ、殿下がそこまでお気になさっていられるとは思ってもおりませんでした。お気に障られたらお許しを。私は王子様を頭に『王族方』などと申したのではございません。ただ目に見えぬ圧力を感じたものですから、殿下のお話で内閣の閣議の結果ではと類推した次第です。殿下から『貴賤を問わず』というお言葉をいただき、嬉《うれ》しく存じます」

「いや……恐らくエディーの噂は内閣にまで届いているのかもしれない。それゆえ彼らが神経を尖《とが》らせ、実際、何らかの圧力をかけておるのかもしれぬ」

「しかし、ことエドワード王子様に関しては、御杞憂《きゆう》は無用と存じます。噂はまだほんの一部、それに全く根も葉もないことは一目瞭然《りょうぜん》。八月末にメアリ・アン・ニコルズという娼婦《しょうふ》が殺害されましたが、王子様はその前から女王陛下に付き添われ、その後のアニー・チャプマン、エリザベス・ストライド、キャサリン・エドウズに至るまで、ずっとバルモラル……ロンドンから遠いスコットランドの別荘に居られたではありませんか」

「この九日の殺人のときにもサンドリンガムに居た……私の誕生祝いのため、三日から十三日までずっと滞在し、押し寄せる客をあしらっていた」と殿下は苦々しく呟《つぶや》かれた。「だが、バルモラルだろうとサンドリンガムだろうと、そんなことは関係ないのだ！　『いつでも自由に動かせる彼専用の列車もある』と新聞は書き立てるだろう。いや、エディーが事件当日、インドに居ようが、アフリカに居ようが無駄なことだ。光、恐ろしいのは噂だ。今は一部の噂であっても、このまま事件が続けばエディーが当日どこに居ようと無関係に噂は広まるだろう。『ホワイトチャペルの娼家に通う王子』！　そして王子の名が世に出ればお終《しま》いだ。国が揺れ動くほどの酷《ひど》い連続殺人なのだ。容疑者として彼の名が挙がっただけでも、我が国の君主制は危機に瀕《ひん》しよう。彼は私に次いで国王に成る男なのだ。何としても事件を止めねばならぬ！　犯人を見つけねばならぬ！」

「それは私も願うところ……王子様は今どちらに？」

「サンドリンガムからすぐに私の名代でデンマークに行かせた」

「なるほど、真に御賢明かつ迅速な御処置。今は国内にお出でにならない方がよろしいでしょう」

「オイレンブルグはどうしておる？」

「彼は帰国致しました。尤《もっと》もベルリン到着は確認しておりませんが、先月末、今回の殺人以前に帰国しております」

「今回は今回として、それ以前までは居たのだな……彼が犯人なら、充分に任務は達成したことになる。我が国をここまで混乱に陥れたのだからな。甥《おい》が……ドイツ皇帝が考えつきそうなことだ」

「残念ながら殿下、今回の犯人も傷の状態から推察して今までの犯人と同一人物です。ハーウィッチからアントワープ行きの汽船に乗り込んだところで尾行も終了。今回の事件により、オイレンブルグは私の中で、容疑者から外されました」

「尾行に気づいての偽装帰国だったのではないか？　ベルリン到着が未確認なら引き返したかも知れん。それとも新たな刺客がドイツ参謀本部、モルトケ辺りから送られたのかも知れん」

「残念ながら殿下、犯人は英国人、或《あ》るいは長く英国に在住する者です」と鷹原は沈鬱に云った。

「イースト・エンドの地理に精通し、警戒しながらも客を取らざるを得ない売春婦をも安心させるに足る相手、きちんとした英語を話す紳士階級以上の男です」

「たしかに残念な推論だ。エディーには代えられぬが、捕まれば社会的動揺は止むを得ないような男と思うのか？　見当は付いておるのか？　尤もそれを期待して今夜参ったのだが……」

「殿下」と云ったまま鷹原は声を呑《の》んだが、やがて突き放すように「私は来月十二日に帰国致します」と云った。「サンドリンガムに行きそびれましたので、ご挨拶《あいさつ》もせずに帰国しようと思っておりましたが、このような形で申し上げることになろうとは……」

「何と……初耳だ」と殿下は驚きも露《あらわ》に御顔を上げられたが、鷹原と目が合うとかってお見受けしたこともない苦渋の表情を浮かべられた。「そうか……階級に縛られず、異邦人の光なら自由な推論が出来ると思っておったが、我が国のために光を拘束することも出来ぬ。残念だ」

「つきましては殿下、甚だ不遜《ふそん》なお願いとは存じますが、私と柏木のために、殿下の御主催で送別会のようなものを開いてはいただけませんか？」

僕は驚いて鷹原を見た。こんなときに、何を……だが、殿下は動ぜず、すぐにお応《こた》えになられた。

「送別会……ああ勿論《もちろん》、喜んで開こう。パーティーは大好きだ。だが来月の十二日と申したか？　一月もないな……帰ってすぐに予定を確かめるが、これで結構忙しい。空いている日があれば良いが……」

「晩餐《ばんさん》でなくとも」と鷹原。「昼でも夕方でも結構です」とぬけぬけと言葉を重ねる。「私と柏木の知り合いを……そう二、三十人ほど……」

黙って控えていようと思っていたが、僕は我慢出来ずに「鷹原！」と云ってしまった。「こんなときに、僕らの送別会など無用だと思うが……」

鷹原は唇に指を当て、僕の声を封じた。

——階段を上がって来る音が聞こえる。

鷹原がドアに向かって首を振る。「夫人であれ、ボーモント氏であれ、帰してくれ」

僕は居間を出、ちょうど階段を上がり切ったボーモント氏と夫人に出会った。

二人は今まで見たこともない銀の盆にシャンパンとグラス、夫人ご自慢のチーズ・ビスケット（上には見たこともないほどの具……チーズやらハム、アンチョビ、オリーヴ、オイルサーデンなど、様々に飾られていた！）を満載し、おまけにパーティーにでも出席するように、上から下まで着飾っていた。

「お客様にお持ちしましたの」と夫人は声を上擦らせて云った。

「ありがとう。しかし、今は……僕が運びます」

「まあ、そんな。殿方に盆を持たせるようなことは出来ませんわ」

「いえ、今は……」と僕は後の言葉を考える。「鷹原との間で、国家機密に関する話が成されています」

「国家機密！」とボーモント氏。

「そうです。ですから……お客様に関しても知らぬ振りをしていただきたいとのこと」

「解りましたわ」と夫人は声を落として応えたが、声音は前にも増して上擦り、殆《ほとん》ど掠《かす》れ声になっていた。「プリンス・オブ・ウェールズとは気づかない振りをすればよろしいのですね！」

「いえ……ああ……そうです。ですからこれも……ありがたく思いますが下げてください」

「そんな！」と低くはあるが悲痛な叫びを上げた夫人に、ボーモント氏が勿体《もったい》ぶって宣告した。

「ご主人の内密なお話には立ち入ってはならない！」

「そうです」と僕は夫人の前に立ち塞《ふさ》がる。

ボーモント氏は夫人同様、興奮した囁《ささや》き声で続けた。「お相手が何方であれ、素知らぬ振りをするのも礼儀……ましてや国家機密……私の生涯で最高の時……召し使いとしての資質を今までになく問われている時でございます！」

「部屋に戻って下さい」と僕。「お帰りのときにも出ぬように」

「仰せの通りに」とボーモント氏は荘重に応える。

「せめてこれを……」と夫人がビスケットの乗った盆を差し出す。「お客様に召し上がっていただけたら、光栄に存じます」

「解りました」と僕は盆を受け取り、更に念を押す。「御来臨自体が秘密です。口外しないで下さい」

二人が緊張した足取りで階段を下りるのを見届け、僕は居間に戻った。

「……とにかく、今一度サンドリンガムに来て欲しい」と殿下がお起《た》ちになられたところだった。厩番《うまやばん》からでも召してきたのか、ハンチングをまたしても被られたところを見るとお帰りのご様子だったが、僕を見ると「勿論、君もぜひ」と、おっしゃられる。

鷹原が僕に「来月の一日がアレグザンドラ妃のお誕生日」と云う。そして殿下に「私は喜んで出席させていただきますが、柏木は風邪気味で、まだしかとはお応え出来かねます」と云ってくれる。

「なるほど、私のような体型だ」と殿下は鷹揚《おうよう》に笑われながら近づいて来られたが、ようやくの殿下らしい笑顔にほっとしたものの、僕の方は着膨れたガウン姿すら忘れていたので、冷や汗が出た。「私の来訪で病の身に負担をかけた」とお心遣いまでいただき、鷹原が先回りをして閉めたばかりのドアを開けると「そうだ、明日、ヴィッキーが帰ってくる」と嬉しげに云われた。

「フレドリカ皇太后が！」と鷹原も顔を輝かせる。「それは良うございました。お親しい方々の間で御傷心を癒《いや》されればと存じます」

「ああ、私もそうあって欲しいと思う」と殿下はおっしゃり、ぼんやりと突っ立った僕の手にした盆からビスケットの一つを手にされると、廊下に出られた。「どうだね、誰も私とは気づくまい？」

モールバラ・ハウスまでお送りするからという鷹原と、「養生して、妃の誕生日にも出席してくれると嬉しい」と、お優しいお言葉をいただいた殿下を戸口でお見送りし、振り返ると、夫妻がドアから顔を覗かせていた。

「ビスケットを美味《おい》しそうに上がられましたよ」と云うと、夫人は顔を染め、目まで潤んできた。僕は階段を駆け上がる。

一時間ほどして帰宅した鷹原は、夫人の丹精込めて作ったビスケットを無造作に口にしながら、「フレドリカ皇太后とは君の憧《あこが》れの御方、ベルリンのヴィクトリア王女……いや、皇太后のことだよ。今日の新聞にも出ていたがね。忘れていた」とこれも無造作に云った。「取り敢えずは母国に帰られ、ほっとされるだろう。この国には未亡人となった彼女を慰め、甘やかす身内で溢《あふ》れているからね」

ヴィクトリア皇太后がお帰りに……だが、お会いした日が何十年も昔のように思われ、懐かしさももはや浮かんではこなかった。僕は疲れも押して彼を待ち続けていた問いを投げる。

「殿下の御身をやつされてまでの御来臨は、ひたすら今度の事件の解決を願ってのことだろう。それになぜ、僕らの送別会などという話が出るんだ?」

「帰国するのに、送別会の一つもなしとは寂しいじゃないか」と鷹原は平然と云う。「――『ジャック』を突き止めるなどということは、僕一人の身では難しい。それは帰国前に捕縛されれば嬉《うれ》しいが、殿下のご期待に添えるかどうかなんて、今の時点では明確な答は出せないよ。今明瞭なことは十二日に帰国することだけ。だから申し上げたのさ」

鷹原相手にこんな問いは無駄だった。僕は「おやすみ」と云うと居間を出る。

「君、本当に顔が赤いよ。またぶり返したのじゃないか?」という言葉が追いかけてきた。

十一月十九日　月曜日
昼間、マダム・ブラヴァッツキーに先夜の突然の訪問を詫《わ》びた手紙を書く。だが、目的は、最後の――「追伸」のためだった。
――われわれの訪問を鷹原には告げないで下さい――
今は鷹原に詮索《せんさく》されたくない。

夕方、早速にも殿下からお手紙が届く。

昨夜の鷹原の図々《ずうずう》しい要求に応えられたもので、送別会は帰国ぎりぎりの来月九日なら可能という内容だった。

折り返し、招待者リストを送るようにという仰せに、鷹原は僕の呼びたい人物というのを尋ねてきたが、僕の頭はそれどころではなかった。まして英国では安息日とされる日曜日に、わざわざ僕のために呼び出すようなことは出来ない。

「僕は英国に来てまだ五ヵ月だ。病院でも送別会を開いてくれると云うし、それで充分だ。後はいない。君が勝手に呼べばいい」と突き放す。

夕刊は殿下のおっしゃられた通り、フレドリカ皇太后の無事英国到着を大きく報じ、連日のジャック関連の記事は久しぶりに隅に追いやられた。一般庶民までが港に押し寄せ、女王陛下、並びにケンブリッジ公爵を初めとする大歓迎を受けられたとのこと、数日振りに心和む記事である。

だが、ジョンからの連絡は相変わらずなく、スティーヴンやジョンがどうしているのか、そしてメアリの生死も不明だった。僕は既にジョンとメアリが手に手を携え、国外に出たのではという新たな仮説に捕らわれていた。スティーヴンはハローウィンの日以前からあの話をジョンにしていたのではないか？　そして一連のジャックの事件はジョンとメアリによって成された……メアリが仲間の売春婦を誘い出し、ジョンが殺す。メアリの家を隠れ家とすれば、逃亡も容易だし、見繕いも出来るだろう。そして九日、本命の男爵夫人をジョンが言葉巧みにメアリの家へと連れて行き、メアリとは見分けもつかぬ酷い惨殺を行う。後は男爵夫人の服を焼き捨て、メアリをどこかに隠し、ヤードに友人の居る間抜けな僕が来るのを、群衆の中で待っていた……そして僕をまんまと騙《だま》し、後は二人で逃亡……船会社の乗船リストを調べれば、モンタギュー・ジョン・ドルイットとヴィットリア・クレーマーズ男爵夫人という名前が有るかもしれない……いや、男爵夫人に成りすましたメアリはいち早く国外に脱し、彼は男爵夫人の財産を手に入れるべく、悠々と有能な弁護士として手続きを取っているのかもしれない……

『切り裂きジャック』はジョン⁉

日に何度も鷹原に話そうと思い立ち、その都度思い止まり、ただ眠り、そして書けるときは小説も書いた。

とにかくからだを直し、自分自身で確かめねばならぬ。僕は知人を殺人犯と名指ししようとしているのだ……

十一月二十二日　木曜日

熱は上がったり下がったり……捗々《はかばか》しくない。

昨夕、再びイースト・エンドはホワイトチャペルのジョージ・ストリートでアニー・ファーマーという売春婦が襲われた。

朝刊はこぞってこの事件を取り上げていたが、犯人は既に捕まり、取り調べ中とあった。

夕暮れ時という時間も幸いし、襲われた女の悲鳴にすぐに人が集まり、一命は取り留めたという。そしてすぐさま張られた非常線で犯人も捕まったそうだ。

昨夜、鷹原は何も云っていなかったが……と、思いつつ、彼の帰りを待つ。

十時頃帰宅した鷹原の話では、男は取り調べの結果、単なる物取りと判明。以前の事件にもアリバイが成立し、『切り裂きジャック』ではないと証明されたそうだ。

「昨夜、男を見たときから違うとは思っていたがね、取り敢えずほっとしたよ。『また娼婦《しょうふ》が！』と聞いたときはぞっとしたが、強盗の真似事をしただけだ。今や蟻の這《は》い出る隙間もないほど、巡査がうろうろしている街で娼婦を襲うとはね、馬鹿な男だ」と鷹原は最新号の『パンチ』誌を僕に手渡した。

栞《しおり》の挟んであるところを開いてみると、詩のようだ。

雄鳥《コック》ウォーレンを追い出したのは誰？
「それは私」と内務省雀《キーム・スパロウ》
「色眼鏡で彼を見て、
雄鳥《コック》ウォーレンを追い出した」
彼の後釜《あとがま》に坐るのは誰？
「それは私」とモンロウ
「私のほかに人はいない、

だから私がその席に就く」

貴方の手を縛るのは誰？
「それは私」とルーティン（ヘンリー・マシュウズ内務大臣）
「それが私の仕事だから、
私が彼の手を縛る」

これがフェア・プレイだと思うのは誰？
「それは私」と英国人《ジョン・ブル》
「私はかなり頭が弱いから、
フェア・プレイだと思う！」

「聞いたような節回しだね」と僕。
「マザー・グースだよ。『誰が雄の駒鳥《コック・ロビン》を殺したのか？』のパロディーだ。――Who killed Cock Robin?――『それは私』と雀が云った……そもそもが昔の首相、ロバート・ウォルポールの失脚時に……彼もロビンという愛称だったそうだがね、彼と結び付けて浮上した伝承唄《うた》だそうだ。待ってましたとばかりに今回も捩《もじ》ったのだろうが、なかなか良く出来ているじゃないか。ウォーレンからモンロウ、内務省と、終《しま》いには庶民まで馬鹿にしている」
「僕はモンロウ新警視総監に関してはよく知らないが、チャールズ・ウォーレン卿も結構彼なりに一生懸命だった気がするよ。役職を解かれて、彼はどこへ？」

「また軍籍に戻ったよ。適材適所というところだね。ウォーレンも一生懸命だったが、警察は軍隊じゃない。特に今回の事件の捜査などはモンロウのような狡猾《こうかつ》さが必要かもしれない。犯人の狡猾さに対してもね」

「だが、モンロウに変わってから、君の待遇も変わったみたいじゃないか。前はもっと君の意見も通ったろう？」

「はは、たしかに。ウォーレンは軍人上がりだから権威に弱かった。東洋の見知らぬ島国の伯爵の息子でも、殿下のお声掛かりとなれば、奉ってくれたからね。僕のことはいいさ。所詮《しょせん》は一時的な異邦の客、それに帰国まであと二十日だ。勝手にやるよ。君の方はどうなんだ？　まだ微熱が取れないと夫人が云っていたが」

「いや、もう大丈夫だ。ビービも湯湯婆《ゆたんぽ》代わりになってくれたし。猫は冬ありがたいね」と僕は膝《ひざ》で寝ているビービを撫《な》でる。「来週から病院に行く。このまま帰国したのではトリーヴス医師にも申し訳ないし、二週間でも行くよ」

「無理はしないほうが良いがね」と鷹原は僕の額に触れながら変に優しく云う。「小説は？　何とかなりそうかね？」

「アニー・チャプマンの殺害前まで書いたところだ。九月七日……メアリ・アン・ニコルズの葬儀の後、僕らがジョ……ドルイット氏のクリケット試合を観に、グリニッジに……」――七日……ジョンの……そうだ！　なぜ気づかなかったのか……声を呑《の》んだ僕に鷹原が声をかけてきた。

「じゃ、マーサ・タブラムとメアリ・アン・ニコルズの事件は書き終えたのだね？　日記と違って小説なら拝読させていただいても構わないだろう？　僕らは事件に関して検討を重ねてきたが、言葉が文になると、また違うかもしれない。君と僕とでは当然視点も違うし……」――僕の沈黙を誤解して、鷹原は急いで付け加えた。「いや、別に事件に関してだけではないよ。君の初めて書いた小説というのにも興味はある」

「あの日……クリケットの試合は何時からだった？」――僕の問いに鷹原は呆気《あっけ》にとられたようだった。「読んで貰《もら》うよ。来てくれ」と僕はそそくさとビービを下ろし、起ち上がる。日記に書いてあっただろうか？

「見損なった試合の時間までは憶《おぼ》えてないね」と、付いてきた鷹原に戸口で紙の束を渡すと「頭痛がしてきた。もう寝るよ」と云う。

「ほう、結構重いね。『浮雲』の調子で書かれた日本人のロンドンの話……面白そうじゃないか！」

明らかにお世辞と解る口調だったが、僕は「酷評をお待ちしてるよ」と笑い、ドアを閉めた。そして直ぐに取って返すと日記を捲《めく》る。

試合開始は午前十一時半だった！　そしてアニー・チャプマンの死亡推定時刻は……午前四時半前後……ジョンが四時半にホワイトチャペルでアニー・チャプマンを殺し、ブラックヒースの試合場に十一時半に行くことは可能だろうか？　七時間の余裕はある。僕らはのんびりとイルフォードからグリニッジへと行ったが、ホワイトチャペルからブラックヒース……地図を広げてみた……ホワイトチャペル、イルフォード、ブラックヒースとほぼ正三角形になる。つまり、ほぼ等距離だ。メアリの家で身繕いをし、馬車を走らせれば可能だ……だが……殺人を犯したすぐ後でクリケットの試合に出場？　まさか……僕なら考えられない。確証はないが、いくらかほっとした。僕の考え過ぎだったのだ。そうすると、やはりスティーヴン？　そうだ、あの日、スティーヴンも来た。酔っぱらってブラックヒースの駅に到着した。殺した後、酔い潰《つぶ》れ、僕らに殺人の知らせを持ってやって来たのか⁉　ジャックはやはりスティーヴン……

夜も更けて、またもや熱が上がり、そして外はどんよりとした霧である。

ジョンからの連絡は相変わらずなかった。僕はテンプルの住まいに手紙を書いてみたが、返事も来ない。スティーヴンのことも皆目解らなかった。隣のヴァージニアに従兄《いとこ》の消息を聞くことも出来なかった。冬に入って、夜は殆《ほとん》ど霧か雨。『アリス』との交信も途絶えていたからだ。

ジョン……スティーヴン……すべてが僕の思い過ごしなのか……何が何だか解らなくなってきた。

十一月二十八日　水曜日

夕方、陽も落ちかけていたが、体調良く、病院に行ってみると云って、久々の外出。まだ微熱が残ってはいたが、家で悶々《もんもん》としているのも限界だった。

行く先はリンカーンズ・インのスティーヴンの事務所である。

居れば良し、居なくても二度も贈られた合鍵《あいかぎ》で入るつもりだった。そしてそうなった。

部屋は九日に入ったときと変わらぬように見えた。整然と片づき、ベッドも乱れてはいない。既に半月近く、彼はいったいどこに居るのか？　実家だろうか、ケンブリッジだろうか？　だが馴染《なじ》みのない実家を訪ねるのは気が引けたし、このからだではまだケンブリッジまで行く自信はない。

居間から寝室と見て回り、台所から浴室と、覗《のぞ》いてみる。

浴室には乱雑に脱ぎ捨てられた衣類があった。いつからあったものか？　ジョンと来たときには何もなかった筈《はず》……外套《がいとう》からジャケット、ズボン、シャツ、下着、そしてマフラーからシルクハットまで無造作に脱ぎ捨てられていた。事務所の入口には外套掛けも帽子掛けもある。まるでドアを開けるやここに直進、素っ裸になって出ていったような跡だった。床にはバスタオルも落ちていた。どういうことだろう？　衣類を隈《くま》なく調べてみる。ズボンの裾《すそ》には泥はね以外、血痕《けっこん》どころか、ほつれ一つなかった。だが、外套のポケットからは小銭とともにくしゃくしゃに丸められたハンカチーフと、汽車の切符が出てきた。カーディフからロンドンまで……日付は十一月二十八日……今日だ⁉　スティーヴンはロンドンに居る！　いや、何の用事でカーディフとかいうところへ行ったのか知らないが、そこから今日、ロンドンに帰って来たのだ。何時に帰り、どこへ行ったのかは解らないが、着替えて出ていった。待てよ……「カーディフ」……聞き憶えがあった……「カーディフにも居たわ。それからロンドンに来たのよ」……そうだ、メアリが住んでいたところ、南ウェールズの都市だ……男爵夫人を殺し、彼女を馴染みのカーディフに匿《かくま》ったのか？

暖房のない部屋は外套を着ていても冷え冷えとしていた。このまま当てにならぬ彼の帰りを待つわけにもいかない。テンプルのジョンのところへ行くことにする。

ジョンの部屋も明かりは消え、人の気配はなかった。

スティーヴンと違って、彼の行く先はここ以外見当もつかない。免職の宣告を受けたというブラックヒースの男子校にはまだ居るのか、それとも辞めたのか、いずれにしろ学校の名前も聞いてはいなかった。

チャイムを鳴らしたり、ノックしたり、念のため声までかけて不在を確認すると、僕はメモを書いてドアの下から差し入れた。

——とにかく連絡を。明日、また来てみます。十一月二十八日、午後五時、柏木薫——

十一月二十九日　木曜日

夜半からの陰鬱《いんうつ》な雨で、朝から明かりが必要だった。

朝食を持ってきた夫人は「冷えますわね」と、暖炉の火を熾《お》こす。「せっかく治ってきたのですから、今日はお出かけにならない方がよろしいですよ。ただでさえ気忙《きぜわ》しいのですから。ご帰国まで半月ですからね。しっかり治されないと」と釘《くぎ》を差す。

「荷造りだ、送別会だ、皇太子妃の誕生日だ、観劇だ」と騒いでいるのは鷹原一人。僕は鷹原のような膨大な荷物もなし、買い漁《あさ》った本とて鷹原の蔵書の十分の一にも充《み》たない。トランクを一つ買い足せば済むくらいだ。送別会やメリック氏との観劇も鷹原の膳《ぜん》立てに乗るだけで、関心もなかったが、それでも半月と思うと気が急《せ》いた。

まずメアリの生死を確かめ、スティーヴン、ジョンと話したい。盲腸の手術の所見や大腸及び虫垂のレポートも纏《まと》めなければならなかったし、出来ればメリック氏についてもすこしは形に収めたかった。

口の割りには、もう用もない夏服一枚仕舞おうともせずに、鷹原は午後まで起きない生活に戻っていた。

スティーヴンも早起きとは思われない。恐らくは午前中に行っても無駄だろう。昨日、ジョンに手紙を差し入れたように、スティーヴンのところにも手紙を置いてくれば良かったと悔やむ。

あれやこれやと気が散り、それでも午前中はおとなしくベッドに、いくらか書き物もして、昼食後、まだ起きてこない鷹原はそのままに、夫人の言葉も無視して僕は出かけた。

スティーヴンもジョンも相変わらず不在……双方のドアに手紙を差し入れる。

天候は雨から曇り空、また雨、氷雨、曇り空と、猫の目のように代わり、僕の不安を益々掻《か》き立てたが、昨日動いたのが良かったのか、今日はまだ気力が残っていた。病院に行ってみる。

玄関で出会ったリューケス婦長は、こちらが驚くほどの手放しの喜びようで迎えてくれた。

「お風邪でお休みと伺い、もうお会い出来ないまま、お帰りになられるのかと思っておりましたわ」と、抱きかかえんばかりである。

意地悪な魔女という当初の印象は跡形もなく失せ、今や畏敬《いけい》の念すら覚える太ったナイチンゲール……僕の声も弾《はず》んだ。

聞けば僕が休んでいる間も、鷹原は何回かメリック氏に会いに来たと云う。婦長はその都度、僕の様子を聞き、心配していたとのこと。彼からはここでのことなど一言も聞いてはいなかったが、取り敢えず心配をかけた詫《わ》びと礼を述べる。

トリーヴス医師は付属大学で講義中とのこと、婦長は再び送別会の話を持ち出したが、僕は「遠慮したい」とだけ述べ、メリック氏のところへ行った。


久しぶりの地下の部屋……だが、ドアを開けた途端、挨拶《あいさつ》より何より、僕はスティーヴンの姿に立ち竦《すく》んでしまった。

「お、お風邪は、もうよろしいのですか?」と云うメリック氏の顔も目に入らず、僕は「どこに居たのです?」とスティーヴンに聞く。「メアリのことはご存じでしょう?」

「ああ、新聞でね」とスティーヴンはにやにやと笑った。「カーディフに行って、最初に開いた新聞に出ていた。驚いたね」

「カーディフ?」

「ああ、南ウェールズの都市さ。仕事でね。それより久しぶりに会ったのに開口一番メアリのこととは……まだ君も鷹原に従ってジャック追跡熱に浮かされているのか。風邪と聞いたがもう良いのかい?」

「南ウェールズ……いつからいらしたのです?」

「やれやれ、九日ですよ、仕事でね。尤《もっと》も新聞を見たのは十日だが、目を疑ったね。さほど知っているわけでもないが、それでも知人が『切り裂きジャック』に殺されたとあってはね。今もジョンに話していたところだ。なあ? ジョン」

メリック氏は応《こた》えなかった。僕もメリック氏どころではない。

「僕も驚きましたよ」と云う。「貴方《あなた》の話が実現したのだから」

「僕の話?」と、スティーヴンが目を丸くしたとき、リューケス婦長がアイアランド嬢を従え、茶を持ってきた。

「トリーヴス医師とも話しておりましたが、やはり送別会は致しませんとね」と婦長は茶を置きながら断定的に云った。「真意からジョーゼフのところに通って下さった方ですもの。アイアランドとも話したのですが、ここで開いてはどうかと意見が一致しましたわ。狭いけれどジョーゼフの友としていらして下さった方ですし、トリーヴス医師と私とアイアランド、それに貴方とお親しい医師の方々にも参加していただいて」

「送別会とは誰のです?」とスティーヴン。

「柏木さんが日本にお帰りになられるのですわ」とアイアランド嬢。

「いつ⁉」とスティーヴンが僕に顔を向けた。薄ら笑いも失せた、稀《まれ》に見る真面目な顔だった。

「来月十二日です」と僕。

「驚いたなぁ」とスティーヴン。「この親しき友には一言も洩《も》らさずにかい? 日本なんて君に会ってから調べてみたが、殆ど地球の裏側じゃないか。それでいつ帰って来る?」

「帰って」……この異国の地に「帰って」などという言葉を使ってくれる人がいただろうかと驚きつつ、僕は方向の変わった話に気勢を削《そ》がれ、「またぜひロンドンにとは思いますが」と声を呑《の》んだ。帰れば、もう……いつまたここへ来られるかなどという当てはない。

被《かぶ》さってきた静寂を打ち破るように、婦長が僕に問いかけてきた。「ご帰国の準備もなさらなければならないし、柏木さんもお忙しいとは存じますが、ティーパーティーのような簡単なものでしたらご負担にもなりませんでしょう? どうせ勤務時間も休みも皆ばらばらで、病院のほうでも誰にも都合の良いときなど考えられませんし、まして日にちも残り少ないし。ほんの一、二時間……柏木さんのご都合のよろしい日と、時間を、お教え下さいまし。それに則してトリーヴス医師と相談してみますわ」

「僕の方など別に」とあわてて云う。僕を主体にということはかってなかったので、うろたえるばかりだ。「もうからだも殆ど治りましたし、帰国まで僅《わず》かとはいえ、ここにも出来るだけ通わせていただきたく思っております。半年しか通わなかった者に送別会など痛み入りますし、お気持ちだけでありがたく存じますが……開いて下さるのなら、僕の方はここ以外の予定もさほどありませんし、僕よりトリーヴス医師や婦長のご都合のよろしいときを選んで下さい」

「でも『この日、この時間は外して貰《もら》いたい』というご要望は?」とアイアランド嬢が真剣に云う。

「帰国前夜の観劇くらいですね」と僕。

すかさずメリック氏が「ありがとうございます」と述べた。

九日の殿下主催のパーティーなど、もともと鷹原と殿下との間のこと。鷹原だけ出れば良いことだ。今はただ、この話を早く片づけ、スティーヴンと話したいという思いだけだった。

「送別会か……」とスティーヴンが口を開いた。「ロンドンに来る異邦人……ロシア、イタリア、支那《しな》、ユダヤ……まあ、日本人は僕も初めてだが、押し並《な》べて皆居つくからね。帰国など思ってもいなかったが、仕方がないな。せめて僕も参加したいな。それにジョンの部屋でパーティーなんて素敵じゃないか。病院外の者ではだめですか？」などと僕を煙に巻くためか、呑《のん》気《き》に婦長に聞いた。

「いいえ、柏木さんを送る会ですもの。どなたでも」とそつなく婦長。

「では僕も出る」とスティーヴン。「そうだ、ジョン。今度の作品は薫に贈ったら？　まだ塔だけだが、半月有れば恰好《かっこう》もつくだろう？」

「あら、それは素敵！」とアイアランド嬢。

メリック氏はただ口をぱくぱくさせてうろたえているようだった。彼が今制作中の紙細工の塔のことだ。秋までかかって作った寺院は、女優のマッジ・ケンドルに贈ったとか聞いた。今度のは今月に入ってから作り始め、やはり窓から見える同じ聖フィリップス寺院のようだったが、塔だけとはいえ、彼の手でここまで作り上げるのは大変なことだ。僕が奪うつもりはないし、彼も贈る当てがあるだろう。

「いや、結構です」と僕はメリック氏に云った。「そこまで見事に作られて、半月と急《せ》かしては申し訳ない。ゆっくりと時間をかけて、また素晴らしいのを作って下さい」

「下の建物までは無理でしょうけれどね」と婦長。「それにそこまで作ったら嵩張《かさば》って、柏木さんも大変になりますよ。でも、柏木さんに贈るというのは素晴らしい考えですわ。塔だけでも良いし……下に小さな牧師館のようなものを付けてはどうかしら？　安定も良くなるし、それなら半月でも大丈夫でしょう？」

「安定はいいですよ」とスティーヴン。「ジョンに手抜きはない。しっかりと重りも入っているし、土台を作ればもう完成だ。なあ？　ジョン。遠い日本に君の作品が行くなんて素敵じゃないか。地球の裏側だよ」

うろたえていたメリック氏が、婦長からスティーヴンへと顔を向け、声も出ないという感じで居た。贈る相手は、もう約束しているのでは？　と僕は気の毒になる。

「メリックさん、本当に僕は結構です。お気持ちだけ……」

「いえ、柏木さんに……」とメリック氏が僕の言葉を遮った。度を越えて人に気をつかうメリック氏が、相手の言葉を遮って話しだすとは！　こんなことはかつてなかった。

「柏木さんに贈るつもりでした」と再びメリック氏。「もし……ご迷惑でなければ……こんなものですが……日本にお持ちいただけますか？」

「ああ……喜んで」と僕は呆気《あつけ》に取られて云う。「ありがとう」――横取りしたような気分だった。

「日本まで運ぶんだ。もうすこし補強した方がいいね」とスティーヴン。「尤《もつと》も薫は僕みたいに乱暴には扱わないだろうがね」

「ああ……勿論《もちろん》です」とメリック氏。

アイアランド嬢が快活に「材料はまた貰ってきますわ」と云う。次いで僕の方を見ると「玩《おも》具《ちゃ》屋さんから厚紙の切り屑《くず》をいただいてますの」と誇らしげに云った。「とてもそうは見えないでしょう？　ジョーゼフは素晴らしい芸術家ですわ」

「たしかに」と僕が応えると、婦長も「見事ですわ」と云いながら起ち上がった。

「ここに居ると心が和みます。でも仕事も山積しています」とアイアランド嬢に微笑む。「では柏木さん。多分来週に送別会を」

「お帰りになられるなんて、本当に残念ですわ」とアイアランド嬢も起ち上がる。「また、ぜひいらして下さいね」

「やあ、僕も行かなければ」とスティーヴン。「親父と茶の約束だ。気が進まないがね」

「僕もそこまでご一緒に」と僕もあわてて起つ。

久しぶりの病院だったが、スティーヴンとの話はまだ済んでいない。

一階で婦長たちと別れると、すぐに切り出した。

「メアリの死に、君は無関係と云い切れるのですか？」

「薫……」と彼は殊更に呆《あき》れた様子で僕を見た。「ハローウィンの法螺話《ほらばなし》を真《ま》に受けたのかい？　君らしいが、呆れたね」

「君は『メアリ』とはっきり云った。そしてメアリは君の話通りにジャックに殺されたんだ。しかも話のたった八日後に！」

「興奮するなよ。周りに聞こえる。ここはホワイトチャペルなんだ。なぶり殺しにされるぞ」

「どうなんです？」と僕は声を落として聞く。ホワイトチャペルの通りに出ていた。「弁明でも何でも、はっきりと伺いたい」

「じゃあ、はっきりと云おう。僕は詩人だ。想像力は人一倍有る。それだけだ。たまたまメアリが殺されたとしても、それは偶然。第一僕がメアリを殺して何の得がある？」

「あれはメアリなのかい？　本当に」

「何だって？　どういう意味だ」

「顔の見分けはつかない。君の話では、メアリと男爵夫人を入れ換えるということだった」

「ほう、そんなことを話したか。では人智学協会にでも行って、男爵夫人を訪ねてみればいいじゃないか。とにかく僕は無関係だ」

「男爵夫人は旅行中だ。君と同じく、たまたまメアリと思われる女性が殺されたときにロンドンを離れた。これは偶然かね」

　スティーヴンは大きく吐息をつくと、口笛を吹き、馬車を止めた。「今の僕にはね、君の妄想より、君の帰国のニュースの方に驚いているし、悲しいよ。じゃ、また」

「待てよ」と思わず彼の腕に手をかける。「今夜事務所に行っていいかい？」

「嬉《うれ》しいが、今夜はだめだ」

「明日は？」

「明日もね……残念ながら詩では生きられない。いや、君が僕に会いたいなどと云ってくれたんだ。明日の晩なら……」と彼は、僕のつかんだ手の甲に接吻《せっぷん》した。「ただし、もっと楽しく会いたいね」

　路上で僕は叫ぶ。「何時に？」

「六時」と声は返り、馬車は走り去った。

メリック氏と殆ど話もせず、トリーヴス医師にも会ってはいなかったが、病院に戻る気は失せていた。僕の妄想？……だが、妄想にしろ何にしろ、このまま明日まで待つのは耐えられない。もう一度ジョンを訪《と》うてみよう。

雨の中、テンプルの部屋は相変わらず暗く、ノックにも応《こた》えはなかった。それでも「柏木です。居ませんか？」と云ってみる。途端にドアが開いた。

暗闇の中で、ジョンが悄然《しょうぜん》と突っ立っていた。廊下の瓦斯燈《ガスとう》を受けて眸《ひとみ》ばかりがきらきらと輝いていた。彼は泣いていた。立ったまま、僕を見ながら、仔鹿《こじか》のようなその大きな眸から涙が止めどなく頰を伝っていた。

「ジョン……」と、僕は声を呑む。聞くまでもない。

泣きぬれた顔で、彼は奥のソファーを示し、僕は蠟燭《ろうそく》が一本灯《とも》るだけの暗いテーブルを目指してのろのろと歩いた。

――二十九日にロンドンに戻ります。午後一時には人智学協会に居ます。ご用件はそのときに承ります。

ヴィットリア・クレーマーズ

「手紙が届いたのは五日前でした」と向かいに坐ったジョンは押し殺した声で云った。「でも信じられなかった。人智学協会に行ったら、ヴィットリアの代わりにメアリが笑顔で居るんじゃないかなどと馬鹿な考えも浮かびました。そして今日……ヴィットリアだった……ヴィットリアだったのです……ヴィットリアは健在でした」

こんなとき、何と云えば良いのだろう？　言葉などまるで浮かんでこなかった。ただ僕の頭の中では（メアリだった。あれはメアリだった）という恐れていた言葉……ヴィットリアに縋《すが》りついて目を背けていた、言葉というより圧倒的な事実が今初めてくっきりと刻みつけられ、その衝撃に僕自身慄《おのの》いていた。

ジョンも自制しようと必死で居るのを感じる。背筋を伸ばし、膝《ひざ》に手を当て、唇を噛《か》みしめ、笑顔すら浮かべようとしていた。だが、膝を握り潰《つぶ》そうとでもいわんばかりに置かれた手も、不自然に両端を吊りあげた唇もぶるぶると震え、伏せた眸からはあとからあとから涙が溢《あふ》れ、両腕の間にぽとぽとと落ちていた。

せめて、その震える肩を抱きしめてやりたい……いや、その手に僕の手を重ねるだけでも……という思いがこみ上げてきたが、その勇気もない。ジョンに触れるのが怖かった。

泣いているジョンは余りにも無防備で傷々しく、素顔のままでも初めて会った日のヴィットリアそのままに見えた。男であっても、彼は愛《いと》しくみえた。いや……ひょっとしたら僕がヴィットリアに魅せられたのも……どこかでヴィットリアを女性ではないと感じていたからなのか……まさか……あの時点では……だが、泣きぬれたジョンを見るうちに僕の狼狽《ろうばい》は広がるばかり、混乱と困惑、恐怖にいたたまれず、ジョンを慰めるどころか、自分自身が取り乱していた。

ややあって、「失礼」と掠《かす》れた声がその唇から洩《も》れた。「人前でこんな醜態を晒《さら》す男は見たこともないでしょう」

「いや……」と応えたものの、後が続かない。彼が目を伏せているのがせめてもの救い……この取り乱した心を悟られたくない。鷹原だったら、もうすこし何か云えるだろうにという思いが掠め、情けなかった。

「考えてみれば」とジョンが呟《つぶや》く。「メアリが生きていれば、連絡してくる筈《はず》ですよね。でも万が一でも、……という思いが捨てきれなかった。貴方《あなた》の言葉でジェムの話が実現したのではと……ヴィットリアを見るまでは……その思いに縋っていたのです」

「僕も今日までそうでした。ここに来るまでは……スティーヴン氏に会っても確信は持てず……」

「ジェムに？　ジェムに会ったのですか？」と目を上げる。

あわてて「ええ、今……病院で会いました」と僕の方は目を逸《そ》らした。「南ウェールズに行っていたそうです」

「メアリを殺したのはジェムだ」

再びジョンと目が合う。泣きはらしたその眸は今は憎しみに燃えていた。「ジェムはメアリを憎んでいた。誰よりもメアリを憎んでいた」

「だが、あれは『ジャック』の仕業です」

「彼が『ジャック』なんだ。最初からメアリを殺すために、他の女も殺したんだ」

「証拠は？」

「メアリが殺された。それだけで充分じゃありませんか。メアリを殺したいと思っていたのはジェムだけだ」――呻《うめ》くような声は蠟燭の炎を揺らし、思い詰めた顔に憎悪の影が踊っていた。ぞっとするほど愛しく、美しく見えたが、だが最前までの脆弱《ぜいじゃく》さは微塵《みじん》もない。張り詰めた恐ろしい面持ちだった。

「明日、彼と会う約束をしました」と僕は目を逸らして云う。「僕も彼が『ジャック』ではと思う節がある。問い詰めてみます」

「君は関係ない。僕らのことだ」――ジョンとは思われない凄味《すごみ》のある声だった。「僕とメアリとジェム……僕ら三人のことだ。僕が行きます」

「いや……それでは一緒に」と僕。

「なぜ？」とジョン。

「僕なりに大事なことです」と云うのがやっとだった。「貴方には解らないかもしれませんが」

「そうだ……合鍵《あいかぎ》を貴方はお持ちだった」と無関心にジョン。「約束は何時ですか？」

「六時です」と応えてから、いたたまれぬ思いで起ち上がる。「ここからリンカーンズ・インは歩いても十分くらいでしょう。六時十分前にここに来ます」

　ジョンも起ち上がった。涙は乾いていたが、眸はぎらぎらと輝き、僕を透かして遠くを見ていた。

「一人で……それまで大丈夫ですか？」とよそよそしくしか云うことの出来ない自分を腹立たしく思いながらも、彼がうなずくと、僕の足はそそくさとドアに向かっていた。

「明日また来ます」と、僕はドアを開いて念を押す。「必ず、待っていて下さい。いいですね？」

彼はまたうなずき、手を差し出してきた。

躊躇《ためら》いながら、握手を交わし、激しくなった雨の中へと出る。掌が火照り、脈打っていた。女のように華奢《きゃしゃ》な柔らかい手……ジョン……ヴィットリアではない。彼は男なのだ。

十一月三十日　金曜日

雨の中、昼から鷹原はサンドリンガムへと出かけて行った。明日のアレグザンドラ妃の誕生日の祝宴に今度こそ出席するためである。

風邪を口実に同道を断った僕は、今日の彼の不在にほっとしていた。鷹原に云われるまでもなく、すぐに顔に出てしまう僕が、スティーヴンやジョン、そしてメアリのことを内緒にしておけたのは風邪を盾に取り、部屋に閉じ籠《こも》ったからだったが、昨夜、メアリの死を確認してからというもの、このまま夜まで、スティーヴンへの疑惑を隠し通す自信はなかった。いや、もう疑惑とも云えない。ジョンと同様、僕も今ではスティーヴンがジャックだと確信している。とにかく今夜だ。

腕だけなら、スティーヴンに勝つ自信はある。気構えて行けば、彼の仕込み杖など一撃で打ち払えるだろう。そして彼の詭弁《きべん》ももう通用しない。怖いのはスティーヴンよりジョンだった。あの思い詰めた様……ジョンがスティーヴンを刺し殺す情景が昨夜来、何度も僕の脳裏を掠めていた。

鷹原が出かけ、一人でそわそわと居間をうろつきながら、早めにジョンのところへ行った方が良いだろうか？　と思う。「君は関係ない。僕らのことだ」というジョンの言葉が繰り返し蘇《よみがえ》り、一人で行ってしまうのではないかと思われてきたからだ。

三時……着替えているときに、ジョンから手紙が来た。たった一行。──合鍵を持ち、五時半に来て貰《もら》いたい──とあった。──約束より二十分早い。だが、一人で行くのでは？　という危惧《きぐ》はなくなった。再び居間に行き、熊のようにうろうろとする。

雨は上がっていたが夕闇と霧で、テンプルの荘厳な建物群は、浮かんでは消える悪夢の中の城のように見えた。

胸騒ぎに耐えかね、テンプルに着いたのは五時だったが、昨夜と違い、明かりの点《つ》いた部屋、そして人影を窓から確認し、胸を撫《な》で下ろす。そのまま時間まで入口の鉄柵《てっさく》のひんやりとした天馬を撫でながら、ただ流れる霧を見、ざわざわと揺れる木立に耳を預けた。

スティーヴンに会い、彼が自供すれば、無論、ヤードに連れていくつもりだ。鷹原を差し置いてというつもりはない。だが、ジョンが「僕らのこと」と云ったように、これは僕のことでもある。鷹原に委《ゆだ》ねることではなく、僕自身で対峙《たいじ》すべきことなのだ。ジョンにとっては世界はメアリとスティーヴン、僕など眼中にもないだろう。僕は彼らの間にほんの一時、紛れ込んだだけの間抜けな異邦人にすぎない。ジョンの女装もスティーヴンの男色もメアリの売春も、当事者にとってはたあいのないことなのかもしれない。だが、その世界に困惑し、翻弄《ほんろう》され、魅了されたのが僕の一人芝居であったとしても、これは僕の捕らえた世界、僕の見つめた世界、僕が知覚し、ロンドンでの多くの「時」を心奪われ、費やした人たちなのだ。彼らにとっての僕ではなく、僕にとっての彼らなのだ。

霧に濡《ぬ》れそぼり、部屋を訪れたのは五時二十分だった。

ドアを開いたジョンを見て、ほっとしたのも束の間、一夜でげっそりと窶《やつ》れた顔はまるで幽鬼のようだった。

挨拶もなしで、彼はソファーに戻ると、ウィスキーのグラスを僕に差し出し、次いで懐中時計で時間を確かめると、自分も呷《あお》るように一息で飲んだ。

「早すぎましたね」と僕は間の抜けた言葉を吐く。

「いや、早く来て欲しいと云ったのは僕です」とジョンは素っ気なく云い、また酒を注いだ。

瘦《こ》けた頰に目だけが腫《は》れ上がり、別人のようだ。いや、顔だけではない。声も態度も荒々しく変貌《へんぼう》し、いつもの甘くはにかんだようなジョンの声音、ジョンの仕種《しぐさ》とはまるで違っていた。

「ジェムにも手紙を出しました。六時に僕も行くと。返事は来ないから彼も承知のことと思います。だが僕らはきっかり二十分前に着くようにします。十分後にここを出ましょう」

それきりジョンは口を閉ざし、酒を飲んだ。何か一言でも云えば、その青ざめた顔に亀裂《きれつ》が入り、粉々になりそうだった。僕も酒を飲む。

十分後、外套《がいとう》を羽織った彼に「ジョン！」と呼びかけたのは、そのポケットの硬い膨らみに触れてだった。

僕の眸を読んだ彼が、今日初めて、氷のような微笑を浮かべた。「銃ではありませんよ」とそのまま外に出る。「殺すなどという優しい気持ちにはなれない」

「銃でなければ何なのです?」と僕は後を追う。その身から世界すら削《そ》ぎ落としたようなジョンの様子に、もう黙っていることも出来なくなった。「ポケットに何を入れているのです?ジョン!　やはり僕一人で行った方が……」

「貴方一人で?」とジョンは冷やかに僕を見る。「貴方一人では彼に会えないでしょう。手紙を出したと云ったでしょう。差出人はヴィッキー……女王の親展です」

「どういうことです?」

「彼には指一本触れませんよ」とジョンはゆっくりと云う。「ご安心下さい。僕が暴力を振るうと思いますか?　この女々《めめ》しい僕が、荒ぶる神のようなジェムに銃を向けると?　誓ってもいい。彼を殺しはしません。肉体的にはね。薫……日本人にとって死より恐れることは何ですか?」

突然変わった突拍子もない質問に、戸惑いながらも、僕は真面目に応えた。

「名誉の失墜と恥辱を受けること……」

既にフリート・ストリートに出ていた。霧の中を亡霊のように人々が歩いていたが、すぐ脇にいるジョンこそ一番の亡霊に見える。

「ジョン、貴方が何を考えているのか解らないが、スティーヴン氏に会い、彼と話し、その上でヤードに連れていくのが最善と思います。すぐに事務所です。いいですね」

「彼と話す?」とジョンは足を止めた。王立裁判所脇の人気のない小道に入っていた。

「彼が僕らに『僕がジャックです。許して下さい』とでも云うと？　お願いだから、今夜は僕の思うとおりにさせて欲しい。でなければここでお別れです」――鳶色《とび》の眸がぬばたまの闇を抱えて僕を見つめていた。低くくぐもった声が後に続く。「今は多く話せない。だが僕の指示に従って欲しい」

死者の眸だ……と感じる。これはジョンではない……霧の中から生まれた悪霊……生ける屍《しかばね》……背筋を氷のような悪寒がぞろりと走り抜け、金縛りにあったようだった。

悪霊はくるりと向きを変えると、足早に霧の中に消えていった。僕は呪縛《じゅばく》から解き放たれ、かろうじて後を追う。

門衛の立つゲートからは入らず、以前、エドワード王子の博物館へと向かった道路、チャンセリー小路《レイン》の側から入る。

ストーン・ビルディングの前で彼に追いついた。

またも降り始めた雨の中で「私はヴィッキー」とジョンは高く掠《かす》れた声……ヴィットリアの声で云い、短く笑った。「ジュリアに会いにきたの」

呆気《あっけ》に取られた僕の前で、彼は人差し指を唇に当てる。「声を上げないで下さい。気づかれないように……」と云うや、するりと建物の中に入った。

ドアには鍵が掛かっていた。

ジョンが「合鍵を」と云う。僕はキーホルダーから外してジョンに手渡した。

まるで泥棒のようにこっそりと回し、すこしずつドアを開ける。

室内には明かりが灯《とも》っていたが、誰もいないようだった。振り向いたジョンが再び唇に指を当てると、半開きのドアから部屋に入った。

靴音は絨毯《じゅうたん》に消され、普通に歩いても支障ない筈《はず》。ジョンは、誰も居ない室内を忍び足で浴室の方に向かう。僕には彼が何を考えているのか、未《いま》だに解らなかった。時計を見ると正に六時二十分前、スティーヴンは寝室に居るのでは？　と寝室の閉ざされたドアを見、次いでジョンを振り向いて見ると、浴室のドアを開けたところだった。

この間、僕が見たときと同じ……コートや帽子こそなかったが、衣服が脱ぎ散らされて床にあった。

ジョンはそのまま向きを変え、ドアの横にあるクローゼットに手をかけた。戸が少し浮いている。そして僕を手招き、またしても唇に指を当てる。

少しずつクローゼットの戸を開けていく。中に有るのは衣類だけだ。彼は気でも狂ったのか？

そしてすっかり観音開きの戸を開いてしまうと、近寄った僕に「彼はこの奥に居る」と囁《ささや》いた。「ここを押さえてくれ。開けられぬように」

見ると、吊られた衣類の向こうに溝……本来ならクローゼットの裏板部分が引き戸になっているではないか！　裏板ではなく、隠し戸……この奥に部屋が有るのだ！　そしてジョンは素早くポケットから金槌《かなづち》と太い五寸釘《くぎ》を取り出すと、一気に引き戸の溝に打ちつけた！

一瞬後、戸が動いた。動いたというより僅《かす》かに揺れたと云うべきだろうか。僕が押さえるべくもなく、ジョンの打ち込んだ釘で戸はもう動かなくなっていた。ジョンは既に中から打ち破られぬよう、戸の表側にも釘を打ち込み始めていた。

「誰だ!」とスティーヴンの声。「何をしている! ジョン……ジョンなのか?」——だが声はすぐに笑いを含んだ。「ジョン……冗談は止せよ。今度は何が狙いだ?」

ジョンの仕事は驚異的な速度だった。ほんの束の間に溝と戸のこちら側に三本の釘を打ち、今は戸の上の部分を打ちつけていた。だが、下から打つので、今までと違い今度は手間取っている。それでも無言のまま、腕をくの字に曲げて打っていた。「ジョン!」と思わず僕も云う。

「……薫も居るのかい? そこに」とスティーヴン。「ははぁ、薫を交えて、君のねだり方の披露か」

「私、今度は真珠が欲しいの」とジョンが釘を打ちながら裏声で叫んだ。「貴方の真珠のイヤリングが欲しいわ!」

ぞっとして僕は戸から手を離す。狭いクローゼットからも出てしまったが、いずれにしろ今や戸を押さえる必要などなかった。

「真珠のイヤリング? ヴィッキー、思い違いだろう。持ってないよ」とスティーヴン。

「君の持ってない物が欲しいんだ!」と怒鳴るとジョンもクローゼットから出る。そして世にも陰鬱《いんうつ》な声で続けた。「女との愛、穏やかな生活……失ったものすべてをだ。ミス・ジュリア……金切り声を上げて騒げよ。誰か助けに来るだろう。幽閉された美女を助けにね」

「ジョン……どういうことだ」と僕。

ジョンは声を上げずに笑っていた。

「スティーヴンさん!」と僕はクローゼットに向かって呼びかけた。「君にきちんと聞きに来たんだ。君は『ジャック』なのか⁉」

「何だって⁉」と大袈裟《おおげさ》に驚いたような声が返り、続いて「薫……」とあざ笑うような響きになった。「まだそんな戯言《たわごと》を……」

「薫、云うだけ無駄だ」とジョンが腕を引き、「ジェム」と戸の向こうに呼びかけた。「クローゼットの戸も、部屋のドアも開けておいてやる。さよなら、もう二度と会わない」

ぐいっと腕を引かれ「ジョン」と云いかけ、声を呑《の》んだ。戸の向こうから初めて痛切な声で「ジョン」とスティーヴンが云ったからだ。「待て、待てよ。ジョン」

「そうだ！」と、ジョン。「そうやって大声を上げろ。誰か来るだろう」

声はぴたりと止んだ。僕はジョンに引きずられるようにしてクローゼットから離れる。ジョンとは思われぬ凄《すご》い力だった。部屋を出るとき「薫！」と振り絞るような声が聞こえた。「居るんだろう？　君に教えてやる……」

声は雨音に消され、僕らはビルディングの外に出ていた。ジョンはなおも僕を引きずって歩こうとする。

「ジョン！」と僕は今度こそ叫ぶ。木立が揺れ、雨滴がばらばらと顔にかかった。

「騒ぐなよ」と死人のような顔でジョンが振り向く。「人を呼ぶには早すぎる。それとも騒ぎを起こしたいのか？　ジェムを人目に晒《さら》したいのか？」

「どういうことなんだ。いったい」

「君も鈍いね」とジョンはようやく腕を離して歩きだした。「あの中でジェムは女装をしている」

今度は僕の方でジョンの後を追った。

「元々はジェムの趣味だ」とジョンは足を緩めず投げつけるように云った。「ヴィッキー名義の手紙は以前から僕らが示し合わせていたことだ。今夜は君も加わると書いてやった。彼は浴室で素っ裸になってあの隠し部屋に直行。あの部屋にはね、女ものの衣装から化粧用品一切が詰め込まれている。他には何もない。人を呼べば彼は女の恰好《かっこう》で対面するしかないんだ」

「それで二十分前にと？」

「そう、君も入るから最高の装いで居てくれと手紙に書いた」とジョンはまたぞっとするような笑みを浮かべた。

「なぜ？　解決にはならない。彼が『ジャック』ならヤードに連れていくべきだ」

「証拠はない！」と彼も叫ぶ。既にストーン・ビルディングは闇に消え、僕らを包むのは風を孕《はら》んだ横殴りの雨だけだった。「自供もしない！」とジョンはステッキで王立裁判所の鉄柵を叩《たた》いた。「ジェムは僕らなど馬鹿にしきっている。密告したところですぐに釈放だ。法など何の役にも立たん」

「ジョン、君だって弁護士じゃないか」

「僕はとっくに破滅しているよ。そしてジェムも破滅だ。紅や白粉《おしろい》姿で人目に晒される。さよなら、薫。君ともお別れだ。一人にしてくれないか」

「彼をあのままにしておくのか？」

「簡単じゃないか。人を呼べばいいだけだ。出るも出ないも彼の自由だ。薫、このままおとなしく帰ってくれ。ジェムは君の相手になる男じゃないよ」

――突然ジョンの顔が歪《ゆが》んだと思うと、また涙がぽろぽろと頬をつたい、雨と混じった。ジョンでもヴィットリアでもない、崩壊された見知らぬ顔だ。

「さよなら」と、もう一度ジョンは云い、裁判所の路地を足早に去っていった。

十六　一八八八年　十二月

十二月三日　月曜日

鷹原がサンドリンガムから帰る。

その顔は晴々と輝き、僕を見るなり「君、素晴らしいよ！」と云った。ずかずかと居間に入るや、夫人が見たら卒倒しそうな勢いで、乱暴にボストンバッグをテーブルに置き、僕の小説を取り出す。「サンドリンガムの行き帰りで読ませて貰った。出だしは退屈だが、後半大いに参考になった」

僕はビービの相手をする振りをしてそっぽを向いていた。「後半というと、事件が起きてからかい？」

「ああ、君のお蔭《かげ》でやっと確信が持てた。この後は書いたかい？」

「すこしだけ」

「気がついたのが帰りの汽車で残念だ。城に居る間なら殿下と……まあ、いい。ほぼ打合せ通りだもの。後は手紙を差し上げれば……やはり僕の思い通りだよ」――わけの解らないことを口走り、「後も見せてくれ。文はともかく、君の視点は大したものだ」と嬉々《きき》として寝室に入って行った。『一八八八　切り裂きジャック』という表題が、ひらひらと床に落ちる。

「文はともかく」か……と僕は紙の山をかかえて自室に引き揚げる。何を確信したのか知らないが、あの分なら僕の顔色も読まれないだろう。いずれにしろ『ジャック』はもはや独房の中だ。紅と白粉に塗《まみ》れた『ジャック』……ジョンの云うように、助けを呼べば、彼はあそこから出られる。隣室か、あの階の弁護士仲間が彼を救出するだろう。

だがあれから三日経っている……

以前のように押し入ってくるだろう……血相変えてやってくるだろうと思ったスティーヴンは来ない……そのときこそと思っているのに彼は来ない。あのままあの隠し部屋に居るのだろうか？　恐らくは食料も水もないだろうあの部屋に？　自力で出ようと、あの釘付けされた戸と格闘しているのだろうか？　まさか……いや……この数日、脳裏から離れない、ぼろを纏《まと》ったシメオン・ソロモン……彼は男色の罪で投獄という一事だけで、英国社会から抹殺された。一流の画家として持て囃《はや》されていたのに、芸術とは関係のない、そんなことで救貧院暮らしの身となった。森厳なる女王陛下のこの統治国家……ジョンも女装が元で学校を解雇された。スティーヴンは普段も常軌を逸しているとはいえ、高名な編集者のレズリー・スティーヴンを叔《お》父《じ》に、サーの称号もある判事の父を持つ、一角の弁護士なのだ。ジェイムズ・ケネス・スティーヴン……かつて王子の家庭教師もしたケンブリッジのエリートが女装で隠し部屋から救出されたとすれば……『ジャック』として訴えられない以上、ジョンの復讐《ふくしゅう》は完璧《かんぺき》だ。だが、何とも卑劣なやり方でもある。

しかし……スティーヴンがここに来るならともかくも、僕の方から再びあの部屋へは行きたくない。今ではあの荒れた薄暗い部屋を思い返すだけでもおぞましく、不愉快だった。今一度壁越しに彼の声を耳にでもすることになれば鳥肌立つだろう。まして空っぽの女の衣装で溢《あふ》れた部屋も目にしたくはない。今もあの部屋に居るのか居ないのか、四六時中彼らのことが頭を離れない。彼ら……ジョン……この三日、ジョンのところへは毎日行ってみた。別人のような顔で「さよなら」と二度も云ったジョン……これからどうするつもりなのか、気になってならなかった。テンプルの部屋は暗く、人気もなく、ノックにも応《こた》えは返ってこない。行く度に手紙を差し入れてもきたが、音信はなかった。

インナー・テンプルのゲートの向かいには『証人席《ウイットネス・ボックス》』というパブがある。壁には白い鬘《かつら》の裁判官たちの絵が掛かり、客の大半はテンプル法学院の学生や、出身の弁護士たちだ。酔客の中にひょっとしてジョンは？　などと、微《かす》かな期待に目を走らせつつ、時を過ごし、再度訪ねもした。だが、パブの片隅で気長に待つほどの時間もない。

帰国まであと九日……どうすれば良いのか解らない……

十二月七日　金曜日

四日に『アラビアン・ナイト』を届けてきた愛書狂のワイズ氏が訪れ、三階で鷹原の蔵書の荷造りを始めだすと、僕らの周辺もにわかにあわただしさを増してきた。

三階からの音に押されるように、ボーモント氏は鷹原から云いつかった雑用に走り回り、夫人は僕らの服を点検、繕ったり洗ったり、完璧に送りだすのが務めと云わんばかりに働いている。

僕も午前中は病院というペースは崩さず、トリーヴス医師の空いている時間は極力教えを請い、後はロンドン病院付属大学の図書室や、田中稲城氏のお蔭で知った大英図書館へと足を運び、遅ればせとはいえ、すこしでも研究成果を上げるよう励んだ。帰りの船で出来るような記述や、僕個人の小説などはもう後回しにする。あと八日、あと七日と思うほどに、今更ながら、日が惜しく、時が惜しくなった。だが、片時も頭を離れないのはスティーヴンとジョンのことだった。音信は途絶えたままだ。そして今日で通院も最後という七日の朝、病院で僕の送別会が開かれる。

「では僕も出る」と云っていたスティーヴンを僕は閉じ込めた……彼がジャックなら当然の事と思ってきたが、反面、メリック氏の傍らでふんぞり返った、スティーヴンの傲慢《ごうまん》な、それでいて親しみの籠《こ》もった笑顔を想像していた。

何喰《く》わぬ顔で彼が出席していたら、僕はどうするだろう？　だが、そう思った途端、戸惑いと恐怖と並行に、安堵《あんど》の思いがこみ上げてきたのに、我ながら驚く。

婦長から云われていた時間、(午前十時)きっかりに僕はメリック氏の部屋のドアを開いた。

正面……ベッド脇の壁に「ありがとう、薫」と大きく書かれた垂れ幕、そして拍手……メリック氏、トリーヴス医師、婦長、アイアランド嬢、それにカー・ゴム理事長まで……普段は接客用に三脚の椅子があり、それだけでも一杯の小さな部屋だったが、さらに四脚の椅子が運び込まれており、立錐《りっすい》の余地もない。そして接客用の小さなテーブルは勿論《もちろん》のこと、普段はメリック氏の紙細工で一杯の机の上も綺麗《きれい》に片づけられ、菓子や果物、飲み物で溢《あふ》れていた。

机の前の特等席を勧められ、まだ拍手も済まぬうちに、メリック氏が「お元気で……」とかかえていた塔を差し出してきた。「またお会い出来るのを楽しみにしています」

「今日に間に合わせるために、ジョーゼフは随分と奮闘しましたわ」と婦長が云い、塔だけとはいえ、見事に完成した作品に、僕も感嘆の声を挙げる。

前に目にしたときとは格段の相違、一週間でここまで仕上げるにはさぞや大変だったろうと思われる美しく丹精な造り、そして長い旅への配慮であろう、紙細工とは思われないがっしりとした堅固なものに仕上がっていた。

「塔だけだと聖フィリップス寺院というよりバベルの塔だな」と理事長。

メリック氏があわてて何か云おうと吃《ども》っているのに、トリーヴス医師が「ジョン、何かね？」と聞く。

「バ、バベルの塔です。正に」とメリック氏。

「ではそれ以上高くすると神の怒りに触れるね」と医師は云い、起《た》ち上がった。

「神の怒りに触れます」とメリック氏は真剣な面持ちで十字を切っていたが、医師は婦長に茶の礼を述べ、僕の方を見た。「贈呈式が済んだところで、私は失礼しますよ。患者が待っているのでね。柏木さんとはこの後、殿下主催の送別会でもお会いするし、その時にゆっくりと」

「先生《ドクター》も出席していただけるのですか？」と僕は驚いて聞いた。殿下主催の送別会など、鷹原と殿下のこととして、僕の方は関係ないと思っていたからだ。

「私も出ますよ」と理事長も起ちながら云う。「明後日でしたな。光栄にも殿下じきじきのご招待状です。欠席など滅相もないことで……では、私もその時にゆっくりと」

「そうだ」と思い出したように、戸口のところでトリーヴス医師が振り返った。「ジョンの観劇にも私は参ります。火曜でしたね？」

「でも学会は？」と僕は聞いた。

「いや、ジョンの外出となれば私の責任ですからね。婦長とアイアランド嬢だけにお任せするというわけには参りません。学会より重要なことですよ。ボックス席なら一人増えても構わないでしょう。鷹原さんにもよろしくお伝え下さい」

二人がそそくさと部屋を出ていくと、婦長は僕のための茶を淹《い》れながら、「観劇も久しぶりなら、クーツ男爵夫人専用のお部屋を拝借できるなど、まして夢のようですわ。ジョーゼフと貴方、それに鷹原さんに感謝しなければ」と云う。「そういえば、こちらのささやかな会には鷹原さんはお出でいただけませんの？」

「彼も忙しくて」と僕はまだ寝ていた鷹原の伝言を伝えた。「リューケス婦長さんやメリックさんには観劇の時にお目にかかれるし、部外者だからと申しておりました」

「部外者なんて……」とアイアランド嬢。「でもまだ観劇がございますものね。ああ楽しみですわ。精一杯盛装して参りますわ」

「部外者と云えば」と婦長。「スティーヴンさんも見えるとおっしゃってましたのに、遅いこと」

「ああ……」と僕はうろたえながら応えた。「この間、そのようなことを云っていましたね。でも日時は知らないでしょう？」

「いいえ、お手紙を差し上げましたわ」と婦長は僕の前にカップを置きながら云った。「『塔』の贈呈式には絶対立ち会うとおっしゃってましたからね。そのうち見えるでしょう」

上手《うま》く笑顔を作れたかどうか、自信はなかったが、僕は『塔』を暖炉の上に置くために顔を逸《そ》らすことが出来た。

彼は手紙を見ることが出来たのだろうか？　それともまだあの部屋に？　まさか……もう一週間経っている……「ジェム」という愛称が自然に浮かんだ。怒ってここに来ないのか……あるいは……来ようにも来られないのか……ひょっとしたら僕はとてつもなく残酷な仕打ちを彼にしたのではないか？　彼がジャックとしても、殺人の罪で告発する以上に残酷なことを……

「そのうちお見えになりますわ」とアイアランド嬢の快活な声で我に返る。知らぬまに顔を伏せていた。そして顔を上げたとき、開け放した戸口にオープンショウ博士が現れ、救われる。

「柏木氏の送別会会場というのはこちらですかな？」と博士は温厚な笑顔でおどけて尋ねた。キャサリン・エドウズの腎臓を鑑定し、脅迫状を受けた時のあの不安な面影はどこにもなかった。「ほう、これは豪勢なテーブルですな」

「どうぞ、こちらへ」と婦長が起ち上がり、空いた席を示す。「まだ始まったばかりですわ」

今日の采配《さいはい》を振るった婦長の喧伝《けんでん》の賜物だろうが、それから二時間というもの、病院中の顔見知りの人たちが入れ代わり立ち代わり、この部屋を訪れてくれた。皆、仕事の合間を縫い、半年しか居なかった僕のために五分、十分と時間を割いて足を運んでくれ、椅子の空く間もない。婦長とアイアランド嬢はその間、接待役に徹し、僕が何度「仕事に戻って下さい」と云っても「この時間は取ってありますから」と、聞かなかった。

医師、研修医、看護婦、そして挨拶しかしたこともないボイラー・マンから調理師まで……

真面目に励んだなどとても云えない僕は、心のこもった挨拶に、温かい言葉に、ただ赤面し、最後の日になってようやく反省する態《てい》たらくだ。だが十二時……本物の聖フィリップス寺院の時鐘を耳に、僕は急《せ》く思いに耐えかねて起ち上がる。

スティーヴンはとうとう現れなかった。束の間の反省よりも、今やスティーヴンの幻影に心乱され、思いはリンカーンズ・インへと飛んでいた。一週間経っている……一週間、飲まず喰《く》わずで生きているだろうか？　いや、彼は頑健だ。そう簡単に死ぬとは思われない。だが……

送別会と云っても、病院内での形式のみ、メリック氏にも婦長たちにもまた観劇で会う。時鐘とともに素っ気なく飛び出しても礼を失うことにはならなかったが『バベルの塔』を始めとして様々な贈り物を貰《もら》ってしまった。預けるところもなし、ともかく一旦《いったん》は下宿に戻らなければならない。

「薫！」と懐かしい声を聞いたのは、贈り物を詰め込んだ手に余るボール箱をかかえ、下宿の門を開けようとしたときである。

振り返り、見上げると、いつもの窓、二階の開かれた窓から身を乗り出すようにしてヴァージニアの姿があった。

この数日、もしや会えればと、この広場を何度うろうろしたことか……ボール箱を門前に置いたまま、僕はすぐにスティーヴン家の前に走っていった。

しかし、どう切り出せば良いものか……「ヴァージニア」と云った切り、後が続かない。第一、子供相手とはいえ、二階の窓に向かって、声を張り上げるのも憚《はばか》られた。だが、敏感な彼女は大人じみた手つきで僕を制すると、窓から姿を消し、やがてペイター嬢を従えて、淑女然と家から出てきてくれた。

ペイター嬢が「ご帰国されると伺いました」と目を伏せて云う。

「はい、来週」と云った切り、僕はヴァージニアに向かい、「スティーヴン……従兄《いとこ》のジェムはどうしています？」と聞いた。

「ジェム？　さあ」と彼女は憮然《ぶぜん》とした面持ちで応えた。「連絡が取れないと、今も伯母《おば》様がいらしているけれど、貴方のご帰国に何か関係がございますの？」

その口調から彼女が拗《す》ねているのが解った。僕の口からではなく、多分ボーモント夫人と母親との会話から帰国を聞き、無視された……子供扱いされたと怒っていたのだろう。窓越しの深夜の会話で充分親しくなったと油断はできない、気難しい六歳の淑女なのだ。だが、今は機嫌を取り結ぶ余裕も僕にはなかった。

「ヴァージニア」と僕は腰をかがめて囁《ささや》く。「毎晩の霧で会話も途絶えてしまったし、僕はまた風邪で寝ていたのです。来週にはきちんと挨拶に伺おうと思っていました。大切な友達にね。ヴァージニア……実はジェムに聞きたいことがあります。連絡が取れないって……どこに居るか解りませんか」

「ええ」と彼女はしぶしぶ応えた。「今、下女が馬車を呼びに行ってます。伯母様と母とで、リンカーンズ・インのジェムの部屋に行ってみるって」——するとスティーヴンはまだあの隠し部屋に居るのだ。何ということだ。一週間も！

「ヴァージニア、前に『リンカーンズ・インの部屋にはお化けが居る』と云っていたね？　僕はお化けの場所を突き止めた。クローゼットの中なんだ。それを夫人に伝えてくれる？」

「本当に⁉」とヴァージニアはようやく子供の顔に戻った。「私も行ってみるわ！」

「いや……大人に任せたほうがいい」と僕があわてて云ったとき、広場に馬車が入ってきた。

戸の内側から「来たようですわ」とスティーヴン夫人の高い声が聞こえる。夫人に捕まると面倒だ。

「では、ヴァージニア、来週ちゃんと伺いますから」と僕は起ち上がる。「そのときにジェムのことも教えて下さい」


逃げるように自室に引き揚げてからも、胸がどきどきしていた。

あれで何とかなるだろうか？　お化けなどと云ったのは却《かえ》ってまずかっただろうか？　ヴァージニアが母親に伝えても、笑殺されるだけかもしれない。大人びた振る舞いをするとはいえ、まだ六歳の少女なのだ。それでもリンカーンズ・インに行けば、鍵《かぎ》の掛かっていない部屋に不審を抱く筈《はず》だ。そしてクローゼットの戸は開けてきた。近寄り、中を覗《のぞ》けば、隠し戸はすぐには気づかなくとも、打ち付けられた太い釘《くぎ》は目に止まるだろう。それに、あの饒舌《じようぜつ》なスティーヴン夫人が室内で終始無言ということはあり得ない。夫人の声を耳にすれば……スティーヴンがまだ潜んでいたとしても、他人よりはまだ助けを求めやすいのではないか……たとえ女装のまま救出されたとしても、内輪のこととして収められる。そうだ、たとえ彼がまだ居たとしても……大丈夫だ。大丈夫……大丈夫だろうか？　幼い少女に己が行為の後始末を託すとは……しかも『切り裂きジャック』の……そう思った途端、僕はまた部屋を飛び出していた。

表に出ると、ケンジントン・ロードの角に消える馬車がちらりと見えた。夢中で追いかける。だが無駄だった。

通りに出たときは既に一番近い馬車でもロイヤル・アルバート・ホールの前、しかもそれが夫人たちの乗った馬車かどうかも解らない。あの部屋に婦人二人で行かせて大丈夫だろうか？ 追いかけようか？ だが、何といって同道する？ 追いかけてまで何と云えば良いのか？

またも逡巡《しゅんじゅん》している間に、その馬車すら見えなくなってしまった。

行くのは母親と叔母《おば》なのだ。もし、スティーヴンがあの隠し部屋に居たとしても、相当弱っている筈……二人に危害を加えるなどということはないだろう……そう思ってはみても落ちつかなかった。スティーヴンが錯乱状態だったら……身内だという見分けもつかなかったら……いや、母親や叔母だとて女装の姿を見られ、あの部屋を知られたとなれば……救出された途端、二人に襲いかかるかもしれない。少なくとも五人殺しているのだ。云い訳は後から考えればいい、とにかく行かなくては……僕のしたことだ。

空き馬車は中々来ず、とうとう僕はハイ・ストリート駅まで走りだした。

ストーン・ビルティングに着いたのはスティーヴン夫人たちより三、四十分も後だったろうか？ 廊下は相変わらず人気もなく、静まり返っていた。

云い訳も浮かばぬまま、一か八か、ドアのノブに手をかける。鍵は掛かっておらず、すんなりと開いた。

誰もいない。部屋は明るい。瓦斯燈《ガスとう》が灯《とも》っている。この前、明かりを点《つ》けたまま出ただろうか？　だが、クローゼットに目を向けた途端、大きく開かれた戸の向こうに、ぽっかりと開いた部屋が見えた！

蛻《もぬけ》の殻……誰も居ない……クローゼットの前には中に吊るされていた衣類が床に散乱していた。空っぽになったクローゼットを通して、秘密の部屋はすっかり露《あらわ》になり、化粧台や女物の衣装が見えた。だが、スティーヴンは居ない。夫人たちが出したのか？　それ以前に誰かに救出されたのか？　それとも自分で出たのか？　クローゼットの前に曲がった釘が落ちていた。夫人たちが釘抜きで抜いたのだ。と、いうことは自力で出たのではなく、外から誰かが開けたのだ。夫人たちには無理……いや、あのしっかり者の気丈な夫人なら出来るだろう。もし夫人たち以外の者が、以前に彼を救出していたなら、部屋の瓦斯燈を点けっ放し、隠し部屋も開けっ放し、ドアまで開けっ放し、などということはない筈だ。

だが……床に散乱したままの衣類を前に、僕は混乱するばかり。夫人たちが助け出したとしても、こんな風に放置したまま、外に行くだろうか？　わけが解らなかった。

とにかくスティーヴンは居ない。『切り裂きジャック』は解放された。もしかしたら僕の言葉で……

今日ばかりはジョンのところへも寄らず、そのまま下宿に取って帰る。

スティーヴン家は何事もなかったように静かだ。二階を見上げてみたが、子供部屋の窓も閉められ、ヴァージニアの姿もない。

そのまま、「お夕食ですが」と云うボーモント夫人の声まで、窓からスティーヴン家を見て過ごした。

二時半から八時まで、スティーヴン家には見知らぬ同じ男が、二度ほど出入りしただけである。僕が帰る前に夫人は帰宅したのか？

もしも夫人がスティーヴンを助け出したのだとすれば、部屋に入ってからの時間、そしてスティーヴンとの何らかの話す時間、釘を抜く時間等、迅速に処理したとしても、僕と殆《ほとん》どすれ違いくらいの筈だ。と、すれば……スティーヴンを抱えて、僕より帰宅が早いとは思われない。だが、五時間以上というもの、スティーヴン家には下男風の男が出入りしただけで、人影は全くなかった。そして今はいつもの平穏な夜同様、暖かな明かりの洩《も》れる、静かな佇《たたず》まいである。終《しま》いには夫人がリンカーンズ・インに行ったのかどうかも怪しく思われてきた。僕はヴァージニアの言葉を鵜呑《うの》みにしすぎたのか？

だが、実際にスティーヴンは居なくなった。そしてジョン同様、何の音沙汰《おとさた》もない。

僕は諦《あきら》めて夕食を摂《と》りに居間に向かった。

鷹原は帰らず、一人分の夕食の並んだ食卓に坐《すわ》ると、ずっと放り出されたままのビービが甘えて擦り寄ってきた。

昼食を摂るのも忘れていたが、今も食欲はなく、砂を噛《か》むような思いで食べる。

スティーヴンはいつ出たのか？　どこに行ったのか？

十二月八日　土曜日

起きるとすぐ、リンカーンズ・インにもう一度行ってみた。

部屋には鍵が掛かっていた。何度かノックをしてみたが返事はない。昨日、あの後……スティーヴンか……誰かがここへ来たのだ。本当に居ないのか、居留守を使っているのか、合鍵はジョンに渡したままだった。今更悔やんでみてもどうしようもない。その足でジョンのところに行ってみる。

ジョンもやはり応答はなかった。

先週以来、一体どうなっているのか……僕はまた――連絡を――と虚《むな》しく書き、ドアの下から室内に滑り込ませる。そのまま耳を澄まして暫《しば》らくドアの前に立ってみたが、足音も聞こえず、人の気配もない。

帰るしかなかった。

下宿に戻り、三階に行くと、ワイズ氏が一人で木箱に本を詰めていた。

明け方帰った鷹原は、何とベルリンから里帰りされたフレドリカ皇太后にご挨拶《あいさつ》と、バッキンガム宮殿に出かけたと云う。

未《いま》だ見当外れの『ジャック』を追い、ただですら「時間がない」と飛び回っているのに、傷心の皇太后を慰めにか、帰国の挨拶にか、いかにも鷹原らしかった。僕が居たら彼のことだ——同道を強要したかもしれない。

僕の中では皇太后のお姿は消えて久しい。多分……同道していれば、ベルリンでの光に包まれた女神ではなく、疲れ果て……お窶《やつ》れになられた傷心の未亡人のお姿を目にすることとなったろう。憧《あこが》れたことがあったとはいえ、所詮《しょせん》は一度しかお目にかからなかった高貴な方……それもロンドンに来てからは忘却に任せる淡い憧れに過ぎなかった方だ……居なくて良かったと思う。

それより帰国まで四日……ヤードに行き、アバーライン警部なり、ジョージになり、スティーヴンのことを話したほうが良いだろうか？　だが、ジョンの云うとおり、証拠はない……

窓越しにひっそりとしたスティーヴン家を眺めながら、僕もぐずぐずと荷造りを始める。

十二月九日　日曜日

昨日、バッキンガム宮殿から鷹原はどこに行ったのか……まだ帰って来なかった。

僕はまたしても一人で朝食を摂り、午前中は閉ざされたスティーヴンの事務所とジョンの事務所を回るという日課を繰り返す。

閉ざされたドアをノックし続けるというのはいかにも虚しかったが、他に当てはなかった。

僅かに出入りした痕跡《こんせき》でも見つかればと、目を皿のようにして見て回るが、それもなかった。

二人して姿を消す……どういうことなのだろう？

パブ『証人席《ウイットネス・ボックス》』で待つのにも疲れ、身を切るような風の中、街を歩く。

安息日で多くの店は閉まっていたが、それでも知らぬ間に、ショーウィンドゥはクリスマス一色となっており、日曜日の午後、教会帰りか、家族連れの着飾った人々で歩道は溢れ、物売りは声を嗄《か》らし、客を乗せた馬車も、荷物で溢れた荷馬車も、忙しげに走り、慌ただしく華やかな師走《しわす》の風景となっていた。

メアリの殺害からちょうど一月、新聞各紙は相変わらず『ジャック』の記事を満載していたが、当然のことながら事件は起きていない。だが、僕は『ジャック』を再び巷《ちまた》に放してしまった……

物売りからミート・パイと焼き栗を買い、公園に入る。

野外ステージではサンタクロースと少女たちの芝居が行われていた。寒風の中、観客も疎《まば》らなベンチにからだを休め、ぼんやりと芝居を見ながらパイを食べる。

暖かそうな赤い衣装の大柄なサンタクロースと、寒そうな白い天使の衣装の少女たちが十数人、クリスマス・ソングを歌っていた。

二人はどこに居るのか？　なぜ……何も云って来ないのか？　スティーヴンはとっくに大陸へでも逃げ、ジョンも後を追っているのだろうか？　寒々としたステージから流れるクリスマス・ソングを耳にしながら、僕は孤独だった。ベルリンに居たときよりも世界からかけ離れ、帰る当てもない流離《さすら》い人のような気分だった。

メリック氏を知りたくてロンドンに来たものの、精神の解剖学どころか、何もかも中途半端な状態で帰国だ……知の世界に終わりはない。解剖学すら満足に修めず、手を広げようとした傲慢《ごうまん》な我……小説などに現《うつつ》をぬかし……

突然、ステージの書き割りに張られた幕が引かれ、大きなクリスマス・ツリーが現れた。僕の隣のベンチに坐っている貧しげな老人が拍手をし、それに釣られて僅かな観客たちからぱらぱらと拍手が起こる。ツリーを囲んで、サンタクロースと天使たちの合唱が始まった。

クリスマス
メリー・クリスマス
貧しき者も、富める者も
クリスマス
メリー・クリスマス

――春風が舞い込んだように僕の心が熱くなる。顔をくしゃくしゃにして拍手を送る老人とクリスマス・ツリーやサンタクロースが重なり、ディケンズの『クリスマス・キャロル』が蘇ったからだ。

本があるではないか！　心を生き返らせ、高揚させ、胸を熱くする言葉の世界……そしてその言葉も人から贈られたものだ。人からの言葉に感動出来る以上、僕はまだ人と繋《つな》がっている。そして僕も……やはり人に言葉を贈りたい……

サンタクロースと天使たちが笑顔とともに手を振り、退場していく。

僕も拍手を送り、膝《ひざ》から栗がぽろぽろと落ちた。即座に隣の老人が駆け寄ってきて、栗を拾い、掲げて僕に見せた。僕は栗の袋ごと老人に渡すと「メリー・クリスマス！」と云って公園を出る。

留学して初めて口にする耶蘇《やそ》の宗教用語だが『クリスマス・キャロル』で、サンタクロースと時空を巡ったスクルージ以上に僕の心も暖かくなっていた。知の世界に終わりはない！　生きている以上、いつだって中途半端なのだ！　そして国境もない！　僕は小説を書く！　帰国してもディケンズのような小説を目指して書く！　ロンドン……ありがとう……

もう一度、スティーヴンとジョンのところに寄り、暗くなって下宿に戻ると鷹原が居た。

「いったいどこをほっつき歩いていたんだ！」――顔を見るなり珍しく怒声が飛んできたが、僕は呆《あき》れて声も出なかった。羽織袴《はおりはかま》姿で立っていたからだ。

「本屋か……」と鷹原の方で云った。

「公園と」と僕はようやく応《こた》える。「後は本屋を回っていた。帰国前に買っておきたいと思って」

「呑気《のんき》でいいな、君は」と苛立《いらだ》たしげな声。「まさか今日の予定を忘れたわけではあるまいな」

今日の？……十二月九日、日曜日……安息日……送別会！　殿下が主催される送別会だった！

「何時から？」

「七時。あと二時間だ。さっさと着替えたまえ」

「君は……それで？ そんなもの持ってきていたのか」

「パリでは結構着たものだ」とようやく鷹原の機嫌がなおってきた。「これで大小差していれば完璧《かんぺき》なんだが……まあ演出だよ。とにかく早く着替えたまえ。馬車は三十分前に来る。主賓の僕らが遅れるわけにはいかないよ。髭《ひげ》も乱れているし、髪もくしゃくしゃじゃないか」

「解った」と自室に戻るが、送別会などと云って呑気なのはどっちだと思う。今度はこちらで腹が立ってきた。羽織袴で演出だと？ 知ったことか！


玄関先で鷹原は花瓶から薔薇《ばら》を失敬し、僕のボタンホールに挿して「まあまあだ」と云いながらも、神経質になおも人の胸ポケットのハンカチーフを入れなおし、腕を取ってカフ・リンクスまで確認した。

「君と殿下の送別会のようなものだ。僕の恰好《かっこう》が気になるのなら遠慮するよ」

「冗談じゃない。飽くまでも僕ら二人の送別会だ。ロンドン病院からも出席する。日本男子、最後の公式での挨拶だからね。まあ気にするな、行こう」

馬車の中でも僕の機嫌はなおらなかった。これから夜半まで無意味なパーティーで時間を潰《つぶ》すのだ。スティーヴンとジョンのことが頭を離れないのに、儀礼的な会話など出来るものか。

「そういえば、トリーヴス医師から理事長までみえるそうだが」と僕は不機嫌に云う。「僕の方はいいと云ったじゃないか」

「そういうわけにはいかないよ。病院長も呼んだ」と鷹原はすまして応えた。

「ロンドン病院とスコットランド・ヤードの面々がモールバラ・ハウスでパーティーかい。変な取り合わせだ」

「ヤード関係は呼んではいない。フレディーやジョージ、シックが殿下の招待状など貰《もら》ったら気絶するだろう」

「だが……じゃ、君の方のメンバーはロンドン社交界の遊び仲間かい」と僕はますます憂鬱《ゆううつ》になって云った。「ジョージやアバーライン警部、シック部長刑事に君は一番名残《なごり》惜しいと思っていたがね」

「それはそれで明日、アバーライン警部が開いてくれるというのでね。ジョージがぜひ君にも出て貰いたいと云っていた。君も随分と事件につき合ったし、警部たちと挨拶くらいは交わして帰国した方がいいだろう」

「体裁で開く今日のパーティーより、明日のほうに出席したいよ。第一、『ジャック』のことで騒然としている今、安息日にモールバラ・ハウスでパーティーなどと、世間に知られたらまずいんじゃないか？　ただでさえ事件以降、特権階級への不満が渦巻いているんだ」

「今日というのは殿下のご都合だ。仕方なかろう。尤《もっと》も僕は男だけで結構。クラブか何かで簡単な昼食でもと提案しただけだがね。殿下としてはご婦人抜きというのは、やはりご不満だとみえて、結局大袈裟《おおげさ》なものになってしまった。だが、僕らのために開いて下さる会だ。ああ見えても結構お忙しい。来週は父君の命日も控えていられるし、今夜だって無理をなさって空けて下さったものだ。そう不機嫌な顔をするものじゃないよ」

「だったら尚更……」

「僕はまたマダム・ブラヴァッツキーと合奏をする」と鷹原は笛を取り出し、優雅な手つきで点検し始めた。「君も謡《うたい》か何か、ご披露してはどうかね」

「僕は芸人じゃない」——馬車が止まり、僕は不満の声を呑《の》み込んだまま、ペル・メル街の館へと入る。

初めて中に入るモールバラ・ハウスは流石に皇太子のお住まいだけあり、豪奢《ごうしゃ》を究めていた。しかも真冬というのに、至る所花で溢《あふ》れ、光の洪水のようなクリスタルのシャンデリアから落ちる明かりの下、きらめく調度と相まって華やかなこと限りもない。しかも案内された部屋に一歩入るや、花以上に華やかに着飾ったご婦人連が従僕の声に一斉にこちらを向き、目も眩《くら》むばかりである。

さっそく殿下と、すこし遅れてアレグザンドラ妃が迎えて下さる。

「素晴らしいお召し物!」と、妃は鷹原の和装に目を見張り、周囲からも呼応するような感嘆の声が上がった。

殿下の「パリでも光はこの衣装で随分と女性にもてた。今夜もその心づもりで来たのであろう」というお声に、くすくすと笑いが広がる。

そして鷹原の衣装を褒めて下さった妃御自身、エメラルド・グリーンのドレスにダイヤモンドで縁取ったエメラルドのネックレスとイヤリングに身を包まれ目の醒《さ》めるような美しさ、クーツ男爵婦人のパーティーのときと同様、あでやかな中にも清楚《せいそ》で気品高く、麗しかった。僕は道中の不満も忘れ、またお目にかかれた光栄を喜び、謝意を述べる。

殿下は続いて、僕をコンノート侯爵夫妻に紹介して下さった。殿下の弟君とのことだったが、殿下とは対照的に痩身《そうしん》、些《いささ》か禿《は》げ上がった頭を除けば、むしろ殿下のご子息、エドワード王子に似ていられる。そして夫人と云えば、折れそうなほど細い腰をぴんと張られ、内気そうに少々強張《こわば》った笑顔は少女のようで、外国の女性というのは押し並《な》べて物おじしないと思っていた僕には、まるで日本の高貴な夫人のように見え、新鮮だった。前々から親しい鷹原に、後で聞いてみると二十八歳ということだったが、そのときの僕には二十歳前にも見えた。

若々しい侯爵夫人とは対照的に、三百歳とも見えるクーツ男爵夫人も見えていた。夏と同じ、メリック氏から譲られた『バベルの塔』のような紫の鬘《かつら》に、今夜はグレーのドレスだった。相変わらずダイヤモンドとレースに埋もれた高貴なミイラである。だが、メリック氏に気前良くドルリー・レーン劇場のボックス席を提供する気風の持ち主だ。精神は干からびていないと見直す。

男爵夫人の隣には、あのときのパーティーで隣席された美しいグラディス・ドゥ・グレイ伯爵夫人も居らした。その夫とは到底思われぬ見栄えのしない小柄なグレイ伯爵にも紹介される。あと僕が初対面というのは、喉頭《こうとう》専門医のモレル・マッケンジー医師、中年の落ちついた女優、エレン・アリシア・テリー嬢だったが、驚いたことにテリー嬢の側には、あのメアリの死んだ日に人智学協会で会ったメイベル・コリンズ嬢が居た。

コリンズ嬢は、皇太子邸でのパーティーに髪を結い上げもせず、ヴェネチア風に肩に波打たせており、芸術家だろうかと思ったところに、マダム・ブラヴァッツキー、それにヴィットリア・クレーマーズ男爵夫人に会釈をされ、啞然《あぜん》とする。

男爵夫人……この一月、どれほど彼女の生死を考えたことか……いや、ロンドンに来て此《こ》の方、最初はジョンの偽名に誑《たぶら》かされて追い求め、次いではメアリの身代わりではと思い悩み……本人は全く与《あずか》り知らぬ事で申し訳なかったが、僕にしてみれば、その名前だけで素直に笑顔を浮かべることは出来なくなっていた。しかも、さして多くもない集まりに、協会の女性ばかりが三人も出席とは……鷹原は知らぬ間にそれほど協会と係わっていたのだろうか？　それとも、またしても降霊会など行う気でいるのか？

僕の眼差《まなざ》しに、マダムは片目を瞑《つむ》って応えた。（ジョンと僕との訪問を、鷹原には云ってはいない）ということか？

ぎこちない挨拶の後、紹介されたのは旧知の人たちの夫人方である。

ロンドン病院院長、ケンブリッジ公爵とその夫人、カー・ゴム理事長とその夫人、ガイ病院のウィリアム・ガル卿とその夫人、そしてエイクランド医師とウィリアム卿の娘でもあるその夫人……後は見知った鷹原の友人、フランシス・ゴルトン卿にトリーヴス医師とアン・エリザベス・トリーヴス夫人、それに外科医師会で会い、本を贈ってくれたヘンリー・ラドクリフ・クロッカー医師だった。

医者が大半である。それもヴィクトリア女王の従弟《いとこ》に当たられるケンブリッジ公爵を筆頭に、理事長、そして王室付きの医師であるウィリアム卿やら、失墜したとはいえ前ドイツ皇帝の侍医だったマッケンジー医師など、錚々《そうそう》たる顔触れで、トリーヴス医師ほどの人でも、今夜は随分と硬くなっていた。トリーヴス夫人に至っては、立って笑みを浮かべているのがやっとという風に見受ける。確かにアバーライン警部やジョージなど、ヤードの面々からは程遠い雰囲気だったが、それにしても殿下御夫妻やコンノート侯爵はともかくとして、滞英中、鷹原がそう親しく交わったとは思われないメンバー……医師やオカルト教団という不思議な人選に僕は些か面喰《く》らっていた。

事前にもう少し聞いておくべきだったと悔やんだが、鷹原の方は一通りの挨拶を済ますとフランシス卿と何処かに消えてしまい、僕は一人取り残された。それでも名目は鷹原と僕の送別会ということで、日本のことやらロンドンでのことやら話している間に、鷹原も戻り、晩餐《ばんさん》となる。

隣室に入るや、誰ともなく、またも感嘆の声が上がった。

総勢二十六人のために設《しつら》えられた長い食卓……その上には……花々と、銀の燭台《しょくだい》の合間合間に、絢爛《けんらん》たる羽を広げた孔雀《くじゃく》が鎮座していた。

華麗な羽の下にはいつか見舞いと、殿下からいただいた南国の珍奇な果物が山をなし、鮮やかな薔薇の花、磨かれた銀器同様、林立する蠟燭《ろうそく》の炎を受け、照り輝いていた。

「これは楽しみだ」と鷹原が僕に囁《ささや》く。「今日のメインは孔雀だよ」

いとも豪奢《ごうしゃ》な饗宴《きょうえん》の席に着きながら、昼間、公園の吹きさらしのベンチで食べたミート・パイが浮かんで来た。

これは泡沫《うたかた》、あの昼食こそが本来の僕に相応《ふさわ》しいものだ。この席の誰もが数時間前の僕の姿など想像も出来まいが……絢爛たる食卓にあのミート・パイと、栗を拾った老人の顔が交錯し、暖炉の薪や爆《は》ぜる音が拍手のように……いや……本当の拍手だ……鷹原が起ち上がり、改めて帰国の挨拶と今日の会に出席された人々、それに主催者の殿下への謝意を述べた。続いて僕まで指名され、鷹原が見事に述べた分、簡略に挨拶と謝意だけで済ませてしまう。

殿下の御声で乾杯となり「形式ばるのはよそう」の御一言ですぐに食事とあいなった。それでも送別会ということで、話題は日本のこと、英国のことと、僕ら中心に進んだが、僕が寡黙になる一方、鷹原はより饒舌《じょうぜつ》に、そして殿下は上機嫌になられ、不可思議なメンバーながら座は和やかである。

食卓の孔雀から、リバティーという商人が日本の見事な孔雀の絵を競売で落札し、来年は三万ポンドもの資金を持って日本に美術品購入の旅に立つ予定——などという巷《ちまた》の話題から、コンノート侯爵御夫妻《せっけん》も来年訪日をお考えになられていられるとか、日本の美術工芸がパリを起点に英国まで席巻しつつある等々……すべては僕の耳を風のように通り過ぎ、気がつくとスティーヴンやジョンのことを考えていた。

またしても隣席となったグレイ伯爵夫人が「太陽の東、月の西の地」とうっとりと云う。「夢のように美しい国と伺っておりますわ」

「ええ、たしかに自然は美しいです」と僕はあわてて応える。「でもロンドンの……」——(霧も素晴らしい)と云いかけて「公園も素晴らしい」と応えた。以前ボーモント夫人に「霧が素敵で」と云い、大笑いされたからだ。英国人にとっては忌むべきものらしく「好きなどと云えば変人と思われるだけだ」と鷹原からも云われていた。

今日のために命を落とした孔雀が身まで晒《さら》され、僕を恨めしげに睨《にら》んでいた。スティーヴンの眸《ひとみ》のようだ……。

礼儀上とはいえ、日本美術礼賛の話題は、喉《のど》を通らなかった孔雀の皿が下げられ口直しの仔《こ》牛《うし》のゼリー寄せが出る頃まで続けられた。殿下におかれては随分と辛抱をされたようである。

特に今夜は英国一の射撃の名手と云われるグレイ伯爵の同席もあり、仔牛から鳥肉のパイ、スモークハムからフォワグラのゼリーと、最後のデザートに至るまでの十数皿の間は、またも狩猟の話となった。末席からマダム・ブラヴァッツキーも前回のインドの虎狩りとは打って変わったロシアのボルゾイ犬での狼狩りの話を始める。

「マダム・ブラヴァッツキーとはよく同席されるのですか？」と僕はそっとグレイ伯爵夫人に聞いてみる。

「いいえ、夏に柏木さんもご一緒されたクーツ男爵夫人邸でのパーティー以来ですわ」

「今日は人智学協会の女性が三人も同席されていますね？」

「アレグザンドラ妃のご発案で、殿方が喫煙される間、私どもには占いの会を、というご趣向だそうですわ」

「妃の……」と云った切り、僕は声を呑《の》んだ。

ひとつは殿下が起ち上がられ、晩餐の終わりとなったからでもあるが、アレグザンドラ妃が占いに興味をお持ちだなどとは聞いたこともなかったからだ。夏の降霊会にもご出席はなさらなかったし、あの日、取り立ててマダムに興味を持たれたというご様子でもなかった。まして送別会という集まりに、なぜ妃が……

わけの解らないまま、喫煙室へと導かれる。

部屋に入ってまた奇異な思いに捕らわれた。

五脚の丸テーブルに座り心地の良さそうなソファーが並んでいるのは構わないが、晩餐の席のように、ここにも名札が置かれ、しかも給仕の他にテーブルに一人ずつ従僕が控えていたからだ。

ケンブリッジ公爵が、「ほう、これはまた凝った名札で」と云うのに、殿下は「触らぬように」とすかさずおっしゃり、「柏木、君はこちらだ」とまごまごしている僕を手招かれる。

僕は何と恐れ多くも殿下と差し向かいのテーブルである。

隣のテーブルは鷹原とフランシス卿、そして鷹原と僕の前だけ名札がなかった。だが殿下と隣のフランシス卿の名札を見ると、ケンブリッジ公爵の言葉通り、変に仰々しい物である。

五インチ四方程の正方形の額縁入りで、黒地の紙の上部に金の装飾文字で名前が書かれ、ご丁寧に硝子《ガラス》まで被《かぶ》せられていた。縁は真鍮《しんちゅう》製で装飾こそなかったが、まるで写真立てのようだ。晩餐の席のカードとは比較にもならない。

他のテーブルは三人ずつだった。

ケンブリッジ公爵、グレイ伯爵と共に同席されたコンノート侯爵……殿下の弟君が「喫煙室でまで座席指定とは。何かのゲームですか？」と面白そうに殿下に尋ねられた。

「ゲームと取って貰えれば良い」と殿下は卓上の葉巻入れからコロナ・イ・コロナを取り出さ

れ、「まず寛《くつろ》ごうではないか。楽しみはその後だ」と、給仕の置いたブランデーを口にされた。

カー・ゴム理事長とトリーヴス医師、それにクロッカー医師のテーブルは先の貴族方のテーブル同様、問題はなさそうだが、不運にもマッケンジー医師は、前に散々医師を非難、中傷していた傲慢《ごうまん》なウィリアム・ガル卿と娘婿のエイクランド医師との同席だった。

「写真立てのようにも見えますが」とコンノート侯爵は続け、「日本の工芸品ですか？　今日の記念品とか？」とおっしゃる。

「いえ、侯爵」と鷹原がにこやかに云い、起《た》ち上がった。「私が皆様から賜りたいと思ったのです。金品ではございませんが」

「日本の習慣だそうだ」と殿下。

「金品ではなく鷹原氏に差し上げる？　正にゲーム……パズルですな」とグレイ伯爵。「そのキモノという服装と関係が？」

「なに、これは日本でのテイルコートです。帰国に当たって私も自国の正装で参りました。もう一つ、日本では別れに際し、取り交わすものがございます」と云って、鷹原が卓上から取り上げた紙を見ても、僕には当初何だか解らなかった。

「これは日本では『シモン』と呼ばれております。が、こちらの言葉に敢えて直しますとa fingerprint……（指の跡）とでも申しましょうか」

——いったい何が日本の習慣だと云うのか？　たしかに証文や連判状などに指紋を残すが、鷹原は何を云おうとしているのか？　彼は僕がようやく見て取れた、子供の掌ほどにも拡大した指紋の写真を掲げ直し、皆に提示するとすまして続けた。

「これは日本でシモンを明確に紙に写すために、朱肉という赤い塗料のようなものを指先に付けて紙に捺《お》したものです。写真で拡大しましたので、色は消えましたが、綺麗《きれい》な渦巻きが良くお解りかと存じます。人の指先は良く見ると、みなこのような渦巻き模様になっています。日本では別れに際し、相手の指の跡をいただくという習慣がございます。そのために赤い塗料も作られており、良い品物は金の値とも変わらぬものです。ちなみにこれがその塗料……朱肉と呼ばれるものですが、ご覧になられますか？」

鷹原が袖《そで》から取り出した茶缶くらいの桐箱を掲げた。皆、つまらなそうな顔で見ている。

鷹原は頓着《とんちゃく》なしに、箱を卓上に置くと、蓋《ふた》を取り、中から綿の黄色い包みを取り出した。また掲げて見せると、掌の上で勿体《もったい》ぶって包みを開く。同様の黄色い包みがまた現れた。それを開くと、今度も黄色い包み。ただし今回の布には光沢があり、絹のようだ。失笑が聞こえてきた。

カー・ゴム理事長が陽気に「その下は色くらい変えて貰いたいものですな」と云う。だが、それを開くと、ようやく中身が現れた。

秋に田中稲城氏がはるばる日本から持参してくれた、龍の容器に入った朱肉だった。

「ドラゴンではないか！」と殿下が手を差し出される。

鷹原が僕らのテーブルに置き、蓋を取って殿下にご覧にいれる。

「この赤い塗料を指に付け、紙に捺します。何百年経とうと消えません。お手を触れませんよう。付くと中々落ちませんから」

うんざりしながら煙草を取り出したり、グラスを傾けていた紳士たちも首を伸ばし、興味を持ったようだった。

「この中の赤い塗料が金と変わらぬと申すか？　私にはこの容器の方が見事に思われるが」と殿下は「これは触っても大丈夫であろう？」とおっしゃりながら、蓋一杯にとぐろを巻き、首が摘まみとなった龍の容器を掌に載せ、しげしげとご覧になられた。「東洋の陶器は実に美しい！」

　朱肉の小さな容器は従僕の手で順にテーブルを回り、立ち込める紫煙とともに感嘆の声も重なる。

　一回りしたところで、鷹原は再び前と同じように指紋の拡大写真を皆に見せ、テーブル脇の衝立《ついたて》にそれを鋲《びょう》で張りつけた。ただし今度のは二列に五つずつ指紋が並んだものだ。今や皆すっかりリラックスし、異国の手品でも見るような顔でそれを見ていた。

「朱肉は指紋を明確に見せ、かつまた長く保存するために作られたものです。ただし指に付けるとハンカチーフで拭《ふ》いたくらいでは中々落ちません。皆様方の白い手袋も汚してしまうでしょう。ですから朱肉を付けて指紋をいただきたいとは申しません。ただ、その名札の硝子部分に触れていただきたいだけです。きちんと捺していただければ、硝子にも綺麗に指の跡は残りますから。いえ、お待ちを！　ただ触れていただくのではなく、ご覧の写真のように、親指から小指まで、順に並べて右手、左手とお名前の下に綺麗に捺していただけますか？　まことに失礼ながら、手袋は外されて素手でお願い致します」

「随分とまた変わったものをご所望ですね」と些《いささ》か期待外れだったようなコンノート侯爵は皮肉気におっしゃると「結構。硝子に触れるくらい造作ないことです」と葉巻を置かれ、手袋を外され始めた。

「待て」と殿下も手袋を外される。「まず、私が見本を見せよう」

殿下は名札をお手許《てもと》に置かれると、魔術師のように広げられた両手を勿体ぶって一同に見せ、続いて鷹原の指示に従われ、かなり太い指を一本ずつ、丁寧に捺されていった。

いつもの拡大鏡でそれを拝見した鷹原は「とても綺麗です。殿下」と大袈裟《おおげさ》な声を上げる。殿下は殿下で「解ったか。このようにするのだ」と再び座を見回され、ご満悦の態《てい》である。手袋を外すなどとんでもないという顔をしていたウィリアム卿まで、殿下の率先に従わぬわけにもいかず、渋々とグラスを置いた。

従僕の手で集められた名札というか指紋は、鷹原と、同席したフランシス卿の手で一つ一つ蠟燭《ろうそく》の炎に照らされて検分。その間、鷹原からの返礼として銀のボンボン入れが配られ、これにはコンノート侯爵も目を輝かせられた。

「実に見事な造りですな。これこそ日本の工芸品、私はまた鷹原氏と柏木氏の『シモン』をいただくことになるのかと思っておりました」

「この花は何ですか？」と蓋に琺瑯《ほうろう》で描かれた桜を見てカー・ゴム理事長が云う。

「桜です。日本の花です」と云いながらも、鷹原は硝子板から目を離さない。

「ほう、これが桜ですか」とケンブリッジ公爵がモノクルを取り出した。

僕は鷹原と一緒にガラス板に見入っているフランシス卿が、自身、名札には手も触れなかったことを見ていた。有りもしない習慣を述べ、鷹原は何のつもりか。立て続けにコロナ・イ・

コロナを吸われている殿下にそっと伺ってみる。

「殿下、今日の趣向は殿下もご存じだったのですか？」

殿下はにやっと笑われ、些か得意気に囁かれた。「私と鷹原、フランシス卿、三人の綿密な計画によるものだ。これからますます面白くなる。あの二人が何を云い出そうと、君は口出しをせず、のんびりと喫煙とブランデーを楽しんでいたまえ。それが私たちの助けにもなる」

まだ何かするというのか？　「ですが殿下、恐れながら日本の習慣に……」と僕が云いかけたとき、鷹原の「ありがとうございます。見事なコレクションとなりました」という声が流れた。

従僕の手にした盆に名札が積まれ、部屋から運び去られる。それとともに、他の従僕、給仕たちも一斉に部屋を出、部屋は殿下と客だけになった。

「私を含めて十三人か。良い数ではないな」と殿下がおっしゃられる。「だが、ここから先の話は召し使いどもには聞かせたくない」

「まだ何かあるのですか？」とコンノート侯爵がボンボン入れを弄《もてあそ》びながらおっしゃった。

「まずお詫《わ》びを申し上げなければなりません」と鷹原が悪怯《わるび》れもせず云う。「別れに際し、指紋をいただくなどという習慣は、実は日本にはございません」

「ははは」とグレイ伯爵が笑い出し「では、今のは何だったのですか？」と聞いた。

「実は私がいただきたかったのですよ」とフランシス卿が口を開いた。「私は指紋のコレクションをしているのです」

「貴方《あなた》のご研究は優生学でしたな」とクロッカー医師。「優生学の研究に指紋が必要なのですか？　何か関係があるのですか？」

「いや、優生学に関係というより、優生学から発展した新たな分野とでも申しましょうか。鷹原氏との共同研究です」とフランシス卿は応《こた》え、「失礼、食後に一仕事して疲れました」とグラスを傾けた。

「鷹原氏はスコットランド・ヤードにおられた」とケンブリッジ公爵。「ヤードと優生学というのはますますもって不可解な繋《つな》がりですな」

クロッカー医師が「いや、優生学とは遺伝の研究」と公爵に向かって云い、今度は得々とフランシス卿に聞いた。「ロンブローゾの分野に入られたのですか？」

「ご明察です」とフランシス卿は起ち上がり、クロッカー医師に一礼する。

「ロンブローゾ？　イタリア人かね？」とコンノート侯爵。

「チェザーレ・ロンブローゾです」とフランシス卿が云うと侯爵は思い当たるような顔をされたが、まだ不可解なお顔で卿を見た。

フランシス卿は起ち上がった。一同を見回すと、軽く咳《せき》払いをし、最初は侯爵に、やがては皆に向けて話し出した。

「犯罪学の分野に遺伝を取り込み『生来性犯罪者』なる学説を打ち立てたイタリアの学者です。『犯罪者論』を始めとする旺盛《おうせい》な執筆活動、また三年前にはローマで開催された『国際犯罪人類学会』の会長も務め、今や犯罪学の権威として、ここに居られる皆様なら、彼の名前くらいはお聞き及びのことと存じます。私自身はロンブローゾの学説には、些《いささ》か同意しかねますが、氏の著書を読むにつれ、――犯罪学――そのものに興味を覚えました。またそれと同時にフランスのベルティオン氏の提唱される『累犯者識別法』にも関心を持ったのですが、その折り、たまたま『指紋』という驚くべき識別法が存在することを知ったのです。『ネイチャー』誌はやはり、お集まりの皆様は当然ご存じの雑誌と存じますが……」

「私は知らぬ」と声を挟まれた殿下に、フランシス卿は「後ほどご覧にいれます」と軽く受け流して続ける。

「……『指紋識別法』というのは、八年前の『ネイチャー』誌に掲載されたものですが、当時は全く無視されました。ベンガルの英国行政局役人ウィリアム・J・ハーシェルの論説で、ベンガル地方では太古より識別法として指紋が使われているというのです。つまり人の指紋というのは人の数だけ違うという説です。実に興味深い説ですが、惜しいことに比較資料の少なさ、そしてベンガルという異国の地の奇習として無視されたのです。だが、実際に指紋というものは人の数だけ異なるのです」

「馬鹿な」と声を上げたのはウィリアム卿だった。「こんな単純な模様が人類の数だけ違うなどとは到底承服しかねますな」

「卿は全人類の指紋を集められたのですか？」とエイクランド医師も追従した。

「残念ながらそこまでは」とフランシス卿は苦笑した。「しかし、努力はしております。この春、鷹原氏と出会い、氏がベルティオンの許《もと》で『累犯者識別法』の研究をされていることを知り、私はさっそく指紋の話をしましたが、何と東洋でも昔から識別法として指紋が使用されていたとのこと。証文などに指紋を捺す習慣があり、そのために金と同価値の朱肉が存在するように、日本および清《しん》では指紋の価値も高く重いものとのことです。宣教師ヘンリー・フォールズは十年以上も前から日本で指紋の研究をしているとのこと。指紋を捺すということは、われわれのサインのようなものですな」――そこでフランシス卿はテーブルの下に置いてあった箱から次々と写真を出し、後ろの衝立に張りつけながら言葉を続けた。どれも拡大された指紋の写真ばかりである。「だがサインなどというものは真似をすることも出来ます。贋《にせ》の証書による犯罪がいかに多いか……その点、われわれは東洋に学ばなければなりません。日本、清国、そして我が偉大なる女王の東の統治国家、インドから……ご覧下さい。ここに並べた写真は私のコレクションの千分の一にも当たりませんが、どれ一つとして同じ渦はありません。千枚並べたところで同じこと、確かに人の指紋というのは人の数だけ違うのです。現在数にして三万以上、人数にして一万有余人の指紋を所蔵しておりますが、どれ一つとして同じものはありません。驚くべきことですが、事実です。例えば――今宵同席されていられるライシーアム劇場の女優、エレン・アリシア・テリー嬢は、先月盗難という不幸にあいましたが、その当夜、その楽屋の彼女の宝石箱に残されていた指紋と、この煙草ケースに残された私の指紋が一致すれば『私は彼女の楽屋には足を踏み入れたこともなく、宝石箱に触れたこともない』などと申しても無駄なのです。私の所にある三万の指紋だけでも違うのですから、この限られたロンドンという空間で『宝石箱の指紋は私のものではない』と、云い逃れは出来ないでしょう。ただし、これは例えばの話で、誓って申しますが、私は彼女の楽屋の場所も存じません。――この半年、私は鷹原氏と指紋の研究を続けてまいりました。これは、ごく近いうちに、犯罪捜査に於《お》いても、フランスのベルティオン方式に勝るとも劣らない、最も確実な識別法となるでしょう。われわれは確信しております。累犯者識別に一々体型を測るなどという面倒な方法は終わるどころか、指紋さえあれば初犯の者すら逮捕出来るのです」

「殊更に違うものを並べているのではないかね」とウィリアム卿はなおも懐疑的な視線を写真に向けて云った。「指先の小さな面積にある単純な渦巻き模様だ。所詮《しょせん》は皮膚の皺《しわ》、成長によって変わるでしょう。それに大人の指と赤子の指では面積も違う」

「いや、変わりません」とフランシス卿は応酬した。「子供の成長は早いものですが、私が一昨年に取りました赤子の指紋は、数日前に取った同じ子供の指紋と全く同じでした。渦巻きの形状は同じで単に溝の間隔が変わるだけです。また、指紋を採取した後、火傷《やけど》で指先を傷めた男もおりました。家の下男ですが、治癒後、新たに指紋を取ると、何と、損傷前と全く同じ指紋が新しい皮膚に蘇《よみがえ》っておりました。眸《ひとみ》の色と同様、人の指紋も生涯変わらぬものと思われます。しかし、まだ研究を始めて二年。ここで鷹原氏の帰国というのは痛手ですが、今後は東西に別れて研究を続けるつもりでおります。論より証拠、集め、実証することです。現に八年前のハーシェル氏の論説は無視されて終わりました。何より実証です。フォールズ師の研究も鷹原氏が帰国されれば、より知ることができましょう。だが、現時点でも三万、ウィリアム卿、三万の指紋を集めて、そのすべてが違うのです。ベルティオン方式とどちらがたしかと思われますか？」

「今日、われわれ十人の十個ずつの新たな指紋も得られ」とエイクランド医師が笑いながら云う。「一挙に百の指紋が増えたことになりますね。結構なことで」

「ですが」とマッケンジー医師がおずおずと云う。「累犯者識別には効果があるのかもしれませんが……われわれの指紋を集めて何の役に立つのです？　このような手間をかけ、たった十人の指紋を集める……あの名札を作る費用をかければ、イースト・エンドならそれこそ千人も集まるでしょうに」

今度は鷹原が起《た》ち上がった。「実はここにいらっしゃる十人の方々の指紋こそ、いただきたかったのです」と、先程フランシス卿が写真を取り出した箱からまたもや写真立てのような物を取り出した。

今度、額に入っていたのは白というより古い黄ばんだ生地である。大きさだけは女性用の小さなハンカチーフほどだが、むしろ雑巾《ぞうきん》に近い。赤い不定型の染みが所々に付いていた。そしてその中央にやはり赤く小さな楕円《だえん》形の斑点《はんてん》。

鷹原はその斑点を示し、額の向きを変えてゆっくりと皆に見せた。「もう皆さんも、これが指紋であることはお解りでしょう。嬉《うれ》しくなるほど綺麗に付いています。これがこの指紋の拡大写真です」と今度は写真を取り出し、後ろの衝立に張った。「実物の方は朱肉を付けたような色です。いや、朱肉のような鮮やかさはなく、どす黒い赤です」

「血ですね……」とクロッカー医師。

「布に飛び散った血と、血の付いた指の跡だ……」とマッケンジー医師。

「流石にお医者さまが多く居られると反応が早い」と鷹原は上機嫌で云った。が、同じ調子で続けた言葉に室内は騒然となった。

「この布は先月殺されたメアリ・ジェイン・ケリー……当然、どなたもご存じですね……彼女の部屋のシーツを切り取って参ったものです。遺体の敷いていたものです。しかし、この指紋は彼女のものではありません。つまり犯人のもの、巷《ちまた》では『切り裂きジャック』と呼ばれる男のものです」

最初に「鷹原！」と声を上げてしまったのは僕だった。ところがテーブルの下で、いきなり足を蹴飛《けと》ばされ、思わず前を見ると殿下が指で坐るように指示されていられる。知らぬ間に起ち上がっていたのだ。

「失礼を」と坐《すわ》り直すと、殿下は「『口出しするな』と云っておいた筈《はず》だ」と囁かれた。「君を『無言の刑』に処す」

（しかし）と云いかけて僕は口を噤《つぐ》んだ。恐れ多くも対座しているのは僕と同い年のご令息も居られる、大英帝国の皇太子殿下であられる。（しかし）と僕は心の中で呟《つぶや》く。しかし……しかし……

殿下は言葉とは裏腹の温かな笑みを浮かべられると、すぐに僕から顔を逸《そ》らせ、鷹原の方をご覧になられた。しかし、僕が引き金となったように、ウィリアム卿も起ち上がった。

「鷹原さん！」と卿は怒りも露《あらわ》に叩《たた》きつけるように云った。「聞き捨てならないお言葉ですな。まして殿下の御前……殿下の指紋とやらもいただいた後で、売春婦殺しの犯人の指紋を提示するとは、いくら何でも度を越えていらっしゃる」

「回りくどい貴方とフランシス卿の今までのお言葉から類推しますと」と傍らから娘婿のエイクランド医師も不快気に云った。「われわれは容疑者としてここに集められたわけですか」

鷹原は端然と応《こた》えない。クロッカー医師までが沈鬱《ちんうつ》な面持ちで鷹原に云う。

「私は貴方の英国での友として、貴方の送別会に招かれたものと思っておりましたが……貴方の中で私は『切り裂きジャック』と重なっていたのですか？」

「巷では『切り裂きジャック』は医者だとか……」とコンノート侯爵は薄ら笑いを浮かべておっしゃった。『あるいは王侯貴族という説もあるとか。容疑者リストに兄上も私も入っていたのですね」

「十三人」と同じテーブルのグレイ伯爵も口を開く。「いや、当の鷹原氏と御友人の柏木氏、それに長々と指紋の有意義性を説かれたフランシス卿もどうやら容疑者の圏外。ということは恐れ多くも殿下をも含まれた十人の中に『ジャック』が居るとお考えなのですか？」

はらはらと僕は他のテーブルに目を移す。トリーヴス医師は暗い眸を卓上に落としたまま……ケンブリッジ公爵は未《いま》だ唖然《あぜん》とした面持ちで殿下と鷹原、双方に視線を動かし……カー・ゴム理事長は憤懣《ふんまん》やるかたないという形相で鷹原を睨《にら》み……モレル・マッケンジー医師は青ざめた顔で鷹原からの贈り物のボンボン入れを見つめた切りである。

殿下のお言葉こそなければ、僕こそ真先に鷹原に問いただしたかった。——どういうつもりだ——と。僕らのために開かれた送別会、僕らのために集まってくれた人々に対し、何という非礼か……しかも『切り裂きジャック』は別の場所に居るのだ……スティーヴン……見当違いも甚だしい。

テーブルに流れる怒りと苛立《いらだ》ちで空気までぴりぴりと震えているように肌に感じた。称賛を浴びた鷹原の和装は、礼儀も知らぬ野蛮人の奇異な衣装に一転した。

氷の刃となった視線を一身に受けたまま、鷹原はうっすらと笑みすら浮かべてメアリの部屋から持ってきたという布を眺めていた。が、ようやく口を開いたと思えば「他に私の非礼に対し、お怒りのお言葉は？」と、一同の気持ちを逆撫《さかな》でするような案配だ。

すかさずウィリアム卿が口を開いた。「殿下御主催の会でなければ、そして殿下御同席の場でなければ、即刻、帰らせていただきたい心境ですな」

「後はございませんか」と鷹原。

「義父と同意見です」とエイクランド医師。「出来れば貴方に手袋を叩きつけたいくらいです」

威厳ある好々爺《こうこうや》といった態《てい》のケンブリッジ公爵すら「どういうおつもりかな？　鷹原さん」と陰鬱に問いかけた。「冗談にしては、ちと行き過ぎと思われるが」

「お許し下さい」と鷹原は初めて詫《わ》びの言葉を口にした。そのまま誰にともなく一礼すると、視線はそのまま手にした額縁……メアリの血に汚れた布切れに戻る。そして「私自身、随分と悩みました。しかしこういう遣《や》り方しか考えつかなかったのです」と沈鬱な顔を上げる。視線は漠然と空に向いていたが、笑みは失せていた。

「お許し下さい。私の帰国に際し集まって下さった心暖かい皆様を敢えて不快にさせる……実に許されざるべき行為です。殿下の御前でありながら、この国の最も誇り高い紳士である皆様、私の滞英中、最も心暖かく迎えて下さった皆様に、これ以上ない非礼を致しました」

「詫びはもう良い」と殿下がおっしゃった。「私も少なからず加担しておるのだ。この行為の理由を皆、知りたがっておるだろう」

「殿下もご承知のことだったのですか」とケンブリッジ公爵が驚いたように顔を上げた。

殿下以外、もう煙草を手にする者もなかった。殿下は新たな葉巻に火を点《つ》けながら「私も犯人の名まで聞いてはおらぬ」と呑気《のんき》な口調でおっしゃられた。だが、上げられたお顔は厳しく、硬い。「だが、この中に実際、切り裂きジャックがおるとしたら……いや、おるのだ。私は光とフランシス卿の言葉を信じる。そして、その者がもしも官憲の手に捕縛されたらどうなると思う。ここにおるのは光の言葉通り、我が国の王侯貴族、あるいは王室付き医師を初めとする名誉ある医師ばかり。皆、世に名の知れた人物ばかりだ。その中の誰か一人がジャックと知れたら、この国はどうなる？　今や切り裂きジャックの事件は欧米諸国の新聞にまで取り上げられておるのだ」

「大変な騒ぎになるでしょうな」と弟君のコンノート侯爵。「『血の日曜日』事件どころではない、もっと……帝国を揺るがすような騒ぎになるでしょう。普段からわれわれを妬《ねた》んでいる社会主義者やマルクス主義者、革命論者やテロリスト、一般庶民までが騒ぐようになるでしょう。今やジャックの犯罪は英国民すべての関心事ですからな。だが、ことこの事に関しては私は光の言葉を信じられません。しかし、敢えて、光の言葉通り、この中に犯人が居るとすれば……そう……私が光だったら、このような事はしません。この中に犯人の心当たりがあっても、黙って安全な自分の国に帰ります。所詮は売春婦殺し、イースト・エンドの売春婦が殺されたくらいで、国に動揺を引き起こそうとは思いません」

「殺されたのが貴婦人なら？」と鷹原は激しく云った。だが、侯の方には向かず、視線は相変わらず空にあった。「殺人は殺人です。売春婦も貴婦人もありません。だが、現状で犯人を名指しすれば大変な事態になる。このまま黙して帰国した方が良いのか……それで悩みました。しかし、既に六人殺されています。この後、七人、八人と殺される可能性は大いにあります。唯一考えた方法が今日の手段でした。皆様方まで巻き込み、犯人をこちらから脅迫する。実に消極的な方法ですが、致し方ありません。さきほど皆様からいただいた指紋はフランシス卿が保存、その写真は殿下と私の手許《てもと》にも、卿から参ります。そして写真の一つと同じ指紋がこの布に……哀れなメアリの血によって刻印されているのです」――一同に改めて血に染まった生地を見せると、鷹原は一段と声を張り上げた。「プリンス・オヴ・ウェールズ、並びにフランシス・ゴルトン卿、そして私、鷹原惟光の名に於《お》いて……犯人に宣言する。今後一人たりとも、ジャックの犯罪の犠牲になることがあれば、その時こそ、この残された血の指紋と、同一の署名入りの指紋をスコットランド・ヤードに提出する。君の首はこちらにある。身の破滅だ」

「はははは」と、エイクランド医師の疳高《かんだか》い笑いで、鷹原の声は遮られた。

「失礼」と医師は云ったが、笑いはまだ続いていた。「いや、余りの熱演で……鷹原さんはヤードなどに研修されるより、テリー嬢とライシーアムにでも立たれていらした方がお似合いだったのではと思いましてね。女優とでもシェイクスピアの掛け合いをなさったら素晴らしいですよ。美男子だし、道を誤られましたね」

「『女優とでも』というおっしゃり方は、気になりますな」とケンブリッジ公爵。公爵の夫人は元女優と聞いていた。かつて、夫人と結婚するために地位を捨てた方である。

「いや、決して……」とエイクランド医師が青ざめてケンブリッジ公の方を向いたとき、「待て」と殿下のお声がかかった。

「先にも申したとおり、私は光の言葉を信じている。光を笑うことは従って私をも笑うことだ」――部屋は一挙に静まり返った。「光は私に『ジャック』の名を告げようとした。今の不安定な国情を鑑《かんが》みて、すぐにも捕縛したい気持ちを抑えてのことだ。止めたのは私だ。だが、私もここで宣言する。今までの六人に対しては……たとえ娼婦《しょうふ》とはいえ許されざる行為だ……

しかし、目を瞑《つむ》ろう。だが七人目は許さぬ。たとえどのような騒ぎになろうとも、七人目は許さぬ。それまでは、私は手許にある指紋を照らし合わせることもなかろう。フランシス卿から受け取った写真、並びにその布の写真はともに封印し、保存する所存だ。この中で誰が『ジャック』なのか、敢えて知ろうとは思わぬ。いずれ劣らぬ国を支える名誉ある紳士諸君だ。知りたくはないし、今宵のことも忘れよう。だが、今度一人でもジャックの犠牲になることあらば……たとえ死に至らなくとも、私は封印を解く。イースト・エンドの娼婦であろうが、ウエスト・エンドの貴婦人であろうが、女性には変わりなかろう。私は女性が好きだ。どのような女性であろうとも好きだ。その女性を再び傷つけることは許さん。我が治世を見ることもなくなろうが、私はその者の名を挙げよう。そしてその者の未来も終わりになる」

殿下のお言葉に部屋の空気は凍りつき、あたかもジャックの存在を信じたように、ぎこちないものとなった。少なくとも僕以外の誰もが、勝手なジャックを想定し、互いに目を合わさないよう、殿下や鷹原に顔を向けた切りである。

フランシス卿が起ち上がり「私も失礼をお詫びします」と誰にともなく頭を下げた。「当初、皆様を巻き込むつもりはありませんでした。硝子面や金属面など滑らかな物には指紋が付きます。鷹原氏と私は犯人を知っています。何気なく煙草ケース、あるいはグラスでも差し出して犯人の指紋を手に入れようとも考えました。しかし、たしかな証拠が欲しかったのです。シーツに残った指紋は一つ。大きさから人差し指、中指、薬指のひとつと思いますが、両手の指、すべての、しかも極力綺麗《きれい》に残った指紋を取れれば完璧《かんぺき》です。動かぬ証拠が欲しかったのです。お許し下さい」

「ジャックがわれわれの中に居るというのはたしかなのですか？」とエイクランド医師が苛立《いらだ》った声を上げた。「証拠とおっしゃるが、それ以前にたしかな根拠を持って、ジャックを突き止めたのですか？」

「推論ですが、私とフランシス卿は確信しております」と鷹原が布を見たまま応えた。「推論を述べ、名前を挙げることは簡単です。しかし、たしかな証拠は先程いただきました。これ以上の確証はいりません。そしてわれわれの推論のたしかさは犯人が一番身に沁《し》みて感じていることでしょう。なぜ今宵招かれたのか？　驚愕《きょうがく》し、怯《おび》え……そうせいぜい怯えるがいい。君の首には既にロープが掛かっている。惨殺された六人の娼婦を想うと、私は今でも声を上げて名指し、弾劾したい思いで胸がつまっています。地位や名前で、あの陰惨な殺人が許されるなど、私個人としては実に納得しかねることです。許せないことです。だが、三日後には帰国する異国の者。これが精一杯の手段です。だが、証拠は今後殿下とフランシス卿、それに私の手許にある。私は帰国するが、英国と日本それぞれに、君の首を絞める物があることを、肝に銘じて貰《もら》いたい」

　鷹原はかつてないほど露骨に感情を見せ、怒りに声を震わせたが、エイクランド医師も腹立たしげに続けた。

「犯人がお解りだというのなら、犯人一人を脅せば済むことではありませんか。それにたしか今、鷹原さんは『惨殺された六人』とおっしゃられた。先程から得々とジャックを突き止めたようなことをおっしゃられているが、ジャックの殺人は今年に入って七人の筈《はず》、感心すべきことではないが、今や子供でも知っている事実ですよ。それでジャックを突き止めたなどと、そもそも信じられませんな」

「六人です」と顔も上げずに鷹原。「四月三日のエマ・エリザベス・スミスはジャックの犯罪ではありません。世間ではすべてジャックと思われているが、傷の状態がまるで違います。始まりは八月七日のマーサ・タブラム……これも後の五件と比べると、傷が異なりますが、これはジャック自身にも予期せぬ殺人だったからです。恐らく殺すつもりはなく、気がついた時には殺した後だったのでしょう。だが、この思いもかけぬ事態がジャックを誕生させてしまった。恐慌、困惑、嫌悪、後悔……しかし快楽も味わったのかもしれない。ジャック……そうではありませんか？　そして幸いなことに嫌疑すら掛けられなかった。だがジャック……その後、君に何かが起きた。君を絶望に陥れるような何か……屑《くず》のような売春婦でも殺さなければこの気持ちは納まらない……その後の殺人は意図的なもの、八月三十一日のメアリ・アン・ニコルズ、九月八日のアニー・チャプマンと短期間に鬱憤《うっぷん》を晴らした。だが、殺人の味も覚えた。捕まる恐れもない。そして九月三十日にはエリザベス・ストライド、キャサリン・エドウズと二人も殺し、十一月九日にはメアリ・ジェイン・ケリーを思う存分楽しんだ。ジャック、全部で六人、君が一番知っている筈だ」

「ふん、大した自信だ」とエイクランド医師。「だが、なぜ、われわれが巻き添えに？　犯人と思われる男一人に指紋を要求すれば良いことではありませんか」――そして再びフランシス卿に矛先を向ける。「卿のご自慢のコレクションの話でもジャックにすれば良いことでしょう」

「コレクションのためと云い」と荒い声で鷹原。だが、相変わらずエイクランド医師の方は見ない。「紳士に手袋を外すことを強要し、両手の完全な指紋を取ることが容易に出来ましょうか。ただですら用心している犯人です。ほんの少しでも指を動かしたり、捩《よ》じればお終《しま》いです。何度も強要することも出来ないでしょう。この奇妙な儀式に厭《いや》でも応じさせねばなりません。たった一度のチャンス、それも疑心を持たせず、綺麗な指紋を得るには皆様のご協力が必要だったのです」

「私が見本を見せなければ、この中の何人が、この風変わりな儀式に応じたか？」と殿下が満足そうなお声を上げた。「犯人以外の者は指紋を取られたとて怯えることもなかろう。そしてジャックの犯罪を止めるため、英国紳士として協力したのだと思えば良い。次期国王と切り裂きジャックの対座する部屋に諸君はおるのだ。このような経験は老若を問わず初めての筈。そして犯罪阻止に協力した。誇ってよいことではないか」

殿下はからからと笑い声をお上げになったが、すぐさまお顔はまた威厳に包まれた。「『奇妙な儀式』と光は申したが、これは正に切り裂きジャックの犯罪を止める真摯《しんし》な儀式だ。諸君はそれに紳士として協力し、また証人ともなった。私からも礼を云う。そしてこの十三人の中の一人、その者こそ心して今後を考えるが良かろう」

「今一つ」とエイクランド医師が手を上げるや憤然と起ち、殿下に一礼するや、昂然《こうぜん》と鷹原を見つめた。「四月の殺人はジャックの仕業ではないと鷹原氏はおっしゃいましたが、では、今後、ジャックの犯罪かどうかの見極めはどうなさるおつもりです？　イースト・エンドの殺傷沙汰《ざた》など日常茶飯事、今後売春婦が殺されることがないとも限りません。それがジャックかどうか、多くの検死に立ち会われたらしい鷹原氏の御帰国後、どうやって見極めます？」

「最初のマーサ・タブラムはともかくも」と鷹原は動ぜず応える。「後の五人は同じ傷、まして死に至らしめるほどの深い傷を負わせるには、それなりの力も必要です。それに単に心臓を一突きで殺すなどという遣り方はもうジャックには出来ますまい。そんな殺し方は鬱憤を晴らすどころか増すだけのこと。彼の手の動き、そして癖は警察医のフィリップス医師も充分にご存じです。ジョージ・バグスター・フィリップス医師は、今まで三件の現場検証に立ち会い、六件の検死解剖のうち四件を手掛けています。今後、疑わしい事件には管轄を問わず、フィリップス医師とフランシス卿が検死に立ち会われることになるでしょう。エイクランド医師はジャックのご懸念を晴らすお心積もりのようですね」

「いや、とんでもない！」とエイクランド医師は驚くほどの声で叫んだ。「私は断じてジャックなどではないし、ましてジャックの懸念を晴らそうなどというつもりで尋ねたのではありません。当然の疑問を抱いたまでです！」

「自分の仕業でなくとも、今後売春婦が殺されれば、新聞は『切り裂きジャック』と騒ぎ、当のジャックは怯えることになる」——鷹原の顔に冷然たる笑みが浮かぶ。「それくらい当然の報いでしょう」

「他に質問は？」と殿下がまた新たな葉巻に火を点けながらお尋ねになる。お手にされた葉巻からただ一筋、紫煙がゆらゆらと部屋にたゆたい、その流れを乱す者はなかった。煙草も飲み物も忘れ去られたように、皆、身動《みじろ》ぎもしない。

そしてしばしの沈黙の後、ただ一筋の紫煙も絶たれた殿下が呼び鈴の紐《ひも》に手を掛けられ、打って変わった陽気な調子でおっしゃった。

「さて、そろそろご婦人方が恋しくなった。戻ろうか。おや、二時間も経っている。我が愛《いと》しのアリックスがマダム・ブラヴァッツキーに誑《たぶら》かされていないと良いが」

殿下がお起ちになられ「この二時間のことは無論、口外無用」と、おっしゃられたとき、再び従僕たちが入って来た。

殿下はすたすたとドアに向かわれる。従僕にあの布の入った額を委《ゆだ》ねた鷹原とフランシス卿も後に続いた。皆も陰鬱《いんうつ》な表情で、のろのろと起《た》ち上がった。

僕は一番後から部屋を出る。恐らく皆、僕も鷹原たちに加担していると思っているだろう。トリーヴス医師やカー・ゴム理事長までが目を合わせようとしない。いくら「紳士としての協力」とか「証人」などと云っても、気分の良かろう筈《はず》もない。朗らかな殿下のお人柄でいくらか空気が和らげられはしても、不愉快この上ない時だったろう。鷹原に云わねばならぬ。本当の『ジャック』を。テーブルを離れた今、僕の『無言の刑』も終わった筈。

ところが急いで後を追った僕が部屋に入ってみると、そこはまたしても『楽の間』の様子。クーツ男爵夫人邸のように、ピアノフォルテが置かれ、今し方部屋に入られたご婦人方が陽気に話され、鷹原は既にマダム・ブラヴァッツキーとともにピアノフォルテの側に居た。あの後で演奏会とは！　僕は渋々と後ろの椅子に腰を下ろす。そしてようやくのこと、今夜、人智学協会からなぜ三人も招かれていたのかが解った。

喫煙室の話のためだけに仕組まれた送別会、そのための時間稼ぎに呼ばれたマダムたち……鷹原の誤解に、皆が躍らされている……

合間合間に飲み物や菓子が並べられ、表面上は和やかに皆、音楽を楽しんでいた。

喜怒色に現さず——皆立派な紳士だといまいましく思う。僕の焦燥は隠しようもなく、多分隣のメイベル嬢を呆《あき》れさせたことだろう。——苛々《いらいら》と一時間……そして音楽の後はエレン・アリシア・テリー嬢のシェイクスピアのソネットの朗誦《ろうしょう》で、ようやく会の終わりとなった。人を縫って、次の間で「鷹原！」と声をかける。

振り向いた鷹原はにこやかに「さあ、皆さんにお礼を申し上げよう」と云った。

主催の殿下御夫妻と並び、一人一人に礼と「再び会う日を楽しみに」などと白々しい言葉を述べ、皆を送り出す。

せめてあれほど世話になったトリーヴス医師、そしてカー・ゴム理事長だけにでも鷹原の非礼を詫《わ》びたかったが、それすら出来ず、最後は殿下の御前で鷹原から先に帰るように云われてしまう。

「僕は今夜はフランシス卿の屋敷に伺う。喫煙室での成果の仕上げをしなければならないのでね」

「まあ、喫煙室での成果とは？」とアレグザンドラ妃が美しいお顔を傾げられた。

「珍しい葉巻を何種類も殿下から賜りました」と鷹原。「今宵の仕上げはフランシス卿の屋敷で試飲させていただきます」——そして呆れ果てた僕に向かって「明日……と云うよりもう今日だが、スコットランド・ヤードの方々が送別の会を開いて下さる。場所は君も知っている『テン・ベルズ』、時間は九時だ。そこで会おう」

観念するしかない。もう二度とお会いすることもないだろう殿下御夫妻に、精一杯の挨拶《あいさつ》をし、すごすごと一人で邸を出る。
午前二時……ロンドンは冷たい霧に包まれていた。

十二月十日　月曜日

朝、三階で連日鷹原の蔵書の荷造りをしているワイズ氏に教わり、メリック氏から贈られた『バベルの塔』を梱包《こんぽう》する。本や衣類などもまだまだ荷造りしなければならなかったが、スティーヴンやジョンのことが頭を離れない。昼食前に下宿を出る。

鬱蒼《うっそう》としていたリンカーンズ・イン・フィールドも葉を落とし、リンカーンズ法学院もテンプル法学院も木枯らしの中、寒々と枯れ葉が舞うだけ、ジョンの部屋のドアの桟は、うっすらと埃《ほこり》すら被《かぶ》っている。

どうすれば良いのか？　帰国は明後日、動けるのはもはや今日、明日と二日しかない。なぜ二人共に消えてしまったのか？　なぜ、何の音沙汰もないのか？　スティーヴンとジョン……。

スティーヴンの事をヴァージニアに洩《も》らしたのは金曜日だった。あの日、後を追うと部屋は散乱し開け放たれていた。そして土曜……一昨日行ったときは、今日同様ドアに鍵《かぎ》が掛かっていた。だが、あの日、ヴァージニアの家は何事もなかったようにひっそりとしていたではないか……実家に戻されたのだろうか？　それとも部屋が有るというケンブリッジに隠れているのか？　ヴァージニアの家に挨拶に行き、それとなく聞いてみようか？　いや、それとなく聞くなどという器用なことは出来そうもない。では？

散々迷った末、スティーヴンを追うより、まずジョンの勤め先というブラックヒースの男子校とやらを訪ねてみることにする。勤めているのか、もう辞めたのかも解らなかったし、学校の所在地も知らなかったが、とにかくブラックヒースに行けば何とかなるだろう。ジョンに関してはメアリの逝《い》った今、スティーヴン以外の知人すら知らない。別れ際のあの陰鬱この上ない顔が気になってならなかった。


キャノン・ストリート駅からブラックヒースへ……グリニッジの丘が近づくにつれ、夏、鷹原と過ごした幸せな宵を思い出した。

夕陽に染まったテムズ……雲と空のたたずまい、緑の丘に自然を忘れていたと思い……また忘れてしまった。

あの日はメアリ・アン・ニコルズの葬儀の日だった。グリニッジの丘で、鷹原は宵闇に白絹のマフラーを靡《なび》かせながら「スティーヴンを疑っている」と云っていた筈……そして彼の主治医、ガイ病院のウィリアム卿のところへも何度か通っていた……それが昨日の容疑者集めのパーティーではスティーヴンの影すら見えず、呼ばれていたのはウィリアム卿の方だ。何がどうなっているのか……またあの日……僕らがグリニッジに居る間に、アニー・チャプマンが殺された。事件続きの日々だった。だが、この一連の殺人がメアリを殺すために行われたものとすれば、そもそもヴィットリアに化けたジョンを、メアリに引き合わせたのは僕ではないか。僕が元で起きたことなのだ。僕がジョンをメアリの家に連れていったのだ……まったく何ということだろう！　そして皮肉なことに、鷹原の願い通り、メアリの死をもって、この連続殺人も終わりの筈！　実に何ということだ……

ブラックヒース駅に着いたのは午後三時頃だったが、陽は既に傾いていた。灯も疎《まば》らな郊外、些《いささ》か不安になったが、駅で聞いてみると学校はすぐに解った。——エリオット・プレイス九番地——そして、丁寧に書いてもらった地図を頼りに学校に着く。

私立ということだったが、地図がなければ通り過ぎてしまうような——個人の屋敷のような建物である。

幸い、経営者のジョージ・ヴァレンタイン校長にも、すぐに会えた。が、やはりジョンはもう辞めていた。

スティーヴンの言葉によれば、女装が元で解雇されたことになるが、そういう教員を訪ねてきた東洋人に、当初ヴァレンタイン校長の眸は猜疑《さいぎ》に充《み》ちていた。

それでもロンドン病院の名刺を見せ、明後日の帰国を述べ、弁護士として世話になったと云うと、ようやく微《かす》かな笑みを見せた。

しかしそれも一瞬のこと、「ミカエルマス学期が終わるまでということでした」と他人事《ひとごと》のように云い、渋面をつくる。「つまり十二月一日をもって、お辞めになられたのです。惜しい人でしたが、そちらのお仕事がお忙しかったようで……」と口を噤《つぐ》んだ。

ヴィットリアの件以外、彼の法律関係の仕事など聞いたこともなかったが、それでも何とか連絡がつかないだろうかと聞いてみる。「キングズ・ベンチ・ウォークの事務所にもいらっしゃらないようなので」と云うと、やっとのこと、保証人の兄の住所を教えてくれた。ドーセット州、ボーンマスに住む、やはり事務弁護士だそうだ。少なくとも身内の住所は解った。

ロンドンに戻ると、すぐにボーンマスのジョンの兄宛に電報を打ち、また迷った末、ヴァージニアの家に行ってみることにする。

スティーヴンは、デ・ヴァ・ガーデンズの実家に一番居そうな気もしたが、見ず知らずの個人宅を突然訪ねるというのも、規律厳しいこの国では気後れがした。メアリの殺された晩、ジョンと共に行ったので、場所は知っていたが、あの夜は馬車の中で待ち、僕は家族と会ってはいない。それにもう陽もとっぷりと暮れ、七時になっていた。気ばかり焦り、時はどんどん過ぎてしまう。夕食時に突然訪ねる非礼というのも、隣のスティーヴン家なら、まだ許されよう。それにスティーヴンがあの日、夫人たちによって助け出されたとして、「薫に閉じ込められた」などと口走っていたとしても、何より世間体を慮《おもんぱか》る夫人のこと。表立って非難されることもないだろうと高をくくる。却って饒舌《じょうぜつ》な夫人から、あの日のことを聞けるかもしれない。

女中の取次ぎに、スティーヴン夫人はすぐ出てきてくれたが、それでも玄関脇の小部屋に通されたのは不躾《ぶしつけ》な訪問への相応の対応というところか。

「ご帰国なさるそうで……」という夫人の言葉を遮り、僕は突然の訪問の非礼を詫び、立て続けに帰国に際しての挨拶の遅れも詫びると、「唐突ですが……」とスティーヴンのことを聞いてみる。

「ロンドン病院のカー・ゴム理事長にご紹介いただき、滞英中、おつき合いいただいていたのですが、偶然にもこちらのご親戚《しんせき》だそうで」――途端にスティーヴン夫人の顔色が変わった。夫人はやはりあの日事務所に行き、彼のその後を知っているのだ。僕は構わず続けた。「実は帰国前にぜひともお話ししたいことがあるのですが、リンカーンズ・インの事務所にはご不在のようですし……このすぐ裏のデ・ヴァ・ガーデンズにご実家があるそうですが、僕はまだ伺ったことがありません。それで、もし、ご実家にいらっしゃるのなら、これからすぐにでもお伺いしたいのですが、突然のことで……誠にご足労ながら、お宅からご紹介いただけないでしょうか？」

「居りませんわ！」と云ってから夫人ははっとしたように口を押さえた。

「では、どちらに？」と僕はすぐに聞く。

「甥《おい》は……」と云った切り、夫人は言葉を吟味するように云いよどんでいたが、やっとのことで「甥は少々変わっています」と口を開いた。「何か柏木さんにご迷惑でも？」

「いえ、そんなことはありません」と僕はあわてて云う。スティーヴンが僕の名を口にしなかったことは解ったが、性急に聞きすぎて夫人を警戒させてしまったようだ。「帰国前に彼に……」と今度は僕の方で詰まってしまった。――伝言とか、手紙ではなく、とにかく今日明日中に会う口実――己が機転の利かなさに歯嚙《はが》みしながら徒《いたずら》に時が流れ、夫人の声が聞こえた。

「ご帰国前にというのはいずれにしろ無理だと思いますわ。ジェイムズは今、南ウェールズに行っておりますの」

「南ウェールズに⁉　先月もたしか行かれたとか伺いましたが？」

「ええ」と夫人は打って変わった自信たっぷりの表情でうなずいた。「彼の父が判事をしているのはご存じですかしら？　ジェイムズ・フィッツジェイムズ・スティーヴン卿……卿の称号も持っておりますのよ」といつもの調子で得々と云う。「ジェイムズもケンブリッジのフェローをしたり弁護士をしたり、何ですか詩なども書いているようですけれど、もうそろそろ落ちつかなければなりませんしね。義兄が南ウェールズの巡回裁判区書記にジェイムズを任命しましたの」

一瞬呆気《あっけ》に取られたが、とにかく「南ウェールズのどちらに？」と聞いてみる。

「詳しいことは聞いておりませんわ」と夫人は目を逸《そ》らせた。

「巡回裁判なら、ウェールズの市庁舎か、警察にでも聞けば、どこで行われているか解りますね？」と聞いてみる。

「さぁ……」と夫人は途方に暮れたように窓に目を向けて云う。「そういうことは疎いもので……」

「ありがとうございます」――礼もそこそこに、僕はスティーヴン家を飛び出した。

既に八時を回っていた。

下宿に帰るや、ボーモント夫人を捕まえ、聞いてみる。「南ウェールズに行くにはどこの駅に行けば良いのです？」

「南……ウェールズ⁉」と夫人はびっくりして聞き返す。

「南ウェールズの都市です。ロンドンから一番近くて大きい都市」

「カーディフ……でしょうか？」

「ええ、ええ。カーディフ」と僕は責《せ》っ付いた。「カーディフにはどこの駅から、どれくらいの時間で着きますか？」

「パディントン駅から二時間くらいと思いますが……」

「パディントン駅ですね。ありがとう」と云うと二階に駆け上がった。

ボストンバッグに洗面具等を詰めていると、夫人が追ってきて、「これからいらっしゃるのですか？」と呆《あき》れたように聞く。「明後日ご帰国というのに、ウェールズへ？」

「二時間なら近いじゃありませんか」と僕は手も休めず云った。「明日、帰ります」

「でも、これからでは、着くのは夜中ですわ」と夫人はおろおろと云う。「それに明日は貨物の手配とかおっしゃってらしたでしょう？　夜も観劇とおっしゃってらしたでしょう？」

そうだった、貨物……「出来るだけ早く戻ります。間に合わなければ、この二つを」と僕は本を詰めた木箱をぽんぽんと叩《たた》いた。もう一箱、作るつもりだったが、致し方ない。「ワイズ氏に言付けて下さい」——バッグを手に夫人の脇を擦り抜ける。

パディントン駅から、何とかカーディフ行きの最終に乗り込む。

六人用の客車は、走りだしても僕一人だった。汽車は皓々《こうこう》と明るい駅から霧の中へ、そして闇の中へと入っていく。まるで夢を見ているようだった。

十時を過ぎていた。『テン・ベルズ』の騒然とした店の中、鷹原を囲んだアバーライン警部やジョージ、ヘルスン警部やスタイル警部の顔が暗い車窓に映る。ホワイトチャペル署のジャック部長刑事も来ているだろう。挨拶もしないで帰国する無礼な奴と思うだろう。昨夜のパーティーの連中よりもよほど会いたい人たちだ。だが、僕の優柔不断のせいで、スティーヴンはウェールズへと行ってしまったのだ。何としてでも会い、今度こそヤードへ連れて行く。そう、明日、スティーヴンを……『切り裂きジャック』を連れて、彼らに会いに行く。

十二月十一日　火曜日

カーディフの安宿で目を醒《さ》ますと、すぐに市庁舎へと行く。

役人は僕の問いに戸惑ったようだが、それでも「調べましょう」と奥へ姿を消した。貴族の邸宅のような荘重なホールの椅子に坐《すわ》り、僕はじりじりと待つ。何度か腰を浮かせ、その都度思い止まり、ようやく尋ねた役人が戻ってきたのは一時間近い後のことだった。しかも「今は巡回裁判は行われていません」との返事。なおも念を押す僕に、彼は「先月の九日から二十八日までの二十日間行われました。次回は来年です」と丁重に応《こた》え、予定表まで見せてくれた。

冬の透明な陽射しを浴び、カーディフの町並みはゆったりと美しく、耳慣れないウェールズ語が聞こえてくる。ロンドンからたった二時間とは思われない、遠い異国へ来たようだった。

城の側の公園に坐り、朝食兼昼食のフィッシュ・フライを齧《かじ》りながら、ぼんやりと川を眺める。

夫人に騙《だま》されたのだ……すぐにも取って返し、夫人を詰問するという力は失《う》せていた。彼女はとにかく誤魔化すつもりなのだ。何を云っても無駄だろう。

明日は帰国……「犯人の心当たりがあっても、黙って安全な自分の国に帰ります。所詮《しょせん》は売春婦殺し……」——コンノート侯爵の言葉が心を過《よぎ》る。スティーヴンも判事の息子……ジャックとなれば、この国では売春婦が殺されることより困るのだろうか？　放っておいたほうが良いというのだろうか？　だが、殿下が突然下宿にいらしたとき、たしか「大英帝国の法は貴賤《きせん》を問わず公平だ！」とおっしゃっていたではないか？　だが……そう……僅《わず》か数日後のパーティーでは、鷹原が誤解とはいえ、犯人の名を告げようとしたとき「国を動揺させる」と止められた……水面の輝きが失せ、時計を見ると二時半過ぎだった。明日の今頃はもうこの国を離れ、船の中だ。このまま静かに帰ったほうが良いのか……いや、そんなことは出来ない。

「カーディフにも居たわ」と云っていたメアリ……彼女もここに坐り、この川を目にしたことがあったろう……

静かなカーディフの街からロンドンへと戻り、念のため、スティーヴンとジョンの事務所に行ってみる。そして、デ・ヴァ・ガーデンズのスティーヴンの実家を訪ねた。

女中が引っ込むと、次に現れたのは下男だった。「ジェイムズ様はこの数日、お帰りではございません」と能面のような顔で云う。

「では、卿か夫人にでもお会いしたい。ご子息のことで急用です」

「お二人ともご不在です」——木で鼻を括《くく》ったような返事である。そして僕は、この男があの日……夫人たちがスティーヴンを訪《と》うた後、スティーヴン家に二度ほど出入りしていた男と気づく。だが、取りつく島もなかった。「では……」——（明日）と云いかけて「結構」と踵《きびす》を返す。明日はもうこの国を去るのだ。

時折びしょびしょと霙《みぞれ》の降る夜道を下宿に戻る。凍るような空気だった。息が真っ白になる。既に門前には馬車が待機しており、ドアを開けるや夫人が歓声を上げた。

「良かった！ 鷹原さん、お帰りですよ！」——二階に向かって叫ぶなどという夫人を見たのは初めてだった。

燕尾《えんび》服《ふく》姿の鷹原が階段の上から顔を出した。

「早く！ 時間がない」

部屋の木箱は既になくなっていた。がらんとした部屋で茶一杯飲む暇もなく着替え、馬車に乗り込む。

走り出した馬車の中で、上から下までじろじろと僕を点検した鷹原は、ようやく笑顔を見せ「良かった。帰国が厭《いや》で雲隠れしたのかと思った」と座席に背を預けた。

「馬鹿な！」と云ってから、昨日欠席した送別会については詫《わ》びた。だが、それより大事なことがある。

「ウェールズに行っていたんだ」と云う。

「ああ、ボーモント夫人から聞いた。夜の夜中に突然出ていったとか……君らしくもないことだ」

「隣のスティーヴン夫人に騙されたようだが、ジェイムズ・ケネス・スティーヴンを追っていたんだ。鷹原、彼が『切り裂きジャック』だ」

「何だって⁉」と鷹原は大袈裟《おおげさ》に身を起こした。しかし「いったいどこからそんな思いが浮かんだのだ」と云った眸《ひとみ》は明らかに笑っていた。

「君には云わなかったが、彼とはいろいろあってね」と口籠《くちご》もる。「とにかく彼の口からメアリ……メアリ・ジェイン・ケリーの殺害計画まで聞いている」

「おやおや、スティーヴンがメアリと知り合いというのはたしかに初耳だ。ひょっとしてそれは、ちょび髭《ひげ》のドルイット氏と共にマダム・ブラヴァッツキー邸に押しかけ、なぜかヴィットリア・クレーマーズ男爵夫人の行方を執拗《しつよう》に尋ねたとかいう一件と関連しているのかね？」

「マダムがやはり話していたのかい？」

「いいや、マダムじゃない。どうやら、それも君が口止めしたらしいね。彼女は約束を守る女《ひと》だ。君が来たことなぞ、一言だって洩《も》らさないよ。マダムの家の小間使いさ。尤《もっと》も僕が知ったのは一昨日のパーティーの打合せで伺ったときだがね。君、小間使いというのは時には優秀なスパイともなる。それに僕は女性から聞き出すのが上手《うま》いんだ。それはさておき、最初聞いたときには、君がまだ幻のヴィットリア嬢に憧《あこが》れ、それで男爵夫人を追っているのかと思ったが、日にちを聞くとメアリの殺害現場から君が消えた直後じゃないか。いったいどういうことかと僕も首を傾げたがね、マダムも君も黙っている以上、詮索《せんさく》すべきことでもない」

「よく、それだけ無駄口が叩《たた》けるな。僕はスティーヴンが『ジャック』だと云ったのだよ。マダムや小間使いがどうのどころじゃないだろうに」

「解った。僕も今はスティーヴンどころじゃないのでね。では手短に云おう。スティーヴンは『ジャック』じゃない。なぜならメアリ殺害の夜、僕と共に居たからだ」

「何だって！」——身を起こしたとき、馬車が止まり、弾《はず》みで倒れそうになった。すかさず鷹原の手が僕の肩を抑える。

「僕と一緒に居た。メアリ殺害がスティーヴンでなければ、前の五件もスティーヴンではない」

ドルリー・レーン劇場に着いていた。

「良かった、約束の十分前だ」と鷹原は時計に目を投げ、馬車から飛び下りる。そして、王室用入口の前で待っていてくれた劇場支配人からメリック氏がまだ到着していないことを確かめた。

「Jの話は帰ってからだ。今夜の観劇を無事済ませることが先決だよ」

たしかに……劇場の正面には次から次へと馬車が着き、着飾った紳士淑女が華やかに吸い込まれて行く。しかも冬に入って珍しく霧のない晩だった。またも霙が降り始めていたが、遠目は利く。メリック氏がたった一人の目に止まっただけでも大騒ぎになるのは必定、芝居どころではなくなるだろう。そしてすべては云いだした鷹原の責任となる。いや、これだって元はと云えば僕から生じたこと、僕の責任だ。だが、僕は余りにも打ちのめされていた。スティーヴンは鷹原と共に居た？　まさか……それではすべてが覆されてしまう……あの夜……だが、思い返す暇もなく、その時、ブラインドを下げた馬車が僕らの前に止まった。

入口にぴったりと付けられた馬車から、最初に下りたのはトリーヴス医師だった。医師も緊張に顔を青ざめさせ、短い会釈ですぐに馬車を振り向く。続いて下りたイヴニング・ドレスの婦人は何と、リューケス婦長である。だが、婦長も顔を強張《こわば》らせ、すぐに辺りを見回した。そして目を見張るほどあでやかになったアイアランド看護婦が、これまたぎくしゃくと下りてきた。そしてメリック氏……鷹原が傘を開いて、人々の視線を遮る。

当然と云えば当然だが、驚いたことに誰が誂《あつら》えたのか、メリック氏も燕尾服を着ていた。

「ど、どうも、本日はこのようなお席にご招待いただき……」――むしろ一番平然としているメリック氏を鷹原が手を引き「挨拶は中で」と、傘を僕に押しつけ、劇場内に連れ込んだ。

中ではここの経営者というオーガスタス・ハリス氏が待っていてくれた。

氏の案内で王室用専用階段を上り、足取りの重いメリック氏を押すようにして廊下を横切り、二階の特別席へと辿《たど》り着いたときには、一同、思わず吐息をつく。

取り敢えず最初の難関は突破。無事、誰の目にも触れず、席に着いたのだ。

舞台の斜向かい、六畳間ほどの完璧《かんぺき》な個室である。舞台に向けて張り出されたバルコニーに向かい、プログラムの置かれた六脚の椅子が二列に並べられていた。

案内してくれたハリス氏は経営ばかりでなく、鷹原の紹介によると、今夜の舞台の演出をも手掛けているということだったが、メリック氏の異形にも慎ましく平然と「では、皆様、今宵の舞台を存分にお楽しみのほど」とだけ云って引き下がった。

「メリックさんは二列目の真ん中に」と鷹原がてきぱきと指図する。「東洋人の僕と柏木も前に坐《すわ》って人目を引いてはなりません。メリック氏を挟んで奥に坐ります。前列にはトリーヴス先生と婦長、アイアランド嬢がお坐りになられて下さい。そう、トリーヴス先生を真ん中にされたほうが自然でしょう」

なるほど、ここからは向かいの桟敷《さじき》、それに一階の座席も見えたが、向こうからここの薄暗い奥までは見辛《づら》いだろう。

衝立《ついたて》役となった婦長もようやく安心したようで「ほっとしましたわ」と扇子を動かし始めた。アイアランド嬢など「私、こんな席は初めて！　ああ、貴族になったようですわ」と頰を紅潮させ、またも「ああ……」と、今度は感嘆の吐息をついた。

僕だってこんな凄《すご》い桟敷席など初めてだ。メリック氏を見ると、言葉も忘れたように呆然《ぼうぜん》と、ただ目だけを動かしている。

鷹原も、ようやく気を抜いたように寛《くつろ》ぎ、椅子の後ろに用意されたテーブルへと立って、グラスにリキュールを注ぎ、皆に配る。テーブルには幾皿かのスナックも並び、クーツ男爵夫人からのプレゼントということだった。

「幕間もここで過ごせますわね」と婦長までがアイアランド嬢のように紅潮した顔で呟《つぶや》く。

「何と行き届いたご配慮でしょう。鷹原さんと男爵夫人に改めてお礼を申し上げますわ」

「本当に！」とアイアランド嬢は燃えるような眸を鷹原に向けた。「このドレスも男爵夫人からいただきました。鷹原さんのお口添えとか。嬉《うれ》しいですわ。とても、とても嬉しいですわ。ありがとう」

「私は思いつきを口にしただけですよ」と鷹原は素っ気なくかわし、最後のグラスを僕に寄越す。

メリック氏は「ありがとうございます」を念仏のように繰り返していたが、未《いま》だ忘我の境地だった。動いているのは眸だけ、手にしたグラスもそのままだ。

取り敢えず最初の難関は突破し、僕も落ちついたが、そうなると今度はせめて先夜の鷹原の非礼をトリーヴス医師に詫びたかった。が、楽しそうな婦長たちの前ではそれも云い出しかね、さらに「スティーヴンはジャックではない」という鷹原の言葉に頭が混乱していた。カーディフでフィッシュ・フライを食べた切りである。無遠慮にも、一人でスナックを摘まみながら、メアリの死んだ夜のことを思い出す。

殿下のお誕生日でサンドリンガムに行く筈《はず》だった前夜……そう、病院に鷹原が来て、トリーヴス医師と三人で『テン・ベルズ』へと行った。そして今夜のことが決まったのだ。メアリも店内に居た……数時間後に彼女が殺されるなどと誰が思ったろう？　そして僕は鷹原と別れ、床屋に行き……そうだ、翌日会った鷹原から頭をからかわれたのだ。そして鷹原は何と云った？　「雨が降りだし……失意の男と出会って……明け方までつき合った」失意の男とはスティーヴンのことだったのか？

「鷹原」と僕は声をかけたが、鷹原はメリック氏の横で、彼に何か囁《ささや》きかけていた。

しかし、普段は人一倍の気遣いをするメリック氏も、今宵ばかりは上の空で、僕が横に坐っても「はい、はい」という返事だけ。ただただ劇場に集まったきらびやかな人々、そしてビロードの垂れ幕の前に陣取ったオーケストラ、飾られた花々、立派な丸天井やら、この部屋ほども大きなシャンデリア、そしてバルコニーの彫刻に、カーテンに——目を奪われていた。

鷹原も諦《あきら》めたように、オペラグラスを氏に差し出す。僕は使い方を教えた。そして場内が暗くなり、アイアランド嬢がプログラムを見ながら、「主演はジミー・グローバーよ！」と声を弾ませた。

ざわめきが止み、指揮者が姿を現し、拍手と共に序曲が始まる。メリック氏の彷徨《さまよ》っていた眸は食い入るように舞台に向けられる。

やがて幕が上がり、銀のテープがきらきらと輝く川の前に猫の縫い包《ぐる》みを着た俳優が飛び出して来る。『長靴を穿《は》いた猫』の始まりである。

幕間になると、新たな飲み物やスナックが運ばれてきた。

「どうでした？　ジョーゼフ」と婦長が声をかけても、メリック氏の返事はない。いや「はい」という返事とも云えない返事はあった。誰の目にも、メリック氏が恍惚《こうこつ》と舞台の中へと引き込まれているのが解った。

「大丈夫かね？」とトリーヴス医師が気遣うほど、彼の眸は空を見つめ、からだは小刻みに震え、我を忘れているようだった。

「まあ、一杯」と鷹原がワインを差し出す。

「何て美しい王女様でしょう」とようやくメリック氏の口から言葉が洩《も》れた。「あのような高貴な方を見下ろしてよろしいのでしょうか？」

皆、啞然《あぜん》としてメリック氏を見た。だが、メリック氏の眸はまだ空を彷徨っていた。

そして洩れ聞こえる断片的な言葉から、彼が舞台を現実のものとして捉《とら》え、王女は本当の王女であり、縫い包みの猫やライオンや張りぼての鼠すら彼の中では実在するものと解った。

小説を読んだときと同じである。いや、眼前で繰り広げられている分、もっと酷《ひど》かった。メリック氏の頭では、あの幕の中では今も、粉引き屋の息子ジョスリンと長靴を穿いた猫は冒険を続けているのだ。われわれの存在などとっくに消し飛んでいた。

僕は僕で舞台どころではなく、スティーヴンが鷹原と居たというのがたしかなのか？　それがメアリの殺害推定時刻と一致するのかどうか……などと考えていた。しかし、このような中では彼に確かめることすら出来ない。

婦長とアイアランド嬢は鷹原から差し出されたグラスを手に、上機嫌でメリック氏のとりとめもない言葉に相槌《あいづち》を打っていたが、トリーヴス医師は椅子から起《た》ちはしたものの、気遣わし気に一階の席に残った観客とメリック氏を交互に見ていた。上演中も折々後ろを振り返り、やはり今夜の責任に舞台どころではなかったようだ。

僕が「先生《ドクター》」と呼びかけたとき、鷹原もトリーヴス医師にワイングラスを差し出し、云った。「王女様はダンサー出身のレティ・リンドという女優だとエレファント・マンに納得させるには時間がかかりそうですね」――しかし次の言葉で医師は呆《あき》れたように鷹原を見た。「ご安心を、今夜は手袋を外してなどと無礼なことは申しませんよ」

先夜の無礼に加えて何たる暴言。僕は「鷹原！」と云ってそのグラスを奪い取る。「せめてトリーヴス先生だけにでも、先夜の非礼を詫《わ》びるべきだろう」

メリック氏は勿論《もちろん》のこと、幸い婦長もアイアランド嬢も僕らの言葉を聞いてはいなかった。プログラムを覗《のぞ》き込んで舞台の話をしている。

「非礼というより、今夜は当てが外れました」と鷹原は大袈裟《おおげさ》に顔をしかめて云った。「貴方《あなた》と離れた所で、エレファント・マンから色々と話を聞こうと思っていたのですがね。刺激が強すぎたようで話どころではない。尤《もっと》も、もう充分とも思いますが」

「何が充分なのです？」とトリーヴス医師が呟く。

「エレファント・マンを救った高徳の医師、世にも有名なフレデリック・トリーヴス先生の美しい指の跡をいただいたからですよ。大事に保存させていただきます」

「始まりますよ！」と云うアイアランド嬢の興奮した声が割り込んできた。

終演は十二時近かった。

疲れ果てたようなトリーヴス医師には、まだメリック氏を病院に帰すという大役が残っている。

夢見心地にふらふらとしているメリック氏を両脇から支え、「僕も病院まで付添います」と医師に云う。再び王室用出入り口の前に辿《たど》り着くと、二台の馬車が待っていた。鷹原と一緒になど、このまま帰りたくはなかった。これで本当に最後なのだ。

「いや、結構」と思いのほかきつい声でトリーヴス医師は拒否した。「馬車には四人しか乗れません。ありがとう、楽しい宵でした。それに……無事のご帰国を」

　途端に婦長やアイアランド嬢までが、口々に同じ言葉を繰り返した。――さようなら、お国で立派な医師となられて下さい。お会い出来て楽しい日々でした。またお会い出来るのを楽しみにしております――心の籠《こ》もった……しかし紋切り型の社交辞令……もうお終《しま》いだった。愛想よく応えている鷹原の前で、メリック氏もトリーヴス医師も馬車に乗り込んでしまった。僕は非礼を詫びるどころか、きちんと世話になった礼すら述べてはいない。

「さようなら、お元気で」とアイアランド嬢の明るい声が走り去る馬車からいつまでも聞こえ、あとには僕と鷹原が残された。


　走りだした馬車の中で、憤懣《ふんまん》やるかたなく、僕は鷹原に嚙《か》みつく。「どういうことだ。いったい！」

「おいおい、大任果たして疲れているんだ」と鷹原は顔を背けて目を瞑《つむ》った。「それに明日の一時には出航だよ。帰れば君だってまだ荷造りが残っているだろう？」

「だが、この間のパーティーと云い、今夜と云い、君の態度は目に余る。少なくともトリーヴス医師は僕のロンドンでの恩師だ。何も『ジャック』の容疑者に加えなくとも良いじゃないか！　余りにも無礼だ。最後の最後まで……僕の弁明の余地すらない。このまま帰国しては無責任な君はともかく、僕は酷い恩知らずの無頼漢となる！」

「何とでも……手紙にでも書けば良いだろう」と鷹原は鬱陶《うっとう》し気に応えた。「何を云おうと無駄だろうがね。いや、無駄だと良いが……」

「どういうことだ、それは」

「いいさ、君はスティーヴンを『ジャック』と思い、ご丁寧にウェールズまで足を運んだ。彼には会えなかったようだが、そのまま『ジャック』と思っていればいいじゃないか。いずれにしろ十三時間後には僕らはこの地を離れて海の上だ。もうじたばたしてもしょうがない。君には君の『ジャック』が居り、僕には僕の『ジャック』が居る。それでいいじゃないか」

「冗談じゃない！」と僕は鷹原の胸ぐらをつかんでいた。「君はロンドンでの温かい知己をあの下らない余興で台無しにしたんだ。それが君の遣《や》り方なら構わない。だが、僕の知り合いまで巻き添えにしないでくれ。トリーヴス医師が僕にどれほどいろいろな事を教えてくれたか……君には解らないだろう。だが君は医師に、敢えてあのような非礼を働くほどの関わりすら持っていなかった筈《はず》だ。あの席に医師を呼んだことを謝るどころか……今夜まで、暴言の上塗りだ。断じて許せん」

「大した剣幕だね。だから君を計画から外したんだ」と鷹原は心底疲れたように呟き、身を起こすと僕の手を払った。「君はすぐに顔に出す。今日だって苛々《いらいら》し通し、エレファント・マンを恍惚とさせた舞台すら目にも入らなかったろう。あのパーティーだってメンバーを伝え、あの計画を話していたら、最初から今みたいな顔で終始神経をびくつかせ、それこそ台無しになっていたところだ」

馬車が止まった。下宿に着いたのだ。

これ幸いと逃げるように馬車から下りた鷹原に、僕は馭者《ぎょしゃ》に聞こえることも厭《いと》わず怒鳴る。

「話を逸《そ》らすな。僕は……」

鷹原が指を口に当てて振り返った。小声で、「善良なる家主殿はもう寝ている。帰国前に醜態を晒《さら》したいのかね」と小狡《こずる》く云い、馭者に小銭を払い「明日十時に」と帰した。

「明日は十時にここを出る。ああ、帰国前日になって、ようやく日本の秋のような気持ちの良い夜だ。いがみ合うのはよそう。明日から船上で一月余りも顔突き合わせて過ごすんだよ」

——霙《みぞれ》は観劇の間に止み、肌を刺すような寒さだったが、霧もなく、月の輝く澄んだ夜となっていた。たしかに冬に入ってからこんな夜は初めてだ。しんとした暗い家並みに聞こえるのは遠ざかる車輪の音だけ、そしてケンジントン教会の鐘の音が聞こえてきた。十二時……

「ほうら、もう十二日だ」と鷹原が囁《ささや》く。「帰国の日に入ってしまったよ」

口では鷹原に敵《かな》わない。だが、今夜ばかりは負けてはいられなかった。「後で居間で話そう」と云うと、僕は先に家に入る。このまま倒れて寝てしまいたいほど疲れていた。だがまずはこの窮屈な燕尾服《えんびふく》を脱ぎ、最後の荷造りもある。そして何よりも鷹原から納得のいく釈明を聞くまでは納まらない。

着替え、窓のカーテンを閉めようとして、向かいのヴァージニアの部屋の窓が見えるのに気づいた。

とうに燈火も消えた暗い窓だったが、霧に邪魔され通しだった夜々、このようにはっきりと見えるのは二月振りか……ヴァージニアとはとうとうこのままお別れとなりそうだが、言葉を交わした窓を最後の夜に目にすることが出来ただけでも嬉しかった。何とも不思議な少女だった。

「さようなら、アリス」とカーテンを引きかけたとき、広場の街灯に浮かんだ文字らしき跡……目を凝らすと曇った硝子《ガラス》にもはや消えかけていたが文字らしきものが見えた。あわてて今仕舞ったばかりのオペラグラスを取り出して見る。

室内の燈火もなく、街灯を反射する箇所しか見えなかったが、たしかにヴァージニアの文字だった。それも眠る前に書いたのか、書かれた文字も外の寒気に新たに曇り、判読不可能……辛うじて最後の文字が「for you」ではないかと思えるのみ。(あなたに)……僕に何なのだろう? これだけではどうしようもなかった。

居間に入ると、鷹原は早くもガウン姿で寛《くつろ》ぎ、ビービを膝《ひざ》に酒を飲んでいた。

「今日買ってきたんだ」と足許《あしもと》の柳のバスケットを手で叩《たた》いた。「ビービの仮住まいだ。ビービと『ヴィーナス』だけは貨物には乗せられないからね。僕と共に船旅だ」

「『ヴィーナス』も残してあるのか」と僕は不機嫌に云う。「ビービは歓迎だが『ヴィーナス』と同じ船室で過ごすというのは気が滅入るね」

「ご安心。中は見えない。僕にとっては残念だが、ワイズ氏はこれ以上はないほど頑丈に梱包《こんぽう》してしまったよ」

「見えなくたって、あれば想像してしまう」と僕もグラスに酒を注ぐ。「船旅の間、うなされそうだ。ま、いい。これから荷造りだ。無駄話はよそう。スティーヴンだが……観劇の間、メアリの死んだ夜のこと、そして翌日の君の話を思い返していた。君は『失意の男と出会い、明け方までつき合った』と云っていたね。それがスティーヴンなのか?」

「ご立派、一月以上も前のことをよく……ははぁ、日記か……あるいは小説か？　そう、君の小説のお蔭《かげ》だ……いや、スティーヴンのことだったね、そう、僕はメアリ殺害の夜、スティーヴンに会い、彼と共に居た。だから彼は断じて『ジャック』ではない。これでご満足かね」

「それはメアリの死亡推定時刻と完全に重なるのかい？」

「重なる。検死でのメアリの死亡推定時刻は午前二時から四時、そして遺体が発見されたのは午前十一時四十五分だ。僕があの部屋に飛び込んだのは午後二時十分前だったが、死後硬直はまだ始まってはおらず、暖炉の灰も温かかった。おまけに今回の殺害ときたら、君も目にした通り、今までの解体など消し飛ぶほどの凄《すさ》まじさだ。内臓は悉《ことごと》く引き出され、切り刻まれ、皮は剝《は》がされ、傷つけられ……」

「もういいよ！」と僕は叫ぶ。

「つまりそれだけ『ジャック』があの部屋に長く居たということだ。僕の考えでは殺されたのは四時少し前、審問でサラ・ルイスが『人殺し』という叫びを聞いたと証言した時間だろう。つまり最短時間で見積もっても、『ジャック』がメアリの部屋に入り、彼女を殺し、その後の解体時間を考えるとね、『ジャック』は三時半から五時半までは確実にあの部屋に居たことになる。君も解剖をしていて、どんな名人でもあの解体には最低一時間半は必要と思ったろう？譲歩して検死での死亡推定時刻の最も早い時間、二時に殺されたとしても一時半から三時まで部屋に居た。いずれにしろ十一月九日、午前三時半に『ジャック』は間違いなくメアリの部屋に居たんだ。あの日、僕は八月三十日のラスクの行動を確かめに、ラスクの家からパブへと回っていた。そしてスティーヴンに会ったんだ。『明日から南ウェールズを回らねばならない』と彼らしくもなく悄気《しょげ》ていた。あのどうしようもない詩作、それにケンブリッジでのいい加減な仕事、閑古鳥の啼《な》く弁護士業に父親も業を煮やしたとみえる。ついでに云えば彼の父親は高名な判事だ。そして彼を南ウェールズの巡回裁判地区書記に任じた。『詩神に捧《ささ》げられたこの崇高な手が、田舎の下らぬ揉《も》め事を、同じペンと紙でこの世に残すんだ』と彼は嘆いてね、滑稽《こっけい》だったが、些《いささ》か同情もした。それに僕自身、前ほどではないが、まだスティーヴンも容疑者の一人と見てはいたからね、二人でパブを回って酒を飲み、最後はマダム・ブラヴァッツキーの屋敷に押しかけた。深夜押しかけても、快く迎えてくれるレディーは彼女くらいだからね。屋敷を出たのは三時十五分。マダムの家は……ああ、君も行ったのだから知っているだろう。ここから西に、歩いて三十分ほどのホランド・パークだ。スティーヴンとは屋敷の前で別れたが、西のホランド・パークから東のイースト・エンドまで……たとえ十頭立ての馬車に乗っても、三時半にメアリの家というのは無理だろう」

「時計は確かだったのか」

「未《いま》だかつて一秒の狂いもない」

「死亡推定時刻が間違っていたとすれば？」と僕は執拗《しつよう》に問う。「二時から四時ではなく、五時だったとすれば？　何のために燃やしたのかは、ともかくとして、部屋では暖炉が盛んに燃えていた。夏のような暑さだったんだ。推定時刻を誤ったとしても不思議はない。三時十五分にホランド・パークを出たとしても、馬車を飛ばせば四時過ぎにはメアリの家に着くことが出来るだろう」

「しぶといね、君も」と鷹原は言葉とは裏腹の笑みを浮かべた。「あり得ないが、大幅に譲歩して、スティーヴンが四時過ぎに彼女とイースト・エンドで会う。彼女をくどき、彼女を抱き……」

「待てよ『彼女を抱き』とはどういう意味だ」

「検死で彼女の直腸から精液が検出された。これがどういう意味か解るだろう？　検死審問《インクエスト》が短時間で打ち切られたのを憶《おぼ》えているかい？　余りにも不自然な打ち切られ方で、新聞や世論でも問題になった。僕も疑問に思い検死官を問い詰めてみたんだ。つまりこのお上品な世界では、犯人追及より、彼女が鶏姦《けいかん》されていたという事実を隠すほうが第一だったんだ。審問の間に、検死をした医者の口からそれが洩《も》れるのを何より恐れた。僕から見れば馬鹿げたことだが、それが事実だ。そう、それに関しても、一つ。あのスティーヴンが鶏姦とはいえ、女を抱くとでも君は思うのか？」

　スティーヴンではない……今こそ僕にもはっきりと解った。時間どうのではない。スティーヴンがメアリを抱くなどと……鶏姦するなどとは到底思われないからだ。そしてだらしのないことに、頭に血が昇り、顔が真っ赤になっていくのが解った。

「刺激が強すぎたかな」と鷹原は平然と云う。「続けよう。鶏姦の後の殺害、そして解体……どうみても逃げだすのは六時を過ぎてしまう。まだ暗いとはいえ、六時と云えば、あの辺りの労働者が続々と出勤に赴く頃だ。警官もうようよいる。メアリの部屋には水道もない。どうやって血塗《ちまみ》れの手を洗い、どうやって逃げだす？　無理だよ」

　何を云う気力も失せていた。スティーヴンではない……この数日、僕は何をしていたのか？　無実の男を監禁し、その家族を恐慌に陥れ、なおも後を追っていた……友を裏切り、つき合いを台無しにしていたのは鷹原ではなく、僕ではないか……

「どうした？ 柏木」と鷹原の心配そうな声。

「いいや……」と僕は起《た》ち上がる。「荷造りをする。まだ……ろくにしていないんだ」

「互いに今夜は徹夜だな」と鷹原。「いいさ。これからは船の上、惰眠を貪《むさぼ》るだけだ」

暖炉の上の時計の針は疾《と》うに二時を回っていた。目を凝らさなければ針すら良く見えない。最後の夜のこの態《てい》たらく……「立つ鳥 跡を濁さず」どころではない。最低の荷を作る気力も失われていた。

のろのろとドアに向かった僕の耳に、鷹原の「そうだ！」と疲れ知らずの快活な声が響く。

「一晩かけて現像し、見事な写真が出来たよ。君へも一組進呈して貰《もら》いたいとフランシス卿《きょう》の伝言だ」

ドアの前で突きつけられた封筒……受け取らない僕の前で、鷹原は中身を出して見せた。三倍位に拡大された二列の指紋、上には麗々しく殿下のお名前が記されていた。下の数枚も同様に出来ているのだろう。茶番だ、と僕は思う。

「英国全土……いや、欧米諸国まで震撼《しんかん》させた『切り裂きジャック』の指紋だ。君も大事に保管してくれ」

「あの余興の指紋かい」と僕は顔を上げる。疲れよりも鬱憤《うっぷん》が力を奮い起こしていた。「殿下はこの部屋で『大英帝国の法は貴賤《きせん》を問わず公平だ』とおっしゃった。だが、あの晩はどうだ？ 『ジャックが貴紳の者であるなら国に動揺を引き起こす』とかおっしゃられていたね？ 検死審問《インクエスト》は鶏姦の事実を隠すために短時間で打ち切られ、『ジャック』が貴紳の者なら今までの罪は許すが、これからはしないで欲しいと哀願する……そうさ、脅迫なんかじゃない。哀願じゃないか。君が誰を『ジャック』と思っているのか知らないが、僕の恩師まで巻き込んで、容疑者という汚名を着せ、犯人を捕まえるならともかく、哀願しただけじゃないか！」

「致し方なかったんだ」と冷たい声で鷹原。「ここでの殿下のお言葉に間違いはない。たとい『ジャック』がご子息、エドワード王子であられたとしても、殿下なら罪に服させたことだろう。あの晩の『国に動揺……』などというお言葉はこの指紋をスムーズに得るための詭弁《きべん》にすぎない。すべては『ジャック』に首枷《くびかせ》を嵌《は》め、動かぬ証拠をつかまれたと自覚させるための芝居だ。むろん関係のない紳士方には申し訳ないと思っているが」

「だったら、すぐにも君が得々と提示したあのメアリのシーツ……血の指紋と、この写真とを照らし合わせて、犯人を突き出せばいいじゃないか！　君とフランシス卿とで延々と演説した指紋の有効性が確かならね。大英帝国の法に貴賤の区別はないのだろう？」

「殿下もフランシス卿も僕も……そう出来ればとっくにしているよ」と鷹原は初めて苛立《いらだ》った声を上げた。「あのシーツはボーモント夫人から貰ったぼろ布、あの血の指紋は僕の指紋だ。つまりメアリの部屋のどこを探しても犯人の指紋はおろか、証拠など何もなかった。『ジャック』は僕の類推で浮かんだだけ。それでどうやって訴える。出来ることといえば、贋《にせ》の証拠をでっちあげ、『ジャック』の指紋を手に入れ、脅すことくらいだろう！　証拠はないんだ！」

「何だって……」──頭が混乱していた。「でっちあげ？　あのシーツは嘘なのか？」

鷹原がいまいましげにうなずく。

「だが、あの中に間違いなく『ジャック』は居る。そして充分にこたえた筈だ。彼も馬鹿ではない」

壁に寄りかかると目眩《めまい》がしてきた。「誰なんだ、『ジャック』は？」

「寝たまえ」と鷹原は封筒を押しつけた。「船に乗ってから話そう。英国を離れてからね。旅は長い。時間もたっぷりとある」

十二月十二日　水曜日

霧のない澄んだ夜が明けると、抜けるような青空が広がる朝となった。

英国に来てからこんな空は見たことがない。鷹原は「僕らの船出を祝してだよ」と上機嫌だったが、僕らではなく、鷹原への天の贈り物だろう。万物から愛されているのはいつだって鷹原なのだから……

白亜の崖《がけ》が陽に輝き、眩《まばゆ》いばかりの純白の屏風《びょうぶ》となり遠ざかってゆく。白い大地の上の不思議な国……船を追っていた鷗《かもめ》も陸へと帰り、僕は紺碧《こんぺき》の海と空に挟まれた白い帯を前に、甲板で最後の日記を認《したた》めている。

徹夜で荷造りをしたという鷹原は、タラップが上がり、汽笛が耳を覆う出航と同時に聞いた僕の言葉「――『ジャック』は誰なんだ？」という問いに「解っているだろうに……どうしても名前を云わせたいのかね？」と怒ったように応《こた》えた。

いや、僕の留学、最後の日記だ。順を追って書こう。もはや船の囚人、時間は腐るほどあるのだから。

起床したのは六時。大慌てで荷造りをし、夫人の心尽くしの朝食を食べ、そして十時に馬車が来た。

「船中でのクリスマスに……」と、夫人から手作りのクリスマス・プディングを貰う。心は感謝の念で溢《あふ》れていたが、いざとなると「お世話になりました」としか言葉が出ない。

再び手伝いに来てくれたワイズ氏と、三階から『ヴィーナス』の木箱を下ろし、馬車の上に括《くく》り付けながら、せめて五分でもロンドン病院に行き、トリーヴス医師に会おうかと考えていたときである。

二輪馬車が入って来て僕らの前で止まり、眸《ひとみ》の大きな男が下りてきた。

「失礼、こちらに柏木薫さんという方はいらっしゃいますか？」

名を問うまでもなく、電報を打ったジョンの兄だと解る。眸がそっくりだった。

「柏木です。ウィリアム・ドルイットさん？」

ドルイット氏はうなずき「昨日、ロンドンに参りました」と云う。顔色は冴《さ》えず、ジョンが兄の許《もと》にも行かなかったことを知る。「キングズ・ベンチ・ウォークに行き、ブラックヒースの学校にも参りました」と彼は僕が事務所のドアに差し入れたメモの山をポケットからつかみだした。

「鍵《かぎ》をお持ちなんですね」と僕。「中に入られた……ジョンは居なかったのですか」

「居ません。貴方《あなた》からの手紙が溜《た》まっていただけでした。どこに行ったのでしょう」

「ご実家とか？」

「貴方から電報をいただき、すぐに問い合わせました。家、兄弟、親類……どこにもおりません。昨夕、最後の返事を貰い、ロンドンに来たのです」

「部屋は？　何か手がかりになるようなものはありませんでしたか？」

「さぁ、貴方のメモを拾い、すぐにこちらへ参りましたから」

時計を見ると十時二十分だった。「部屋に戻りましょう。何か有るかもしれません」――トランクを持ってきた鷹原に「昨日に続いて悪いが、僕の荷物を頼む。港で会おう」と云い捨てドルイット氏の乗ってきた馬車に乗る。

「冗談じゃない。出航は一時だ。どこへ行く気だ」と鷹原。

「一時までには船に乗る」と云うや、馬車を出した。

「ご旅行ですか？」とドルイット氏。

「日本へ」と僕。「今日帰国するのです」

インナー・テンプルの部屋は整然と片づいていた。

ドルイット氏は「十月末に弟に会いました」と云う。そのとき持っていたというトランクもベッドの下にあった。旅行ではない。遠出しているわけでもなさそうだ。

僕らは机の引出しやナイト・テーブルの上を手分けして見る。

「私は弟が学校を解雇されたことも知りませんでした」とジョンに似た悲しげな顔でドルイット氏が呟《つぶや》く。

ジョン……せめて君だけにでも会って、この国を離れたかった。メアリを殺したのはスティーヴンではなかったと、それだけでも伝えたかった。だが、行方の手がかりとなるような物はどこにもなかった。時を刻む置き時計の音が心臓の鼓動に呼応し、開ける引出し、開ける戸棚に焦燥が増す。

ついに十二時近くとなり、これ以上は居られなくなった。「残念ですが……」と顔を上げた僕は、机の前ではらはらと泣いているドルイット氏を目にした。

「ノートに……ノートの間に……」とドルイット氏は云った切り、後は言葉にならなかった。手にしたメモはドルイット氏宛になっていた。ジョンの筆跡だ。


——金曜日このかた僕は自分も母のようになるのではないかという不安にかられています。僕にとって一番良いのは死ぬことです——


「母はこの七月から、チズウィックの精神病院に入っています」

余りにも簡潔な遺書である……僕と別れたあの後で書いたのか……ジョン……馬鹿な……そのまま、「馬鹿な……」と声に出してしまったとき、「船に遅れます」とドルイット氏が呟く。十二時を過ぎていた。

馬鹿な……馬鹿な……馬鹿な……という言葉しか浮かんでこない。

「とにかく……ジョンの行方が知れたら……教えて下さい」——僕は日本の住所を書き、返事もないまま立ち尽くしているドルイット氏にメモを押しつけた。

アルバート・ドックへと急ぐ間も（馬鹿な）という言葉しか浮かばない。

あれは一時の気の迷い……ジョンは生きている……生きていて欲しい……と思ったのは、船の上に鷹原を見てからだ。ちゃんと考えることすら出来なかった。何もかにもはぐらかされ通し……そしてタラップを駆け上がり「一時二分前」と云う鷹原の言葉を封じるように「──『ジャック』は誰なんだ！」と、自分でも思ってもいなかった言葉が飛び出した。

──「解っているだろうに……どうしても名前を云わせたいのかね？……君のせいでビービを籠《かご》に閉じ込めたままだ。怯《おび》えているだろう」

それきり船室まで彼は無言だった。

そしてビービを膝《ひざ》に置き、船が動きだすと「トリーヴス医師だ」と、真っ直ぐに僕を見て云う。

「君の敬愛する恩師、あの温厚で寡黙な紳士、エレファント・マンを救い、高徳の医師と世に聞こえたトリーヴス先生だよ！　待て、反論は後で聞く。僕の話に反論できるならね……彼ならどんな売春婦だって警戒しない。普段から治療を受けていた優しい先生だ。たとえ手が血に塗《まみ》れても、服に血が飛んでも、マントですべては隠れ、いつ何時、警官や地域の人に会っても怪しまれもしない。イースト・エンドは彼の本拠地、彼の職場だ。真夜中に行き合っても、警官なら敬礼をし、住民なら感謝の言葉を捧《ささ》げるだろう。おまけに恰好《かっこう》の隠れ家……夜、夜中であろうともフリーパスで通れる人目もない暖かな部屋、深夜にどれだけ湯を流そうと耳目もない完璧《かんぺき》な浴室が用意されている。忠実なエレファント・マンはたとえ全世界を敵に回しても彼を庇《かば》うだろう。あの部屋以外にエレファント・マンの居場所はない。夜中の何時だろうと、密《ひそ》やかなノックの音に飛び起き、彼を迎え入れ、外で何が起きたのか、医師が何をしたのか、見ざる聞かざる云わざるの猿となって彼に仕えたろう。イースト・エンドの真っ只中《ただなか》、そういう完璧な協力がなければあの一連の犯罪は不可能だ。身近な避難場所、常に待機している忠実無比な下僕……八月七日のマーサ・タブラム殺害は、医師にとっても思いがけない椿事《ちんじ》だったのかもしれない。恐慌に捕らわれたまま、ジョージ・ヤード・ビルディングからほんの数ヤード離れただけのロンドン病院へと逃げた。午前三時か四時……鍵も持ち、門衛も居ない裏門を開け、無人の裏庭から外階段を下りればエレファント・マンのベッド脇の窓だ。窓を叩《たた》けば、以前ボイラー・マンに弄《もてあそ》ばれていたエレファント・マンは飛び起きる。医師と解れば嬉々《きき》として鍵を開け、自室に招じ入れたろう。かくて最初の犯罪は見事に隠せた。尤《もっと》もこの時点では、医師も動揺していたろうと僕も思いたいがね。とんでもない事をしてしまった……いつ追手が掛かり、今まで培ってきた地位、家庭、エレファント・マンによって得られた栄誉を失うかもしれないという恐怖に慄《おのの》いたと思いたい。だが、事件が公になっても容疑すら掛からず、エレファント・マンから洩《も》れる気遣いも全くない。日を追って安堵《あんど》の気持ちは増し、片や人望は増すばかり……そして八月末、クロッカー医師によって、彼の社会的栄誉の象徴、エレファント・マンが奪われた。世間的にはともかくも、学会に於《お》いて……彼が最も野心を燃やす学会に於いてだ。彼はエレファント・マンを手許に置いているにも拘《かかわ》らず、クロッカー医師の見事な著述で学問的差異をつけられてしまう。いや、その前にこの『ヴィーナス』を見せたのも一因かもしれないね」と鷹原はベッド脇に置かれた木箱を叩いた。「人を殺人へと駆り立てる要因なぞ、恐らくは一言で済ませられるものではないだろう。学校のロッカーに隠れてメイドの迎えを待ったという虚弱な幼年時代から、今の地位に辿《たど》り着くにはそれ相応の無理も生じたろうし……だが、この『ヴィーナス』の絢爛《けんらん》たる人体解剖に、普段の手術などでは考えられぬ物体としての人体、思うさま掻《か》き乱すことの出来る人体を瞬時見たのかもしれない。そして最初の殺人の見事な隠蔽《いんぺい》……何をしようと、この完璧な隠れ家、この絶対服従の協力者が居る限り、捕まりはしない。クロッカー医師によって子飼いの宝を奪われた鬱憤《うっぷん》は学会から二日後に払われる。今度こそはっきりと意思を持った殺人、『切り裂きジャック』の誕生だ。尤も『切り裂きジャック』という命名は『スター』紙のベイツ記者。トリーヴス医師が名乗ったのは『地獄』だったがね。ラスクへ宛てた手紙で『地獄より』と名乗ったのみだ。その方が相応《ふさわ》しい」

鷹原の白魚のような指は、未《いま》だ『ヴィーナス』の木箱に掛けられていた。板の下のあの恍惚《こうこつ》とした美少女、開かれた内臓、躍りくねる腸を脳裏に浮かべながら、僕は辛うじて「すべては推測にすぎない」と云う。「君の妄想でしかない」と。

「僕だって端《はな》から推測だけで医師に嫌疑をかけていたわけではない。ラスクやスティーヴンやウィリアム卿、それにヤードの面々が追うイースト・エンドの魑魅魍魎《ちみもうりょう》にも関心は向けたさ。だが殺人が重なるにつれ、医師とエレファント・マンとの絶妙な隠蔽工作という線がより太くなるばかりだ。そして決定的な確証は君の小説だった」

「僕の!?」

「そう、三月のベルリンから始まり……僕が見せて貰ったのは十月二十日までの、ベルリンからロンドン。克明に君が綴《つづ》った日々の記録だ。八月七日、ジャックの記念すべき初の殺人、マーサ・タブラム殺害の翌日を君は実に丁寧に書いている。僕らはロンドン病院でクリーン医師を手伝いマーサの遺体の検死解剖を行った。その後だよ。君は地下へと行き、エレファント・マンの浴室前で血痕《けっこん》を見た。いいかい？　時刻は午前中だ。前日の掃除以後、夜中に落ちた血痕だよ！　君の小説でこの下りを読んだ時、僕は地団太踏んだ。もっと早く、この事を聞いていたらとね。そう……マーサの検死審問《インクエスト》の翌日……八月十一日だ。公園で君はこの感動的なエレファント・マンの入浴を僕に語り、その時点で僕は二人の共謀ではと思い、病院へと飛んで行ったじゃないか。あのときに血痕の事まで聞いていたら、エレファント・マンをもっと問い詰めることが出来た。尤も当時は彼があそこまで役者だとは僕も思わなかったしね。昨夜の劇場で一番の役者は彼だった。最初から僕の問いを予想し、恍惚状態を装い、何一つ応えやしない。利口だよ、彼は……とにかく実に残念だ。端から僕らは核心に飛び込んでいたんだよ。君の話をもっと丁寧に、ゆっくりと聞くべきだったんだ。だが、それでも君は克明に小説として書き残してくれた。遅れはし、裏付けも最後まで取れなかったものの、これで僕の確信は揺るぎないものとなった。感謝しているよ」

「何を云うのかと思ったら……」と僕は呆《あき》れて鷹原を見る。「メリック氏が入浴をしていたんだ。血痕が落ちていたって何の不思議もなかろう。彼のからだなら……」

「いや、メリック氏の血ではない。病院に収容された当時ならともかく、今はあり得ない筈《はず》だ」

「だって、彼のからだときたら……君だってトリーヴス医師のレポートを読んだ筈だ。『血膿《ちうみ》を噴き出す腫瘍《しゆよう》が身体中、数知れず……』」

「あれは三年前の、まだ彼が手厚い保護を受ける前のレポートだよ。クロッカー医師のエレファント・マンの項を読んだろう？　『彼のようなからだは少なくとも入浴を欠かせない。しかしそれによって悪臭、及び腫瘍からの血膿という悲惨な状況からは少なくとも免れる』——とあったじゃないか。ましてやナイチンゲールもどきのリューケス婦長が連日、ぴかぴかに磨き上げているんだ。血膿など落ちる余地はない。僕は君の小説を読んだ後、リューケス婦長にもそれとなく確かめてみた。顔色を変えて否定したよ。『ジョーゼフの身体は英国一綺麗《きれい》です』とさ。だが、僕も迂闊《うかつ》だった。憶《おぼ》えているかい？　メアリの殺された日を。昼だ。僕と君とトリーヴス医師とで『テン・ベルズ』に行った。僕は医師の前で『メアリ・ジェイン・ケリー』と彼女を示してしまったんだ。今、思えば、僕が医師にメアリを差し出したようなものだ。それまで殺されたのは皆中年の女ばかりだったからね。母親、もしくは年上の女性にコンプレックスを持っているのではと僕も決めつけていた。メアリが対象になるなどとは思いもしなかった。だからメアリの死後もずっと考えた。なぜ、若い彼女が殺された？　しかも一番酷《ひど》く……メアリ……メアリ・ジェイン・ケリー……そしてまたもや君の小説を思い出した。初めて君がトリーヴス医師に会った時だ。君はメアリの名前を出し、トリーヴス医師はエレファント・マンの母親と聞き間違えた。メアリ・ジェイン・ケリー……エレファント・マンの母親はメアリ・ジェイン・メリック。そうなんだ。やはり母親なんだよ。哀れなエレファント・マンを見捨てた非情の母親……とトリーヴス医師が勝手に誤解していると君は前に云っていただろう？　彼の作った愛と憎悪が入り交じった母親像だ。メアリは医師の中でエレファント・マンの母親となり、ひいてはすべての母親の象徴、彼の作り上げた巨大な怪物としての母親になってしまった。事実彼女は妊娠三ヵ月の母親だった。あの壮絶な解体は……多分医師がそれに気づいてからだろう」

白く微《かす》かな帯も、もはや視界から消えてしまった。夢のように長閑《のどか》な海原が上下しているだけだ。既に英国は見えなくなり、何もかもが遠い。

鷹原は喋《しゃべ》るだけ喋ると「寝る！」と唐突に宣言した。「反論は後でと云ったが、起きてからにしてくれ。もう目を開けていられないよ」と横になってしまった。

望むところだ。僕も一人になりたい。反論なんてありはしない。トリーヴス医師が『ジャック』だなぞと、彼が一万語費やしたところで、信じはしない。僕も鷹原も幻の『ジャック』を追っていただけだ。

日記もこれでお終《しま》い、『ジャック』の小説『一八八八　切り裂きジャック』もお終いだ。

今度こそ本当に僕は物語を書く。砂漠に薔薇《ばら》を咲かせ、魔法使いを見出し、月へと天翔《あまが》ける……さようなら、英国……偉大なる王族の支配する大英帝国……すべてお別れだ……今はただ、ジョンが生きていることだけを願う。

エピローグ

がたがたと風に揺れる蔵の戸に顔を上げた。

雨混じりの風が戸を叩《たた》き、何とも厭《いや》な空模様だ。驟雨《しゅうう》の中を婆やがやって来るのが見えた。庭の細い道に迫り出した糸瓜《へちま》が、小柄な婆やをからかうように風に揺れ、番傘を叩いている。やがて階段を上がってくると、昇り切らずに顔だけを覗《のぞ》かせ、「昼食はこちらでお上がりになりますか」と聞いてくる。

「そうだね、ここも暑いが家の中はもっと暑そうだ。ここに運んで貰《もら》おうか」と応《こた》えた。

「本当に蒸し暑い」と婆やは手拭《てぬぐ》いで顔の汗やら雨やら拭うと「お手紙です」といつも通りに階段の上がり口に置き、またとんとんと戻って行った。

開いたままのノートから封筒が落ちる。見返すこともないままに、挟んでおいたあの指紋の写真だ。

ヴァージニアの手紙から半年、つい繙《ひもと》いた小説や日記は青臭く、我ながら失笑ものの未熟な文、幼稚さだったが、折りに触れ、ぽつぽつと読み進むうち、夏も終わり、日記も終わった。

あれから三十五年……瞬く間に過ぎてしまったようだ。馬鹿だ未熟だと思いつつ、愛《いと》しくもある三十五年前の自分である。

そう……帰国して二ヵ月後にジョンの兄、ウィリアム・ドルイット氏から手紙を貰った。

あの年の終わりに、ジョンの遺体がテムズから上がったという知らせだった。一月近く川底に在ったらしいと……

遥《はる》かなる英国……遥かなる人々……帰国してから私はトリーヴス医師に手紙を出した。むろん鷹原の憶測などとは関係のない、感謝の気持ちを綴《つづ》った手紙だ。返事はなかった。あの魔女のようだったリューケス婦長と、その良き助手、可愛いアイアランド看護婦だけが手紙をくれ、アイアランド嬢とは今も続いている。

ミス・イーヴァ・リューケス……婦長はメリック氏を看取った後、看護学校を開いたり、ボーア戦争最中《さなか》のアフリカの野戦病院にスタッフを引き連れて赴いたり、その後も病院派遣の在宅看護のスタッフの創始、看護教本の執筆と、ナイチンゲール以上の働きをし、四年前の一九一九年、六十五歳で逝くまでロンドン病院に勤め続け、私にロンドンの息吹を送ってくれた。

『エレファント・マン』と呼ばれた男……ジョーゼフ・ケアリー・メリック氏は一八九〇年……僕らが英国を去った十六ヵ月後、一八九〇年……四月十一日にあの地下の部屋のベッドで逝った。唐突な死だったという。そして鷹原に『ヴィーナス』を下さったエドワード王子……あろうことか『ジャック』の疑いすらかけられた王子も、私が帰国して三年後、一八九二年に二十八歳の若さで呆気《あっけ》なくインフルエンザで亡くなられてしまった。一九〇一年一月にはヴィクトリア女王が崩御され、あの闊達《かったつ》な殿下がエドワード七世として即位された。同年五月にはトリーヴス医師が王に拝謁、ナイト爵位及びヴィクトリア勲位のバス勲章を授けられ、王室外科医師になったという。あのパーティーで鷹原の肩を持ち、率先して指紋まで捺《お》された殿下が、トリーヴス医師を王室外科医師として迎えられたのだ。リューケス婦長の知らせを私は鷹原にわざわざ見せに行ったものだ。

「『切り裂きジャック』を誰が王室外科医師に任命するものか」と云ってやったのを憶えている。

「あれ以来『ジャック』の犯罪はない」と鷹原は嘯《うそぶ》いた。

翌年、戴冠式《たいかんしき》前夜に虫垂炎となられた王の手術をトリーヴス医師が執刀。遅れはしたが、無事戴冠式は執り行われ、列席した医師は準男爵の称号を与えられたという。私はそのときも鷹原に婦長の手紙を見せに行った。だが、殿下も一九一〇年……十三年前に崩御された。帰国してから麻布《あざぶ》の別宅に引きこもり、隠居と称して読書三昧《ざんまい》、世を捨てたような鷹原すら、このときには英国へと飛んで行った。そしてトリーヴス医師は今はスイス、ジュネーヴ湖畔で執筆生活という。医師ももう七十……私だって六十……そう、あのベルリンでの仲間、森だって……彼が官職の傍ら、森鷗外なる名前で作家になったのは驚いたが、昨年の夏、彼も逝ってしまった。

膝のノートが眩《まぶ》しく光り、とりとめもない想いから顔を上げると、空は嘘のように青く晴れ、初秋の強い陽射しに蟬まで鳴いていた。何とはなしに「やれやれ」と洩《も》らし、腰を上げて婆やの置いていった手紙を取りに行く。

何とも……アイアランド嬢からの小包、そしてヴァージニアからも……前とは違う分厚い手紙が来ていた。

小包の方を開けると『エレファント・マンとその他の思い出』という本、著者はフレデリック・トリーヴス！　トリーヴス医師である。感慨に胸を占められたまま、もう一通の手紙……ヴァージニアからの手紙の封を切った。

貴方《あなた》が懐かしい『薫』と知り、三十五年もお預かりしたままの封書を同封致します。憶《おぼ》えていらっしゃいますか？　最後に貴方に会ったあの日、母や伯母《おば》と共に私は従兄《いとこ》のジェム……ジェイムズ・ケネス・スティーヴンのリンカーンズ・インの事務所へと参りました。

封書は彼の衣装部屋、鏡台の上にあったものです。

口紅で書かれた――薫へ――の宛て名を目にした時、母や伯母はジェムの様子に狂乱状態。私はポケットにその封書を滑り込ませ、ジェムを病院へと送りました。宛て名は――薫へ――貴方に宛てたものです。貴方に渡そうとしたものの、貴方は挨拶《あいさつ》もせずに遠い東洋へと帰られてしまった。本の間に挟んだ封書を私がそれきり忘れてしまったのを責めないで下さい。私はまだ六歳だったのです。そして閉じ込められていた愛しいジェムの様子を書こうとも思いません。ジェムを閉じ込めたのが誰かも問いません。ただ、ジェムはそのまま病院へと収容され、その後南ウェールズのアシズ裁判所に勤めるまでに復帰はしたものの、一年で辞職、翌年十月には精神病院へと入り、一八九二年、私が十の歳に二冊の詩の小冊子を残して亡くなりました。昨年、『不思議の国のアリス』を開き、――薫へ

──と書かれた封書を目にした時、幼い頃のジェムのことや、貴方のことが一気に蘇《よみがえ》りました。貴方は私を『アリス』と呼ばれた。口紅で書かれた褪《あ》せた封書を開いてみたいという欲望に駆られました。

でもその晩、驚くべきことが起きたのです。

ご近所に住むアーサー・ウェイリー氏をお招きした夕食の席で、思い出したばかりの貴方のお名前をまた耳にしました。『カオル・カシワギ』……カオルやカシワギは英国でのジョンやスミスのように東洋の日本ではありふれた名前なのでしょうか？　いいえ、そうは思いませんでした。あの夜々の語らいがウェイリー氏の言葉と共に、鮮明に蘇って参りました。口紅で記された封書……三十五年前、あの不思議な部屋の中で、ジェムが貴方に何を告げようとしたのか存じません。ただ、これを貴方にお送りすることが『アリス』の務めと存じました。

幼少時、厭《いと》いもし、愛しもした可笑《おか》しな従兄だったジェム……私も今はジェムのように文を書き、そしてジェムのように精神を病んでいます。これはスティーヴン家の宿命……そして薫……貴方ももうお爺《じい》さんなのでしょうね。

お返事はいりません。お爺さんの貴方と、もう語らう気はありませんもの。

アリス

──薫へ──の文字は血のような色で封書に踊っていた。封書と云うより、ただ包装紙を張り合わせただけのものだ。包装紙にはガネーシャ……いや、象が沢山踊っていた。インド紅茶の包み紙である……

スティーヴンもこの世を去っていた……何ということだ。あのクローゼットの奥の小さな部屋で、彼は何を思って口紅を手にしたのだ……疾《と》うに忘れていた男を想い、涙が溢《あふ》れた。ジェム……私も彼を「ジェム」と呼んでいたのだ。

封書を開ける。畳まれた包装紙の裏一面に、血色の太々とした文字が花開いた。

薫、君は誤解している。『バベルの塔』を開いてみたまえ。僕は彼が屋根を塞《ふさ》ぐ前に見てしまったんだ。一目でそれが何か、誰の物かも解ったよ。そしてなぜ彼が喜んで僕の提言通りにしたのかもね。

君は運び屋にされたんだ。恐らく彼の「絶対の神」が、落としでもしたのだろう。それを素直に返すのも躊躇《ためら》われ、牢獄《ろうごく》であれを持て余していた彼にとり、君は救いの神！　遥か東洋まで持っていってくれる誠実な運び屋だ！　見てみたまえ！　とにかく中を見てみたまえ！

『ジャック』が誰か――君にも解るだろう。

『バベルの塔』!?　雷に打たれたようだった。私は蔵を飛び出し、家の書斎へと向かった。厨房《ちゅうぼう》から膳《ぜん》を手にした婆やが「あら、こちらでお召し上がりですか？」と聞く。

「蔵でいい」と応えたまま、二階の書斎へと駆け上がる。

メリック氏から貰《もら》った『バベルの塔』は書斎の書棚の上に載せたままだ。埃《ほこり》は積もっていたが、今も堅牢に聳《そび》えている。

「『屋根』と云ったね、ジェム」——私は塔のてっぺん、茶色く彩色された槍《やり》の穂先のように鋭い屋根をつかみ、力任せに引き抜いた。

弾《はず》みで尻餅《しりもち》を着き、そして畳の上に何かが転がり出る。メス……いや、死体解剖用のナイフだ。上向きにも切り裂けるように、峰に親指当ての付いた大型ナイフである。

畳の上には鉄錆《てつさび》のような茶褐色の粉が散っていた。鋼鉄の刃にも同様の粉が付着していた。メアリの血か……キャサリン・エドウズの血か……はたまたエリザベス・ストライドの血か……震える手でメスを拾い上げる。真鍮《しんちゅう》の柄には「T・F」の頭文字……流麗な装飾書体はジョンの事務所に置き忘れた銀の煙草ケースと同じものだった。そして峰には親指の指紋……歳を経て、渦巻き模様は真鍮の面を腐食し、くっきりと刻印されていた。

渦が動き、からだも揺れていた。メスを抛《ほう》り出してもからだが揺れている。……地震と解ったのは暫《しばら》く置いてからである。転げるように階段を這《は》い、そのまま転げ落ちた。今や家全体がみしみしぎしぎしと不気味な唸《うな》りを上げ揺れている。

「婆や！　婆や！　地震だ！」と庭までそのまま転がり続け、蔵の前で糸瓜《へちま》を抱きかかえている婆やを見た。

糸瓜の棚の下に入り込むのが精一杯、あとは婆やと手を取り合い、もう歩くことすら出来ない揺れである。糸瓜に住み着いた毛虫がぱらぱらと周りに落ちてきた。三十過ぎ、帰国して六年ほど経った時にも凄《すご》い地震があったが、これは比較にならなかった。起《た》つことすら出来ず、踊り狂う糸瓜の下で、ないよりはましとばかりに心細く蔓《つる》にしがみついているだけだ。と、たった今転がり出た厨房から、もくもくと煙が上がっている。婆やもそれに気づいたらしく、私に取り縋《すが》ったまま、「七輪の火です！　神様！」と叫んだ。成す術《すべ》もなく、そのまま焚《た》き付けのようなあばら家から火が上がるのを見、婆やを連れたまま、せめて蔓を伝って家から離れる。

震動の中で、たった一つ、身につけていた懐中時計を取り出して見たときだ。揺れが鎮まった。

十二時四分……厨房を中心に火は小さな家の半分を嘗《な》めていた。火も厨房、水も厨房……そして厨房の上は紙の山……書斎である。

腰が抜けたのか、がくがくと地面に崩れ、それでも這うように家の方へと行こうとする婆やを「無駄だ」と止める。「中は火の海だ。ここに居なさい」

蔵の方を見ると無事である。少なくとも蔵の本だけは残ったか？　だが、いつまた揺り返しがくるか解らない。「ここに居なさい」と云うと蔵へと走った。

二階へ駆け上がると、机の横に婆やの持って来た昼食が猫飯のようになって散らばっていた。机上の万年筆と日記をつかんだとき、また烈震が襲う。落ちるように階段を降り、再び糸瓜の下へ。

揺れの中で家は盛大に燃え上がっていた。書きかけの原稿、私の本、私の蔵書、あの『バベルの塔』……何も彼もが燃えている……「神様……神様……」と婆やの呟《つぶや》きを耳にしながら、炎の中になぜかはっきりと指紋の刻印されたナイフを見ていた。まるでそれを燃やすために、それを抹消するために、家は供犠となって燃えているようだった。

そして燃える家はガイ・フォークスの焚き火の山に……犯罪人の人形を頭上に置いた盛大な焚き火の山と化し、青空はロンドンの霧深い夜空と変わる。

「旦那様《だんな》」の声に我に返る。

家はなおもごおごおと燃え盛ってはいたが、震動は止んでいた。だが揺れはまた来るだろう。蔵は無事だったが、次の揺れで崩れるかもしれない。この頼りない糸瓜の下が一番安全なように思われた。また「ここに居なさい」と云うと、蔵へと取って返し、残りのノートと机も下ろす。

揺れは繰り返したが、間隔も長くなってきていた。燃え上がる家を前に、私は蔵と糸瓜の棚の下を往復し、中身が何やら確かめる暇もないままに、手当たりしだいに本やら、木箱やら、行李《こうり》やら、火事場の馬鹿力で糸瓜の下へと運んだ。いつしか陽も傾きかけていたが、家は見事に焼け落ち、類焼がなかっただけ増しと思う。代わりに屏風《びょうぶ》を載せた糸瓜の棚が小さなあばら家になっていた。空の四方からは黒煙が上がり、道路からは車のクラクションやら、自転車のブレーキ音、阿鼻叫喚《あびきょうかん》。足腰はがたがた、気力も萎《な》え、腹も減ってきたが、持ち出した物は元々蔵に押し込んだがらくたの類《たぐい》、腰掛けと屋根の代わりになるくらいだ。

空が暗くなるにつれ、煙の代わりにはっきりと炎が見えだした。近所の人が顔を出し、ようやく揺れにも慣れた婆やが応対する。

私は赤く彩られた四方の空を眺め、焼け落ちた我が家を眺めていた。これ以上の揺れがなければ取り敢えず蔵の二階で寝ることが出来る……そう云い聞かせながら、改めて蔵書が失われた傷みを覚え、ぼんやりと着替え一枚、米一粒すらない今後を想う。蔵の二階へ行き、床に飛び散った猫飯を掻《か》き集めようかと思ったときに、婆やがサイダーの瓶と紙にくるんだビスケットを手にして戻ってきた。

「お向かいの田中さんからいただきました。これからお米も炊いて下さるとか、毛布もお貸し下さるそうで……ちょっと行って参ります」

向かいは無事だったとみえる。行李の前に取り敢えず机を置き、洋燈に火を灯《とも》した。何のことはない。手許《てもと》に残った本と云えば、蔵に入れておいた英国の本、書き物と云えば、青臭い昔の小説と日記だけではないか。机に積み上げ空を見る。垂れ下がった糸瓜の向こうは赤く染まっている。銀座、神田、飯田橋、赤坂……唯一四谷の方面だけに暗い夜空が広がっていた。ここ麴町界隈《こうじまちかいわい》で燃えたのは家《うち》だけだろうか。まぁしかたがない。

日記を開くと、封書が鎮座していた。『バベルの塔』は燃えてしまったろうが、今もくすぶっている瓦礫《がれき》のどこかに、あのナイフは有るだろう。そして柄に刻印された指紋は、確かにこの中の指紋と一致するだろう。あの日、フランシス卿《きょう》と鷹原が力説した指紋の唯一性は今や常識となっている。スコットランド・ヤードでは、あの三年後、一九〇一年から世界に先駆けて犯罪捜査に指紋を用いたし、日本の警視庁でも明治四十四年から導入している。だが、それが何だというのだ。殿下も逝かれてしまった……この中の指紋の主、何人が……今もこの大気を吸っていることか？

日記の余白を眺めているうちに、きちんと締めくくりをつけなければ……という欲求が起きてきた。

——大正十二年　九月一日——と記す。

……アイアランド嬢より、トリーヴス医師の著書、『エレファント・マンとその他の思い出』が送られてくる。だが、エレファント・マンと呼ばれた男、ジョーゼフ・ケアリー・メリック氏は既にこの世にない。著者のトリーヴス医師ももう七十過ぎの筈《はず》。当時の懐かしい人々……ジョンは自殺し、ジェムも逝き、エドワード王子も亡くなられ、エドワード七世と成られたアルバート・エドワード殿下も逝かれた。多分……というより当然、クーッ男爵夫人やケンブリッジ公、カー・ゴム理事長、ウィリアム・ガル卿も他界していることだろう。懐かしく、愛《いと》しく、疎ましいロンドン……懐かしく、愛しく、疎ましいかつての己……だが、物語はそこで生まれ、そこで育《はぐく》まれたのだ。

ビービも逝き、鷹原も日清戦争で逝った。すべては泡沫《うたかた》……

「師匠のビービが逝ったのはたしかだが……」と聞き憶えのある声が降りかかった。「僕まで殺すことはないだろうに……」

振り返ると鷹原である。白絣《しろがすり》の懐からはビービ四世が顔を出していた。

気配すら感じなかった。猫のような奴だ。月を背に、老いても美しい顔が笑っていた。

「麻布から野越え山越え、無事かと駆けつけてみれば」と鷹原は垂れ下がった糸瓜で私の頭を叩《たた》いた。「君は自宅の瓦礫を前に、呑気《のんき》に——僕が死んだ——などと書き綴《つづ》っている。呆《あき》れたね」

「だって君……」と私も糸瓜で叩き返してやる。「小説とはそういうものだろう？」

——フレデリック・トリーヴス卿が亡くなられた——と、アイアランド嬢からの手紙が届いたのは、その年の終わりである。

—完—

参考文献

『ロンドンの恐怖』仁賀克雄著　早川書房
『切り裂きジャック』コリン・ウィルソン、ロビン・オーデル著　仁賀克雄訳　徳間書店
『十人の切裂きジャック』ドナルド・ランペロー著　宮祐二訳　草思社
『エレファント・マン』マイカル・ハウエル、ピーター・フォード著　本戸淳子訳　角川書店
『島国の世紀』小池滋著　文藝春秋
『ロンドン』小池滋著　文藝春秋
『漱石のロンドン風景』出口保夫、アンドリュー・ワット編著　中央公論社
『英国生活誌1』出口保夫著　中央公論社
『世紀末までの大英帝国』長島伸一著　法政大学出版局
『倫敦千夜一夜』ピーター・ブッシェル著　成田成寿、玉井東助訳　原書房
『ヴィクトリア朝の下層社会』ケロウ・チェズニー著　植松靖夫、中坪千夏子訳　高科書店
『ヴィクトリア朝の緋色の研究』R・D・オールティック著　村田靖子訳　国書刊行会
『路地裏の大英帝国』亀山榮、川北稔編　平凡社

『英国生活物語』W・J・リーダー著　小林司、山田博久訳　晶文社
『オカルト』コリン・ウィルソン著　中村保男訳　新潮社
『大英帝国の三文作家たち』ナイジェル・クロス著　松村昌家、内田憲男訳　研究社出版
『ジェイン・オースティンと娘たち』川本静子著　研究社出版
『ケンブリッジのエリートたち』リチャード・ディーコン著　橋口稔訳　晶文社
『ヴィクトリア女王』リットン・ストレイチイ　小川和夫訳　冨山房
『探検家リチャード・バートン』藤野幸雄著　新潮社
『ヴィクトリア女王の娘』フレデリック・ポンソンビ編　望月百合子訳　刀水社
『ウィリアム・モリスの妻と娘』ジャン・マーシュ著　中山修一、小野康男、吉村健一訳　晶文社
『知られざるフリーメーソン』スティーブン・ナイト著　岸本完司訳　中央公論社
『ドイツ参謀本部』渡部昇一著　中央公論社
『人体』横地千仭著　医学書院
『解剖学者のノート』フランク・ゴンザレス＝クルッシ著　醍醐秀彦訳　早川書房
『バロック・アナトミア』写真・佐藤明　トレヴィル

『医者と殺人者』ピエール・ダルモン著　鈴木秀治訳　新評論
『ある書誌学者の犯罪』高橋俊哉著　河出書房新社
『ブルームズベリー・グループ』橋口稔著　中央公論社
『ヴィクトリア朝の文学と絵画』松村昌家著　世界思想社
『霧のロンドン』牧野義雄著　垣松郁生訳　サイマル出版会
『マイ・フェア・ロンドン』ピーター・ミルワード、垣松郁生著　中山理訳　東京書籍
『英国公使夫人の見た明治日本』メアリー・フレイザー著、ヒュー・コータッツィ編　横山俊夫訳　淡交社
『ドイツ貴族の明治宮廷記』O・V・モール著　金森誠也訳　新人物往来社
『英国特派員の明治紀行』H・ポンティング著　長岡祥三訳　新人物往来社
『綺堂むかし語り』岡本綺堂著　光文社
『祖父・小金井良精の記』星新一著　新潮社
『資料　谷崎潤一郎』紅野敏郎、千葉俊二編　桜楓社
『北里柴三郎』長木大三著　慶應通信
『漱石日記』平岡敏夫編　岩波書店

『鷗外選集・日記』森林太郎著　岩波書店
『図書館を育てた人々』石井敦編　日本図書館協会
『田中先生遺稿』田中稲城著　図書館雑誌　昭和二年二月号
『トロンプルイユ蠟人形——テクノロジーとしての悪趣味』荒俣宏著　芸術新潮一九九三年六月号　新潮社
『The Royal London Hospital』
Sheila M. Collins & The Royal London Hospital, The Royal London Hospital Archives and Museum
『The Jack The Ripper A to Z』
Paul Begg, Martin Fido & Keith Skinner, Headline Book Publishing
『The True Face of Jack The Ripper』
Melvin Harrs, Michael O'mara Books Limited
『JACK THE RIPPER』
監督デイビッド・ウィックックス　Columbia Pictures 1988

解説

仁賀克雄

「切り裂きジャック」とは、一八八八年八月三十一日から十一月九日までの七十一日間に、大英帝国の首都ロンドンの下町イースト・エンドに現れ、五人の娼婦《しょうふ》を惨殺し、姿を消した正体不明の殺人者の仇名《あだな》である。連続殺人の典型、劇場型犯罪の嚆矢《こうし》として、また、殺人者の正体の探求が世間の評判となり、現在でもさまざまな研究書を輩出している。その評判は事件のあった百年前と変わらない、あるいはそれ以上の不思議な人気を保っている。ホームズやドラキュラと並んで、ヴィクトリア朝のサブカルチャーを代表するスーパースターになっている。

切り裂きジャックが前二者と異なるのは、創作上の架空人物ではなく、実在の人物であることである。ホームズやドラキュラは、興味を抱いた後世の作家が、かれらを主人公にして描いた小説で、たとえ出来がよくてもパスティシュやパロディとしか認められない。そのオリジナリティはあくまでも生みの親にある。その名前を使う限り、作者のコナン・ドイルやブラム・ストーカーが創造したモデルを超えることはできない。

その点、切り裂きジャックは実在の人物であり、しかも正体は不明なので、彼（ないし彼女）をどのような人物に設定して描いても個人の自由である。人物造形はまったく作家の想像力に委《ゆだ》ねられる。この鮮血にまみれた殺人鬼が実は意外な人物であったという設定や、その動機の奇怪さを強調する小説は、ベロック・ローンズの『下宿人』(一九一三)から、トマス・バークの短編『オッタモール氏の手』(三一)、ロバート・ブロックの短編『切り裂きジャックはあなたの友』(四三)、エラリイ・クイーンの『恐怖の研究』(六七)など、未訳も含めて海外ミステリに数多く書かれている。

しかし短編はともかく長編小説は、ほとんどが事件をそのままなぞっただけで、別に意外でもない犯人を指摘する作品(これは事件の真相と称する研究書にも多い。ノンフィクションというよりは、作者の思い込みによる一方的な証拠を並べて、実在人物を強引に犯人に仕立てあげるフィクションまがいの代物で、そのため指摘された切り裂きジャック容疑者は百二十名に上る)や、切り裂きジャックの狂気の紋切り型心理分析小説である。

あくまでも切り裂きジャックの犯罪事実に寄り掛かっただけの小説で、この事件をめぐる人物関係の面白さを充分に表現し、その時代の雰囲気を活写したオリジナリティのある作品に乏しい。ホームズのパスティシュではニコラス・メイヤーの『シャーロック・ホームズ氏の素敵な冒険』(七五)のように、イギリス推理作家協会賞を受賞した作品もあるが、切り裂きジャックにはまだない。泰西作家の想像力の不足である。

むしろ、日本の方が優れた作家たちが、この事件に多大な関心を寄せて、切り裂きジャックをテーマにした興味ある長編小説を書いている。そのどれもが個性あるオリジナリティと想像力に溢《あふ》れている。なかでも本書は構想と執筆に充分な時間をかけており、じっくりと醸成した美酒にも似た豊饒《ほうじょう》な味わいをもつ、質量とも読みごたえのある作品である。完成より六年を閲した現在再読しても、その印象は変わらない。当時どうしてもっと評判にならなかったのか不思議である。イギリスに英訳しても充分に通用する小説である。

本書の特色は一八八八年、日本では明治二十一年当時にロンドンに留学、滞在していた若き医学留学生、文中の語り手の私こと柏木薫と、友人の鷹原惟光が、おりしも起こった連続殺人事件に巻き込まれ、切り裂きジャックを追跡していく点にある。この事件の中心に日本人を配したことで、読者とのあいだに緊密な親愛感が生まれている。読者はタイムマシンで百年以上前のロンドン、ヴィクトリア朝全盛期に連れて来られたような臨場感に没入できる。

開巻からいきなり事件に飛び込むようなことはしていない。まず主人公の二青年の人物紹介や、ヴィクトリア朝ロンドンの雰囲気描写、有名人との交流などをまじえながら、悠々迫らず物語を盛り上げていく余裕が作品の魅力を増し、ストーリーの先行きに興味を深くしている。舞台装置の造りがしっかりとしているのである。

物語は大正十二年、というから一九二三年、関東大震災直前に、柏木薫が昔なじみで、成長してイギリスの女流作家になったヴァージニア・ウルフからの手紙を受け取り、三十五年前のロンドン滞在時を回想するところからはじまる。当時、柏木は東大医学部の留学生としてベルリンにいた。留学生仲間として若き日の森林太郎(鷗外)や北里柴三郎も登場する。山田風太郎の明治物などに見られる手法である。歴史的事実は曲げないが、当時の有名人物と創造人物とを自由に交流させせて、疑似現実の世界を創造していくのである。

ベルリンで柏木はロンドンからやってきた鷹原惟光と出会う。柏木と鷹原は東大の友人同士だった。柏木は成り上がり男爵の息子、鷹原は芸者の子という屈折した劣等感をもって文明社会にいる。柏木は謙虚で真面目だが、鷹原は性格が高飛車で冷酷な点がある。その言動がよく描かれていて、柏木よりも人物像が鮮やかである。

そこで鷹原の見せてくれた「先天性畸形《きけい》の一症例」という、いわゆる「エレファント・マン」の存在に医学的興味を引かれて、柏木はロンドンに行く。エレファント・マンはジョーゼフ・ケアリー・メリック（一八六三―九〇）という実在した畸形のイギリス人である。どのような体軀《たいく》や性格の人間かは本書に詳細に記されている。

デヴィッド・リンチ監督がその人生を映画化した『エレファント・マン』（八〇）は、一世を風靡《ふうび》して日本でも上映され、当時非常に女性の人気を集めた。最近の切り裂きジャック映画『フロム・ヘル』（〇二）には、生きているエレファント・マンの全身像が医学標本として映し出されている。こうしたフリークに対する女性の同情心というか、好奇心には男性以上の強いものがあるのは面白い現象である。

柏木は鷹原を訪ねていっしょのビルに下宿することになる。エレファント・マンは当時、報告書を書いたフレデリック・トリーヴス医師の世話でロンドン病院に収容されていた。本書の前半はまだ切り裂きジャックの出没する直前で、物語はもっぱらエレファント・マンにまつわるエピソードと、十八世紀にイタリアのスッシーニが製作した女体の内蔵を露出した精巧な模型「解剖されたヴィーナス」というグロテスクな蠟細工《ろうざいく》（作者はこの原型をフィレンツェの大学博物館で確認している）に焦点が与えられている。作者のこうしたある種の残虐美への嗜好《しこう》が本書には詳細に表現されていて印象深い。

作中に登場する有名な実在人物には、ヴィクトリア女王の皇太子アルバート・エドワード殿下（通称バーティ）、アレクサンドラ皇太子妃、皇太孫アルバート・ヴィクター殿下（エディ）

から、『洞窟の女王』の冒険作家ライダー・ハガード、神智学のマダム・ブラヴァッツキー、『アラビアン・ナイト』の紹介者リチャード・バートン、のちのノーベル賞作家バーナード・ショウ、切り裂きジャック候補者でもある弁護士モンタギュー・ジョン・ドルイットや、エディの家庭教師だったジェイムズ・ケネス・スティーヴンなど、多士済々で、その交遊が物語を華やかなものにしている。

前半部では切り裂きジャックの犯行は物語の中でもまだ遠い存在である。柏木もアバーライン警部やゴドリー部長刑事から話を聞いている程度である。定説ではジャックの殺人は八月三十一日のJ管区ベスナル・グリーンのバックス・ロウにおけるメアリ・アン・ニコルズから五名であるが、本書では八月六日のH管区ホワイトチャペルのジョージヤード・ビルディングにおけるマーサ・タブラム殺害からはじまり、メアリ・ケリーに至るまで被害者は六名としている。

柏木はロンドンに滞在してみて、日本とは異なる、激しい貧富の差や階級社会の世界であることをしだいに理解していく。つまりそれまでは孤立した世界にいた日本人たちが、明治の文明開化に至って、初めて海外に出てみると等しく体験する文化的ショックが、柏木や鷹原の行動を通して読者に伝わってくる。そこが本書の切り裂きジャック事件だけに囚《とら》われない、余裕ある筆致のよいところで、作品の幅と奥行きを増している。

この時代背景と事件の雰囲気を、柏木の質問に答える鷹原の言葉として、作者はこう書いている。

「(前略) 下町で売春婦が殺され、煽《あお》っているのは一部の過激派と報道関係。多くの市民は……そう……『ジーキル博士とハイド氏』を劇場で見物するように、根本的には自分とは無縁の怖いもの見たさで騒いでいるだけだ。自分は売春婦ではない善良な市民、殺される筈《はず》もないという安全圏の中で高みの見物だ。だが、芝居や物語の中の殺人鬼よりももっと恐ろしい怪物が、現実に跋扈《ばっこ》している……このロンドンで……自分と同じ空気を吸い、ひょっとしたら道ですれ違ったかもしれない……客席から突然舞台に上げられたような恐れと困惑、それにぞくぞくするような興奮を味わっているんだ。退屈な日常生活に突然照明が当てられ、音楽がなる。役者が客席に下りたのか、自分が舞台に上がったのか……とにかく、このロンドンでとんでもないことが起き、そして自分はここに住んでいる……新聞を見る度に、雑誌を見る度に、その興奮を味わうんだ。その結果、新聞、雑誌はますます売れ、加速度的に読者を煽り立てる。(中略)真実、社会不安を憂えたり、暴動などを考えるのはほんの一握りだろう。(中略)大半の市民は今云ったように、より穏やかだ。上の階級に憧《あこが》れはしても、階級制そのものを壊そうなどという意識はない。大方は自分の現状、自分の階級に不満を持ちつつ、一方ではまたそれに安住もしているんだよ(後略)」

当時のイギリス、ロンドンの市民と社会の事件に対する適切な分析である。経済成長の余得を受けた国民は多少の不満があっても、決して王制の打倒には走らなかったのである。しかしその平和や安寧がもたらす腐敗や堕落のツケが、ロンドンの暗闇の中から生まれて庶民を脅かしたのである。

後半は投書による切り裂きジャックの登場になり、柏木や鷹原もその渦中に巻き込まれて忙しくなる。切り裂きジャックを追跡するサスペンスだけではなく、ジャックの正体を追及する犯人捜しの推理もプロットの中心になってくる。容疑者は数多い。前述のエディ、ドルイットやスティーヴンだけではない。ホワイトチャペル自警団の団長で、ジャックから腎臓《じんぞう》の切片を送りつけられたジョージ・ラスクも不審な行動をとる。エレファント・マンはじめ介護する医師たち、あるいは記述者の柏木や鷹原までもが怪しく思われてくる。

第二部は、一八八八年の年末に向かって、いよいよ迫った柏木と鷹原の帰国までに、切り裂きジャックを捕らえられるかという時間との戦いである。その追い込みのスリルとサスペンスは頁をめくるのがもどかしいほどの迫力で圧巻である。

鷹原はそれまでに知り合ったイギリス王族から事件の関係者までを一堂に集めた送別パーティを開き、その席で犯人を特定するために派手な芝居まで打つのである。ともかく次々と作者の仕掛ける巧妙なトリックに読者は翻弄《ほんろう》されて、本書ならではの豊かな楽しさをたっぷり堪能《たんのう》できる。

本書は実によくこの事件や当時の状況を調べ抜いている。拙著『ロンドンの恐怖』の中で書き落とした事件の興味ある事実も収録されているし、作者の想像力を発揮した細やかな工夫もされていて、さらに作品を面白くしている。単なる切り裂きジャックの犯罪小説に終わらず、テーマはまさしく一八八八年のヴィクトリア朝ロンドンと実在した興味ある人物や事物である。それを日本人柏木の眼を通して、現在に投影してくれる同時代感覚の小説になっている。

決して過去の干からびた一時点をピンセットでつまみ出して見せるのではなく、すぐそこにいまも存在する魅力的な混沌《こんとん》の世界をのぞき見るような、絢爛《けんらん》豪華なドラマを展開させてくれる。この時代と事件と人物への、作者のオマージュが充分に感じられ、その想いと情熱が結晶した本書は、作者の代表作と呼んでふさわしい作品になっている。

二〇〇二年二月

本書は、二〇〇二年三月に刊行された
角川文庫を底本といたしました。

一《いち》八《はち》八《はち》八《はち》　切《き》り裂《さ》きジャック

服部《はっとり》まゆみ

平成14年　3月25日　旧版初版発行
令和7年　7月10日　改版9版発行

発行者●山下直久

発行●株式会社KADOKAWA
〒102-8177　東京都千代田区富士見2-13-3
電話　0570-002-301（ナビダイヤル）

角川文庫 19359

印刷所●株式会社KADOKAWA
製本所●株式会社KADOKAWA

表紙画●和田三造

●お問い合わせ
https://www.kadokawa.co.jp/（「お問い合わせ」へお進みください）
※内容によっては、お答えできない場合があります。
※サポートは日本国内のみとさせていただきます。
※Japanese text only

ISBN978-4-04-103619-8　C0193

角川文庫発刊に際して

角川源義

第二次世界大戦の敗北は、軍事力の敗北であった以上に、私たちの若い文化力の敗退であった。私たちの文化が戦争に対して如何に無力であり、単なるあだ花に過ぎなかったかを、私たちは身を以て体験し痛感した。西洋近代文化の摂取にとって、明治以後八十年の歳月は決して短かすぎたとは言えない。にもかかわらず、近代文化の伝統を確立し、自由な批判と柔軟な良識に富む文化層として自らを形成することに私たちは失敗して来た。そしてこれは、各層への文化の普及滲透を任務とする出版人の責任でもあった。

一九四五年以来、私たちは再び振出しに戻り、第一歩から踏み出すことを余儀なくされた。これは大きな不幸ではあるが、反面、これまでの混沌・未熟・歪曲の中にあった我が国の文化に秩序と確たる基礎を齎らすためには絶好の機会でもある。角川書店は、このような祖国の文化的危機にあたり、微力をも顧みず再建の礎石たるべき抱負と決意とをもって出発したが、ここに創立以来の念願を果すべく角川文庫を発刊する。これまで刊行されたあらゆる全集叢書文庫類の長所と短所とを検討し、古今東西の不朽の典籍を、良心的編集のもとに、廉価に、そして書架にふさわしい美本として、多くのひとびとに提供しようとする。しかし私たちは徒らに百科全書的な知識のジレッタントを作ることを目的とせず、あくまで祖国の文化に秩序と再建への道を示し、この文庫を角川書店の栄ある事業として、今後永久に継続発展せしめ、学芸と教養との殿堂として大成せんことを期したい。多くの読書子の愛情ある忠言と支持とによって、この希望と抱負とを完遂せしめられんことを願う。

一九四九年五月三日